Amanda Cabot

EIN VERHEISSUNGSVOLLER FRÜHLING

Amanda Cabot

Ein verheißungsvoller Frühling

francke

Über die Autorin:
Amanda Cabot lebt mit ihrem Mann in Wyoming, USA, und machte zunächst als Informatikerin Karriere, bevor sie sich ganz ihrer Leidenschaft fürs Schreiben widmete. Ihre Romane waren bereits für zahlreiche Preise nominiert. Mit „Ein verheißungsvoller Frühling" erscheint nun das zweite Buch von ihr in deutscher Sprache.

Bibliografische Information Der Deutschen Bibliothek
Die Deutsche Bibliothek verzeichnet diese Publikation in der Deutschen Nationalbibliografie; detaillierte bibliografische Daten sind im Internet über http://dnb.ddb.de abrufbar.

ISBN 978-3-86827-486-8

Deutsch von Kirsten Winkelmann
Umschlagbilder: © Design Source Creative Services
© dreamtime.com / Tevfik Ozakat
Umschlaggestaltung: Verlag der Francke-Buchhandlung GmbH / Christian Heinritz
Satz: Verlag der Francke-Buchhandlung GmbH
Printed in Czech Republic

www.francke-buch.de

2017 gekauft

Cheyenne, Wyoming Territory 1886

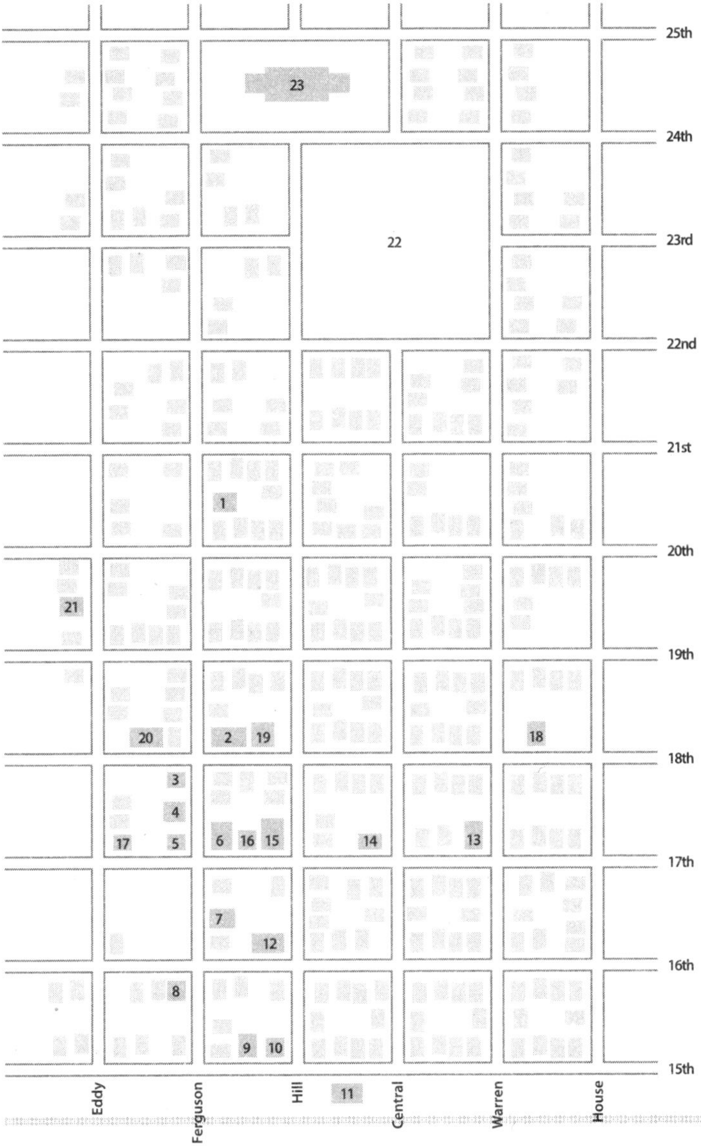

1 *Barretts Haus*
2 Charlottes Kirche
3 *Yates' Textilwaren*
4 *Élan und Charlottes Wohnung*
5 Hutgeschäft der Schwestern James
6 Post
7 Myers' Textilwaren
8 *Rue de Rivoli*
9 *Mrs Kendalls Pension*
10 *Sylvias Bordell*
11 Depot-Hotel
12 Inter-Ocean
13 Cheyenne-Club
14 Mr Ellis' Bäckerei & Konditorei
15 Opernhaus
16 Arp & Hammond's
17 *Mullens Juwelen und Schmuck*
18 *Miriams Zuhause*
19 Maple Terrace *(Richards Zuhause)*
20 Schule
21 *Warrens Wohnung*
22 Stadtpark
23 Regierungsgebäude

Die kursiv geschriebenen Orte und Geschäfte sind fiktiv, alle anderen existieren bzw. existierten wirklich.

Kapitel 1

Cheyenne, Wyoming-Territorium, Oktober 1886

Es war nur der Wind.

Charlotte schlang die Arme um sich und versuchte sich davon zu überzeugen, dass es keinen Grund gab, wie Espenlaub zu zittern. Das Knarren, das sie aufgeweckt hatte, kam vom Gebäude, das unter dem stürmischen Wind bebte. Das war alles. Niemand war eingebrochen. Niemand hatte sie gefunden. Sie und David waren sicher. Aber die beruhigenden Gedanken führten zu nichts. Das taten sie nie.

Mit einem Seufzer machte Charlotte sich an der Lampe zu schaffen. Als die gedämpfte, gelbliche Flamme die Dunkelheit vertrieb, schlüpfte sie in ihre Hausschuhe und tappte durch den Raum. Vermutlich war es dumm von ihr. Sie konnte doch sehen, dass der Eindringling nicht mehr als ein Hirngespinst war, das Produkt ihrer Ängste. Ihr Schlafzimmer war – von David einmal abgesehen – leer. Liebster David. Die Liebe ihres Lebens.

Charlotte stand neben seinem Gitterbett und sah auf die roten Haare hinab, die so sehr den Haaren seines Vaters ähnelten. Abgesehen von seinen Augen, die denselben Braunton hatten wie ihre eigenen, war ihr Sohn das Ebenbild seines Vaters. Das Zittern, das sie hatte unterdrücken können, kehrte zurück, als sie von Gedanken an Davids Vater überfallen wurde und von den Ängsten, die diese Gedanken immer begleiteten. Sie holte einmal tief Luft, um sich zu beruhigen, und schüttelte den Kopf. Sie musste aufhören, sich so viele Sorgen zu machen. Es war schon fast ein Jahr her, dass sie nach Cheyenne gezogen war, und niemand war gekommen, um nach ihr und David zu suchen. Sie hatte alles getan, was in ihrer Macht stand, um sicherzustellen, dass niemand von ihrem früheren Leben in Fort Laramie als Ehefrau von Oberleutnant Jeffrey Crowley erfuhr. Was sie am meisten fürchtete, würde nicht passieren. Der Baron würde sie nicht finden.

Obwohl die Lampe, die sie über das Gitterbett hielt, David nicht stören konnte, regte er sich. Vielleicht hatte das Geräusch ihrer Atmung oder der Duft ihres Eau de Toilette ihn geweckt. „Mama", murmelte er und streckte seine Arme aus.

Charlotte lächelte und stellte die Lampe auf den Boden. Sie wusste, was ihr Sohn wollte. Langsam strich sie seine Arme entlang, dann ließ sie ihn nach ihren Händen greifen. „Ja, David, Mama ist wach, aber du musst weiterschlafen." Sie summte leise, als sie ihm einen Kuss auf die Stirn drückte. „Schlaf jetzt."

Als seine Atmung wieder tief und regelmäßig ging, verblasste Charlottes Lächeln. Heute war der erste Geburtstag ihres Sohnes. Obwohl sie nur dieses wundervolle Ereignis feiern wollte, konnte sie nicht vergessen, dass heute ebenfalls der Jahrestag von Jeffreys Tod war. Heute vor einem Jahr hatte sich ihr Leben für immer verändert. Die verwöhnte, verhätschelte Charlotte Crowley existierte nicht mehr. Sie war durch Charlotte Harding ersetzt worden, eine Frau, die gelernt hatte, dass das Leben zwar schwieriger sein konnte, als sie es für möglich gehalten hatte, aber auch viele unglaublich schöne Augenblicke enthielt. Obwohl dieses Jahr völlig anders verlaufen war, als sie es sich jemals erträumt hatte, bedauerte Charlotte nicht, was es gebracht hatte. Sie hatte neue Freunde gefunden und sich ein neues Leben in einer neuen Stadt aufgebaut. Sie hatte gelernt, dass sie unabhängig sein konnte. Und das Beste von allem: Sie hatte ihren Sohn beschützt. Das war die Lügen wert.

„Gentlemen, ich rufe diese Versammlung zur Ordnung." Barrett Landry schlug mit der Faust auf den Tisch. Seine Gäste blickten erstaunt auf.

„Eine Versammlung?" Warren Duncan zündete seine Zigarre an und nahm einen tiefen Zug. „Ich dachte, es wäre nur eine Gelegenheit, das hervorragende Essen von Mrs Melnor zu genießen." Warren, im Vergleich zu Barretts anderem Gast der ältere, war ein vornehm aussehender Mann mit stahlgrauem Haar, hellblauen Augen und einer Nase, die jeden Habicht mit Stolz erfüllt hätte. Obwohl er – abgesehen von seinem Abschluss an einer nicht näher benannten juristischen Fakultät – nur wenig über seinen Hintergrund verriet, veranlasste seine kultivierte Sprache Barrett zu der Annahme, dass er ursprünglich aus dem Osten stammte, vielleicht sogar aus Boston. Aber Barrett war nicht neugierig. Wenn es etwas gab, das er seit seiner Ankunft in Cheyenne gelernt hatte, dann war es die Erkenntnis, dass die Vergangenheit eines Mannes am besten in der Vergangenheit aufgehoben war. Er hatte ganz sicher nicht das Bedürfnis, zu viele Einzelheiten seines eigenen Lebens preiszugeben.

Richard Eberhardt lehnte sich vor, wobei seine wachen braunen Augen funkelten. „Bedeutet diese Ankündigung, dass du zur Vernunft gekommen bist und entschieden hast, unseren Rat anzunehmen?"

„Ja, du hast recht." Barrett lächelte seinem Freund zu. Richard war beinahe ein Jahrzehnt älter als Barrett, der mittlerweile dreißig Jahre alt war. Mit seiner hageren, groß gewachsenen Gestalt war Richard kein Mann, den man als gut aussehend bezeichnen würde. Und doch vermittelte sein selbstsicherer Gang dem Betrachter, dass man ihn nicht übersehen sollte. Die Kombination aus seinem scharfen Verstand und der Fähigkeit, alles zu Gold zu machen, was er berührte, hatte Richard in einen der reichsten Kaufleute der Stadt verwandelt.

„Die Fahrt nach Rawlins war der letzte Schritt", sagte Barrett zu seinen Ratgebern. Die Parteiversammlung hatte Richards und Warrens Behauptungen bestätigt: Die politischen Machthaber suchten tatsächlich nach Nachfolgern und räumten Barrett dabei gute Aussichten ein. Wenn alles so verlief, wie er sich erhoffte, würden sogar die Bewohner von Northwick und Pennsylvania zugeben müssen, dass Barrett Landry ein wichtiger Mann war.

„Und so, Gentlemen …" Barrett hielt inne, als ein leises Klopfen die Ankunft des Butlers signalisierte. Erst als Mr Bradley das Tablett mit dem Kaffee und den Zimtrollen auf den niedrigen Tisch gestellt und die Tür wieder hinter sich geschlossen hatte, fuhr Barrett mit seiner Ankündigung fort. „Ihr seht einen Mann vor euch, der darauf hofft, diesen ausgezeichneten Bezirk in Zukunft mitzuregieren."

„Halleluja!" Warren hob seine Zigarre zum Gruß. „Das schreit nach einer Runde Brandy." Das Verhalten von Barretts Anwalt war wie immer vorhersehbar. Beim Anblick des Kaffees gab er einen melodramatischen Seufzer von sich, bevor er erneut an seiner Zigarre zog. Richard, der weniger Interesse an starken Spirituosen hatte, goss sich eine Tasse Kaffee ein.

Die drei Männer saßen in dem Raum, den der Architekt das „Frühstückszimmer" genannt hatte, vielleicht weil es im hinteren Bereich des Hauses lag und nach Osten zeigte. Heute Morgen war der Sonnenschein so stark, dass Barrett die schweren Samtvorhänge halb zugezogen hatte. Dadurch war der Raum immer noch lichtdurchflutet, aber nicht mehr gleißend hell.

„Brandy?" Barrett rührte einen Teelöffel Zucker in seinen Kaffee. „Du weißt, dass du keine starken Drinks in meinem Haus finden wirst. Und bevor du nach der Feldflasche greifst, von der ich weiß, dass du sie immer bei dir hast, solltest du daran denken, dass wir unseren Verstand brauchen, wenn wir eine Strategie ausarbeiten wollen."

Richard lehnte sich in den gepolsterten Ledersessel zurück, wobei er einen Teller auf seinen Knien balancierte. „Was für eine Strategie? Es kommt mir so vor, als hättest du alles, was Wyoming von einem Senator erwartet. Du hast viel Geld und ein repräsentatives Haus, um Gäste einzuladen, wenn du nicht in Washington bist. Du siehst nicht allzu schlecht aus." Richard zuckte mit den Schultern. „Das Einzige, was dir fehlt, ist eine Frau."

Warren nickte. „Ich stimme dir zu."

Ihre Reaktion war nicht die, die Barrett erwartet hatte. Seine Freunde hatten ihn ermutigt – wenn nicht gar auf ihn eingeredet –, in die Politik zu gehen. Sie hatten behauptet, dass die Menschen einen Mann wie ihn brauchen würden, der sie in Washington vertrat, wenn das Wyoming-Territorium zu einem Bundesstaat der Vereinigten Staaten werden würde. Er hatte Richard und Warren heute Morgen in sein Haus eingeladen, anstatt sie im Club zu treffen, weil er wollte, dass ihre Unterredung vertraulich blieb. Es schien, als hätte er sich keine Sorgen darüber machen müssen. Es würde keine Unterredung geben, zumindest nicht über wichtige Dinge.

„Denkt denn keiner von euch, dass politische Ansichten und Pläne wichtig sind für den Staat – wenn wir mal davon ausgehen, dass wir unsere Bürger und den Kongress davon überzeugen können, dass Wyoming ein Staat werden sollte?", wollte er wissen.

Warren zog eine Augenbraue hoch, wodurch sich die Falten, die ein halbes Lebensjahrhundert in seine Stirn eingegraben hatte, noch vertieften. „Glaubst du wirklich, dass die Wähler das interessiert? Ganz besonders dort, wo Frauen wählen, kommt es auf die äußere Erscheinung an."

„Und das bedeutet, dass du eine Frau brauchst", warf Richard ein.

„Ganz genau", stimmte Warren ihm zu. „Alles andere hast du. Jetzt brauchst du eine nette Frau, die dir zur Seite steht und die Wähler davon überzeugt, dass du ein Familienmensch bist."

Das lief überhaupt nicht so, wie Barrett es geplant hatte. Er hatte sich Diskussionen über Rednertribünen, über politische Inhalte und öffentliche Auftritte vorgestellt, nicht über die Ehe. Der Rat seiner Freunde reichte aus, um ihn dazu zu bringen, die ganze Idee noch einmal kritisch zu überdenken. „Warum ist es auf einmal so wichtig, dass ich eine Frau habe? Ich sehe nicht, dass einer von euch die Freuden der Ehe genießt."

„Das stimmt", sagte Richard gedehnt. „Aber wir versuchen auch nicht, die Bürger von Wyoming davon zu überzeugen, dass wir ihnen besser dienen könnten als F. E. Warren oder Joseph Carey."

F. E. Warren und Joseph Carey waren die Hauptgründe dafür, dass Barrett das Treffen in seinem Haus einberufen hatte. Beide Politiker waren prominente Mitglieder des Cheyenne-Clubs. Er hatte um jeden Preis vermeiden wollen, dass jemand eine mögliche Erwähnung ihrer Namen mithören könnte.

„Welche Aussichten habe ich eurer Meinung nach, einen der beiden zu schlagen? Carey ist ein beliebter Bürgermeister und Warren – der andere Warren", sagte Barrett mit einem Kopfnicken in Richtung seines Freundes, „war Gouverneur des Territoriums. Im Vergleich zu ihnen bin ich praktisch ein Unbekannter."

„Sie gehören beide zur anderen Partei", sagte Warren nach einem weiteren Zug aus seiner Zigarre. „Wir brauchen eine Veränderung. Und da kommst du ins Spiel. Du bist ein frisches Gesicht. Du hast gute Ideen. Ich habe dich gehört, als du das Wort an den Rinderzuchtverband gerichtet hast, und du bist genauso überzeugend wie F. E. Du bist das, was wir brauchen."

Richard nickte. „Ich stimme Warren zu. Du bist der Mann, den

Wyoming braucht. Deine Ideen sind gut, aber du brauchst mehr als das.“ Er trank einen Schluck Kaffee, wobei er Barrett nicht aus den Augen ließ, um seine Reaktion zu beobachten. „Wähler mögen Familienmenschen. Sie glauben, dass sie ihnen vertrauen können. Deshalb solltest du wirklich übers Heiraten nachdenken. Abgesehen davon wird eine hübsche Lady an deiner Seite dabei helfen, die Menschen anzuziehen.“ Richard hob eine Augenbraue. „Es ist nicht nur für die Kampagne. Eine Ehefrau würde dein Leben vereinfachen. Denk darüber nach. F. E. oder Carey leben auch nicht allein.“

Barrett lebte nicht allein. Nicht direkt. Er hatte einen Koch und einen Butler, die beide im Haus wohnten, und verschiedene andere Bedienstete, die den Tag damit verbrachten, sein Haus in einwandfreiem Zustand zu erhalten. Aber er hatte keine Frau. Das stimmte.

„Ich habe auch schon darüber nachgedacht“, räumte er ein. Es waren nicht nur die Mahnungen seiner Freunde, die solche Gedanken ausgelöst hatten. Es hatte mit einem Brief von seinem Bruder Camden angefangen, der verkündet hatte, dass er und Susan Miller bereits verheiratet sein würden, wenn Barrett die Neuigkeiten erhielt. Obwohl er zwei Jahre älter war als Barrett, hatte Camden stets behauptet, dass er als Letzter der drei Brüder heiraten würde. Nun schien es so, als wäre er der Erste, denn Harrison hatte keine Andeutungen in dieser Richtung gemacht.

„Was haltet ihr von Miss Taggert?“, fragte Barrett. Von allen Frauen, die er in Cheyenne getroffen hatte, war sie die Einzige, die er sich als Ehefrau vorstellen konnte. Deshalb hatte er in letzter Zeit mehr Zeit mit ihr verbracht, auch wenn er ihr noch nicht offiziell den Hof machte.

„Miss Miriam Taggert?“ Richards Stimme klang angespannt.

Barrett nickte. „Ich glaube, sie ist die einzige Miss Taggert in Cheyenne.“

Warren drückte seine Zigarre aus. „Das ist eine hervorragende Wahl. Sie ist blond, du bist dunkelhaarig. Ihr werdet ein bemerkenswertes Paar abgeben. Außerdem wird die Tatsache, dass du die Zeitung ihres Vaters hinter dir hast, dir dabei helfen, unentschlossene Wähler zu überzeugen. Ich bin nicht immer einverstanden mit Cyrus Taggerts Ansichten, aber es gibt keinen Zweifel daran, dass seine Leitartikel stark sind.“ Warren beugte sich vor und legte seine

Hand auf Barretts Schulter. „Ich wusste, dass es richtig war, dich zu unterstützen."

Barrett lehnte sich auf seinem Stuhl zurück und warf seinem Anwalt ein schiefes Lächeln zu. „Und die Tatsache, dass ich dich üppig bezahle und dass es zweifellos mehr Arbeit für dich geben wird, wenn ich für ein Amt kandidiere, hat dich nicht beeinflusst?"

Warren schüttelte den Kopf. „Nicht eine Minute lang."

Das war eine Lüge. „Sei vorsichtig, Warren. Du weißt, was ich von Lügnern halte."

Barretts Freund rümpfte seine beeindruckende Nase. „Wie könnte ich das vergessen? Barrett Landry, der rechtschaffene Rinderbaron."

Der leicht spöttelnde Ton ließ in Barrett den Wunsch entstehen, das Grinsen aus Warrens Gesicht zu vertreiben, aber bevor er etwas sagen konnte, jubelte Richard: „Das ist es! Warren, du bist ein Genie! Wir haben den Slogan für unsere Kampagne: Landry lügt nie."

„Ich bin so froh, dass Barrett kommt." Miriam Taggert schnappte nach Luft, als Charlotte die Bänder des Korsetts festzog. Obwohl Charlotte ihrer Freundin und besten Kundin davon abgeraten hatte, hatte Miriam darauf bestanden, dass das Kleid, das sie gerade anprobierte, mit einer Taille gefertigt werden sollte, die ein paar Zentimeter schmaler war als bei ihren anderen Kleidern.

„Männer mögen zierliche Frauen", hatte sie zu Charlotte gesagt, „und da mich niemand als klein bezeichnen würde ..." Mit einem Lächeln deutete Miriam von ihren sorgfältig frisierten Haaren bis hinab zu ihren eleganten Schuhen, was auf eine Größe von 1,73 m hinauslief. „Irgendein Teil von mir muss schmal und zierlich sein."

Obwohl man darüber streiten konnte, ob Miriam mit ihrem etwas zu breiten Mund und ihren etwas zu schmalen Augen im klassischen Sinne schön war, war sie eine beeindruckende Frau, die ihre elegante Gestalt und den Reichtum ihres Vaters benutzte, um sich in Cheyenne als Vorreiterin in Sachen Mode zu etablieren. Und dank Miriams Unterstützung war *Élan*, Charlottes Modegeschäft, das beliebteste Atelier bei den wohlhabenden jungen Damen der

Stadt. Die älteren Ladys bestellten ihre Kleider entweder direkt aus Paris, wie Miriams Mutter es tat, oder sie schlossen sich den weniger reichen Bürgern der Stadt an, die Miss Smiths Geschäft aufsuchten. Dieses Wissen linderte viele von Charlottes Ängsten. Da *Élan* eine reichere Kundschaft versorgte, bestand keine Gefahr, dass eine von den Offiziersfrauen aus Fort Laramie Charlottes neuen Aufenthaltsort in Cheyenne entdecken würde. Charlotte hatte gewusst, dass sie ein Risiko einging, wenn sie in Wyoming blieb. Doch das Gefühl von Frieden, das sie damals verspürt hatte, als sie in Cheyenne aus der Postkutsche gestiegen war, hatte zu ihrem Entschluss geführt, dass dies der Ort war, an dem sie leben wollte.

„Warum kommt Mr Landry?", erkundigte sie sich. Nur wenige Männer betraten *Élan* und die, die es taten, waren normalerweise Ehemänner.

Miriam kicherte. „Ich habe ihm gesagt, dass ich es gern hätte, wenn er die Farbe des Kleides sieht, aber in Wahrheit will ich, dass du ihn kennenlernst. Wir haben uns in letzter Zeit häufig gesehen. Mama denkt, dass er mir den Hof machen wird. Sie und Papa glauben, dass er der perfekte Schwiegersohn wäre, aber …" Miriam zuckte zusammen, als Charlotte dem Korsett den letzten Zug verpasste. „Ich bin mir nicht so sicher. Ich möchte deine Meinung hören", sagte sie, als sie wieder atmen konnte. „Manchmal denke ich, du kennst mich besser als meine Eltern."

Obwohl sie einander nur in Charlottes Laden sahen, waren die beiden Frauen im Verlauf des letzten Jahres Freundinnen geworden, als Miriam die gemeinsamen Anproben mit Geschichten von den Verkupplungsversuchen ihrer Mutter bereichert hatte. „Sie ist davon überzeugt, dass ich mit vierundzwanzig eine alte Jungfer bin", sagte Miriam und lächelte gequält. „Wie alt warst du, als du geheiratet hast?"

„Vierundzwanzig."

„Und hatte deine Mutter Angst, du würdest als alte Jungfer sterben?"

Charlotte schüttelte den Kopf und nahm das Kleid, das Miriam anprobieren wollte, vorsichtig vom Bügel. „In den letzten paar Jahren ihres Lebens war sie sehr krank. Ich glaube, sie war froh, dass ich damals noch nicht verheiratet war. Ein Ehemann wäre vielleicht nicht glücklich darüber gewesen, dass ich all meine Zeit damit verbrachte, sie zu pflegen." Jeffrey hätte das nicht gefallen. Charlotte versuchte, den Gedanken zu verdrängen. Sie wollte jetzt nicht über Jeffrey nachdenken. Es wäre später noch Zeit, den Jahrestag seines Todes zu begehen.

Als sie sich wieder ihrer Kundin zuwandte, setzte Charlotte ein geschäftsmäßiges Lächeln auf. „Ist dieses Kleid für einen bestimmten Anlass gedacht?" Als sie die Seide bestellt hatte, hatte sie sofort ihre Freundin Miriam im Sinn gehabt. Sie wusste, dass das tiefe Waldgrün Miriams blondes Haar hervorheben und die Aufmerksamkeit auf ihre beeindruckenden grünen Augen lenken würde.

Miriam nickte. „Wir gehen in ein Konzert." Das Lächeln, das ihr Gesicht erhellte, verwandelte sie in eine strahlend schöne Frau, wenn auch nur für einen Augenblick. „Das Sinfonieorchester spielt Beethovens Neunte. Das ist eines meiner Lieblingsstücke."

„Meins auch. Meine Mutter hat immer die ‚Ode an die Freude' gesunden, während sie am Arbeiten war."

Als Charlotte begann, ihr das Kleid überzuziehen, streckte Miriam ihre Hände über den Kopf. „War deine Mutter Modemacherin wie du, bevor sie erkrankte?"

Obwohl Miriam sie nicht sehen konnte, schüttelte Charlotte den Kopf. „Nein. Nur eine wundervolle Mutter." Obwohl Charlotte sicher war, dass Miriam niemals absichtlich ein Geheimnis verraten würde, war sie vorsichtig mit den Einzelheiten, die sie preisgab. Es gab keinen Grund, Miriam oder irgendjemand anderem zu erzählen, dass ihre Mutter die Ehefrau eines Predigers gewesen war und dass ihre Arbeit darin bestanden hatte, kranke Gemeindemitglieder zu besuchen und die besten Marmeladen und Gelees in Vermont herzustellen. Um die Aufmerksamkeit von sich selbst abzulenken, sprach Charlotte hastig weiter, während sie die Halbschleppe des Kleides arrangierte. „Ich kann mir vorstellen, dass deine Mutter Musik genauso liebt wie du. Die Zeitung listet sie bei jedem Musikereignis unter den Zuhörern auf."

Charlottes Worte entlockten Miriam ein wenig damenhaftes Schnauben. „Sag niemandem, dass das von mir kommt, aber meine Mutter ist völlig unmusikalisch. Meiner Meinung nach besucht sie nur deshalb Konzerte, weil man das von ihr erwartet ... und weil es

Papa etwas gibt, worüber er schreiben kann. Er sagt immer, dass die Zeitung auch Informationen bringen muss, die Damen zusagen, auch wenn sie langweilig sind."

Und Damen – auch wenn man ihnen im Wyoming-Territorium das Wahlrecht zugebilligt hatte und sie als Geschworene fungieren durften – hielt man nicht für intelligent genug, um sich Gedanken über Politik zu machen. Das war, wie Charlotte aus den Unterhaltungen ihrer Kundinnen wusste, eine ziemlich gängige Meinung.

„Du musst dir keine Sorgen machen. Dein Geheimnis ist bei mir sicher." Charlotte war eine Meisterin darin, Geheimnisse zu bewahren, sowohl ihre eigenen als auch die von anderen. „Wie ist es mit Mr Landry? Mag er Musik?"

Miriam zuckte die Achseln und verzog ihr Gesicht, als eine Nadel über ihre Schulter kratzte. „Ich weiß es nicht. Er könnte wie meine Mutter sein."

Charlotte hatte den Verdacht, dass das der Fall war. Obwohl sie Barrett Landry noch niemals persönlich getroffen hatte, war er von so vielen ihrer Kundinnen erwähnt worden, dass sie sich ein Bild von dem Viehbaron gemacht hatte, der vor fünf Jahren hierhergezogen war. Reich und ehrgeizig, wie er war, gehörte ihm eines der schönsten Häuser in Cheyenne. Von dem Gebäude, das Charlottes Laden und darüber ihre Wohnung beherbergte, befand sich Barrett Landrys Haus zwar nur drei Blocks entfernt. Trotzdem war es unerreichbar weit weg von dem einfachen Ziegelbau, den Charlotte ihr Zuhause nannte. Barrett Landrys Haus besaß vielleicht keinen Ballsaal, wie man es von einigen seiner Nachbarhäuser behauptete, doch es war genauso dazu bestimmt, Eindruck zu machen. Nachdem Charlotte den Prachtbau gesehen hatte, schenkte sie den Gerüchten Glauben, dass sein Besitzer plante, in die Politik zu gehen. Das Haus war der ideale Ort, um die einflussreichsten Männer des Territoriums zu Gast zu haben, eingeschlossen Miriams Vater. Bei dem Gedanken, dass Cyrus Taggert womöglich zum Teil der Grund war, weshalb Barrett Miriam den Hof machen wollte, verzog Charlotte das Gesicht. Wenn das denn tatsächlich Barrett Landrys Absicht war. Sie hoffte, dass das nicht zutraf, denn Miriam verdiente einen Mann, der sie um ihrer selbst willen liebte, nicht wegen der Wählerstimmen, die ihr Vater beeinflussen konnte.

Die Glocke über der Eingangstür klingelte.

„Das ist wahrscheinlich Barrett." Miriams Wangen färbten sich rosa. „Geh du schon mal raus. Molly kann helfen, mich zu Ende anzukleiden."

„Bist du dir sicher?", fragte Charlotte und trat zur Tür des Ankleidezimmers. Es stimmte, dass ihre Mitarbeiterin die drei Dutzend Perlenknöpfe schließen konnte, die die Rückseite des Kleides verzierten.

Miriam nickte. „Ich will deine Meinung hören. Deine ehrliche Meinung."

„Natürlich."

Als Charlotte den großen Verkaufsraum ihres Ladens betrat, sah sie, dass Molly den Besuch mit großen Augen anstarrte. Das war kein Wunder. Der Mann, der *Élan* betreten hatte, sah noch besser aus, als allgemein behauptet wurde. Er war mindestens 1,80 m groß und hatte dunkelbraune Haare, blaue Augen und ein Gesicht vorzuweisen, das nur durch eine Krümmung seiner Nase vor der Vollkommenheit bewahrt wurde. Obwohl er nicht so muskulös war wie die Farmer, die Charlotte zu Hause in Vermont gekannt hatte, ließ sein elegant geschnittener Mantel keinen Zweifel daran, dass dieser Mann ebenfalls körperliche Arbeit gewöhnt war. Das ließ ihn – in Kombination mit seiner ausgesuchten Kleidung und seiner tadellosen Haltung – unglaublich attraktiv und wie einen Gentleman aussehen. Wie einen wichtigen Gentleman.

Barrett Landry war ein Mann, den niemand ignorieren würde.

„Mr Landry?"

Er nickte. „Sie müssen Madame Charlotte sein. Ich bitte um Entschuldigung, aber Miriam hat mir nie Ihren vollständigen Namen gesagt. Sie beschreibt Sie einfach als Madame-Charlotte-die-die-schönsten-Kleider-in-Cheyenne-macht-besser-noch-als-Mamas-Originale-aus-Paris."

Charlotte schmunzelte. „Miss Taggert übertreibt."

Obwohl Mr Landry ihr die Gelegenheit gegeben hatte, ihren Nachnamen zu offenbaren, tat Charlotte es nicht. Als sie *Élan* eröffnet hatte, hatte sie absichtlich einen französischen Namen für das Geschäft gewählt und sich selbst den Namen Madame Charlotte gegeben, obwohl sie nicht einen Tropfen französisches Blut besaß.

Einerseits gefiel den meisten ihrer Kundinnen die Illusion, Kleider zu kaufen, die eine Verbindung zu Frankreich hatten. Andererseits vermied Charlotte durch eine Anrede, die nur aus ihrem Vornamen bestand, dass man sie mit Mrs Harding anredete. Es stimmte, dass sie den Kaufvertrag für *Élan* als „Charlotte Harding“ unterschrieben hatte, aber sie zuckte immer noch zusammen, wenn man sie Mrs Harding nannte. Sie war Miss Harding gewesen, dann Mrs Crowley, niemals jedoch Mrs Harding. Vielleicht hätte sie von vorneherein einen völlig anderen Namen wählen sollen, aber die Predigten ihres Vaters über die Gefahren des Lügens hatten Charlotte dazu gebracht, den Namen zu benutzen, den sie die meiste Zeit ihres Lebens getragen hatte.

„Bitte setzen Sie sich. Miss Taggert wird in Kürze fertig sein.“ Charlotte deutete auf einen der zierlichen Stühle, die an einem kleinen Tisch standen. Hier warteten ihre Kundinnen und blätterten interessiert in den Modemagazinen, die sie sorgsam auf dem Tisch arrangiert hatte. Der Raum – tatsächlich sogar der gesamte Laden – war für Frauen gestaltet worden. Vielleicht fühlte Charlotte sich deshalb so unwohl dabei, Barrett Landry hier zu haben. Der Auftrag, den Miriam ihr gegeben hatte, bestand ja darin, sich eine Meinung über den Mann zu bilden, der vielleicht oder vielleicht auch nicht plante, ihrer Freundin den Hof zu machen. Leider konnte Charlotte eine Unterhaltung schlecht mit der Frage beginnen, ob seine Absichten ehrenwert waren.

„Möchten Sie eine Tasse Kaffee?“

Mr Landry verneinte, bevor er auf die Regale zuging, die mit Stoffballen beladen waren. Zu Charlottes Überraschung betastete er einige davon.

Als sie daran dachte, was sie Miriam berichten würde, verkniff sie sich ein Lächeln: *Dein Gentleman war der Einzige, der sich jemals für Seide interessiert hat.* Zumindest in dieser Hinsicht war Barrett Landry nicht das, was Charlotte erwartet hatte.

Das Objekt ihrer Gedanken wandte sich ihr wieder zu. „Sie haben sehr schöne Ware. Wenn ich mich nicht täusche, ist das chinesische Seide.“ Er deutete auf die wenigen Ballen, die hochkant standen, anstatt wie die weniger empfindlichen Stoffballen gestapelt zu sein.

„Das ist es. Ich bin sehr überrascht, dass Sie das erkannt haben.“

Viele der Frauen, die *Élan* mit ihrem Besuch beehrten, konnten nicht zwischen Seide und Satin unterscheiden, geschweige denn den Unterschied zwischen Seide aus Indien und Seide aus China erkennen. Barrett Landry war nicht nur atemberaubend gut aussehend – er besaß auch unerwartete Facetten.

Als hätte er ihre Gedanken gelesen, grinste er. Es war ein bescheidenes Lächeln, das sein Gesicht nur noch attraktiver machte. „Ich bin nicht immer Rinderzüchter gewesen. Bevor ich hierherzog, hab ich im Handelsunternehmen meiner Familie im Westen von Pennsylvania gearbeitet. Wir haben normalerweise keine Seide geführt, aber mein Vater hat sie hin und wieder bestellt."

Das Geheimnis war gelüftet. Es gab einen logischen Grund, weshalb sich der Viehbaron, der möglicherweise in die Politik wollte, mit Stoffen auskannte.

„Nichts fällt so schön wie Seide", erklärte Charlotte. „Deshalb benutze ich sie gern für Abendkleider."

Mr Landry wandte sich wieder den Ballen zu und berührte einen. „Dieses Grün ist ausgesprochen anziehend. Es würde zu Miriams Augen passen."

Charlotte behielt ihren unbeteiligten Gesichtsausdruck bei und deutete auf zwei weitere. „Dann würden Sie ihn dem saphirblauen oder dem apricotfarbenen vorziehen?" Als Miriam das Kleid in Auftrag gegeben hatte, hatte Charlotte den saphirfarbenen oder den waldgrünen Stoff vorgeschlagen, aber Miriam hatte zu dem apricotfarbenen tendiert, vielleicht weil er dem Farbton des Kleides ähnelte, das Charlotte an jenem Tag getragen hatte.

„Ja." Mr Landrys Antwort kam schnell und entschieden. „Das Orange – äh, Apricot – würde Ihnen viel besser stehen als Miriam." Er hatte recht. Das Apricot passte sehr viel besser zu Charlottes dunkelbraunem Haar und ihren dunkelbraunen Augen als zu Miriams blonden Haaren. Offenbar war Barrett Landrys Wissen nicht nur auf das Erkennen von Stoffqualitäten beschränkt.

Er wandte sich um, als er hörte, dass sich die Tür des Ankleideraumes öffnete. „Ah, da sind Sie ja", sagte er, als Miriam zum Vorschein kam.

Sie drehte sich langsam im Kreis und ließ ihn das Kleid aus allen Richtungen betrachten. „Was denken Sie?" Miriam warf Charlotte einen kurzen Blick zu. Das Funkeln in ihren Augen verriet, dass sie diese Frage als eine Art Test betrachtete. Vielleicht versuchte sie herauszufinden, wie aufmerksam Barrett als Ehemann sein würde, ob er sich für ihre Kleidung interessierte.

„Es ist ein schönes Kleid."

Obwohl Charlotte vermutete, dass Mr Landry Miriam nur aufzog, verzog ihre Freundin die Lippen, als wäre sie verärgert. „Die Farbe, Barrett. Was denken Sie über die Farbe?" Sie trat einen Schritt näher. „Finden Sie nicht, sie lässt mich wie einen Weihnachtsbaum aussehen?"

„Nein, das tut sie nicht. Sie lässt Sie wunderschön aussehen. Jeder Mann in Cheyenne wird mich beneiden."

Charlotte versuchte, ihn nicht anzustarren. Obwohl Mr Landry äußerlich keine Ähnlichkeit mit Jeffrey hatte, klangen sein Tonfall und die Worte, die er gewählt hatte, genau wie bei Charlottes früherem Ehemann. Der interessierte, freundliche Tonfall, in dem er über die Seide gesprochen hatte, hatte sich verändert. Die Aufrichtigkeit, die sie zu hören geglaubt hatte, als er sich mit ihr unterhalten hatte, war verschwunden. Die Veränderungen waren minimal, aber in Charlottes Ohren klangen die Worte, die er zu Miriam gesagt hatte, unaufrichtig.

Charlotte beschlich die Angst, dass ihre Freundin einen Fehler machte. Sie wartete, bis Miriam ins Ankleidezimmer zurückgekehrt war, bevor sie bemerkte: „Ich habe Gerüchte gehört, dass Sie in die Politik gehen wollen."

Barrett Landry lehnte sich gegen den Tresen und seine blauen Augen funkelten. „Das tue ich. Sagen Sie mir nicht, dass Ihnen das missfällt. Ich zähle auf Ihre Stimme!"

Sein Lächeln war gewinnend und Charlotte bezweifelte nicht, dass es nicht das erste Mal war, dass er eine Frau damit bezauberte. Sie würde diesem Charme allerdings nicht erliegen.

„Um zu wissen, ob mir das gefällt oder nicht, ist es noch zu früh", sagte sie zu ihm. „Ich bin allerdings neugierig auf die Gründe, weshalb Sie für ein Amt kandidieren." Nach Charlottes Erfahrung waren zu viele Männer wie Jeffrey und suchten Ruhm oder Geld oder beides. Um Miriams willen hoffte sie, dass Barrett Landry anders war.

„Was würden Sie für einen triftigen Grund halten?"

Charlotte nahm zur Kenntnis, dass er ihre Frage nicht beantwortet, sondern stattdessen den Spieß umgedreht hatte. „Ich habe immer geglaubt, dass jeder von uns auf der Erde ist, um einen besseren Ort daraus zu machen. Wir können die Vergangenheit nicht verändern, aber wenn wir die Gegenwart auf die bestmögliche Weise gestalten, können wir die Zukunft beeinflussen. Was auch immer wir mit unserem Leben anfangen, sollte im Einklang damit stehen." Nun klang sie wie Papa, der eine Predigt hielt. Das hatte sie nicht beabsichtigt. Eigentlich wollte sie mehr über Barrett Landry erfahren und nicht ihm ihre tiefsten Überzeugungen mitteilen.

Er schwieg einen Moment lang und rieb geistesabwesend über seine schiefe Nase. Dabei blieb sein Blick auf ihr Gesicht gerichtet, so als würde er ihre Aufrichtigkeit einschätzen wollen. „Ich habe keinen Zweifel daran, dass es für die Bürger von Wyoming besser wäre, wenn wir ein Staat anstelle eines Territoriums wären. Wir könnten unseren eigenen Gouverneur wählen und hätten nicht irgendeinen Helfershelfer, den der Präsident eingesetzt hat, um Wyoming zu verwalten. Wir wissen besser als jemand, der noch nie einen Fuß in unser Gebiet gesetzt hat, wie wir mit unseren Vorräten, besonders mit Wasser, umgehen müssen. Die Politiker hinten im Osten verstehen nicht, wie knapp Wasser ist oder warum es lebensnotwendig ist, dass man weise damit umgeht."

Er war kein Dilettant oder ein Mann, der nur auf persönlichen Profit aus war. Die Leidenschaft in seiner Stimme überzeugte Charlotte von seiner Aufrichtigkeit in Bezug auf seine Motive. „Und Sie glauben, dass Sie der Mann sind, der Washington verändern kann?"

Barrett Landry schüttelte den Kopf. „Nicht allein. Aber mit den richtigen Ratgebern, ja, ich glaube, dann könnte ich etwas bewirken."

Charlotte hörte gedämpftes Gelächter aus dem Ankleideraum. Was auch immer Molly und Miriam miteinander besprachen, war unbeschwerter als ihre Unterhaltung mit Mr Landry.

„Wie ist es mit Ihnen, Madame Charlotte?", fragte er, wobei sich seine Lippen zu so etwas wie einem Lächeln verzogen. „Glauben Sie, dass das Nähen schicker Kleider für wohlhabende Frauen die Welt zu einem besseren Ort macht?"

Charlotte wurde blass, als die Bedeutung seiner Worte in ihr Bewusstsein drangen. Sie tat, was sie konnte, um sich und David zu versorgen, aber sie verbesserte nicht die Welt, indem sie Frauen wie Miriam einkleidete. Sie hätte das Thema niemals anschneiden sollen.

„Nein, das tut es nicht", räumte Charlotte ein. „Ich schätze, das macht mich zu einer Heuchlerin. Ich entschuldige mich, Mr Landry." Sie zwang sich, ihren Blick weiterhin geradeaus zu richten, obwohl sie das Bedürfnis hatte, sich zu ducken.

Zu Charlottes Überraschung schüttelte Barrett Landry den Kopf. „Ich bin derjenige, der sich entschuldigen sollte." Das Funkeln in seinen Augen verblasste. „Meine Mutter hätte mir gründlich den Kopf gewaschen, wenn sie mich gehört hätte. Wenn es etwas gab, das sie uns Jungs eingebläut hat, dann die Mahnung, dass ein Gentleman niemals unhöflich zu einer Lady ist. Das war ich und das tut mir aufrichtig leid."

„Sie waren nur ehrlich mit Ihrer Frage."

„Ehrlich. Das war ich wirklich." Mr Landrys Augen ließen einen Anflug von Erheiterung erkennen. „Darf ich Sie bei einer Sache nach Ihrer Meinung fragen? Nach Ihrer *ehrlichen* Meinung?" Er betonte das Adjektiv.

Charlotte nickte und versuchte nicht darüber nachzudenken, welche Ironie es war, dass jetzt bereits zum zweiten Mal in weniger als einer halben Stunde jemand nach ihrer ehrlichen Meinung fragte. Was würden Miriam und Mr Landry denken, wenn sie ahnten, dass Charlotte den Tag damit begonnen hatte, über ihre eigene Unehrlichkeit nachzudenken? Sie war immer noch unentschlossen, was sie Miriam in Bezug auf diesen Mann sagen sollte, und jetzt fragte er nach ihrer Meinung. Sie konnte nur hoffen, dass es dabei nicht um Miriam ging.

„Meine Ratgeber sagen mir, dass ich einen Slogan für meine Kampagne brauche."

Nicht Miriam. Zum Glück. „Sie haben wahrscheinlich recht."

„Da wir uns insoweit einig sind, möchte ich Ihre Meinung zu dem Slogan ‚Landry lügt nie' hören. Was denken Sie?"

Charlotte schluckte und versuchte den Kloß loszuwerden, der ihr angesichts all der Lügen und Halbwahrheiten, die sie von sich gegeben hatte, im Hals steckte.

„Er hat einen schönen Klang", sagte sie schließlich. „Sie könnten ein kleines Lied daraus machen."

Mr Landry lachte in sich hinein. „Ich habe zwar nach Ihrer aufrichtigen Meinung gefragt, doch diesen Ratschlag werde ich besser nicht befolgen. Wenn ich singe, werde ich auch noch den letzten Wähler verlieren. Ochsenfrösche klingen besser als ich." Er rümpfte die Nase, bevor er wieder ernst wurde. „Abgesehen von den musikalischen Möglichkeiten: Was halten Sie von dem Motto? Denken Sie, dass es den Wählern gefallen wird?"

Charlotte wollte nicht länger über Ehrlichkeit nachdenken und zwang sich zu einem Lächeln. „Das glaube ich bestimmt, Mr Landry. Ganz bestimmt."

Kapitel 2

„Sie haben die Kutsche mitgebracht!" Miriam legte ihre Hand auf Barretts Arm und lächelte ihn strahlend an. Offenbar hatte er etwas richtig gemacht. Es gab Zeiten, in denen Miriams Stimmung schwer zu entschlüsseln war. Manchmal hatte Barrett das Gefühl, als spiele er eine Theaterrolle, wenn er versuchte, ihr ein Lächeln zu entlocken. Aber der Anblick des zweirädrigen Einspänners mit dem offenen Verdeck schien Miriams nachdenkliche Stimmung vertrieben zu haben. Sie war ungewöhnlich still gewesen, als sie aus dem Ankleideraum gekommen war. Irgendwie hatte Barrett den Eindruck gehabt, ein Eindringling zu sein und sie von einer privaten Unterhaltung mit Madame Charlotte abzuhalten. Das war absurd. Miriam hatte ihn ausdrücklich gebeten, sie im Laden zu treffen. Folgsam hatte er genau das getan, worum Miriam ihn gebeten hatte, doch sie hatte verstimmt gewirkt. Aber jetzt lächelte sie glücklicherweise wieder.

„Ich dachte, wir könnten in den Park fahren", sagte er, als er ihr in die Kutsche geholfen hatte. Es war ein perfekter Oktobertag. Der Himmel erstrahlte in einem tiefen Blau, das einzigartig für Wyoming zu sein schien und von ein paar bauschigen Quellwolken noch unterstrichen wurde. Die Sonne hatte die Luft ausreichend erwärmt, sodass es angenehm sein würde, durch den Park zu schlendern. Und obwohl die Bäume, die die Schulkinder gepflanzt hatten, immer noch Schösslinge waren und wenig Schatten gaben, würde das kein Problem sein, denn Miriam hatte ihren Sonnenschirm mitgebracht.

„Sie können Ihren neuen Hut ausführen", sagte Barrett galant, als er die Zügel festband.

Miriam rümpfte die Nase. Der Blick, den sie ihm zuwarf, machte deutlich, dass er etwas falsch gemacht hatte. Schon wieder. „Dies ist kein neuer Hut. Sie haben ihn bereits gesehen. Jeder hat ihn gesehen."

„Er sieht immer noch sehr hübsch aus. Sie sehen bezaubernd

aus." Barrett hätte sich selbst in den Hintern treten können. Im Vergleich zu Frauen waren Rinder – selbst die störrischen, die versuchten, sich beim Zusammentrieb zu verstecken – die umgänglichsten Kreaturen auf der Erde. Vielleicht hätte er nichts über den Hut sagen sollen, aber Camden hatte behauptet, dass junge Damen Komplimente über ihre äußere Erscheinung hören wollten. Sein Bruder hatte allerdings versäumt zu erwähnen, dass ein Mann vorsichtig sein musste, wenn er auf ein spezielles Kleidungsstück Bezug nahm.

Als er seine Worte und Miriams Reaktion überdachte, wurde Barrett klar, was er hätte sagen sollen: dass er das Privileg haben wollte, sie – die hübscheste Lady der Stadt – an seinem Arm zu haben, wenn er durch den Park schlenderte.

Waren alle Frauen so empfindlich? Barrett bezweifelte, dass Madame Charlotte so war. Sie hatte nicht diesen Eindruck gemacht. Sie war nicht die hübscheste Frau, die Barrett jemals gesehen hatte. Auch andere Frauen hatten dunkelbraunes Haar und Augen in der Farbe von Mr Ellis' bester Schokolade. Auch andere Frauen trugen Röcke, die flüsterten, wenn sie sich bewegten, und die auf diese Weise die Aufmerksamkeit eines Mannes auf sich zogen, obwohl der Stoff praktisch jeden Zentimeter Haut bedeckte. Auch andere Frauen benutzten sanftes blumiges Parfum, das an einen Sommergarten erinnerte. Aber keine andere Frau, die Barrett getroffen hatte, hatte dieselbe faszinierende Mischung aus Selbstbewusstsein und Verwundbarkeit gezeigt.

Wenn Madame Charlotte durch ihren Laden ging und über die Seide sprach, war sie die perfekte Geschäftsinhaberin: sachkundig, hilfsbereit, allem Anschein nach aufrichtig in ihrem Interesse an Barrett, obwohl er kein Kunde war. Sie hatte ihm sogar verziehen, dass er sie mit seiner Frage in Verlegenheit gebracht hatte. Frage? Wenn er ehrlich zu sich war, dann war es eher eine Stichelei gewesen. Sie hatte ihn herausgefordert, als sie ihn nach seinen Motiven gefragt hatte, und er hatte das Bedürfnis verspürt zu kontern. Barrett war nicht stolz darauf, genauso wenig wie er stolz darauf war, dass seine Motivation für die Kandidatur anfangs nicht so uneigennützig gewesen war, wie er behauptet hatte. Als Richard und Warren erstmals eine Kandidatur Barretts vorgeschlagen hatten, hatte er es als Möglichkeit gesehen, zu beweisen, dass er etwas tun könnte, was seine Brüder nicht getan hatten. Es war nicht einfach gewesen, in Harrisons und Camdens Schatten aufzuwachsen. Sie waren schon immer groß und stark gewesen, er jedoch zu klein für sein Alter. Erst als er schon beinahe 18 Jahre war, hatte er aufgehört zu wachsen. Als seine Brüder ihn als Schwächling bezeichnet und sich geweigert hatten, ihn mitspielen zu lassen, hatte Barrett sich dadurch gewehrt, dass er ihnen Streiche gespielt hatte. Auf diese Weise hatte er sich schnell den Ruf eines Unruhestifters erworben. Obwohl er mittlerweile seine Beziehung mit Harrison und Camden in Ordnung gebracht hatte, hatte er sich in Northwick niemals vollkommen zu Hause gefühlt. Das war einer der Gründe, weshalb er so schnell wie möglich weggezogen war.

Es war eine Herausforderung gewesen, sich ein neues Leben in Wyoming aufzubauen, aber Barrett Landry hatte es geschafft. Er war wohlhabend und hatte eine soziale Stellung, die die seiner Brüder bei Weitem übertraf. Die Kandidatur wäre der letzte Beweis dafür, dass er nicht länger der kleine, schwache, unselbstständige Bruder war.

Der Drang, das zu beweisen, war mächtig. Doch je mehr Barrett über sein neues Zuhause lernte, desto bewusster wurde ihm, dass er in Wyoming etwas verändern könnte – zum Besseren. Und so hatte er Madame Charlotte dies erzählt, nicht das ursprüngliche, egoistische Motiv.

Er hatte den Eindruck gehabt, als würde sie ihm glauben. Erst als sie über seinen Slogan gesprochen hatten, hatte es so gewirkt, als würde sie sich in sich selbst zurückziehen. Ihre Haltung hatte sich verändert und Barrett an das Baumstachelschwein erinnert, das er gemeinsam mit Camden und Harrison gefunden hatte, als sie in Pennsylvania durch den Wald gewandert waren. In dem Moment, in dem das Tier sie entdeckt hatte, hatte es sich zu einem Ball zusammengerollt und sich mit seinen spitzen Stacheln geschützt. Und obwohl er über einen Zeitraum, der sich wie Stunden angefühlt hatte, dort gestanden und darauf gewartet hatte, dass sich das Tier wieder auseinanderrollen würde, hatte es das nicht getan.

Madame Charlotte beschützte etwas oder jemanden. Vielleicht eine Tochter? Obwohl Miriam lediglich erwähnt hatte, dass Madame Charlotte Witwe war und über dem Laden wohnte, hatte er oben eine helle Stimme gehört. Ein Kind lebte dort, aller Wahrscheinlichkeit nach Madame Charlottes Kind. Barrett konnte verstehen, dass sie vielleicht ihre Tochter beschützen wollte, aber das erklärte nicht, warum sein Slogan sie so irritierte.

„Biegen Sie bitte hier ab." Miriam tippte gegen Barretts Arm.

Er schaute sich um und war überrascht, als ihm klar wurde, dass sie die Ecke der 22. Straße erreicht hatten. Der Park war nicht mehr weit entfernt. Offenbar hatte er bereits einige Straßen überquert, ohne sich dessen bewusst zu werden.

„Es tut mir leid", sagte er ehrlich. „Ich war ganz in Gedanken."

„Es sollte Ihnen auch leidtun." Miriams normalerweise sanfte Stimme enthielt viel Schärfe. „Sie haben mich praktisch ignoriert, seit wir Madame Charlottes Laden verlassen haben."

Madame Charlotte. Hatte die Frau denn keinen Nachnamen? Natürlich hatte sie den, auch wenn Barrett ihn noch nie von Miriam gehört hatte. Obwohl das Rätsel um den Namen der hübschen Schneiderin ihn fast genauso neugierig machte, wie ihre abwehrende Haltung das getan hatte, hütete sich Barrett, seine Begleiterin danach zu fragen. Von einer anderen Frau zu sprechen, auch wenn es sich um ihre Schneiderin handelte, war einer Lady gegenüber ungehörig, besonders derjenigen gegenüber, der er vielleicht den Hof machen wollte.

„Es tut mir leid, Miriam. Das haben Sie nicht verdient. Ich versichere Ihnen, dass Sie von nun an meine volle Aufmerksamkeit haben."

Der Blick, den sie ihm zuwarf, zeigte Barrett, dass sie immer noch skeptisch war. „Worüber haben Sie nachgedacht?"

Es wäre das Ende seiner Hoffnungen, wenn er ihr die Wahrheit sagen würde. Stattdessen wechselte Barrett das Thema, während sie sich dem Stadtpark näherten. „Hat Ihr Vater irgendetwas darüber gesagt, ob die Rindfleischpreise sinken? Ich habe gehört, dass einige der anderen Rinderzüchter mehr Stück verkaufen als normal, weil sie sich vor einem strengen Winter fürchten."

Miriam warf ihm einen weiteren Blick zu, um ihm zu signalisieren, dass sie sein bewusstes Ausweichen durchaus bemerkte. Sie war nicht einfach nur eine attraktive Frau, erinnerte sich Barrett. Sie war auch intelligent. Das war einer der Gründe, warum sie die ideale Ehefrau für ihn wäre. Selbst wenn er niemals lernte, sie zu lieben, konnte er sie zumindest respektieren.

Miriam drehte ihren Sonnenschirm auf kokette Weise hin und her und nickte. „Papa hat etwas erwähnt, aber Sie wissen ja, dass Mama es nicht mag, wenn er beim Essen über Geschäfte spricht. Sie sagt, dass sei nicht gut für die Verdauung." Miriam winkte einer Freundin auf der anderen Straßenseite zu, bevor sie hinzufügte: „Er hat aber gesagt, jemand hätte berichtet, dass die Biber größere Höhlen bauen als sonst. Wenn Sie mich fragen, ist das eine alberne Geschichte. Was wissen Biber schon über das Wetter?"

Miriam legte ihre Hand auf Barretts Arm. Ihr Gesichtsausdruck war gespannt, während sie darauf wartete, dass sich seine volle Aufmerksamkeit auf sie richtete. „Sagen Sie mir die Wahrheit, Barrett. Sind Sie sicher, dass Grün die richtige Farbe für mein Kleid ist?"

<3

„Er ist wunderschön." Tränen stiegen in Charlottes Augen, als sie den zweistöckigen, sorgfältig verzierten Kuchen sah. Den dunklen Schokoladenguss hatte Gwen mit weißen Verzierungen aus Zuckerschaum verschönert. Sie hatte sogar bunte Bonbons darauf verteilt und damit ein D auf die Oberseite geschrieben. Es war ein Kunstwerk, sehr viel Mühe für einen kleinen Jungen, der es nicht sehen konnte. „Das muss dich Stunden gekostet haben."

Charlotte umarmte ihren Sohn ein weiteres Mal, dann setzte sie ihn auf den Boden und gab ihm die Zierkürbisrassel, die in der vergangenen Woche sein Lieblingsspielzeug gewesen war. Er hatte auf seine Mutter gewartet, wie er es jeden Tag tat, und dabei auf dem Boden des Raumes gesessen, der als Küche, Esszimmer und Wohnzimmer fungierte. Als sie die Tür geöffnet hatte, hatte sich sein Kopf in ihre Richtung gewandt. Auf seinem Gesicht war ein Lächeln erschienen, vor dem die kleinen Ärgernisse des Tages verblassten. Dies war ihr Sohn und heute war sein erster Geburtstag. Obwohl sie bezweifelte, dass er sich später daran erinnern würde, war Charlotte entschlossen, etwas ganz Besonderes daraus zu machen. Heute Abend würde sie sich keine Gedanken um den Baron machen. Sie würde ihre Gedanken nicht zu Barrett Landry wandern lassen. Sie würde sich nicht einmal fragen, was die Zukunft bereithielt. Der heutige Abend gehörte David.

Charlotte lächelte die Frau an, die die kleine Wohnung mit ihr teilte. „Danke, Gwen, für den Kuchen und alles andere."

Die andere Frau zuckte beiläufig mit den Achseln, als wäre die Mühe, einen ausgefallenen Kuchen zu backen, während sie sich um zwei ungestüme Kinder kümmerte, nicht der Rede wert. Das war Gwen. Von dem Tag an, als sie und ihre Tochter gekommen waren, um bei Charlotte zu leben, hatte Gwen Amos mehr getan als erwartet und dabei stets Charlottes Dank von sich gewiesen. „Ich bin froh, dass ich helfen kann", war ihr üblicher Kommentar. Gwen kümmerte sich um den Haushalt und passte auf David auf, während Charlotte im Laden war. Gwen war kleiner als der Durchschnitt, ein wenig untersetzt und korpulent. Sie würde niemals als hübsch gelten, auch wenn ihr hellbraunes Haar so geschmeidig und glänzend war, dass man sie darum beneiden konnte; auch wenn ihre blauen Augen Lebensfreude versprühten. Sie war eine fröhliche Frau, die die Schönheiten des Lebens zu genießen wusste. Schon allein deswegen fühlte sich Charlotte gesegnet. Es war Gwens Optimismus gewesen, der Charlotte durch die dunklen Tage geholfen hatte, als sie begriffen hatte, dass ihr Sohn blind war.

„Rose und ich haben David gesagt, was wir machen, nicht wahr?" Gwen lächelte ihrer Tochter zu.

Die Dreijährige nickte eifrig. „Ich und David probieren die Bonbons." Sie leckte sich über die Lippen. „Ich und David mögen sie."

„Das glaube ich sofort." Charlotte lächelte Rose an, dann umarmte sie Gwen. „Ich danke Gott jeden Tag dafür, dass er dich in mein Leben gebracht hat. Ich wüsste nicht, was ich ohne dich tun sollte."

Als Jeffrey ermordet worden war, war Charlotte gezwungen gewesen, eine ehrliche Einschätzung ihrer Fähigkeiten vorzunehmen. Es gab nur zwei Talente, die sie besaß – eine klare Sopranstimme und die Fähigkeit, elegante Kleider zu entwerfen und zu nähen. Da die Möglichkeiten, Geld durch Singen zu verdienen, begrenzt waren, beschloss Charlotte, ihr anderes Talent zu Geld zu machen. Sie würde ihren und Davids Lebensunterhalt mithilfe eines Modegeschäftes sichern. Es kam nicht infrage, in Fort Laramie zu bleiben. Doch bei ihrer Ankunft in Cheyenne, der Hauptstadt des Wyoming-Territoriums, hatte Charlotte festgestellt, dass die sich ständig vergrößernde Stadt eine weitere Schneiderin ernähren konnte.

Den Laden zu finden und zu eröffnen, war relativ einfach gewesen. Sich auf der einen Seite um die Arbeit und auf der anderen um David und die Wohnung kümmern zu müssen, stellte Charlotte dagegen vor eine weitaus größere Herausforderung. Zu ihrem Glück war Gwen gerade an dem Tag bei *Yate's Textilwaren* gewesen – dem Geschäft, das an *Élan* angrenzte –, als Charlotte Mr Yate erzählt hatte, dass sie eine Haushälterin suchte, die sich auch um ihren Sohn kümmern konnte. Eine halbe Stunde später hatte Charlotte die beste Hilfe gehabt, die sie sich nur vorstellen konnte.

„Du warst diejenige, die uns geholfen hat", widersprach Gwen, „aber lass uns nicht rührselig werden. Besonders nicht heute Abend. Das Essen ist fertig."

Charlotte ging zum Spültisch. „Hast du das gehört, David? Es ist an der Zeit, unsere Hände zu waschen. Komm zu Mama." Stolz lächelnd beobachtete sie ihn, als er auf sie zukrabbelte. Andere Kinder seines Alters begannen zu laufen, aber für David war schon das Krabbeln eine große Herausforderung gewesen.

„Du weißt, was als Nächstes kommt." David kicherte und streckte seine Arme aus, damit sie ihn auf den Tisch heben konnte. „Jetzt gib mir deine Hände." Als sie diese in das Wasser hielt, kicherte er erneut. Nass zu werden war für David einer der Höhepunkte seines Tages. „Okay, aneinanderrubbeln", befahl Charlotte, nachdem sie die Seife in die Hände ihres Sohnes gegeben hatte. „Jetzt werden wir sie abtrocknen." Sie gab ihm ein Handtuch. Obwohl er die Kunst, sich die Hände abzutrocknen, noch nicht richtig beherrschte, schien er das Gefühl des groben Leinenstoffs zu genießen. „Jetzt ab auf deinen Stuhl."

Es war ihr anfangs seltsam vorgekommen, jeden Handgriff zu kommentieren. Aber als Charlotte sich selbst die Augen verbunden und sich vorzustellen versucht hatte, wie Davids Welt aussah, hatte sie begriffen, wie wichtig es war, das fehlende Augenlicht durch die Stimulation seiner anderen Sinne zu kompensieren. David schien ein feines Gehör zu haben und er schnupperte oft, wodurch er

Charlotte ohne Worte zu erkennen gab, dass er einen Geruch entdeckt hatte, der ihr entgangen war.

Die Mahlzeit ging gut vonstatten. David liebte Essen und ließ sich gerne von Charlotte füttern. Und obwohl er eine einzige Ferkelei mit dem Kuchen veranstaltete, den sie vor ihn hingestellt hatte, und die Krümel über sein ganzes Gesicht verteilte, ließ sein Grinsen keinen Zweifel daran, dass es ihm geschmeckt hatte.

Als sie ihrem Sohn Gesicht und Hände gewaschen und sein Lätzchen in den Wäschekorb geworfen hatte, setzte Charlotte ihn auf ihren Schoß. Dann griff sie nach dem ersten der Pakete, die Gwen auf den abgeräumten Tisch gelegt hatte.

„David, deine Tanten haben dir Geschenke geschickt." Sie gab ihm einen Karton, der in schweres braunes Papier gewickelt und mit einer rauen Schnur zusammengebunden war. „Das ist von Tante Abigail. Fühl mal das Band." Sie ließ seine Finger über den Bindfaden gleiten und zeigte ihm, wie er den Karton umgab. „Wir müssen es aufbinden." Charlotte gab ihrem Sohn das eine Ende und ermutigte ihn, daran zu ziehen. Als sich das Band löste, krähte er vor Begeisterung. „Fühl jetzt mal den Karton. Die Schnur ist weg." Sie führte Davids Finger über das Paket. „Lass uns den Karton aufmachen." Als sie das Papier entfernt hatte, öffnete Charlotte den Deckel. „Oh, es ist ein Buch." Ein Buch, das ihr Sohn niemals lesen würde.

Elizabeths Geschenk war ein weiteres Buch mit wunderschönen Bildern, das perfekte Geschenk für die meisten einjährigen Jungen, aber nicht für David. Obwohl er Spaß haben würde, wenn sie ihm die Geschichten vorlas, war nur die Spieldecke aus unterschiedlichen Stoffresten, die Gwen gemacht hatte, etwas, das Charlottes Sohn voll und ganz würdigen konnte.

„Du musst es ihnen erzählen", sagte Gwen, als die Kinder im Bett waren und sie und Charlotte in dem ruhigen Wohnzimmer saßen. Der Raum war mit einem Pferdehaarsofa und zwei Stühlen möbliert, die mit geblümtem Stoff bezogen waren. Insgesamt war er groß genug für sie alle vier und die wenigen Besucher, die ihre Wohnung betraten. Charlotte zündete eine Öllampe an. Obwohl es in der Wohnung Strom gab, gab es Zeiten, in denen sie das sanftere Licht der Lampen bevorzugte.

Gwens Gesichtsausdruck war ernst, als sie ihre leere Teetasse auf den kleinen Tisch zwischen den beiden Stühlen stellte. „Deine Schwestern verdienen es zu erfahren, dass David …" Sie zögerte eine Sekunde lang. „Dass David besonders ist. Du hättest es ihnen von Anfang an sagen sollen."

Es war ein häufig angesprochenes Thema. „Als ich Fort Laramie verließ, war mir nicht klar, dass er blind ist." Obwohl Gwen das Wort *blind* nicht gerne aussprach, galt das nicht für Charlotte. „Aber auch wenn ich es gewusst hätte, bin ich mir nicht sicher, ob ich es Abigail erzählt hätte." Erst nachdem Charlotte nach Cheyenne gezogen war, hatte sie bemerkt, dass Davids Augen ihr niemals folgten. „Wahrscheinlich nicht. Ich kann das Leben meiner Schwestern nicht durcheinanderbringen. Elizabeth hätte ihr Medizinstudium verschoben und Abigail und Ethan hätten ihre Flitterwochen unterbrochen, um bei mir zu sein. Das konnte ich nicht zulassen."

Als Charlotte von Davids Blindheit erfahren hatte, waren Abigail und Ethan im Osten gewesen und hatten dort auch Elizabeth einen kurzen Besuch abgestattet, während Ethan die letzten Entscheidungen hinsichtlich seiner Erbschaft traf. Ethan und Abigail waren davon überzeugt, dass es richtig war, auf das Vermögen zu verzichten, das Ethans Großvater angehäuft hatte. Stattdessen sollte es einem entfernten Cousin zufallen, der die Leidenschaft von Ethans Großvater für die Eisenbahngesellschaft teilte. Wenn Ethan jedoch gewusst hätte, dass David behindert war, hätte er vielleicht eine andere Entscheidung getroffen. Charlotte konnte sich gut vorstellen, dass Ethan sein eigenes Glück opfern würde, um für sie und David zu sorgen, und das konnte sie nicht zulassen. David war ihr Sohn. Sie allein war für ihn verantwortlich.

Und jetzt? Es war schwierig zu erklären, wo sie es doch selbst nicht richtig verstand. Charlotte hatte nie gewollt, dass ihre Schwestern ihr Leben als unvollkommen wahrnahmen. Das war auch der Grund, weshalb sie weder Abigail noch Elizabeth die Wahrheit über ihre Ehe gesagt hatte. Sie hatte ihren Schwestern gegenüber nicht einmal erwähnt, dass sie ein Kind erwartete – aus Furcht, dass Elizabeth und Abigail sie besuchen und herausfinden würden, dass der Mann, den sie für ihren Ritter in glänzender Rüstung gehalten hatte, in Schwierigkeiten war.

Gwen goss sich eine weitere Tasse Tee ein und schüttelte den Kopf, als Charlotte ein zweites Stück Kuchen ablehnte. „Du denkst, dass du immer die Starke sein musst, weil du die Älteste bist. Abigail und Elizabeth sind jetzt erwachsene Frauen. Sie hätten dir helfen können. Du musst nicht immer stark sein."

„Das war ich auch nicht." Charlotte schloss die Augen, während sie sich erinnerte.

Als sie ihre Haube unter dem Kinn zusammenband und ihre Handschuhe überstreifte, zitterten ihre Beine. Obwohl es möglich gewesen wäre, die erst kurze Zeit zurückliegende Geburt für ihre Schwäche verantwortlich zu machen, war es in Wirklichkeit die Angst, die sie wie ein Setzling im Wind erzittern ließ – die Angst, dass sie nicht in der Lage war, das zu tun, was sie tun musste.

„Ich gehe mit dir, wenn du möchtest." Abigail, die den Sommer mit ihr verbracht hatte, legte ihre Arme um Charlottes Schultern und drückte sie sanft. „Du musst nicht allein gehen."

Aber sie tat es. „Nur ich kann ihr vergeben." Und das tat man am besten allein.

Wenn es die Wachsoldaten überraschte, dass Leutnant Crowleys Witwe darum bat, die Gefangene zu sehen, dann waren sie zu gut ausgebildet, um es zu zeigen. Sie boten an, sie zu der Zelle zu begleiten, aber Charlotte lehnte ab.

„Wenn Sie uns brauchen, Ma'am, wir sind gleich vor der Tür", sagten sie und fuhren fort, vor dem Wachhaus auf- und abzumarschieren. Es war ein Routinetag für sie, aber ganz bestimmt nicht für Charlotte. Sie konnte das Zögern in ihren eigenen Schritten hören und zwang sich, entschlossen voranzuschreiten.

Die Frau, die zwei Abende zuvor verhaftet worden war, starrte wütend durch das kleine Fensterchen in der Tür, als sich Charlotte ihrer Zelle näherte.

„Wer sind Sie?", fragte sie und ihre Stimme verriet, dass sie im Süden aufgewachsen war. Bevor Charlotte antworten konnte, verengten sich die Augen der Gefangenen. „Sie müssen die Ehefrau sein, die Schwester dieser vorwitzigen und neugierigen Person."

Charlotte ignorierte die Beleidigung, die Abigail galt, und sagte schlicht: „Ich bin Charlotte Crowley. Ich bin hergekommen, um Ihnen zu sagen, dass ich Ihnen Ihren Teil der Schuld an Jeffreys Tod vergebe."

Eine Sekunde lang starrte die Frau Charlotte an, so als könnte sie es nicht glauben. „Ich habe ihn nicht umgebracht."

„Ich weiß das, aber wenn Sie nicht gewesen wären ..."

Die Frau mit dem braunen Haar, das von weißen Strähnen durchzogen war, unterbrach sie. „Ich brauche Ihre Vergebung nicht. Es wird mir sowieso nicht helfen. Ich weiß, wohin ich gehe, wenn ich diese Welt verlasse, und niemand kann daran etwas ändern."

Als Charlotte den Mund öffnete, um der Gefangenen zu sagen, dass es Hoffnung gab, hob die Frau ihre Hand. „Sparen Sie sich Ihren Atem und hören Sie mir zu. Hören Sie mir gut zu, denn ich werde es nur einmal sagen. Der Baron weiß, dass Jeffrey Großnases Versteck gefunden hat."

Charlotte keuchte auf. Obwohl er einige Jahre, bevor sie ins Wyoming-Territorium gekommen war, am Galgen das Zeitliche gesegnet hatte, hatte Charlotte viel von George Parrott, besser bekannt als Großnase, gehört. Der skrupellose Gangster war berühmt gewesen für seine gnadenlosen Raubzüge. Nach seinem Tod hatten sich die Spekulationen über eine große Schiffsladung Gold, die nie sichergestellt worden war, noch verstärkt. Jetzt schien einer der Komplizen, der sich „Der Baron" nannte, davon auszugehen, dass Jeffrey das Gold genommen hatte.

„Der Baron ist ein ziemlich entschlossener Mann", fuhr die Frau fort. „Er wird nicht ruhen, bis er das Gold findet. Sie sind für ihn das einzige Verbindungsglied. Sehen Sie sich vor, junge Frau. Sie sollten dem Baron lieber nicht über den Weg laufen. Er tötet Menschen wie andere Leute die Fliegen an der Wand."

Am nächsten Morgen schwirrte im Fort die Schreckensnachricht umher, dass die Gefangene tot war. Irgendwie hatte sich jemand ins Wachhaus geschlichen und ihr die Kehle durchgeschnitten. Obwohl es keine Hinweise darauf gab, war Charlotte sicher, dass der Baron dafür verantwortlich war ...

„Ich weiß, dass heute Davids Geburtstag ist." Gwens Stimme brachte Charlotte in die Gegenwart zurück. „Aber ich habe ein Geschenk für dich. Für uns beide eigentlich." Sie reichte Charlotte einen Umschlag. „Ich weiß, wie sehr du Beethovens Neunte Sinfonie liebst, und ich dachte, du und ich; wir könnten vielleicht zusammen hingehen." Gwens gewohntes Lächeln verblasste, als sie ein wenig ängstlich auf Charlottes Reaktion wartete. „Molly wird auf die Kinder aufpassen. Ich habe sie schon gefragt."

Charlotte drehte den Umschlag um und starrte auf ihren Namen, den Gwen mit ungeübter Hand niedergeschrieben hatte. „Ich weiß nicht, was ich sagen soll. Das ist so großzügig von dir." Obwohl sie Gwen zusätzlich zu Kost und Logis auch noch ein Gehalt bezahlte, waren Theaterkarten ein Luxus, den sich ihre Haushälterin und Freundin kaum leisten konnte.

Gwen schüttelte den Kopf. „Dies ist ein kleines Dankeschön dafür, dass du Rose und mir ein Zuhause gegeben hast. Ich wollte es dir damals nicht sagen, aber ich war verzweifelt. Ich hatte gerade noch genug Geld für eine weitere Woche. Sobald das verbraucht gewesen wäre, hätte ich nicht mehr gewusst, was ich tun sollte. Ich hatte überall nach Arbeit gesucht, aber niemand wollte eine Witwe mit einem kleinen Kind. Ich hatte Angst, ich würde bei Sylvia enden", sagte sie. Charlotte wusste, dass damit das Bordell gemeint war, das sich neben der Pension befand, in der Gwen nach dem Tod ihres Ehemannes mit Rose untergekommen war. „Es war ein Wunder, dass wir zur gleichen Zeit in Mr Yates' Laden waren."

Charlotte schüttelte den Kopf. „Kein Wunder, sondern die Hand Gottes. Er hat uns aus gutem Grund zusammengebracht."

„Dann nimmst du die Karte an?"

Vielleicht lag es an der Tatsache, dass die Erinnerung an die Warnung der Gefangenen noch so frisch war. Vielleicht lag es auch nur daran, dass dies das erste Mal sein würde, dass sie an einer großen öffentlichen Veranstaltung teilnahm. Charlotte kannte den Grund nicht. Sie wusste nur, dass sie Angst hatte. Der Baron konnte überall sein, sogar im Opernhaus von Cheyenne. Wenn er sie wiedererkannte … Charlotte schluckte schwer und erinnerte sich an die Worte, die zu ihrem Lieblings-Bibelvers geworden waren. Sie musste nicht in Angst leben. Josua 1, Vers 9 versprach, dass der Herr bei ihr sein würde, wohin sie auch immer ging, auch im Opernhaus.

Langsam nickte sie.

Seine Mutter hatte immer gesagt, dass Neid eine Sünde war. Warren Duncan zog seinen zweiten Stiefel aus und stellte ihn mit Sorgfalt neben seinen Kameraden. Wie wütend er auch immer war – und er war ziemlich wütend –, gab es trotzdem keinen Grund, gutes Schuhleder zu ruinieren, indem er sich nicht anständig darum kümmerte. Das wäre dumm und er war kein dummer Mensch. Alles andere als das. Aber er war ein neidischer Mensch.

Warren bezweifelte nicht, dass Neid eine Sünde war und dass seine Mutter enttäuscht gewesen wäre, wenn sie lange genug gelebt hätte, um von seinen Gefühlen zu erfahren. Er griff nach der schwarzen Schuhcreme und begann, seine Schuhe zu putzen. Ma würde sich im Grab umdrehen, wenn sie wüsste, dass er weitere, sehr viel ernstere Sünden begangen hatte. Jene Zehn Gebote, die sie so gerne heruntergerasselt hatte, enthielten auch: „Du sollst nicht stehlen" und „Du sollst nicht töten". Aber Worte, ob sie nun auf die Seiten von Mas Bibel geschrieben oder auf steinerne Tafeln eingraviert waren, hatten ihn nicht davon abgehalten, mehr als eine Person um ihre Wertsachen zu erleichtern. Sie hatten ihn nicht davon abgehalten, die Kehle seiner Partnerin durchzuschneiden, und sie trugen ganz bestimmt auch nichts dazu bei, seinen Neid zu verringern.

Er wollte das, was Barrett Landry hatte: mehr Geld, als ein einzelner Mann jemals brauchen würde, eine herausragende Stellung in der Gesellschaft von Cheyenne, eine Zukunft in der Hauptstadt des Staates und bald eine Frau. Barrett hatte das alles. Es schien, als würde der Mann kaum einen Finger krumm machen und schon fiel ihm alles zu. Das war es, worum Warren seinen Freund am allermeisten beneidete: die Leichtigkeit, mit der Barrett sich selbst von einem früheren Ladeninhaber in einen von Wyomings führenden Viehbaronen verwandelt hatte.

So war es für Warren nicht gewesen. Er hatte für alles kämpfen müssen, nachdem der Doc und der Sheriff seine Ma ins Heim abgeschoben hatten. Sie hatten behauptet, dass sie Wahnvorstellungen hätte, nur weil sie im Nachthemd die Straße heruntergerannt war und gerufen hatte, ihr Ehemann sei aus dem Grab auferstanden und jage sie mit einem Fleischerbeil. Dieser Quacksalber von einem Sheriff war derjenige, der verrückt war. Sicher, Ma hatte Anfälle gehabt. Jeder hatte die, nur dass manche Leute sie besser verbergen konnten als andere.

Bei dem Gedanken an den Einfaltspinsel, der sich selbst „Arzt" genannt und behauptet hatte, Warren würde später genauso wie seine Ma werden, verfinsterte sich Warrens Blick. Es war nicht einfach gewesen, aber er hatte ihn Lügen gestraft. Es war ihm gelungen, das Jurastudium zu beenden, wenn auch als einer der schlechtesten seines Jahrgangs. Das Diplom, das sie ihm aushändigt hatten, sollte sein Ticket in eine goldene Zukunft sein. Unglücklicherweise war es nicht so gelaufen. Gewiss, Warren hatte eine Anstellung in einer Anwaltskanzlei gefunden, aber die Partner hatten sein Potenzial nicht gesehen und sich geweigert, ihn zu befördern. Stattdessen war er nicht darüber hinausgekommen, Aktennotizen für die Staranwälte der Kanzlei zu verfassen, wobei er niemals Anerkennung für seine Arbeit bekommen hatte. Und all das für ein Gehalt, das kaum für ein Dach über seinem Kopf und einen gefüllten Magen gereicht hatte. Er verdiente mehr, viel mehr. Das war der Grund, weshalb er sich auf den Weg in den Westen gemacht hatte.

Warren untersuchte den ersten Stiefel, um sicherzugehen, dass er jeden Quadratzentimeter geschwärzt hatte, bevor er anfing, ihn zu polieren. Obwohl er nicht beim Militär gewesen war, überstrahlten seine Stiefel jene der Offiziere, die ihm ihre rechtlichen Angelegenheiten anvertrauten. Das war das Gute an Cheyenne. Es gab keinen Mangel an Männern, die ihn brauchten. Er hatte einen ziemlich großen Kundenstamm und musste sich nicht länger Sorgen darum machen, wie er die Miete bezahlen sollte. Vielleicht sollte er damit zufrieden sein, aber Warren war nie der Typ gewesen, der sich leicht zufriedengab. Ma hatte ihm gesagt, er solle große Träume haben. Und die hatte er. Das Problem war, dass diese Träume nicht wahr geworden waren … noch nicht.

Warren Duncan war 51 Jahre alt und hatte immer noch nicht,

was er verdiente. Er lebte in zwei gemieteten Zimmern, nicht in einem Haus in der Ferguson Street, er hatte keine Frau und er betrat die heiligen Hallen des Cheyenne-Clubs nur, wenn er von jemandem eingeladen worden war. Seine Bewerbung um Mitgliedschaft war abgelehnt worden. Der Mann mit dem griesgrämigen Gesichtsausdruck, der ihm die Mitteilung überbracht hatte, hatte zu Warren gesagt, dass er nicht das Kaliber habe, um zum Club zugelassen zu werden. Absurd! Er war genauso gut wie Barrett und die anderen Mitglieder.

Warren legte seine sorgfältig polierten Stiefel auf den Boden und ging zum Fenster hinüber. Dabei dachte er über die Ausreden nach, die das Clubkomitee erfunden haben könnte, um seine Bewerbung abzulehnen. Sein Blick fiel auf die Straße, in der sich seine Wohnung befand. Die Eddy Street war nicht so angesehen wie die Ferguson Street, wo Barrett seine Villa hatte. Sie war nicht mit der 17th Street zu vergleichen, wo der Politiker F. E. Warren lebte und wo andere Viehbarone ihre Häuser zu bauen planten. Andererseits war es auch keine heruntergekommene Gegend. Im Frühling blühten die Fliederbüsche verschwenderisch, die seine Nachbarn gepflanzt hatten. Ein paar Wochen lang würden sie die Höfe verschönern, und wenn er dann seine Fenster öffnete, würde ein angenehmer Duft seine Wohnung erfüllen. Es schien, als wäre das nicht genug. Nun gut. Warren würde sich ein Haus bauen. Ein großes Haus, das das Clubkomitee beeindrucken würde. Aber was, wenn ihnen auch das nicht genügte? Was konnte er sonst noch tun?

Warren blickte die Straße entlang. Seine Augen verengten sich, als er ein junges Pärchen auf der gegenüberliegenden Seite herumschlendern sah. Vielleicht hatte Richard recht. Vielleicht war es nicht nur Barrett, der eine Frau brauchte. Wenn eine Frau Wähler davon überzeugen konnte, Barrett zu unterstützen, könnte eine Frau auch die alten Männer vom Clubkomitee davon überzeugen, Warren in den Club aufzunehmen.

Warren grinste und stellte sich den Tag vor, an dem er die heiligen Hallen in der 17th Street als vollwertiges Mitglied betreten würde.

Ein Haus und eine Frau. Das war zu machen. Das würde er machen. Im Frühling würde Warren Duncan ein neues Haus haben und in den Stand der Ehe treten. Und direkt im Anschluss an diese Errungenschaften würde er in den Cheyenne-Club aufgenommen werden.

Alles, worauf es dabei ankam, war Geld. Viel Geld. Glücklicherweise war es da und wartete auf ihn. Das Geld, das Großnase versteckt hatte, das Geld, das Jeffrey Crowley gefunden hatte, würde ihm gehören. Bald.

Kapitel 3

„Glauben Sie, dass das Nähen schicker Kleider für wohlhabende Frauen die Welt zu einem besseren Ort macht?“ Seit Barrett Landry diese Worte gesprochen hatte, war eine Woche vergangen, doch sie schwirrten immer noch durch Charlottes Kopf.

Ihr Blick verfinsterte sich, während ihre Füße weiter die Tretkurbel betätigten und ihre Hände den Stoff unter dem Nähfuß entlangführten. Elias Howes Erfindung hatte die Zeit, die für die Herstellung eines Kleides erforderlich war, erheblich reduziert. Die Arbeit an den langen Nähten war schnell beendet, sodass Charlotte mehr Zeit blieb für die ausgefallenen Besonderheiten, nach denen sich ihre Kunden sehnten. Dazu gehörten die Säume mit den doppelten Kellerfalten, die zu einem ihrer Markenzeichen geworden waren. Die Nähmaschine gab ihr außerdem Zeit zum Nachdenken. An manchen Tagen war das gut. Heute war es das nicht, denn Mr Landrys Worte verfolgten sie.

Er hatte recht. Charlotte hatte das sofort gewusst. Seit Davids Geburt hatte sie nur daran gedacht, ihren Lebensunterhalt zu verdienen und ihren Sohn zu beschützen. Das war nicht genug. Über weite Teile ihres Lebens hinweg war sie wegen der anhaltenden Folgen einer in der Kindheit ausgebrochenen Lungenentzündung verhätschelt und von ihren wohlmeinenden Eltern und sogar ihrer jüngeren Schwester Abigail beschützt worden. Obwohl Charlotte Jeffrey nicht erzählt hatte, dass der Arzt von einer dauerhaften Lungenschwäche ausging, hatte er darauf bestanden, sie wie eine der Porzellantassen zu behandeln, die er ihr geschenkt hatte. Aber Jeffrey und ihre Eltern waren tot und Abigail war mehr als 1.000 Meilen von ihr entfernt. Im letzten Jahr hatte Charlotte ihr Leben selbst in die Hand genommen und dabei herausgefunden, dass sie stärker war, als sie angenommen hatte. Und was ebenso wichtig war: Ihre Lungen schienen vollständig geheilt zu sein, vielleicht aufgrund der trockenen Luft von Wyoming. Die Tatsache, dass sich ihre Lungen zu bessern schienen, war einer der Gründe, weshalb sie nach Jeffreys

Tod nicht zurück in den Osten hatte ziehen wollen. Der andere Grund war, dass sie sich in die raue Schönheit des Gebietes verliebt hatte.

Charlotte war eine gesunde, leistungsfähige Frau, die in der Lage war, mehr zu leisten, als nur die reichsten Ladys von Cheyenne einzukleiden. Es war an der Zeit, anderen zu helfen. Die Frage war, was sie tun konnte. Obwohl es stimmte, dass sie einst Lehrerin gewesen war und damit andere Menschen positiv beeinflussen konnte, wusste Charlotte, dass sie keine so begabte Lehrerin war wie Abigail. Es musste etwas anderes geben, das sie tun konnte.

Sie trennte den Faden ab und prüfte die Naht, die sie gerade genäht hatte. Perfekt. Blieben nur noch der Saum und die meterlange Spitze, die ein scheinbar gewöhnliches Morgenkleid in ein Gewand verwandeln sollten, um das Miriams Freundinnen sie beneiden würden.

Miriam würde begeistert sein und dasselbe galt für Charlotte, denn mindestens zwei oder drei von Miriams Freundinnen würden Charlotte bitten, ähnliche Kleidungsstücke für sie zu nähen. Diese Verkäufe würden ihr helfen, Lebensmittel und Gwens Gehalt zu bezahlen.

Die Kleider, die Charlotte kreierte, stießen bei den wohlhabenden Damen von Cheyenne auf Begeisterung. Die Kleider steigerten ihre Schönheit und kaschierten weniger vollkommene Körperformen, wodurch sich jede Frau als etwas Besonderes fühlte. Das war es, was Charlotte beabsichtigt hatte, als sie ihren Laden *Élan* genannt hatte. Sie wollte, dass ihr Geschäft und ihre Ware Begeisterung hervorrief, deshalb hatte sie das französische Wort für „Schwung" als Namen ausgesucht.

Sie erhob sich und hängte das fast fertiggestellte Kleidungsstück auf einen gepolsterten Bügel. Während sie die Stoffreste einsammelte, lächelte Charlotte, denn es war genug übrig geblieben, um ein Kleid für Rose zu machen. Gwen würde begeistert sein, denn sie hatte beschlossen, dass ihre Tochter niemals verschlissene Kleidung würde tragen müssen. Obwohl Gwen selbst an dem Tag, an dem Charlotte ihr zum ersten Mal begegnet war, eher Lumpen als ein ordentliches Kleidungsstück angehabt hatte, nämlich ein schäbiges, schlecht sitzendes Kleid mit geflickten Ellbogen und einem ausgefransten Saum, hatte Rose ein hübsches Kleid getragen. Da Charlotte gespürt hatte, dass Gwen sich selbst nicht viel gönnte, hatte sie ihr schon drei Tage später ein neues Kleid überreicht. Die Veränderung war einer Verwandlung gleichgekommen. Als sie Kleidung trug, die ihr gut stand, hatte Gwen Selbstvertrauen gewonnen. Sie stand ein bisschen aufrechter und ihr Lächeln, das an dem Tag, an dem Charlotte sie kennengelernt hatte, noch recht zaghaft gewesen war, wurde breiter, selbstsicherer. Mittlerweile lachte sie oft und viel und brachte sowohl Rose als auch David zum Kichern.

Natürlich! Das war die Antwort auf Mr Landrys Frage! Charlotte musste sich nicht darauf beschränken, die High Society von Cheyenne neu einzukleiden. Sie konnte Kleider für die Frauen machen, die in Mrs Kendalls Pension lebten. Charlotte verspürte auf einmal eine solche Freude, dass sie leise zu singen begann. Gwen hatte ihr von der Armut erzählt, die sie und ein Dutzend anderer Frauen dazu gezwungen hatte, in dem wackligen Gebäude in der 15th Street Zuflucht zu suchen.

„Jeder möchte entkommen", hatte Gwen gesagt und erklärt, dass Mrs Kendalls Freundlichkeit und ihre hervorragenden Kochkünste oft von der Furcht überschattet wurden, dass die Männer, die das Bordell nebenan besuchten, sie belästigen könnten. „Wir wollten alle da weg, aber ich bin die Einzige, der das gelungen ist."

Charlotte konnte nicht allen Frauen Arbeit geben. Sie hatte auch nicht genug Geld zu verschenken, damit sie in einer sichereren Gegend wohnen könnten. Aber sie konnte – und sie würde – die Frauen mit anständiger Kleidung versorgen. Sie würde neuen Stoff bestellen müssen, denn die Regale im *Élan* waren in der Vorfreude auf die Herbst- und Wintersaison zurzeit mit Seide, Satin und Samt gefüllt. Dies war sicher nicht geeignet für Mrs Kendalls Pensionsgäste – aber in wenigen Wochen würde Charlotte beginnen können.

Sie sang immer noch, als sie hörte, dass die vordere Türglocke klingelte.

„Charlotte! Bist du da?"

Charlotte war überrascht, dass Miriam einen Tag vor ihrer Verabredung gekommen war, und eilte in den vorderen Bereich des Ladens. „Ich habe dein Kleid noch nicht fertig für eine Anprobe, aber …"

Abrupt blieb Charlotte stehen. Sie war schockiert, als sie sah, dass Miriam vier Kleider bei sich hatte. Es gab keinen Zweifel daran: Es waren die ersten vier Kleider, die Charlotte vor weniger als einem Jahr für sie gefertigt hatte.

„Stimmt irgendetwas nicht?“

Miriam rümpfte die Nase. „Nein. Ja.“ Sie seufzte und legte die Kleider auf den Tresen. „Mama wollte diese hier verbrennen. Sie hat steif und fest behauptet, dass ich sie nicht noch einmal tragen kann, weil sie aus der letzten Saison stammen. Und sie erlaubt mir nicht, sie den Dienstboten zu geben. Das schickt sich nicht, sagt sie.“

Charlotte konnte sich vorstellen, wie Amelia Taggert genau diese Worte von sich gab. Miriams Mutter hatte ein Jahr in England verbracht und war mit der Überzeugung zurückgekehrt, dass man ihr, wenn sie alle Anstandsregeln befolgte, mit derselben Wertschätzung begegnen würde wie der britischen Aristokratie. Miriam war weit weniger anspruchsvoll und ärgerte sich über die ständigen Zurechtweisungen ihrer Mutter, versuchte aber gleichzeitig, eine liebevolle und gehorsame Tochter zu sein.

„Ich will nicht, dass die Kleider zerstört werden.“ Miriam strich über den braunen Baumwollstoff, der ihr liebstes Alltagskleid gewesen war. „Kannst du irgendetwas damit anfangen?“

Charlotte lachte. „Das kann ich in der Tat.“ Es würde sie nur ein paar Stunden kosten, Miriams elegante Kleider in solche zu verwandeln, die für die Frauen in Mrs Kendalls Pension besser geeignet waren. Auf diese Weise würde Charlotte schon vor der Ankunft der Stofflieferung ein paar Kleider herstellen können. „Du hättest zu keinem besseren Zeitpunkt fragen können.“

„Das ist das hübscheste Kleid, das ich jemals hatte.“ Gwen drehte sich langsam und bewundernd vor dem langen Spiegel. Obwohl Gwen und Charlotte sich normalerweise in ihrer Wohnung umgezogen hätten, hatte Charlotte heute Abend darauf bestanden, dass sie das Ankleidezimmer des Ladens benutzten, hauptsächlich, weil sie wollte, dass sich Gwen wie eine Kundin von *Élan* fühlte. Die bescheidene Frau, die so viel für sie tat, hatte zugegeben, dass sie niemals in der Lage war, sich eine schöne Abendgarderobe zu leisten. Heute Abend war das anders. Obwohl sie nicht in einer der eleganten Logen sitzen würden, würde Gwen genauso gut gekleidet sein wie jede andere Dame im Opernhaus.

Während Gwen mit den Händen über ihre Hüften fuhr, sprühten ihre blauen Augen vor Freude und vielleicht auch ein bisschen vor Verwunderung. „Dieser Schnitt lässt mich beinahe schlank aussehen."

Das war der Plan gewesen. Charlotte nickte, als sie die letzten der unzähligen Knöpfe schloss, mit denen das Rückenteil des Kleides verschlossen wurde. „Einfache Konturen machen schlank." Als sie Gwens Kleid entworfen hatte, hatte Charlotte auf den aufwendig verzierten Überrock und die üppigen Polster verzichtet, die so beliebt waren, und sich stattdessen für vertikale Stoffbahnen entschieden, um den Eindruck von mehr Größe und weniger Breite zu vermitteln. Auch die Wahl der mitternachtsblauen Seide war wohlüberlegt. Abgesehen davon, dass der Farbton Gwens blauen Augen schmeichelte, ließ die dunkle Farbe sie zusätzlich um einige Kilos schlanker aussehen.

„Du hast wunderschöne Schultern", sagte sie zu Gwen. „Das Kleid lenkt die Aufmerksamkeit darauf." Und auf die Perlenkette, die ihr Ehemann ihr geschenkt hatte. Als Gwen erzählt hatte, wie lange Mike hatte sparen müssen, um ihr das einzige Schmuckstück neben ihrem Trauring zu kaufen, hatte Charlotte entschieden, das Kleid mit einem tiefen Ausschnitt zu versehen, der Gwens cremefarbene Haut und ihre Kette betonen würde.

Gwens Gesichtsausdruck wurde wehmütig, als sie die Perlen betastete. „Ich wünschte, Mike wäre hier und könnte mich sehen. Ich vermisse ihn so sehr. Ich vermisse es, verheiratet zu sein." Sie kämpfte mit den Tränen und zwang sich zu einem Lächeln. „Du verstehst das."

Charlotte nickte, weil sie wusste, dass Gwen das erwartete. In Wahrheit vermisste sie es absolut nicht, verheiratet zu sein. Ihre Ehe hatte sich nicht so entwickelt, wie sie es erwartet hatte. Als Kind und als junges Mädchen hatte Charlotte davon geträumt, sich in ihren Traumprinzen zu verlieben. In ihren Träumen hatte sie ihn geheiratet und viele, viele Jahre glücklich bis an ihr Lebensende gelebt. Die Realität war völlig anders gewesen. Sie war weniger als anderthalb Jahre verheiratet gewesen und Jeffrey hatte so wenig dieser Zeit mit ihr verbracht, dass sie, wenn David nicht gewesen wäre, beinahe geglaubt hätte, dass ihre Ehe nur ein Traum gewesen war. Aber David existierte. Er und die Angst, dass der Baron sie finden würde, waren die Vermächtnisse von Charlottes Ehe.

„Lass mich deine Schleppe herrichten." Gwens gewohntes Lächeln war wieder da, als sie ihre Aufmerksamkeit auf Charlottes Kleid richtete. Es war aus apricotfarbener Seide und ähnelte in der Ausführung dem von Gwen, doch hatte es einen höheren Ausschnitt. Auch zeichnete es sich durch eine schürzenartige Stoffbahn aus dunklerer Seide aus, die elegant Charlottes Taille umspielte, sich um ihre Hüften schmiegte und von dort in eine aufwendige Tournüre und eine kurze Schleppe mündete. Hätte sie das Kleid für einen Ball gemacht, dann hätte Charlotte die Schleppe verlängert, damit sie hinter ihr über den Boden glitt. Da sie jedoch den größten Teil des Abends sitzend verbringen würde, hatte sie die Schleppe in derselben Länge belassen wie das Kleid selbst, sodass sie beim Gehen nur knapp den Boden berührte.

„Es ist nicht so, dass ich erpicht darauf wäre, dich und David zu verlassen", sagte Gwen, während sie den Faltenwurf der Seide richtete. „Ich hasse den Gedanken, euch allein zu lassen, wenn ich wieder heirate, aber ich wünsche mir so sehr, dass Rose einen Vater hat." Sie blickte über Charlottes Schulter hinweg und fing im Spiegel ihren Blick auf. „Wäre es nicht schön, wenn wir beide Ehemänner finden würden?"

„Ich bin noch nicht bereit dafür." *Ich bin mir auch nicht sicher, ob ich das jemals sein werde*, fügte Charlotte im Stillen hinzu. „Nur ein ganz besonderer Mann würde David akzeptieren." Und selbst wenn er das täte, wäre Charlotte nicht sicher, ob sie ihrem Urteilsvermögen trauen könnte. Sie hatte geglaubt, dass Jeffrey der Mann war, den Gott für sie vorgesehen hatte, und sie hatte sich so geirrt. Jeffrey hatte sie mit materiellen Besitztümern überschüttet, aber er hatte ihr nicht gegeben, wonach sie sich gesehnt hatte: wahre Liebe.

Gwen schüttelte den Kopf. „Dieser besondere Mann ist irgendwo da draußen. Ich weiß, dass er das ist. Und wenn er heute Abend in Cheyenne ist, dann wird er seinen Blick nicht von dir losreißen können. Apricot ist die perfekte Farbe für dich."

„Ich wollte, dass wir beide eine wandelnde Werbung für *Élan* sind. Deshalb habe ich unsere Kleider aus Farben gemacht, die einander ergänzen." Charlotte wollte Gwen nicht erzählen, dass es einen weiteren Grund dafür gab, weshalb sie Apricot für ihr Kleid ausgesucht hatte. Obwohl sie wusste, dass er heute Abend im Opernhaus sein würde, bezweifelte sie, dass Barrett Landry sie bemerken würde. Aber wenn er es tat, dann wollte sie ihn sehen lassen, dass er mit der Vermutung, welche Farbe ihr gut stand, recht gehabt hatte. Und wenn das kein alberner Grund dafür war, die teuerste Seide im Laden für sich selbst zu verwenden, dann kannte sie keinen.

Eine halbe Stunde später war Charlotte überrascht, als sich die Kutsche, die sie gemietet hatte, dem Opernhaus näherte. Sie hatte das Gebäude mindestens ein Dutzend Male gesehen, während sie durch ihre neue Heimat geschlendert war, aber das war bei Tageslicht gewesen. Jetzt, wo die Sonne untergegangen war, sah alles anders aus. Lichter strahlten durch die gewölbten Fenster. Obwohl das Mansardendach im Dunkeln lag, leuchteten die Fenster in den zwei Gauben sowie das kunstvolle runde Fenster. Es gab keinen Zweifel: Dies war eines der schönsten Gebäude von Cheyenne.

„Oh, sieh mal", flüsterte Gwen, als sie sich zu der Menge gesellten, die durch die Haupteingangstür drängte, dann die große Treppe hinauf bis ins Foyer des Obergeschosses. „Der Kronleuchter ist sogar noch schöner, als ich gehört hatte. Denkst du, das sind wirklich 52 Lampen?"

Charlotte musste die Glühbirnen nicht zählen. Ob es nun 52 oder irgendeine andere Zahl war – der Kronleuchter war grandios und diente nicht nur als Beleuchtung, sondern auch als Dekoration. Miriam hatte ihr erzählt, dass der Kronleuchter wegen des unangenehmen Ölgeruchs bis zum Anschluss der Stadt an das Elektrizitätsnetz nur selten angezündet worden war. Aber jetzt gehörte er zu den Dingen, die in Cheyenne am meisten bewundert wurden. Wie auch das Gebäude selbst war der Kronleuchter konstruiert worden, um zu beeindrucken, und das gelang in vollem Umfang. So diskret wie möglich blickte Charlotte nach oben, um die Oberlichter zu sehen, die beinahe genauso berühmt waren wie die Beleuchtungskörper. Am Tage fiel das Licht durch sie hindurch, aber jetzt warf ein beinahe voller Mond seinen Schein durch die dunklen Glasflächen hindurch auf die Konzertbesucher. In Kombination mit ein paar funkelnden Sternen verlieh dies dem Opernhaus eine beinahe magische Aura.

„Ich kann nicht glauben, dass wir hier sind." Gwen war so ergriffen, dass ihre Stimme brüchig klang. „Sieh dir die Logen an." Sie deutete auf eine der vier Privatlogen, deren rote Samtgirlanden verrieten, dass die Elite der Stadt dort sitzen würde. „Es ist eine andere Welt."

Charlotte nickte und versuchte nicht die Stirn zu runzeln. Gwens unschuldige Worte hatten eine Menge schmerzhafter Erinnerungen geweckt. Dies war die Welt, die Jeffrey hatte betreten wollen. Orte wie dieser waren der Grund, weshalb er all die Risiken eingegangen war. Und letztendlich waren sie auch der Grund, weshalb Charlotte Witwe war. Charlotte zwang sich zu einem Lächeln und murmelte irgendetwas Unverfängliches. Als jedoch die Lichter abgedunkelt wurden und die Musik begann, verwandelte sich Charlottes Lächeln in echte Freude. Innerhalb von Sekunden versetzten sie die Klänge von Beethovens epischer Sinfonie in eine andere Welt, eine Welt, in der Erinnerungen an Jeffreys Dummheit und Sorgen über einen Mann, den man den Baron nannte, nicht existierten.

Als die Musik verklang und der Dirigent verkündete, dass sie eine kurze Pause machen würden, berührte Gwen Charlottes Arm. „Würde es dir etwas ausmachen, ein bisschen umherzuschlendern? Ich würde gerne sehen, wer hier ist."

„Du suchst wohl nach einem Ehemann?" Charlotte konnte der Versuchung, Gwen ein bisschen aufzuziehen, nicht widerstehen.

Gwens Augen weiteten sich, so als hätte sie diese Möglichkeit noch gar nicht in Betracht gezogen. „Vielleicht sollten wir uns beide mal umsehen. Man weiß nie, wo man den richtigen Mann findet." Als Charlotte die Stirn runzelte, fuhr Gwen fort: „Ein Ehemann wäre nett, aber was ich wirklich sehen möchte, sind die Kleider der anderen Frauen. Ich bezweifle, dass irgendeines davon mit meinem zu vergleichen ist." Sie betastete die prächtige blaue Seide. „Wenn Rose alt genug ist, will ich ihr alles über den heutigen Abend erzählen."

Charlotte und Gwen gesellten sich zu der Menschenmenge und stiegen die Treppe hinab. Es war beinahe amüsant für Charlotte, wenn sie bemerkte, wie verwirrt die jungen Frauen, die ihre Modekreationen trugen, im ersten Moment reagierten. Sie sahen Charlotte verdutzt an, als hätten sie Mühe, sie wiederzuerkennen. Es war, wie Mama behauptet hatte: Die Leute bemerkten Dienstboten kaum. Und obwohl Charlotte eigentlich keine Bedienstete war, war sie doch eine Frau, die nur wenige aus der Elite von Cheyenne bei einer öffentlichen Veranstaltung zu sehen erwarteten. Anstatt die Frauen dadurch in Verlegenheit zu bringen, dass sie sie ansprach, lächelte Charlotte nur und setzte den langsamen Weg ins Erdgeschoss fort. Durch die geöffneten Türen drang die kühle Oktoberluft herein und vertrieb die Hitze, die von mehr als 500 Menschen erzeugt worden war.

„Mr und Mrs Carey sind hier", sagte Gwen und neigte ihren Kopf in Richtung des Paares, deren Haus als das prachtvollste der Stadt angesehen wurde. Gwen senkte die Stimme, als sie hinzufügte: „Ihr Kleid ist nicht so hübsch wie meins und ich wette, sie hat es in Paris bestellt."

„Du hast einfach Vorurteile, aber ich bin froh, dass du sie hast." Charlotte drückte den Arm ihrer Freundin, als sie das Erdgeschoss betraten.

„Madame Charlotte?"

Die Stimme kam von links und überraschte Charlotte. Wie hatte sie ihn übersehen können? Sie hatte gewusst, dass er hier sein und Miriam in ihrem smaragdgrünen Kleid begleiten würde. Obwohl sie es nicht gern zugab, hatte sie in die Menge gestarrt und … nach Miriam gesucht. Natürlich hatte sie nach Miriam Ausschau gehalten, schließlich wollte sie sicherstellen, dass das Kleid perfekt saß. Sie hatte nicht nach einem großen, dunkelhaarigen Mann gesucht, der in Abendgarderobe noch vornehmer aussah als in seinem normalen Anzug. Eine Sekunde lang war sie sprachlos und genoss die Gegenwart von Barrett Landry. Dann wandte sie ihren Blick widerwillig weiter nach links, wo sie Miriam erblickte. Sie war mit zwei Gentlemen ins Gespräch vertieft, die Charlotte nicht kannte.

„Mir war nicht klar gewesen, dass Sie auch hierherkommen wollten." Mr Landry hob eine Augenbraue, als frage er nach einer Erklärung.

„Die Eintrittskarten waren ein Geschenk meiner Freundin.“ Charlotte wandte sich Gwen zu, die den Wortwechsel beobachtete. „Gwen, darf ich dir Mr Landry vorstellen? Mr Landry, das ist Mrs Amos.“

Mr Landry wandte sich ein bisschen zur Seite und bezog Miriam und die anderen Männer in die Unterhaltung mit ein. „Sie kennen Miss Taggert“, sagte er und lächelte der Dame zu, die er ins Konzert begleitet hatte. Miriam nickte, als sie Charlotte begrüßte. Dabei versprach ihr Lächeln, dass sie diesen Abend das nächste Mal, wenn sie zusammen wären, besprechen würden. Im Moment wollte aus Angst, Miriams Mutter könnte etwas dagegen haben, keine der beiden Frauen erkennen lassen, dass sie mehr als Schneiderin und Kundin waren.

Mr Landry fuhr fort: „Diese Gentlemen sind Richard Eberhardt und Warren Duncan.“

Obwohl sie gleich groß und damit einige Zentimeter kleiner als Mr Landry waren, hatten die beiden Männer ansonsten nur wenig gemeinsam. Mr Eberhardt war schlank, fast hager, und hatte braunes Haar, braune Augen und gewöhnliche Gesichtszüge, während Mr Duncan etliche Jahre älter zu sein schien und stahlgraue Haare hatte. Obwohl seine Augen einen ungewöhnlich hellblauen Farbton aufwiesen, war es seine markante Nase, die Charlottes Aufmerksamkeit auf sich zog. Es war vielleicht lieblos – schließlich konnte der Mann nichts dafür, dass er damit geboren worden war –, aber die Nase in Kombination mit seinem angespannten Gesichtsausdruck erinnerte Charlotte an einen Adler, der nach Beute suchte.

Glücklicherweise war diese Aufmerksamkeit nicht auf sie gerichtet. Stattdessen trat Mr Duncan einen Schritt vor und blieb nur wenige Zentimeter vor Gwen stehen. „Verraten Sie mir, Mrs Amos“, sagte er mit leiser Stimme, „warum ich Sie noch nie gesehen habe? Eine wunderschöne Frau wie Sie würde meiner Aufmerksamkeit normalerweise nicht entgehen.“

Gwen errötete auf eine Weise, die sehr vorteilhaft für sie war. „Ich führe ein ruhiges Leben“, sagte sie. „Mit meinem neuen Kleid fühle ich mich heute Abend wie Aschenputtel auf dem Ball.“

„Eine Ihrer Kreationen, wie ich annehme.“ Mr Landry sprach gerade so laut, dass Charlotte ihn hören konnte, die Unterhaltung zwischen Gwen und Mr Duncan aber nicht gestört wurde. Aus dem Augenwinkel sah Charlotte, wie Miriam amüsiert die Lippen verzog. Mehr als einmal hatte Miriam eingeräumt, wie sehr es sie überraschte, dass sich der Mann, der möglicherweise einer von Wyomings ersten Senatoren werden würde, für Damenmode interessierte.

Charlotte beantwortete Mr Landrys Frage mit einem Kopfnicken. „Es war das Mindeste, was ich tun konnte, nachdem sie die Eintrittskarten gekauft hatte." Für einen Mann mit derartigem Reichtum waren die Kosten unbedeutend, aber Charlotte wusste, dass das Geschenk Gwens Ersparnisse erheblich dezimiert haben musste.

Seine Augen wanderten langsam von Charlottes sorgfältig frisierten Haaren hinab bis zum Saum ihres Kleides. Als Mr Landry seine Begutachtung beendet hatte, lächelte er. „Ich hatte recht. Das Orange …"

„Apricot", korrigierte sie ihn.

„Ach ja, Apricot. Wie Sie sie auch immer nennen, die Farbe steht Ihnen."

Ein Gefühl von Freude durchzuckte Charlotte. Es sollte ihr egal sein, was dieser Mann dachte. Obwohl sie ihn zweifellos in Cheyenne zu sehen bekommen würde, besonders wenn er in die Politik ging, würden sich ihre Wege nur kreuzen, wenn Miriam weiterhin ihre Kleider bei Charlotte kaufte und wenn Mr Landry sie dorthin begleitete. Charlotte wandte sich um, weil sie vorhatte, Miriam in die Unterhaltung mit einzubeziehen, aber bevor sie etwas sagen konnte, warf Mr Eberhardt Miriam ein umwerfendes Lächeln zu.

„Kleider machen vielleicht Leute, aber wenn eine Dame so wunderschön ist wie Sie", sagte er, wobei seine Stimme leise und vertraulich klang, „könnte sie Lumpen anhaben und würde immer noch jeden Mann im Raum auf sich aufmerksam machen. Kommen Sie, meine Liebe", sagte er und beugte den Arm, sodass sie ihre Hand darauflegen konnte. „Wir überlassen diese langweiligen Menschen ihrer langweiligen Konversation. Ich möchte mich mit Ihnen über die Sinfonie unterhalten."

Als Miriam und Mr Eberhardt durch die Tür ins Freie traten, wirkte Mr Landry gleichgültig. „Genießen Sie das Konzert?", fragte er Charlotte.

„Sehr. Dies ist meine Lieblingssinfonie von Beethoven. Wie ist es mit Ihnen?" Miriam hatte gemutmaßt, dass Barrett nur deshalb Konzerte besuchte, weil das zum guten Ton gehörte.

Er rümpfte die Nase und Charlotte fragte sich ein weiteres Mal, wie er sie sich gebrochen hatte. Das war allerdings keine Frage, die man einem flüchtigen Bekannten stellen konnte. Deshalb würde sie wahrscheinlich nie eine Antwort bekommen.

„Ich zögere, es zuzugeben, aber ich bevorzuge leichtere Musik", sagte er mit einem selbstironischen Lachen.

„Wie zum Beispiel?"

„Stephen Foster", flüsterte Mr Landry und hielt sich die Hand über den Mund, als vertraue er ihr ein dunkles Geheimnis an.

Charlotte legte ihre Hand auf ihren Brustkorb und riss in gespieltem Entsetzen die Augen auf. Dabei versuchte sie nicht zu lachen. „Ich sollte das wahrscheinlich nicht zugeben, aber ich habe ‚Old Folks at Home' immer geliebt. Das Problem war, dass mein Hund das Lied gehasst hat. Sobald ich anfing ‚Way down upon the Swanee River' zu singen, hat er gejault."

Charlotte hatte erwartet, dass Mr Landry lachen würde, doch sein Gesichtsausdruck war fragend. „Sie haben einen Hund?"

„Nicht mehr. Ich habe ihn meiner Schwester überlassen." Obwohl sie Pfütze und seine Eskapaden immer noch vermisste, wusste Charlotte, dass es die richtige Entscheidung gewesen war. „Er war mehr ihr Hund als meiner. Abgesehen davon konnte ich ihn mir nicht eingepfercht in einer Stadtwohnung vorstellen."

„Ich weiß, was Sie meinen. Meine Familie hatte immer Hunde, aber es gab auch jede Menge Platz zum Herumrennen." Mr Landry wischte sich eine Staubfluse von seiner Schulter, bevor er hinzufügte: „Erzählen Sie mir von Ihrer Schwester. Ist sie älter?"

Charlotte hörte Gwen lachen. Was auch immer sie und Mr Duncan miteinander besprachen, schien Gwen zu gefallen. Charlotte jedoch hatte aufgehört, sich über ihre Unterhaltung mit Mr Landry zu freuen. Obwohl sie es nicht beabsichtigt hatte, hatten sie sich an persönliche Themen herangewagt. Allerdings war das, was er gefragt hatte, auch nicht mehr als das, was sie Gwen erzählt hatte. Sie atmete tief durch und sagte: „Meine beiden Schwestern sind jünger. Abigail – sie ist diejenige mit dem Hund – ist mit einem Soldaten verheiratet. Sie befinden sich zurzeit im Washington-Territorium.

Elizabeth ist die jüngste. Sie beendet gerade ihr Medizinstudium in New York." Bevor Mr Landry Fragen stellen konnte, die sie nicht beantworten wollte, stellte Charlotte eine eigene. „Wie ist es mit Ihnen? Haben Sie Schwestern?"

Er schüttelte den Kopf. „Keine Schwestern. Ich bin der jüngste von drei Jungen. Camden und Harrison führen das Handelsunternehmen unserer Eltern zu Hause in Pennsylvania."

„Und doch sind Sie Viehzüchter geworden."

Wieder war sein Lächeln selbstironisch. „Meine Brüder behaupten, ich sei abtrünnig geworden. In Wahrheit wollte ich wissen, ob die Geschichten, die ich über den Wilden Westen gehört hatte, stimmen."

„Und? Tun sie das?"

Ein Paar drängelte sich rücksichtslos an Mr Landry vorbei, um zur Tür zu gelangen. Er zuckte mit den Achseln. „Schwer zu sagen. Ich habe noch keine Schießerei gesehen und auch noch nie einen Postkutschenraub miterlebt."

Als die letzten Worte in ihr Bewusstsein drangen, spürte Charlotte, wie sie erbleichte. Er betrieb lediglich Konversation, redete sie sich ein. Es gab keinen besonderen Grund, weshalb er Postkutschenraube erwähnt hatte. Er konnte nicht wissen, dass schon allein der Gedanke daran sie erschaudern ließ, weil er Erinnerungen weckte, die lieber begraben bleiben sollten.

Charlotte schluckte schwer, um den Kloß loszuwerden, der ihr den Hals zuschnürte, spielte dabei jedoch die Unbekümmerte. „Wenn Sie darauf spekulieren, dass ich Ihnen einen Bericht aus erster Hand liefern könnte, muss ich Sie leider enttäuschen. Ich bekenne, dass ich keine Erfahrung mit irgendeiner dieser beiden angeblich so grundlegenden Westernereignisse habe. Mein Leben verläuft sehr ruhig."

Abgesehen von der Sorge, dass der Mann, den man den Baron nannte, sie und David finden könnte. Aber das würde sie Mr Landry nicht erzählen. Nicht einmal Gwen wusste von Charlottes Befürchtungen. Es gelang ihr zu lächeln, als sie sagte: „Manch einer könnte mein Leben langweilig finden, aber es passt zu mir. Wie ist es mit Ihnen? Sind Sie enttäuscht, dass der Westen nicht so wild ist, wie Sie dachten?"

„Wohl kaum, aber ich würde mein Leben auch nicht als ruhig oder langweilig beschreiben. Wenn Sie einmal eine Herde hätten durchgehen sehen, würden Sie mir zustimmen, dass die Viehzucht alles andere als ruhig ist. Außerdem verhindern Viehdiebe, dass das Leben langweilig wird." Seine Augen verdunkelten sich, bis sie Gwens Kleid ähnelten, ein klarer Hinweis darauf, dass er ärgerlich war. „Egal, wie sehr wir auch versuchen es zu verhindern, bleibt der Viehdiebstahl immer noch ein großes Geschäft in Wyoming. Es ist schon schlimm genug, wenn Tiere ohne Brandzeichen gestohlen werden, aber wenn sie sich ausgewachsene Rinder nehmen und die Brandzeichen ändern, nun … das macht mich wirklich wütend."

Charlotte wusste, dass sie verärgert wäre, wenn jemand Stoffballen aus dem Laden nehmen würde. Wie viel schlimmer musste es sein, wenn ein Lebewesen entwendet wurde? Als Mr Landrys Lippen immer schmaler wurden, wusste Charlotte, dass sie etwas tun musste, um ihn von den Viehdiebstählen abzulenken. „Sie erwähnten Vieh ohne Brandzeichen. Was ist das?"

„Mutterlose Kälber." Zu Charlottes Erleichterung schien er sich zu entspannen, während er erklärte: „Während des Zusammentriebs im Frühling trennen wir die Kühe nach ihrem Brandzeichen. Die Kälber sind noch nicht entwöhnt worden, deshalb bleiben sie nahe bei ihren Müttern. Auf diese Weise wissen wir, um wessen Vieh es sich handelt. Einige der Jungen halten sich nicht zu einer Kuh, meistens weil ihre Mutter gestorben ist. Das ist das Vieh ohne Brandzeichen."

„Und wem gehört es dann?"

Ein Lächeln erhellte sein Gesicht. „Uns allen. Es wird verkauft und das Geld geht an die Erzeugergemeinschaft."

Charlottes Lächeln spiegelte das seine wider. „Ich sollte wahrscheinlich nicht lachen, aber ich finde den Begriff ‚Erzeuger' ungewöhnlich. Dabei denke ich die ganze Zeit an pflanzliche Erzeugnisse, also an etwas, das auf Feldern angebaut wird."

Mr Landry zuckte mit den Achseln. „Ich finde Vieherzeuger besser als Viehbaron. Das klingt so überheblich." Und das schien er nun wirklich nicht zu sein.

Er zog seine Uhr aus seiner Tasche. „Wir sollten wahrscheinlich auf unsere Plätze zurückkehren, aber bevor wir gehen, müssen

Sie noch meine Neugier befriedigen. Sie wissen, weshalb ich nach Cheyenne gekommen bin, aber ich würde gerne wissen, was Sie nach Wyoming gebracht hat."

„Mein Ehemann." Obwohl sich erst wenige Gäste in Richtung Treppe bewegten, sah Charlotte aus dem Augenwinkel, dass sich Miriam mit Mr Eberhardt näherte. Bei der Erkenntnis, dass sie nicht mehr würde sagen und auch nicht würde lügen müssen, schwappte eine Welle der Erleichterung über Charlotte hinweg.

„Ist es schon an der Zeit?" Mr Duncan runzelte die Stirn. Als Mr Landry nickte, murmelte der ältere Mann etwas, das Gwen erröten ließ. Charlottes Freundin neigte nicht zum Erröten, aber jetzt waren ihre Wangen schon zum mindestens zweiten Mal in weniger als fünfzehn Minuten rot angelaufen.

„Darf ich Sie und Mrs Amos zu Ihren Plätzen begleiten?" Mr Duncans Worte waren höflich, sein Vorschlag war galant. Es gab keinen Grund zur Besorgnis und doch fühlte sich Charlotte nicht wohl in ihrer Haut.

„Danke, aber Ihre Freunde warten auf Sie." Sie deutete auf das Trio zu ihrer Linken. Miriam war zurückgekehrt und hatte ihre Hand auf Mr Landrys Arm gelegt, während Mr Eberhardt nur wenige Zentimeter entfernt stand und sein Gesichtsausdruck so ernst war, als nähme er an einer Beerdigung teil.

Charlotte lächelte ihnen zu und hakte sich bei Gwen ein. „Einen schönen Abend noch, Miss Taggert, Gentlemen." Egal wie angenehm es auch gewesen sein mochte, sich mit Barrett Landry zu unterhalten – Charlottes Platz war in der hinteren Reihe bei Gwen.

„Oh Charlotte, ich hätte nie gedacht, dass es so wundervoll sein würde", sagte Gwen, als sie die Treppe hinaufstiegen. Mr Landry und seine Gesellschaft waren im Erdgeschoss geblieben und plauderten mit Miriams Eltern, während andere Konzertbesucher auf der Treppe mit ihnen nach oben strömten und mit ihren überschwänglichen Gesprächen beinahe Gwens Worte übertönten.

„Ich habe mich wirklich wie Aschenputtel gefühlt. Ich habe meinen Traumprinzen getroffen."

Charlotte hob zwar eine Augenbraue, versuchte jedoch, ihre Stimme ruhig klingen zu lassen. Schließlich wollte sie Gwen nicht den Abend verderben. „Mr Duncan?"

„Ja. Und bitte sag jetzt nicht, dass er zu alt für mich ist. Du weißt, dass ich über dreißig bin."

Warren Duncans Alter war nicht das, was Charlotte beunruhigte. „Ich wollte nichts über sein Alter sagen. Ich habe mich nur gefragt, was du über ihn weißt."

Gwen lächelte verträumt. „Abgesehen davon, dass er der wundervollste Mann ist, den ich jemals getroffen habe? Wusstest du, dass er Anwalt ist? Er ist einer von Mr Landrys Ratgebern. Kannst du dir das vorstellen, Charlotte? Er ist ein wichtiger Mann hier in der Stadt und doch hat er mich bemerkt – mich, Gwen Amos. Das ist wie ein Märchen, das wahr geworden ist."

Charlotte versuchte nicht zu seufzen. Gwens Begeisterung erinnerte sie an den Moment, in dem sie Jeffrey zum ersten Mal getroffen hatte. Sie war überzeugt gewesen, dass es ein Fall von Liebe auf den ersten Blick gewesen war. Erst später war Charlotte klar geworden, dass Verliebtheit und Liebe zwei verschiedene Dinge waren.

„Da kann ich nur hoffen, Aschenputtel, dass niemand Pech auf die Stufen gestrichen hat, sodass wir unsere Schuhe verlieren. Das wäre mir in dieser Gesellschaft doch sehr unangenehm."

Sie hatten ihre Plätze erreicht. Als Gwen auf ihren Stuhl sank, seufzte sie vor Freude auf. „Oh, Charlotte, ich bin so froh, dass wir hergekommen sind."

„Das bin ich auch. Die Musik ist fantastisch." Aber als das Orchester wieder zu spielen begann, stellte Charlotte fest, dass sie sich nicht auf die Sinfonie konzentrieren konnte. Stattdessen tauchten Bilder von Barrett Landry vor ihr auf, wann immer sie ihre Augen schloss.

Kapitel 4

„Ich bin enttäuscht von dir, Barrett." Richards normalerweise freundliche braune Augen funkelten vor Zorn. Eine Sekunde lang erwog Barrett, den Kommentar seines Freundes zu ignorieren, aber er kannte Richard zu gut. Der Mann würde den Raum, in dem sie gerade ein spätes Abendessen inklusive Mrs Melnors Beerenkuchen genossen, so lange nicht verlassen, bis er zufrieden war.

„Was hab ich jetzt schon wieder falsch gemacht?" Barrett nahm sich ein zweites Stück Kuchen. „Ich habe die Sinfonie besucht, obwohl du weißt, dass ich das genauso ansprechend finde wie einen Sturz vom Pferd. Vor und nach der Aufführung habe ich mindestens eine Stunde damit verbracht, mit jedem potenziellen Wähler zu sprechen, den du mir vorbeigeschickt hast. Ich …"

Richard machte eine wegwerfende Handbewegung. „Du warst dumm und du weißt nicht mal, wie dumm du warst."

„Ich bin sicher, du wirst diesen Fehltritt beheben wollen." Barrett tränkte seine Worte mit Sarkasmus und hoffte, Richards Verärgerung auf diese Weise in eine andere Richtung zu lenken.

Es funktionierte nicht. Sein Freund runzelte die Stirn. „Du hast Miriam in der Pause ignoriert. Anstatt dich der schönsten Frau in Cheyenne, wenn nicht gar im ganzen Territorium, zu widmen, hast du deine Zeit damit verschwendet, mit einer Schneiderin zu sprechen. Also wirklich, Barrett, ich weiß nicht, was du dir dabei gedacht hast, ob du überhaupt irgendetwas gedacht hast."

Während Richard nach seiner Tasse griff und einen großen Schluck Kaffee trank, beschloss Barrett, nicht zu antworten. Richard war ordentlich in Fahrt und der einfachste Weg, das zu beenden, war, ihm freie Bahn zu gewähren.

„Ich gebe zu, dass die Schneiderin ganz hübsch ist, wenn man dunkle Haare und dunkle Augen mag", räumte Richard ein, während er ein Stück Kuchen aufspießte, „aber niemand kann Miriam das Wasser reichen. Sie ist eine goldene Göttin und doch hast du offenbar nicht einmal bemerkt, dass sie da war."

„Das stimmt nicht. Ich war während des ganzen Abends ihr Begleiter. Ich hab sie ins Opernhaus hinein- und wieder herausgebracht. Ich bin ihr nicht von der Seite gewichen. Wenn ich mich recht erinnere, warst du derjenige, der sie mitgenommen hat. Was sollte ich tun? Sie dir entreißen? Ich glaube nicht, dass das etwas anderes bewirkt hätte, als dass wir albern aussähen."

Richard machte sich nicht die Mühe, seinen Kuchen herunterzuschlucken, bevor er konterte. „Ich habe sie nur mitgenommen, weil du die Schneiderin angegafft hast."

„Ihr Name ist Madame Charlotte und ich habe sie nicht angegafft."

Richard starrte Barrett wütend an. „Siehst du, was ich meine? Du verteidigst eher die Frau, die die Kleidung deiner zukünftigen Gattin näht, als dass du dir Gedanken um Miriam machst – die Frau, die dein Leben mit dir teilen und dir helfen wird, gewählt zu werden. Du verdienst sie nicht. Eine Frau wie Miriam sollte wertgeschätzt und nicht wegen einer unscheinbaren Schneiderin ignoriert werden."

Das war jetzt das vierte Mal, das Richard Charlotte abwertend eine Schneiderin genannt hatte. Es ging ihm nicht um den Stand. Barrett wusste das. Im Gegensatz zu Miriams Eltern mit ihren starren Vorstellungen von gesellschaftlichen Stellungen hatte Richard nie zuvor eine Person einfach aufgrund ihres Berufes abgewertet. Es musste etwas anderes geben, das seinem Freund zu schaffen machte. Barrett nahm sich noch einen Bissen Kuchen und kaute ihn gründlich, während er darüber nachdachte, was Richard gesagt hatte.

„Für mich klingt das so, als hättest du selbst Interesse an Miriam."

Es entstand eine kurze Pause, bevor Richard erwiderte: „Du bist es und deine Karriere ist es, über die ich mir Sorgen mache. Das ist alles."

Die Worte klangen unaufrichtig.

ଓ

Wenn Warren dreißig Jahre jünger gewesen wäre, dann wäre er vielleicht vor Freude in die Luft gesprungen, aber Beine, die mehr als ein halbes Jahrhundert alt waren, reagierten nicht sehr positiv auf solchen Überschwang. Stattdessen goss er sich ein Glas Whiskey ein und prostete seinem Glück zu.

Sie war perfekt. Nicht hübsch, aber auch nicht hässlich. Nicht so jung, dass die Leute tratschen würden, aber jung genug, um ihm ein eigenes Kind zu schenken. Und das Beste: Sie war anständig. Höchst anständig, anders als die Frauen, die sich um seine anderen Bedürfnisse kümmerten. Niemand würde ihn missbilligend ansehen, wenn Warren eine hart arbeitende Witwe mit einem kleinen Kind heiraten würde. Sie würden ihm für seine Freundlichkeit Beifall klatschen. Sie würden erkennen, dass er tatsächlich ein aufrechter Bürger und ein Mann war, der einer Mitgliedschaft im Cheyenne-Club würdig war.

Gwen Amos war perfekt.

„Du hättest nicht mit ihm verschwinden sollen."

Miriam atmete tief ein und dann langsam wieder aus. „Ich bin nicht verschwunden. Richard und ich sind auf dem Fußweg und damit in Sichtweite derer geblieben, die aus der Oper kamen. Und, Mama, ich könnte hinzufügen, dass es viele gab, die das taten."

Ihre Mutter nahm den silbernen Spiegel von Miriams Frisiertisch und begutachtete ihr Spiegelbild. Offensichtlich erfreut, dass sie keine neuen Falten entdeckt hatte, nickte sie energisch. „Worüber genau habt ihr gesprochen?"

„Musik. Richard hat mir gesagt, dass ihm die Neunte zwar gefällt, sein Lieblingsstück von Beethoven allerdings das Allegretto aus der Siebten Sinfonie ist." Wie Miriam erwartet hatte, rollte ihre Mutter mit den Augen. Genauso gut hätte sie mit ihrer Mutter Griechisch sprechen können. Vielleicht war das der Grund, weshalb die Erinnerung an ihre Unterhaltung mit Richard in Miriams Kopf nachhallte. Es war das erste Mal, dass sie jemanden gefunden hatte, der ihre Liebe zur Musik ausreichend teilte, um eine Viertelstunde damit zu verbringen, über die Feinheiten zweier Melodien zu sprechen.

Barrett hätte höflich zugehört, wenn sie ihm erzählt hätte, dass das Tempo während des ersten Satzes der Aufführung ein wenig zu langsam gewesen war, aber er hätte es nicht verstanden. Richard tat das. Barrett hätte zugestimmt, wenn sie verkündet hätte, dass die „Ode an die Freude" ein grandioses Musikstück war. Aber dann hätte er das Thema gewechselt. Richard war anders. Er hatte sie gefragt, warum ihr die Ode etwas bedeutete und welcher besondere Aspekt der Musik ihr Herz berührte.

Richard war vielleicht nicht so gut aussehend wie Barrett. Er war vielleicht auch nicht so wohlhabend. Höchstwahrscheinlich war er auch kein Mann, den ihre Eltern für einen angemessenen Schwiegersohn halten würden, da er keinerlei Ambitionen hatte, außerhalb von Wyoming Karriere zu machen. Aber er forderte sie auf eine Weise heraus, wie es noch kein anderer Mann getan hatte. Das war der Grund – der einzige Grund –, weshalb sie nicht aufhören konnte, an ihn zu denken.

„Musik", schnaubte Mama. „Ich nehme an, das ist vollkommen seriös, aber bitte sorge dafür, dass es nicht noch einmal passiert. Obwohl der Mann beinahe alt genug ist, um dein Vater zu sein, und niemand denken würde, dass du an ihm interessiert sein könntest, würdest du doch nicht wollen, dass die Leute einen falschen Eindruck gewinnen, oder?"

„Nein, Mama."

Zwei Tage später setzte Charlotte einen Hut auf und ließ ihre Hände in Handschuhe gleiten. Obwohl sie nur nach nebenan gehen wollte und auf einen Mantel verzichten konnte, würde keine gut gekleidete Dame auf die Idee kommen, ihr Zuhause ohne einen Hut und Handschuhe zu verlassen.

„Ich werde nur ein paar Minuten weg sein", sagte sie zu Molly, die sich in ihrer Abwesenheit um *Élan* kümmern würde. Es war gerade nichts los in ihrem Laden und Charlotte brauchte ein paar Dinge für David. Gwen amüsierte sich jedes Mal darüber, dass Charlotte, deren Kleider viele der wohlhabenden Ladys von Cheyenne kleideten, etwas zum Anziehen für ihren Sohn kaufte. Er sei das sprichwörtliche Schusterskind, hatte sie erklärt. Wie dem auch sei, David hatte Löcher in seinen Socken. Und obwohl Charlotte eine geschickte Schneiderin war, gehörte das Stopfen nicht zu einer ihrer Stärken.

Zu ihrem Glück nahmen *Yates' Textilwaren* die nördliche Hälfte des Gebäudes ein, welches *Élan* beherbergte. Angesichts des Hutgeschäftes der Schwestern James am Ende des Blocks hatten Charlotte und Mr Yates schon darüber gelacht, dass sich die Frauen der Stadt von Kopf bis Fuß einkleiden konnten, ohne überhaupt die Straßenseite wechseln zu müssen. Männer, die maßgeschneiderte Anzüge wollten, hatten ein etwas schwierigeres Einkaufserlebnis, weil die besten Herrenschneider mehr als einen Block entfernt waren. Für weniger wählerische Kunden bot jedoch Mr Yates auch vorgefertigte Hosen, Hemden und Jacketts an.

Charlotte streckte gerade die Hand nach dem Türgriff aus und war im Begriff, Mr Yates' Geschäft zu betreten, als die Tür aufschwang.

„Mr Landry!" Obwohl es wirklich albern war, begann Charlottes Herz zu rasen. Der Mann sah in seiner Alltagskleidung fast noch attraktiver aus als im Opernhaus. Sie hatte gedacht, dass nichts mit der Eleganz seiner Abendgarderobe zu vergleichen wäre, aber das Tweed-Sakko, das er heute Morgen trug, war mindestens genauso ansprechend. Vielleicht hatte es auch gar nichts mit der Kleidung zu tun. Vielleicht ging die Attraktion einzig und allein von dem Mann aus, der darin steckte.

„Madame Charlotte!" Er nahm zur Begrüßung den Hut ab, dann schloss er die Tür hinter sich und stellte sich so neben sie, dass die leichte Brise sie nicht zum Frösteln bringen konnte. Gleichzeitig rümpfte er die Nase. „Ich vermute, es ist etwas dreist von mir, aber hätten Sie etwas dagegen, wenn wir auf die Formalitäten verzichten würden? Meine Freunde nennen mich Barrett. Ich würde mich freuen, wenn Sie dazugehören würden."

Es war eine einfache Bitte, doch wärmte sie Charlottes Herz mehr als die Oktobersonne. „Ich wäre geehrt, wenn Sie mich Charlotte nennen würden." Sie hielt inne, bevor sie den Namen aussprach, der ihr auf der Zunge lag. „Barrett." Sie hatte ihn in Gedanken so genannt, aber das hier war das erste Mal, dass sie das Wort ausgesprochen hatte. Es fühlte sich gut und im gleichen Moment seltsam beunruhigend an, so vertraut mit ihm zu sein. Charlotte atmete einmal tief durch, um ihre Nerven zu beruhigen, und deutete auf das Paket, das Barrett in seiner linken Hand hielt. „Wie ich sehe, war Ihr Einkauf erfolgreich."

Eines dieser schiefen Lächeln, die sie so liebenswert fand, erhellte sein Gesicht. „Versprechen Sie mir, nicht Mr Bradley zu erzählen, dass ich hier war."

„Es ist leicht, das zu versprechen, da ich keine Ahnung habe, wer Mr Bradley ist."

„Er ist mein Butler. Richard und Warren haben mich davon überzeugt, dass ich einen brauche, wenn ich in der Ferguson Street wohnen will."

Charlotte hob eine Augenbraue. „Ich lebe in der Ferguson Street", argumentierte sie, „und ich habe keinen Butler."

„Eins zu null für Sie. Ich hätte sagen sollen: Sie haben mich davon überzeugt, dass ich einen Butler brauche, wenn ich in einem übertrieben prunkvollen Haus mit genug Räumen für eine zehnköpfige Familie wohnen will. Jetzt befinde ich mich in einer Zwickmühle, weil eben dieser Butler glaubt, dass er für alles, was er Besorgungen nennt, verantwortlich ist." Barrett warf dem in braunes Papier gewickelten Paket einen kläglichen Blick zu.

Charlotte konnte ihr Lachen nicht unterdrücken. Sie kicherte, während sie den Mann anstarrte, der so nah bei ihr stand, dass sie sein Rasierwasser riechen konnte. Aufgrund von Miriams Erzählungen hatte Charlotte geglaubt, dass Barrett wie Jeffrey war. Aber das war er nicht. Jeffrey hätte nie augenzwinkernd über seine gesellschaftliche Stellung gesprochen, besonders dann nicht, wenn es sich um eine derart gehobene Stellung handelte. Jeffrey hätte einen Weg gefunden, um jedermann wissen zu lassen, dass er in einer Villa lebte. Charlotte bezweifelte, dass er seine Besorgungen, wie Barrett das nannte, selbst gemacht hätte.

„Ich muss Ihnen widersprechen. Ihr Haus ist nicht übertrieben prunkvoll", sagte sie mit fester Stimme. „Ich finde es geschmackvoll und erstaunlich zurückhaltend."

Obwohl das dreistöckige Backsteingebäude mit vier Schornsteinen und der gleichen Anzahl von Erkerfenstern aufwartete, ganz zu schweigen von dem Türmchen, wirkte nichts daran protzig. Im

Vergleich zu einigen anderen Häusern in Cheyenne konnte man es fast als bescheiden bezeichnen. „Bei einem Aspekt Ihrer Beschreibung kann ich jedoch nicht widersprechen. Ihr Zuhause ist groß, vor allem wenn man es mit meiner Unterkunft vergleicht." Bei ihrem letzten Satz deutete sie auf den zweiten Stock des Gebäudes.

„Das stimmt. Ich habe gehört, dass Sie über Ihrem Geschäft wohnen."

„Mit Mrs Amos und ihrer Tochter." Wieder konnte Charlotte ihr Lachen nicht unterdrücken. „Wir vier leben auf einem Bruchteil der Fläche, die Sie Ihr Eigen nennen."

In dem Moment, in dem die Worte ihren Mund verlassen hatten, zuckte Charlotte auch schon zusammen. Vielleicht hatte sie ja Glück und Barrett würde nicht bemerken, dass sie „vier" gesagt hatte.

„Vier Leute?" Es war nicht ihr Glückstag. „Wer ist neben Ihnen, Mrs Amos und ihrer Tochter noch dort?"

Es gab keinen anderen Weg aus der Zwickmühle, in die sie sich gebracht hatte, als die Wahrheit.

„Mein Sohn", sagte Charlotte fest. Seltsamerweise verspürte sie ein Gefühl von Erleichterung, als die Worte ausgesprochen waren. Barrett Landry war nicht der Baron. Sie hatte keinen Grund, ihn zu fürchten.

Barrett runzelte die Stirn, aber Charlotte konnte nicht einordnen, ob es an ihren Worten lag oder an dem kalten Windhauch, der sie erzittern ließ. „Sie haben Glück, dass Sie Mrs Amos und die Kinder haben. Mein Haus kann einsam sein, aber ich bezweifle, dass Sie dieses Problem haben."

„Das hab ich wirklich nicht. David kümmert sich schon darum."

„David ist Ihr Sohn?"

„Ja. Er ist ein ganz besonderer Junge."

Eine Sekunde lang erwartete Charlotte, dass Barrett fragen würde, warum ihr Sohn etwas Besonderes war. Aber dann sagte er nur: „Vielleicht kann ich ihn eines Tages kennenlernen."

„Vielleicht." Es war die angemessene Erwiderung, auch wenn es niemals passieren würde. Obwohl sie einen bedeutenden Schritt nach vorn gemacht hatte, indem sie Davids Existenz diesem Mann gegenüber erwähnt hatte, war sie nicht bereit dazu, ihren Sohn potenzieller Verachtung auszusetzen. Barrett schien nett zu sein, aber sie konnte nicht wissen, wie er reagieren würde, wenn er von Davids Blindheit erfuhr. Als ein neuer Windstoß die Straße entlangfuhr, schauderte Charlotte erneut. „Wenn Sie mich jetzt entschuldigen würden? Ich muss noch ein paar Dinge kaufen, bevor ich mich in einen Eiszapfen verwandele." *Und ich will diese Unterhaltung über meinen Sohn beenden.*

Sekunden später stand sie im Inneren des Ladens. Ein schneller Blick zeigte ihr, dass es keine anderen Kunden gab, und so ging sie mit energischen Schritten auf den hinteren Tresen zu, wo der Eigentümer sie mit einem breiten Lächeln begrüßte.

„Ich habe gesehen, wie Sie mit Mr Landry gesprochen haben." Obwohl Mr Yates von mittlerer Größe war, sah er aufgrund seiner schmalen Statur und seiner hängenden Schultern kleiner aus. *Müde* war das Adjektiv, das Charlotte normalerweise auf ihn anwandte, und doch funkelten seine grauen Augen an diesem Nachmittag mit etwas, das nach Erheiterung aussah. „Landry ist ein guter Mann. Er hat Hemden bei mir gekauft, als er damals nach Wyoming kam, und er kommt immer noch hierher, obwohl er überall einkaufen könnte. Ein guter Mann", wiederholte Mr Yates, als wüsste er, dass Charlotte die Beteuerung brauchte. „Also, was kann ich Ihnen bringen?"

„David braucht neue Socken. Leider hatte ich keine Zeit zum Stricken."

Der Mann, der älter wirkte als die 65 Jahre, zu denen er sich bekannte, griff nach einem Karton mit Kindersocken und schüttelte den Kopf. „Prudence hat immer gesagt, dass das Stricken sie entspannt, aber ich kann mir nicht vorstellen, dass Sie Zeit haben, sich zu entspannen.

„Unglücklicherweise haben Sie recht." Charlotte war vorher schon gut beschäftigt gewesen, aber jetzt, wo sie Miriams alte Kleider für Mrs Kendalls Pensionsgäste umarbeitete, hatte sie sogar noch weniger Zeit. Vielleicht war es dumm, Gwen nicht zu erzählen, was sie tat, aber Charlotte wusste, dass es *Élans* Ansehen schaden würde, wenn irgendjemand erfuhr, dass sie die Armen in der Stadt mit Kleidern versorgte. Obwohl Gwen niemals absichtlich jemandem davon erzählen würde, konnte ihr unbedacht etwas herausrutschen. Und so nähte Charlotte abends spät in ihrem Zimmer, da sie wusste, dass das Licht David nicht stören würde.

„Ich beklage mich nicht", sagte sie zu Mr Yates. „Das Geschäft läuft gut und wenn ich Socken brauche, liefert mir das einen Grund, Sie zu besuchen." Charlotte nahm sich Zeit und entschied sich für jeweils zwei Paar braune und schwarze Strümpfe. Dabei warf sie dem Geschäftsinhaber gelegentlich einen Blick zu. Es war, wie sie befürchtet hatte. Obwohl Mr Yate putzmunter gewirkt hatte, als sie in den Laden gekommen war, änderte sich sein Verhalten, wenn er sich unbeobachtet fühlte.

„Stimmt irgendetwas nicht?", fragte sie. „Sie sehen ein bisschen niedergeschlagen aus."

Er nickte, als sich sein Blick verfinsterte. „Ohne Prudence ist nichts mehr so, wie es war." Nach mehr als vierzig Jahren Ehe war seine Frau sechs Monate, bevor Charlotte nach Cheyenne gekommen war, gestorben. Und Gwen, die den Ladenbesitzer schon während der ganzen sechs Jahre kannte, die sie in Wyoming verbracht hatte, behauptete, dass sich das Verhalten des Mannes dramatisch verändert hatte.

„Es ist, als hätte er den Lebensmut verloren", hatte Gwen gesagt. „Armer Mann."

Das war einer der Gründe, weshalb die beiden Frauen darauf bestanden, dass Mr Yates regelmäßig sonntags mit ihnen zu Mittag aß. Obwohl Davids und Roses Übermut ihn ermüdeten, wusste Charlotte, dass er sich sowohl über Gwens Küche als auch über ihre Gesellschaft freute.

„An manchen Tagen will ich nicht mal aus dem Bett steigen", gestand Mr Yates. „Meine Schwester unten in Arizona erzählt mir die ganze Zeit, ich solle zu ihr ziehen. Sie sagt, dass Wetter wäre freundlicher zu diesen alten Knochen." Mit finsterer Miene addierte er die Kosten für Charlottes Einkauf zusammen. Als sie ihm ein paar Münzen reichte, sagte er: „Das Problem ist der Laden. Ich will ihn nicht an irgendjemanden verkaufen, schließlich haben Prudence und ich so hart gearbeitet, um ihn zum Laufen zu bringen. Ich will jemanden, der sich den Kunden gegenüber anständig verhält." Mr Yates hielt einen Moment lang inne, dann erhellte sich sein Gesichtsausdruck.

„Ich nehme nicht an, dass Sie daran interessiert wären, ihn zu übernehmen, oder?“

„Ich wünschte, ich könnte es.“ Charlottes Herz fühlte mit Mr Yates und seinem Dilemma mit. Er hatte ihr und Gwen einmal erzählt, dass er keine Kinder hätte und der Laden deshalb sein einziger Nachlass sei. Deshalb hätten sowohl Prudence als auch er selbst sich erhofft, dass das Geschäft auch nach ihrem Tode weitergeführt werden würde. „Ich weiß nichts darüber, wie man ein Geschäft wie dieses führt“, sagte sie, obwohl sie ihrem Nachbarn gern eine andere Antwort gegeben hätte. „Das ist etwas ganz anderes als *Élan*.“ Und dann war da noch das Geld. Sie hatte nichts übrig.

Das Leuchten in den Augen des Ladeninhabers verblasste. „Ich dachte mir schon, dass Sie das sagen würden.“ Seine Lippen wurden schmaler und er nickte langsam. „Ist schon in Ordnung. Ich werd mir was einfallen lassen.“

Charlotte wünschte, sie könnte genauso zuversichtlich sein.

Kapitel 5

Charlotte griff nach einer Hutnadel. Obwohl die schlichte schwarze Haube mit dem dicken Schleier, der ihr Gesicht verbergen würde, gut passte, würde sie das Risiko, dass der Wind ihr die Haube vom Kopf fegen würde, nicht eingehen. Wenn ihre Arme mit Paketen gefüllt wären, hätte sie nicht mehr die Möglichkeit, die Haube festzuhalten, wenn sie anfing zu verrutschen. Glücklicherweise hatte der Wind an diesem frühen Morgen nachgelassen. Und was noch wichtiger war: David, Rose und Gwen schliefen noch. Es würden nur wenige Leute auf der Straße sein. Kaum jemand würde sie sehen und wer es doch tat, würde nicht ahnen, dass es Madame Charlotte war, die zur Pension ging. Das war der Grund, warum sie sich halb sechs morgens als Zeit für ihre Lieferung ausgesucht hatte. Gwen hatte erwähnt, dass Mrs Kendall um diese Zeit mit der Vorbereitung des Frühstücks begann, die ersten Pensionsgäste aber erst eine knappe Stunde später in die Küche kommen würden. Wenn Charlotte sich beeilte, würde sie weniger als eine halbe Stunde weg sein. Niemand würde bemerken, dass sie das Haus verlassen hatte. Für den Fall, dass David aufwachte, hatte Charlotte jedoch eine Notiz hinterlassen, in der sie Gwen mitteilte, dass sie in Kürze zurück sein würde.

Auf Zehenspitzen schlich sie zur Tür und schloss sie so leise wie möglich. Augenblicke später stieg sie die Treppe hinab und ging in südlicher Richtung die Ferguson Street hinab. Mrs Kendalls Pension war weniger als drei Blocks entfernt. Und doch hatte Charlotte das Gefühl, als betrete sie mit der 15th Street eine andere Stadt. Es gab keine schicken Häuser oder Läden wie *Élan*. Stattdessen waren die baufälligen Gebäude Zeugnisse von Verzweiflung und Entbehrung. Es war kein Wunder, dass Gwen hatte entkommen wollen.

Charlotte sah die Straße entlang und suchte nach den Betrunkenen, von denen Gwen behauptet hatte, dass sie nur allzu oft präsent waren. Offenbar hielt Gott seine schützenden Hände über sie, denn Charlotte sah niemanden. Sie ging so schnell, wie sie konnte, ohne ins Laufen zu verfallen. Obwohl die Witwenkleidung, die sie als Tarnung gewählt hatte, einen bauschigeren Rock besaß, als es im Moment modern war, konnte sie in dem Kleid nicht rennen.

Es gab keine Straßenlaternen, vielleicht weil die Stadtväter nicht den Wunsch hatten, die Etablissements zu fördern, die diesen Block säumten. Charlotte sah jedoch das Licht einer Petroleumlampe im hinteren Raum des zweiten Hauses. Es war genauso, wie Gwen es beschrieben hatte.

Obwohl Charlotte gleichermaßen vor Kälte und Aufregung zitterte, klopfte sie fest an die Küchentür. Sekunden später öffnete eine beinahe skelettdürre Frau die Tür einen Spaltbreit.

„Wer sind Sie? Was wollen Sie?" Selbst in diesem Teil der Stadt war es für eine Frau ungewöhnlich, so früh unterwegs zu sein.

Mrs Kendall war einige Zentimeter kleiner als Charlotte, ihr Haar war ein oder zwei Nuancen heller als das von Gwen. Obwohl eine gewaltige Schürze den größten Teil ihres Kleides bedeckte, machte Charlottes geschultes Auge einen Stil aus, der vor beinahe zehn Jahren modern gewesen war. Auch ließ die verblasste Linie entlang des Saumes keinen Zweifel daran, dass er mehr als einmal umgeschlagen worden war. Es waren nicht nur die Pensionsgäste, die neue Kleidung benötigten. Keines der Kleider, die sie mitgebracht hatte, würde Mrs Kendall passen, aber Charlotte nahm sich vor, dass sie bis zu ihrem nächsten Besuch ein neues Kleid für die Frau nähen würde, die so freundlich zu Gwen gewesen war.

Als sich Mrs Kendalls Augen verengten, hielt ihr Charlotte die Pakete hin. „Ich habe ein paar neue Kleidungsstücke für Ihre Pensionsgäste mitgebracht."

Die Frau blinzelte überrascht mit den Lidern. „Ich habe niemanden erwartet und auch keine Kleidung bestellt." Sie warf Charlotte einen prüfenden Blick zu, bevor sie nickte. „Eigentlich können Sie auch reinkommen."

Charlotte fand sich in einer so engen Küche wieder, dass sie sich unwillkürlich fragte, wie es Mrs Kendall gelang, hier für mehr als ein Dutzend Frauen zu kochen. Der Herd war schmaler als der Durchschnitt und hatte nur drei Herdplatten. Kein Wunder, dass sie früh auf war. Selbst ein Jongleur hätte Schwierigkeiten, hier Eier, Wurst, Kartoffeln und Kaffee zuzubereiten.

In Anbetracht der tickenden Uhr und der Tatsache, dass Charlotte nach Hause zurückkehren wollte, bevor David aufwachte, packte sie die Kleider aus und verteilte sie auf dem breiten Tisch, der den größten Teil des Raumes einnahm. „Ich wusste nicht, welche Größen Sie brauchen würden, aber ich hoffe, diese werden einigen Ihrer Pensionsgäste passen." Als sie Miriams Kleider geändert hatte, hatte sie eines gekürzt und – in der Annahme, dass die Pensionsgäste nicht alle so schlank waren wie Miriam – bei einem anderen den Saum ausgelassen.

Mrs Kendall starrte auf die vier Kleider, die ihren Tisch bedeckten. Behutsam betastete sie den Stoff und ihre Augen begannen zu leuchten. „Sie sind schön, Ma`am, aber ich kann nicht bezahlen, was sie wert sind. Ich hab nicht viel Geld und meine Mädels auch nicht."

Charlotte schüttelte den Kopf. „Ich will kein Geld. Sie sind ein Geschenk."

Mrs Kendall strich beinahe ehrfürchtig über die Kleider. „Ein Geschenk? Für uns?"

Charlotte nickte.

Immer noch zweifelnd hob Mrs Kendall die Augenbrauen. „Gibt es einen Haken?"

„Nein, gibt es nicht. Und wenn Sie mir sagen, was Sie sonst noch für Größen gebrauchen können, werde ich noch mehr vorbeibringen."

Die ältere Frau schluckte schwer, so als versuche sie, ihre Gefühle unter Kontrolle zu bringen. „Ich bin Ihnen sehr zu Dank verpflichtet, Ma'am. Einige meiner Mädels habe keine anständigen Sachen. Sie werden sich mächtig freuen, wenn sie diese hier bekommen." Sie sah Charlotte an, wobei ihre Neugier offensichtlich war. „Wer sind Sie?"

„Nur eine Witwe, die helfen will."

Barrett schritt vor dem Bahnhof auf und ab und lauschte auf das Brummen der Schienen, das den einfahrenden Zug ankündigen würde. Als er in Pennsylvania gelebt hatte, war schwarzer Rauch das erste Anzeichen gewesen, das ein Zug eintraf, aber die in Wyoming vorherrschenden Westwinde sorgten dafür, dass Züge aus dem Osten keine sichtbaren Vorboten hatten. Er zog seine Uhr zum scheinbar hundertsten Mal heraus. Dabei schüttelte er lächelnd den Kopf über sein Verhalten. Wenn seine Uhr stimmte, würde der Zug erst in zehn Minuten einfahren. Allein sein starker Wunsch, Harrison zu sehen, hatte ihn so früh hierher gebracht. Harrison würde bei dem Gedanken, dass sein jüngster Bruder wegen seines Besuches ganz aus dem Häuschen war, in Gelächter ausbrechen. Schließlich handelte es sich um denselben Bruder, der Harrison einst als „Geißel der Menschheit" bezeichnet hatte, und das nur, weil er sich geweigert hatte, seinem jüngeren Bruder die Steinschleuder auszuborgen.

Während er an dem bestehenden Bahnhof auf und ab lief, beobachtete Barrett das, was gerade Gestalt annahm. Arbeiter liefen geschäftig auf dem Gelände der neuen Bahnstation umher, aber der Fortschritt schien langsam im Vergleich zu der Geschwindigkeit, in der sein Haus gebaut worden war. Wenn der neue Bahnhof jedoch fertig war, würde er eine dringend benötigte Verbesserung gegenüber dem einfachen Gebäude mit sich bringen, das der Stadt jetzt zur Verfügung stand. Barrett hatte den Entwurf gesehen, der ihm gut gefallen hatte. Es gab keinen Zweifel daran, dass das große Gebäude aus rotem Sandstein mit den gewölbten Fenstern und der hohen Turmuhr beeindruckend sein würde.

Was das Regierungsgebäude betraf, das ebenfalls gerade im Entstehen war, so hatte Warren vermutet, dass ein Grund für den raschen Baubeginn darin zu suchen sei, dass die Politiker sich nicht von der Eisenbahngesellschaft überrunden lassen wollten. Doch trotzdem hatte der Spatenstich für das neue Regierungsgebäude erst im letzten Monat stattgefunden.

Die beiden Gebäude, die an den entgegengesetzten Enden der Hill Street gebaut wurden, hatten nur wenig gemeinsam. Das Regierungsgebäude war quadratisch und symmetrisch geplant und würde eine vergoldete Kuppel haben, wohingegen der Bahnhof im neuromanischen Stil gebaut werden sollte. Obwohl beide aus Sandstein gebaut wurden, war das Regierungsgebäude grau, nicht rot. Verschiedene Stile, verschiedene Zwecke – und doch würden beide Cheyennes Stellung als wichtiger Halt der Eisenbahn und als Hauptstadt des Wyoming-Territoriums hervorheben.

Die Zukunft der Stadt war verheißungsvoll, und wenn Richard und Warren recht hatten, war das Barrett Landrys persönliche Zukunft ebenfalls. Doch was ihn heute bewegte, war das, was dieser Tag ihm bringen würde. Sein ältester Bruder, derjenige, von dem man Barrett immer gesagt hatte, dass er ihm niemals das Wasser reichen könnte, würde jeden Moment eintreffen. Barrett zog seine Uhr ein weiteres Mal hervor und grinste. Noch eine Minute. Wenn die Eisenbahn dem Ruf, den sie in Bezug auf ihre Pünktlichkeit hatte, gerecht wurde, würde sein Bruder in den nächsten sechzig Sekunden hier sein.

Genau nach Plan fuhr der Zug in den Bahnhof ein. Die Passagiere begannen auszusteigen. Drei Frauen, deren Schultern vor Müdigkeit herabhingen, waren die Ersten, die auf den Bahnsteig traten. Und dann kam ein stämmiger Mann, den Barrett überall wiedererkannt hätte. Er war kräftiger als bei ihrer letzten Begegnung, seine Wangen traten mehr hervor, und doch wies das Gesicht immer noch eine deutliche Ähnlichkeit mit dem Anblick auf, den Barrett jeden Morgen im Spiegel sah. Schon immer wurde gesagt, dass man einen Landry auf fünfzig Schritt Entfernung wiedererkennen konnte. Barrett fragte sich, ob das auch auf Charlottes Familie zutraf. Bestimmt waren ihre Schwestern nicht so hübsch wie sie.

Barrett schüttelte über sich selbst den Kopf. Dies war nicht der Zeitpunkt, um über Charlotte nachzudenken, ganz egal, wie hübsch sie war, ganz egal, wie oft er ihre Unterhaltungen Revue passieren ließ. Sein Bruder stieg die eisernen Stufen hinab.

„Ich hätte nie gedacht, dass ich das erleben würde", sagte Barrett, als er Harrison auf die Schulter klopfte, „aber es ist wahr. Du bist hier! Du bist den ganzen weiten Weg ins wilde Wyoming-Territorium gekommen."

Harrison war nur zwei Zentimeter kleiner als Barrett, hatte dasselbe dunkelbraune Haar und dieselben tiefblauen Augen. Im Moment funkelten diese Augen, als sich seine Lippen zu einem schiefen Lächeln verzogen. „Du hast mir kaum eine Wahl gelassen, kleiner Bruder. Camden und ich haben gedacht, du wärst innerhalb eines Jahres zurück, sobald du herausgefunden hättest, dass du nicht für dieses Leben geschaffen bist. Sieht so aus, als hätten wir uns getäuscht. Jetzt sind schon fünf Jahre vergangen und es gibt immer noch keine Anzeichen dafür, dass du zur Vernunft kommst. Da habe ich mir gedacht, dass ich herkommen muss, wenn ich dich sehen will. Also bin ich hier." Das war Harrison, wie man ihn kannte. Während andere Männer in kurzen, prägnanten Sätzen redeten, sprudelten die Worte nur so aus Harrison heraus.

Er sah sich um, wobei sein Gesichtsausdruck nicht erkennen ließ, wie der erste Anblick von Barretts neuer Heimatstadt auf ihn wirkte. Wenn er Cheyenne nach den schäbigen Hotels und Saloons westlich des Bahnhofs auf der 15th Street beurteilte, würde er einen Fehler machen. Jede Stadt hatte ihre schäbigen Ecken und das hier waren die von Cheyenne. Barrett fand, dass sich Harrison erst, sobald er die ganze Stadt gesehen hätte, eine Meinung bilden sollte. Doch sagte er nichts dazu, sondern äußerte sich stattdessen zu dem letzten Kommentar seines Bruders.

„Ich hatte wirklich vor, zu Besuch zu kommen", erklärte Barrett. „Aber der Zeitpunkt schien nie der richtige zu sein."

Es war eine Ausrede. Er hätte Zeit für eine Reise nach Northwick finden können, wenn er gewollt hätte. Die Wahrheit war, dass er nicht hatte zurückkehren wollen, bevor er nicht alles erreicht hatte: Geld, eine Ehefrau, eine glanzvolle Zukunft. Er bezweifelte, dass seine Brüder das verstehen würden. Sie hatten es nicht verstanden, als er ihnen von seinem Bedürfnis erzählt hatte, die Heimat zu verlassen. Und obwohl nur wenig in ihren Briefen darüber gestanden hatte, hatte er gespürt, wie sehr sie seine Entscheidung irritiert hatte, Vieh zu züchten und im Westen zu bleiben. Barrett hatte sich vorgestellt, dass er alle seine Ziele erreicht hätte, bevor er Harrison und Camden wieder gegenübertreten wollte. Vor allem Harrison. Sein großer Bruder hatte noch nie ein Blatt vor den Mund genommen und geglaubt, dass er als der Älteste wusste, was das Beste für seine Brüder sei. Barrett bezweifelte, dass sich das in den vergangenen fünf Jahren geändert hatte. Glücklicherweise waren seine Pläne geschmiedet, auch wenn er sie noch nicht alle umgesetzt hatte. Egal was Harrison sagte, würde Barrett es sich nicht anders überlegen.

„Wo wir vom richtigen Zeitpunkt sprechen ...", bemerkte Barrett, als der Gepäckträger Harrisons Koffer auf die Kutsche zuschob.

„Es ist gut, dass du heute gekommen bist. Die Alteingesessenen behaupten, dass wir uns morgen auf Schnee gefasst machen müssen."

Wenn es wirklich schneite, würde das für Harrison sicher anders als erwartet sein. Er würde schnell feststellen, dass die Winter in Wyoming anders waren als die im Osten.

Als der Koffer in der Kutsche verstaut war, machte sich Barrett auf den Weg Richtung Westen und bog in die Ferguson Street ab. Obwohl sein Bruder von belanglosen Dingen sprach, änderte sich sein Tonfall, als sie die 19th Street erreicht hatten.

„Cheyenne ist nicht, was ich erwartet hatte", sagte Harrison, als sie an dem kunstvollen Wohnhaus vorbeikamen, das viele „Castle Dare" („Schloss Risiko") nannten. Mit seinen Türmen und dem mit Zinnen versehenen Dach war es angeblich die Nachbildung eines europäischen Schlosses.

Barrett versuchte, sein Lächeln zu unterdrücken. „Hattest du dir baufällige Holzbaracken vorgestellt?"

„Vielleicht." Ein Schulterzucken begleitete Harrisons Antwort. „Ich weiß, dass du uns erzählt hast, Cheyenne sei eine wohlhabende Stadt, aber ich dachte, du würdest übertreiben. Das hier sind keine Häuser, es sind prachtvolle Villen." Er deutete auf die Häuser auf beiden Seiten der Straße. „Wer lebt hier?"

Barrett behielt einen ungerührten Gesichtsausdruck bei und verlangsamte die Kutsche. „Händler, Zeitungseigner, Bankiers, dein Bruder." Er hielt vor seinem Haus und deutete mit einem Nicken dorthin.

„Das ist deins?" Erstaunen färbte Harrisons Stimme. Zum ersten Mal, soweit sich Barrett erinnern konnte, schienen seinem großen Bruder die Worte zu fehlen.

Barrett kletterte aus der Kutsche. Sicherlich hatte Mr Bradley ihn ankommen sehen und würde einen der Burschen schicken, um das Pferd und die Kutsche in den Stall zu bringen und Harrisons Koffer ins Haus zu tragen. „Ich hatte dir erzählt, dass ich ein Haus gebaut habe."

„Du sagtest ein Haus, keine Villa." Harrison starrte auf das rote Backsteingebäude. Obwohl nicht so prächtig wie einige der Nachbarhäuser, war das dreistöckige Haus doch weit größer und eleganter als irgendeines in Northwick. Harrison schüttelte den Kopf, als würde er versuchen, einen klaren Kopf zu bekommen, und zuckte mit den Schultern. „Alles, was ich sagen kann, kleiner Bruder: Du hast deine Sache ordentlich gemacht.“

Sowohl Anerkennung als auch Erstaunen klangen in Harrisons Stimme mit, und das füllte eine leere Stelle in Barretts Inneren. Das war es, was er gewollt hatte: die Anerkennung seines Bruders. Endlich hatte er das erreicht.

Als sie durch die Vordertür eintraten und Mr Bradley erschien, um ihnen ihre Mäntel abzunehmen, schürzte Harrison die Lippen. Aber erst, als sie in Barretts Büro und wieder allein waren, sprach er erneut. „Camden wird das nicht glauben. Als du sagtest, du hättest Vieh und würdest ein Haus bauen, haben wir angenommen, es handele sich um eine Farm. Stattdessen hast du eine Villa mit Butler und mit wer weiß wie vielen weiteren Dienstboten.“

„Sechs.“

Harrisons Augen weiteten sich. „Du hast sechs Dienstboten?“

„Sieben, wenn man Mr Bradley mitzählt.“

Harrison schüttelte den Kopf. „Ich kann es immer noch nicht glauben. Und das ist auch so eine Sache. Warum nennst du ihn Mr Bradley? Ich dachte, Dienstboten würden nur mit Namen angesprochen.“

„Das hat er mir auch gesagt, aber ich dachte, das würde mich zu hochtrabend erscheinen lassen. Also habe ich zu etwas gegriffen, das mein Anwalt eine Anstellungsbedingung nennt. Wenn das Personal darauf besteht, mich Mr Landry zu nennen – und das tut es –, dann werde ich sie auf die gleiche Weise ansprechen. Also nicht einfach Bradley, sondern Mr Bradley.“

Harrison schüttelte erneut den Kopf. „Mein Bruder, der Viehbaron. Ich kann es immer noch nicht fassen.“

„Es gibt Zeiten, da kann ich es auch nicht“, gab Barrett zu.

Es hatte viel Arbeit gekostet, viel harte Arbeit, aber der Gewinn seines ersten Jahres als Viehzüchter hatte seine kühnsten Träume übertroffen. Barrett hatte mehr Geld verdient, als er für möglich gehalten hatte, und – was noch besser war – er hatte sich Respekt verdient. Er war nicht länger der Kleine, Schwache. Im Gegenteil, man hatte ihn eingeladen, dem Cheyenne-Club beizutreten, eine

Ehre, die nur wenigen Männern von Cheyenne zuteil wurde. Bald darauf hatte er angefangen, dieses Haus zu bauen.

„Dies ist ganz sicher keine Farm.“ Harrison deutete auf die Samtbehänge, die elegante Tapete und den Perserteppich. „Selbst der Bürgermeister von Northwick hat so etwas nicht.“

Harrison würde sich vielleicht wohler fühlen, wenn er die einfache Ranch zu Gesicht bekam, in der Barrett übernachtete, wenn er nach dem Vieh sah. Es war ursprünglich ein Unterstand gewesen. Der einzige Luxus des windschiefen Gebäudes war ein Fenster, das Barrett eingebaut hatte, als ihm aufgefallen war, dass er ohne Sonnenschein nicht leben konnte.

„Ich habe eine einfache Ranch“, räumte er ein, „aber ich verbringe dort nicht sehr viel Zeit.“

Harrison schlug die Beine übereinander und lehnte sich auf seinem Stuhl zurück. „Ich nehme an, das würde ich auch nicht, wenn ich ein Haus wie dieses hätte. Eigentlich habe ich mir nie vorstellen können, dass du glücklich bist, wenn du Kühe züchtest. Ich habe angenommen, du würdest lieber mit Menschen arbeiten.“ Er ließ seine Hände über die Arme des Lederstuhles gleiten. „Von uns dreien konntest du am besten mit den Kunden umgehen. Du konntest ihnen alles verkaufen.“

„Wenn sie mir zugehört haben.“ Das war ein Teil des Problems gewesen. Wenn Harrison oder Camden im Laden gewesen waren, hatten die Kunden den kleinen Barrett ignoriert.

„Warum habe ich dich wohl so oft allein gelassen?“ Als er grinste, bildeten sich kleine Lachfältchen um Harrisons Augen. „Ich bin nicht so blöd, wie du denkst. Ich habe es vielleicht nicht bemerkt, als wir aufwuchsen, aber als wir alle anfingen, im Laden zu arbeiten, war mir schnell klar, was los war. Ich habe sehr wohl bemerkt, dass die Kunden mehr von dir gekauft haben als jemals von Camden oder mir.“

Barrett starrte seinen Bruder an. „Warum hast du mir das nie gesagt?“

„Damit es dir zu Kopf steigt? Abgesehen davon musstest du selbst herausfinden, was du machen willst.“

Und das hatte er. „Ich wusste, dass es in Northwick keine Zukunft für mich gibt. Selbst wenn es mir Spaß gemacht hätte, im

Laden zu arbeiten – und ich bin mir nicht sicher, ob das der Fall gewesen wäre –, hatte das Geschäft keine drei Leute nötig."

Wieder bildeten sich Falten zwischen Harrisons Brauen. Angestrengt starrte er auf den Boden, als fasziniere ihn das Teppichmuster. „Im Moment hat er nicht mal zwei nötig. Es läuft in letzter Zeit nicht gut." Die Falten wurden tiefer. „Camden behauptet, es liege daran, dass ich keine neuen Wege gehe. Er nennt mich engstirnig. Lach nicht, Barrett. Du hättest wahrscheinlich dasselbe gesagt."

„Ich bevorzuge ‚Ewiggestriger'."

Harrisons Lippen verzogen sich zu einem Lächeln, als er nickte. „Das klingt nach dir. Aber zurück zu Camden. Ich hatte keine Lust mehr, mit ihm zu streiten, also habe ich beschlossen, ihm ein bisschen Zeit zu geben, um die Dinge so laufen zu lassen, wie er das will. Außerdem ist er frisch verheiratet. Ich glaube, dass er und Susan ein bisschen Zeit ohne einen älteren Bruder gebrauchen könnten, der überall mitmischt."

„Das ist sehr rücksichtsvoll von dir. Ich sollte das wahrscheinlich nicht sagen, damit es dir nicht zu Kopf steigt." Barrett konnte sich diese kleine Spitze gegen Harrison nicht verkneifen. „Aber ich gehe das Risiko ein und gebe zu, wie froh ich darüber bin, dass du hier bist. Auch wenn ich weiß, dass es jetzt mein Leben ist, in das du dich einmischen wirst. Es ist klar, dass du was dagegen hast."

„Ach, Barrett, du warst schon immer zu sensibel. Ich habe nichts gegen dich oder dein Leben. Ich bin nur überrascht." Harrison beugte sich vor. Sein Gesichtsausdruck war ernst. „Erzähle mir von den Kühen."

„Vieh", korrigierte ihn Barrett, obwohl er den Verdacht hegte, dass sein Bruder den richtigen Ausdruck kannte und die Tiere nur deshalb Kühe nannte, weil er ihn ärgern wollte. „Ich werde dir lieber von etwas anderem erzählen." Er konnte genauso gut sofort offen über alles sprechen. Außerdem hatte Harrison vielleicht einen guten Rat auf Lager. „Ich muss dich allerdings warnen, du Ewiggestriger, es handelt sich um eine neue Idee."

„Du liebe Zeit, nicht du auch noch!"

„Ich fürchte doch. Es muss ansteckend sein." Barrett atmete einmal tief durch und fragte sich, wie Harrison reagieren würde. „Ich denke darüber nach zu heiraten."

„Es ist an der Zeit." Ein Grinsen überzog Harrisons Gesicht. „Du wirst nicht jünger, weißt du." Als Barrett seinen Mund öffnete, um etwas zu erwidern, verbreiterte sich Harrisons Grinsen. „Du musst jetzt nicht hervorheben, dass ich sogar noch älter bin als du und immer noch nicht geheiratet habe. Einige Männer sind dazu bestimmt, Junggesellen zu bleiben, aber du gehörst nicht dazu."

„Also bist du damit einverstanden?" Harrisons Briefe hatten nicht so geklungen, als sei er glücklich über Camdens Hochzeit.

„Natürlich bin ich das. Ich hoffe, du planst, mich deiner zukünftigen Braut vorzustellen." Harrisons Lächeln verblasste. „Oder ist es nur ein theoretischer Plan?"

„Nein, nein." Barrett schüttelte den Kopf. „Ich habe eine bestimmte junge Dame im Sinn, und wenn du mir versprichst, dass du dich richtig gut benimmst, darfst du sie vielleicht kennenlernen."

„Hast du Angst, ich schnappe sie dir weg?"

„Wohl kaum." Harrison würde niemals Miriam den Hof machen, solange er wusste, dass Barrett darüber nachdachte sie zu heiraten. „Da ist jedoch noch mehr."

„Noch eine neue Idee?" Harrison tat, als wäre er schockiert. „Ich bin nicht sicher, ob ich zwei an einem Tag verkraften kann."

„Mach dich auf was gefasst." Als sein Bruder die Armlehnen umklammerte, lachte Barrett in sich hinein. Das war der Harrison, den er kannte, immer bereit für einen Spaß. „Ich bewerbe mich vielleicht um ein politisches Amt."

Es entstand eine kurze Pause, während Harrison die Worte verdaute. Dann beugte er sich vor und schlug mit der Faust auf Barretts Schreibtisch. „Das ist die beste Idee, die ich seit Monaten gehört habe. Du wirst die Wähler so um den Finger wickeln, wie du das mit den Kunden gemacht hast." Er stand auf und klopfte Barrett auf die Schulter. „Gute Entscheidung, kleiner Bruder. Gute Entscheidung."

☙

„Der Schnee wird heftiger", sagte Gwen, als sie ihren Mantel ausschüttelte und ihn an einen der Haken neben der Tür hängte. „Du solltest den Gottesdienst heute vielleicht ausfallen lassen.“ Sie kniete sich auf den Boden, breitete die Arme aus und grinste, als Rose sich in ihre Arme stürzte. „Hast du deine Mama vermisst?“

Rose nickte. „Ich habe mit David gespielt, aber er weint.“

Gwen sah beunruhigt auf. „Hat Rose ihm wehgetan?“

„Es war ein Spiel.“ Gwens Tochter hatte versucht, David das Stehen beizubringen, und als sie seine Hände losgelassen hatte, war das Unvermeidliche passiert: David war hingefallen und hatte sich den Kopf gestoßen. Ein paar Minuten später, als die Tränen getrocknet waren, hatte er versucht, ohne fremde Hilfe aufzustehen. Erneut war er gefallen, aber dieses Mal hatte Charlotte eine neue Entschlossenheit auf dem Gesicht ihres Sohnes wahrgenommen. Irgendwie hatte Roses Ermutigung ihm den Antrieb gegeben, den er brauchte, um das Aufstehen zu versuchen.

„Sei nicht überrascht, wenn er erneut hinfällt“, sagte sie zu Gwen. „Du weißt, dass das Teil der Entwicklung ist. Ich habe alles, soweit möglich, aus dem Weg geräumt.“

Sie griff nach ihrem Umhang, den sie sich für die kalten Monate in Cheyenne genäht hatte. Durch den besonderen Schnitt der Ärmel konnte sie den Umhang eng um ihren Körper wickeln, sodass er sich für die kalten Winde besser eignete als ein gewöhnlicher Umhang.

„Es wäre nicht schlimm, wenn du heute die Kirche verpasst“, wiederholte Gwen. „Sieh dir den Schnee an.“

Charlotte schüttelte den Kopf. „Die Kirche ist weniger als einen Block entfernt.“

Das Haus, das Charlottes Laden und ihre Wohnung enthielt, lag in der Nähe des „Kirchenecks“, wie die Einwohner von Cheyenne es bezeichneten. Charlottes Kirche befand sich an der einen Ecke, Gwens an der anderen und eine dritte lag auf der gegenüberliegenden Straßenseite. Zum Glück für die beiden Frauen wurden alle Gottesdienste zu unterschiedlichen Zeiten abgehalten, was es ihnen erlaubte, jeweils in ihre Kirchen zu gehen, ohne sich Gedanken über ihre Kinder machen zu müssen.

„Ich möchte hingehen“, sagte Charlotte und nahm die Bibel zur Hand, die eine ihrer ersten Einkäufe gewesen war, als sie Cheyenne erreicht hatte. „Ich muss hingehen.“

Bis zu ihrer Heirat und ihrem Umzug nach Fort Laramie hatte

sie den sonntäglichen Gottesdienst nur verpasst, wenn sie krank gewesen war. Die Gottesdienste im Fort waren nur unregelmäßig abgehalten worden und Charlotte hatte sehr oft zu Hause Gottesdienst gefeiert. Seitdem sie jedoch in der Stadt lebte, in der es schon verschiedene Kirchengemeinden gab, hatte sie keinen Sonntag verpasst. Ein Schneefall, selbst wenn er ungewöhnlich heftig für Oktober war, war kein Grund, um von dieser Gewohnheit abzuweichen.

„Du bist starrsinnig." Gwens Lächeln nahm ihrer Anschuldigung die Schärfe.

„Schuldig im Sinne der Anklage." Charlotte umarmte David noch einmal, dann ließ sie die Bibel in die Tasche gleiten, die sie in den Umhang genäht hatte. Der Ledereinband war immer noch steif und das Buch passte nicht so gut in ihre Hand wie die Bibel, die sie seit ihrer Kindheit besaß, aber Charlotte konnte es nicht riskieren, diese in der Öffentlichkeit zu benutzen. Mit ihren Aufzeichnungen nicht nur zu ihrer Geburt, sondern auch zu ihrer Heirat mit Jeffrey enthielt ihre alte Bibel zu viele Informationen, die sie geheim zu halten versuchte, und deshalb versteckte sie sie unter einem nicht benötigten Unterrock in einer ihrer Kommodenschubladen.

Charlotte senkte den Kopf, als sie die Straße überquerte, um zu verhindern, dass ihr der Schnee ins Gesicht peitschte. Im Gegensatz zu dem Schnee, den sie in ihrer Kindheit erlebt hatte, wo dicke, träge Flocken sanft zu Boden geschwebt waren, konnte man den Schnee in Cheyenne nur selten als „fallend" bezeichnen. Stattdessen blies der Wind ihn mit einer solchen Kraft durch die Gegend, dass es den Anschein hatte, als würden Glasscherben durch die Luft fegen. Die kleinen Schneeflocken, die eher Schneekügelchen waren, konnten zarte Haut verletzen, vor allem, wenn sie durch einen stürmischen Wind seitwärts getrieben wurden.

Als sie die Kirche betrat und den Schnee wegwischte, der sich auf ihre Wimpern gelegt hatte, hörte Charlotte eine vertraute Stimme. Sie sah auf. Es war keine Einbildung gewesen. Obwohl sie ihn nie zuvor in der Kirche gesehen hatte, war Barrett Landry tatsächlich hier. Noch überraschender war allerdings, dass er von einem Mann begleitet wurde, dessen Ähnlichkeit ihn eindeutig als Barretts Verwandten auswies.

„Guten Morgen, Charlotte." Barrett lächelte und überwand die

Entfernung mit zwei langen Schritten. „Ich möchte Ihnen meinen Bruder Harrison vorstellen. Er ist nach Wyoming gekommen, um zu sehen, wie Kuhbauern leben.“ Der humorvolle Tonfall in seiner Stimme verriet Charlotte, dass Harrison Viehzüchter als Kuhbauern bezeichnet hatte, ein Begriff, den niemand in diesem Gebiet benutzen würde.

„Es ist schön, Sie kennenzulernen, Mr Landry.“ Obwohl die Vorhalle der Kirche normalerweise überfüllt war, schien es, als hätte der Schnee etliche Gemeindemitglieder von ihrem Besuch abgehalten, denn heute Morgen war niemand außer Charlotte und den beiden Brüdern dort.

„Harrison bitte.“ Der Mann war eine ältere, weniger kultivierte Ausgabe von Barrett. Zwar war sein Anzug gut geschnitten und durchaus angemessen für jemanden, der ein Geschäft für Männerbekleidung betrieb. Doch waren seine Schultern nicht so breit, seine Muskeln nicht so ausgeprägt und seine Gesichtszüge waren weicher und nicht so klar gezeichnet.

„Es ist schön, Sie kennenzulernen, Harrison. Genießen Sie unseren Schnee?“

Es war Barrett, der antwortete. Seine Lippen kräuselten sich vor Ironie. „Wer genießt schon Schnee? Ich jedenfalls nicht, vor allem dann nicht, wenn ich bedenke, was er für das Vieh bedeutet. Es ist nicht daran gewöhnt, so früh im Jahr so viel von dem gefrorenen weißen Zeug abzukriegen.“

Charlotte sah in den Altarraum mit den nur dürftig besetzten Bänken. „Wenn man nach den wenigen Leuten hier urteilt, würde ich sagen, dass viele der Gemeindemitglieder auch nicht gerade glücklich darüber sind.“

Barrett nickte. „Ich gehe normalerweise zu einem früheren Gottesdienst, aber Harrison hat zu lange geschlafen.“

Harrison, anscheinend unbeeindruckt von dem Kommentar seines Bruders, grinste. „Die Zugfahrt war ermüdend. Barrett weiß nichts darüber, weil es schon so lange her ist, dass er die letzte Fahrt angetreten hat.“

Obwohl Charlotte neugierig darauf war, in welcher Beziehung die beiden Brüder zueinander standen, war dies nicht die richtige Zeit zum Nachfragen. „Wir sollten uns besser hinsetzen.“

Als sie in den Altarraum voranging, fragte Barrett, ob die Männer sich Charlotte anschließen dürften.

Da die Kirche nur zu einem Viertel gefüllt war, gab es keinen Grund, eine Kirchenbank miteinander zu teilen, andererseits gab es aber auch keinen Grund, die Bitte abzulehnen. „Natürlich."

Als sich die Gemeinde zum ersten Kirchenlied erhob, fand Charlotte zwei Dinge über Barrett heraus. Erstens: Er sang furchtbar schief. Und zweitens: Es schien ihm nichts auszumachen. Barrett sang wie ein Mann, der wusste, dass Gott die Lobesworte hörte und sie für aufrichtig hielt. Die Tatsache, dass seine Stimme weniger melodisch war als bei anderen, spielte keine Rolle. Wie sich diese Unbekümmertheit von Jeffreys Verhalten unterschied! Charlottes Ehemann hatte die Gottesdienste nur besucht, wenn sie darauf bestanden hatte. Und obwohl er zusammen mit dem Rest der Gemeinde die Lieder gesungen und die Gebete gesprochen hatte, war ihr bewusst gewesen, dass er nur körperlich, aber nicht geistig anwesend gewesen war. Bei Barrett war das nicht so.

Charlotte wurde warm ums Herz. Sie lehnte sich auf ihrer Bank zurück und wartete darauf, dass der Pastor mit seiner Predigt begann.

„Heute werden wir uns über Sprüche 12, Vers 19 Gedanken machen."

Augenblicklich verschwand die Wärme und wurde von einer Kälte ersetzt, die Charlotte mehr erschauern ließ als die eisige Luft von draußen. Dies war einer von Papas Lieblingsversen gewesen. In jeder der Gemeinden, in denen er seinen Dienst versehen hatte, hatte er diese Worte als Grundlage für mindestens eine Predigt verwendet.

„Lügen haben kurze Beine, die Wahrheit aber bleibt bestehen."

Obwohl der Pastor die Worte sprach, war es die Stimme ihres Vaters, die Charlotte hörte. „Glaubt ihr, wie es manche tun, dass dieser Vers das Lügen billigt, indem ihr sagt, es dauere nur einen Moment?", hatte Papa eines Sonntags gefragt. „Dieses Argument zählt nicht. Unser Gott liebt die Wahrheit und verabscheut die Lügen. Als Gottes Kinder müssen wir unser Leben auf der Grundlage von Wahrheit leben. Nur Wahrheit."

Charlotte schloss ihre Augen und versuchte, nicht zu zittern. Sowohl Papa als auch Mama hatten sie gelehrt, wie wichtig Wahrheit war. Was würden sie denken, wenn sie wüssten, was Charlotte getan hatte? Und noch viel wichtiger: Was dachte Gott?

Sie kannte die Antwort.

Kapitel 6

„Männer!“ Miriam tat, als würde sie schmollen, als sie das Wort hervorstieß. „Sie verstehen nichts. Sie denken, dass wir begeistert sein müssen, einfach nur, weil sie entscheiden, etwas zu unternehmen. Sie wissen nicht, was es bedeutet, sich angemessen zu kleiden.“

Sie machte es sich auf einem der zierlichen Stühle bequem, die Barrett bei seinem letzten Besuch bei *Élan* ausgeschlagen hatte, und nahm die Tasse Kaffee an, die Charlotte ihr anbot.

Miriams Tonfall war beinahe jammernd, als sie fortfuhr. „Ich weiß, dass nicht genug Zeit ist, um mir ein neues Kleid zu nähen, aber Mama besteht darauf, dass ich das Kleid aus grüner Seide nicht noch einmal anziehen kann. Was soll ich machen? Ich kann Barretts Einladung doch nicht ablehnen.“

Charlotte hatte diese Unterhaltung vorausgesehen, seit sie am Sonntag die Kirche verlassen hatte. Als der Gottesdienst zu Ende gewesen war, hatten Barrett und Harrison darauf bestanden, sie zurück nach Hause zu begleiten. Als sie die Ferguson Street überquert hatten, hatte Barrett verkündet, dass er ein Abendessen plane, um Harrison seinen Freunden vorzustellen. „Ich hoffe, dass Sie und Mrs Amos meine Gäste sein werden.“

Charlotte, zu dem Zeitpunkt noch erschüttert von der Predigt und der Erkenntnis, dass der Schwindel aufhören musste, hatte geistesabwesend genickt. Erst später war ihr klar geworden, dass Miriam ebenfalls eingeladen sein würde und dazu ein neues Kleid bräuchte.

„Ich könnte dir sagen, dass Barrett sich nicht daran erinnern wird, was du bei der Sinfonie anhattest“, sagte Charlotte, während sie sich selbst eine Tasse Kaffee eingoss und sich auf den zweiten Stuhl setzte, „aber das wäre eine Lüge. Die meisten Männer bemerken die Kleidung einer Frau nicht sonderlich. Aber Barrett ist da anders.“

Als Miriam nickte, sagte Charlotte: „Es gibt nur eine Lösung. Wir müssen dein grünes Kleid wie ein neues aussehen lassen. Hier, das ist es, was ich mir ausgedacht habe." Sie reichte Miriam die Skizze, die sie am vorangegangenen Abend gefertigt hatte. „Es ist dasselbe Kleid mit ein paar Veränderungen. Ich werde den Stoff vom Überrock benutzen, um lange Ärmel und ein Schultertuch zu nähen. Dann werde ich einen neuen Überrock aus Zitronengelb hinzufügen. Es wird nicht so aufwendig sein wie das Original, was bedeutet, dass es besser geeignet für ein Abendessen ist." Charlotte sah ihre Freundin an. „Was hältst du davon?"

Ein Lächeln, so strahlend wie der Sonnenaufgang über der Prärie, war ihre Antwort. „Oh, Charlotte, es wird wunderschön. Du bist ein Genie."

Charlotte schüttelte den Kopf. „Ein Genie wohl kaum. Als ich aufwuchs, hatte meine Familie nicht sehr viel Geld. Also musste ich lernen, einfache Veränderungen vorzunehmen, die ein altes Kleid beinahe neu aussehen ließen."

„Ich sage immer noch, dass du ein Genie bist." Miriam schlang ihre Arme um Charlotte und drückte sie. „Ich bin so froh, dass du meine Freundin bist."

„Ich hätte nie gedacht, dass ich eine weitere Gelegenheit bekommen würde, dieses Kleid zu tragen." Gwen lehnte sich mit einem strahlenden Lächeln in der Kutsche zurück. Im Gegensatz zu Miriam verspürte sie kein Bedürfnis nach einem neuen Kleid und war hocherfreut über die zweite Gelegenheit, ihr blaues Seidenkleid zu tragen. „Ich kann immer noch nicht glauben, dass wir eingeladen sind."

„Ich glaube nicht, dass Mr Landry allzu viele unverheiratete Frauen kennt", hatte Charlotte zu Gwen gesagt, als die offizielle Einladung eingetroffen war. „Er wollte wahrscheinlich ein Gleichgewicht herstellen."

Sie war sicher, dass die Herren Duncan und Eberhardt dort sein würden, zusammen mit Harrison. Das bedeutete, dass Barrett mindestens drei alleinstehende Damen zusätzlich zu Miriam hatte finden müssen.

Miriam zufolge würden fünfzehn Gäste anwesend sein, darin

eingeschlossen vier verheiratete Paare, wobei es sich bei einem um ihre Eltern handelte. „Ich werde Mama nicht sagen, dass du eingeladen worden bist, aber ich werde dafür sorgen, dass sie ihr Riechsalz dabeihat."

Obwohl sowohl Charlotte als auch Miriam wussten, dass Mrs Taggert höchstwahrscheinlich nicht erfreut sein würde, wenn jemand anwesend war, der für sie auf einer Stufe mit einem Dienstmädchen stand, bedauerte Charlotte es nicht, die Einladung angenommen zu haben. Schließlich bedeutete sie eine große Freude für Gwen.

„Mir ist egal, was der Grund war", sagte Gwen, deren Gesicht rosig vor Glück war. „Ich bin einfach froh, dass wir hingehen. Und dann auch noch in dieser wunderschönen Kutsche."

Ganz Gentleman hatte Barrett darauf bestanden, Charlotte und Gwen seine Kutsche zu schicken. Obwohl seit dem Schneesturm bereits sechs Tage vergangen waren und der größte Teil des Schnees geschmolzen war, hatte Barrett erklärt, dass die Frauen die zweieinhalb Blocks von ihrem Zuhause bis zu seinem keinesfalls laufen dürften.

„Mr Bradley wäre entsetzt", hatte er zu Charlotte gesagt. Und obwohl Charlotte vermutete, dass das Missfallen des Butlers etwas übertrieben dargestellt war, hatte sie zugestimmt. Zwar hatte sie sowohl zu Hause in Vermont als auch in Fort Laramie lange Spaziergänge unternommen, doch es war ein Unterschied, ob man bei Tage umherschlenderte oder am Abend in einem Abendkleid herumlief. Aus dem Grunde hatte sie auch an dem Abend, an dem sie mit Gwen ins Opernhaus gegangen war, eine Kutsche bestellt.

„Oh, Mann." Gwen hatte zwar nichts gesagt, als sie die kurze Entfernung von der Kutsche zur zweiflügeligen Vordertür zurückgelegt hatten. Doch beim Betreten von *Barretts Haus* entfuhr ihr unwillkürlich ein tiefer Seufzer. Charlotte konnte das Gefühl verstehen. Das imposante Foyer mit seinem Parkettboden war genauso groß wie der Raum, den sie und David miteinander teilten, und hier diente er ausschließlich als Eingangshalle. Zur Rechten sah sie einen geräumigen Salon, zur Linken ein elegantes Esszimmer. Auf feine Art gewebte Teppiche, mit aufwendigem Schnitzwerk versehene Mahagonimöbel sowie Kristallleuchter ließen keinen Zweifel daran, dass dies der Wohnsitz eines wohlhabenden Mannes war. Charlotte hatte das bereits von außen erkannt. Doch erst der Blick ins Innere von Barretts Zuhause ließ sie begreifen, wie groß der Graben war, der sie voneinander trennte.

„Hier entlang, Madam.“ Der stämmige Mann, der ihre Mäntel in Empfang genommen hatte, geleitete Charlotte und Gwen in Richtung Salon. Sie standen einen Moment lang im Türrahmen, bevor irgendjemand ihre Gegenwart bemerkte. Charlotte war nicht überrascht, denn obwohl dort nur ein Dutzend Menschen waren, schienen alle in ihre Unterhaltungen vertieft zu sein.

Mr Duncan bemerkte sie als Erster, löste sich von Miriams Eltern und eilte auf die Tür zu. „Ich freue mich, dass Sie kommen konnten.“ Die Richtung, in die er lächelte, ließ keinen Zweifel daran, dass er mit Gwen sprach. „Ich habe Barrett gebeten, Sie beim Essen neben mir zu platzieren. Ich möchte die Unterhaltung fortführen, die wir im Opernhaus begonnen haben.“

Nach der Aufmerksamkeit zu urteilen, die er ihr entgegenbrachte, hätte Charlotte genauso gut unsichtbar sein können. Es war nicht das erste Mal, dass sie derart ignoriert wurde. Obwohl das Verhalten unbestreitbar unhöflich war, war es nicht das, was ihr zu schaffen machte. Sie konnte ungehobeltes Benehmen abschütteln. Was sie störte, war, dass sie den Grund für ihr Unbehagen nicht ausmachen konnte. In Warren Duncans Gegenwart fühlte sie sich stets unwohl. Vielleicht war es albern, denn er schien die personifizierte Freundlichkeit zu sein, wenn er mit Gwen zusammen war. Trotzdem konnte Charlotte ihre Bedenken einfach nicht abschütteln.

Sie verließ Gwen und Mr Duncan, die sich angeregt unterhielten, und ging zu einigen Stühlen, um dort Platz zu nehmen, bis das Essen serviert wurde. Aber bevor sie den halben Weg durch den Raum zurückgelegt hatte, erschien Barrett an ihrer Seite.

„Es tut mir leid, dass ich nicht in der Lage war, Sie zu begrüßen, als Sie angekommen sind.“ Genauso wie an dem Abend in der Oper war er in Abendgarderobe gekleidet. Es war nicht schwer, sich diesen Mann dabei vorzustellen, wie er durch die Hallen des Kongresses schritt und dabei half, das Land zu führen.

Barrett rümpfte die Nase und sprach leise. „Dies ist meine erste Dinnerparty und ich lerne noch.“ Als Charlotte fragend ihre Augenbraue hochzog, erläuterte er: „Richard und Warren haben zu mir gesagt, es sei an der Zeit, Gäste einzuladen, und Harrisons Besuch schien mir ein guter Vorwand zu sein.“ Barrett nickte beinahe unmerklich in Richtung des Mannes, der Charlotte den Umhang abgenommen hatte. „Mr Bradley ist ganz in seinem Element. Man würde nicht denken, dass er seinen Werdegang als Goldgräber begonnen hat, oder?“

Charlotte nahm Barretts Butler genauer unter die Lupe. „Ich kann ihn mir gut als Goldgräber vorstellen.“ Er hatte die kräftig entwickelten Arme und Schultern eines Mannes, der viele Jahre lang Hacke und Axt geführt hatte. Allerdings hätte der leicht überhebliche Gesichtsausdruck, den er sich zu Eigen gemacht hatte, in einem Minenschacht nicht gut ausgesehen.

Barrett war erstaunt. „Was hat ihn verraten?“

„Seine Schultern. Sie sind sogar noch muskulöser als Ihre eigenen.“

Charlotte spürte, wie sie errötete. Mama wäre entsetzt gewesen, wenn sie Charlottes Bemerkung gehört hätte. Es war absolut ungehörig, Notiz von Barretts Körperbau genommen zu haben, und noch viel schlimmer, es auch noch zu erwähnen.

Barrett schien ihr Unbehagen nicht bemerkt zu haben, denn seine Stimme war ruhig, als er sagte: „Ich hoffe, Sie werden niemandem etwas von Mr Bradleys Vergangenheit erzählen. Er möchte bestimmt nicht, dass das allgemein bekannt wird.“

Charlotte war erleichtert, dass ihr Fauxpas unentdeckt geblieben war, und nickte. „Ich bin gut darin, Geheimnisse zu bewahren, aber ich bin neugierig. Wie hat er gelernt, als Butler zu arbeiten?“

„Er behauptet, er habe ein Buch gelesen.“ Barrett sah sich im Raum um, um sicherzustellen, dass seine anderen Gäste beschäftigt waren. Miriam und eine junge Dame, die Charlotte nicht kannte, waren in eine Unterhaltung mit Harrison Landry und Richard Eberhardt vertieft, während sich die älteren Taggerts anscheinend mit einem der führenden Bankiers der Stadt und seiner Frau die Zeit vertrieben.

„Es ist erstaunlich, was man alles in Büchern finden kann, nicht wahr?“, fügte Barrett lächelnd hinzu.

Obwohl sie im Moment nur wenige Bücher las, die sich nicht

mit Mode beschäftigten, nickte Charlotte. „Als Kind war ich lange Zeit krank und musste viel im Bett liegen. Bücher waren damals meine besten Freunde. Sie halfen mir, die Zeit zu vertreiben, während Abigail und Elizabeth in der Schule waren. Unglücklicherweise hab ich seit Davids Geburt nicht mehr viel Zeit zum Lesen."

„Aber Sie lesen ihm sicher vor. Oder ist er alt genug, um selbst zu lesen?"

Charlotte versuchte, angesichts der Gedanken, die Barretts unschuldige Frage ausgelöst hatte, nicht die Stirn zu runzeln.

„Er ist erst ein Jahr alt", sagte sie und zwang sich zu einem Lächeln, als sich Miriam und Richard Eberhardt näherten. Sie würde Barrett nicht erzählen, dass David selbst dann nicht lesen könnte, wenn er zehn Jahre alt wäre. Sie würde ihn nicht mit ihren Sorgen belasten, denn David war ihre eigene, persönliche Verantwortung.

Als Richard Charlotte nach ihrer Meinung zu Barretts politischen Bestrebungen fragte, hörte Charlotte, wie Barrett Miriam galant den Arm reichte. „Habe ich Ihnen schon gesagt, wie bezaubernd Sie in diesem neuen Kleid aussehen, meine liebe Miriam?"

Aus dem Augenwinkel sah Charlotte, wie Miriam lächelte. Sie lächelte zurück.

Auch als das Dinner begann, lächelte Charlotte noch. Das Essen war köstlich und die Gäste angenehm. Warren Duncan hatte Barrett tatsächlich zu der von ihm gewünschten Sitzordnung überredet. Gwen saß rechts neben ihm und schien von allem, was er sagte, so hingerissen zu sein, dass sie dem Mann zu ihrer Rechten praktisch keine Aufmerksamkeit mehr schenkte.

Charlotte saß zwischen Harrison und Miriams Vater und genoss die Gegensätze, die bei der Unterhaltung der beiden Männer zu Tage traten. Harrison war sehr direkt, während Mr Taggert seine Worte sorgfältig wählte. Sie waren bei vielen Themen uneinig, stimmten jedoch darin überein, dass Barrett einer von Wyomings ersten Senatoren sein sollte.

„Natürlich", sagte Harrison und verzog die Lippen, „müssen Sie zuerst die Souveränität erhalten."

„Und Barrett muss heiraten." Mr Taggert nickte in Richtung des Kopfendes der Tafel, wo seine Tochter neben Barrett saß. „Ich denke, er könnte da jemanden im Sinn haben."

Als hätte sie den Blick ihres Vaters gespürt, legte Miriam den Kopf auf die Seite und warf Barrett ein Lächeln zu, das man nur als strahlend bezeichnen konnte. Sie waren ein bemerkenswertes Paar: Barrett dunkelhaarig und Miriam goldblond. Charlotte konnte sich vorstellen, wie die beiden nebeneinanderstanden, den Wählern zuwinkten und bei Barretts Vereidigung als Senator huldvoll nickten. Sie konnte hören, wie die Menge voller Bewunderung „Mr und Mrs Landry" zujubelte. Jeder würde lächeln. Jeder außer Charlotte. Warum konnte sie sich nicht mit ihrer Freundin mitfreuen? Die Ehe war das, was Miriam wollte und Barrett brauchte. Es war albern, absolut albern, dass der Gedanke bei Charlotte ein Gefühl innerer Leere auslöste.

Die Party war gelungen. Zumindest fand Barrett das. Seine Gäste waren länger geblieben, als er erwartet hatte, und als sie gegangen waren, hatte es so gewirkt, als wäre das mit echtem Bedauern geschehen. Jetzt war das Haus leer und er war bereit, schlafen zu gehen. Allerdings hatte Harrison, der noch genauso hellwach zu sein schien wie heute Morgen, auf einer letzten Tasse Kaffee bestanden. Also saß Barrett in seinem Büro, starrte auf die Uhr an der Wand und wünschte, er wäre oben in seinem Bett, während sein Bruder sich eine zweite Tasse von Mrs Melnors dunklem Gebräu einschenkte. Er hatte über die Party gesprochen, Barrett wegen des Essens Komplimente gemacht und jeden der Gäste namentlich erwähnt. Und die ganze Zeit über hatte Barrett darauf gewartet, dass sein Bruder endlich zum Punkt kam. Wenn Harrison sich so verhielt, lag es daran, dass er etwas Unangenehmes zu sagen hatte und versuchte, den Schock etwas abzumildern.

Die Ernüchterung auf Harrisons Gesichtsausdruck verriet Barrett, dass die Zeit gekommen war. „Du willst das wahrscheinlich nicht hören, aber ich werde dir trotzdem einen brüderlichen Rat geben."

„Kann das nicht bis morgen früh warten?" Obwohl er die Antwort kannte, war es einen Versuch wert. Barrett hätte es vorgezogen, weiter in der Erinnerung an einen erfolgreichen Abend zu schwelgen. Mrs Melnor hatte sich mit dem Essen selbst übertroffen und Mr Bradley war der perfekte Butler gewesen. Die schönste Erinnerung war jedoch Charlottes Bemerkung über Barretts Muskeln gewesen. Er war nicht sicher, was ihn am meisten berührt hatte: die Tatsache, dass sie über seine Schultern eine Bemerkung gemacht hatte oder ihre offensichtliche Verlegenheit deswegen. Als ihm klar geworden war, dass es ihr noch peinlicher gewesen wäre, wenn er seinerseits etwas zu ihrem Kommentar angemerkt hätte, hatte er vorgegeben, nichts bemerkt zu haben. Allerliebste Charlotte!

„Nein." Harrisons Stimme brachte Barrett zurück in die Gegenwart und in die Aussicht auf eine unangenehme Unterhaltung. „Du sagtest, wir würden morgen zum Weideland fahren, um nach deinen Kühen zu sehen. Vieh", korrigierte sich Harrison. „Und dann wirst du an nichts anderes mehr denken. Deshalb muss es heute Nacht sein."

Barrett nickte und versuchte nicht zu seufzen. Es hatte keinen Zweck, das Unvermeidliche hinauszuschieben. „Leg los. Ich höre zu."

Harrison stellte die Tasse auf die Untertasse zurück und sah Barrett an. Dabei waren seine Augen ernster als sonst. „Du machst einen Fehler, wenn du Miriam Taggert heiratest."

Das war nicht das, was Barrett erwartet hatte. Er hatte gedacht, Harrison könnte versuchen, ihn von der Kandidatur für ein Amt abzubringen. Er hatte sogar in Betracht gezogen, dass sein Bruder vielleicht vorschlagen würde, das Vieh zu verkaufen. Aber er hatte nicht damit gerechnet, dass sich Harrison Gedanken über die Wahl seiner Ehefrau machen würde – und schon gar nicht, dass er etwas gegen seine Wahl haben könnte.

„Warum um alles in der Welt sagst du so etwas?", fragte Barrett. Seine Stimme war schärfer, als sie es vielleicht im ausgeschlafenen Zustand gewesen wäre. „Richard und Warren glauben, dass sie perfekt ist. Miriam ist eine attraktive Frau, die für eine Rolle in der Gesellschaft geradezu gemacht ist. Obendrein verlegt ihr Vater eine einflussreiche Zeitung. Was könnte da noch falsch an ihr sein?"

„Du liebst sie nicht."

„Tue ich nicht?" Es war einfacher, mit einer Frage zu kontern, als zuzugeben, dass Harrison recht haben könnte.

„Ich denke nicht, dass du das tust."

Ein großer Bruder sah mehr, als er sollte. Das war eines der Probleme mit großen Brüdern. Barrett würde Harrisons Vermutung trotzdem nicht bestätigen. Stattdessen wich er ihm aus. „Ich bin nicht sicher, ob ich an die Liebe glaube."

Die Art, in der Harrison seine Augen verengte, verriet Barrett, dass er das Ablenkungsmanöver durchschaut hatte. „Unsere Eltern liebten einander."

„Das stimmt. Das taten sie, aber Pa sagte auch, es hätte nicht so angefangen. So wie er es erzählt, musste ihre Liebe erst wachsen. Ich schätze, das wird bei Miriam und mir auch so passieren."

Harrison lehnte sich nach vorn und richtete seinen Zeigefinger auf Barrett. „Und du willst dein zukünftiges Glück auf diese Möglichkeit setzen? Das scheint mir ein ziemlich großes Risiko zu sein. Warum solltest du das tun, wenn du eine viel bessere Alternative hast?"

Es war spät. Das war der einzige Grund, den Barrett für die unsinnigen Worte seines Bruders finden konnte. „Wovon redest du?"

Harrison schüttelte den Kopf. „Nicht *wovon*, sondern von *wem*."

„Also gut. Von *wem* redest du?"

Genauso wie damals, als sie noch Kinder gewesen waren, schloss Harrison seinen Mund und sah sich langsam im Raum um, als wäre nichts, als hätte er ganz und gar nicht vor, eine Salve abzufeuern. Diese Methode hatte Barrett schon immer irritiert und tat es auch jetzt. Aber Barrett war älter und, wie er gerne annahm, weiser geworden. Er erhob sich und steuerte auf die Tür zu. „Zeit fürs Bett."

Harrison lachte in sich hinein. „Du hast also etwas gelernt. Nun, so einfach wirst du mir nicht entkommen, kleiner Bruder. Die Frau, die du in Betracht ziehen solltest, ist Charlotte. Sie wäre eine viel bessere Frau für dich als Miriam."

Barrett hielt mitten in seiner Bewegung inne und starrte seinen Bruder an. Bestimmt machte er Witze. Aber Harrisons ernster Gesichtsausdruck versicherte ihm, dass dies völlig ernst gemeint war.

„Unsinn! Eine Witwe mit einem kleinen Kind ist völlig ungeeignet für mich." Barrett wusste das. Es war nur ein vorübergehendes Problem, dass er den Gedanken an Charlotte, was er auch immer tat, nicht aus seinem Kopf bekommen konnte. „Du irrst dich, Harrison. Auf ganzer Linie."

Kapitel 7

Es war ein zu schöner Tag, um drinnen zu bleiben. Obwohl es am Montag und Dienstag geschneit hatte, war mittlerweile der größte Teil des Schnees geschmolzen, die Sonne war herausgekommen und der Wind heulte nicht länger. Es war ein wunderschöner Samstagnachmittag, vielleicht der letzte schöne Tag des Jahres. Charlotte hatte nicht die Absicht, ihn zu verschwenden. Sie hängte das „Geschlossen"-Schild in das Fenster des Ladens und setzte David in den Wagen. Obwohl sie bezweifelte, dass Rose in der Lage sein würde, die ganze Strecke zu laufen, weigerte sich das kleine Mädchen zu fahren.

„Ich bin groß", hatte sie verkündet, als Charlotte angeboten hatte, sie zu schieben. „Ich will laufen."

Rose hatte geschmollt, als ihre Mutter mit Mr Duncan – Warren, korrigierte sich Charlotte – aufgebrochen war. Er hatte darauf bestanden, dass sowohl Gwen als auch Charlotte ihn Warren nennen sollten, obwohl er sie weiterhin als Madame Charlotte ansprach. Das kleine Mädchen war beleidigt, dass sich Gwen ohne sie auf eine Fahrt durch den Park begeben hatte. Anstatt Molly mit dem unausweichlichen Wutanfall allein zu lassen, hatte Charlotte angeboten, sich um die Kinder zu kümmern.

Es würde nicht schaden, *Élan* früh zu schließen, vor allem deshalb nicht, weil heute niemand einen Termin für eine Anprobe gemacht hatte.

„Ihr wart sehr brav", sagte Charlotte zu Rose und David, „deshalb holen wir uns was zu Naschen. Wir werden sehen, was Mr Ellis heute für brave Kinder hat."

Die beiden Kinder würden den Namen des Ladeninhabers wahrscheinlich nicht kennen, aber das war egal. Charlotte hatte gelernt, dass das Wort *Naschen* ausreichte, um gutes Benehmen sicherzustellen.

Der heutige Ausflug war ein Experiment. Es war das erste Mal, dass Charlotte David auf einen längeren Ausflug mitnahm. In der

Vergangenheit hatte sie sich überlegt, dass er nicht unbedingt möglichem Spott ausgesetzt werden müsse, dass er auch auf ihrem Hinterhof, wo niemand ihn anstarren würde, etwas über die Welt draußen lernen konnte. Sie hatte sich sogar eingeredet, dass sie David dadurch, dass sie ihn nicht in die Stadt mitnahm, vor dem Baron beschützte. Schließlich konnte dieser zufällig durch Cheyenne kommen und dort herumschnüffeln. Aber die Worte des Pastors über die möglichen Folgen des Lügens waren auch noch lange nach Ende der Predigt durch Charlottes Kopf gehallt. Die Wahrheit war, dass sie sich selbst belogen hatte. Sie hatte nicht gewollt, dass irgendjemand von Davids Blindheit erfuhr, weil sie den Spott fürchtete – nicht wegen David, sondern ihretwegen. Das war der Grund, weshalb sie ihn versteckte. Sie hatte Mollys Reaktion erlebt, als sie begriffen hatte, dass David blind war. Obwohl das Mädchen ihn mit der Zeit akzeptiert hatte, hatte der anfängliche Schock Charlotte verletzt. Ihr Sohn verdiente etwas Besseres. Er verdiente es, wie jedes andere Kind behandelt zu werden. David konnte das Mitleid auf den Gesichtern anderer nicht sehen, aber Charlotte konnte das. Dieses Mitleid schmerzte sie zutiefst und so hatte sie sich selbst beschützt.

Damit war jetzt Schluss. Sie konnte das Lügengeflecht erst entwirren, wenn sie sicher war, dass der Baron seine Suche nach ihr und dem Geld, das sie seiner Ansicht nach besaß, aufgegeben hatte. Aber sie konnte aufhören so zu handeln, als schäme sie sich ihres Sohnes. Das tat sie nämlich nicht.

„Wir sind gerade nach Süden abgebogen, David“, sagte sie, als sie den Laden verlassen hatten. „Kannst du die Sonne auf deinem Gesicht spüren?“

David nickte und kicherte. Er kicherte noch mehr, als sie ihm sagte, dass sie die Straße überquerten und er sich noch besser festhalten müsse. Als Charlotte klar wurde, dass sie ihrem Sohn aus Angst solche einfachen Freuden verwehrt hatte, versetzte ihr das einen reumütigen Stich.

Charlotte beschloss, dass dieser Tag anders sein würde, und verlieh ihrer Stimme einen fröhlichen Klang. „Die Post ist genau hier auf der Ecke“, erklärte sie und ließ auf diese Weise beide Kinder in den Genuss einer Stadtführung kommen.

David schnupperte und rümpfte seine Nase, als ein Pferd auf die Straße äpfelte. Er legte seinen Kopf auf die Seite und lauschte intensiv, als sich ein Wagen mit einem quietschenden Rad näherte. Und die ganze Zeit über grinste er. Es gab keinen Zweifel daran, dass David Spaß hatte.

Dasselbe galt für Rose. Sie klatschte in die Hände, als sie am Eisenwarenladen vorbeikamen. „Hammer", sagte sie und zeigte auf die Auslagen in dem Glasfenster.

„Das stimmt. Das ist ein Hammer. Und das ist eine Schaufel." Charlotte hielt an, damit das kleine Mädchen ausführlich die Schaufensterauslagen betrachten konnte.

Obwohl Passanten die Straßen füllten, schien sich niemand daran zu stören, dass Charlotte und ihr Wagen die Sicht auf *Arp & Hammond's* größtes Schaufenster verstellten. Die Frauen lächelten und die Männer tippten zum Gruß kurz an ihren Hut. Niemand brachte ihnen neugierige Aufmerksamkeit entgegen. Niemand starrte auf Davids blinde Augen. Niemand schien seine Ähnlichkeit mit Jeffrey zu bemerken. Charlottes Ängste waren unbegründet gewesen.

„Wir sind da." Als sie ihr Ziel erreicht hatten, hob Charlotte David aus dem Wagen. Beim Öffnen der Tür mahnte sie Rose, neben ihr zu bleiben, dann trug sie ihren Sohn in *Mr Ellis' Bäckerei & Konditorei.*

„Essa", grinste David, drehte seinen Kopf in beide Richtungen und versuchte, alle Düfte in sich aufzunehmen. Der Geruch von frisch gebackenem Roggenbrot und Pumpernickel mischte sich mit dem Duft von Schokolade und Zitrone. Es war offensichtlich, dass David alle neuen Eindrücke und Gerüche genoss.

„Ja, David, das ist Essen."

Rose wollte gerade zu den mit Gebäck gefüllten Vitrinen flitzen, doch Charlotte griff nach ihrem Arm und setzte sie mit Nachdruck auf einen Stuhl. Als Charlotte in der Vergangenheit hier eingekauft hatte, hatte sie die Backwaren mit nach Hause genommen, aber heute würden sie und die Kinder ihre Naschereien an einem der kleinen runden Tische genießen, die die linke Seite des Ladens säumten.

Als sie Makronen und heiße Schokolade bestellt hatte, setzte Charlotte David auf einen Stuhl. „Du musst vorsichtig sein", mahnte sie ihn. „Es gibt keine Armlehnen an diesem Stuhl, aber du bist ein großer Junge. Du kannst hier sitzen."

Sein Gesichtsausdruck war jetzt wieder ernst. Er betastete den Stuhl. Dann griff er mit den Händen nach dem Rand des Tisches und lächelte wieder. Ein runder Tisch war neu für David. Er schien das Gefühl des gehobelten Holzes unter seinen Handflächen zu genießen. Charlotte hatte Freude daran, ihn zu beobachten. Der Laden mit seiner reliefartig verzierten Decke und den kunstvollen Kronleuchtern hatte das Innere von *Élan* mit inspiriert. Das köstliche Gebäck stillte ihr Verlangen nach Süßigkeiten. Aber nichts war mit der Freude zu vergleichen, die sie überkam, wenn sie sah, wie entzückt ihr Sohn von der neuen Umgebung war.

„Man nennt sie Makronen", sagte sie zu David und Rose, als das Gebäck zu ihrem Tisch gebracht wurde. „Hier hast du eine, David."

Charlotte führte seine Hand zu einem der Kokosnussteilchen, die sie ausgesucht hatte, weil sie einfach für ihn zu essen waren. Rose schlürfte ihren Kakao und holte sich dabei einen Schokoladenbart, während David die Makrone in seinen Mund stopfte.

„Ich hatte nicht erwartet, Sie hier zu treffen."

Charlotte blickte verwundert auf. Als sie in den Laden gekommen war, hatte sie sich umgesehen, um festzustellen, ob sie irgendjemanden kannte. Dann war jedoch das Essen gekommen und sie war so sehr damit beschäftigt gewesen, ihren Sohn zu beobachten, dass sie Barretts Kommen nicht bemerkt hatte. Sicher war es nur Einbildung, dass er mit seinen funkelnden blauen Augen und den zu einem Lächeln verzogenen Lippen heute noch besser aussah als sonst. Er war derselbe Barrett Landry. Es lag einzig und allein an ihr, dass sie wie ein Schulmädchen bei jeder Begegnung etwas Neues fand, was sie bewundern konnte.

„Harrison ist ein bisschen angeschlagen." Barrett runzelte die Stirn, als er hinzufügte: „Ich glaube, er ist noch nicht an die Höhe gewöhnt, deshalb dachte ich, ich riskiere Mrs Melnors Zorn und kaufe ihm ein paar von Mr Ellis' Backwaren." Barrett blickte auf den leeren Stuhl. „Darf ich mich zu Ihnen setzen?"

Als Charlotte nickte, setzte er sich auf die gegenüberliegende Seite des Tisches und warf ihr einen erwartungsvollen Blick zu. Es war an der Zeit, die Kinder vorzustellen.

„Darf ich Sie mit meinem Sohn David und Gwens Tochter Rose bekannt machen? Kinder, sagt bitte ‚Guten Tag' zu Mr Landry."

Wie erwartet konnte David den Namen noch nicht aussprechen und murmelte irgendetwas Unverständliches, grinste dabei jedoch in Barretts Richtung. Anschließend machte er sich auf die Suche nach einer weiteren Makrone, indem er die Hände langsam über den Tisch bewegte, bis er den Teller erreichte.

„Ja, David, du kannst noch eine haben." Obwohl sie die Worte an ihren Sohn gerichtet hatte, sah Charlotte weiter Barrett an, und während sie das tat, verflog die Freude, die dieser Tag ihr gebracht hatte. Das Mitleid und die Abscheu, die über sein Gesicht huschten, waren nicht zu übersehen. Er tat sein Bestes, um es zu verbergen, und versuchte, ein Lächeln auf seine Lippen zu zwingen, aber Charlotte wusste, dass sie seine anfängliche Reaktion richtig interpretiert hatte. Dies war schlimmer – viel schlimmer – als Mollys Reaktion, denn das Mitleid kam von Barrett.

„Ihr Sohn ist blind", sagte er langsam.

Es lag etwas leicht Anklagendes in seiner Stimme, beinahe so, als wäre er verärgert darüber, dass sie ihm nichts davon erzählt hatte. Doch diesen Gedanken verwarf Charlotte schnell wieder, denn Ärger oder gar Enttäuschung würde nicht den Ausdruck erklären, den sie gesehen hatte.

Um ihren Schmerz unter Kontrolle zu bekommen, atmete sie tief ein und dann langsam wieder aus. „Ob er nun sehen kann oder nicht: David ist mein Sohn und ich liebe ihn von ganzem Herzen."

Barrett wartete, bis er bei der Kellnerin seine Bestellung aufgegeben hatte, bevor er antwortete. „Das sollten Sie auch." Sein Gesichtsausdruck veränderte sich fast unmerklich und ließ Charlotte glauben, dass er sie genauso bemitleidete wie David. „Ich bin nur überrascht, dass Sie ihn nicht in eine Schule oder in ein Heim gegeben haben, wo man für ihn sorgen kann."

Charlotte atmete erneut tief ein. Eine wütende Reaktion würde nichts Gutes bewirken, auch wenn ihr genau danach war. Stattdessen sprach sie sanft, wobei ihre Stimme kaum mehr als ein Flüstern war. „Mein Sohn ist kein Paket, das man einpacken und wegschicken kann."

Die Worte waren fest, aber obwohl sie versuchte, ruhig zu bleiben, wusste Charlotte, dass ihre geröteten Wangen ihren Ärger verrieten. Anstatt zu antworten, rieb Barrett über die Beule auf seiner Nase, eine Geste, von der Charlotte inzwischen wusste, dass er sie unwillkürlich machte, wenn er aufgewühlt war.

Es war genau, wie sie gedacht hatte. Er verstand es nicht. Es war dumm von ihr gewesen zu glauben, dass er das konnte, wo er doch keine eigenen Kinder hatte. Er wusste nicht, wie es war, wenn man ein unschuldiges, hilfloses Wesen liebte und beschützen wollte.

„David ist mein Sohn und sein Platz ist bei mir", sagte Charlotte mit fester Stimme.

David und Rose waren sich der Spannungen, die um sie herum herrschten, nicht bewusst. Glücklich plapperten sie über die Makronen und den Kakao. David gab krähende Geräusche von sich, während Rose ihren Beifall dadurch zum Ausdruck brachte, dass sie ständig das Wort *leck* wiederholte.

Obwohl Gwen sie daran erinnert hatte, dass das Wort *lecker* zwei Silben hatte, kürzte Rose es lieber ab. An einem anderen Tag hätte sich Charlotte darüber amüsiert. Heute bemerkte sie es kaum, denn ihre Aufmerksamkeit galt Barrett.

Er hielt seine Augen fest auf sie gerichtet, während er seinen Kaffee trank. Sicher hatte er bemerkt, wie verletzt und verärgert sie war. Als er sprach, war Barretts Stimme genauso leise wie Charlottes. „Haben Sie in Betracht gezogen, dass Sie vielleicht egoistisch sind? Die Einrichtungen, über die Sie nicht reden möchten, haben Lehrer, die eine Ausbildung für den Umgang mit …"

Sie fiel ihm ins Wort, bevor er seinen Satz beenden konnte. „Ich hasse dieses Wort: Umgang. Man geht mit Problemen um, nicht mit Menschen. Man liebt Menschen. Man sorgt für sie. Man kümmert sich um ihre Sicherheit. Das ist es, was David braucht, und niemand kann ihm das besser geben als ich. Und was den Unterricht anbelangt, bin ich nicht so unqualifiziert, wie Sie denken. Als ich in Vermont gelebt habe, habe ich in einer Schule unterrichtet." Charlotte erhob sich und griff nach ihrem Sohn. „Wenn Sie uns jetzt bitte entschuldigen würden – es ist an der Zeit, David nach Hause zu bringen. Zumindest dort wird er keiner Verachtung ausgesetzt sein."

Sie verfrachtete Rose und David in ihre Jacken und lehnte Barretts Angebot ab, sie in seiner Kutsche mitzunehmen. Je schneller sie sich von ihm entfernte, desto besser. Sie würde nicht auf Barrett hören. Sie würde David nicht in ein Heim schicken, nicht, solange sie noch atmete, und sie war nicht – ganz bestimmt nicht – egoistisch, wenn sie ihn bei sich behalten wollte.

„Der Mann ist nicht nett", sagte Rose, als sie den Laden verließen.

Charlotte seufzte. Wie es schien, hatte Rose mehr von der Unterhaltung mitbekommen, als ihr lieb war. Sie konnte jedoch nicht zulassen, dass das Kind Vorurteile hegte. „Normalerweise ist Mr Landry ein sehr netter Mann."

Rose rümpfte die Nase und schüttelte den Kopf. „Er redet nicht mit mir. Mr Warren sagt, dass ich hübsch bin."

„Du bist hübsch." Charlotte beugte sich hinunter und umarmte David. „Und du bist der tollste Junge, der jemals geboren wurde." Sie wandte sich wieder Rose zu. „Ich bin sicher, dass Mr Landry gedacht hat, dass du hübsch bist. Es ist nur so, dass er mit Erwachsenendingen beschäftigt war."

Rose nickte weise und bemerkte: „Erwachsene haben keinen Spaß."

Das traf auf den heutigen Tag zu, zumindest für Charlotte, und sie konnte niemandem die Schuld dafür geben als nur sich selbst. Sie hätte sich nicht vom Ärger beherrschen lassen dürfen. Sie wusste das, denn immer wenn es nicht gelang, ihren Ärger zu kontrollieren, platzte sie mit Dingen heraus, die nicht hätten gesagt werden dürfen. Wie heute. Niemand, nicht einmal Gwen, wusste, dass sie Lehrerin gewesen war und dass sie früher in Vermont gelebt hatte. Sie hatte diese Information für sich behalten, schließlich fürchtete sie, dass diese eines Tages den Baron zu ihr führen könnte. Abgesehen davon, dass sie Witwe war, sollte niemand irgendetwas über ihre Vergangenheit wissen. Und jetzt war Barrett in wichtige Einzelheiten ihres Lebens eingeweiht.

Charlotte seufzte. Sie hatte gedacht, sie wäre schon bereit, den Schleier der Täuschung, den sie mit ihren Lügen gewebt hatte, zu lüften. Aber es schien, als wäre sie das nicht. Sie könnte es Gwen erzählen – wahrscheinlich sollte sie es sogar –, aber sie konnte einem Mann, der David wie ein Objekt betrachtete, nicht die Wahrheit offenbaren.

Noch vor wenigen Stunden hatte Charlotte geglaubt, dass Barrett ihr Freund sei. Sie hatte gedacht, sie könnte ihm vertrauen, aber wie bei Jeffrey hatte sich ihr Urteilsvermögen als reichlich mangelhaft erwiesen.

Barrett lehnte sich auf seinem Stuhl zurück und versuchte, auf diese Weise dem Rauch zu entgehen. „Du bist vielleicht einer der besten Anwälte im Gebiet von Wyoming", sagte er zu Warren, „aber diese Zigarren sind fürchterlich. Wie um alles in der Welt kannst du sie rauchen?"

Barretts Freund und Anwalt zuckte mit den Achseln. „Ich bin auf den Geschmack gekommen. Ich hab mit Stumpen angefangen, aber diese schmecken besser."

„Und sie kosten auch mehr."

Warren atmete vorsichtig aus und ließ dabei eine Reihe von Rauchringen entstehen. „Das stimmt, aber dank Klienten wie dir kann ich sie mir leisten."

Er sah sich um, so als suche er nach weiteren Klienten. Zu dieser morgendlichen Stunde war das Raucherzimmer des Cheyenne-Clubs beinahe leer. Nach dem Mittagessen würde es sich jedoch mit Männern füllen, die über die Ereignisse des Tages sprechen oder einfach Zeit bis zum Abendessen totschlagen wollten. Die relative Leere war einer der Gründe, weswegen Barrett vorgeschlagen hatte, sich heute Morgen zu treffen.

Warren blies einen weiteren Rauchring in die Luft. „Kommt Richard?"

„Heute nicht. Harrison wird uns jedoch beim Mittagessen Gesellschaft leisten."

Was seinen Bruder am Samstag auch immer geplagt hatte, war schnell verflogen. Gestern hatte Harrison bereits erklärt, dass er sich gut genug fühle, um zur Kirche zu gehen. Glücklicherweise war er schon zeitig genug aufgestanden, um zum früheren Gottesdienst zu gehen, was bedeutete, dass sie Charlotte nicht getroffen hatten. Barrett bedauerte das nicht, denn er litt immer noch unter der Zurückweisung, die sie ihm erteilt hatte.

Er blickte auf seine Uhr. Noch eine Stunde, bis Harrison kommen würde. Barrett schob seine Gedanken an Charlotte zur Seite und konzentrierte seine Aufmerksamkeit auf Warren. „Ich dachte, wir beide könnten zuerst die Pläne durchgehen."

Richard hatte geholfen, die Pläne zu entwerfen, aber Barrett wollte Warrens Meinung einholen, bevor er sie in die Tat umsetzte. Das war der Grund, weshalb er seinen Ratgeber in den Club eingeladen hatte, in den Warren so gerne aufgenommen werden wollte.

„Möchte dein Bruder seine Meinung dazu beitragen?"

„Das hat er schon."

Barrett dachte zwar, er habe seine Reaktion auf Harrisons Kommentare für sich behalten, doch er schien damit keinen Erfolg gehabt zu haben, denn Warren hob eine Augenbraue. „Und dir gefällt nicht, was er gesagt hat." Es war eine Feststellung, keine Frage.

„Nicht alles davon." Harrisons Äußerung, Barrett solle Charlotte heiraten, war absurd, eindeutig absurd, trotzdem hatte er nicht eingelenkt. Harrison hatte die lächerliche Idee seither mindestens einmal am Tag geäußert. Harrisons Beharrlichkeit hatte Barrett beim Besuch der Ranch beinahe vergessen lassen, wie schlecht das Weideland aussah und was sein Zustand für den kommenden Winter bedeuten würde. Er würde aus mehr als nur einem Grund dankbar sein, wenn der Frühling käme. Schließlich würden mit dem Ende des Winters auch Harrisons Ansprachen ein Ende finden.

„Lass mich sehen, was du hast."

Barrett reichte Warren die zwei Blätter Papier, die er und Richard ausgearbeitet hatten, und sah seinem Anwalt dabei zu, wie er sie durchging.

Ein paar Minuten später legte Warren sie auf den Tisch und nahm einen weiteren Zug aus seiner Zigarre. „Nicht schlecht. Ganz und gar nicht schlecht. Aber vielleicht solltest du früher anfangen. Ich finde es nicht gut, mit der Kundgebung bis zum nächsten Jahr zu warten. Dein Name muss in der Öffentlichkeit präsent bleiben, und wenn du zu lange wartest, könnte man dich schon wieder vergessen haben." Warren bog seinen Kopf nach hinten und blies eine weitere Reihe von Rauchringen in die Luft. „Eine Verlobung mit Miriam zu Weihnachten würde helfen."

Barrett war derselben Meinung. „Das ist möglich."

Ein zynischer Ausdruck huschte über Warrens Gesicht. „Das solltest du in ‚wahrscheinlich' verwandeln. Selbst ein Einäugiger kann sehen, dass sie Hals über Kopf in dich verliebt ist."

Barrett schauderte angesichts des Bildes, das Warrens Vergleich heraufbeschwor. Erinnerungen an einen kleinen Jungen mit leuchtend rotem Haar verhöhnten Barrett. Charlottes Sohn hatte zwar beide Augen, aber er konnte nicht sehen. Vielleicht würde es ihm wie dem blinden Kalb ergehen, das zu Barretts Herde gehört hatte. Die arme Kreatur hatte nicht bis zum Zusammentrieb im Frühjahr überlebt. Die Mutterkuh hatte versucht, es an ihrer Seite zu behalten – Barrett hatte gesehen, wie sie es zurück in die Herde gestupst hatte, wenn es versucht hatte herumzustreunen –, aber irgendwie musste es verloren gegangen sein. Barrett hatte es mit einem gebrochenen Bein in einer Schlucht gefunden und ihm war keine andere Wahl geblieben, als es von seinen Qualen zu erlösen. Er wusste nicht, ob die Kuh über den Verlust ihres Kalbes trauerte, aber er wusste, dass Charlotte am Boden zerstört wäre, wenn ihrem Sohn irgendetwas zustoßen würde. Sie war wie eine der Bärinnen, die man meiden sollte, weil sie bereit waren, alles zu tun, um sie zu beschützen – sogar zu töten.

„Warum machst du so ein finsteres Gesicht?" Warren beugte sich vor und fuchtelte mit seinen Fingern so vor Barrett herum, wie es Mrs Cranston, die von den Kindern in Northwick gefürchtete Lehrerin, getan hatte.

Lehrerin. Das war eine weitere Überraschung. Er hatte nicht geahnt, dass Charlotte Lehrerin gewesen war. Er hatte gewusst, dass sie intelligent war, aber es schien, als wäre sie gebildeter, als ihm klar gewesen war. Hatte sie …? Barrett verwarf die Gedanken an Charlotte und versuchte, sich auf das zu konzentrieren, was Warren sagte.

„Fast jeder Mann in Cheyenne wäre gern an deiner Stelle. Miriam Taggert ist ein guter Fang."

„Das ist sie." Auch wenn Harrison anderer Meinung war. Natürlich wusste Harrison nichts über David. Er würde seine Meinung ändern, wenn er etwas wüsste. Selbst Harrison könnte nicht behaupten, dass eine Frau, die solchen Belastungen ausgesetzt war wie Charlotte, eine gute Frau für einen Senator abgeben würde.

Zufrieden über Barretts Zustimmung lehnte sich Warren auf seinem Stuhl zurück. „Ich weiß, dass ich dir vertrauen kann und du niemandem etwas davon sagen wirst, aber du bist nicht der Einzige, der auf Freiersfüßen wandelt."

Seine Worte kamen überraschend. „Wer denn noch?" Als er nichts außer einem Schmunzeln zur Antwort bekam, hob Barrett die Augenbrauen. „Du?"

„Was ist los? Hältst du mich für zu alt?", schmunzelte Warren und fügte selbstgefällig hinzu: „Ein Mann ist niemals zu alt, wenn er die richtige Frau findet."

„Und das hast du?"

Auf Warrens Gesicht erschien ein zufriedenes Grinsen. „Ich glaube schon." Er begann, Mendelssohns Hochzeitsmarsch zu summen.

Warren hatte recht. Er sollte wirklich keine weitere Zeit verlieren. Wenn Barrett Miriam heiraten wollte – und das wollte er –, dann musste er ihr den Hof machen. Und genau deshalb saß sie neben ihm in seiner Kutsche, die sich auf dem Weg zum *Inter-Ocean* befand, dem besten Hotel der Stadt. Das hatte er eigentlich nicht geplant. Als er Miriam zum Abendessen eingeladen hatte, war es Barretts Absicht gewesen, sie in den Cheyenne-Club mitzunehmen. Seiner Meinung nach servierte der Club das beste Essen in der Stadt und bot außerdem den Vorteil, dass sich die Gäste untereinander kannten und man sich fast wie zu Hause fühlen konnte. Aber Miriam hatte andere Vorstellungen. Als er das Abendessen erwähnt hatte, hatte sie angemerkt, dass ihren Eltern das gebratene Moorschneehuhn im *Inter-Ocean* geschmeckt hatte. Barrett verstand einen Hinweis, wenn er ihn hörte, und so hatte er die Reservierung vorgenommen.

Er hatte gezögert, überhaupt mit Miriam auszugehen, weil es bedeutete, Harrison sich selbst zu überlassen. Obwohl ihm nicht immer gefiel, was Harrison sagte, genoss er die Gesellschaft seines Bruders und wollte möglichst viel Zeit mit ihm verbringen. Harrison hatte jedoch verkündet, dass er sich darüber freuen würde, den Abend mit Richard zu verbringen.

„Wenn ich ein Mann wäre, der gerne wettet, dann würde ich darauf setzen, dass ich einen angenehmeren Abend habe als du", hatte er gesagt. Dabei hatten sich seine Lippen zu einem Lächeln verzogen, das an Spötterei grenzte. „Ich weiß, dass du es nicht hören willst, aber du machst der falschen Frau den Hof."

Das tat er nicht. Doch irgendwie verstand Harrison das nicht. Miriam war die Frau, die Barrett an seiner Seite brauchte, wenn er einer von Wyomings ersten Senatoren werden wollte.

„Danke, dass Sie mich hierher gebracht haben", sagte Miriam sanft, während sie dem Hotelbediensteten ihren Mantel reichte. „Ich weiß, dass das nicht Ihre erste Wahl war." Sie wartete, bis sie Platz genommen hatten und der Ober ihnen die Karte ausgehändigt hatte. Dann bemerkte sie: „Papa dachte, es wäre gut, wenn wir hier gesehen werden würden."

Barrett blickte sich im Speiseraum um. Mit seiner Wandvertäfelung aus dunklem Holz, die vom Boden bis auf mittlere Höhe reichte, und einer dazu passenden Kassettendecke war der Raum dunkler, als ihm lieb war, aber man konnte weder die Vorzüglichkeit des Essens noch die Qualität des Service leugnen. Niemand stellte den Ruf des *Inter-Ocean* als das führende Hotel von Cheyenne infrage. Cyrus Taggert hatte recht, wenn er glaubte, dass dies ein Ort war, an dem Barrett sich sehen lassen sollte. Bemerkt zu werden war wichtig, besonders mit Miriam an seiner Seite. Und obwohl Barrett die Intimität des Cheyenne-Clubs bevorzugte, stimmte es, dass mehr potenzielle Wähler hier waren.

„Ihr Vater ist ein sehr kluger Mann." Barrett nahm einen Schluck Wasser und bereitete sich auf das obligatorische Kompliment vor. „Ich werde von jedem Mann in diesem Raum beneidet, weil ich mit Ihnen hier bin." Als Miriam nichts sagte, fuhr er fort: „Wenn Sie mir nicht glauben, sehen Sie sich um. Niemand kann seine Augen von diesem roten Kleid nehmen." Es war auffallend schön, und wenn sich Barrett nicht irrte, war es eine von Charlottes Kreationen.

Miriam hob leicht die Augenbrauen, was dazu führte, dass Barrett sein Kompliment noch weiter ausdehnte. „Ein Kleid braucht die richtige Frau, eine, die es auf vollkommene Art zur Schau stellt. Ansonsten ist es nicht mehr als eine Ansammlung von Stoff und Spitze. Ihr Kleid ist sehr elegant, aber erst Sie lassen es wunderschön aussehen." Barrett hatte dasselbe zu Kundinnen gesagt, wenn sie darüber debattiert hatten, welchen der Baumwollstoffe aus dem Laden der Landrys sie kaufen wollten und ob der zusätzliche Meter Spitze übertrieben wäre.

Miriams Lächeln wirkte beinahe amüsiert, als hätte sie gemerkt, dass er sich gezwungen sah, ihr ein Kompliment zu machen. Bestimmt war es nicht so offensichtlich gewesen. „Danke, Barrett. Papa hatte recht. Sie haben ein Talent für Worte."

Charlotte hätte dem nicht zugestimmt und Barrett konnte ihr deswegen auch keinen Vorwurf machen. Als er David gesehen hatte, hatte er seine Worte nicht sorgfältig genug gewählt. Dummerweise hatte er direkt aus dem Herzen gesprochen und damit Charlotte verletzt. Er würde nicht zulassen, dass ihm das Gleiche mit Miriam passierte. Wenn es um diese junge Dame ging, würde er keine impulsiven Äußerungen machen, denn es stand zu viel auf dem Spiel.

Der Ober erschien am Tisch. Er hatte seine Hände hinter seinem Rücken verschränkt und seine Manieren waren noch förmlicher als die von Mr Bradley. „Haben Sie entschieden, was Sie essen möchten?"

„Meine Mutter hat vorgeschlagen, ich solle das gebratene Moorschneehuhn versuchen." Und Miriam war eine sehr gehorsame Tochter. Obwohl Barrett vermutete, dass sie eine eigene Meinung hatte, schien sie sich zu fügen. Warren würde sagen, dass das gut war; Harrison wäre anderer Meinung. Und Richard? Barrett war sich nicht sicher.

Als hätte sie seine Gedanken gelesen, beugte sich Miriam ein wenig vor. „Sie und Richard, wo haben Sie sich das erste Mal getroffen?"

Zwei Stunden später, als er Miriam zum Haus der Taggerts zurückbegleitete, fiel Barrett auf, dass sich die Gespräche während des Essens hauptsächlich um Richard gedreht hatten. Wie seltsam.

Kapitel 8

Du sollst nicht hassen. Warren hielt sich die Zigarre vor seine Nase und schnupperte. Er hatte nie einen Sinn darin gesehen, an einer Zigarre zu riechen, aber er hatte gehört, dass Gentlemen so etwas taten. Also hatte er ein Ritual daraus gemacht, selbst wenn er allein war. Auf diese Weise würde er es in der Öffentlichkeit nicht vergessen und dem Mitgliedschaftskomitee womöglich eine weitere Entschuldigung dafür liefern, ihm die Zulassung zu verweigern. Er würde nach ihren Regeln spielen, damit sie Warren Duncan für einen Mann mit ausgezeichnetem Charakter hielten, der hervorragend dazu geeignet war, dem Cheyenne-Club beizutreten. Er würde ihnen keinen Grund liefern, sich wie dieser Doc von damals zu benehmen, der behauptet hatte, Ma leide unter Wahnvorstellungen. Sie war vollkommen gesund gewesen. Warren wusste das, aber sie hatte nicht nach den Regeln gespielt, die diese dummen Stadtmenschen aufgestellt hatten. Und so war sie in einem Raum mit einer verschlossenen Tür und Gitterstäben an den Fenstern gelandet. Das würde ihm niemals passieren. Er hatte aus Mas Fehlern gelernt.

Du sollst nicht hassen. Die Worte hallten durch Warrens Kopf. Soweit er wusste, war das keines der zehn Gebote. Das musste bedeuten, dass es nicht so schlimm war wie Mord oder Neid. Nicht dass es eine Rolle spielte. Er hatte genug Gebote gebrochen, um sicherzustellen, dass die Himmelstür für ihn außer Reichweite geraten war. Aber vielleicht würde er ja wegen Hass nicht mit Feuer und Schwefel bestraft werden. Im Grunde genommen war er sich auch gar nicht sicher, ob er den Mann wirklich hasste. Warren wusste nur, dass es einer beinahe übermenschlichen Zurückhaltung bedurft hatte, seine Faust nicht in Barretts Gesicht zu schmettern. Wie konnte der Mann es wagen, so überrascht zu wirken – so schockiert –, weil Warren beabsichtigte zu heiraten? Dachte er, er sei der Einzige, der eine Frau und ein Kind verdiente? Das würde er noch merken. Oh ja, das würde er.

Warren zündete seine Zigarre an und nahm einen Zug, bevor er auf das Fenster zuging. Kein Zweifel. Eine gute Zigarre konnte die Stimmung eines Mannes heben. Das und die Aussicht auf den vor ihm liegenden Abend. Er grinste. Bald. Bald würde er eine sehr viel angenehmere Möglichkeit haben, seinem Ärger Luft zu machen, als Barrett Landry die Nase zu brechen.

Obwohl es zu dieser Jahreszeit früh dunkel wurde, waren immer noch zu viele Leute auf der Straße. Er würde noch eine oder zwei weitere Stunden warten, bevor er Sylvia besuchte, und wenn er es tat, würde er seine üblichen Vorsichtsmaßnahmen ergreifen. Niemand durfte jemals Warren Duncan, erfolgreicher Anwalt und angehendes Mitglied des Cheyenne-Clubs, mit dem maskierten Mann in Verbindung bringen, der regelmäßig das billigste Bordell von Cheyenne besuchte.

„Oh, Charlotte, es ist schon drei Tage her und ich kann immer noch an nichts anderes denken." Gwen blickte von dem Kleid auf, das sie säumte. Obwohl Charlotte normalerweise Gwen nicht zum Nähen einspannte, hatte die bevorstehende Weihnachtssaison für mehr Arbeit gesorgt als jemals zuvor und Gwen hatte ihre Hilfe angeboten. Für diese Hilfe war Charlotte sehr dankbar, denn sie verschaffte ihr ein paar zusätzliche Stunden, in denen sie an der Kleidung für Mrs Kendall und ihre Pensionsgäste arbeiten konnte. Drei der vier Kleider, die sie dorthin bringen wollte, waren fertig. Wenn David nicht noch eine weitere ruhelose Nacht hatte, würde sie das letzte Kleid innerhalb einer Woche fertigstellen können.

Gwen war normalerweise eine große Hilfe, aber heute Abend, wo die beiden Frauen mit meterweise Stoff über ihrem Schoß dasaßen, schien sie Schwierigkeiten zu haben, sich auf das Nähen zu konzentrieren.

„Ich hab Mike geliebt", sagte Gwen, wobei sich Falten zwischen ihren Augen bildeten, „aber es war nicht so wie das hier. Samstag war der schönste Nachmittag, den ich mir nur vorstellen kann. Wir sind durch den Park gefahren und alle haben uns zugewunken und es war wundervoll. Anschließend hat er mich in das *Rue de Rivoli* zum Tee mitgenommen und das war sogar noch besser." Sie hielt inne, um einmal kurz Luft zu holen. „Oh, Charlotte, Warren ist unglaublich. Er kennt jeden und alles. Wenn er nicht gewesen wäre, hätte ich nicht gewusst, dass das *Rue de Rivoli* gar nicht wirklich französisch ist. Er sagte, es sei von einem schottischen Geschäftsmann aus Colorado gebaut worden. Der hatte seine Büros im zweiten Stock und wollte gutes Essen, deshalb hat er unten das Restaurant eröffnet. Mir war das alles unwichtig. Wichtig war mir, dass mich jeder wie eine wirkliche Lady behandelt hat, nur weil ich mit Warren dort war. Er ist der wundervollste Mann, den ich jemals getroffen habe."

„Ich freue mich für dich." Es war nicht Gwens Schuld, dass Charlottes Samstag so anders gewesen war als der ihrer Freundin. Während Gwen die letzten drei Tage damit verbracht hatte, von Warren Duncan zu träumen, hatte Charlotte in dieser Zeit verzweifelt versucht, das, was in Mr Ellis' Laden passiert war, zu vergessen. Ihre Bemühungen waren jedoch gescheitert. Immer wenn sie die Augen schloss, tauchte dasselbe Bild vor ihrem geistigen Auge auf: Barretts Gesichtsausdruck in dem Moment, in dem er begriffen hatte, dass David blind war. Wenn sie frisches Brot roch, wurde sie zurück in die Bäckerei versetzt. Und obwohl sie versuchte, die Erinnerungen zu verdrängen, konnte sie nicht verhindern, denselben Anblick immer wieder zu durchleben: Barretts mitleidiger Ausdruck, als David nach einer weiteren Makrone getastet hatte. Selbst das simple Geräusch von Tassen, die auf Untertassen klirrten, erinnerte Charlotte an den Nachmittag, der sich so anders entwickelt hatte, als es geplant gewesen war.

Sie konnte sich natürlich einreden, dass Barrett ihr den Tag verdorben hatte, aber das entsprach nicht der Wahrheit. Sie hätte seine Reaktion vorhersehen müssen. Es war ja nicht das erste Mal, dass jemand David bemitleidet hatte, und es würde auch nicht das letzte Mal sein. Sie musste etwas entwickeln, das Mama ein ‚dickes Fell' genannt hatte. Mama hatte erklärt, dass ihr ein dickes Fell sowie die Erkenntnis, dass Gott sie niemals verlassen würde, durch die Zeiten geholfen hatte, in denen sie gebeten worden waren, wieder eine Gemeinde zu verlassen, weil Papas Glaubensüberzeugungen die Gemeindemitglieder verärgert hatten. Solche Umzüge mit drei kleinen Kindern mussten sehr viel schwieriger gewesen sein als der Umgang mit dem Mitleid eines Mannes. Mama hatte das überstanden und das würde Charlotte auch schaffen. Sie fädelte Garn in ihre Nadel und machte sich daran, Spitze für die Ärmelrüschen zu raffen.

„Warren hat gesagt, dass er Kinder mag", fuhr Gwen mit ihrem Lobgesang fort. „Er hat sogar gesagt, dass er Rose mitnehmen möchte, wenn wir die nächste Fahrt machen." Sie hielt das Kleid hoch, das sie gesäumt hatte, damit Charlotte es sich ansehen konnte. „Ich denke, er liebt mich vielleicht. Oh, Charlotte, wäre das nicht wundervoll? Warren wäre der perfekte Vater für Rose."

Und Barrett wäre der denkbar schlechteste Vater für David. Nicht dass Charlotte nach einem Vater für David suchte. Das tat sie nicht. Nicht dass Barrett sie als potenzielle Ehefrau in Betracht zog. Das würde er nicht, denn er plante, Miriam zu heiraten … aber es wäre schön gewesen, ihn zum Freund zu haben.

„Sei dir nur sicher, dass er der richtige Mann für dich ist", warnte Charlotte. „Es ist gefährlich, einen Fremden zu heiraten."

Ihre Ehe war der Beweis dafür. Wenn sie und Jeffrey sich vor der Hochzeit besser gekannt hätten, wären ihnen ihre Unterschiede vielleicht aufgefallen, aber sie hatten sich zu sehr in der Magie von etwas gefangen nehmen lassen, das sich wie die große Liebe angefühlt hatte. Dadurch hatten sie nicht gemerkt, dass eine Ehe auf mehr als Verliebtsein gegründet werden musste.

Gwen nickte. „Ich weiß das. Wir überstürzen nichts." Sie warf Charlotte ein schüchternes Lächeln zu. „Warren hat nicht übers Heiraten gesprochen. Vielleicht bin ich auch albern und bilde mir etwas ein, das gar nicht vorhanden ist, aber es scheint, als hätte er mich gern."

„Er wäre ein Dummkopf, wenn er das nicht täte. Du bist eine wundervolle Frau und eine großartige Mutter, Gwen. Ein Mann, der das nicht sieht, verdient dich nicht." Die Tatsache, dass Gwen errötete, zeigte Charlotte, dass ihre Freundin es nicht gewohnt war, Lob zu bekommen. Sie würde das ändern müssen. Gwen verdiente es, für ihre Fähigkeiten anerkannt zu werden.

„Ich hoffe, er liebt mich wirklich. Ich habe so intensiv für einen Vater für Rose gebetet und würde gerne glauben, dass Warren die Antwort auf diese Gebete ist." Gwens Lächeln verblasste. „Das Einzige, was mir Sorgen macht, ist die Tatsache, dass ich dich und

David verlassen müsste. Was würdest du tun, wenn ich heiraten würde?"

Charlotte steckte die Spitze an den Ärmel, dann hielt sie ihn hoch, um das Ergebnis zu bewundern.

„Ich könnte dich niemals ersetzen", gestand sie. „Ich bezweifle, dass es irgendjemanden im Gebiet von Wyoming gibt, der all das, was du tust, so gut könnte wie du. Aber ich müsste jemanden finden, der sich tagsüber um David kümmert. Molly ist hier im Laden unentbehrlich, daher brauche ich noch jemand anderen."

Charlotte hatte von Anfang an gewusst, dass Gwen wieder heiraten wollte und dass sie vielleicht jemand anderen würde finden müssen, der ihr bei Davids Betreuung half. Trotzdem hatte sie bis zu dem Zeitpunkt, in dem Warren Duncan in Gwens Leben getreten war, keine ernsthaften Überlegungen in dieser Hinsicht angestellt. Während ihre Nadel durch den Samtstoff flog und dabei die Spitze am Ärmel befestigte, wirbelten Charlottes Gedanken durcheinander und erinnerten sie an ihr ursprüngliches Misstrauen gegenüber Warren. Sie hatte ihre Abneigung nicht verstanden, aber jetzt fragte sie sich, ob es nicht vielleicht einen guten Grund für ihre Reaktion gegeben hatte. Vielleicht war die Tatsache, dass Warren ihr Leben durcheinanderbringen könnte, der Grund, aus dem sich Charlotte in seiner Gegenwart so unwohl fühlte.

„Jetzt, wo David älter ist, würde die Frau nicht hier leben müssen", fuhr Charlotte fort. „Sie könnte tagsüber kommen oder ich könnte ihn zu ihr bringen."

„Oder du könntest David in eine Schule für Kinder wie ihn schicken."

Charlotte stieß die Nadel in den Samt und versuchte auf diese Weise, ihren Ärger an dem Stoff und nicht an ihrer Freundin auszulassen. „Ein Heim?", fragte sie, wobei sie versuchte, ihrer Stimme einen ruhigen Klang zu verleihen.

Gwen schüttelte den Kopf, denn sie wusste, wie sehr Charlotte schon allein das Wort hasste. „Eine Schule. Eine Schule mit Internat."

Die Worte waren vielleicht anders, aber der Effekt war derselbe. „Nicht du auch noch."

Gwen schien verwundert über Charlottes Reaktion. „Was meinst du damit?"

„Jemand anders hat das auch schon vorgeschlagen." Charlotte wollte nicht zugeben, dass es Barrett gewesen war, denn das würde bedeuten, dass sie Gwen von ihrer unerfreulichen Begegnung in der Konditorei erzählen musste. „Ich dachte, du würdest das verstehen, weil du eine Mutter bist. Sicher kannst du erkennen, dass es das Beste für David ist, bei mir zu sein."

Eine ganze Zeit lang sagte Gwen gar nichts. Dann hob sie eine Augenbraue. „Ist es das?"

Er konnte nicht aufhören, an sie zu denken. Barrett schob sich einen weiteren Löffel der Erbsensuppe in den Mund, die Mrs Melnor zum Mittagessen gemacht hatte. Dabei wusste er schon, dass sie genauso fade schmecken würde wie alles andere auch, was er gegessen hatte, seit er aus Mr Ellis' Laden gekommen war. Es war lächerlich. Drei Tage waren vergangen und die Erinnerung war nicht verblasst. Im Gegenteil, sie war noch intensiver geworden. Die Mahlzeiten waren am schlimmsten. Es gelang ihm, sich den Rest des Tages zu beschäftigen, aber sobald er sich an den Tisch setzte, wanderten seine Gedanken zurück an den kleinen runden Tisch in der Konditorei. Er war ein Idiot gewesen, ein dummer, unsensibler Idiot. Charlotte verdiente es nicht, so behandelt zu werden, und David erst recht nicht.

„Willst du mir nicht erzählen, was nicht in Ordnung ist?" Harrison legte seinen Suppenlöffel auf den Unterteller und beugte sich vor. „Du brauchst gar nicht erst zu behaupten, dass nichts los ist. Ich kenne dich schon zu lange, als dass ich das glauben würde."

Harrison hatte recht. Es hatte keinen Sinn, so zu tun, als ob alles in Ordnung wäre. „Ich war ein Dummkopf."

„Und das ist etwas Neues?" Obwohl Harrisons Frage scherzhaft war, lächelte Barrett nicht. „Was hast du dieses Mal gemacht?", fuhr sein Bruder fort. „Hast du vergessen, der lieblichen Miriam zu erzählen, wie lieblich sie ist?" Der Sarkasmus, der seine Worte begleitete, ließ keinen Zweifel daran, dass Harrison seinen Bruder zum Lachen bringen wollte. Dies gelang jedoch nicht.

„Es ist schlimmer als das. Ich habe Charlotte wehgetan."

Harrisons Grinsen erstarb. „Das ist etwas Ernstes. Das bringst du besser schleunigst in Ordnung."

Obwohl er erst die Hälfte seiner Mahlzeit zu sich genommen hatte, stand Barrett auf. „Ich bin nicht sicher, ob ich das in Ordnung bringen kann", gestand er, während er seine Serviette auf den Tisch warf, „aber ich werde es versuchen. Sei nicht überrascht, wenn ich grün und blau zurückkomme."

Harrison griff nach einem Stück Maisbrot und verzog die Lippen zu einem Lächeln. „Das würde sie nicht tun."

„Du kennst Charlotte nicht." Barrett hoffte allerdings, dass Harrison mit seiner Einschätzung doch nicht so falsch lag.

„Was ist los, David?" Charlotte sah ihrem Sohn dabei zu, wie er interessiert den Kopf hob und dann anfing, auf die Tür zuzukrabbeln.

Gwen und Rose waren zu einem Spaziergang aufgebrochen. Charlotte und David waren in der Küche geblieben, wo Charlotte Teig für Pfefferkuchen ausrollte, während David auf dem Fußboden spielte. Seiner Reaktion nach zu urteilen, hatte ihr Sohn etwas gehört, das sie nicht mitbekommen hatte. Es wäre nicht das erste Mal. Obwohl er nicht sehen konnte, waren seine anderen Sinne – besonders sein Gehör – schärfer als Charlottes.

Einen Moment später klopfte es an die Tür. Charlotte wischte sich das Mehl von den Händen und griff nach David. Obwohl er immer noch nicht gut stehen konnte, hatte er inzwischen gelernt, in einer Geschwindigkeit zu krabbeln, die sie immer noch in Erstaunen versetzte. Sie würde das Risiko, dass er nach draußen entwischte, nicht eingehen.

Charlotte öffnete die Tür und hielt dabei ihren Sohn fest, der zappelnd versuchte, sich aus ihren Armen zu winden. Beim Anblick ihres Gastes wollte sie die Tür jedoch gleich wieder zuschlagen. Er hatte kein Recht, hier zu sein. Es spielte keine Rolle, dass er atemberaubend gut aussah und dass seine Augen so strahlend blau waren wie der Himmel von Wyoming. Das waren oberflächliche Fallen, in die man tappen konnte. Worauf es ankam, war das, was sich im

Inneren eines Mannes befand. Und das, was sich im Inneren von Barrett Landry befand, war hässlich.

Er stellte seinen Fuß in die Tür. „Ich weiß, dass ich es nicht verdiene, aber ich hoffe, dass Sie mir verzeihen."

Eine Entschuldigung. Das hatte sie nicht erwartet. Dem konnte sie nur schwer widerstehen. Genauso schwer wie diesem Lächeln, das auch David mit einzubeziehen schien. Das Mindeste, was sie tun konnte, war zuzuhören. Die allgemeine Höflichkeit, die Mama ihren Töchtern anerzogen hatte, verlangte das. „Also gut. Kommen Sie herein."

Während sie voranging, sprach Charlotte mit ihrem Sohn. „Mr Landry ist auf einen Besuch vorbeigekommen."

Obwohl sie bezweifelte, dass er sich an den Namen erinnern würde, erkannte David wahrscheinlich die Stimme und den Duft, eine Kombination aus Rasierwasser, kalter Luft und etwas, das nur Barrett hatte. Nachdem sie David auf den Fußboden gesetzt und ihm die ausgestopfte Socke gegeben hatte, die in dieser Woche sein Lieblingsspielzeug war, machte es sich Charlotte auf einem der Stühle bequem und nickte in Richtung des anderen. „Bitte setzen Sie sich."

„Danke." Barrett zog seinen Mantel aus, faltete ihn über der Stuhllehne zusammen und legte ein kleines Säckchen daneben. Sie hatte gar nicht bemerkt, dass er etwas bei sich trug. Allerdings war sie auch so überrascht von seinem Besuch gewesen, dass sie das Stoffpaket, das unter seinem Arm verstaut war, übersehen hatte.

Barrett legte seine Hände auf seine Knie und beugte sich vor, als wollte er die Entfernung zwischen den beiden Stühlen überwinden. „Ich möchte mich für mein Verhalten am Samstag entschuldigen."

Da war kein Stammeln, nichts von dem Zögern, das Jeffrey bei den wenigen Gelegenheiten gezeigt hatte, in denen er sich hatte entschuldigen müssen. Barretts Blick wich nicht aus, sondern war fest und aufrichtig. Der Blick, mit dem er David musterte, war wie der eines Mannes, der ein ganz normales Kind ansah. Die Abscheu und das Mitleid, die Charlotte vor drei Tagen auf seinem Gesicht gesehen hatte, waren verschwunden und durch etwas ersetzt, das nach echter Reue aussah.

„Meine Mutter hat mir beigebracht, dass ein Mensch, der etwas wirklich Dummes getan hat, seine Entschuldigung mit einem Geschenk einhergehen lassen sollte. Was ich getan habe, war dumm. Deshalb hoffe ich, dass Sie das hier annehmen werden." Er griff in das Säckchen und zog eine Schachtel hervor, die jeder Einwohner von Cheyenne sofort erkennen würde. Wenn Barrett für etwas Wiedergutmachung leistete, dann tat er das mit Stil.

Charlotte lächelte. „Ihre Entschuldigung ist angenommen. Und Ihr Geschenk auch." Sie blickte auf die zartblaue Schachtel, die eine besondere Süßigkeit enthielt. „Danke, Barrett. Ich habe schon gehört, dass Mr Ellis' Schokoladen vorzüglich sind."

Henry Ellis war nicht einfach nur ein exzellenter Bäcker. Er war auch ein fähiger Chocolatier. Als Charlotte den Deckel öffnete, setzte sich David auf und seine Nasenflügel begannen zu beben. „Ja, David, das ist Schokolade. Wir essen später etwas davon."

Barretts Augen blickten sie erstaunt an. „Das klang, als hätten Sie Ellis' Schokoladen noch nie gegessen."

„Das habe ich auch nicht." Es war nicht nötig, offen auszusprechen, was klar ersichtlich war: Luxusdinge wie teure Schokoladen waren in diesem Haushalt selten. Die nicht zueinanderpassenden Stühle und der leicht ausgefranste Läufer erzählten ihre Geschichte. Ein Schauer lief Charlotte über den Rücken, als sie an den Luxus dachte, den sie in Fort Laramie gehabt hatte. Diese Zeiten waren vorbei. Sie hatte das Steinway-Klavier, das Wedgwood-Geschirr und die kunstvollen Möbel zurückgelassen und nur das mitgebracht, was sie in einem einzigen Koffer hatte tragen können. Der Rest hätte Erinnerungen an ein Leben bedeutet, das mehr Kummer als Glück mit sich gebracht hatte. Charlotte schauderte erneut. Wenn der Baron sehen könnte, wie sie lebte, würde ihm klar werden, dass sie das Vermögen nicht besaß, das Jeffrey angeblich gefunden hatte.

Barrett schien nichts von ihrem inneren Aufruhr zu bemerken, griff nach dem Säckchen und reichte es Charlotte. „Ich weiß, dass David noch keine Entschuldigungen versteht, aber ich vermute, dass Geschenke immer willkommen sind. Das hier ist für ihn." Barrett blickte zu David hinüber, bevor er seine Aufmerksamkeit erneut Charlotte zuwandte. „Wenn er schon so etwas hat, kann ich etwas anderes aussuchen."

Charlotte griff in die Tasche und lächelte, als sie einen mittelgroßen Ball aus Holz daraus hervorzog. „Er ist perfekt und, nein, David hat noch keinen." Sie drehte den Ball in ihren Händen und untersuchte ihn auf Splitter. Natürlich waren keine da. Ein Mann mit dem Geld und dem Geschmack eines Barrett Landry würde nur das Beste kaufen.

Seine Augen funkelten, während er ihr zusah. „Ich interpretiere es als ein gutes Zeichen, dass Sie mich nicht damit beworfen haben, auch wenn ich es verdient hätte. Ich habe Harrison vorgewarnt, dass ich vielleicht grün und blau wieder nach Hause komme."

„Haben Sie wirklich geglaubt, ich würde so etwas tun?"

Barrett schüttelte den Kopf. „Ich habe nicht angenommen, dass Sie gewalttätig sind, aber ich habe gelernt, dass Mutterkühe unberechenbar sein können, wenn ihre Jungen bedroht werden."

Charlotte konnte nicht anders. Sie musste lachen. „Nur ein Hinweis, Mr Landry." Sie tat so, als wäre sie empört. „Wenn Sie versuchen, sich bei einer Dame zu entschuldigen, wäre es schlau, sie nicht mit einem Rind zu vergleichen."

„Wenn ich irgendwelche Zweifel daran hätte, dass Sie früher Lehrerin gewesen sind, dann hätte diese Unterrichtsstunde im Fach Anstandsregeln, von der Wortwahl *Rind* einmal ganz zu schweigen, sie zerstreut. Ich habe es begriffen." Barretts Gesichtsausdruck wurde ernst, als er fortfuhr: „Ich sollte menschliches Verhalten vielleicht nicht nach dem beurteilen, was ich auf dem Weideland sehe, aber seit ich ins Territorium gekommen bin, habe ich mehr Zeit mit Vieh als mit Menschen verbracht. Ich möchte, dass Sie wissen, wie leid mir mein Benehmen vom Samstag tut. Ich war überrascht – schockiert ist vielleicht das bessere Wort –, aber das ist keine Entschuldigung dafür, dass ich Sie und David derart behandelt habe."

Wieder klangen seine Worte aufrichtig. Charlotte spürte, wie der letzte Widerstand dahinschmolz. Nur ein starker Mann würde sich mit einer Entschuldigung demütigen. Sie nickte langsam und ermutigte ihn dadurch weiterzusprechen.

„Das Einzige, was ich zu meiner Verteidigung sagen kann, ist, dass ich mir Sorgen darüber gemacht habe, was die Zukunft für ihn bereithalten wird … und für Sie."

„Ich kann Ihnen jetzt schon versichern, dass die Zukunft kein Heim für David bereithalten wird."

„Das ist Ihre Entscheidung. Sie sind Davids Mutter und wissen besser als irgendjemand sonst, was er braucht. Meine einzige Erfahrung mit Blindheit hat mit Vieh zu tun.

Als er die Geschichte von dem blinden Kalb erzählte, griff Charlotte nach den Armlehnen ihres Stuhles. Sie hatte sich getäuscht, als sie Barrett beurteilt hatte. Er war besorgt gewesen, nicht abgestoßen. Er hatte aus Mitgefühl gesprochen, nicht aus Voreingenommenheit.

„Es tut mir leid, dass meine gedankenlosen Worte Sie verletzt haben", endete er schließlich. „Ich hoffe, dass Sie mir verzeihen können."

„Das tue ich. Ich habe Ihnen schon gesagt, dass ich Ihre Entschuldigung annehme. Jetzt, wo ich die ganze Geschichte kenne, ist mir klar geworden, dass ich unrecht hatte." Charlotte legte ihre Hand auf Davids Kopf und wuschelte durch das rote Haar, das so sehr dem seines Vaters ähnelte. „Ich war verletzt, wahrscheinlich mehr, als ich es hätte sein sollen. Jede Geringschätzung in Bezug auf David verletzt mich, aber es war schlimmer, weil es von einem Freund gekommen ist."

„Dann sind wir wieder Freunde?" Barretts Stimme enthielt einen Klang, den Charlotte nicht zuordnen konnte.

„Ich hoffe es."

„Dann lassen Sie uns mal sehen, wie Ihr Sohn seinen Ball findet."

Zu Barretts Überraschung reichte Charlotte ihm den Ball wieder zurück. „Sie sollten ihm den geben. Sagen Sie ihm, worum es sich handelt und dass Sie ihn in seine Hand legen werden."

Abgesehen von denen, die in den Laden seiner Familie in Northwick gekommen waren, hatte Barrett nur wenig Erfahrung mit Kindern. Trotzdem hatte er noch nie beobachtet, dass Eltern einen derartigen Aufwand betrieben, wenn sie ihrem Kind ein Spielzeug aushändigten. Dafür musste es einen Grund geben. Er dachte eine Sekunde lang nach und nickte dann. „Damit er nicht überrascht ist."

„Genau." Das Lächeln, das Charlotte ihm zuwarf, gab Barrett das Gefühl, als hätte er etwas Wichtiges vollbracht und nicht einfach nur begriffen, wie er sich ihrem Sohn nähern musste.

„Ich habe Tage mit geschlossenen Augen verbracht und versucht, mir Davids Welt vorzustellen."

Was für eine erstaunliche Frau! Vielleicht war es die Tatsache, dass sie einst in einer Schule unterrichtet hatte, die ihr half, wie ein Kind zu denken, aber Barrett vermutete, dass es mehr als das war. Hier war die Liebe einer Mutter am Werk.

Er erhob sich, dann hockte er sich neben den Jungen. „David, hier ist Mr Landry. Ich habe dir einen Ball mitgebracht. Streck deine Hände aus, damit ich ihn dir geben kann."

Als das Kind seine Hände gerade nach vorn ausstreckte, legte Barrett den Ball auf den Boden und bewegte Davids Hände näher heran.

„Ball", sagte er, während er die Hände des Kindes um sein Geschenk legte. „Kannst du das sagen?"

Eine Sekunde lang sprach David nicht. Während er den Ball zwischen seinen Händen hin und her rollte, konnte Barrett erkennen, dass er sich selbst etwas über die Form und Beschaffenheit seines neuen Spielzeuges beibrachte. „Bau", sagte er schließlich.

„Das ist nah dran. Ball."

David drückte den Ball an seine Brust. Hatte er das Wort *nah* missverstanden?

„Bälle soll man auf dem Fußboden umherrollen", erklärte Barrett. „Kannst du das tun?"

David schüttelte seinen Kopf und hielt den Ball noch ein bisschen fester.

„Er hat noch nie ein Spielzeug gehabt, das man bewegen muss", sagte Charlotte. „Spielzeuge sind etwas, das er festhält oder auf den Boden legt. Sie sind immer unbeweglich."

„Ich sehe es." Barrett zuckte angesichts seines eigenen Satzes zusammen. Wie oft benutzte er ihn und merkte nicht, wie schmerzhaft er für die Mutter eines Kindes sein musste, das nicht sehen konnte? „Komm, David. Lass uns den Ball auf den Boden legen."

Als der Junge gehorchte, rollte der Ball davon. Erstaunt über das Geräusch griff David nach seinem Spielzeug, fand jedoch nur den nackten Fußboden. Er betastete den Boden in allen Richtungen und begann dann herumzujammern.

„Alles in Ordnung. Du kriegst ihn wieder." Barrett holte den Ball zurück, dann setzte er sich einen halben Meter vor David. „Ich werde den Ball jetzt in deine Richtung rollen, David. Leg deine Hände auf den Boden. Du wirst fühlen, wenn er kommt. Hier kommt er."

Als der Ball Davids Hände berührte, packte er ihn und zog ihn an seine Brust. „Bau."

„Genau. Jetzt bist du dran. Roll ihn zu mir herüber." Aber egal wie oft Barrett es versuchte, egal wie er die Aufforderung formulierte – David wollte sein Spielzeug nicht mehr loslassen.

„Er ist die Antwort auf meine Gebete."

Charlotte griff nach dem Teller, den Gwen in der Hand hielt, und begann ihn abzutrocknen. Beide Kinder waren im Bett und die Frauen wuschen das Geschirr ab. „Von wem redest du?"

„Barrett." Gwen tauchte einen weiteren Teller in die Schüssel. „Als ich mit Rose spazieren war, habe ich immer wieder dafür gebetet, dass Gott jemanden schickt, der meinen Platz hier einnehmen könnte. Er hat Barrett geschickt."

Der Gedanke war absurd. „Er ist gekommen, um David ein Spielzeug zu bringen, nicht um mein Leben zu verändern."

Obwohl er das irgendwie auch getan hatte. Barretts Besuch hatte Charlottes Seelenfrieden wiederhergestellt. Ihr Ärger war genauso verflogen wie das Gefühl, aus dem Gleichgewicht geraten zu sein. Die vergangenen paar Tage hatten sie an einen Sommer in ihrer Kindheit erinnert. Damals hatte sie versucht, auf den Bahnschienen zu balancieren. Obwohl Abigail und Elizabeth die Aufgabe problemlos gemeistert hatten, war es für Charlotte viel schwieriger gewesen als gedacht, das Gleichgewicht zu halten. Sie war von einer Seite zur anderen geschwankt und einem Sturz so nahe gewesen, dass Abigail nach ihrem Arm gegriffen hatte. Erst als sie wieder mit beiden Füßen auf dem Boden gestanden hatte, hatte Charlotte das Gefühl gehabt, als hätte die Welt aufgehört, sich in die falsche Richtung zu drehen. In den letzten drei Tagen hatte sie dasselbe Schwindelgefühl verspürt, aber jetzt hatte sie dank Barretts Besuch ihr Gleichgewicht wiedergefunden.

„Er wäre perfekt für dich." Gwen war wirklich hartnäckig. „Barrett Landry ist einer der begehrtesten Junggesellen von Cheyenne."

„Ich weiß." Das war eine lächerliche Unterhaltung. Nur weil Gwen glaubte, sich verliebt zu haben, bedeutete das nicht, dass sie die Kupplerin für Charlotte spielen musste. „Wenn ich darüber nachdenken würde, wieder zu heiraten – was ich nicht tue", fügte Charlotte eilig hinzu, „dann wäre Barrett nicht der richtige Mann für mich."

„Warum nicht?"

„Dafür gibt es jede Menge Gründe." Von denen Charlotte ein paar nicht offenbaren würde. „Lass uns mit dem wichtigsten anfangen. Er wird Miriam heiraten."

„Aber er liebt sie nicht."

Charlotte trocknete einen weiteren Teller ab. „Warum sagst du das?"

„Weil er sie nicht so ansieht, wie Warren das tut, wenn er mich ansieht."

Obwohl Charlotte gedacht hatte, dass Warrens Gesichtsausdruck eher Habsucht als Liebe widerspiegelte, hatte sie nicht vor, das zu sagen.

„Wie dem auch sei – sie sind praktisch verlobt."

„Aber wenn sie das nicht wären, würdest du Barrett dann nicht heiraten wollen?"

Charlotte blickte auf den Haufen Töpfe und Pfannen, der noch abgewaschen werden musste, und seufzte. Diese überflüssige Unterhaltung würde ziemlich lange dauern.

„Nein", sagte sie mit fester Stimme. „Er verdient etwas Besseres."

Obwohl seine Entschuldigung aufrichtig gewesen war und sie glaubte, dass er anfing, David als den Jungen wahrzunehmen, der er nun einmal war, würden Barretts zukünftige Wähler ein Kind, das sie nicht für perfekt hielten, vielleicht nicht so bereitwillig akzeptieren. Und dann war da noch der Baron. Wenn er noch in Wyoming wäre und Barrett ihr den Hof machen würde, würde er sie und David womöglich irgendwo wiedererkennen, während Barrett seine Kampagne führte. Charlotte konnte das nicht zulassen. Sie konnte nicht riskieren, dass der Baron sie fand. Sie schnitt ein Thema an, das Gwen verstehen würde. „Ich bin nicht dafür geschaffen, die Ehefrau eines Senators zu sein."

„Unsinn." Gwen wedelte mit ihrer Seifenhand durch die Luft,

um Charlottes Bedenken zu zerstreuen. „Du wärst wundervoll. Ich kann mir sehr gut vorstellen, wie du Barrett bei der Kampagne zur Seite stehst."

Vielleicht. Das Bild war nicht so fremd, wie Charlotte gedacht hätte. Sie dachte daran, wie Mama an Papas Seite ihren Dienst getan hatte. Die beiden hatten sowohl eine Partnerschaft als auch eine Ehe geführt. Vielleicht war es das, was Barrett von seiner Ehe erwartete. Und das brachte Charlotte zurück zu ihrem ersten Grund: zu Miriam, ihrer Freundin Miriam. Sie war die zukünftige Mrs Landry.

„Er wird Miriam heiraten."

Gwen wedelte erneut mit ihrer Hand. Dieses Mal schickte sie ein paar Seifenblasen auf die Reise, die langsam durch die Luft schwebten. „Kannst du ehrlich sagen, dass du glücklich darüber bist?"

„Natürlich bin ich das." Selbst in Charlottes Ohren klangen diese Worte unaufrichtig.

Gwen lachte triumphierend. „Du machst dir etwas aus ihm. Ich wusste, dass du das tust."

Charlotte schüttelte langsam den Kopf. „Er ist ein Freund. Nur ein Freund."

„Und Kühe können fliegen."

Kapitel 9

„Wie weiß man, ob man verliebt ist?"

Charlotte machte eine unwillkürliche Handbewegung und hätte Miriam dabei beinahe mit einer Nadel gestochen. Vor einer Minute hatte Miriam noch von dem Feuer gesprochen, das das *Depot-Hotel* vernichtet hatte, und davon, dass ihr Vater den von Präsident Cleveland neu ernannten Territorialgouverneur nicht guthieß. Man unterstellte ihm, sich am illegalen Einzäunen von Weideland beteiligt zu haben. Und jetzt wollte sie über Liebe sprechen. Damit war Barrett gemeint, der Mann, den Miriam als „ehrenwert" bezeichnet und auf diese Weise von Gouverneur Baxter abgegrenzt hatte.

Charlotte hatte ihr zugestimmt. Barrett war ehrenwert. Er war außerdem überraschend bescheiden für einen Mann seines Reichtums und sozialen Standes. Nur ein bescheidener, demütiger Mann hätte sich so entschuldigt, wie er es getan hatte, und nur ein mitfühlender Mensch hätte sich die Zeit genommen und versucht, David beizubringen, wie man einen Ball rollt. Charlotte wurde jedes Mal warm ums Herz, wenn sie daran dachte, wie der große, gut aussehende Viehzüchter, der vielleicht Senator werden würde, auf dem Boden gesessen hatte, um mit ihrem Sohn zu spielen. Er war mehr als aufmerksam gewesen. Sie könnte beinahe glauben, dass er liebevoll gewesen war. Natürlich gab es viele verschiedene Arten von Liebe. Die, über die Miriam sprechen wollte, war eine andere.

„Ich bin da wohl kaum eine Expertin."

Miriam bewunderte ihr Spiegelbild und lächelte. „Du bist eine Expertin und zwar nicht nur, was die Herstellung der schönsten Kleider in ganz Cheyenne betrifft. Gerade jetzt sind deine Augen sanft und deine Wangen rot geworden, daher weiß ich, dass du an einen besonderen Moment erinnert worden bist, den du mit deinem Ehemann erlebt hast."

Es war feige, aber Charlotte senkte den Kopf und tat so, als müsste Miriams Schleppe gerichtet werden. Sie musste um jeden Preis vermeiden, dass ihre allzu scharfsinnige Freundin erriet, dass es sich bei dem Mann, der für das Erröten verantwortlich war, um denselben handelte, den Miriam zu heiraten gedachte. „Du solltest das wirklich mit deiner Mutter besprechen."

„Es gibt keine Unterhaltungen mit Mama." Miriam gab einen Ton von sich, den jemand, der weniger gut erzogen war, als Schnauben bezeichnen würde. „Sie hält mir Vorträge. In diesem Fall gibt es keinen Grund, sie zu fragen, weil ich weiß, was sie sagen wird." Miriam imitierte ihre Mutter und kräuselte dabei die Lippen: „Liebe ist etwas für Bücher. Worauf es ankommt, ist der soziale Status eines Mannes."

Traurigerweise konnte Charlotte sich vorstellen, wie Mrs Taggert genau das sagte. „Ich möchte deiner Mutter nicht widersprechen, also werde ich deine Frage mit einer eigenen beantworten. Wie fühlst du dich, wenn du bei ihm bist?"

Während sie auf Miriams Antwort wartete, drapierte Charlotte ein Stück Spitze um den Ausschnitt des Kleides. Dann schüttelte sie den Kopf. Wie sie sich schon gedacht hatte, war das Kleid ohne die Spitze eindrucksvoller.

„Lebendig." Miriams Lippen verzogen sich zu einem süßen Lächeln. „Das klingt seltsam, nicht wahr? Aber wenn ich mit ihm zusammen bin, sehe ich Dinge, die ich nie zuvor gesehen habe. Ich habe das Gefühl, Vögel singen zu hören, obwohl ich weiß, dass sie alle nach Süden geflogen sind. Selbst gewöhnliches Essen schmeckt besser, wenn er am Tisch sitzt. Wenn ich Mama das erzählen würde, würde sie entweder lachen oder Dr. Worland rufen, aber es ist nicht nur meine Einbildung. So fühle ich mich. Lebendig."

Charlotte nickte langsam. „Du hast deine eigene Frage beantwortet. Du bist verliebt."

Ohne auf die Nadeln zu achten, die ihr Kleid zusammenhielten, wirbelte Miriam herum. „Ist das nicht wundervoll?"

Das war es. Für Miriam.

CB

„Wir werden an Thanksgiving wieder zurück sein." Barrett sah, wie Harrison zitterte. Da Wolken die Sonne verdeckten, drang der Wind selbst durch die dicksten Stoffgewebe, fand seinen Weg durch die Fasern und machte die darunterliegende Haut erst rot und dann gefährlich weiß. Das war, wie Barrett vermutete, der Grund, weshalb die Indianer Lederkleidung trugen. Auf jeden Fall war das der Grund, weshalb er zwei Büffelfelle mitgebracht hatte. Tierhäute waren praktisch undurchdringlich für das Wetter, was sie zu einem unentbehrlichen Bestandteil des Winters in Wyoming machte.

Wenn er nicht eine weitere Ladung Heu hätte transportieren müssen, dann hätte Barrett seinen Bruder nicht einer Fahrt in dem Wagen ausgesetzt. Selbst auf dem Rücken eines Pferdes war es wärmer, als praktisch bewegungslos in einem Pferdewagen oder einer Kutsche zu sitzen. Ein offener Wagen war schlimmer, aber da das Heu der Hauptgrund für seine Fahrt war, führte kein Weg daran vorbei.

„Ich würde nicht wollen, dass du Mrs Melnors Thanksgiving-Mahlzeit verpasst“, fuhr Barrett fort. Vielleicht würden Gedanken an warmes Essen sie dazu bringen, ein Gefühl von Wärme zu empfinden. „Sie plant ein Festessen.“

Sie würden an Thanksgiving zu viert am Tisch sitzen. Barrett hatte sich daran erinnert, dass weder Richard noch Warren Familie in Cheyenne hatten, und die beiden eingeladen, ihm und Harrison Gesellschaft zu leisten. Vielleicht hätte er Miriam und ihre Familie mit einbeziehen sollen, aber Harrison hatte erwähnt, dass er noch vor Weihnachten nach Pennsylvania zurückkehren wollte. Da dies vielleicht für längere Zeit der einzige Feiertag mit seinem Bruder sein würde, wollte Barrett, dass es ein ruhiger, entspannter Tag wäre. Er wollte weder über Politik reden noch Mrs Taggert dabei zuhören, wie sie mit ihren Kleidern aus Paris prahlte. Es sprach für Miriams Entschlusskraft, dass sie in der Lage gewesen war, ihre Mutter bei zumindest einem Thema zu überstimmen und weiter bei Charlotte ihre Kleider zu bestellen.

Während seine Gedanken zu Cheyennes schönster Schneiderin und dem Kind wanderten, das ihr so gar nicht ähnlich sah, suchten seine Augen den Horizont ab auf der Suche nach Hinweisen auf verloren gegangenes oder sterbendes Vieh. Obwohl es noch früh in der Saison war, bestand immer die Gefahr, Rinder an Raubtiere oder das Wetter zu verlieren. Die Frühlingskälber waren noch nicht alt genug, um allein auf sich gestellt zu überleben, aber unerfahrene

Kühe wussten das manchmal nicht und liefen davon. Barretts Lippen verzogen sich zu einem Lächeln. An Mütter und ihre Kinder zu denken, auch wenn es sich um Rinder handelte, ließ seine Gedanken zu Charlotte und ihrem Sohn zurückwandern. Zugegebenermaßen war nicht viel nötig, um ihn dazu zu bringen, an sie zu denken. Die Gedanken drängten sich nur allzu oft auf. Aber wenn er so darüber nachdachte, war aufdrängen das falsche Wort. Etwas, das aufdringlich war, war unwillkommen. Gedanken an Charlotte waren es nicht. Barrett lehnte sich auf dem Sitz des Wagens zurück und dachte darüber nach, wie er den Feiertag begehen wollte.

„Schade, dass du Richard und Warren zum Essen eingeladen hast. Ich hätte nichts dagegen, Thanksgiving auf dem Weideland zu verbringen." Harrison streckte seine Beine nach vorne aus und bewegte seine Füße in seinen Stiefeln. „Der Unterstand, den du eine Ranch nennst, gibt zwar nicht viel her und Dustin könnte eine oder zwei Lektionen im Kochen gebrauchen, aber es hat etwas Faszinierendes, wenn ich mir meinen kleinen Bruder mit Kühen vorstelle. Entschuldigung", sagte er grinsend, „Vieh." Harrison rieb sich seine Hände. „Soll ich mal den Wagen fahren?"

„Sicher. Du hattest schon immer ein Händchen für Pferde." Obwohl es nicht sehr schwer war, die Pferde zu lenken, würde die Beschäftigung seinen Bruder ablenken und aufwärmen. Tage wie dieser, in denen keine Sonne die dünne Luft wärmte, waren brutal. Barrett händigte Harrison die Zügel aus und rutschte auf die andere Seite des Wagens.

Harrison legte die Zügel durch seine Finger und grinste. „Als ich ein Junge war, dachte ich, ich würde einmal Pferdezüchter werden."

Überrascht starrte Barrett den Bruder an, von dem er gedacht hatte, dass er ihn kennen würde. Nicht ein einziges Mal in seinem ganzen Leben hatte er Harrison irgendetwas darüber sagen hören, dass er Pferde züchten wollte. „Warum hast du es nicht getan?"

Harrison zuckte mit den Achseln, nahm seinen Blick jedoch nicht von der Straße. „Das ist doch offensichtlich. Pa erwartete von mir, dass ich den Laden übernehme. Und ich konnte ihn nicht enttäuschen."

Dasselbe galt für Barrett. Als sein Vater noch gelebt hatte, hatte Barrett – egal wie groß seine innere Unruhe auch gewesen war –

sich nie frei gefühlt, seine Heimatstadt zu verlassen. Alle drei Brüder hatten ihr Bestes getan, um die Erwartungen ihrer Eltern zu erfüllen.

„Das ist der Grund, weshalb ich so lange in Northwick geblieben bin", gestand Barrett. Er war noch ein Jahr nach dem Tod seiner Eltern geblieben, unter anderem, weil er sicher sein wollte, dass seine Brüder ihn nicht brauchten. Aber als er sich davon überzeugt hatte, dass er für das Geschäft entbehrlich war, hatte er sich auf den Weg in Richtung Westen gemacht. „Die Bibel sagt, dass man seine Eltern ehren soll. Das habe ich versucht."

Wieder ertappte sich Barrett dabei, dass er über Charlotte nachdachte. Er fragte sich, wie ihre Eltern wohl gewesen waren. Es musste sich um ungewöhnlich starke Menschen gehandelt haben, denn sie hatten zumindest zwei unabhängige Frauen großgezogen. Die meisten Witwen wären in das Haus eines Bruders oder einer Schwester gezogen, aber Charlotte hatte das nicht getan. Stattdessen hatte sie ein erfolgreiches Geschäft in einer neuen Stadt aufgemacht. Er wusste nicht allzu viel über die mittlere Schwester, aber die jüngste studierte Medizin, auch wenn sie wissen musste, dass es ein weiblicher Arzt nicht leicht haben würde. Sie waren ganz bestimmt keine gewöhnliche Familie.

„Du hattest Erfolg." Einen Moment lang fragte sich Barrett, was Harrison meinte. Dann wurde ihm klar, dass sein Bruder auf das antwortete, was Barrett über Eltern und die Achtung ihnen gegenüber gesagt hatte. „Ma und Pa waren stolz auf uns alle. Auch wenn es nicht das ist, was Pa für dich vorgesehen hatte, glaube ich, dass ihm gefallen würde, was du hier tust." Harrison grinste und deutete auf die sanfte Hügellandschaft. „Der Schnee ist auf jeden Fall hübsch."

„Das Vieh ist da anderer Meinung. Der Schnee liegt zwischen ihnen und der Nahrung." Barrett fragte sich, wie viel sein Bruder hören wollte. Es war nicht so, als wollte Harrison Vieherzeuger werden, und doch war er vielleicht daran interessiert, einen weiteren Teil von Barretts Leben zu verstehen. „Das trockene Klima ist einer der Gründe, warum die Viehzucht hier so profitabel ist. Das Gras sieht vielleicht so aus, als wäre es tot." Er deutete auf eine Stelle mit goldbraunem Gras, das die Herde freigelegt hatte. „Das ist es nicht.

Es wird von der trockenen Luft ausgehärtet, so wie Fleisch in einer Räucherkammer. Getrocknetes Präriegras verliert die Nährstoffe nicht wie Gras daheim im Osten. Darum kann es eine Herde den ganzen Winter über versorgen. Das Problem ist, dass der vergangene Sommer ungewöhnlich trocken war, deshalb ist das Gras nicht so stark gewachsen wie sonst."

„Vielleicht ist es kein so großes Problem, wie du denkst."

Barrett lächelte über Harrisons Optimismus, aber als sie die Ranch erreichten, lächelte er nicht mehr. Er wusste bereits, dass irgendetwas nicht stimmte, weil Dustin, sein Angestellter, bei ihrer Ankunft ein Wagenrad reparierte, anstatt draußen auf der Weide zu sein. Die gebrochene Speiche war allerdings erst der Anfang einer Reihe schlechter Nachrichten. Dustin fuhr mit der Hand durch sein blondes, lockiges Haar, wobei er einen Streifen Schmiere auf seiner Stirn hinterließ. Dann berichtete er, dass er beim Ritt über das Weideland zehn Stück Vieh auf dem Boden liegend vorgefunden hatte. Zum Teil war es bereits tot gewesen, zum Teil so nah dran, dass es keine andere Möglichkeit mehr gegeben hatte, als es aus seinem Elend zu erlösen.

„Die Viecher waren am Verhungern." Dustin schaufelte Bohnen und Maisbrot in seinen Mund, als würde er befürchten, der nächste zu sein.

Barrett für seinen Teil hatte den Appetit verloren. „Das ist zu früh", sagte er mehr zu sich selbst als zu Harrison und Dustin. „Wir haben immer ein paar Verluste über den Winter, aber wir sehen sie normalerweise erst Ende Januar oder im Februar. Sie jetzt zu finden, wo wir noch nicht mal Ende November haben …" Er ließ seine Worte verklingen.

„Was tust du, wenn das Sterben weitergeht?", fragte Harrison, als sie das Abendessen beendet hatten. Sie saßen am Herd, hatten die Stiefel ausgezogen und ließen sie trocknen. Gleichzeitig hielten sie ihre Füße so nahe an die Wärmequelle, wie es möglich war, ohne sie zu verbrennen.

„Du meinst, wenn ich die ganze Herde verliere?" Der Gedanke wirbelte schneller durch Barretts Kopf als Schnee in einem Januarsturm. Obwohl es übertrieben wäre zu behaupten, dass seine Zukunftspläne von einer erfolgreichen Viehsaison abhingen, würde der Verlust allzu vieler Kühe einen schlechten Zuchterfolg bedeuten ... Das war ein weiterer Satz, den Barrett nicht beenden wollte.

Harrison machte den Eindruck, als würde ihn die Möglichkeit überraschen. „So weit hatte ich nicht gedacht. Könnte das passieren?“

Barrett wandte sich an Dustin, der schlicht mit den Achseln zuckte. Beide Männer wussten, dass es unmöglich war, das Wetter vorherzusagen, besonders hier.

„Ich nehme an, es könnte passieren.“ Barrett wollte nicht lügen, Harrison aber auch nicht mehr als nötig beunruhigen. „Wir haben noch keinen wirklich schlechten Winter gehabt, seit ich in Wyoming bin, aber die alten Einwohner erzählen von ein paar ziemlich harten Jahren. Deshalb haben wir das Heu mitgebracht. Ich möchte, dass mein Vieh so gesund wie möglich in diesen Winter geht.“

Der Gesichtsausdruck seines Bruders wurde ernst. „Was, wenn das nicht genug ist?“ Harrison war schon immer ein Pessimist gewesen.

„Willst du wissen, ob ich mittellos und verzweifelt genug wäre, um nach Northwick zurückzukehren?“ Obwohl Harrison nicht antwortete, ließ irgendetwas in seinem Gesichtsausdruck Barrett begreifen, dass er diese Möglichkeit in Betracht gezogen hatte. „Ich bezweifle das. Ich habe nicht alles Geld in die Herde gesteckt“, erklärte er. „Ich habe Pas Rat befolgt und eine Notreserve angelegt. Die würde mich eine Zeit lang über Wasser halten.“ Barrett rechnete kurz nach. „Es wäre genug, um einen neuen Viehbestand aufzubauen, aber es wäre nicht viel für eine politische Kampagne übrig.“

„Dann sollten wir besser dafür beten, dass wir keinen schlechten Winter kriegen.“

„Amen dazu.“

Die Wärme von Mrs Kendalls Küche bot einen willkommenen Ort zum Aufwärmen nach Charlottes Marsch durch den Wind. Selbst der schwere, schwarze Umhang mit der Kapuze hatte die Kälte nicht aufhalten können.

„Möchten Sie keinen Kaffee, Ma'am?“

Charlotte schüttelte den Kopf. Sie hatte das Haus heute Morgen später als sonst verlassen, weil sie die ganze Nacht gebraucht hatte, um das letzte Kleid fertigzustellen. Wenn sie vernünftig gewesen wäre, hätte sie geschlafen und das Kleid erst später vollendet, aber Charlotte hatte nun einmal den Entschluss gefasst, dass Mrs Kendall und einige ihrer Pensionsgäste am nächsten Tag zumindest einen Grund zum Danken haben sollten.

„Ich kann nicht bleiben", sagte sie, als sie das erste Paket auspackte und das rostfarbene Baumwollkleid hochhielt, das sie für die Eigentümerin der Pension gemacht hatte. Während es sich bei den anderen Kleidern um überarbeitete Versionen von Miriams abgelegten Kleidungsstücken handelte, war dieses Kleid brandneu. Charlotte hatte den Baumwollstoff speziell für Mrs Kendall ausgesucht, weil sie wusste, dass die Farbe Mrs Kendall schmeicheln würde und gleichzeitig praktisch genug war, um Flecken zu verbergen.

„Es ist wunderschön." Die andere Frau lächelte. „Es ist perfekt für Madeline, sobald das Baby geboren ist."

„Es ist nicht für Madeline." Charlottes Stimme klang entschlossen. „Dieses hier ist für Sie."

Mrs Kendall errötete vor Freude. „Für mich?" Sie berührte die Reihen von Biesen, die senkrecht am Oberteil hoch- und herunterliefen. Obwohl es trotz der Nähmaschine Stunden gedauert hatte, die Biesen anzunähen, hatte Charlotte nicht darauf verzichten wollen, denn sie würden Mrs Kendalls übermäßig dünnem Körper ein wenig mehr Fülle verleihen.

„Ja, für Sie. Sie verdienen ebenfalls ein neues Kleid." Als sie spürte, dass Mrs Kendall kurz davor war, in Tränen auszubrechen, öffnete Charlotte die anderen Pakete und verteilte die Kleider so auf dem Tisch, wie sie es beim letzten Mal auch getan hatte. „Dies sind die Größen, um die Sie gebeten hatten."

Mrs Kendall, in deren Augen immer noch Tränen schimmerten, nickte. „Ich weiß nicht, wie ich Ihnen danken soll. Die Mädchen, die hier leben, haben noch nie so schöne Sachen gehabt, und die, die zu den Mahlzeiten kommen …" Sie verstummte, als sei sie peinlich berührt. „Es tut mir leid, Ma'am. Es gehört sich nicht, mit einer Lady wie Ihnen über sie zu sprechen."

Charlotte konnte ihre Neugier nicht bezähmen. Gwen hatte

nichts über Frauen gesagt, die Mahlzeiten in der Pension einnahmen, aber nicht dort lebten.

„Wo leben diese anderen Frauen?"

Mrs Kendalls Gesicht war jetzt beinahe so rot wie das Samtkleid, das Charlotte zu Weihnachten für Miriam gemacht hatte, und sie biss sich auf die Lippen. „Nebenan. Bei Sylvia."

Das Bordell. Charlotte zuckte zusammen und erinnerte sich an ihre eigene Verachtung gegenüber den Frauen, die ihre Körper an die Soldaten von Fort Laramie verkauft hatten. Wenn Abigail nicht gewesen wäre, hätte sie vielleicht nicht bemerkt, wie unrecht sie damit gehabt hatte, diese Frauen zu verurteilen, ohne zu wissen, was sie zu einem derart bedauernswerten Broterwerb getrieben hatte. Diesen Fehler würde Charlotte nicht noch einmal machen.

„Können sie auch neue Kleider gebrauchen?"

Rose war schlecht gelaunt. Schon früh am Morgen hatte sie damit begonnen, das ganze Haus in Aufruhr zu versetzen. Und als das Thanksgiving-Essen vorbei war, schien es, als würde sich ein ausgewachsener Wutanfall zusammenbrauen. Charlotte war sicher, dass das der Grund war, weshalb Mr Yates, den sie für den ganzen Tag eingeladen hatten, Müdigkeit vorgeschoben hatte und direkt nach dem Nachtisch in seine Wohnung zurückgekehrt war.

„Sie braucht ein Schläfchen." Gwen formte die Worte mit den Lippen, anstatt ihre Tochter weiter in Rage zu versetzen. Schläfchen waren nicht gerade Roses Lieblingsbeschäftigung. Schon kurz nach Davids Geburtstag hatte sie verkündet, dass sie jetzt ein großes Mädchen sei und dass große Mädchen keine Schläfchen mehr machten. Nur Babys täten das.

Charlotte nickte. Wenn das Kind eine Erkältung oder die Grippe ausbrütete, würde Schlaf helfen. Aber dazu würde es nur kommen, wenn es leise im Haus war.

„David und ich werden einen Spaziergang machen", schlug sie vor. „Die frische Luft wird uns beiden guttun."

Der Spaziergang würde ihr außerdem dabei helfen, einen klaren Kopf zu bekommen. Obwohl es viele Gründe gab, um dankbar zu sein, lasteten immer noch Sorgen auf Charlotte. An manchen Tagen fühlte es sich so an, als hätte man ihr eine ganze Ladung Wollwaren auf den Rücken gebunden, und nichts, was sie tat, schien die Last leichter zu machen. Selbst Mrs Kendalls Freude über ihr neues Kleid und Mr Yates' offensichtliche Begeisterung für das Essen hatte ihren Sorgen nur eine kurze Atempause verschafft. Obwohl sie nicht erklären konnte warum, war es einfacher, die Probleme anderer zu lösen als ihre eigenen.

„Komm, David. Wir müssen dich anziehen, damit wir nach draußen gehen können." Trotz der enormen Proteste, die es hagelte, als sie ihm den hölzernen Ball wegnahm, schien sich seine Stimmung zu heben, als er die kratzige, karierte Wolle seines Mantels spürte, und er grinste sie an. Wenn nur alles so einfach wäre! Aber nur wenige Dinge waren einfach, wenn es um David ging, und das sorgte dafür, dass Charlottes Sorgen kein Ende fanden. Ihr Sohn machte nicht die erwarteten Fortschritte. Nichts, was sie versuchte, änderte etwas daran.

David hatte vor zwei Wochen allein gestanden. Seine Beine hatten noch gezittert und sein Gesichtsausdruck sowohl Angst als auch Aufregung gezeigt. Er hatte sogar einen Schritt auf Charlotte zugemacht, bevor er auf sein Gesicht gefallen war und sich die Nase am Fußboden gestoßen hatte. Charlotte wusste nicht, ob es der Schmerz beim Hinfallen gewesen war oder die Tatsache, dass seine Nase geblutet hatte. Doch alles, was sie wusste, war, dass er sich seitdem trotz all ihrer Ermutigungen weigerte, erneut aufzustehen.

Vielleicht hatten Barrett und Gwen recht. Vielleicht brauchte David einen besonderen Lehrer. Charlotte gab ein bitteres Lachen von sich. In manchen Dingen war sie genauso wie ihr Sohn. Aus Angst vor Schmerzen wollte David nicht versuchen zu laufen und sie weigerte sich, darüber nachzudenken, ihn gehen zu lassen.

David blickte auf, weil ihr Lachen ihn erschreckt hatte.

„Es tut mir leid, David. Ich wollte dir keine Angst machen. Komm, wir machen einen Spaziergang." Sie hob ihn hoch und trug ihn die Stufen hinab in den Hinterhof. „Jetzt geht's in deinen Wagen." Als er saß, legte sie seine Arme auf die seitliche Querverstrebung. „Halt dich gut fest."

Als sie die Vorderseite des Gebäudes erreichte, zögerte Charlotte.

Normalerweise bog sie rechts ab und ging nach Süden, aber heute zog sie irgendetwas in die entgegengesetzte Richtung. Die Straßen waren beinahe menschenleer, vielleicht weil es ein Feiertag war, vielleicht weil der Nachmittag kälter war als gewöhnlich, selbst für Ende November. Als David ausatmete, sah Charlotte weiße Dampfschwaden aus seinem Mund kommen. Ein ganz gewöhnlicher Anblick – und doch etwas, das er niemals erleben würde. Sie schloss die Augen und versuchte, ihren ungleichmäßigen Puls zu beruhigen. Dabei fragte sie sich, ob es immer so sein würde, ob sie immer das Gefühl haben würde, als schneide jemand ihr Herz in kleine Stücke. Sie konnte David nicht wegschicken. Sie konnte es nicht. Das konnte unmöglich die richtige Entscheidung für ihn sein.

„Wir gehen jetzt an der Schule vorbei", sagte Charlotte zu ihm, als sie nach links abbogen. Vielleicht war es dumm. Er würde hier nie den Unterricht besuchen. Sie quälte sich nur selbst, wenn sie sich vorstellte, wie er mit Büchern unter seinem Arm durch die Tür ging. Und doch konnte sie nicht aufhören, für ein Wunder zu beten. Denn genau das war nötig, damit sich David unter die Kinder würde mischen können, die jeden Tag diese Stufen hinaufstiegen. Ein Wunder. Obwohl Papa ihr gesagt hatte, dass Wunder jeden Tag geschehen, hatte es bis jetzt noch keines gegeben.

Als sie ihn an der Schule vorbeizog, lächelte David. Bald darauf erreichten sie wieder die Ecke der Ferguson Street und David drehte den Kopf, damit die Sonne sein Gesicht wärmen konnte.

Wie dumm sie gewesen war! Charlotte schluckte schwer. „Du hast recht, David. Die Sonne scheint."

Papa hatte ebenfalls recht gehabt. Es gab jeden Tag Wunder, wenn man sich die Zeit nahm, um nach ihnen zu suchen. Anderen kamen sie vielleicht unbedeutend vor. Sie wirkten vielleicht nicht wie die Antwort auf ihre Gebete. Aber sie waren real. Es war Ende November. Die Sonne schien nur schwach. Und doch saß Charlottes Wunder in einem kleinen Wagen aus Holz und lächelte über die Wärme eines Himmelskörpers, den er niemals sehen würde.

Oh, Papa. Ich wünschte, du wärst hier und könntest deinen Enkel sehen. Du würdest ihn genauso lieben wie ich. Aber Papa würde David niemals im Arm halten, und wenn Abigail und Elizabeth die Wahrheit erfuhren, würden sie vielleicht so verärgert sein über all das, was Charlotte vor ihnen verborgen hatte, dass sie sie nicht mehr wiedersehen wollten. Diese Sorge machte ihr fast so sehr zu schaffen wie der Gedanke, David in eine besondere Schule zu bringen und diese ohne ihn wieder zu verlassen.

„Charlotte!“

Aufgeschreckt von der vertrauten Stimme, die ihren Namen rief, wandte sie sich um. Wenn es jemanden gab, der ihre gedrückte Stimmung vertreiben konnte, dann war das Barrett.

„Ich dachte, ich wäre der Einzige, der heute Nachmittag draußen ist“, sagte er, als er sie erreichte.

Charlotte kicherte beinahe vor Freude. Das war es, was sie brauchte, eine gewöhnliche Unterhaltung mit diesem Mann. Mit einem Freund.

„David und ich brauchten ein bisschen frische Luft. Wir sind einmal um den Block gegangen und haben gerade versucht zu entscheiden, wohin wir jetzt gehen. Nicht wahr, David?“ Ihr Sohn nickte, als würde er alles verstehen, was sie gesagt hatte.

„Darf ich mich zu euch gesellen?“

Charlotte konnte sich nichts vorstellen, worüber sie sich mehr freuen würde. „Sicher.“

Sie wollte gerade die Straße überqueren, doch Barrett schüttelte den Kopf. Er ging neben David in die Hocke und sagte: „Erinnerst du dich an mich? Ich bin Mr Landry.“

David grinste von einem Ohr zum anderen. „Bau.“

Als Barrett aufstand, hatte er ein ähnliches Grinsen im Gesicht. „Das ist richtig. Ball.“

Die Sonne schlich sich hinter eine Wolke, doch das war Charlotte egal. Der Tag erschien ihr wärmer, einfach nur, weil Barrett da war.

„Der Ball ist Davids Lieblingsspielzeug geworden“, erklärte sie. „Er besteht darauf, ihn überallhin mitzunehmen, sogar ins Bett.“ Als sie sich an die Proteste von eben erinnerte, warf sie ihrem Sohn ein liebevolles Lächeln zu. „Wir hatten eine kleine Meinungsverschiedenheit, als ich ihm nicht erlaubt habe, ihn mit nach draußen zu nehmen.“

Charlotte nickte in Richtung des Wagens und hoffte, Barrett würde verstehen, dass David sich an den Seiten festhalten musste, während sie ihn zog. „Gwen behauptet, Wutanfälle würden erst anfangen, wenn die Kinder zwei Jahre alt sind, aber ich dachte, ich würde heute einen erleben."

„Du bist ein braver Junge, nicht wahr, David?" Barrett legte seine Hand auf Davids Schulter und drückte sie sanft. Zu Charlottes Erleichterung kicherte ihr Sohn. Sie war sich nicht sicher gewesen, wie er reagieren würde, wenn jemand ihn berührte, der beinahe ein Fremder war.

„Denken Sie, er würde sich über ein bisschen K-a-k-a-o freuen?" Barretts blaue Augen funkelten mehr als die Schneehaufen, die immer noch die Straße säumten.

Sie erinnerte sich daran, wie sehr David das Getränk in Mr Ellis' Laden genossen hatte, und nickte. „David lehnt nie Schokolade in irgendeiner Form ab. Wir haben uns beide über die Süßigkeiten gefreut, die Sie mir geschenkt haben, aber K-a-k-a-o ist eine besondere Leckerei."

„Dann hoffe ich, dass ich Sie davon überzeugen kann, mit mir nach Hause zu kommen."

Charlotte hob eine Augenbraue. Als Witwe hatte sie mehr Freiheiten als viele andere Frauen, aber Barrett konnte es sich nicht leisten, in einen Skandal verwickelt zu werden.

Als hätte er ihre Gedanken gelesen, warf Barrett ihr ein kurzes Lächeln zu. „Wir haben jede Menge Anstandsdamen. Alle meine Bediensteten sind da und Harrison auch."

Charlotte nickte. Das war Wyoming. Das Leben hier war weniger förmlich. Dennoch würde sie zusätzliche Arbeit für Barretts Angestellte verursachen. Bestimmt verdienten sie eine Erholungspause, besonders an einem Feiertag.

Sie wollte gerade ablehnen, als Barrett sagte: „Sie wollen meine Köchin doch nicht enttäuschen, oder? Sie hat sich vor Kurzem noch beklagt, dass das Haus Kinder braucht, um es zum Leben zu erwecken. David bei sich zu haben wird sie glücklich machen und ihre heiße Schokolade wird ihn jeden Wutanfall vergessen lassen."

Barretts Argumentation vertrieb ihre letzten Bedenken. „Ihre Köchin ist ganz anders als meine erste Köchin. Sie hat gedroht, mich zu verlassen, weil sie meinen Welpen nicht mochte." In dem Moment, in dem sie die Worte ausgesprochen hatte, bemerkte

Charlotte ihren Fehler. Sie hatte Barrett einen weiteren Einblick in das Leben gewährt, das sie versuchte geheim zu halten.

Aber Barrett schien nicht beunruhigt darüber zu sein, dass Charlotte einst eine Köchin gehabt hatte. Er wirkte nicht einmal neugierig. „Ich weiß nicht, wie sie auf einen Hund reagieren würde, aber Mrs Melnor mag Kinder. Bitte kommen Sie mit."

Sie konnte nicht ablehnen. Ein Besuch bei Barrett würde bedeuten, dass sie und David länger von zu Hause wegblieben, und das verschaffte Gwen die Möglichkeit, Rose zum Schlafen zu bringen. Sie wären aus der Kälte raus und David bekäme eine besondere Süßigkeit. Und doch …

„Wird Mrs Melnor …?" Charlotte brach ab, denn sie wollte ihren Gedanken nicht in Worte fassen. Sie wusste, dass sie allmählich daran gewöhnt sein sollte. Sie sollte perfekt formulierte Fragen stellen, aber das konnte sie nicht.

Zwischen Barretts Augen bildeten sich Falten. „Wenn Sie fragen wollen, wie meine Köchin mit Davids Blindheit umgehen wird, das weiß ich nicht. Es gibt nur einen Weg, das herauszufinden."

„Ich vermute, Sie haben recht. Ich kann ihn nicht für immer verstecken." Abgesehen davon hatte Charlotte beschlossen, dass sie anfangen würde, das Geflecht der Lügen und Täuschungen zu entwirren. „Ich hab nie geglaubt, dass ich ein Feigling bin, aber das letzte Jahr hat mir das Gegenteil bewiesen."

„Sie ein Feigling?" Barretts Augen weiteten sich. „Unsinn."

Er streckte seine Hand nach dem Griff des Wagens aus und begann, das Gefährt zu ziehen. Dabei ging er so langsam, dass David auf der unebenen Fahrbahn nicht ins Hüpfen geriet.

„Sie würden nicht glauben, dass das Unsinn ist, wenn Sie wüssten, dass ich meinen Schwestern nichts von David erzählt habe."

Barretts Kopf fuhr herum. Dabei ließ sein Gesichtsausdruck keinen Zweifel daran, dass er überrascht war. Vielleicht sogar schockiert. „Ihre Schwestern wissen nicht, dass Sie einen Sohn haben?"

Charlotte spürte, wie ihre Hände in ihren Handschuhen feucht wurden. Gwen hatte hartnäckig daran festgehalten, dass Charlotte Abigail und Elizabeth die ganze Geschichte hätte erzählen sollen. Barrett mit seinem Glauben an vollkommene Aufrichtigkeit würde sie vielleicht dafür verurteilen, dass sie es nicht getan hatte.

„Das wissen sie schon“, sagte sie langsam. „Was sie nicht wissen, ist, dass er blind ist. Ich wollte nicht, dass meine Schwestern ihr Leben meinetwegen umstellen, deshalb habe ich es ihnen nicht erzählt.“ Charlotte seufzte. „Diese Entscheidung verfolgt mich inzwischen, weil sie beide darüber nachdenken, nach Cheyenne zu ziehen.“ Ihre Sorgen waren größer als die Rocky Mountains geworden, als sie vor zwei Tagen Briefe von beiden Schwestern erhalten hatte. Abigail hatte verkündet, dass ihr Ehemann darüber nachdenke, seinen Dienst zu quittieren, um möglicherweise ganz in der Nähe von Cheyenne Schafe zu züchten. Und Elizabeth hatte geschrieben, dass sie ihre medizinische Praxis in Wyoming aufmachen wolle und vorhabe, nach Cheyenne zu kommen, sobald ihr Studium beendet sei.

„Was wollen Sie tun?“

Diese Frage plagte sie schon, seit sie die Umschläge geöffnet hatte. „Ich bin nicht sicher. Haben Sie irgendeinen Rat?“

Sie hatten *Barretts Haus* erreicht. Er hielt an und sah Charlotte in die Augen. Dann nickte er und sagte: „Ehrlichkeit. Sie können Davids Zustand nicht für immer verheimlichen. Ich denke, Sie sollten es Ihren Schwestern jetzt sagen. Das ermöglicht es ihnen, sich mit dem Gedanken vertraut zu machen, bevor sie ihn sehen.“

„Was, wenn sie mich hassen, weil ich es ihnen nicht früher gesagt habe?“

Barrett blickte auf David hinab. Sein Gesichtsausdruck war so ernst, dass sich Charlotte fragte, ob er gerade versuchte, sich Abigails und Elizabeths Reaktion vorzustellen. Als er sprach, war seine Stimme fest. „Es sind Ihre Schwestern. Sie werden Sie nicht hassen.“

„Ich wünschte, ich wäre mir da so sicher.“

Kapitel 10

Mama würde es gar nicht gefallen, wenn sie wüsste, wohin Miriam unterwegs war. Das war der Grund, weshalb sie es unterlassen hatte zu erwähnen, dass sie heute Morgen zwei Ziele ansteuerte. Soweit ihre Mutter informiert war, fuhr Miriam heute zu *Élan*. Das tat sie auch. Sie plante, ihr neues Weihnachtskleid anzuprobieren und Charlotte ein halbes Dutzend Kleider auszuhändigen, die Mama für fürchterlich unmodisch erklärt hatte. Aber zuerst wollte Miriam die Bibliothek besuchen.

Mama wäre damit nicht einverstanden. Es stimmte zwar, dass es in Papas Arbeitszimmer eine Wand gab, an der sich Bücher aneinanderreihten. Diese Bücher waren jedoch sorgfältig danach ausgewählt worden, dass ihre Einbände zur Ausstattung des Raumes passten. Auch hatte, soweit Miriam wusste, keiner ihrer Eltern jemals aus reinem Vergnügen gelesen. Sie dagegen konnte sich eine Welt ohne Bücher nicht vorstellen.

Miriam lächelte, als sie die beiden Treppen zur Bücherei hinaufstieg. Die Räumlichkeiten selbst waren schlicht. Es handelte sich um den dritten Stock eines gewöhnlichen Gebäudes in der Ferguson Street. Der Inhalt hingegen war grandios – all diese wundervollen Bücher, die nur darauf warteten, gelesen zu werden.

Ihr Lächeln verbreiterte sich, als sie die Tür öffnete. Charlotte erwartete sie erst in einer guten halben Stunde. Dadurch hatte sie jede Menge Zeit, um sich den Lesestoff für diese Woche auszusuchen.

„Miriam! Ich wusste nicht, dass Sie kommen würden."

Miriams Herz begann zu klopfen – sicherlich nur deshalb, weil sie über Richards Anblick hier in der Bibliothek erstaunt war. Sicherlich hatte es nichts damit zu tun, dass diese braunen Augen den Panzer zu durchdringen schienen, den sie um sich errichtet hatte. Diese Augen sahen anscheinend in sie hinein, in die wirkliche Miriam, die Bücher und Musik liebte und keine politischen Ambitionen hatte. Sicherlich raste ihr Herz nicht deshalb, weil sie begonnen hatte, unmögliche Träume zu träumen, Träume eines Lebens als Richards Ehefrau.

Miriam legte ihren Zeigefinger auf ihre Lippen. „Sie dürfen es niemandem erzählen", sagte sie mit gespielter Melodramatik. „Es ist ein tiefes, dunkles Geheimnis." Das war nur eine leichte Übertreibung.

„Was geben Sie mir, damit ich Ihr Geheimnis bewahre?" Richards Frage wurde von einem überaus vielsagenden Blick begleitet und sorgte dafür, dass Miriam zu kichern begann. Seine verspielte Seite war etwas, das sie an ihm bewunderte. Obwohl er genauso hart arbeitete wie Barrett, schien er mehr Spaß zu haben und fürchtete sich ganz sicher nicht davor zu lachen. Miriam war nicht davon überzeugt, dass Barrett wusste, wie das ging.

Als die Bibliothekarin die Stirn runzelte, deutete Richard auf die Tür. Sekunden später standen sie auf dem Treppenabsatz und versuchten, ihren Übermut unter Kontrolle zu bringen.

„Ich liebe die Bibliothek", gestand Miriam, „aber alle sind so ernst hier."

„Und Lesen macht Spaß oder sollte es zumindest."

Miriam nickte. „Ich wusste nicht, dass Sie gern lesen."

Obwohl sie eine scherzhafte Antwort erwartete, wurden Richards Augen ernst, als er sagte: „Es gibt viele Dinge, die Sie nicht über mich wissen."

„Erzählen Sie mir etwas davon. Dann sind wir Komplizen und kennen die Geheimnisse des jeweils anderen. Und", fügte sie in verschwörerischem Tonfall hinzu, „ich muss Sie nicht mehr bezahlen, damit Sie mein Geheimnis bewahren." Irgendwie musste sie Richards Stimmung heben. Vielleicht war dies der richtige Weg dafür.

Der Trick schien zu funktionieren, denn er hob eine Augenbraue. „So einfach kommen Sie mir nicht davon. Ich verlange immer noch eine Belohnung." Sein Blick schwenkte langsam von ihrem Hut hinunter bis zu ihren Stiefelspitzen, als suche er nach einem angemessenen Pfand. Als sein Blick zu ihren Lippen zurückkehrte und dort verweilte, spürte Miriam, wie sie errötete. Sicher würde er keinen Kuss verlangen. Kein Gentleman würde das tun, und doch schlug ihr Herz schon bei dem bloßen Gedanken ein bisschen schneller. Einen Moment später grinste Richard sie an. „Eine Hutnadel. Ist Ihr Geheimnis eine Hutnadel wert?"

Erleichtert und doch seltsam enttäuscht, nickte Miriam. Sie zupfte eine Nadel aus dem Hut heraus und reichte sie ihm. „Vollständig bezahlt."

„In der Tat." Richard steckte sie in seine Weste.

Miriam spürte, wie sie erneut errötete. Sie hatte zu viele Liebesromane gelesen. Das war die einzige Erklärung für ihre Vermutung, dass er die Stelle ausgesucht hatte, weil sie sich nah an seinem Herzen befand. Um ihre Verwirrung zu überspielen, fragte sie: „Wer ist Ihr Lieblingsautor?"

„Diese Woche?"

Sicherlich machte er Witze. Niemand war so wechselhaft. Obwohl sich die Jahreszeiten änderten, tat es Miriams Liebe zu den Werken von Mr Dickens nicht.

Richard nickte. „Bei mir ändert sich das jede Woche. Letzte Woche war es Dickens. Diese Woche Shelley."

„Shelley? Percy Bysshe Shelley?"

Richard nickte erneut. „Sie sind überrascht, nicht wahr? Ich sagte Ihnen doch, dass es viele Dinge gibt, die Sie nicht über mich wissen, eingeschlossen die Tatsache, dass ich die Dichter der Romantik bewundere."

Miriam kramte in ihrem Gedächtnis und versuchte, sich an eine Zeile aus einem von Shelleys Gedichten zu erinnern. „Ozymandias" war eine zu offensichtliche Wahl. Beinahe jeder kannte das. „Kraft, wie eine verheerende Seuche,/Befleckt, was immer sie berührt", rezitierte sie stattdessen.

Richard grinste und zögerte keine Sekunde. „Und Gehorsam,/ Verderben allen Genies, aller Tugend, aller Freiheit, aller Wahrheit,/ Macht Sklaven aus den Menschen und aus der menschlichen Gestalt/Einen mechanisierten Automaten."

Miriam schüttelte lachend den Kopf. „Ich kann Ihnen kein Bein stellen, oder? Ich wusste nicht, dass irgendjemand ‚Queen Mab, die Feenkönigin' auswendig kann."

„Es scheint, als gäbe es zumindest zwei Leute in Cheyenne, die das können. Also sagen Sie mir, Miss Miriam, die Shelley zitiert, welche anderen Dichter bewundern Sie?"

Und ehe sie sich versah, kam Miriam zu spät zu ihrer Anprobe.

Barrett pfiff vor sich hin, während er die Zügel schnalzen ließ. Er hatte noch fünfzehn Minuten Zeit, bis er bei Miriams Haus sein musste, und so fuhr er langsam und dachte lächelnd über Thanksgiving nach. Mrs Melnor hatte nicht mit der Wimper gezuckt, als sie David gesehen hatte, doch sie hatte darauf bestanden, Zuckerkekse zusammen mit einer Tasse ihrer berühmten heißen Schokolade zu servieren. „Kinder mögen meine Kekse", hatte sie verkündet.

Was der Mann dachte, der die Kunst perfektioniert hatte, ein ausdrucksloses Gesicht zu wahren, war immer schwierig herauszufinden. Mr Bradley hatte mit ernster Miene ein Tuch unter Davids Stuhl gelegt. „Nur für den Fall, dass etwas danebengeht", hatte er erklärt.

Harrison, vom Klang ungewohnter Schritte aus der Bibliothek angelockt, hatte sich zu ihnen ins Esszimmer gesellt und behauptet, dass der Tisch im Ungleichgewicht sei, wenn nur drei Leute daran säßen. Und obwohl er den Teller mit den Keksen an sich vorübergehen ließ, verbrachte er eine halbe Stunde damit, abwechselnd Charlotte und David seine Aufmerksamkeit zu schenken. Dabei fragte er sich laut, wie eine Dame mit braunen Haaren und makelloser Haut ein rothaariges Kind zustande gebracht hatte, das wahrscheinlich mit mehr Sommersprossen enden würde, als Barrett Kühe hatte. „Vieh", korrigierte sich Harrison.

Als deutlich wurde, dass niemand etwas über Davids Blindheit sagen würde, begann Charlotte zu leuchten. Das war das einzig passende Wort, denn ihr Lächeln und die Art, wie es ihr Gesicht veränderte, erinnerte Barrett an die Feuer, die er und sein Bruder früher in ihrem Kamin gemacht hatten. Zuerst waren ein paar Flammen an den Seiten aufgeflackert; dann, als das Holz Feuer gefangen hatte, war aus den Flammen ein helles Feuer geworden. Und genauso war Charlottes Freude gewachsen und hatte ihr Gesicht zum Leuchten gebracht. Als sie ins Haus gekommen war, hatten ihre Wangen und ihre Nasenspitze die verräterische Röte gezeigt, die zu viel Zeit in einem beißenden Wind mit sich brachte, aber als das Kältegefühl nachgelassen hatte und ihre Bedenken verschwunden waren, war Charlottes Lächeln erstrahlt und hatte einen Glanz auf ihrem Gesicht hinterlassen, der nichts mit dem Wetter zu tun gehabt hatte.

Barrett lächelte, als er die Central Avenue überquerte. Es war ein schöner Nachmittag für alle gewesen, einschließlich David. Er hatte gedacht, dass es vielleicht schwierig für das Kind wäre, von einem Schwall neuer Geräusche und Gerüche überfallen zu werden, aber David hatte sich schnell darauf eingestellt. Anscheinend hatte der Duft von Schokolade ihn davon überzeugt, dass er an einen guten Ort gekommen war, und er hatte „Ka-ko" gekräht, als Charlotte seine Hand zu dem Zinnbecher geführt hatte. Danach waren seine einzigen Geräusche ein lautes Schlürfen gewesen.

„Ho-ho." Als sich Barrett der Villa der Taggerts näherte, verlangsamte er die Pferde. Der Thanksgiving-Nachmittag war einer der angenehmsten gewesen, an die er sich erinnern konnte. Er konnte nur hoffen, dass der heutige Tag genauso erfreulich werden würde.

„Miss Taggert erwartet Sie im Salon", sagte der formell gekleidete Butler, als er Barrett Hut und Mantel abnahm. Obwohl der Mann sonst nichts sagte, war Barrett sicher, dass Mrs Taggert dort ebenfalls auf ihn wartete. Es wäre unschicklich für ihn und Miriam, keine Anstandsdame zu haben.

Er versuchte nicht die Stirn zu runzeln, während er über Charlottes Bedenken nachdachte. Obwohl er ihre Sorgen an dem Nachmittag zerstreut hatte, hatte er sich hinterher Gedanken gemacht, dass er vielleicht unrecht gehabt und jemand sie und David dabei beobachtet hatte, wie sie in sein Haus gekommen waren. Dann könnte es unangenehme Spekulationen gegeben haben. Glücklicherweise hatte Richard heute Morgen, als er mit ihm gesprochen hatte, nichts gesagt. Das musste bedeuten, dass es kein Gerede gegeben hatte. Barrett hoffte, dass dem so war, denn er wollte auf keinen Fall Charlotte Unannehmlichkeiten bereiten. Ihr Leben war schon schwierig genug, ohne dass er es verkomplizierte.

„Guten Tag, Miriam." Da er wusste, dass sie Förmlichkeit mochte, verneigte sich Barrett ein wenig vor ihr und behielt dabei seine linke Hand hinter seinem Rücken. „Sie sehen heute besonders hübsch aus."

Das blassblaue Kleid betonte ihr goldenes Haar und verlieh ihr die Erscheinung der Eisprinzessin aus dem Märchenbuch, das zu Weihnachten einer der Verkaufsschlager im Ladengeschäft der Landrys gewesen war. Miriam würde sich wahrscheinlich geschmeichelt fühlen, wenn er ihr das erzählte. Sie wäre jedoch nicht erfreut, wenn sie wüsste, dass ihr kühles Lächeln ihn an Charlotte denken ließ und dass es im Vergleich zu der Wärme, die Charlottes Lächeln ausstrahlte, kalt und gezwungen wirkte. Dies war absurd. Barrett besuchte die Frau, die er zu heiraten gedachte. Er sollte dabei nicht an Charlotte denken.

„Es ist immer eine Freude, Sie zu sehen, Mrs Taggert." In der Hoffnung, dass sein Lächeln echt wirkte, trat Barrett einen Schritt in den Raum hinein. Dieser war mit Möbeln vollgestopft, die Miriams Mutter aus Frankreich importiert hatte.

Sein Gesichtsausdruck musste gelungen sein, denn sie tippte sich an die Wange und warf ihm im Gegenzug ein spielerisches Lächeln zu. „Sie sind ein Schmeichler, Barrett Landry, aber ich mag das. Ihre Redegewandtheit wird Ihnen in der Politik gute Dienste leisten." Sie griff nach ihrer Stickerei und erhob sich von der Couch. „Ich weiß, dass ihr beiden Dinge zu besprechen habt. Macht euch keine Gedanken. Ich werde nicht lauschen." Mrs Taggert ließ sich auf einem Stuhl in der äußersten Ecke des Raumes nieder und neigte ihren Kopf über ihre Handarbeit. Sie war die perfekte Anstandsdame: anwesend, aber nicht aufdringlich.

Als Miriam auf den Stuhl deutete, der ihrem gegenüberlag, streckte Barrett seine linke Hand aus und reichte ihr die Schachtel mit Süßigkeiten, die er hinter seinem Rücken versteckt gehalten hatte. „Es ist nur eine Kleinigkeit, aber ich dachte, Sie hätten vielleicht Freude daran."

Sicher war das keine Enttäuschung, was er in ihren Augen sah, oder? Ein Mann, der einer Frau den Hof machte, hatte nur wenig Auswahl an Geschenken. Blumen, Bücher und Süßigkeiten waren annehmbar, andere Dinge hingegen sehr viel riskanter. Zu dieser Jahreszeit bekam man keine Blumen in Cheyenne und seines Wissens hatte Miriam keine Freude am Lesen. Also blieben nur Süßigkeiten übrig.

Er musste sich getäuscht haben, denn Miriam lächelte, als sie die Schachtel öffnete und den Deckel entfernte. „Danke, Barrett." Sie wartete, bis er sich gesetzt hatte, und lehnte sich dann ein bisschen nach vorn. „Sie brauchen keine Geschenke mitzubringen. Ich weiß, dass Sie mir den Hof machen.“

Barrett blinzelte, unsicher, was er darauf antworten sollte. Es stimmte zwar, dass er ihr den Hof machte, doch erschien es ihm irgendwie unpassend, dass sie es so offen aussprach. Er entschied, das Thema zu umgehen.

„Ich hoffe, Sie mögen Mr Ellis' Konfekt“, sagte Barrett. Erleichtert sah er, dass Miriam eine Praline in ihren Mund steckte und sie anscheinend genoss. „Er ist dabei, ein paar neue Geschmacksrichtungen für Weihnachten herzustellen. Er will mir nicht sagen, was es ist, aber er hat versprochen, mir eine Auswahl zurückzulegen.“

Barrett hatte sogar zwei Schachteln reserviert, aber es gab keinen Grund, Miriam zu erzählen, dass er Charlotte und David eine zukommen lassen wollte.

„Das ist nett.“ Miriam betrachtete die Pralinen, als würde sie darüber nachdenken, eine zweite zu nehmen, dann machte sie mit Entschiedenheit den Deckel wieder zu. „Die Einladungen gehen morgen raus, aber meine Eltern und ich hoffen, dass Sie an unserer Weihnachtsfeier teilnehmen werden.“

Einladungen zu der Zusammenkunft der Taggerts am Weihnachtsabend waren genauso hoch angesehen wie eine Mitgliedschaft im Cheyenne-Club. Die Feier fand zwischen acht und elf statt und diente dem Zweck, die Zeit zu überbrücken, bis sich die Gäste auf den Weg zur Kirche machten. Barrett hatte gewusst, dass er eingeladen werden würde. Er wusste auch, was Miriams Eltern von ihnen erwarteten: dass sie spätestens am ersten Weihnachtstag ihre Verlobung bekannt geben würden. Die Feier wäre der ideale Zeitpunkt.

„Ja, natürlich, ich habe vor, dort zu sein.“

Aus dem Augenwinkel sah Barrett Mrs Taggert nicken. Sie hatte genauer zugehört, als ihm klar gewesen war. Vielleicht war das der Grund, weshalb Miriam ihre Stimme senkte, als sie fragte: „Haben Sie schon mal irgendetwas von Shelley gelesen?“

Was für eine seltsame Frage. Sie hatten über Weihnachten gesprochen. Sicherlich deutete Miriam nicht an, dass sie ein Buch anstelle eines Verlobungsringes haben wollte.

„Ich fürchte nicht“, gestand er. „Eine unserer Kundinnen hatte damals in Northwick eine Ausgabe von Frankenstein bestellt, sagte aber, es hätte ihr nicht gefallen. Wir haben nie eine weitere bekommen."

Dieses Mal gab es keinen Zweifel daran. Miriams Augen spiegelten Enttäuschung wider. „Nicht Mary Shelley. Percy. Der Dichter."

Barrett schüttelte den Kopf. „Ich hatte nie Zeit zum Lesen." Miriam schien nicht zu verstehen, wie anders als ihres sein Leben gewesen war. Während sie die verwöhnte Tochter eines wohlhabenden Zeitungsverlegers gewesen war, hatte er in einem Laden gearbeitet, um seine Familie zu ernähren. Und wenn der Laden abends zugemacht worden war, hatte es immer Arbeit gegeben – Holz hacken, Wasser pumpen, Kuh melken –, ganz zu schweigen vom Reparieren des Hauses und der Nebengebäude. Barretts Leben war alles andere als geruhsam gewesen.

„Das ist in Ordnung. Ich verstehe." Miriam warf ihrer Mutter einen kurzen Blick zu. „Mama hofft, dass Sie auch mit uns zur Kirche gehen werden."

„Es wäre mir ein Vergnügen." Wenn der Abend so verlief, wie Barrett es plante, würde das die erste von vielen Gelegenheiten sein, bei denen er mit Miriam und ihren Eltern die Gottesdienste besuchte. Denn obwohl es Miriam war, die er heiratete, gab es keinen Zweifel daran, dass er sich mit der gesamten Taggert-Familie verband.

Miriam blickte erneut zu ihrer Mutter hinüber. „Mama sagt, wir seien das perfekte Paar."

Barrett begriff, dass – zumindest in Miriams Denken – alles, was Mrs Taggert behauptete, wahr sein musste. Er schluckte und versuchte, nicht vor dieser Erkenntnis zurückzuschrecken.

ℭ𝔖

„Der rote Samt steht dir perfekt." Das war keine Schmeichelei. Der prächtige Stoff betonte Miriams gertenschlanke Figur und der rubinrote Ton brachte Farbe in ihr Gesicht.

„Ich liebe diesen Stil." Miriam strich über den weichen Stoff. „Du hattest wieder einmal recht."

Anders als die meisten Abendkleider, die Charlotte entwarf, hatte dieses Kleid lange Ärmel und einen hohen Ausschnitt, weil Miriam verkündet hatte, dass sie es sowohl zur Kirche als auch zu der jährlichen Feier am Weihnachtsabend tragen wollte.

„Ich fühle mich wie eine Königin in diesem Kleid."

„Und das solltest du auch." Miriam hatte zwar nichts gesagt, doch einige andere Kundinnen hatten ausführlich darüber spekuliert, ob Miriams und Barretts Verlobung bei der Feier der Taggerts bekannt gegeben werden würde. Es gab keinen Grund – absolut keinen Grund –, warum der Gedanke dafür verantwortlich sein sollte, dass sich in Charlottes Magengrube ein Kloß gebildet hatte. Miriam verdiente einen wundervollen Ehemann und Charlotte hatte keinen Zweifel daran, dass Barrett ein solcher Ehemann sein würde. Wenn sie nebeneinanderstanden, schienen sie das perfekte Paar zu sein. Dass Charlotte sie sich nicht als Mann und Frau vorstellen konnte, nun … das war ihr persönliches Problem.

Es gelang ihr, ein wenig zu lächeln. „Wenn du dieses Kleid trägst, wird es ihm nicht gelingen, seinen Blick von dir loszureißen."

Miriams Lächeln verbreiterte sich. „Ich hoffe es. Manchmal glaube ich, dass er gar nicht bemerkt, was ich trage, aber das stört mich nicht – nicht wirklich. Es ist so beglückend, mit ihm zusammen zu sein und über all die Dinge zu sprechen, die wir gemeinsam haben. Er ist der einzige Mann, den ich kenne, der gern über Poesie spricht."

Das klang nicht nach Barrett. Charlotte hätte gedacht, dass er wahrscheinlich eher über aktuelle Ereignisse aus Cheyenne oder die Kälberzucht im nächsten Frühling sprechen würde. Dies und seine Hoffnung für die Zukunft von Wyoming waren die Themen gewesen, über die er gesprochen hatte, als sie gemeinsam Kakao am Thanksgiving-Nachmittag getrunken hatten. Es schien, als wäre Barrett ein anderer Mensch, wenn er mit Miriam zusammen war. Als sich Charlotte daran erinnerte, dass das ganz natürlich war, verblasste ihr Lächeln. Ein Mann behandelte seine zukünftige Frau anders als eine flüchtige Bekannte.

„Er kann sogar Shelleys ‚Feenkönigin' zitieren", fuhr Miriam fort. „Kennst du das?"

Charlotte nickte. „Das ist nicht mein Lieblingsgedicht, aber ich musste es in der Schule auswendig lernen."

Miriams grüne Augen funkelten vor Begeisterung, als sie fragte:

„Bist du mit Shelley einer Meinung, dass Gehorsam Sklaven aus den Menschen macht?"

Während die Zeilen des Gedichts durch ihren Kopf hallten, arrangierte Charlotte die kleine Schleppe von Miriams Kleid. „Ich schätze, das würde auf den Zusammenhang ankommen."

„Die Bibel sagt, dass wir unsere Eltern ehren sollen, daher versuche ich, meinen zu gehorchen. Und ich weiß, dass ich meinem Ehemann gehorchen sollte, aber …" Miriam drehte sich langsam vor den beiden Spiegeln, die Charlotte aufgestellt hatte. Dabei betrachtete sie ihr Kleid von allen Seiten. „Ich bin verwirrt. Ich möchte nicht, dass meine Ehe wie Sklaverei werden wird."

„Das wird sie nicht." Obwohl das Leben mit Jeffrey alles andere als perfekt gewesen war, hatte sich Charlotte niemals versklavt oder auch gefangen gefühlt. Sie hatte einfach nur das Gefühl gehabt, Jeffrey würde sie nicht so lieben, wie ihr Vater ihre Mutter geliebt hatte. „Wenn ihr einander liebt, ist es keine Sache von Gehorsam oder Sklaverei. Ihr respektiert einander und deshalb würde keiner von euch etwas tun, um den anderen zu verletzen."

Mama und Papa hatten aufeinander gehört; sie hatten Entscheidungen zusammen getroffen. Nicht ein einziges Mal hatte Charlotte ihren Vater fordern hören, dass Mama etwas einfach nur deshalb tun soll, weil es sein Wunsch war.

„Ich hatte gehofft, dass du das sagen würdest. Danke, Charlotte." Miriams Lächeln war wieder strahlend. „Ich weiß nicht, was ich ohne dich tun würde."

„Bist du sicher, dass du nicht doch noch bleiben willst?" Barrett stampfte mit den Füßen auf den Boden und versuchte sie zu wärmen. Er stand zusammen mit Harrison am Bahnhof und wartete darauf, dass der Zug einfuhr. „Ich hatte gehofft, du würdest zu Weihnachten hier sein."

Harrison schüttelte den Kopf. „Meine Füße beginnen zu jucken."

„Komisch, meine verwandeln sich in Eis."

„Das ist ein weiterer Grund, weshalb ich abreisen muss. Es ist zu kalt hier."

Barrett tat so, als wäre er verletzt, aber Harrison grinste. „Ich will nicht, dass Camden sich daran gewöhnt, den Laden ganz allein zu führen. Er und Susan könnten zu dem Entschluss kommen, dass sie mich nicht mehr brauchen.“

„Wenn das passiert, kannst du jederzeit zurückkommen und vielleicht die Pferde züchten, von denen du gesprochen hast. Du müsstest dir keine Sorgen darüber machen, wo du lebst. Du weißt, dass ich jede Menge Platz für dich habe.“

Das entfernte Pfeifen kündigte das Herannahen des Zuges an.

„Vielleicht jetzt“, sagte Harrison mit betrübtem Gesichtsausdruck, „aber sobald du verheiratet bist, werden sich die Dinge ändern. Deine Frau will vielleicht keinen Gast im Haus haben.“

Barrett konnte nicht glauben, dass Harrison solchen Unsinn von sich gab. „Das ist absurd. Du wirst in meinem Haus immer willkommen sein.“

„Ach, kleiner Bruder, das verstehst du nicht.“ Harrison griff nach seinem kleinen Koffer. „Sobald du verheiratet bist, ist es ihr Haus.“

Warren grinste, als er seine Arme in die Hemdsärmel gleiten ließ. Vor zwei Monaten hätte er es noch nicht für möglich gehalten, aber seine Träume waren dabei, wahr zu werden. Zum ersten Mal hatte er einen Grund zum Feiern. Dieses Thanksgiving war das erste gewesen, an dem er wirklich dankbar gewesen war. Das war unerwartet. Gwen jedoch auch. Sie wäre die perfekte Frau. Sie war nicht schön, aber er war alt genug, um zu wissen, dass Schönheit überbewertet wurde. Was Gwen besaß, war sehr viel wertvoller als körperliche Schönheit. Sie hatte das, was seine Mutter Klasse genannt hätte. Sie hatte gute Manieren, war eine Frau der leisen Töne und verspürte niemals das Bedürfnis, die Aufmerksamkeit auf sich zu ziehen.

Warren schloss den letzten Knopf, bevor er nach seinem Kragen griff. Wenn sie verheiratet wären, dann würde Gwen – so hoffte er jedenfalls – seine Krawatte binden und seine Kragenspitzen richten, bis sie perfekt saßen. Er hatte gesehen, wie seine Mutter bis zu dem Tag, an dem Pa gestorben war, diese Aufgaben für seinen Vater übernommen hatte. Warren wusste nicht, ob das zu jeder Ehe dazugehörte. Alles, was er wusste, war, dass der Gedanke an Gwen, die nah bei ihm stand und beim Richten der Krawatte vielleicht seine Wangen streifte, erstaunlich reizvoll war.

Sie war nicht wie Sylvias Mädchen. Gwen war eine außergewöhnliche Frau. Mehr als das – sie war eine Lady. Die Männer, die Entscheidungen über eine Mitgliedschaft im Club trafen, würden das erkennen. Sie würden beeindruckt sein, genauso wie Gwen ganz offensichtlich von ihm beeindruckt war. Liebe – wenn es das war, was er fühlte – sollte erwidert werden. Das tat Gwen. Und was genauso wichtig war: Sie verspürte nicht das Bedürfnis, zu viele Fragen zu stellen. Sie schien mit den Informationen, die er ihr gab, zufrieden zu sein und bohrte nicht zu tief. Anders als seine frühere Partnerin war Gwen nicht neugierig. Die andere Frau …

Warren machte ein finsteres Gesicht, als er sich an die letzte Begegnung mit der Frau erinnerte, die ein halbes Dutzend Jahre lang seine Partnerin gewesen war. Obwohl er ihr nur sehr wenig erzählt hatte, hatte sie irgendwie zu viel über ihn erfahren – oder geschlussfolgert. Das hatte ihm keine andere Wahl gelassen, als sie umzubringen. Er hatte gesehen, wie schockiert sie in ihrem letzten Moment gewesen war, als sie begriffen hatte, was passieren würde. Und er wusste, dass sie sich an seinen Eid erinnert hatte, niemals eine Frau zu töten. Das hatte er auch nicht. Bis zu dieser Nacht. Aber es hatte keine Alternative gegeben. Er konnte nicht riskieren, dass irgendjemand Warren Duncan mit dem Mann in Verbindung brachte, der bei einer Reihe erfolgreicher Postkutschenüberfälle federführend gewesen war. Das war der Grund, weshalb die Frau, die in jener Nacht die einzige Insassin im Wachhaus von Fort Laramie gewesen war, hatte sterben müssen.

Gwen würde keine Fragen stellen. Sie würde nicht herumschnüffeln. Sie würde ihm glauben, wenn er ihr erzählte, dass er sich einen oder zwei Abende im Monat mit einem Klienten treffen musste. Sie würde niemals mitbekommen, dass es keinen Klienten gab und dass er zu Sylvia ging.

Gwen wäre perfekt. Alles, was er brauchte, war Großnases Geld, sodass er ein Haus bauen konnte. Ein großes Haus. Eines, mit dem er Joseph Careys Haus Konkurrenz machen konnte. Sobald mit dem Bau begonnen wäre, würde der Cheyenne-Club begreifen, dass

Warren Duncan ein Mann war, den man als Mitglied haben wollte. Aber dafür brauchte er mehr Geld, als er hatte. Die Frage blieb, wo es sich befand. Nur eine Person wusste das, doch diese Person war verschwunden.

Warren ging zum Fenster und starrte auf die Straße. Wo war die Witwe Crowley? Die Leute im Fort hatten behauptet, sie hätte ihr Kind zurück nach Vermont gebracht. Obwohl die Geschichte plausibel klang, war sie eine Lüge. Warren hatte einen Boten nach Osten geschickt, um sie zu finden, aber niemand in Vermont hatte Charlotte Crowley seit ihrer Heirat gesehen. Die Stadt war immer noch mit der Neuigkeit beschäftigt, dass ihre Schwester einen Soldaten geheiratet hatte. Als ob das Warren interessierte! Ganz und gar nicht. Alles, was ihn interessierte, war Jeffrey Crowleys Witwe und das Gold, das sie irgendwo hortete.

Wo war sie? Warrens Blick verfinsterte sich erneut. Es brachte nichts, aus dem Fenster zu sehen. Die Witwe Crowley war nicht in Cheyenne und auch nirgendwo anders in Wyoming. Jedermann wusste, dass sich das Gold, das Großnase aus der Postkutsche geraubt hatte, auf ein Vermögen belief. Mit so viel Geld konnte sie überall leben – Paris, London, New York. Es war kein Wunder, dass sie nicht in eine rückständige Stadt in Vermont zurückgekehrt war. Die Witwe Crowley lebte irgendwo ein Leben im Luxus. Er würde herausfinden, wo.

Denn das Gold war für ihn bestimmt.

Kapitel 11

Es war erstaunlich, wie leer das Haus wirkte. Barrett ging eilig die Ferguson Street hinab und war dankbar, dass er einen Ort verlassen konnte, der jetzt so still wirkte wie die leere Prärie. Harrison war weniger als zwei Monate in Cheyenne gewesen, aber lang genug, damit sich Barrett an die Gesellschaft seines Bruders gewöhnt hatte. Jetzt, wo er weg war, schienen Barretts Tage länger als sonst zu sein und seine Mahlzeiten endlos. In der Hoffnung, die unerwartete Einsamkeit zu verbannen, war er zur Ranch geritten. Zumindest dort hatte es gute Neuigkeiten gegeben. Dustin hatte keine weiteren toten Rinder gefunden und auch der Schnee war geschmolzen. In Kombination mit dem Heu, das er und Harrison zur Ranch gebracht hatten, stand dem Vieh jetzt wieder genug Nahrung zur Verfügung. Sicher war es nur Barretts Einbildung, dass sie ein bisschen dünner wirkten als letztes Jahr, denn Dustin behauptete, sie seien genauso schwer wie sonst.

Während sich Barrett seinem Ziel näherte, sagte er zu sich selbst, er sollte glücklich sein. Bis Weihnachten, von jeher eine seiner Lieblingszeiten im Jahr, dauerte es kaum mehr einen Monat. Das war der Grund, weshalb er *Mullens Juwelen und Schmuck* besuchte.

„Guten Tag, Mr Landry", sagte Mr Mullen, als Barrett den Laden betrat. Mit seiner mittleren Größe, seinem unauffälligen Haar und seinen mittelbraunen Augen wäre der Mann in jeder Menge untergegangen, hätte es da nicht seinen Schnurrbart gegeben. Er war dicker als üblich und mithilfe von Wachs in aufwendige Kringel gedreht, die einige Zentimeter über seine Wangen hinausragten. „Kann ich Ihnen heute etwas zeigen?"

Barrett näherte sich dem Haupttresen und deutete auf eine Ringauslage. „Ich hätte gerne einen Ring für eine Dame."

Mr Mullen nickte und zog dabei an einem Ende seines Schnurrbartes. „Haben Sie eine besondere Art von Ring im Sinn?"

„Verlobung." War es schon wieder seine Einbildung oder klang seine Stimme angestrengt? Harrison behauptete, das sei normal.

Selbst Camden, den normalerweise nichts aus der Fassung brachte, sei nervös gewesen, als er Susan einen Heiratsantrag gemacht hatte. Trotzdem mochte Barrett das Gefühl nicht, eine unbekannte Welt zu betreten.

„Sehr gut. Wir haben ein paar hervorragende Exemplare." Mr Mullen öffnete eine Schublade, dann blickte er zu Barrett hoch. „Suchen Sie nach einem Diamanten oder nach farbigen Steinen?"

Dies war definitiv eine neue Welt. Barrett konnte sich nicht daran erinnern, ob der Ring seiner Mutter überhaupt Steine gehabt hatte, und er hatte nicht daran gedacht, Harrison zu fragen, welche Art von Ring Camden Susan geschenkt hatte. Er zuckte mit den Achseln. „Ich bin nicht sicher. Warum zeigen Sie mir nicht, was Sie haben?"

Der Juwelier nickte und legte ein Tablett mit Ringen vor Barrett auf den Tresen. „Jeder von diesen hier würde einer Dame gefallen."

Die Auswahl war größer, als Barrett erwartet hatte, mit Steinen in jeder Regenbogenfarbe. Obwohl er die Rubine, Saphire und Smaragde schön fand, wurde sein Blick von einem Ring gefesselt, der ihn an eine Blume erinnerte. Sechs Blütenblätter einer ungewöhnlich milchigen Farbe umgaben einen Diamanten in der Mitte.

„Bei diesen Steinen handelt es sich um Opale", erklärte Mr Mullen, als er sah, worauf Barretts Blick gerichtet war. „Sie haben den ganzen Weg von Australien hierher zurückgelegt." Er zog den Ring aus der Schachtel und reichte ihn Barrett. „Halten Sie ihn ins Licht."

Als Barrett das tat, entdeckte er, dass die Opale keine eindeutige Farbe hatten, wie er geglaubt hatte. Stattdessen schimmerten sie rot und gold und grün. Als er den Ring drehte, offenbarte jeder neue Blickwinkel eine andere Farbkombination. Er atmete tief durch, während er auf das schönste Schmuckstück starrte, das er jemals gesehen hatte. Dieser Ring besaß Tiefen, die er niemals für möglich gehalten hatte.

„Sie haben eine gute Wahl getroffen, Mr Landry. Dies ist mein schönster Ring. Jede Dame wäre stolz, ihn an ihrem Finger zu haben."

Nicht irgendeine Dame. Wieder erschien Charlottes Gesicht vor seinem geistigen Auge. Dies war der perfekte Ring für sie, eine

Frau, deren Seele so tief und unergründlich war wie die Opale, eine Frau, die funkelte wie der Diamant, eine Frau, deren Schönheit die Pracht des Ringes vervollständigen würde. Dies war Charlottes Ring, aber er kaufte keinen Ring für sie.

Widerwillig gab Barrett den Opal an den Juwelier zurück. „Ich denke, ein Diamant wäre besser. Ein großer."

Mr Mullen versuchte, seine Enttäuschung zu verbergen, und legte den Opalring zurück auf das Tablett mit den farbigen Steinen. Dann zog er eines hervor, auf dem sich nur Diamanten befanden. „Auch dies sind ausnahmslos schöne Ringe", sagte er.

Und das waren sie. Obwohl keiner mit der Schönheit des Opals zu vergleichen war, handelte es sich hier um Ringe, von denen Barrett sich vorstellen konnte, dass Miriam sie trug. Er entschied sich für einen mit einem großen ovalen Stein in einer einfachen Fassung. Miriam würde es gefallen, dass der Stein ein bisschen anders war als der runde am Ring ihrer Mutter. Wahrscheinlich würde sie es genießen, dass der Diamant größer war als bei Mrs Taggert. Ja, dies war der Ring für Miriam.

Während der Juwelier nach einer Schachtel suchte, wanderte Barrett im Laden umher und betrachtete die Auslagen in den anderen Vitrinen. Eigentlich hatte er nicht die Absicht, ein zweites Schmuckstück zu kaufen. Aber als er ein goldenes Filigranarmband sah, blieb er stehen und sah genauer hin. „Ich nehme dies hier auch noch", sagte er zu Mr Mullen.

Der Mann zwirbelte am Ende seines Schnurrbartes herum. „Ihre Dame wird sehr glücklich sein."

„Ich hoffe es."

Er sollte ebenfalls glücklich sein, sagte Barrett auf dem Weg nach Hause zu sich selbst. Er hatte einen Ring für Miriam gefunden. Ihr Vater hatte sein Werben um Miriam bereits gutgeheißen. Alles, was Barrett tun musste, war, ihr einen Antrag zu machen, sie zu bitten, ihn zu heiraten. Er würde das tun. Bald. Und dann würden sie anfangen, ihr gemeinsames Leben zu planen. Die Aussicht darauf sollte ihn mit Glück oder zumindest Vorfreude erfüllen. Aber das tat sie nicht. Er fühlte sich genauso leer wie zu dem Zeitpunkt, als er von zu Hause weggegangen war.

Obwohl sich sein Haus auf der östlichen Seite der Straße befand, blieb Barrett auf der westlichen Seite. Dabei handelte es sich um ein Ritual, das er an dem Tag begonnen hatte, an dem er Charlotte kennengelernt hatte. Immer wenn er sich auf dieser Höhe der Ferguson Street befand, ging er zu ihrem Laden hinüber und betrachtete die Auslagen im Glasfenster. Manchmal sah er sie und winkte ihr zu. Das waren die guten Tage. Bei anderen Gelegenheiten gab es, obwohl der Laden geöffnet war, keine Spur von ihr. Er vermutete dann, dass sie in ihrem Arbeitszimmer war und konzentriert arbeitete. An solchen Tagen verspürte er so etwas wie Enttäuschung.

Barrett versuchte schon aus weiter Entfernung zu erkennen, ob der Laden offen war, und als er das tat, sah er, wie Charlotte die Tür abschloss. Als er sie erreichte, hatte sie bereits begonnen, die Stufen zu ihrer Wohnung hinaufzusteigen.

„Charlotte!“, rief er zur Begrüßung. „Ich bin überrascht, dass Sie nicht mehr im Laden sind.“

Sie drehte sich um und hob ihre Arme, in denen sie meterlange Stoffbahnen trug. „Ich muss heute Abend drei Kleider fertigstellen, daher habe ich den Laden geschlossen, um oben zu arbeiten.“

Barrett erinnerte sich. Obwohl sie im Laden selbst ein Arbeitszimmer besaß, hatte sie gesagt, dass sie die Handarbeit ihrer Meinung nach schneller beendete, wenn sie in ihrer Wohnung war. Für ihn ergab das keinen Sinn, denn er wusste, dass David sie unterbrechen würde. Allerdings vermutete Barrett, dass Charlotte die Unterbrechungen lieber waren als Sorgen darüber, was ihr Sohn gerade trieb.

Seit dem ersten Mal, als er sie mit David gesehen hatte, hatte sich Barrett über ihre Entscheidung gewundert, ein Modegeschäft zu eröffnen. Obwohl es keinen Zweifel daran gab, dass sie talentiert war, fragte er sich, warum Charlotte nicht den Weg gewählt hatte, den die meisten Witwen beschritten hätten: eine zweite Ehe. Wenn sie wieder geheiratet hätte, hätte sie den Laden nicht aufmachen müssen und wäre in der Lage gewesen, all ihre Zeit mit David zu verbringen. Eine so schöne Frau wie Charlotte hatte zweifellos eine große Auswahl an Ehekandidaten, besonders hier in Wyoming, wo es weit mehr Männer als Frauen gab. Witwen machten hier oft eine gute Partie, häufig noch bevor ihr Trauerjahr zu Ende war, manchmal sogar nur Tage nach dem Tod ihres ersten Ehemannes. Der einzige Grund, den Barrett sich dafür vorstellen konnte, dass Charlotte immer noch unverheiratet war, war seine Vermutung, dass niemand bereit war, eine Witwe mit einem blinden Kind zu heiraten. Wie konnte man nur so dumm sein!

Als Barrett bemerkte, dass er ärgerlich seine Fäuste geballt hatte, lockerte er sie wieder. Dann neigte er seinen Kopf in Richtung ihrer Näharbeit und sagte: „Ich verstehe. Sie brauchen keine zusätzlichen Unterbrechungen. Es ist nur ... Ich dachte, ich komme vorbei und sehe mal nach, wie es David geht." *Und seiner Mutter.* Obwohl Gedanken an Charlotte niemals weit weg waren, war es Barrett diesmal unmöglich gewesen, an irgendetwas anderes zu denken, seit er Mr Mullens Laden verlassen hatte. Er musste nicht die Augen schließen, um sich auszumalen, wie er den Opalring an ihren schlanken Finger steckte. Auch war es nicht schwierig, sich ihr freudiges Lächeln vorzustellen.

Charlotte lächelte und eine Sekunde lang fragte sich Barrett, ob sie seine Gedanken gelesen hatte. Das war wohl nicht der Fall, denn ihre Worte waren sachlich. „Sie dürfen gerne hereinkommen. Ich kann nicht versprechen, dass ich eine gute Gesellschaft abgeben werde, aber David wird sich über Ihren Besuch freuen."

Als sie den Treppenabsatz erreichten, öffnete Barrett die Tür. Charlotte warf ihm ein dankbares Lächeln zu und eilte in die Wohnung. Die Sehnsucht nach ihrem Sohn war beinahe greifbar.

„David, ich bin zu Hause", rief Charlotte und legte den Stoff auf den Tisch. David gab einen begeisterten Aufschrei von sich und robbte auf sie zu. Er krabbelte schneller, als Barrett das bei einem Kind für möglich gehalten hätte. Als Charlotte ihren Sohn auf den Arm nahm und ihn küsste, lächelte ihr Gwen, die sich auf der gegenüberliegenden Seite des Raumes befand, zur Begrüßung zu.

„Du bist ein Glückspilz, David. Mr Landry ist gekommen, um dir einen Besuch abzustatten", sagte Charlotte, während sie ihm durch die Haare wuschelte.

Obwohl David sein Gesicht zu Charlotte gedreht hatte, damit sie ihm noch einen Kuss geben konnte, begann er sich jetzt zu wehren und signalisierte eindeutig, dass er nicht länger auf dem Arm bleiben wollte. „Bau!", rief er.

Charlotte warf Barrett ein klägliches Lächeln zu. „Ich habe Ihnen ja gesagt, dass es sein Lieblingsspielzeug ist“, seufzte sie, als sie ihren Sohn zurück auf den Boden setzte. „Das scheint zu bedeuten, dass Sie jetzt seine Lieblingsperson sind. Früher durfte ich ihn viel länger halten.“

„Vielleicht weiß er, dass Sie arbeiten müssen.“

„Vielleicht.“ Charlottes Lächeln besagte das Gegenteil. „Aber ich werde mich nicht beklagen, denn ich muss tatsächlich nähen.“ Sie nahm das purpurfarbene Kleid und einen Haufen Spitze vom Tisch und setzte sich auf das Sofa im Wohnzimmer.

„Wo ist Rose?“, fragte sie Gwen.

„Sie hält ein Schläfchen. Ich hätte nicht gedacht, dass das möglich ist, aber das Spielen mit David hat sie heute erschöpft.“

Selbst wenn er am Ende des Nachmittags ebenfalls erschöpft wäre, würde es sich dabei um einen geringen Preis für die Zeit handeln, die Barrett mit Charlotte verbringen konnte.

Gwen erhob sich und ging auf die Tür zu, die, wie Barrett vermutete, in das vordere Schlafzimmer führte. „Ich werde Rose beschäftigen, wenn sie aufwacht. Auf diese Weise wird sie euch nicht stören.“

„Rose stört nicht.“

Bei Charlottes Worten verzogen sich Gwens Lippen zu einem Lächeln. „Mr Landry ist nicht an *ein* Kind gewöhnt und schon gar nicht an zwei. Wir wollen ihn ja nicht vertreiben.“ Sie schloss leise die Tür hinter sich und ließ Barrett mit Charlotte und ihrem Sohn allein.

David saß auf dem Boden und presste den Ball an seine Brust.

„Ich sehe, dass du deinen Ball hast, David. Willst du ihn zu mir herüberrollen?“

Als David seinen Griff um das Spielzeug verstärkte, schüttelte Charlotte den Kopf. „Er will es immer noch nicht tun. Ich denke, er befürchtet, ihn zu verlieren.“

Barrett schloss für einen Moment seine Augen und versuchte sich vorzustellen, wie es sich für David anfühlen musste, sein Spielzeug loszulassen und nicht zu wissen, wohin es sich bewegte. Es musste wirklich beängstigend sein, und doch verpasste er so viel, wenn er nicht damit spielte. Es musste einen Weg geben, dem kleinen Jungen zu zeigen, dass es Spaß machte, den Ball zu rollen.

Anscheinend überzeugt, dass ihm niemand das Spielzeug wegnehmen würde, legte David den Ball von der einen Hand in die andere. Er schien zufrieden damit zu sein, mit sich allein zu spielen. Barrett wandte seine Aufmerksamkeit wieder Charlotte zu, die dabei war, Spitze an einem Teil des purpurroten Kleides zu befestigen. „Das Geschäft muss gut laufen."

Sie nickte, ohne von den kleinen Stichen aufzublicken, die sie machte. „Ich habe doppelt so viele Bestellungen wie im letzten Monat. Wenn das so weitergeht, muss ich vielleicht eine weitere Mitarbeiterin einstellen, besonders wenn ich anfange, Brautkleider zu nähen." Sie verknotete den Faden, dann schnitt sie ihn nahe an der Spitze ab. „Brautkleider brauchen beträchtlich mehr Zeit als normale Kleider."

„Die Kunden sind wahrscheinlich auch wählerischer." Obwohl Barrett bezweifelte, dass Miriam eine schwierige Kundin war, war er sicher, dass ihre Mutter darauf bestehen würde, in die Herstellung des Hochzeitskleides miteinbezogen zu werden. Barrett konnte sich vorstellen, wie Mrs Taggert ihre Meinung im Hinblick auf die Position eines Stückes Spitze ein Dutzend Male änderte, bevor sie zufrieden war und fand, dass es absolut perfekt war.

Charlotte sah Barrett mit gespieltem Entsetzen an. „Das hatte ich nicht berücksichtigt. Ich sollte wahrscheinlich doppelt so viel wie üblich in Rechnung stellen."

„Irgendwie kann ich mir nicht vorstellen, dass Sie das tun."

„Wahrscheinlich nicht. Es würde mir wie Diebstahl vorkommen."

„Bau!" Offenbar langweilte die Unterhaltung der Erwachsenen David und er hämmerte sein Spielzeug lautstark auf den Boden.

„Ich denke, Ihr Sohn erinnert mich daran, dass ich mit ihm spielen sollte." Barrett grinste, während er sich auf den Fußboden setzte. „In Ordnung, David. Ich bin hier." Er berührte den Oberschenkel des Jungen, sodass er merkte, wie nah Barrett war. „Roll den Ball zu mir."

„Nein!"

Charlotte lachte in sich hinein. „Sie haben sein neues Lieblingswort entdeckt."

Barrett beugte sich näher zu David herüber. „Ja, David. *Ja.*" Er betonte das Wort. „Bälle sind zum Rollen da. Bitte gib ihn mir." Mit offensichtlichem Widerwillen reichte David zögernd den Ball zu Barrett. „Jetzt werde ich ihn auf dich zurollen." Barrett rutschte ein Stück nach hinten. „Streck deine Hände aus. Nein, leg sie auf den Boden." Schließlich rollte Barrett den Ball langsam auf David zu. Der Junge erwischte das Spielzeug und kicherte. „Gut gemacht, David. Jetzt bist du dran. Roll ihn zu mir zurück." Aber der Kleine wollte nicht. Wieder presste er den Ball an seine Brust.

„Ich fürchte, mein Sohn ist ein bisschen dickköpfig", sagte Charlotte amüsiert.

„Das muss er von seinem Vater geerbt haben." Als er das Wort aussprach, merkte Barrett, dass Charlotte nie von ihrem Ehemann gesprochen hatte. Bestimmt erwähnten die meisten Witwen ihn von Zeit zu Zeit. Gwen tat das. Barrett hatte mitgehört, wie sie Warren ihre Liebesgeschichte erzählt hatte und dass ihr Ehemann bis zu seinem Tod aufgrund einer Grippeerkrankung im Fort D. A. Russell stationiert gewesen war. Aber obwohl er beträchtlich mehr Zeit mit Charlotte als mit Gwen verbracht hatte, wusste Barrett nichts über den Mann, den sie geheiratet hatte, nicht einmal seinen Namen.

Bevor er fragen konnte, schüttelte Charlotte den Kopf. „Ich fürchte, es ist nicht die ganze Wahrheit, Davids Vater die Schuld in die Schuhe zu schieben. Meine Schwestern behaupten, ich sei dickköpfig."

Ihre Schwestern. Das erinnerte Barrett an eine andere Unterhaltung. „Haben Sie ihnen schon von David erzählt?"

Charlottes Finger flogen förmlich dahin, während sie die Nadel führten. „Ich dachte, ich warte bis nach den Feiertagen. Ich weiß, dass das feige von mir ist, aber ich will jetzt keine Unannehmlichkeiten haben. Ich will nur, dass alle glücklich sind."

„Ich verstehe." So war Charlotte, die immer nur an andere dachte. Ihr Leben wäre zweifellos einfacher gewesen, wenn sie ihren Schwestern gleich von Anfang an von Davids Blindheit erzählt hätte. Und doch hatte sie das nicht getan, weil sie sie nicht hatte beunruhigen wollen. „Warten Sie aber nicht zu lange. Meiner Erfahrung nach machen Verzögerungen die Sache nur noch schlimmer."

Was für ein Heuchler er war! Wenn er seinem eigenen Rat gefolgt wäre, würde er nicht bis Weihnachten warten, um Miriam einen Ring zu schenken. Jeder erwartete ihre Verlobung. Jetzt, wo er den Ring ausgesucht hatte, hätte er direkt zu Miriam gehen und sie bitten sollen, seine Frau zu werden. Stattdessen saß er auf dem Fußboden einer kleinen Wohnung und versuchte einem blinden Kind beizubringen, einen Ball zu rollen.

Charlotte lachte in sich hinein. Barretts Herz begann zu rasen. Es war wahrscheinlich ein ganz normales Lachen, aber irgendwie wirkte es so intim, dass er sich nichts mehr wünschte, als es noch einmal zu hören.

„Sie klingen wie mein Vater." Ein Lächeln färbte Charlottes Worte. „Er hat fest daran geglaubt, dass man die Dinge nicht auf die lange Bank schieben sollte."

Barrett hob eine Augenbraue und ermutigte sie dadurch fortzufahren. Er hatte etwas über ihren Ehemann erfahren wollen, aber er hörte alles gerne, was ihm Einblick in das gewährte, das sie zu der außergewöhnlichen Frau gemacht hatte, die sie war. „War er auch Lehrer?"

„Nein, Pastor." Charlotte blinzelte, als wäre sie überrascht darüber, dass sie das gesagt hatte. Das war eine unerwartete Reaktion, und doch gab es bei Charlotte wenig, was vorhersehbar war. Obwohl sie mitteilsam war, bei vielen Themen sogar geradeheraus, war sie ungewöhnlich zurückhaltend in Bezug auf sich selbst.

„War die Gemeinde in Vermont?"

Charlotte nickte. „Die Kirchengemeinden." Sie betonte den Plural. „Wir sind häufig umgezogen."

„Kein Wunder, dass Sie keine Angst hatten, ins Wyoming-Territorium umzuziehen. Sie müssen die Liebe Ihres Vaters zum Reisen geerbt haben."

Charlotte biss sich auf die Lippe und schüttelte den Kopf. „Es war nicht so, dass er gerne umzog", gestand sie. „Seine Gedanken waren manchmal zu modern für die Gemeindemitglieder, sodass die Kirchenältesten ihn baten zu gehen. Ich habe es gehasst, entwurzelt zu werden."

Was vielleicht erklärte, warum sie nach dem Tod ihres Ehemannes in Wyoming geblieben war.

„Was hat Sie und Ihren Ehemann hierher gebracht?", fragte er. „War er mit Gwens Ehemann im D. A. Russell stationiert?"

Charlotte heftete ihren Blick weiter auf ihre Näharbeit und schüttelte erneut den Kopf. „Seine Familie bestand aus Farmern."

Obwohl viele als Angehörige des Militärs oder zum Bau der Eisenbahn ins Wyoming-Territorium gekommen waren, gab es auch solche, die durch den Homestead Act in den Westen gelockt worden waren. Dieses Gesetz gab vielen Farmern die Möglichkeit, neues, bisher unbesiedeltes Land zu bewirtschaften, das nach fünf Jahren in ihr Eigentum überging. Wegen des Kampfes gegen das raue Wetter war es ein schwieriges Leben. Und auch, wenn Barrett sich Charlotte – die perfekt frisierte Charlotte mit ihren eleganten Kleidern – nicht so recht als Frau eines Farmers vorstellen konnte, gab es keinen Grund zu denken, dass sie log.

„Ich weiß nicht, wie ich das alles rechtzeitig fertigstellen soll", sagte sie, als sie ihre Näharbeit wieder aufnahm. Die Andeutung hätte nicht klarer sein können: Thema beendet.

„Ich werde versuchen, still zu sein", sagte Barrett und wandte seine Aufmerksamkeit wieder ihrem Sohn zu. Obwohl Charlotte nicht viel gesagt hatte, hatte sie ihm neue Einblicke gewährt. Ein Bild des Opalringes huschte durch seinen Kopf und erinnerte Barrett daran, wie das Licht sein inneres Feuer offenbarte. Er hatte mit seiner Überlegung recht gehabt, dass dieses Schmuckstück der perfekte Ring für Charlotte wäre. Wenn er ihn ihr schenken könnte. Aber das konnte er nicht. Das wäre nicht nur ungebührlich, sondern regelrecht skandalös. Er konnte Charlotte nichts als bescheidene Aufmerksamkeiten oder kleine Geschenke für ihren Sohn geben.

„Also gut, David. Was würdest du gerne tun?"

Mit einem Grinsen auf dem Gesicht begann David auf die andere Seite des Raumes zu krabbeln.

„Er will, dass Sie ihn fangen", interpretierte Charlotte die Aktivität ihres Sohnes. „Ich denke, er freut sich über das Geräusch Ihrer Schritte."

Barrett erhob sich und begann über den Boden zu stampfen, wobei er seine Schritte schwerer als nötig machte. Während er das tat, spähte David über seine Schulter nach hinten. Er grinste und war offensichtlich hocherfreut. „Das ist es!"

„Das ist was?" Die Falten, die sich zwischen Charlottes Augenbrauen gebildet hatten, verrieten Barrett, dass sie verwirrt war.

„Sie werden gleich sehen.“ Wenn er recht hatte, dann bildeten ihre einfachen Worte den Schlüssel, wie man David beibringen konnte, einen Ball zu rollen. „Hat er irgendwelche Holzbauklötze?“

Obwohl ihr Gesichtsausdruck immer noch Verwunderung zeigte, nickte Charlotte und deutete auf eine kleine Kiste. „Sie sind in dem Kasten.“

Hervorragend. Barrett holte ein Dutzend Bauklötze hervor und stellte sie in einem Meter Entfernung von dort, wo David gesessen hatte, in einer Reihe auf.

„Ich werde dich einmal fangen“, sagte er zu dem Jungen, „aber wenn ich dich habe, spielen wir mein Spiel. Okay?“

David hastete in die Küche. Barrett ließ ihn beinahe den Herd erreichen, bevor er durch den Raum marschierte und ihn einfing. „Jetzt bin ich dran.“ Während David vor Freude quiekte, trug Barrett ihn zurück ins Wohnzimmer und setzte ihn vor dem Sofa auf den Fußboden. Obwohl das Kind sie nicht sehen konnte, befanden sich die Bausteine jetzt direkt vor ihm. Nachdem Barrett den Ball geholt hatte, den David weggelegt hatte, um Fangen zu spielen, händigte er ihn dem Kind aus. „Jetzt gibst du ihn mir wieder. Nur für eine Minute.“

„Nein!“

„Bitte, David. Das wird Spaß machen.“

Langsam und zögerlich reichte der Junge Barrett sein Spielzeug. „Bau!“

„Das Spiel, das wir lernen werden, heißt Bowling. Wir werden bowlen. Kannst du das sagen, David?“

„Bowlen.“ Zu Barretts Überraschung war die Aussprache des Kleinen perfekt.

„Das ist richtig. Jetzt hör gut hin.“ Barrett legte den Ball vor David auf den Boden, führte die Hände des Jungen zu dem Ball und legte seine eigenen über Davids. „Wir werden ihn rollen.“ Barrett zielte mit dem Ball und gab ihm einen festen Stoß, bevor er Davids Hände davon wegzog. „Hör mal“, sagte er. Während der Ball an Schwung zunahm, änderte sich das rollende Geräusch und dann passierte es. Der Ball traf die mittleren Bauklötze und kippte sie mit einem lauten Krachen um.

Eine Sekunde lang spiegelte Davids Gesicht Verwirrung wider.

Dann lachte er. „Bowlen!“ Er legte den Kopf auf eine Seite und dachte über die Richtung des Geräusches nach, das er gehört hatte. Einen Moment später krabbelte er auf die Bauklötze zu. Er streckte die Hände danach aus und berührte sie. Als er das tat, konnte Barrett sehen, wie es ihm allmählich dämmerte. David lachte erneut. „Bowlen“, verkündete er.

Und das taten sie. Wieder und wieder. David war zwar noch zu klein, um zu lernen, wie die Bauklötze aufzustellen waren, aber er schickte schon bald den Ball auf die Reise, ohne dass Barretts Hände ihn anleiteten. Und die ganze Zeit über lachte er.

„Ich schätze, Sie haben ein Monster erschaffen.“ Charlotte hatte ihre Näharbeit zur Seite gelegt und beobachtete, wie ihr Sohn bowlen lernte. „Jetzt wird er es den ganzen Tag lang spielen wollen.“

Wenn sie erwartet hatte, dass Barrett Reue zeigen würde, hatte sie sich geirrt. „Aber sehen Sie doch, wie viel Spaß er hat.“

Ihr Gesicht wurde weich. „Ich weiß und das ist wundervoll. Danke, Barrett. Sie sind wundervoll.“

Barrett spürte, wie sein Herz zu rasen begann, bis es drohte, aus seinem Brustkorb herauszuhüpfen. Vielleicht hatten sich die Ritter des Mittelalters so gefühlt, wenn sie Mauern erklommen oder Drachen erlegt hatten oder was auch immer ihre Aufgabe gewesen war. Charlotte war keine holde Maid in Not, die darauf wartete, dass er sie rettete, aber ihr Lächeln gab ihm das Gefühl, als wäre er irgendein Held. Das fühlte sich gut an. Sehr, sehr gut.

„Wo bist du gewesen?“

Als Gwens Fauchen die Küche erfüllte, stockte Charlotte der Atem. Vielleicht war es naiv gewesen zu erwarten, dass Gwen ihre frühmorgendlichen Ausflüge in die 15th Street nicht mitbekommen würde. Aber Charlotte hatte sich an der Hoffnung festgeklammert, dass sie nicht würde erklären müssen, warum sie sich als Witwe verkleidete und aus der Wohnung schlich. Mit einem zaghaften Lächeln schaltete sie das Licht an und wartete auf die Reaktion.

Die ließ nicht lange auf sich warten.

„Du trägst Trauerkleidung.“ Gwen starrte mit finsterem Blick auf den schweren schwarzen Schleier, der Charlottes Gesicht bedeckte. „Charlotte Harding, was zum Donnerwetter hast du gemacht?"

„Lass mich Kaffee machen, dann werde ich es dir erklären."

Gwen schob ihren Stuhl zurück. „Ich werde den Kaffee machen. Du ziehst besser diese Kleidung aus. Ich weiß, dass du sie bestimmt nicht im Laden tragen wirst."

Minuten später kehrte Charlotte in einem einfachen blauen Kleid in die Küche zurück.

„Warum hast du im Dunkeln gewartet?", fragte sie und umklammerte mit ihren Händen die Kaffeetasse, um ihre immer noch eisigen Finger daran zu wärmen.

Gwen zuckte mit den Achseln. „Ich wollte Rose nicht merken lassen, dass irgendjemand wach ist. Sie hatte schlecht geträumt und war aufgewacht und ich hatte sie gerade wieder zum Schlafen gebracht, als ich hörte, wie die Außentür zuging. Ich dachte, wir hätten einen Eindringling, aber es stellte sich heraus, dass du es warst, die das Haus verließ. Also, wohin bist du gegangen?"

„Zu Mrs Kendall."

Gwens Augen weiteten sich. „Du bist mitten in der Nacht in die 15th Street gegangen?"

Es würde zu nichts führen, wenn Charlotte darauf hinwies, dass es in Wirklichkeit früher Morgen war. „Nach deinen Erzählungen von der Zeit, als du dort gelebt hast, hatte ich den Eindruck, als wäre der frühe Morgen der sicherste Zeitpunkt, und das war er auch. Ich hab niemand Unangenehmen gesehen."

Obwohl Charlotte es nicht für möglich gehalten hätte, weiteten sich Gwens Augen noch mehr. „Du bist schon einmal dort gewesen." Sie formulierte ihre Worte nicht länger als Frage.

„Dies war mein dritter Gang dorthin. Ich habe Kleider für Mrs Kendall und ihre Pensionsgäste genäht."

„Oh, Charlotte, das ist wundervoll." Gwens Ärger verflog so schnell wie Schnee an einem Frühlingsmorgen. „Aber warum hast du mich nicht gebeten, sie am Tage auszuliefern? Ich habe keine Angst vor der Gegend."

Charlotte schüttelte den Kopf. „Ich weiß, dass du mir geholfen hättest, aber das war etwas, das ich selbst tun musste." Es gab keinen Grund, Gwen zu erzählen, wie gut es sich anfühlte zu wissen, dass sie das allein geschafft hatte, dass niemand sie beschützt hatte, als sie in den schäbigsten Teil der Stadt gegangen war. Stattdessen sagte Charlotte schlicht: „Meine Eltern haben uns beigebracht, dass es wichtig ist zu sehen, wohin unsere Geschenke gehen. Es war nicht genug, Geld zu schicken. Sie wollten, dass wir uns Gedanken machten und tatsächlich das schenkten, was die Bedürftigen brauchten. Wenn Mama von einer Familie hörte, die Nahrungsmittel brauchte, hinterließ sie einen Korb auf ihrer vorderen Veranda, sodass er wartete, wenn sie wach wurden."

„Und niemand wusste, wer die Körbe hinterlassen hatte?" Als Charlotte den Kopf schüttelte, nickte Gwen langsam. „Deshalb hast du den Schleier getragen."

„Deshalb und weil ich niemanden wissen lassen wollte, dass Madame Charlotte diese Kleider hergestellt hat. Wenn meine Kundinnen erfahren würden, dass ich Mrs Kendalls Pensionsgäste mit Kleidung versorge, wären sie entsetzt. Sie denken gern, dass sie exklusive Kreationen kaufen und dass sich nur die reichen Ladys etwas leisten können, das ich genäht habe." Charlotte trank einen weiteren Schluck Kaffee. „Ich konnte die Kleider nicht einfach vor der Tür hinterlassen, weil ich wissen musste, welche Kleidergrößen Mrs Kendall brauchte. Aber ich wollte so anonym bleiben, wie ich konnte. Und", fuhr sie fort, „es erschien mir auch sicherer, als Witwe verkleidet zu sein. Es ist nicht nur so, dass der Schleier mein Gesicht bedeckt, sondern ich habe auch gehofft, dass jemand auf der Straße eine Witwe nicht behelligen würde."

Gwen füllte Charlottes Tasse wieder auf. „Als ich bemerkt habe, dass du weg warst, gingen mir die verrücktesten Gedanken durch den Kopf, aber ich habe nicht mit etwas wie dem hier gerechnet. Was du tust, ist wundervoll. Ich verstehe nur nicht, warum du es mir nicht erzählt hast."

„Das hätte ich tun sollen." Genauso wie sie Barrett die Wahrheit über Jeffrey hätte erzählen sollen.

„Es begab sich aber zu der Zeit, dass ein Gebot von dem Kaiser Augustus ausging, dass alle Welt geschätzt würde …"

Während der Wind draußen heulte und den wenigen Schnee umherblies, lehnte sich Barrett in der Kirchenbank zurück. Sicher konnte er sich entspannen, während der Pastor die vertraute Passage aus Lukas vorlas. Obwohl Barrett die Geschichte so oft gehört hatte, dass er sie auswendig kannte, berührte sie ihn immer wieder. Und doch stellte er fest, dass es ihm heute Abend schwerfiel, sich zu konzentrieren, denn seine Gedanken beschäftigten sich mit dem, was passieren würde, sobald der Gottesdienst endete. Ein weiteres Geschenk. Ein Diamantring konnte niemals mit dem Geschenk des Gottessohnes verglichen werden. Und doch würde sich Barretts Leben ab dem Moment, in dem das Schmuckstück an Miriams Finger prangen würde, für immer verändern.

Die Veränderungen hatten bereits begonnen. Er war zum ersten Mal mit der Familie Taggert zur Kirche gekommen. Er saß zum ersten Mal mit ihnen in der zweiten Reihe. Er sang zum ersten Mal ein Kirchenlied mit Miriam. Obwohl ihre Verlobung noch nicht offiziell war, war seine Anwesenheit in dieser speziellen Reihe gleichbedeutend mit einer Bekanntgabe. Sie hätte heute schon früher erfolgen sollen. Barrett hatte Mrs Taggerts Missbilligung gesehen, als sich beim Abendessen noch kein Ring an Miriams Finger befunden hatte. Sie hatte ganz offensichtlich gehofft, dass die Verlobung ihrer Tochter der Höhepunkt des Abends sein würde. Das hätte sie sein sollen. Barrett hatte den Ring bei sich. Er hatte die Worte eingeübt, die er gebrauchen würde, um Miriam zu bitten, sein Leben mit ihm zu teilen. Aber als der Moment, den er sich ausgesucht hatte, gekommen war, hatte er gemerkt, dass er die Worte nicht aussprechen konnte. Heute war der Weihnachtsabend. Heute war der Zeitpunkt, um über das größte Geschenk nachzudenken, das die Welt jemals erhalten hatte, nicht um ein irdisches Ereignis zu feiern. Und so war Mr Mullens Schachtel in Barretts Tasche geblieben. Wenn der Gottesdienst zu Ende war, würden er und Miriam für einen Mitternachtsimbiss zurück in das Haus ihrer Eltern fahren, und bevor sie die Villa der Taggerts erreichten, würde Barrett Miriam ihr Weihnachtsgeschenk geben.

„*Und sie gebar ihren ersten Sohn und wickelte ihn in Windeln und legte ihn in eine Krippe; denn sie hatten sonst keinen Raum in der Herberge.*“ Der Pastor fuhr mit dem Lesen fort.

Barrett schloss für einen Moment seine Augen und versuchte sich die Szene in dem Stall vor so vielen Jahren vorzustellen. Ein neugeborenes Kind in den Armen seiner Mutter. Obwohl Lukas nicht mehr dazu sagte, nahm Barrett an, dass Maria mit Staunen erfüllt gewesen war. Fühlte sich jede Mutter so, die gerade ein Kind zur Welt gebracht hatte? Hatte sich Charlotte so gefühlt, als sie David zum ersten Mal in die Arme genommen hatte?

Einem Impuls folgend, den er nicht ignorieren konnte, öffnete Barrett die Augen und sah sich um. Die Kirche war gefüllt, jeder Platz besetzt, und doch sah er sie. Sie saß in der letzten Reihe und hielt ihren Sohn in den Armen. Auf ihrem Gesicht lag ein Ausdruck reiner Freude.

In diesem Moment wusste Barrett, was er tun musste.

Kapitel 12

„Fröhliche Weihnachten, Ma'am, Mr Duncan. Ihr Tisch ist fertig."

Warren blickte auf die Frau hinunter, deren Griff um seinen Arm fester wurde, als sie dem Kellner in den Speisesaal des *Inter-Ocean* folgten. Sie hatte irgendetwas an ihren Haaren verändert – sie wirkten raffinierter als sonst – und sie trug ein blaues Kleid, das sanft raschelte, wenn sie sich bewegte. In den Augen des Oberkellners sah sie wahrscheinlich aus wie jede andere Frau, die hier dinierte, gepflegt und selbstbewusst. Aber Gwen war nicht wie diese anderen Frauen. Sie war anders. Die Art, wie sie seinen Arm umklammerte, bewies das. Obwohl Gwen es nicht wissen konnte, schlug diese unwillkürliche Geste eine Saite tief in Warren an, denn sie verriet ihm, dass sie – egal wie ruhig sie auch zu erscheinen versuchte – nervös war. Und das weckte seinen Beschützerinstinkt.

Er hatte das nicht erwartet. Um ehrlich zu sein, hatte er es nicht gewollt. Die letzte Frau, die er versucht hatte zu beschützen, war Ma gewesen. Aber dieser lästige Arzt hatte behauptet, Warren wisse nicht, was sie brauche – sie sei gefährlich für sich selbst und auch für andere. Warren atmete tief durch und schob die Erinnerungen an das letzte Mal, dass er seine Mutter gesehen hatte, zur Seite. Ma war tot; Gwen war hier. Hübsche, nervöse Gwen. Er hatte sie ausgesucht, weil sie perfekt für seine Pläne war, aber sie war schnell mehr als ein Mittel zum Zweck geworden. Jetzt war sie seine Gwen und er würde alles tun, was notwendig war, um sie glücklich zu machen. Er hoffte, dass der heutige Besuch hier – sobald sie ihre Nervosität erst einmal überwunden hatte – genau dazu führen würde.

Aus Gwens Sicht musste der Speisesaal beeindruckend aussehen mit seiner dunklen Vertäfelung, den schneeweißen Tischdecken und dem Klirren von Silberbesteck gegen teures Porzellan. Warren hatte immer gern hier gegessen. Das Essen war wie erwartet hervorragend. Einige Leute behaupteten, es sei das beste in Cheyenne, was der Grund dafür war, dass er Gwen hierher gebracht hatte. Sie verdiente das Beste. Das Einzige, was ihm am *Inter-Ocean* nicht gefiel, war die Tatsache, dass jeder hier essen konnte. Jedenfalls jeder mit genug Geld. Als öffentliches Hotel war es nicht so exklusiv wie der Cheyenne-Club. Aber wenn Warren seine Karten richtig ausspielte, würden er und Gwen nächstes Weihnachten dort speisen.

Als der Oberkellner ihnen einen Platz zugewiesen und die Karte gereicht hatte, lehnte sich Warren über den Tisch, um seine Hand auf Gwens zu legen. Vielleicht war es eine zu vertraute Geste für einen öffentlichen Ort, aber er konnte sehen, dass sie immer noch zitterte. Er wollte sie beruhigen. „Sie bei mir zu haben, macht dies zum schönsten Weihnachten, an das ich mich erinnern kann."

Das süße Lächeln, das seine Sinne betörte, verlieh ihrem Gesicht eine weiche Note. „Es ist auch für mich etwas ganz Besonderes. Ich habe mich immer gefragt, wie dieser Raum wohl aussieht."

„Sind Sie noch nie hier gewesen?" Obwohl er vermutet hatte, dass Gwen noch nie hier gegessen hatte, wusste Warren, dass viele Leute in das Hotel kamen, einfach nur um sagen zu können, dass sie dort gewesen waren.

Sie schüttelte den Kopf. „Mein Mann war Korporal. Auch vor Roses Geburt hat sein Lohn kaum für Essen und Unterkunft gereicht. Und danach ..." Sie ließ ihre Stimme verklingen. „Es war nichts übrig für Luxus."

Und wenn irgendjemand Luxus verdiente, dann war es Gwen. Als sich der Ober näherte, um ihre Bestellung aufzunehmen, zog Warren seine Hand zurück, legte sie auf seinen Schoß und ballte sie zur Faust. Das Geld war schon vorher wichtig gewesen. Jetzt war es überlebenswichtig. Er musste es finden, denn das war der einzige Weg, wie er Gwen mit der teuren Kleidung, den Pelzen und Juwelen überschütten konnte, die ihr von Geburt her hätten zustehen sollen.

Als sie ihre Bestellung aufgegeben hatten, beugte er sich vor und sagte so leise, dass niemand mithören konnte: „Sie haben vielleicht nicht viel Geld, aber ich beneide Sie."

Warren sah die Verständnislosigkeit in Gwens Augen, als seine Worte zu ihr durchdrangen. „Worum würde ein erfolgreicher Mann wie Sie mich beneiden? Sie haben doch alles."

Das war es, was die meisten Leute dachten. Es war sogar das, was er sie denken lassen wollte. Die Wahrheit sah anders aus.

„Sie haben eine Familie", sagte er schlicht. „Ich bin einundfünfzig Jahre alt und mein Leben fühlt sich leer an. Ich möchte ein Zuhause, das aus mehr als ein paar angemieteten Räumen besteht. Ich möchte eine Frau und mindestens ein Kind." Er hielt inne und lächelte, als er sagte: „Eine Tochter wäre schön. Ich will ..." *Dich.* Aber das konnte er nicht sagen. Noch nicht. Es war zu früh. Und so drehte er den Spieß um. „Was sind Ihre Träume, Gwen?"

Sie war einen Moment lang still. „Sie sind wahrscheinlich einfacher als Ihre Wünsche. Ich habe nichts gegen gemietete Räumlichkeiten für mich selbst einzuwenden, aber ich möchte gerne mehr für Rose. Ich wünschte, ich könnte ihr ein Haus außerhalb der Stadt geben mit jeder Menge Platz, sodass sie mindestens ein Pony haben könnte."

Warren versuchte, nicht die Stirn zu runzeln. Er hatte geplant, seine Villa in der 17th Street zu errichten, einen oder zwei Blöcke östlich des Clubs. Das war der perfekte Ort für ihn, aber es schien, als wäre er nicht perfekt für Gwen. Er dachte kurz nach, dann lächelte er. Es gab keinen Grund, warum er nicht zwei Häuser haben sollte. Sie würden unter der Woche in der Stadt wohnen und Samstag und Sonntag auf der Ranch verbringen.

Warren griff nach seinem Wasserbecher und nickte eilig. „Rose sollte das alles haben." Er nahm einen großen Schluck und richtete seine Augen weiter auf Gwen. Ihre Hände zitterten nicht mehr und sie sah nicht länger aus wie ein verängstigtes Kaninchen. Es schien, als würde sie sich endlich entspannen.

„Haben Sie noch andere Träume?"

Eine Sekunde lang dachte er, sie würde den Kopf schütteln. Stattdessen nickte sie zögernd. „Ich hätte gern ..." Sie zögerte und in ihrem Gesicht bildeten sich rote Flecken. Warren hatte nicht gewusst, dass Frauen ihres Alters immer noch erröteten, aber wieder weckte diese einfache Reaktion seinen Beschützerinstinkt.

„Einen Vater für Rose?", schlug er vor.

Sie nickte.

„Das ist ein guter Traum. Rose verdient einen Vater und Sie verdienen einen Ehemann, der Sie schätzt." Während er sprach, vertiefte sich die Farbe in ihrem Gesicht, bis es beinahe kirschrot war. Als er über den Grund für ihr Erröten nachdachte, begann auch sein eigener Puls zu rasen. Diese Frau machte sich etwas aus ihm.

Warren streckte seine Hand aus und bedeckte ihre Hand mit seiner. „In nur einer Woche wird ein neues Jahr beginnen. Ich habe nie sonderlich auf Wahrsager vertraut, aber wenn ich einer wäre, würde ich vorhersagen, dass 1887 das Jahr sein wird, in dem unsere Träume wahr werden."

Gwen lächelte und drehte ihre Hand um, sodass er sie ergreifen konnte. „Ich hoffe, Sie haben recht."

Das würde er haben.

Charlotte nippte an einer Tasse Tee, während sie David und Rose beim Spielen beobachtete. Während Rose von dem hölzernen Kreisel, den Mr Yates ihr zu Weihnachten geschenkt hatte, völlig verzückt war, war Davids Lieblingsspielzeug immer noch sein Ball. Er befand sich nur selten mehr als einen oder zwei Meter von ihm entfernt. Außerdem bestand der Junge weiterhin darauf, das Spielzeug mit ins Bett zu nehmen.

„Sieh mal, David." Rose legte seine Hand auf den Kreisel, sodass er fühlen konnte, wie er sich bewegte. „Drehen."

Rose war so begeistert von dem Geschenk ihres Nachbarn, dass sie nicht protestiert hatte, als Gwen in ihrem mitternachtsblauen Kleid das Haus verlassen hatte, um mit Warren im *Inter-Ocean* essen zu gehen. Charlotte hatte das Kleid verändert, indem sie ein Schultertuch aus Spitze hinzugefügt hatte. Dadurch eignete es sich besser für ein Abendessen in dem Hotel. Gwens Einladung war der Grund, weshalb sie und Charlotte ihr Weihnachtsessen gestern ausgerichtet hatten. Obwohl Mr Yates protestiert und behauptet hatte, es störe ihn nicht, allein zu sein, hatte Charlotte hartnäckig darauf bestanden, dass er sich sowohl zum gestrigen Abendessen als auch zum Frühstück und der Bescherung heute Morgen bei ihnen einfand. Nun waren er und Gwen gegangen und hatten es Charlotte überlassen, sich um die Kinder zu kümmern.

Während Rose erneut den Kreisel drehte, trank Charlotte einen weiteren Schluck Tee. Obwohl sie wahrscheinlich schon bald das

Interesse verlieren würde, hatte Rose zum gegenwärtigen Zeitpunkt Spaß. Charlotte hoffte, dass dasselbe für Gwen galt. Als sie heute Morgen das Kleid und die dazu passenden Handschuhe – eines von Charlottes Weihnachtsgeschenken für sie – angezogen hatte, war sie vor Freude ganz rot geworden und hatte erklärt, sie würde die bestangezogene Frau in Cheyenne sein. Charlotte seufzte. Es war so einfach, Gwen eine Freude zu machen. Und doch konnte sie nicht anders, als sich um ihre Freundin Sorgen zu machen, denn sie fürchtete, dass Gwen in verschiedener Hinsicht noch unschuldig war. Sie sah in jedem nur das Beste, während Charlotte realistischer war.

„Bau!" David war das Spielen mit Roses Kreisel anscheinend leid und krabbelte auf der Suche nach seinem Spielzeug über den Boden.

„Nein, David! Spiel mit mir!", kreischte Rose protestierend.

Fünf Minuten später, nachdem sie Rose davon überzeugt hatte, dass ihre Puppe gerne dabei zusehen würde, wie sie den Kreisel drehte, trank Charlotte den Rest ihres inzwischen kalt gewordenen Tees.

Sie hoffte – oh, wie sehr sie hoffte –, dass Warren nicht zu leichtfertig mit Gwens Zuneigung umgehen würde. Es gab keinen Zweifel daran, dass Gwen in den schon etwas älteren Anwalt vernarrt war, sich vielleicht sogar in ihn verliebt hatte. Gwen glaubte, er sei der Mann, nach dem sie seit Mikes Tod gesucht hatte, derjenige, der ein guter Vater für Rose sein würde. Obwohl sich Charlotte wünschte, dass die Träume ihrer Freundin in Erfüllung gingen, konnte sie ihre Sorgen nicht verbannen. Sie war nicht in der Lage, den Grund zu benennen, aber die Befürchtung, dass Warren zu sehr Jeffrey ähnelte, nagte an ihr.

Vielleicht war das der Grund, weshalb Charlotte trotz der Sonne, die den gestrigen Schnee wie Diamanten glänzen ließ, ihren Trübsinn einfach nicht verscheuchen konnte. Keinesfalls lag es daran, dass Barretts und Miriams Verlobung offiziell war. Charlotte hatte sie gestern in der Kirche nebeneinandersitzen sehen. Das hieß wahrscheinlich, dass die Bekanntgabe schon vorher bei der Feier der Taggerts erfolgt war. Aber auch wenn Miriam ihren Ring erst am Weihnachtstag erhalten hätte, würden ihre Eltern mittlerweile ihren Freunden und Bekannten davon erzählen. Und bald, vielleicht sogar schon am Montag, würde Miriam Charlotte bitten, ihr Brautkleid zu entwerfen.

Sie würde es natürlich tun und nicht einfach nur deshalb, weil die Bestellung eines neuen, aufwendigen Kleides und einer vollen Brautausstattung gut für ihr Geschäft wäre. Sie würde es tun, weil Miriam mehr als eine Kundin war; sie war eine Freundin. Und diese Freundin war verliebt.

Charlotte wusste, dass sie glücklich über Miriams Verlobung sein sollte – und doch war sie es nicht. Genauso wie sie sich über Gwen Sorgen machte, sorgte sie sich um ihre anderen Freunde, Miriam und Barrett. Sie waren beide wundervolle Menschen, aber auch wenn sie es noch so sehr versuchte, konnte sich Charlotte die beiden einfach nicht zusammen vorstellen. Das war absurd! Sie waren erwachsene Menschen. Sie wussten, was sie wollten, und sie wollten einander. Es war nur Charlottes Einbildung, dass sie mit jemand anderem glücklicher wären.

Sie zog die Stirn in Falten. Sie brauchte eine Ablenkung, einen Ortswechsel, irgendetwas, das ihre Gedanken von Barrett und Miriam ablenkte.

„Ich denke, wir sollten einen Spaziergang machen", sagte Charlotte zu den Kindern und erhob sich. „Wie denkt ihr zwei darüber?"

„Ja!" Rose, deren Gemüt inzwischen wieder genauso sonnig war wie das ihrer Mutter, klatschte in die Hände. „Ich ziehe den Wagen. David soll fahren."

Dieser rümpfte seine kleine Nase. „Laufen."

Wenn er das nur könnte. Aber er weigerte sich immer noch, es zu versuchen. Obwohl er andere geringfügige Verletzungen gelassen hingenommen hatte, schien sich David immer noch an den Tag zu erinnern, an dem er sich bei dem Versuch zu laufen eine blutige Nase geholt hatte.

„Wir nehmen den Wagen", sagte Charlotte mit fester Stimme. „Also, dann wollen wir euch mal anziehen."

Als sie in ihrer Winterkleidung steckten und David in dem Wagen saß, entschied sich Charlotte, in Richtung Osten zu gehen. Sie würde nicht – auf keinen Fall – an *Barretts Haus* vorbeigehen, denn dort konnten Festlichkeiten im Gange sein. Die Kutsche der Taggerts vor dem Haus zu sehen, würde nur weitere quälende Gedanken darüber verursachen, ob Miriams und Barretts Verlobung eine kluge Entscheidung war. Montag wäre noch früh genug dafür.

„Kalt." Rose sprang auf und ab, als sie die Ferguson Street überquerten.

Ja, das war es, aber der Tag war trotzdem wunderschön. Ein paar weiße Wolken zogen über einen Himmel, der genauso tiefblau war wie Barretts Augen. Charlotte atmete tief ein, während sie versuchte, ihre Gedanken unter Kontrolle zu bekommen. Sie wollte nicht an Barrett denken, weder an seine wunderschönen blauen Augen noch an seine bevorstehende Hochzeit. Dadurch wäre nichts gewonnen. Stattdessen widmete sie ihre Aufmerksamkeit den Kindern. Dies war der Weihnachtstag, ein Tag, der etwas Besonderes für sie sein sollte. Sie hatten ein ausgiebiges Frühstück genossen und Geschenke ausgepackt und jetzt ... Charlotte wünschte, sie hätte ein Pferd und eine Kutsche. Wenn sie das hätte, könnte sie David und Rose mit in den Stadtpark nehmen. Der Park war zu jeder Zeit herrlich, aber schneebedeckt wäre er spektakulär. Unglücklicherweise war es für Rose zu weit zum Laufen und weiter, als Charlotte den Wagen mit beiden Kindern darin ziehen konnte. Sie würden sich mit der näheren Umgebung begnügen müssen.

Charlotte lächelte, als sie an ihrer Kirche vorbeikamen. Obwohl sich David nicht daran erinnern würde, hatte sich der Gottesdienst von gestern Abend in ihr Gedächtnis eingebrannt. Die Kirche war mit Leuten gefüllt gewesen, aber – mehr noch als das – mit dem Wunder einer Liebe erfüllt, die das menschliche Fassungsvermögen überstieg. Es war ein Abend voller Freude gewesen.

Ein plötzliches Zupfen an ihrem Rock brachte Charlotte zurück in die Gegenwart.

„Pferd!" Auf der Straße war es ungewöhnlich still, nur Rose hüpfte auf und ab, während sie auf ein Pferd und eine Kutsche zeigte, die an den exklusiven Reihenhäusern namens Maple Terrace hielten.

„Pferd!" Rose war fasziniert von allem, was mit Pferden zu tun hatte, und hätte Charlotte sie nicht am Mantel festgehalten, dann wäre sie auf das Tier zugerannt, ohne sich Gedanken darüber zu machen, wie gefährlich es war, diesen großen Hufen zu nah zu kommen.

Als der Fahrer abstieg und die Zügel um den Anbindebalken schlang, erkannte Charlotte ihn. Barrett! Sie erbleichte und ihre Hände wurden klamm in ihren Handschuhen. Sie verstand nicht, warum er hier war. Eigentlich sollten er und Miriam ihre Verlobung mit Freunden feiern.

„Charlotte!"

Es war nicht nur Einbildung. Barrett lächelte, als wäre er erfreut, sie zu sehen. Sie selbst war unfähig, sich zu bewegen, er aber beschleunigte seinen Schritt, bis er sie erreicht hatte. „Ich hatte nicht erwartet, Sie heute draußen zu treffen." Immer noch lächelnd begrüßte er Rose und David. „Wo ist Gwen? Ich hoffe, sie ist nicht krank."

„Ganz und gar nicht. Sie ist mit Mr Duncan zum Essen ins *Inter-Ocean* gegangen."

Obwohl Barrett nickte, schienen ihn die Neuigkeiten zu überraschen. Auch ließ der nachdenkliche Ausdruck, den sie in seinen Augen sah, bei Charlotte die Frage entstehen, ob Barrett im Hinblick auf Warrens Absichten bezüglich Gwen dieselben Vorbehalte hatte wie sie selbst.

„Ich verstehe." Er verzog die Mundwinkel, was dafür sorgte, dass Charlotte darüber nachdachte, ob er irgendwie ihre Gedanken gelesen hatte. Natürlich nicht.

„Ich war auf dem Weg zu Richard. Er wohnt hier", sagte Barrett mit einem Blick in Richtung Maple Terrace. „Aber er kann warten. Würden Sie und die Kinder gern einen Ausflug mit Pferd und Wagen machen?"

Obwohl er leise gesprochen hatte, schnappten Roses wachsame Ohren das entscheidende Wort auf.

„Pferd!", rief sie. „Ich will auf dem Pferd reiten!"

Wieder wollte sie zu dem Einspänner rennen. Dieses Mal war es Barrett, der sie zurückhielt. Obwohl der Wallach einen sanftmütigen Eindruck machte, war Charlotte dankbar, dass Barrett kein Risiko einging.

„Ich fürchte, das geht nicht", sagte er. „Midnight, mein Pferd, muss die Kutsche ziehen. Er könnte nicht auch noch ein großes Mädchen wie dich tragen."

Anscheinend besänftigt, weil sie ein großes Mädchen genannt

worden war, zerrte Rose an Davids Wagen. „Du sollst reiten", sagte sie zu ihm.

Als David begeistert in die Hände klatschte, lachte Barrett. „Es scheint, als würden Ihnen die Kinder keine große Wahl lassen. Ich hätte das Wort wahrscheinlich buchstabieren sollen."

Er stand jetzt so nah, dass Charlotte den Duft seines Rasierwassers riechen konnte, der ihn umgab. Auch andere Männer benutzten diesen Duft. Sogar Mr Yates tat das. Aber das betörte ihre Sinne nicht so sehr wie bei Barrett. Charlotte räusperte sich und wünschte, sie könnte sich von ihren Gedanken ebenso leicht befreien.

„Ein Ausflug klingt fantastisch, aber was mache ich mit Davids Wagen?"

„Das ist kein Problem. Er passt hinten rein. Komm her, großer Junge." Barrett hob David aus dem Wagen und setzte ihn auf Charlottes Arm.

David wand sich und drehte seinen Kopf in Barretts Richtung. „Bowlen", rief er. „Bowlen."

Barrett, der den Wagen im hinteren Teil des Einspänners verstaute, wandte sich um. Dabei erhellte ein Lächeln sein Gesicht. „Spielt er das immer noch?"

Während Charlotte noch damit beschäftigt war, ihren Sohn zu bändigen, schüttelte sie den Kopf. „Das ist wirklich seltsam. Gwen und ich bauen die Klötze genauso auf, wie Sie es getan haben. Selbst Rose hilft. Aber egal, was wir tun, David will einfach nicht bowlen. Ich verstehe das nicht."

„Sie haben recht. Das ist seltsam."

David drehte sich und streckte Barrett die Arme entgegen. „Bowlen", verkündete er. „Bowlen."

„Sieht so aus, als wäre er jetzt bereit."

Barrett half Charlotte, in die Kutsche zu klettern. Als sie drin war, setzte sie David auf die eine und Rose auf die andere Seite neben sich. Dann wartete sie auf Barrett. „Vielleicht denkt David, dass es Ihr Spiel ist. Das würde erklären, warum er es mit niemandem sonst spielen will."

„Sollte ich mich geschmeichelt fühlen?" Barretts Gesichtsausdruck verriet, dass er anderer Meinung war.

„Ich verstehe es nicht. Gwen, Mr Yates und ich, wir alle haben ihm Spielsachen geschenkt, aber er hängt an keiner so sehr wie an Ihrem Ball." Vielleicht war das etwas, das ihr Sohn von ihr geerbt hatte: eine dumme und unerklärliche Zuneigung zu Barrett Landry.

Wie als Antwort auf ihre Gedanken schmiegte sich David enger an Barrett. „Bowlen", sagte er, wobei sich seine kleinen Hände bewegten, als würde er einen Ball über den Boden rollen.

„Vielleicht später." Barrett sah Charlotte an und hob eine Augenbraue. „Wie denken Sie über eine Fahrt durch den Stadtpark?"

Vielleicht sollte sie ablehnen. Der Park war ein derart öffentlicher Ort, dass sie bestimmt gesehen werden würden, und wenn das der Fall war, würden sich die Leute fragen, warum Barrett mit ihr und nicht mit Miriam zusammen war. Sie sollte ablehnen – und doch tat sie es nicht, denn Rose und David würden die Fahrt genießen. Und wenn sie wirklich ehrlich war, würde sie das auch.

„Sind Sie sicher, dass Sie kein Gedankenleser sind?" Charlotte versuchte nicht, ihre Freude zu verbergen. „Kurz bevor ich Sie traf, habe ich darüber nachgedacht, wie wundervoll es wäre, wenn ich eine Kutsche hätte und die Kinder mit in den Park nehmen könnte."

Barrett nahm seinen Hut ab und grinste. „Ihr Wunsch ist mir Befehl, holde Dame."

„Du musst den Hut anziehen. Ist kalt", wies Rose ihn zurecht.

„Du hast recht, meine Kleine."

„Ich bin nicht klein!"

Während Barrett versuchte, sein Lachen zu unterdrücken, traf sein Blick auf Charlottes. Einen Moment lang konnte sie kaum atmen. Er sah sie an, als wäre sie mehr als nur eine Freundin. Aber das war sie nicht. Sie konnte es nicht sein, denn Barrett würde Miriam heiraten und möglicherweise Senator werden, während sie ein stilles Leben führen und versuchen würde, David alles beizubringen, was er lernen musste. Charlotte schluckte schwer. Sie und Barrett waren Freunde. Nur Freunde. Und es war nichts Ungebührliches dabei, wenn Freunde miteinander eine Fahrt unternahmen, besonders wenn sie dabei von zwei Kindern begleitet wurden. Entschlossen, die einfache Freude einer Fahrt durch den Park zu genießen, schlang sie einen Arm um jedes Kind und lehnte sich auf ihrem Platz zurück.

Es war sogar noch besser, als Charlotte es sich vorgestellt hatte. Als Rose über den Schnee, der immer noch die Sträucher bedeckte, ins Staunen geriet, hielt Barrett die Kutsche an. Während Charlotte und Rose einen der Wege entlanggingen, nahm Barrett David auf den Arm und trug ihn zu einem Busch.

„Schnee", sagte Barrett, als er dem Jungen einen der Fausthandschuhe auszog. „Schnee auf Büschen." Vorsichtig lenkte er Davids Hand zu dem Strauch und ließ ihn die Struktur und Größe ertasten. Und dann hob er ihn höher, sodass er die Oberseite und die weiche Beschaffenheit des Schnees erfahren konnte. „Schnee", wiederholte Barrett. David sagte nichts, aber das Lächeln auf seinem Gesicht, als Barrett seine Hand warm rieb und dann den Handschuh wieder anzog, verriet Charlotte, dass er seine Zeit im Park genossen hatte.

Als sie zurück in der Kutsche waren, wandte sich Barrett an Charlotte. „Darf ich einen weiteren Becher K-a-k-a-o vorschlagen? Mrs Melnor und Mr Bradley wären hocherfreut, noch einmal Gäste zu haben."

„Nachdem sie das Weihnachtsessen gekocht und serviert haben?"

Barrett nickte. „Sie haben die beiden kennengelernt und wissen doch, wie sehr sie sich darüber freuen, Kinder im Haus zu haben."

„Aber sollten Sie nicht irgendwo anders sein?" Irgendetwas musste ihn zu Richards Haus gebracht haben, und selbst wenn das nicht eilig war, sollte er den Tag doch sicher mit seiner neuen Verlobten verbringen. Als Charlotte Jeffreys Antrag angenommen hatte, hatte er sie in ganz West Point herumgeführt und sie jedem vorgestellt, den er kannte. Es war ein beinahe märchenhafter Tag gewesen, die Neuigkeit ihrer Liebe mit anderen zu teilen. Aber Barrett hatte Miriam nicht einmal erwähnt. Warum nicht?

„Ich habe für heute Nachmittag nichts anderes geplant", sagte er, als er mit der Kutsche in die Ferguson Street einbog. „Miriam und ihre Eltern sind vor einer Stunde gegangen und mein Treffen mit Richard kann bis morgen warten. Abgesehen davon ersparen Sie mir eine Fahrt, wenn Sie mit in mein Haus kommen."

„Das verstehe ich nicht."

„Das werden Sie bald begreifen."

Als sie das Haus betraten, war Mr Bradley einem Lächeln so nahe, wie Charlotte es kaum für möglich gehalten hätte, und Mrs

Melnor bestand darauf, dass Charlotte ihren Plumpudding kostete. „Die Kinder werden den Pudding nicht mögen“, sagte sie, „aber ich kann ein paar Kekse für sie backen.“ Und obwohl Charlotte protestierte, ließ sich Mrs Melnor nicht davon abbringen.

Während sie darauf warteten, dass die Kekse und die heiße Schokolade zubereitet wurden, führte Barrett Charlotte in den Salon. Ein kleiner, aber hübsch dekorierter Baum stand in einer Ecke, darunter befanden sich einige geöffnete Kartons und eine Tasche, die mit seltsam geformten Gegenständen gefüllt war.

Barrett griff nach der Tasche. „Dies ist die Fahrt, die Sie mir erspart haben. Ich hatte vor, es heute später vorbeizubringen, aber so ist es besser.“

Die Kinder waren auch dieser Meinung. Rose war entzückt von ihrer neuen Puppe und David schien fasziniert von den hölzernen Tieren, die Barrett ihm schenkte. Er saß zufrieden auf dem Boden und drehte jedes in seiner Hand hin und her, als würde er versuchen, etwas über die Form herauszufinden.

Barrett zog eine Schachtel hervor, deren spezielle Farbe keinen Zweifel daran ließ, dass sie aus Mr Ellis' Laden stammte. „Die Süßigkeit ist für Gwen, obwohl ich mir vorstellen kann, dass sie sie mit euch allen teilen wird.“ Barrett erläuterte, dass dies Mr Ellis' besondere Feiertagsmischung war. „Ich wollte Ihnen auch eine Schachtel kaufen, aber ich habe etwas gefunden, von dem ich glaube, dass es Ihnen besser gefallen wird.“ Er reichte Charlotte ein Paket, das nur ein Buch enthalten konnte.

„Danke, Barrett, ich bin überwältigt.“ Sie hatte die erste Schachtel mit Süßigkeiten und Davids Ball als Teil von Barretts Entschuldigung angenommen, aber sie hatte nicht noch mehr erwartet. Ganz bestimmt hatte sie nicht damit gerechnet, dass er Weihnachtsgeschenke für vier Menschen kaufen würde, die weder Familie noch enge Freunde waren.

Barrett zuckte mit den Achseln, als wären die Geschenke unbedeutend. „Eins hat zum anderen geführt. Ich hatte bereits die Süßigkeiten und Ihr Geschenk bestellt. Dann war ich letzten Monat mit Harrison bei der Union Mercantile Company einkaufen. Als ich die Tiere sah, dachte ich an David, und als ich sie gekauft hatte, wusste ich, dass ich Rose nicht leer ausgehen lassen konnte.“

Er rümpfte die Nase. „Sie war die größte Herausforderung. Man sollte denken, dass ich aufgrund der Arbeit im Unternehmen meiner Familie besser darin wäre, aber ich weiß nicht viel über kleine Mädchen. Harrison hat die Puppe vorgeschlagen."

Das Glück, das Charlottes Herz erfüllt hatte, als sie Davids Freude über seine Spielzeugtiere gesehen hatte, floss über und überflutete sie mit seiner Wärme. Es war vielleicht unbedeutend für andere, aber die Tatsache, dass die Geschenke keine Käufe in letzter Minute gewesen waren, dass Barrett im Voraus an ihren Sohn gedacht hatte, war ein sogar noch größeres Geschenk als die Tiere selbst. Barretts Aufmerksamkeit erinnerte Charlotte an ihre Kindheit. Obwohl Geld stets knapp gewesen war, hatte die Familie das Weihnachtsfest monatelang geplant. Die Geschenke waren oft einfach und selbst gemacht, aber sie spiegelten immer sowohl den Geber als auch den Empfänger wider und wurden noch lange nach dem Weihnachtstag in Ehren gehalten.

Charlotte hielt die Tränen zurück, die ihr in den Augen standen, und lächelte Barrett an. „Ich weiß nicht, wie ich Ihnen dafür danken soll, dass Sie das hier zu einem derart besonderen Tag gemacht haben."

Obwohl ein Muskel in seiner Wange zuckte, war sein Gesichtsausdruck undurchschaubar. „Vielleicht möchten Sie Ihr Geschenk öffnen", schlug er vor.

„Ich liebe Bücher", sagte Charlotte, als sie das Band aufzog. „Sie haben das wahrscheinlich erwartet, da Sie wissen, dass ich in der Vergangenheit Lehrerin war, aber es begann weit früher."

„An dem Abend im Opernhaus haben Sie mir erzählt, dass Bücher in Ihrer Kindheit Ihre besten Freunde waren."

Charlottes Augen weiteten sich, als ihr klar wurde, dass sich Barrett an die Einzelheiten ihrer Unterhaltung erinnert hatte. Es stimmte zwar, dass sie selbst sich an fast alles erinnerte, worüber sie an jenem Abend gesprochen hatten, aber sie hatte nicht erwartet, dass er das auch tun würde.

„Sie haben auch erwähnt, dass Sie krank gewesen sind", fuhr er fort. „Das muss schwer gewesen sein. Kinder – so war es zumindest bei meinen Brüdern und mir – mögen es, herumzutoben." Er rieb sich über die Beule auf seiner Nase.

Sie legte ihr Geschenk auf ihren Schoß, da sie mehr daran interessiert war, etwas über Barretts Kindheit zu erfahren, als das Buch auszupacken. „Haben Sie sich bei einer solchen Gelegenheit Ihre Nase gebrochen?“

Barrett schüttelte den Kopf. „Ich war klein für mein Alter, das perfekte Ziel für Raufbolde. Ein paar von ihnen hatten mich nach der Schule zu fassen gekriegt und beschlossen, auf mein Gesicht einzuhämmern. Das Nächste, was ich wusste, war, dass ich eine gebrochene Nase hatte. Das Schlimmste daran war, dass meine Brüder zu meiner Rettung kommen mussten. Sie haben mich nie vergessen lassen, dass ich der Kleine war.“

„Ich war die Älteste, aber auch das war nicht immer leicht“, sagte Charlotte leise.

„Weil Sie krank und ans Bett gefesselt waren.“ Es klang mehr wie eine Feststellung als wie eine Frage.

Sie schüttelte den Kopf. „Das war schon schwer genug, aber was ich am meisten hasste, waren die Nachwirkungen. Ich war daran gewöhnt, für meine Schwestern verantwortlich zu sein. Aber nachdem ich krank gewesen war, dachte jeder, ich müsste beschützt werden, also verhätschelten sie mich. Ich durfte viele Dinge nicht machen, die normale Kinder taten, weil der Arzt darauf hingewiesen hatte, dass ich immer schwach sein würde.“

„Jetzt wirken Sie überhaupt nicht schwach.“ Barretts Blick war anerkennend und wärmte Charlottes Herz.

„Ich bin so gesund wie nur möglich.“ Sie blickte auf ihren Sohn herab. „Jetzt ist es David, der Schutz braucht. Ich mache mir Gedanken über seine Zukunft.“

Mit einem Lächeln, das bis zu seinen Augen reichte, deutete Barrett auf das Paket auf Charlottes Schoß. „Sie möchten es vielleicht öffnen.“

Als das Papier gelockert war, zog Charlotte vorsichtig das Buch hervor und schnappte nach Luft, als sie den Titel las. Dies war kein Roman oder eine Gedichtsammlung. Stattdessen handelte es sich um etwas, das einen viel größeren Wert besaß. Barrett hatte ihr ein Buch für Lehrer von Blinden geschenkt. „Ich wusste nicht, dass es so etwas gibt!“

Als Charlotte das Buch durchblätterte und die Überschriften der

Kapitel las, spürte sie, wie Hoffnung in ihr aufkeimte. Vielleicht konnte sie mit dem Rat des Autors David alles beibringen, was er wissen musste. Sie hielt das Buch fest umklammert und sah zu Barrett auf. „Ich weiß nicht, wie ich Ihnen danken soll." Er hatte ihr etwas geschenkt, das wertvoller war als Diamanten und Gold; er hatte ihr die Möglichkeit gegeben, ihrem Sohn zu helfen.

Barrett schüttelte den Kopf. „Es ist kein Dank notwendig. Wie Sie gesagt haben, ist David ein besonderer Junge."

Die Tränen, die aus Charlottes Augen tropften, waren Tränen des Glücks. Barretts Freundlichkeit hatte ihren Trübsinn vertrieben und durch Erinnerungen ersetzt, die für den Rest ihres Lebens bleiben würden. Es war vielleicht kein perfekter Tag gewesen, aber er war sehr, sehr nahe dran.

Die schwache Dezembersonne war kaum aufgegangen, als Barrett schon nach seinem Mantel griff. So unangenehm, wie die nächste Stunde auch sein würde, wusste er, dass er es nicht länger hinausschieben sollte. Als einer seiner engsten Freunde musste Richard wissen, was geschehen war. Oder, genauer gesagt, was nicht geschehen war. Das war der Grund, weshalb Barrett gestern zur Maple Terrace gefahren war. Er hatte Richard sagen wollen, dass seine Verlobung noch nicht offiziell war. Sein Weihnachtsgeschenk an Miriam war ein goldenes Filigranarmband gewesen, nicht ein Diamantring. Als er sein Haus nach dem üppigen Festmahl, das Mrs Melnor für ihn und die Familie Taggert vorbereitet hatte, verlassen hatte, war es Barretts Absicht gewesen, zuerst Richard und dann Warren zu besuchen. Stattdessen hatte er Charlotte und die Kinder gesehen und plötzlich war ihm nichts wichtiger vorgekommen, als den Nachmittag mit ihnen zu verbringen.

Es war die richtige Entscheidung gewesen, denn mit ihnen zusammen zu sein, hatte den Tag zu dem glücklichsten Weihnachten gemacht, an das sich Barrett erinnern konnte. Schon allein die Freude hatte ihn zutiefst berührt, aber Charlottes Staunen über das Buch hatte eine leere Stelle tief in seinem Inneren gefüllt. Die Geschenke waren weit weniger kostspielig gewesen als die Gegenstände, die er Miriams Eltern geschenkt hatte, und doch hatte sich Charlotte so benommen, als würde Barretts Großzügigkeit keine Grenzen kennen.

„Du bist ein Dummkopf!" Die Vordertür von *Barretts Haus* wurde aufgerissen und Richard stürmte in die Eingangshalle. „Ich dachte, du hättest mehr Verstand, aber ich habe mich ganz offensichtlich geirrt."

Barrett seufzte. Die Neuigkeiten hatten sich schneller verbreitet, als er es erwartet hatte.

„Ich war auf dem Weg zu dir", sagte er und deutete auf seinen Mantel. „Aber da du nun schon einmal hier bist, können wir uns auch wie zivilisierte Menschen hinsetzen."

Richard zog seinen Mantel aus und grinste spöttisch. „Es gibt viele Adjektive, die ich benutzen würde, um dich zu beschreiben, aber heute Morgen gehört *zivilisiert* nicht dazu. Ich dachte, es wäre dir ernst damit, dich um ein Amt zu bewerben."

Barrett ging in den Frühstücksraum voran und deutete auf einen Stuhl. „Es ist mir ernst."

„Warum hast du es dann riskiert, einen mächtigen Zeitungsverleger zu verprellen?" Richards normalerweise bleiches Gesicht war tiefrot vor Aufregung. „Ich dachte, wir hätten uns darauf geeinigt, dass Miriam und du bis Weihnachten verlobt seid. Ich habe das erwartet und ich weiß, dass es Cyrus und Amelia Taggert genauso ging." Richard ballte seine Hand zur Faust. „Ich habe Amelia noch nie so erschüttert gesehen."

Richard hatte die Taggerts getroffen. Das erklärte, wie er davon erfahren hatte, dass an Miriams linker Hand noch kein Diamantring steckte. „Wann hast du sie gesehen?"

„Gestern Nachmittag. Ich war draußen, als ihre Kutsche an der Maple Terrace vorbeifuhr. Obwohl sie nichts darüber gesagt haben, müssen sie wohl von hier aus auf dem Rückweg gewesen sein. Miriam hat gefragt, ob ich mit ihnen in den Park fahren möchte."

„In den Stadtpark?" Zum Glück waren die Taggerts nicht dort gewesen, als er Charlotte und die Kinder dorthin mitgenommen hatte. Das hätte unangenehm werden können.

Richard schüttelte den Kopf. „Minnehaha. Das ist Miriams Lieblingspark. Sie mag die Lagunen."

Komisch. Barrett hatte das nicht gewusst. „War Miriam traurig?"

Obwohl das Essen ein bisschen angespannt gewesen war, im Wesentlichen wegen Mrs Taggerts untypischer Schweigsamkeit, hatte Miriam ihr Bestes getan, um die Unterhaltung am Laufen zu halten. Auch hatte sie jedes Mal gelächelt, wenn sie das Armband betastet hatte, Barretts Geschenk. Er konnte sich irren, aber Barrett glaubte nicht, dass dem so war. Als er Miriam frohe Weihnachten gewünscht und ihr das schmale rechteckige Kästchen gegeben hatte, hatte er Erleichterung in ihren Augen gesehen. Miriam, so schien es, war genauso unsicher im Hinblick auf ihre Zukunft wie er selbst. Und solange einer von ihnen Vorbehalte hatte, wäre es falsch, sich zu verloben, egal wie sehr Miriams Eltern die Heirat befürworteten, egal, wie sehr die Verbindung Barretts Karriere helfen konnte.

„War Miriam traurig?", wiederholte Barrett seine Frage.

Richard schüttelte den Kopf. „Für mich sah es nicht so aus, aber ihre Eltern sind es. Sie zu verärgern, war ausgesprochen dumm von dir."

„Vielleicht war es das." Aber es war sein ganzes Leben, das auf dem Spiel stand, nicht nur eine eventuelle politische Karriere.

Der Weihnachtsnachmittag war so anders gewesen als der vorangegangene Abend in der Villa der Taggerts. Eine einfache Fahrt durch den Park im Vergleich zu einer Feier mit den einflussreichsten Bürgern von Cheyenne. Heiße Schokolade statt Champagner und Austern. Das Gelächter von Kindern anstelle von dezenter Musik, die von einem Streichquartett dargeboten wurde. Wenn nur ein dummer Mensch die Zeit mit Charlotte mehr zu schätzen wusste als die glanzvolle Feier der Taggerts, dann war Barrett strohdumm.

Richards Blick durchbohrte seinen Freund. „Ohne Taggerts Unterstützung sind deine Aussichten, gewählt zu werden, geringer."

„Du hast wahrscheinlich recht, aber er hat mir seine Unterstützung noch nicht entzogen, oder?"

„Nein, aber das wird er, wenn du Miriam nicht heiratest. Amelia Taggert hat es sich in den Kopf gesetzt, dass ihre Tochter die Ehefrau eines Senators wird. Wenn du ihre Pläne durchkreuzt, geschieht das auf eigene Gefahr."

„Ich weiß."

„Wenn ich du wäre, würde ich ein vertrauliches Gespräch mit

Mrs Taggert führen. Erzähl ihr von deinen Plänen. Lass sie wissen, wann du um Miriams Hand anhalten möchtest." Richards Augen verdunkelten sich mit etwas, das Schmerz zu sein schien. „Sag ihr, dass du ein Romantiker bist und dass du deinen Antrag am Valentinstag machen möchtest. Sag ihr, was auch immer nötig ist, um sie davon zu überzeugen, dass du aufrichtig bist. Das kriegst du doch hin, oder?"

Barrett sah den Mann an, der ihm so viele gute Ratschläge erteilt hatte. Das, worum Richard bat, klang vernünftig, und doch … *Landry lügt nie.*

Kapitel 13

„Ihre Arbeit ist hervorragend, Madame Charlotte." Mrs Slater, eine groß gewachsene Frau mit einer Taille, die so schmal war, dass sie kaum ein Korsett brauchte, lächelte, während sie das dunkelbraune Popelinekleid bewunderte, das Charlotte bis Ende der Woche fertigstellen wollte. Es war der erste Dienstag des neuen Jahres. Charlotte hatte zu dieser Jahreszeit zwar nicht viele Kundinnen; Mrs Slater war jedoch eine ihrer besten, denn sie bestellte mindestens ein neues Kleid pro Monat. Wie Barrett hatte Mr Slater sein Vermögen mit Vieh gemacht und stellte seiner Frau ein fürstliches Kleiderbudget zur Verfügung.

„Selbst Mr Slater hat mich an Weihnachten zu meinem neuen Kleid beglückwünscht", sagte Mrs Slater, „und er bemerkt normalerweise nie, was ich trage. Männer." Sie rümpfte ihre lange Nase. „Wer kann schon begreifen, was sie denken?"

„Ich bin froh, dass das Kleid Ihnen beiden gefallen hat. Zitronengelb steht Ihnen besonders gut." Als Charlotte mit den Worten, sie habe diesen Stoff speziell für sie bestellt, den Ballen mit dem schweren Satin hervorgezogen hatte, war Mrs Slater überrascht gewesen. „Ich kenne niemanden sonst in Cheyenne, der diesen Farbton tragen könnte", hatte Charlotte erklärt und den Stoff vor ihre Kundin gehalten, sodass diese sehen konnte, wie die helle Farbe ihr dunkles Haar hervorhob.

„Es war nicht nur Mr Slater. Ein Dutzend Frauen hat mir gesagt, dass sie noch nie ein derart schönes Kleid gesehen haben. Sie sind ein Genie, Madame Charlotte."

„Wohl kaum." Auch Mama hatte schon behauptet, dass sie ein Auge für Farben hätte. Wenn das stimmte, war es eine Gabe.

„Sie sollten Lob annehmen, meine Liebe, wenn Sie es sich verdient haben. Und in diesem Fall haben Sie das." Mrs Slater verzog die Lippen, während sie ihr Spiegelbild betrachtete, und lächelte dann. „Sie hatten schon wieder recht. Der drapierte Stoff sieht gut aus über dem Faltenrock. Ich werde mit einem Kleid wie diesem die

First Lady in der Stadt sein." Ihre Augen verengten sich ein kleines bisschen. Charlotte vermutete, dass sie ihre Worte sorgfältig wählte, die als Nächstes kamen: „Sie sind klug, Madame Charlotte, nicht wie einige Leute, die ich Ihnen nennen könnte. Sie wissen, dass ich Klatsch nicht mag, aber …"

Charlotte versuchte nicht zu seufzen. Wenn es irgendetwas gab, das Mrs Slater mehr genoss, als in Modefragen den Ton anzugeben, dann war es Klatsch. In der Vergangenheit hatte Charlotte noch versucht, sie davon abzuhalten, ihre Geschichten zu erzählen. Doch das hatte sie mittlerweile aufgegeben. Stattdessen machte sie sich daran, den Saum abzustecken, sodass sie den selbstgefälligen Ausdruck auf dem Gesicht ihrer Kundin nicht sehen musste, wenn sie eine pikante Neuigkeit erzählte.

„Ich war schockiert, als ich es hörte", flüsterte Mrs Slater kopfschüttelnd, „aber es scheint wahr zu sein. Mr Landry scheint jeglichen gesunden Menschenverstand verloren zu haben."

Charlotte lief ein Schauer über den Rücken, als ihr klar wurde, dass Barrett vielleicht einen hohen Preis dafür bezahlen musste, weil er am Weihnachtsnachmittag mit ihr und den Kindern zusammen gewesen war.

„Die Geschichten sind sehr verwirrend." Mrs Slater brauchte keine Ermutigung, um fortzufahren. „Alles, was ich weiß, ist, dass keine Verlobung bekannt gegeben wurde und dass Miriam Taggert und ihre Eltern dabei gesehen wurden, wie sie am Weihnachtstag mit Mr Eberhardt unterwegs waren, wo sie doch bei Mr Landry hätten sein sollen."

Charlotte unterließ es darauf hinzuweisen, dass die Taggerts beim Weihnachtsessen Barretts Gäste gewesen waren. Wenn Mrs Slater das nicht wusste, würde Charlotte nicht diejenige sein, die es ihrem Klatschrepertoire hinzufügte.

„Ich sage Ihnen, Madame Charlotte, ich habe niemals gedacht, dass Mr Landry dumm ist", fuhr Mrs Slater fort. „Ich dachte, er würde einen guten Senator abgeben. Er ist so gut aussehend und seine Stimme ist so angenehm, dass ich ihm stundenlang zuhören könnte. Aber jeder Mann, der einen Hauptgewinn wie Miriam sausen lässt, ist dumm. Denken Sie an meine Worte. Er wird auch seine politische Karriere davonsausen sehen, wenn er sie nicht bald heiratet."

„Denken Sie das wirklich?“

„Ich weiß es. Der Mann braucht eine Frau und er wird keine passendere finden als Miriam.“

In diesem Punkt war sich Charlotte nicht so sicher. Was sie allerdings sicher wusste, war, dass Wyoming einen Mann wie Barrett brauchte. Während sie die letzte Nadel in Mrs Slaters Saum steckte, schüttelte sie den Kopf. Obwohl auch andere bereit waren, schwierige Themen anzupacken und für Wyomings Rechte zu kämpfen, war Barrett der beste Verfechter vernünftiger Wassergesetze, den Charlotte jemals getroffen hatte. Seine Erläuterungen der Problematik waren leicht zu verstehen, selbst für Männer aus den Gebieten in Wyoming, die niemals unter Trockenheit gelitten hatten und in denen großzügige Wasservorräte selbstverständlich waren. Und was noch wichtiger war: Barrett tat mehr, als die Probleme nur zu erklären. Er machte konkrete Vorschläge, wie man sie lösen konnte. Diese Kombination von rhetorischer Gewandtheit und praktischem Vorgehen war einzigartig. Wenn Barrett sich aus dem Rennen zurückzog oder verlor, würden die Menschen in Wyoming die wahren Verlierer sein.

Als Charlotte *Élan* schließlich schloss, war sie erschöpft.

Nach Mrs Slater waren noch vier andere Kundinnen gekommen. Obwohl jede von ihnen ein neues Kleid bestellt hatte, hatten sie den größten Teil ihrer Zeit im Laden damit verbracht, über Barrett und Miriam und die Verlobung, die nicht bekannt gegeben worden war, zu tratschen. Charlotte hatte Kopfschmerzen, die Füße taten ihr weh, sogar ihre Fingernägel brannten. Das Jahr, das sie für so verheißungsvoll gehalten hatte, hatte nicht gut angefangen. Sie sehnte den Beginn des Frühlings herbei. Bis dahin würden Barrett und Miriam bestimmt ihre Verlobung bekannt gegeben haben und seine politische Zukunft wäre gesichert.

Gwen litt nicht unter trüben Gedanken. Mit einem Lächeln auf dem Gesicht füllte sie den duftenden Rindereintopf auf vier Teller und machte es sich anschließend auf ihrem Stuhl bequem.

„Wir haben erst den 4. Januar, aber ich bin davon überzeugt, dass dies das beste Jahr überhaupt werden wird", sagte sie und bestrich ein Stück frisch gebackenes Brot mit Butter.

Schon beim Betreten der Küche hatte Charlotte gewusst, dass Gwen glücklich war, und zwar allein wegen der Aromen, die sie begrüßt hatten. Eine zufriedene Gwen fügte mehr Gewürze als sonst zu ihrem Essen hinzu und ließ dadurch die ganze Wohnung wundervoll duften.

„Warren hat zu mir gesagt, dies sei das Jahr, in dem meine Träume wahr werden", fuhr sie fort, „und ich glaube ihm."

Es gelang Charlotte zu lächeln. „Ich hoffe, er hat recht. Du verdienst alles Gute."

Das galt auch für Barrett und Miriam. Und am allermeisten für David. Außenstehende könnten vielleicht denken, dass die Probleme, mit denen David es zu tun hatte, nicht so wichtig waren wie jene, die sich über dem Territorium zusammenbrauten. Aber für Charlotte war nichts wichtiger, als ihrem Sohn eine glückliche, sichere Zukunft zu sichern.

Als das Abendessen beendet war, kehrte David zu dem zurück, was zu seinem liebsten Zeitvertreib geworden war, nämlich mit den hölzernen Tieren zu spielen, die Barrett ihm geschenkt hatte. Er hob immer eines davon auf und fuhr mit seinen Fingern die Ränder entlang, als würde er sich die Formen merken, während Rose ihm die Namen nannte. Die Freude, die die beiden Kinder an diesem einfachen Geschenk hatten, zeigte Charlotte, dass Barrett Kinder besser verstand, als er zugab.

Die Erinnerung daran, wie er David den Schnee auf dem Strauch gezeigt hatte, zauberte ein aufrichtiges Lächeln auf Charlottes Gesicht. Sie war Davids Mutter und verbrachte ihre Tage damit, sich Möglichkeiten auszudenken, wie sie ihm etwas beibringen konnte. Aber obwohl sie ihn mit Schnee bekannt gemacht hatte, hatte sie nicht daran gedacht, ihm zu zeigen, dass Schnee auf alles fiel, nicht nur auf den Boden. Barrett, ein Mann ohne Kinder, nicht einmal mit Nichten oder Neffen, hatte das getan. Seit diesem Tag hob David, wenn sie nach draußen gegangen waren, seine Arme hoch und streckte die Hände aus, als suche er nach Hinweisen auf Schnee.

Barrett hatte Davids Bedürfnis erkannt. Vielleicht hatte er auch erkannt, wie wenig Charlotte über das Unterrichten von Blinden wusste, und ihr deshalb das Buch geschenkt.

„Oh, Gwen, ich weiß nicht, ob ich das tun kann", sagte Charlotte, als sie die Kinder ins Bett gebracht hatten.

„Was tun?" Gwen blickte von dem Tischläufer auf, den sie bestickte, während Charlotte das Buch studierte.

„David unterrichten. Es gibt so vieles, das ich nicht weiß." Charlotte hasste ihren jammernden Tonfall. Wenn ihr Kopf nicht so wehtun würde, dann würde ihr das Buch vielleicht nicht so überwältigend vorkommen. „Ich möchte, dass David lesen lernt, aber wenn ich es ihm beibringen will, muss ich selbst die Brailleschrift lernen." Sie hob ihre rechte Hand und berührte ihre Fingerkuppen. „Meine Fingerspitzen haben Schwielen vom Nähen. Ich frage mich, ob ich in der Lage sein werde, diese Punkte zu unterscheiden. Sie sind so klein."

Gwen lächelte sie ermutigend an. „Du hast Jahre, um das zu lernen. Ich weiß, dass David ungewöhnlich schlau ist, aber selbst er wird für die nächsten vier oder fünf Jahre noch nicht bereit sein fürs Lesen. Bis dahin bist du eine Expertin. Ich weiß, dass du das sein wirst."

Charlotte teilte die Zuversicht ihrer Freundin nicht. Sie war immer noch aufgewühlt, als sie ins Bett ging. In ihrem Kopf wirbelten Gedanken an Barrett und Sorgen über Davids Zukunft durcheinander. Irgendwie musste sie eine Möglichkeit finden, ihm das zu geben, was er brauchte, und diese Möglichkeit würde – so Gott wollte – nicht bedeuten, dass sie ihn wegschicken musste.

Ihr Blick ruhte auf ihrem Sohn, während sie ihn beim Schlafen beobachtete. Seine Arme waren angewinkelt und nah an die Brust gepresst, seine Beine entspannt ausgestreckt. Friedlich lag David in seinem Bettchen. Wenn Charlotte diese Ruhe doch nur teilen könnte! Als sie sich abwandte, erinnerte sie sich daran, wie ihr Vater einen seiner Lieblingsbibelverse zitiert hatte, und die Worte von Sprüche 16,9 echoten durch ihren Kopf. „*Der Mensch plant seinen Weg, aber der Herr lenkt seine Schritte.*" Das war die Antwort. Papa hatte recht. Charlotte hatte sich so darum gesorgt, ihre Unabhängigkeit zu erlangen, zu beweisen, dass sie nicht verhätschelt oder beschützt werden musste, dass sie eine entscheidende Wahrheit vergessen hatte. Sie konnte es leugnen, so viel sie wollte, aber sie brauchte dennoch Hilfe. Gottes Hilfe.

Hilf mir, Herr, betete sie. *Ich kann es nicht allein. Ich brauche dich, um meine Schritte zu lenken.*

Sie griff nach der Bibel auf ihrem Nachttisch, doch dann schüttelte sie den Kopf. Was sie brauchte, war die Bibel ihrer Kindheit, die sie seit ihrer Ankunft in Cheyenne versteckt gehalten hatte. Die Worte waren dieselben, aber das weiche, abgenutzte Leder fühlte sich in ihren Händen anders an und spendete einen fühlbaren Trost, den die neue Bibel nicht bot. Ihre alte Bibel war ein Geschenk ihrer Eltern zu ihrem achten Geburtstag gewesen, und wenn sie sie öffnete, konnte sie ihren Namen und ihr Geburtsdatum sehen. Beides war sorgfältig eingetragen, gefolgt von den anderen Meilensteinen ihres Lebens: ihrer Ehe, Jeffreys Tod, Davids Geburt. Vielleicht war die Tatsache, dass sie an Papa gedacht und sich an seinen weisen Rat erinnert hatte, der Grund dafür, weshalb sie einzig und allein das Buch in der Hand halten wollte, das ihre Eltern ihr gegeben hatten.

Charlotte holte es aus seinem Versteck, öffnete es irgendwo und suchte nach den Worten des Herrn. Ihr Blick landete im 41. Kapitel von Jesaja, Vers 13. „*Denn ich bin der Herr, dein Gott. Ich nehme dich an deiner rechten Hand und sage: Hab keine Angst! Ich helfe dir.*"

Sie schaute auf ihre rechte Hand hinab und lächelte. Vor weniger als einer Stunde hatte sie sich Sorgen darüber gemacht, dass diese Hand nicht in der Lage sein würde, Braille zu lesen. Es war kein Zufall, dass dies der erste Vers war, den sie gelesen hatte. Gott hatte ihre Sorgen gehört und er hatte sie beantwortet. Er würde ihre Hand halten. Er würde ihr helfen. Das war alles, was Charlotte brauchte.

Zögernd legte sie die Bibel zurück in die unterste Schublade und bedeckte sie mit Kleidung. So gern sie dieses Buch auch täglich benutzen wollte, konnte sie nicht riskieren, dass Rose es fand und Gwen zeigte. Sie würde bis zu Davids zweitem Geburtstag warten. Sicher hätte der Baron sie bis dahin vergessen. David und sie würden in Sicherheit sein.

„Oh, Charlotte, es ist wunderschön." Miriam bewunderte ihr Bild in dem langen Spiegel. „Ich hätte nie gedacht, dass mir Braun steht."

Charlotte lächelte. „Es ist Rostrot, nicht Braun."

Miriam betastete den leichten Wollstoff. „Nur du kennst den Unterschied und weißt, welche Farbe ich tragen sollte. Mama hätte wieder auf Blau bestanden, aber ich wollte etwas weniger ..." Sie zögerte, als würde sie nach einem Wort suchen. „Auffälliges", sagte sie schließlich. „Ich möchte hübsch aussehen, wenn ich an seiner Seite bin, aber ich möchte, dass die Aufmerksamkeit auf Barrett ruht."

Charlotte nickte und reichte Miriam das Paar Handschuhe, das sie passend zu dem neuen Kleid gemacht hatte. Es schien, als irrten sich Mrs Slater und die anderen Frauen, denn wenn es irgendeine Entfremdung zwischen Miriam und Barrett gäbe, würde Miriam nicht vorhaben, nächste Woche mit ihm bei den Wahlen zu sein.

„Hattest du schöne Weihnachten?", fragte Miriam, als sie ihre Hände in die Handschuhe gleiten ließ und sorgfältig jeden Finger glättete.

„Das hatte ich tatsächlich. David hat zum ersten Mal verstanden, wie man Geschenke öffnet." Charlotte lächelte und erinnerte sich daran, wie begeistert ihr Sohn von den Holztieren gewesen war, die Barrett ihm geschenkt hatte.

„Ich habe gehört, dass Mrs Amos mit Mr Duncan im *Inter-Ocean* essen war."

Charlotte wandte sich abrupt um. Der seltsame Klang in Miriams Stimme hatte sie alarmiert. Bestimmt hatte sie nichts dagegen, dass Gwen essen ging, oder?

„Ja, das war sie."

„Mama war entsetzt, aber du kennst Mama. Sie hat eine Reihe von Regeln im Kopf und wehe dem, der es wagt, sie zu missachten."

Charlotte wusste, dass sie nicht überrascht sein sollte, dass sich die Sache mit Gwens Abendessen verbreitet hatte oder dass Mrs Taggert etwas daran auszusetzen hatte. Doch sie konnte sich beim besten Willen nicht vorstellen, welche Anstandsregel Gwen gebrochen hatte. „Was hat deine Mutter gestört?"

„Sein Alter." Miriam verzog die Lippen, als hätte sie in eine saure

Zitrone gebissen. „Eine Frau sollte keinen Mann heiraten, der alt genug ist, ihr Vater zu sein, besonders hier in Wyoming nicht, wo auf jede Frau ein Dutzend Männer kommt“, erklärte sie und ahmte dabei ihre Mutter perfekt nach.

„Ich glaube nicht, dass übers Heiraten gesprochen worden ist. Aber auch wenn Gwen eine Ehe in Erwägung zieht, denke ich, dass der Charakter eines Mannes weit wichtiger ist als sein Alter.“ Und es war Warrens Charakter, der Charlotte mit Sorge erfüllte, nicht die Tatsache, dass er zwanzig Jahre älter war als Gwen.

„Das habe ich Mama auch gesagt.“ Miriam errötete. „Sie wollte nichts davon wissen. Sie hat behauptet, dass jede, die dumm genug sei, einen älteren Mann zu heiraten, dazu verurteilt sei, eine junge Witwe zu werden.“

Das war zwar möglich, aber noch lange nicht zwangsläufig so. Abgesehen davon … „Gwen ist bereits Witwe, obwohl ihr Mann nur zwei Jahre älter war als sie.“

Miriam sah verwirrt aus. Einen Moment später nickte sie. „Du hast recht. Wir sprachen über Gwen.“

„Ich bin überrascht, dass du hier bist.“ Herb Webster klopfte Barrett auf die Schulter und deutete auf eine weniger überfüllte Ecke des Gerichtsgebäudes. Obwohl der ältere Mann keine offizielle Position in Barretts Partei innehatte, war er unentbehrlich als einer der Männer, die hinter den Kulissen agierten. Wenn er mit jemandem sprechen wollte und man dies Gespräch ablehnte, riskierte man sein Ansehen in der Partei.

„Warum sollte ich nicht hier sein?“, fragte Barrett, während sie sich durch die Reihen der Leute schlängelten, die darauf warteten, ihre Stimme abzugeben. Es war der 11. Januar, Wahltag in der Stadt Cheyenne. „Ich hatte doch angeboten zu helfen, weil wir alle wissen, dass einige Wähler Ermutigung brauchen, wenn sie zu den Wahlurnen kommen.“

Herbs Lippen verzogen sich zu einem schiefen Lächeln. „Die meisten Männer, die für das sorgen, was du Ermutigung nennst, versuchen außerdem, ihre eigenen Interessen voranzutreiben.“

„Ich kann nicht leugnen, dass das zum Teil der Grund dafür ist, weshalb ich mich freiwillig dazu gemeldet habe, hier zu sein."

Herb nickte und senkte seine Stimme. „Und das ist der Grund, weshalb ich überrascht bin, dich hier zu sehen. Ich dachte, du hättest deine Hoffnung auf ein Amt begraben."

„Das ist ein falsches Gerücht."

„Ich bin froh, das zu hören. Die Partei braucht dich und das Territorium auch. Wir müssen endlich selbst entscheiden, wer uns regiert, und es nicht dem Präsidenten überlassen."

„Du magst Moonlight nicht?" Es war weniger als eine Woche her, dass Präsident Cleveland Thomas Moonlight zum Territorialgouverneur bestellt hatte.

Herb zuckte mit den Achseln. „Ich weiß nicht genug über ihn, um das sagen zu können. Er könnte ein guter Mann sein, aber er ist aus Kansas. Die Bürger von Wyoming verdienen einen Gouverneur, der hier lebt."

„Da werde ich dir keinesfalls widersprechen." Während er Wähler begrüßt, über Streitfragen diskutiert und die Kandidaten seiner Partei unterstützt hatte, hatte Barrett auch betont, wie wichtig es war, dass Wyoming ein Staat wurde. Wie Herb und viele andere Politiker glaubte er, dass Autonomie unerlässlich war.

„Wo ist Miriam?" Warren klopfte Barrett auf die Schulter und zog ihn von Herb weg. „Ich dachte, sie wollte dich heute begleiten."

„Sie wird kommen."

In den zweieinhalb Wochen seit Weihnachten hatte Barrett Miriam dreimal getroffen. Sie hatten an einer Neujahrsfeier im Haus eines Freundes teilgenommen, sie hatten eine Fahrt in den Minnehaha-Park unternommen, damit Miriam die zugefrorenen Lagunen bewundern konnte, und sie hatten sich gestern Abend ein Theaterstück angesehen. Jedes Mal hatte Miriam erwähnt, dass sie am Wahltag an Barretts Seite sein würde. Sie hatte sogar gesagt, dass sie sich für diesen Anlass ein neues Kleid machen ließ. Sie würde da sein.

„Da ist sie." Barrett deutete auf Miriam, die in der Tür stand. Ihr Lächeln war strahlend, ihre Hand ruhte auf Richards Arm. Als ihr Blick auf Barrett traf, nickte sie und kam auf ihn zu, ließ Richard dabei aber nicht los.

„Miriam, Sie sehen heute wieder bezaubernd aus“, sagte Barrett, als sie ihn erreichte. Das war keine Lüge. Das rötlich-braune Kleid ließ ihr Haar so hell wirken wie der Sonnenschein und das Lächeln, das sie beim Betreten des Raumes gezeigt hatte, brachte ihr Gesicht zum Leuchten. Aus Barretts Sicht hatte sie noch nie schöner ausgesehen. Während Warren Richard in eine Diskussion über die verschiedenen Kandidaten verwickelte, blieb Barretts Aufmerksamkeit auf Miriam gerichtet. „Sie und Richard schienen in eine Unterhaltung vertieft gewesen zu sein, als Sie ankamen.“ Obwohl sie gelächelt hatte, hatte ihr lebendiger Gesichtsausdruck keinen Zweifel daran gelassen, dass sie mit etwas beschäftigt gewesen war, das Gefühle bei ihr auslöste.

Miriams Lächeln verbreiterte sich. „Wir sprachen über den ‚Raben‘. Richard ist nicht meiner Meinung, dass es da mehrere Bedeutungsebenen gibt.“

„Ich müsste ihm zustimmen. Wie viel Bedeutung kann ein Vogel haben?“

„Oh, Barrett.“ Er konnte sehen, dass Miriam sich Mühe gab, nicht zu lachen. „Sie sind vielleicht die größte Hoffnung des Territoriums für eine vernünftige Regierung, aber Ihre Literaturkenntnis ist leider mangelhaft. ‚Der Rabe‘ ist ein Gedicht von Edgar Allan Poe.“

Ein Gedicht. Kein Wunder, dass er verwirrt war. Das einzige Buch, an das Barrett im vergangenen Monat gedacht hatte, war das Lehrbuch gewesen, das er Charlotte geschenkt hatte. Und die Gedanken, die er sich um dieses Buch gemacht hatte, waren unzählbar gewesen. Er hatte viel zu viel Zeit damit verbracht, sich Sorgen darüber zu machen, ob ihr das Buch dabei helfen würde, die speziellen Techniken zu lernen, die nötig waren, um David zu unterrichten. Er hatte sich Sorgen darüber gemacht, warum das Kind seinen Ball nicht rollen wollte, wenn Barrett nicht da war, und was das für seine Zukunft bedeuten könnte. Am meisten jedoch hatte er sich darum gesorgt, dass David ohne Vater aufwuchs. Und das war weit wichtiger als Poesie.

„Ich gehe nach nebenan“, sagte Charlotte zu Molly, während sie den letzten Faden abtrennte und den Stoff unter der Nähmaschine hervorholte. „Ich werde nicht lange weg sein, aber wenn eine Kundin kommt, kannst du ihr Kaffee oder Tee und ein paar Kekse anbieten, während sie sich die neuen Musterhefte anschaut.“

Obwohl sie niemals aß oder trank, während sie nähte, hielt Charlotte stets Tee und Kaffee für ihre Kundinnen bereit. An manchen Tagen, wenn sie so wie heute auch noch frisch gebackene Kekse hatte, war der Laden von leckeren Düften erfüllt.

Ein fassungsloser Gesichtsausdruck huschte über Mollys Gesicht. „Jetzt? Sie gehen jetzt?“

Charlotte nickte. Es war kein Wunder, dass ihre Angestellte verwirrt war. Charlotte hatte einen festen Zeitplan und wich nur selten davon ab. Normalerweise würde sie den Laden jetzt nicht verlassen, denn es war immer noch etwas an Mrs Slaters neuem Kleid zu tun, aber Charlotte wurde das Gefühl nicht los, dass sie sofort nach Mr Yates sehen sollte. Für gewöhnlich fand sie gegen Ende des Tages eine Ausrede, um bei ihm vorbeizuschauen. Sie wusste, dass der ältere Mann protestieren würde, wenn sie zugab, dass sie ihn nur deshalb besuchte, weil sie ihm ein bisschen Gesellschaft leisten wollte. Seit Weihnachten wirkte er trauriger als sonst, doch er leugnete, dass – abgesehen von seiner Sehnsucht nach Prudence und seinem Wunsch, nach Arizona zu ziehen – irgendetwas nicht in Ordnung war.

Charlotte konnte keinen Grund für das Gefühl der Dringlichkeit benennen, aber ihr Instinkt sagte ihr, dass genau jetzt der Zeitpunkt war, um Mr Yates zu besuchen. Und so hängte sie das halb fertige Kleid an einen Haken, warf sich ihren Umhang über die Schultern und steuerte auf die Tür zu. Obwohl sie gelegentlich ohne Umhang nach nebenan eilte, war das heute aufgrund des gestrigen Schnees und der anhaltenden bitteren Kälte unmöglich.

„Guten Morgen, Mr Yates“, rief Charlotte, als sie den Laden mit einem abgedeckten Teller in der Hand betrat.

„Ah, Madame Charlotte. Es ist schön, Sie zu sehen.“ Zu Charlottes Erleichterung wirkte ihr Nachbar fröhlicher, als er es gestern gewesen war. Vielleicht lag es daran, dass sie heute im Verlauf des Vormittags gekommen war. Vielleicht war Mr Yates ein Mensch, der den Sonnenuntergang und die Dunkelheit fürchtete. Sie hatte gehört, dass einige Menschen, besonders ältere, von diesem Leiden geplagt wurden.

„Was kann ich für Sie tun?“, fragte er und lehnte sich auf dem Tresen nach vorn. „Mehr Socken für David?“

Charlotte lachte. „Sie wissen, dass er keine braucht.“ Mr Yates hatte ihm ein halbes Dutzend Paare zu Weihnachten geschenkt. „Ich dachte, Sie würden sich über ein paar von Gwens Keksen freuen.“ Sie entfernte die Abdeckung, bevor sie ihm den Teller reichte.

Als der Duft von Schokoladenkeksen den Raum erfüllte, zog ein breites Lächeln auf das Gesicht des Ladeninhabers. „Meine Lieblingskekse. Danke, aber haben Sie etwas dagegen, wenn ich sie mit jemandem teile?“

„Natürlich nicht. Sie gehören Ihnen.“

Zu ihrer Überraschung rief Mr Yates: „Mrs Cox, würden Sie und Nancy gerne einen Keks essen?“

Erschrocken darüber, dass noch andere Kunden im Laden waren, wirbelte Charlotte herum. Sie hatte niemanden gesehen oder gehört. Der Grund für Ersteres war offensichtlich, als eine Frau hinter dem mit einem ganzen Haufen Tischwäsche bedeckten Tresen hervortrat. Bei einer Größe von kaum 1,50 m war die zierliche blonde Frau, die ein Kind auf dem Arm hatte, von der Auslage verdeckt worden.

„Danke, Mr Yates. Darüber würden wir uns freuen.“ Ihre Stimme war sanft, beinahe zaghaft, als hätte sie Angst, die Aufmerksamkeit auf sich zu ziehen. Vielleicht war das der Grund, weshalb Charlotte keine Geräusche gehört hatte. Mrs Cox setzte das kleine Mädchen auf den Tresen und wandte sich mit fragendem Blick an Charlotte.

Bevor Charlotte etwas sagen konnte, stellte Mr Yates die beiden einander vor. „Mrs Cox, das hier ist Madame Charlotte. Sie hat ihr Geschäft nebenan. Madame Charlotte, ich darf Ihnen Mrs Cox, eine meiner besten Kundinnen, und ihre Tochter Nancy vorstellen.“

Charlotte versuchte, das kleine Mädchen mit den trüben Augen und dem unruhigen Blick nicht anzustarren. Stattdessen lächelte sie die Mutter an, eine Frau, die Charlotte auf Mitte 30 schätzte.

„Ich bin erfreut, Sie kennenzulernen“, sagte Mrs Cox als Antwort auf Charlottes Lächeln. „Ich habe so viel von Ihnen gehört und auch die wundervolle Arbeit gesehen, die Sie machen." Ihr Lächeln verblasste ein wenig. „Ich würde gern eines Ihrer Kleider besitzen, aber es ist schwierig, Zeit für eine Anprobe zu finden. Nancy beschäftigt mich rund um die Uhr, und wenn sie schläft, dann haben Sie nicht mehr geöffnet." Sie beließ ihre Hand auf Nancys Schulter, vielleicht um sie zu beruhigen, vielleicht auch, um sie am Fallen zu hindern.

„Sie könnten Nancy mitbringen."

Die Frau schüttelte den Kopf. „Oh, das könnte ich nicht. Ich halte sie immer fest, wenn wir in einem Laden sind, aber das könnte ich nicht, während Sie für ein Kleid Maß nehmen. Sie sehen also …"

„Ja, ich sehe." Charlotte konnte die Ironie in den Worten nicht übersehen. Sie und Mrs Cox konnten vielleicht sehen, aber Nancy konnte das nicht. Wie David war sie blind.

„Keks", sagte das kleine Mädchen.

Charlotte sah zu, als Mrs Cox ihrer Tochter einen Schokoladenkeks reichte. Während David geschickt darin war, Kekse in kleinere Stücke zu brechen und einen Bissen nach dem anderen zu essen, versuchte Nancy den ganzen Keks auf einmal in ihren Mund zu stopfen. Das unvermeidliche Ergebnis war, dass der Keks zerbröselte und der größte Teil davon auf dem Boden landete.

„Ich fürchte, sie ist keine sehr geschickte Esserin."

„Das ist kein Problem." Mr Yates Stimme war gelassen und beruhigend. „Ich hole einen Besen." Er steuerte auf das Hinterzimmer zu und ließ Charlotte mit seiner Kundin allein.

Sie betrachtete das kleine Mädchen, das seine Süßigkeit ganz offensichtlich genoss, auch wenn die Hälfte davon auf dem Boden lag. Das Kind war klein und dünn wie seine Mutter, schien aber älter zu sein als David, auch wenn seine Fähigkeit zu essen weniger weit entwickelt war.

„Wie alt ist sie?"

Mrs Cox' Gesichtsausdruck besagte, dass sie Charlottes unausgesprochene Besorgnis verstand. „Nancy wird nächste Woche zwei. Das ist auch der Grund, weshalb ich heute einkaufen gegangen bin. Ich wollte ein neues Kleid für ihren Geburtstag kaufen. Ich hatte gehofft, sie würde mittlerweile laufen, aber …" Ihre Stimme verklang.

„Haben Sie versucht, sie dazu zu bringen, sich an einem Puppenwagen festzuhalten?“ Barretts Buch hatte diese Technik vorgeschlagen, um Kinder zum Laufen zu ermutigen. Obwohl er immer noch nicht allein lief, schien David Selbstvertrauen zu gewinnen, wenn er sich an Roses kleinem Wagen festhielt.

„Habe ich nicht.“ Mrs Cox’ hellblaue Augen verdunkelten sich vor Verwirrung. „Wie …? Warum …?“ Sie schien nicht in der Lage zu sein, ihre Fragen zu beenden.

„Woher ich weiß, dass man einen Kinderwagen benutzen kann?“ Als Mrs Cox nickte, sagte Charlotte schlicht: „Mein Sohn ist blind.“

Zu Charlottes Überraschung fing Mrs Cox an zu lächeln. „Sie wissen nicht, wie glücklich mich das macht.“ Kaum dass sie die Worte ausgesprochen hatte, errötete die Frau und ihr Lächeln verschwand. „Es tut mir so leid. Bitte verstehen Sie mich nicht falsch, Madame Charlotte. Ich bin nicht glücklich darüber, dass Ihr Sohn nicht sehen kann, aber ich bin glücklich, dass ich nicht allein bin. Es ist so schwierig.“ Sie nahm einen weiteren Keks zur Hand. Dieses Mal brach sie ein kleines Stück davon ab, das sie ihrer Tochter reichte. „Ich liebe meine Tochter von ganzem Herzen, aber manchmal ist es schwierig zu wissen, was man tun muss, und bisher gab es niemanden, den ich fragen konnte. Ich habe einige Mütter getroffen, deren Kinder schlecht hören, aber keine, deren Kinder blind sind.“

Mrs Cox streckte ihre Hand aus und berührte Charlottes Arm. „Oh, Madame Charlotte, ich bin so froh, dass Sie heute hier sind.“

Kapitel 14

Charlotte zog ihren Umhang enger und versuchte nicht zu zittern, während der Wind an ihr zerrte. Er hatte die ganze Nacht geheult. Sein trauriges Klagen hatte sie vom Schlafen abgehalten und David unruhig gemacht. Als der Sturm in den Stunden vor Sonnenaufgang ein wenig von seiner Heftigkeit zu verlieren schien, hatte sie ihre Witwenkleidung angezogen und sich auf den Weg in die Pension gemacht. Mrs Kendall hatte erzählt, dass die Frauen warme Kleidung benötigten, deshalb bestand die heutige Lieferung aus einem halben Dutzend schwerer Flanellunterröcke. Obwohl es ihnen an der ausgefallenen Stickerei und der gehäkelten Bordüre fehlte, die Charlottes Kundinnen erwarten würden, hatte sie sorgfältig an jedem Biesen angebracht, weil sie wollte, dass Mrs Kendalls Pensionsgäste zumindest einen Hauch von Luxus hätten. Sie besaßen so wenig davon.

Aber es waren nicht die Frauen aus der 15th Street, die in den vergangenen Tagen Charlottes Gedanken beschäftigt hatten. Es war Nancy Cox. Wie Nancys Mutter hatte Charlotte geglaubt, sie sei die Einzige in Cheyenne, die ein blindes Kind aufzog. Jetzt wusste sie, dass sie nicht allein war und dass mindestens eine andere Person genauso wie sie glaubte, dass Kinder davon profitierten, wenn sie mit ihren Eltern zusammenlebten.

„Wir werden alles tun, was wir können, um Nancy zu helfen, aber wir können unser einziges Kind nicht wegschicken." Mrs Cox hatte ihr anvertraut, dass Nancys Geburt schwierig gewesen war und dass die Hebamme sie gewarnt hatte, sie würde ihr Leben riskieren, wenn sie noch ein Kind bekäme. „Mr Cox und ich werden das nicht tun, vor allem, weil Nancy …" Sie zögerte, bevor sie sagte: „Weil unsere Tochter besonders ist. Wir wollen ihr nah sein, während sie aufwächst."

Genauso wie Charlotte David nahe sein wollte. Das Problem war, dass das Lehrbuch, das sie von Barrett bekommen hatte, betonte, wie wichtig es war, ausgebildete Lehrer zu haben, vor allem nach den ersten drei Jahren. Charlotte konnte sich nichts vormachen. Obwohl sie tatsächlich Lehrerin gewesen war, war sie nicht dazu ausgebildet, mit blinden Kindern zu arbeiten. Aber es musste eine Lösung geben.

Charlotte schabte mit ihren Stiefeln über den Tritt, um den anhaftenden Schnee abzuschütteln, und klopfte dann an die Tür der Pension. Auf dem Weg zurück nach Hause wäre noch Zeit genug, um sich über Davids und Nancys Ausbildung Gedanken zu machen. Fürs Erste wollte sie ihre Aufmerksamkeit Mrs Kendall widmen.

„Ich habe heißen Kaffee, wenn Sie gerne welchen hätten“, sagte die Pensionswirtin, als sie Charlotte in die Küche führte.

Charlotte schüttelte den Kopf. Obwohl sie ein heißes Getränk genießen würde, wollte sie ihren Schleier nicht heben. Sie bezweifelte zwar, dass Mrs Kendall ihre Identität verraten würde, wenn sie etwas davon wüsste, doch es bestand immer die Möglichkeit, dass eine der Pensionsbewohnerinnen in die Küche kommen und Charlotte erkennen würde. Es war besser, anonym zu bleiben.

„Ich werde meine Hände jedoch am Herd wärmen“, sagte Charlotte, während sie ihre Handschuhe auszog. Sie nickte in Richtung des Paketes, das sie auf den Tisch gelegt hatte. „Heute habe ich Unterröcke mitgebracht.“

Mrs Kendall packte voller Ungeduld die Kleidungsstücke aus. Als sie den schweren Stoff in Händen hielt, leuchtete ihr Gesicht vor Freude. „Meine Mädels sind davon überzeugt, dass Sie ein Engel sind.“

„Wohl kaum. Ich bin nur eine Witwe, die helfen will.“

„Deshalb haben Sylvias Mädels es sich zur Gewohnheit gemacht, Sie die ‚Engelswitwe‘ zu nennen.“ Mrs Kendall hängte einen der Unterröcke über einen Stuhl und trat einen Schritt zurück, um ihn zu bewundern. „Sie meinen das nicht böse, Ma'am. Sie geben all ihren Stammkunden Spitznamen. Bei Ihnen ist das jedoch etwas anderes. Wenn sie Ihren Namen sagen, tun sie das mit Respekt, nicht so wie beim Baron.“

Charlotte spürte, wie sie erbleichte. Zitternd griff sie nach einer Stuhllehne. „Der Baron?“, fragte sie und hoffte, ihre Stimme würde ihre Bestürzung nicht verraten. „Wer ist das?“

Es war wahrscheinlich Zufall, nichts, um sich Sorgen zu machen, aber sie musste sicher sein.

Mrs Kendall verzog die Lippen und gab ein leichtes Schnauben von sich. „Er ist ein schlechter Mensch, nichts anderes. Sylvias Mädels sagen nicht viel, außer dass niemand ihn als Kunden will. Er ist wirklich böse."

Das klang wie derselbe Mann. Charlotte unterdrückte ihre Furcht und Abwehr und schaffte es, eine Frage hervorzupressen. „Wie sieht er aus?"

Obwohl sich Mrs Kendalls Augen verengten, als würde sie sich über Charlottes Neugier wundern, zuckte sie lediglich mit den Achseln. „Das weiß niemand. Die Mädchen sagen, dass er eine Maske trägt – so etwas wie eine Kapuze mit Löchern für seine Augen und seinen Mund. Wir vermuten, dass er irgendjemand Wichtiges ist und nicht will, dass ihn jemand wiedererkennt.

Charlottes Beine wurden weich und sie sank auf den Stuhl. Es gab kaum einen Zweifel. Der Baron war in Cheyenne.

„Es fühlt sich wie Frühling an, oder?" Warren grinste Barrett an, während er die Stufen in den Cheyenne-Club hinaufstieg.

Die Schaukelstühle, die während der Sommermonate einen komfortablen Platz boten, um Freunde zu treffen und von Passanten gesehen zu werden, waren immer noch eingelagert. Trotzdem hatte die für die Jahreszeit ungewöhnliche Wärme Barrett und ein paar andere Männer hinaus auf die Veranda getrieben. Obwohl es erst Ende Januar war, bildete der Föhnwind eine willkommene Abwechslung zu der bitteren Kälte, die die Stadt eine gefühlte Ewigkeit lang geplagt hatte.

„Ich hoffe auf jeden Fall, dass das Wetter anhält." Barrett öffnete die Tür, um Warren in den Club zu geleiten. „Ich habe mir große Sorgen um mein Vieh gemacht. Dies ist der schlimmste Winter, den ich je erlebt habe."

„Aber jetzt ist er zu Ende." Warren grinste immer noch, doch Barrett war sich nicht sicher, ob das am Wetterwechsel oder eher an der Tatsache lag, dass er sich im Club befand. Die Zeit, die er hier verbrachte, schien Warren übertrieben viel Vergnügen zu bereiten. Barrett hoffte, dass seine Mitgliedschaft bald genehmigt werden würde. Vielleicht würde ihm dann klar werden, dass der Club zwar ein angenehmer Ort war, um sich ein paar Stunden die Zeit dort zu vertreiben, dass jedoch nichts Magisches an diesem Ort war.

„Erstaunlich, nicht wahr?", fuhr Warren fort. „Vor einer Woche haben die Männer noch Eis geerntet und jetzt haben wir unsere Mäntel weggelassen."

„Das ist nicht erstaunlich. Das ist Wyoming. Du kennst das unbeständige Wetter." Und das war es auch, was Barrett fürchtete: einen erneuten Einbruch der eisigen Wintertemperaturen und des in diesem Jahr ungewöhnlich starken Schneefalls. „Ich fahre morgen raus zur Ranch. Willst du mitkommen?"

Warren zündete sich eine Zigarre an und schüttelte den Kopf, während er das Streichholz ausblies. „Auf keinen Fall. Warum sollte ich Zeit mit dir und irgendwelchem brüllenden, stinkenden Vieh verbringen wollen, wenn ich bei einer bezaubernden, wunderschönen, süß duftenden Frau sein kann?"

„Bei der, die du heiraten willst?"

„Genau." Warren nickte Derek Slater zu, der jetzt den Raum betrat. Gerüchten zufolge hoffte Warren, ihn als Klienten zu gewinnen. „Ich muss nur noch ein paar Dinge regeln. Dann werde ich sie bitten, meine Frau zu werden."

Barrett lehnte sich in seinem bequemen Ohrensessel zurück und betrachtete seinen Freund. Warren war ihm in den vergangenen paar Monaten ruhiger, entspannter und glücklicher vorgekommen. Konnte der Unterschied auf seine Heiratspläne zurückzuführen sein?

„Wer ist diese mysteriöse Frau? Kenne ich sie?"

Obwohl Barrett vermutete, dass es sich um Gwen handelte, hatte Warren es nie zugegeben. Als sie einander im Opernhaus vorgestellt worden waren, war Warren offensichtlich von ihr angetan gewesen. Außerdem hatte er Barrett gebeten, sie bei seinem Essen neben ihm zu platzieren. Doch abgesehen von diesen beiden Gelegenheiten hatte Warren nicht von Gwen gesprochen. Er hatte nicht einmal erwähnt, dass er Weihnachten mit ihr im *Inter-Ocean* essen gegangen war, obwohl er doch wissen musste, dass die Gerüchteküche davon

Kenntnis genommen hatte. Barrett hoffte, dass Gwen die Frau war, die Warren heiraten wollte, und dass er nicht mit ihrer Zuneigung spielte.

Rauchschwaden umkreisten Warrens Kopf, als er nickte. „Du kennst sie. Mrs Amos. Gwen."

Die Erleichterung, die durch Barretts Adern strömte, war beinahe greifbar. „Sie ist eine tolle Frau." Außerdem war sie Charlotte zufolge sehr interessiert daran, wieder zu heiraten und ihrer Tochter einen Vater zu geben. Es wäre die optimale Lösung, denn wenn Warren Gwen heiratete, wären sie beide glücklich. Was Barrett beunruhigte, war Charlotte. Er wusste, dass Gwen sowohl ihre Freundin als auch die Frau war, die die Wohnung mit ihr teilte, die den Haushalt besorgte und auf David aufpasste, wenn Charlotte arbeitete. Und so fragte er sich, wie es Charlotte ergehen würde, wenn Gwen ging.

„Gwen wird eine ausgezeichnete Ehefrau abgeben." Warrens Augen verengten sich. „Barrett, du solltest nicht so lange damit warten, dir eine Frau zu nehmen. Du musst den Wählern zeigen, dass du ein gefestigter Mann bist."

„Du klingst wie Richard und mein Bruder. Sie sind beide davon überzeugt, dass man mich nur wählen wird, wenn ich verheiratet bin. Der einzige Unterschied ist, dass Richard denkt, Miriam sei perfekt, während Harrison die meiste Zeit seines Besuches damit verbracht hat, mich davon zu überzeugen, dass ich sie nicht heiraten sollte."

Warren rieb sich seine vorstehende Nase. Während er Barrett anstarrte, verengten sich seine Augen noch mehr. „Ist das der Grund, warum du Miriam noch nicht gebeten hast, dich zu heiraten?"

Die Unterhaltung war in gefährliches Gebiet vorgedrungen. „Was Miriam und mich anbelangt, ist privat."

Barrett hatte nicht die Absicht, Warren oder irgendjemand anderem zu gestehen, dass immer häufiger, wenn er ans Heiraten dachte und sich eine Frau auf der gegenüberliegenden Seite seines Frühstückstisches vorstellte, eine wunderschöne Brünette, nicht eine hübsche Blonde dort saß. Bei dieser Entscheidung konnte er sich nicht auf andere verlassen. Harrison wäre erfreut, wenn sich Barrett für Charlotte entscheiden würde, während Richard sicher war, dass

Miriam die ideale Frau wäre. Warren schien sich nicht dafür zu interessieren, wen Barrett heiratete, solange er dies schnell tat. Barrett hatte sich selbst eigentlich nie für einen unsicheren Menschen gehalten, der wichtige Entscheidungen herauszögerte, dennoch war er jetzt verwirrt. Bis er sich seiner Gefühle sicher war, würde es keine Heiratsanträge geben.

Warren schwieg einen Moment und paffte seine Zigarre.

„Ich beginne zu glauben, dass ich unrecht hatte", sagte er schließlich. „Du bist zu weich für einen Politiker. Du brauchst mehr Stärke."

„Stärke ist was für Hemden."

„Und für Politiker. Also, wenn es dir wirklich ernst damit ist, für ein Amt zu kandidieren, musst du Folgendes tun …"

Beinahe 24 Stunden später ritt Barrett nach Norden zur Ranch und dachte immer noch über Warrens Ratschläge nach.

„Du musst sichtbarer sein", hatte Warren verkündet. „Finde Vorwände, um Reden zu halten. Bringe deine Ansichten und dein Gesicht – besonders dein Gesicht – vor die Wähler. Du musst bekannter werden." Obwohl Warren fast eine Stunde gesprochen hatte, hatte sich sein Rat auf zwei Dinge konzentriert: sichtbar zu sein und zu heiraten. Beides war entscheidend, zumindest Warrens Meinung nach.

Aber Warrens Meinungen waren aus Barretts Kopf verbannt, sobald er das offene Weideland erreicht hatte. Die Auswirkungen des Föhnwindes waren hier anders als in Cheyenne. Während die Stadtbewohner die Wärme und die einsetzende Schmelze der riesigen Schneehaufen willkommen hießen, gab es hier draußen keine künstlich geschaffenen Schneehaufen, nur hügeliges Grasland, welches mit mehr als dreißig Zentimetern des weißen Zeugs bedeckt war. Und jetzt waren die niedriger gelegenen Stellen wegen der schnellen Schmelze zu Tümpeln geworden, weil sich mehrere Zentimeter Wasser oben auf dem Schnee gesammelt hatten.

„Ich weiß nicht, Boss", sagte Dustin, als Barrett die Hütte betrat. „Ich hab noch nie einen Winter wie den hier gesehen. Ist richtig komisches Wetter."

Das war es tatsächlich und Barrett ahnte, dass das Schlimmste noch bevorstand. „Ich fürchte, dass der Schnee unter all dem Wasser zu Eis geworden ist. Das Vieh könnte darauf ausrutschen und sich die Beine brechen."

Dustin nickte, wobei sich sein Blick verfinsterte. „Ich glaube, das könnte passieren. Wir müssen hoffen, dass es nicht wieder kalt wird."

Aber das tat es. Als Barrett drei Tage später nach Cheyenne zurückkehrte, war eine weitere Kältewelle über Wyoming hereingebrochen und hatte das Wasser in eine dicke Eisschicht verwandelt. Die Tümpel und Wasserläufe froren zu und ließen dem Vieh nichts mehr zu trinken. Das wäre schon gefährlich genug gewesen, aber die Kälte versetzte dem Vieh einen doppelten Schlag, denn das Eis, das jetzt den Schnee bedeckte, war so dick, dass das Vieh nicht hindurchbrechen konnte, um das Gras zu erreichen, das seine einzige Nahrungsquelle war. Ohne Futter oder Wasser war Barretts Vieh und das der anderen Viehzüchter in Gefahr. Sie brauchten einen baldigen Frühling. Unbedingt.

Barrett war zurück. Charlotte spürte, wie sie fröhlich lächelte. Sie konnte nichts dagegen tun. Ihre Laune hatte sich gehoben, als sie ihn auf der Straße gesehen hatte, und jetzt wollte sie tanzen. Es war natürlich albern, genauso wie es albern gewesen war, so enttäuscht zu sein, als sie ihn am Sonntag nicht in der Kirche gesehen hatte. Sie hatte gewusst, dass es nichts gab, was Barrett wegen des Barons tun konnte. Aber irgendwie hatte das Wissen, dass er fort war, das Zittern zurückgebracht, das sie in der Pension geplagt hatte. Dann hatte sie sich jedes Mal dazu gezwungen, tief einzuatmen und Josua 1,9 aufzusagen. Während sie das tat, spürte sie, wie die Furcht nachließ. Gott war bei ihr. Er hatte das versprochen.

Und jetzt war Barrett zurück. Er würde den Laden vielleicht nicht mehr heute Nachmittag besuchen, aber Charlotte war sicher, dass er innerhalb der nächsten Tage kommen würde, denn er hatte es sich zur Aufgabe gemacht, mindestens zweimal die Woche vorbeizuschauen, um sich nach David zu erkundigen.

Sie wollte gerade *Élan* für heute schließen, als Barrett mit vom Wind geröteten Wangen die Tür öffnete. Obwohl er auf seinem

Pferd gesessen hatte, als sie ihn vorhin gesehen hatte, musste er die wenigen Blocks von seinem Zuhause zu ihrem gelaufen sein, denn es fehlte draußen jede Spur von einem Pferd.

„Sie sehen durchgefroren aus", sagte sie, als er seinen Hut absetzte. „Möchten Sie einen Kaffee? Ich habe immer welchen für meine Kundinnen fertig."

Seine Lippen verzogen sich zu einem Lächeln, das Charlottes Herz ein bisschen schneller schlagen ließ. Es war dumm, sich wie ein verliebtes, junges Mädchen zu benehmen, und doch schien Charlotte ihre Gefühle nicht kontrollieren zu können. Barrett war ein Freund, erinnerte sie sich. Nur ein Freund.

„Ich bin keine Kundin", sagte er, als er seinen Mantel zusammenfaltete und auf einen der Tresen legte.

„Stimmt, aber Sie können trotzdem Kaffee haben."

Als Barrett nickte, holte Charlotte ein Tablett mit einer Kanne Kaffee und zwei Tassen und stellte es auf einen kleinen Tisch. Sie setzte sich auf einen der beiden Stühle und deutete auf den anderen. „Wie war Ihre Fahrt?"

Falls Barrett überrascht war, dass sie von seiner Abwesenheit wusste, zeigte er es nicht. Zwischen seinen Augen bildeten sich tiefe Falten. „Besorgniserregend. Dieses Wetter ist nicht gut für das Vieh. Der Föhnwind war wahrscheinlich das Schlimmste, was passieren konnte, weil wir jetzt Eis haben und nicht mehr nur tiefen Schnee. Das Vieh kann sich durch den Schnee hindurchscharren, aber ich weiß nicht, wie es ihm mit dem Eis ergeht." Sein Blick verfinsterte sich. „Dustin und ich haben versucht, es zu durchbrechen, aber es gibt kein Wasser darunter. Da ist nur hartes Eis."

Und das konnte verhängnisvoll sein. „Konnten Sie sonst noch irgendetwas tun?"

Barrett schüttelte den Kopf. „Die Tiere haben das ganze Heu gefressen, das ich letzten Herbst rausgebracht habe, und mehr ist nicht zu kriegen. Alles, was ich jetzt noch tun kann, ist beten, dass die meisten von ihnen überleben."

„Ich wünschte, ich könnte Ihnen helfen." Barrett hatte so viel für sie getan, dass Charlotte sich beinahe schuldig fühlte, weil sie nichts hatte, was sie ihm anbieten konnte.

Nachdem er seinen Kaffee heruntergeschluckt hatte, beugte sich

Barrett vor und lächelte. „Eigentlich können Sie das auch. Ich hätte in einer Sache gerne Ihren Rat."

Wie ironisch. Sie hatte vorgehabt, ihn um Rat zu fragen. „Natürlich. Worum geht es?"

„Richard und Warren behaupten, es sei wichtig, dass ich im Blickpunkt der Öffentlichkeit bleibe. Sie wollen, dass ich mich an den Gesetzgeber wende. Ich hatte vor, über Wasserrechte zu sprechen, aber nach diesem Winter frage ich mich, ob das unser dringendstes Problem ist."

„Was könnte es sonst sein?"

„Uns Viehzüchter zu reglementieren. Ich bezweifle, dass es irgendjemand zugeben wird, aber selbst in einem guten Jahr kann das Weideland nicht die Stückzahlen an Vieh ernähren, die wir haben. Das Gras ist überweidet und das ist Teil des Problems."

„Und was ist die Lösung?"

„Begrenzungen."

Charlotte trank einen Schluck Kaffee, während sie nachdachte. „Ich sehe da zwei Probleme. Erstens habe ich den Verdacht, dass es schwierig durchzusetzen wäre, und zweitens wäre es ein unbeliebtes Thema bei den Männern, deren Unterstützung Sie brauchen, um gewählt zu werden."

Barrett nickte langsam und lehnte sich auf seinem Stuhl zurück. „Raten Sie mir, alles zu tun, was meine Aussicht erhöht, gewählt zu werden?"

Obwohl er nicht mehr sagte, spürte Charlotte, dass es ihm um mehr als nur Ratschläge für eine Rede ging, und so wählte sie ihre Worte sorgfältig. „Shakespeare hat einen guten Rat erteilt, als er sagte: ‚Bleib dir selbst treu.' Ich glaube nicht, dass Sie etwas tun sollten, womit Sie Ihre Prinzipien verraten, aber ich frage mich, ob die Viehzucht das Thema ist, das Sie anpacken sollten."

„Warum sagen Sie das?"

„Ich bin mir nicht sicher, ob es breit genug angelegt ist. Schafzüchter und Bauern und Stadtbewohner machen sich nicht so viel aus Rindern. Schlimmer noch, sie könnten glauben, dass Sie Ihre eigenen Interessen im Blick haben." Als Barrett nickte, fuhr Charlotte fort: „Die Probleme mit den Wasservorräten betreffen dagegen jeden."

Barrett leerte seine Tasse und nickte, als Charlotte anbot, sie erneut zu füllen. „Sie haben gute Argumente vorgetragen, Charlotte. Ich muss immer noch darüber nachdenken, aber ich glaube, ich bleibe beim Wasser. Jetzt erzählen Sie mir etwas über David."

Sie hielt inne, um einen weiteren Schluck Kaffee zu trinken, und genoss die Wärme des Getränks genauso wie seinen Geschmack. „Ich hoffe, Sie haben nichts dagegen, aber ich brauche ebenfalls einen Rat."

„Im Hinblick auf David?"

„Ja, genauer gesagt im Hinblick auf seine Ausbildung." Es gab niemanden, dessen Meinung sie so sehr schätzte. Gwen wäre ehrlich gewesen, wenn Charlotte sie gefragt hätte, aber sie hatte nicht denselben Blickwinkel. Als Geschäftsmann und Unternehmer würde Barrett verstehen, welchen Herausforderungen Charlotte gegenüberstehen würde.

„Hat das Buch nicht geholfen?" Ein Ausdruck von Enttäuschung huschte über Barretts Gesicht.

„Im Gegenteil, das hat es. Es hat mir gezeigt, wie ich David zum Laufen ermutigen kann." Charlotte lächelte bei dem Gedanken, was am Vortag nach dem Frühstück passiert war. „Er hat gestern seinen ersten Schritt allein gemacht."

Barrett hob seine Tasse mit einer feierlichen Geste an und sagte: „Das sollten wir feiern. Was halten Sie davon, wenn ich Sie und David auf eine Süßigkeit mit zu Mr Ellis nehme?"

So war Barrett, freundlich und großzügig. „Es gibt gleich Abendessen. Abgesehen davon bin ich noch nicht fertig. Das Buch hat mir außerdem gezeigt, wie wenig ich weiß. Es hat mir klargemacht, dass ich nicht qualifiziert bin, um David alles beizubringen, was er lernen muss. Ich hatte schon fast entschieden, dass ich zurück in den Osten ziehe, wo es besondere Schulen gibt, aber dann hab ich Nancy Cox getroffen." Charlotte beschrieb in aller Kürze ihre Begegnung mit dem blinden Mädchen und ihrer Mutter. „Dabei habe ich festgestellt, dass es noch eine andere Lösung gibt."

„Und die wäre …" Obwohl er nicht weitersprach, war Barretts Gesichtsausdruck aufmerksam. Das war der Grund, weshalb sie seinen Rat eingeholt hatte. Obwohl Davids Ausbildung ihn nicht direkt betraf, war er immer noch interessiert.

„Eine Schule genau hier."

Es musste Einbildung sein, dass Barretts Begeisterung zu verfliegen schien. „Eine Schule für Blinde hier in Cheyenne?"

„Nicht nur für Blinde. Sie würde auch gehörlose Kinder mit einbeziehen. Ich glaube, die beiden Gruppen könnten einander helfen." Als Charlotte Barrett ansah, zuckte sie zusammen. Obwohl er versuchte, es zu verbergen, konnte sie seine Skepsis sehen. „Sie denken, dass es eine dumme Idee ist, nicht wahr?"

„Nicht dumm. Schwierig vielleicht." Er sah aus dem Fenster, wo die Sonne gerade jetzt unterzugehen begann. „Cheyenne ist eine noch so junge Stadt. Vor zwanzig Jahren hat sie noch nicht einmal existiert."

„Das stimmt, aber sie ist außerdem eine wohlhabende Stadt. Ich habe gehört, dass hier mehr Millionäre leben als in irgendeiner anderen Stadt im Land. Unsere Bürger können sich eine Schule leisten."

Barrett nickte langsam. „Das stimmt, aber nur weil sie sich eine leisten können, bedeutet das nicht, dass sie auch zustimmen würden. Ich bin sicher, dass viele eine Schule für ein halbes Dutzend Schüler für einen Luxus und nicht für eine Notwendigkeit halten würden. Sie würden Steuern eher für Dinge ausgeben, die jedermann nutzen kann, als für eine weitere Schule, besonders eine, die so wenigen dient."

Charlotte hatte befürchtet, dass Barrett so reagieren würde. Sie hatte ihm gesagt, dass sie seinen Rat wollte, und das tat sie, aber sie hatte gehofft, dass er mit ihr einer Meinung sein würde.

„Es gibt wahrscheinlich andere blinde und gehörlose Kinder im Staat", sagte sie, damit er seine Meinung änderte. „Ihre Eltern könnten sie hierherschicken. Das wäre besser, als ein Kind in einer Schule hinten im Osten zu haben. Zumindest könnten sie es öfter besuchen."

Über einen längeren Zeitraum hinweg sagte Barrett nichts. Sein Gesichtsausdruck blieb undurchdringlich, aber die Bewegungen seiner Finger verrieten Charlotte, dass er über die Idee nachdachte.

„Sie haben recht", sagte er schließlich. „Es ist eine gute Idee."

„Denken Sie das wirklich?" Charlotte hoffte, dass er nicht einfach nur versuchte, sie zu besänftigen.

Barretts Lippen verzogen sich zu einem Lächeln, während er nickte. „Denken Sie dran: Landry lügt nie."

„Ich bin so erleichtert." Charlotte spürte, wie sich ihre Schultern entspannten, als die Last der Sorge von ihr genommen wurde. „Seit ich Nancy gesehen habe, denke ich an eine Schule. Sie werden mich vielleicht für dumm halten, aber ich habe sogar davon geträumt."

Er schüttelte den Kopf. „Ich würde Sie niemals als dumm bezeichnen. Sie sind ehrlich und mutig und Ihre Idee ist gut."

Ehrlich und mutig. Wenn er nur wüsste, wie er sich irrte. Charlotte fühlte sich immer noch wie ein Feigling, weil sie sich aus Fort Laramie fortgestohlen und vorgegeben hatte, nach Vermont zurückkehren zu wollen. Und dann hatte sie auch noch ihren Mädchennamen benutzt, anstatt zuzugeben, dass sie Jeffrey Crowleys Witwe war. Sie sollte Barrett die ganze Wahrheit erzählen und das würde sie auch tun … eines Tages.

„Ich bin mir nicht sicher, was ich tun kann", sagte er langsam. „Das ist nichts, was ein Mann allein schaffen kann. Ich werde mit ein paar Leuten reden, um mir ihre Unterstützung zu sichern. Ich weiß nicht, wie lange das brauchen wird und ob sie überhaupt einverstanden sein werden, aber ich kann Ihnen eins versprechen: Ich werde tun, was ich kann, um Ihren Traum wahr werden zu lassen."

Der wehmütige Unterton in seiner Stimme ließ sie fragen: „Was ist mit Ihren Träumen? Werden sie wahr?"

Seine Augen verdunkelten sich und wieder bildeten sich Falten auf seiner Stirn. „Das kann ich nicht sagen. Das Problem ist, dass meine Träume nicht mehr so klar sind wie früher. Manchmal fühle ich mich, als befände ich mich mitten in einer Herde panischer Rinder. Ich werde mitgerissen, bin machtlos, die Richtung zu wechseln, und ich weiß nicht, wie ich entkommen kann."

Charlotte schauderte angesichts des Bildes, das seine Worte heraufbeschworen. „Das klingt ungemütlich."

„Ist es auch."

Kapitel 15

„Ich weiß nicht, was ich tun soll.“ Die Art, wie Miriam ihre Kaffeetasse umklammerte, anstatt wie sonst ihr Lieblingsgetränk zu genießen, zeigte ihren Kummer genauso wirkungsvoll wie ihre Worte. Obwohl sie normalerweise ruhig war, wirkte sie an diesem Morgen aufgebracht.

„Was ist los?“ Charlotte hoffte, sie würde in der Lage sein, Miriam zu trösten, aber die Wahrheit war, dass sie sich überfordert fühlte. Sie wusste nicht, was sie tun konnte, um Barrett dabei zu helfen, seine Träume zu verwirklichen. Gwen war nicht gut aufgelegt, weil sie Warren eine Woche lang nicht mehr gesehen hatte, und nichts, was Charlotte sagte, schien ihre Besorgnis zu verringern. Und dann war da die Schule. Obwohl sie darüber nachdachte und dafür betete, hatte Charlotte keine neuen Ideen, wie sie diesen Traum in die Realität umsetzen könnte, wenn Barretts Bekannte nicht darin übereinstimmten, dass sie wichtig für die Stadt und das Territorium war.

Als sich Miriams Augen mit Tränen füllten, blinzelte sie verzweifelt, um sie am Fallen zu hindern. „Alles ist so kompliziert. Ich liebe ihn und ich glaube, er liebt mich, aber er hat nichts gesagt. Oh, Charlotte, ich will nichts mehr, als seine Frau sein.“ Miriam seufzte. „Ich weiß, meine Eltern denken, dass es wundervoll wäre, wenn ich in Washington leben würde, aber das bedeutet mir nichts. Alles, was ich will, ist, den Mann zu heiraten, den ich liebe. Er muss das wissen, also warum macht er mir keinen Antrag?“

Charlotte versuchte, ein bisschen Zeit zu gewinnen, während sie ihre Gedanken ordnete. Sie sollte über Miriams Aussage eigentlich nicht überrascht sein, denn sie wusste, dass ihre Freundin tiefe Gefühle für Barrett hegte, aber sie war überrascht, dass er immer noch nicht um Miriams Hand angehalten hatte. Charlotte hatte gehört, dass manche Männer es herauszögerten, sich zu binden. Obwohl sie nicht gedacht hätte, dass das auf Barrett zutreffen würde, könnte es seine Aussage erklären, wonach seine Träume nicht länger so klar seien, wie sie es einmal gewesen waren, und dass er sich so fühle, als würde er in eine ungeplante Richtung getragen werden.

„Ich weiß nicht, warum manche Männer so langsam darin sind, ihre Absichten zu erklären." Es war nicht das, was Miriam hören wollte, aber es war die Wahrheit. „Eine meiner Schwestern hat mich dasselbe gefragt, als wir in …" Charlotte hielt entsetzt inne, weil sie beinahe Fort Laramie gesagt hatte. „… als wir zu Hause gelebt haben", ergänzte sie. „In ihrem Fall hat sich der Mann über allerhand Dinge Sorgen gemacht. Er musste all das aus dem Weg räumen, bevor er übers Heiraten nachdenken konnte." Charlotte legte ihre Hand auf Miriams Arm. „Falls es dir ein Trost ist: Sie sind jetzt glücklich verheiratet."

Es gelang Miriam, ein wenig zu lächeln. „Also rätst du zur Geduld?"

Charlotte nickte. Das war das Einzige, was auch sie selbst benötigte.

Es war perfekt. Warren lachte laut, als er sein Pferd zurück nach Cheyenne lenkte. Er war erfreut gewesen, als Derek Slater ihn gebeten hatte, sich um seine rechtlichen Angelegenheiten zu kümmern, aber das hier war ein unerwarteter Bonus. Während sie über die langweiligen Details seines Futtervertrages gesprochen hatten, hatte Derek erwähnt, dass ein Bekannter schwere Zeiten durchlebte und seine Farm verkaufen wollte.

„Es ist zu klein, als dass es für mich die Mühe wert wäre", hatte Derek Slater gesagt. Daraus hatte Warren abgeleitet, dass Derek nur über wenig Barmittel verfügte. Umso besser für ihn selbst. Als Warren Anthony Franklin einen Besuch abgestattet hatte, war es ihm schwergefallen, seine Begeisterung zu verbergen. Was Derek Slater zu klein fand, war perfekt für Warren. Das Haus war groß genug für ihn und Gwen und Rose und es gab mehrere Nebengebäude, einschließlich einer ziemlich großen Scheune, die das Pony beherbergen konnte, das er Rose schenken wollte. Eine Stunde später hatten er und Anthony Franklin ihre Vereinbarung durch einen Handschlag besiegelt. Alles, was Warren jetzt noch tun musste, war, einen Kaufvertrag zu verfassen und Franklin das Geld zu geben. Ja, 1887 war wirklich das Jahr, in dem Träume wahr wurden.

„Du hast einen Brief von deiner Schwester."

Charlotte versetzte der Tretkurbel einen letzten Stoß, dann ließ sie die Nähmaschine zum Stillstand kommen. Obwohl sie es eilig damit hatte, Mrs Slaters Kleid fertigzustellen, war ein Brief ein Vergnügen und ein guter Grund für eine kurze Pause. Gwen wusste das, daher hatte sie Charlottes Näharbeit unterbrochen.

„Welche Schwester?", fragte Charlotte, als sie sich erhob und ihren Rücken streckte. So sehr sie das Nähen auch liebte, gab es keinen Zweifel daran, dass es seinen Tribut forderte, indem es die Muskeln in ihrem Rücken und ihren Beinen verspannte.

„Abigail." Gwen hielt ihr den Umschlag hin. „Ich kann es immer anhand der Schrift zuordnen. Ihre ist makellos und akkurat. Elizabeths ist ein bisschen unordentlicher.

Gwen hatte recht.

„Ich könnte Elizabeth verteidigen, indem ich sage, dass sie so beschäftigt ist, aber in Wirklichkeit spiegelt die Handschrift meiner Schwestern ihre Persönlichkeiten wider. Abigail kann impulsiv sein, aber normalerweise denkt sie die Dinge durch, während sich Elizabeth von ihren Gefühlen leiten lässt. Sie ist so mitfühlend, dass sie es nicht ertragen könnte, irgendjemanden krank zu sehen. Schon immer wollte sie den Menschen helfen. Und in wenigen Monaten wird sie tatsächlich ausgebildete Ärztin sein." Der Gedanke brachte Charlotte immer noch zum Staunen. Die kleine Elizabeth, das Nesthäkchen der Familie, würde bald Dr. Harding sein. „Sie wird eine wundervolle Medizinerin sein."

Als Gwen in die Wohnung zurückkehrte, starrte Charlotte auf den Umschlag und genoss die Aussicht, Neuigkeiten von Abigail zu erfahren. Sie hoffte, dass gute Nachrichten dabei waren. Vielleicht würde der Brief die lange erwartete Mitteilung enthalten, dass Abigail ein Kind erwartete. Sie und Ethan waren inzwischen schon länger als ein Jahr verheiratet, aber es gab keine Anzeichen für eine Schwangerschaft. Charlotte wusste, dass dies ihrer Schwester zu schaffen machte. Abigail hatte sogar erwähnt, dass sie Elizabeth konsultieren wolle, denn ihre jüngste Schwester hatte ein besonderes Interesse an der Frauenheilkunde.

Charlotte schlitzte den Umschlag sorgfältig auf. Selbst wenn Elizabeth Abigail helfen konnte, gab es nichts, was sie für David tun konnte. Niemand konnte seine Blindheit heilen, auch nicht die von Nancy Cox. Was sie brauchten, war ein Lehrer, kein Doktor. Obwohl sie wusste, dass es einen Weg geben musste, um David und Nancy und den anderen Kindern die Schulbildung zu verschaffen, die es ihnen ermöglichen würde, ein beinahe normales Leben zu führen, würde Charlotte – zumindest für ein paar Augenblicke – nicht daran denken. Sie würde sich auf Abigails Brief konzentrieren.

Sie lächelte, als sie die erste Seite las, die die Mätzchen von Abigails Hund beschrieb. Pfütze, so schien es, war seiner Neugier auf ungewöhnliche Gerüche noch nicht entwachsen und hatte eine Begegnung mit einem Stinktier gehabt. Wie erwartet, war das Stinktier siegreich aus dieser Begegnung hervorgegangen. *Pfütze war nicht glücklich darüber, in den Stall verbannt zu werden, bis der Geruch verflog*, schrieb Abigail. *Ich hoffe nur, er hat seine Lektion gelernt.*

Charlotte drehte das Blatt um. Ihr Lächeln verblasste, als Abigails Brief einen ernsteren Tonfall anschlug. *Ich weiß, dass du mich, wenn ich neben dir sitzen und diese Frage stellen würde, mit einem deiner berühmten kühlen Blicke zum Schweigen bringen würdest. Trotzdem gehe ich das Risiko ein und hoffe, dass du, sobald du darüber nachgedacht hast, meine ach so persönliche Frage beantworten wirst …*

Was könnte Abigail wissen wollen? Als Kinder hatten sie alles miteinander geteilt. Erst nach ihrer Heirat mit Jeffrey hatte Charlotte mehr und mehr gezögert, sich ihrer Schwester anzuvertrauen.

Entdecke ich da eine Romanze zwischen dir und Mr Landry? Charlotte starrte auf das elfenbeinfarbene Blatt Papier und hätte es am liebsten zerrissen und durch den Raum gepfeffert. *Bevor du das Papier zerknüllst oder leugnest, dass es irgendeinen Wahrheitsgehalt in meiner Frage gibt, lass mich dir sagen, dass sein Name, wie ich festgestellt habe, von Brief zu Brief häufiger auftaucht.* Charlotte war sich nicht bewusst gewesen, viel über Barrett geschrieben zu haben. Aber an den meisten Abenden war sie so müde gewesen, dass sie ihre langen Briefe vor dem Versiegeln des Umschlags nicht noch einmal durchgelesen hatte. Es sah Abigail ähnlich, dass sie etwas bemerkte, was Charlotte noch nicht einmal selbst aufgefallen war.

In dem Sommer, ich dem ich versucht habe, meine Gefühle für Ethan zu leugnen, fuhr ihre Schwester fort, *waren meine Briefe mit ihm gefüllt. Deshalb habe ich so viele verbrannt. Ich konnte sie nicht abschicken, wo sie doch so viel von meinem Herzen offenbarten.*

Charlotte lehnte sich auf ihrem Stuhl zurück und schloss ihre Augen, während sie über Abigails Worte nachdachte. Sie hatte nicht vorgehabt, ihr Herz zu offenbaren. Sie atmete tief ein, öffnete ihre Augen und wandte sich wieder dem Brief zu.

Es kann nichts weiter als meine Einbildung sein, aber ich hoffe, das ist es nicht. Nach dem, was du geschrieben hast, scheint Mr Landry ein freundlicher, ehrenwerter Mann zu sein. Das war er und noch viel mehr. *Ich weiß, dass du zögerst, wieder zu heiraten. Ich verstehe deine Gründe.* Charlotte schüttelte den Kopf. Abigail kannte nur einen Teil der Gründe, weshalb sie sich vor der Ehe in Acht nahm. *Du wirst das hier wahrscheinlich sofort zerreißen wollen, aber ich werde dir einen schwesterlichen Rat geben. Wir Menschen sind nicht dazu bestimmt, allein zu leben. Schieb deine Ängste zur Seite, Charlotte, und fang an zu leben. Der richtige Mann wird dir und David unbeschreibliches Glück bringen.*

Charlotte legte den Brief auf den Nähtisch und starrte an die Wand, wobei sie jedoch die Musterskizzen, die sie dort, direkt vor ihrem Arbeitsbereich, angebracht hatte, kaum bemerkte. Der richtige Mann. Abigails Worte hallten durch ihren Kopf. Barrett war nicht der richtige Mann für sie.

Charlotte konnte nicht leugnen, dass er ihr etwas bedeutete. Es wäre dumm, das auch nur zu versuchen, wo sie doch so oft an ihn dachte und die bloße Aussicht auf eine Begegnung mit ihm ihren Tag erhellte. Er war nicht wie Jeffrey. Sie wusste das jetzt. Aber selbst wenn er nicht kurz davor wäre, um Miriams Hand anzuhalten, war jemand, der so sehr in der Öffentlichkeit stand wie Barrett, nicht der richtige Mann für Charlotte. Und sie war auch nicht die richtige Frau für ihn.

Jeder von ihnen würde dem anderen eher schaden als ihm zu helfen. Die Wähler, die von ihren Kandidaten eine perfekte Bilderbuchfamilie erwarteten, würden David schief ansehen und dadurch würde Barretts Aussicht, gewählt zu werden, geschmälert. Genauso beunruhigend war die Aufmerksamkeit, die Charlotte auf sich ziehen würde, wenn sie sich während der Kampagne an Barretts Seite befinden würde. Jetzt, wo sie wusste, dass der Baron in Cheyenne war, musste sie besonders wachsam sein. Unter normalen Umständen war es unwahrscheinlich, dass sie dem Baron begegnete, aber sie konnte es sich nicht leisten, David zu öffentlichen Veranstaltungen mitzunehmen. Wenn der Baron David sah, würde er wissen, dass er Jeffreys Sohn war, denn die Ähnlichkeit wurde jeden Tag größer.

Was Abigail auch immer dachte – Barrett war nicht der richtige Mann für Charlotte.

Barrett starrte auf das Blatt Papier und las die Worte, die er in stundenlanger Arbeit verfasst hatte. Seine ganze Rede würde nicht länger als zehn Minuten dauern. Andere würden vielleicht viel länger reden und versuchen, die Gesetzgebung mit ihrer Redekunst zu beeindrucken. Doch Barrett wusste nur allzu gut, wie ermüdend diese langen Vorträge sein konnten. Er wollte die Abgeordneten nicht langweilen. Im Gegenteil, er wollte ihr Interesse wecken, sie begreifen lassen, wie entscheidend Wasserrechte waren, wie lebenswichtig es war, dass Wyoming ein Konzept hatte, um seine wichtigste Ressource zu schützen.

Er hatte sich über jedes Wort den Kopf zerbrochen, weil er wollte, dass der Klang seiner Rede perfekt war. Er wusste, dass ihm nur wenig Zeit zur Verfügung stand, um die Abgeordneten zu überzeugen. Deshalb musste jedes Wort so überzeugend sein, dass am Ende seiner Rede niemand mehr an der Bedeutung seiner Ansichten zweifeln würde.

Er erhob sich, hielt das Papier vor sich und trug seine Rede vor. Sie war gut. Sie war mehr als gut. Sie war exzellent. Sie würde bewirken, was er anstrebte: die Unterstützung seiner Parteifreunde für seine Kandidatur.

Langsam und bedächtig riss er sie in kleine Stücke.

Ihr Nachbar war krank. Charlotte erschrak, als sie den Laden betrat und Mr Yates husten hörte. Dies war kein gewöhnlicher Husten, sondern ein anhaltender, quälender Hustenanfall, der Charlotte fürchten ließ, dass Mr Yates zu Schaden käme. Elizabeth hatte ihr einmal erzählt, dass sich vor allem ältere Menschen eine Rippe brechen konnten, indem sie einfach nur husteten. Besorgt eilte Charlotte zum Tresen. „Ist alles in Ordnung?"

Der Ladeninhaber klopfte mit der Faust gegen seine Brust und trank, als das Husten weniger wurde, einen Schluck Wasser. „Ging mir schon besser." Er trank einen weiteren Schluck und seine Gesichtsfarbe kehrte zur Normalität zurück. „Dieser Winter ist schlimmer gewesen als jeder, an den ich mich erinnern kann. Oder vielleicht liegt es nur daran, dass diese alten Knochen keine Kälte mehr vertragen." Ein klägliches Lächeln huschte über sein Gesicht. „Ich kann den Frühling nicht erwarten."

Charlotte nickte und dachte an den kleinen Garten in Mr Yates' Hinterhof. „Ihre Lilien sind immer wunderschön."

„Da, wo ich hingehe, werde ich sie nicht sehen."

Obwohl sie nicht glauben wollte, dass die Situation so ernst war, gab es nur einen Weg, das herauszufinden. „Wie meinen Sie das?", fragte sie.

Er sah sie einen Moment lang an, anscheinend alarmiert von der Eindringlichkeit in ihrer Stimme. „Ich werde nicht sterben, wenn es das ist, was Sie dachten. Ich habe mich aber entschieden. Ich werde nach Arizona gehen. Ich bin das Arbeiten leid und mein Husten wird dort besser werden." Mr Yates nahm einen weiteren Schluck Wasser und runzelte die Stirn, als er sagte: „Zuerst muss ich aber einen Käufer für den Laden finden. Ich kann nicht mit leeren Händen in das Haus meiner Schwester ziehen."

Charlotte gab einen erleichterten Seufzer von sich. Obwohl sie ihren Nachbarn vermissen würde, wenn er wegzog, war sie dankbar, dass er nicht ernstlich krank war.

Er sah sie mit hoffnungsvollem Gesichtsausdruck an. „Ich nehme nicht an, dass Sie Ihre Meinung geändert haben und ihn doch kaufen wollen, oder?"

Es gab keinen Grund zu heucheln. „Ich fürchte nicht."

Charlotte summte, während sie den Kuchen glasierte. Obwohl sie keine so gute Köchin war wie Gwen, wollte sie nicht, dass diese die ganze Arbeit machte, besonders dann nicht, wenn der Kuchen für Charlottes Besuch gedacht war. Barrett wollte kommen, um den Nachmittag mit ihr und David zu verbringen, und sie wollte ihm gerne etwas zu essen anbieten.

„David, Mr Landry ist hier", rief sie eine halbe Stunde später, als sie die Tür öffnete, um Barrett hereinzulassen. Gwen hatte Rose mit in ihr Zimmer genommen, sodass das kleine Mädchen David nicht beim Spielen stören würde, aber sie hatte zugestimmt, am Kaffeetrinken teilzunehmen.

„Bowlen!" David, der auf der Türschwelle gesessen hatte, beugte sich vor und streckte seine Arme zur Seite, während er nach dem Ball suchte.

Während Barrett seinen Mantel an den Haken in der Nähe der Tür hängte, sagte Charlotte sanft: „Ich fürchte, er erwartet, dass Sie mit ihm spielen. Seitdem ich ihm erzählt habe, dass Sie kommen werden, ist Bowling das Einzige, worüber er spricht."

„Das stört mich nicht. Als ich mich selbst eingeladen habe, war Bowling, wenn ich mich recht erinnere, Teil des Plans."

Den Ball fest im Griff kämpfte sich David auf seine Füße, doch er kippte um und verlor dabei den Ball. „Au!" Das war eine Szene, die sich jeden Tag ein Dutzend Male wiederholte. Jedes Mal fing David an zu jammern, mehr wegen des Verlustes seines geliebten Spielzeuges als wegen einer Verletzung.

„Lass mich dir helfen." Barrett kniete sich neben David. „Du musst zuerst aufstehen", erklärte er. „Dann gebe ich dir den Ball."

Obwohl David unsicher wirkte, nickte er. „Bowlen."

„Ja, David, das werden wir tun. Aber nicht hier. Wir müssen in den anderen Raum gehen."

Charlotte sah dabei zu, wie David Halt suchend nach dem Türrahmen griff und dann aufstand. Mit einem Grinsen auf seinem Gesicht streckte er seine Arme aus und gluckste, als Barrett den Ball in seine Hände legte.

„Jetzt folge mir", sagte Barrett und ging langsam in den Teil des

Raumes, der als Wohnzimmer diente. „Du kannst prima laufen, David."

Charlotte lächelte und deutete auf das Buch, das sie jeden Abend studierte. „Es ist dem hier zu verdanken, dass er jeden Tag besser wird." Sie war immer noch unsicher, ob es ihr gelingen würde, David alles beizubringen, was er wissen musste, aber immerhin hatte er beim Laufen Fortschritte gemacht.

„Bowlen." Ihr Sohn war ganz schön beharrlich.

Charlotte nickte, sammelte eine Handvoll Bausteine ein und stellte sie in einer Reihe auf. „In Ordnung, David, fang an zu bowlen."

Er schüttelte seinen Kopf. „Nein."

Barrett, der neben ihm stand, legte seine Hand auf Davids Schulter. „Na los, David, fang an." Zu Charlottes Überraschung sah ihr Sohn mit offensichtlicher Verwirrung zu Barrett hoch.

David war nicht der Einzige, der verwirrt war. „Ich verstehe das nicht. Beim letzten Mal, als Sie hier waren, hat er es doch gemacht." Sie sah Barrett an, dann konzentrierte sie ihre Aufmerksamkeit auf ihren Sohn. „Komm schon, David, leg los." Wieder weigerte er sich.

Barrett rümpfte die Nase, als würde er über ein ernstes Thema nachdenken, und sagte: „Der einzige Unterschied ist, dass ich mich beim letzten Mal neben den Bauklötzen befunden habe." Er ging ein paar Schritte und stellte sich neben Charlotte.

„Fang an zu bowlen, David", sagte er.

Und dieses Mal tat er es. „Bowlen", rief er triumphierend, als einige der Steine umfielen. „Bowlen!"

David flitzte zurück zu seiner Ausgangsposition, bereit für einen weiteren Durchgang.

Charlotte sah Barrett an und zuckte mit den Achseln. „Das ist seltsam. Es scheint, dass er auf Ihre Stimme hört und den Ball darauf zurollt. Ich verstehe nicht, warum er das nicht bei mir machen will."

Barretts Augen funkelten, als er die Bauklötze wieder aufstellte und David das Stichwort gab. „Man kann nicht wissen, was in Kinderköpfen vorgeht, oder? Ich glaube aber nicht, dass es eine Rolle spielt. Ich bin einfach froh, dass er glücklich ist."

„Er ist ein erstaunlich glückliches Kind", sagte Charlotte, als sie zum Sofa ging und darauf wartete, dass David das Ballspiel langweilig wurde. Als das der Fall war und er zufrieden damit zu sein schien, allein in der Ecke zu spielen, deutete sie auf den Stuhl, der ihr gegenüberstand.

„Sie lieben es, Menschen glücklich zu machen, nicht wahr?", fragte Barrett, als er es sich auf dem Stuhl bequem machte.

Es war eine unerwartete Frage. „Tut das nicht jeder?"

Barrett schüttelte den Kopf. „Nicht in demselben Ausmaß." Als er die Stirn runzelte, fragte sie sich, ob er an eine bestimmte Person dachte. „Manche Menschen sind mehr mit sich selbst beschäftigt. Sie suchen Macht oder Reichtum oder Einfluss – Dinge, die ihnen selbst nützen, nicht anderen."

„Macht hat noch nie eine große Anziehungskraft auf mich ausgeübt, aber Reichtum …" Charlotte lachte, als sie sagte: „Davon könnte ich sicherlich ein bisschen gebrauchen."

„Und was würden Sie damit tun?"

„Eine Schule bauen und …"

Während seine Augen fröhlich funkelten, nickte Barrett. „Wenn ich Warren wäre, würde ich so etwas sagen wie: ‚Ich habe meine Beweisführung abgeschlossen.' Hören Sie sich selbst einmal zu, Charlotte. Sie hatten nicht vor, das Geld für sich selbst zu nutzen."

Bei ihm klang es, als wäre sie irgendeine selbstlose Wohltäterin. Das war sie nicht. Weit gefehlt. „Irgendwie ist es schon für mich selbst. Meine Schwestern haben mich ständig ausgelacht, aber ich wollte immer, dass alle glücklich sind. Ich denke, es könnte daran gelegen haben, dass ich in meiner Kindheit so lange krank war. Ich konnte sehen, wie besorgt alle waren, und ich wusste, dass es meine Schuld war. Also habe ich es als meine Aufgabe angesehen, die anderen glücklich zu machen."

„Wem versuchen Sie heute zu helfen?"

Charlotte blinzelte. „Ich wusste nicht, dass es so offensichtlich ist."

„Nur für jemanden, der Sie gut kennt. Also, wer ist es?"

„Mr Yates. Mir gefällt der Gedanke nicht, ihn als Nachbarn zu verlieren, aber er will nach Arizona ziehen."

Barrett war erstaunt. „Das hat er mir gar nicht erzählt."

„Ich glaube, er möchte nicht, dass seine Kunden davon erfahren, bevor alles geregelt ist. Er hat immer noch keinen Käufer für den Laden gefunden."

„Ich denke auch, dass das schwierig werden wird. Es sei denn, es handelt sich um jemanden, der neu in Cheyenne ist."

„Kuchen!", rief David, der sich beim Spielen mit seinen hölzernen Tieren offenbar doch langweilte.

„Ja, David", stimmte Charlotte ihm zu, „wir werden Kuchen essen. Aber du musst ein paar Minuten warten." Sie wollte nachforschen, warum Barrett glaubte, dass Mr Yates Probleme mit dem Verkauf seines Ladens haben würde. „Das Geschäft scheint gut zu laufen. Ich kann nicht erkennen, warum es schwierig sein sollte, einen Käufer zu finden."

Barrett schüttelte den Kopf. „Die Leute kommen aus Loyalität zu Mr Yates. Das ist auch der Grund, warum ich meine Hemden dort kaufe. Es wäre nicht dasselbe bei einem neuen Eigentümer. Ich würde wahrscheinlich zu *Myers' Textilwaren* gehen. Er hat eine bessere Auswahl."

Und die Auswahl war entscheidend für fertige Artikel. Charlottes Kundinnen wussten, dass sie warten mussten, wenn sie ein Kleid bei ihr bestellten. Doch die Kunden, die in einen Textilwarenladen oder einen Handelswarenladen gingen, hofften, ihn mit ihren Einkäufen wieder zu verlassen. „Ich wusste, dass Mr Myers' Laden größer ist, aber ich habe nicht genug Zeit dort verbracht, um die Auswahl zu vergleichen."

„Die Größe ist zum Teil der Grund dafür, dass die Auswahl ein Problem ist. Mr Yates' Laden ist zu klein für die Stadt, zu der wir geworden sind. Wenn der neue Eigentümer erfolgreich sein will, würde er expandieren müssen, um genug Platz für die Lagerung von all der Ware zu haben, die seine Kunden erwarten."

Als David anfing, unruhig zu werden, beugte sich Barrett zu ihm hinab und zerzauste ihm das Haar. „Nur noch einen kleinen Augenblick. Ich weiß, es ist langweilig für dich, David, aber die Erwachsenen müssen noch einen Moment länger miteinander sprechen. Du kannst doch warten, oder?"

David nickte.

„Es gibt nur zwei Möglichkeiten, den Laden zu vergrößern", fuhr Barrett fort. „Die erste besteht darin, das Obergeschoss in einen

Laden zu verwandeln. Das Problem ist, dass es innen keine Treppe gibt und es teuer wäre, eine einzubauen. Außerdem würde der neue Eigentümer jemanden einstellen müssen, der da oben arbeitet, und er selbst müsste eine andere Wohnung finden."

Je länger sie zuhörte, desto mehr verdunkelte sich Charlottes Gesichtsausdruck. „Das klingt nicht gerade, als wäre das gut umzusetzen. Sie sagten, es gäbe zwei Möglichkeiten. Was ist die zweite?"

„*Élan* zu übernehmen. Das würde den Platz verdoppeln. Ein Textilwarenladen könnte auf diese Weise durchaus profitabel sein."

„Aber ich will meinen Laden nicht verkaufen." Charlotte deutete durch den großen Raum, der als Küche, Esszimmer und Wohnzimmer diente. „Selbst wenn ich immer noch hier wohnen könnte, hätte ich keine Einkommensquelle mehr." Und das war undenkbar. „Mr Yates hofft immer noch darauf, dass ich seinen Laden kaufe, aber das kann ich nicht. Ich brauche nicht mehr Platz für *Élan* und will auch keinen Textilwarenladen führen."

Barrett nickte. „Was den letzten Punkt betrifft, bin ich mit Ihnen einer Meinung. Als ich Pennsylvania verließ, hab ich mir geschworen, dass ich nie wieder in einem Handelswarenladen arbeiten würde. Es ist ein hartes Geschäft und kein einfaches Leben. Ich hasse es, das zu sagen, Charlotte, aber Sie können nicht jeden glücklich machen."

„Ich will das nicht glauben." Es musste einen Weg geben, Mr Yates zu helfen.

Kapitel 16

Barrett atmete tief durch, während er die Männer betrachtete, die höflich genickt hatten, als er ihnen vorgestellt worden war. Er kannte die meisten von ihnen vom Sehen, aber nur etwa ein Viertel gut genug, um sie Bekannte zu nennen. Richard zufolge war das ein Problem. Ein erfolgreicher Politiker, so hatte Richard erklärt, knüpfte Beziehungen zu anderen Abgeordneten. Es reichte nicht, gewählt zu werden; ein Mann musste große Dinge während seiner Amtszeit vollbringen. Und das passierte nur, wenn man die Unterstützung anderer gewann. Das war der Grund, weshalb Barrett heute hier war, um diese Männer, die ordnungsgemäß gewählten Repräsentanten der Bürger von Wyoming, davon zu überzeugen, dass sein Vorhaben unverzichtbar für ihre Interessen war.

„Gentlemen, ich danke Ihnen, dass Sie mir erlauben, heute Morgen hier zu sein. Ich weiß, viele von Ihnen erwarteten, dass ich über Wasserrechte spreche. Dies war tatsächlich mein Plan. Ich hatte sogar schon die Rede geschrieben."

Während er sich umsah, sah Barrett, wie Interesse in einigen Gesichtern aufflackerte. Vielleicht würden zumindest diese Männer ihm zuhören. Er hatte bemerkt, dass ein Großteil der anderen beinahe einschlief, möglicherweise weil sie die nächtlichen Vergnügungen der Hauptstadt genossen hatten. Er hatte gehört, dass das Kneipengeschäft geradezu florierte, wenn das Parlament tagte.

Barrett atmete ein weiteres Mal ein und behielt einen neutralen Gesichtsausdruck bei, während er sagte: „Wasserrechte sind für jeden von uns in Wyoming wichtig, aber es gibt ein anderes Thema, von dem ich glaube, dass es noch dringender ist."

Sich inmitten einer panischen Rinderherde zu befinden, wäre angenehmer gewesen als das, was er heute Morgen durchgemacht hatte. Barrett runzelte die Stirn, als er in die Kutsche stieg. Es war schrecklich gewesen, schlimmer als alles, was er sich vorgestellt hatte, und das Schlimmste stand erst noch bevor. Er zog die Zügel an und machte sich die Ferguson Street entlang auf den Weg nach Süden. Er musste es Charlotte erzählen. So schmerzhaft es auch sein würde, konnte er nicht riskieren, dass sie Gerüchte dessen hörte, was geschehen war. Die Realität war schon schlimm genug; er konnte sich lebhaft vorstellen, wie die Gerüchteküche übertreiben und verfälschen und eine schlimme Situation in eine Katastrophe verwandeln würde.

Barrett zwang ein Lächeln auf sein Gesicht, band sein Pferd fest und öffnete die Eingangstür von *Élan*.

„Könnten Sie den Laden etwas früher schließen?", fragte er, als sich Charlotte ihm mit einem freundlichen Lächeln auf den Lippen näherte. „Ich dachte, wir könnten zum Tee ins *Rue de Rivoli* gehen."

Ihr Lächeln verblasste schneller, als der Schnee unter der Kraft des Föhnwindes geschmolzen war. „Was stimmt nicht?"

„Das ist das erste Mal, dass jemand auf diese Weise auf eine Einladung zum Tee reagiert." Barrett zwang einen unbeschwerten Tonfall in seine Stimme. „Ich dachte, Sie würden sich vielleicht darüber freuen."

Sie nickte langsam. „Das würde ich, wenn ich mir keine Sorgen über Sie machen müsste. Ihr Gesichtsausdruck verrät mir, dass irgendetwas gar nicht Ordnung ist."

Es gab keinen Grund, die Wahrheit zu leugnen. Er würde das Unvermeidliche nur hinausschieben.

„Setzen Sie sich besser hin", warnte er. Sobald sie saß und er auf dem Stuhl neben ihr Platz genommen hatte, platzte es aus ihm heraus: „Ich habe mich heute Morgen an die Abgeordneten gewandt."

Charlotte neigte den Kopf zur Seite, so als versuche sie herauszufinden, warum ihm dies Kummer bereitet hatte, und sagte: „Ich wünschte, ich hätte davon gewusst. Ich hätte versucht, dort zu sein. Wenn Sie über Wasserrechte sprechen, langweilt mich das nie."

„Ich habe nicht über Wasserrechte gesprochen. Ich konnte nicht aufhören, über das nachzudenken, was Sie gesagt haben, nämlich dass man sich selbst treu sein sollte, und ich wusste, dass ich das Thema Weideflächen für Rinder behandeln muss. Sie hatten jedoch recht. Niemand hat mich unterstützt. Unterstützung?" Barrett entfuhr ein brüchiges Lachen. „Sie haben mir gesagt, ich hätte die gemeinsame Sache verraten und dass alle Hoffnungen dahin seien, die ich gehabt hätte, Kandidat der Partei für den Posten des Senators zu werden."

„Oh, Barrett, das tut mir so leid. Aber vielleicht ist es nicht so schlimm, wie Sie denken. Die Menschen vergessen auch."

Er schüttelte den Kopf. „Das werden sie nicht. Meine politischen Ambitionen sind beendet." Er schluckte schwer, weil er den Rest nicht eingestehen wollte, aber wusste, dass es notwendig war. „Ich habe sowohl meine Karriere als auch Ihren Traum von einer Schule ruiniert."

Eine Sekunde lang brachten ihre Augen Verwirrung zum Ausdruck. „Was meinen Sie damit?"

„Ich habe hinterher versucht, mit ein paar Männern zu sprechen. Wissen Sie, was sie getan haben?" Er wollte ihr zwar nicht alles erzählen, was passiert war, wusste jedoch, dass sie irgendeine Version der Ereignisse des heutigen Morgens zu hören bekommen würde. Da war es das Beste, wenn sie die Geschichte von ihm erfuhr, ohne dass Klatschmäuler sie verfälscht hätten. „Sie haben gelacht, Charlotte." Und das hatte wehgetan. Nicht ihm selbst. Er konnte Hohn aushalten. Was wehgetan hatte, war die leichtfertige Gleichgültigkeit gegenüber Charlottes Traum. „Sie sagten, es sei eine unsinnige Idee und dass jeder, der auch nur einen Funken gesunden Menschenverstand im Kopf hätte, begreifen müsste, dass das Territorium weit wichtigere Probleme habe." Die Pfeile, die die einflussreichen Männer der Partei auf ihn abgeschossen hatten, hatten ihn in dem Augenblick noch tiefer getroffen, als ihm klar geworden war, was sie glaubten: dass die Idee, einem Kind wie David eine Ausbildung zu ermöglichen, Unsinn sei.

„Der Vorschlag ist nicht unsinnig", sagte Barrett mit fester Stimme, „aber das ist es, was sie dachten." Er streckte seine Hände aus und legte sie in dem Versuch, ihr ein bescheidenes Maß an Trost zu spenden, auf ihre. „Es tut mir leid, Charlotte. Ich dachte, ich könnte helfen, aber ich habe Ihre Aussicht, Unterstützer zu finden, zerstört."

Als Tränen ihre Augen füllten, wischte sie sie weg, dann straffte sie die Schultern.

„Machen Sie sich keine Vorwürfe, Barrett. Ich weiß, dass Sie alles getan haben, was Sie konnten, und das ist das größte Geschenk, das Sie mir machen konnten. Es ist jedoch noch nicht zu Ende. Ich werde die Hoffnung nicht aufgeben. Es muss eine Möglichkeit geben, die Schule zu gründen. Ich muss nur noch weitersuchen."

Barrett war zum ersten Mal an diesem Tag wieder etwas leichter ums Herz, als er zaghaft ihr Lächeln erwiderte.

Er war verärgert. Sie konnte es an seinem Gang sehen, an der Art, wie er seine Arme bewegte, an seiner steifen Kopfhaltung. Vielleicht sollte sie es ignorieren. Mama hatte behauptet, das Beste, was eine Frau mit einem wütenden Mann tun könne, sei, ihn zu ignorieren, bis die schlechte Laune vorbei wäre, aber Miriam konnte das nicht.

„Richard!" Sie zügelte das Pferd und brachte die Kutsche neben ihm zum Stehen. „Lassen Sie uns eine kleine Spazierfahrt machen."

Er schüttelte den Kopf. „Ich bin keine gute Gesellschaft."

„Ein Grund mehr, weshalb Sie einen Ausflug brauchen. Das wird Sie von dem ablenken, was Ihnen Sorgen macht."

„Nichts kann mich davon abbringen, über diese Dummheit nachzudenken", sagte Richard, als er in die Kutsche kletterte.

Wenn sie sich recht erinnerte, war es das erste Mal, dass er mitgenommen aussah, und das machte Miriam Sorgen. Normalerweise war Richard ausgeglichen, in der Lage, Enttäuschungen abzuschütteln. Irgendetwas war heute ganz offensichtlich anders.

„Was ist passiert?", fragte sie. Obwohl sie auf dem Weg zu *Élan* gewesen war, bog sie nicht in die Ferguson Streeet, weil sie spürte, dass das, was Richard zu schaffen machte, viel leichter offenbart werden würde, wenn weniger Leute in der Nähe waren.

Richard wartete, bis sie ein Stück gefahren waren, bevor er sprach. „Es ist Barrett. Er hat Selbstmord begangen."

Als Miriam erschrocken aufschrie, legte Richard seine Hand auf ihren Arm und drückte sie sanft. „Es tut mir leid. Ich wollte Sie nicht erschrecken. Das war eine erbärmliche Wortwahl. Barrett hat sich nicht getötet, aber er hat seine Aussichten, zum Senator gewählt zu werden, vollkommen zerstört."

Miriam verlangsamte das Pferd, sodass sie ihre Aufmerksamkeit auf Richard konzentrieren konnte. „Wie hat er das getan?"

„Er hat zu den Abgeordneten gesprochen."

„Über Wasserrechte." Obwohl sie es niemals zugeben würde, fühlte sich Miriam von Barretts beinahe unaufhörlicher Diskussion über Wasser gelangweilt. Vielleicht ging es den Abgeordneten genauso.

„Nein." Richards Lippen verzogen sich vor Empörung. „Er hat darüber gesprochen, dass er die Rechte der Vieherzeuger beschneiden möchte, dass er die Rinderzucht mit Quoten belegen will."

„Und was ist daran falsch?"

„Abgesehen von der Tatsache, dass es niemand mag, wenn die Regierung ihm sagt, wie er seine Geschäfte führen soll?" Richards Stimme triefte nur so vor Verachtung. „Er hat es so klingen lassen, als wäre jeder selbstsüchtig, der eine andere Meinung vertritt, als würden diese Leute ihre eigenen Interessen über das Wohl des Weidelandes stellen. Ich kann Ihnen versichern, dass das nicht gut ankam. Ich habe die Abgeordneten noch nie so ärgerlich erlebt. Sie hätten Barrett beinahe gelyncht."

„Wie schrecklich für Barrett. Er muss gekränkt gewesen sein." Miriam wusste, dass er sich wegen seiner Rede Sorgen gemacht hatte, auch wenn ihm sehr daran gelegen war, bekannter zu werden. Sie begriff nur nicht, aus welchem Grund er entschieden hatte, doch nicht über Wasserrechte zu sprechen.

Richard festigte seinen Griff um ihren Arm. „Barrett ist mir gleichgültig. Was mir nicht egal ist, ist die Tatsache, dass er durch seine Dummheit auch Ihre Zukunft aufs Spiel gesetzt hat. Wenn kein Wunder geschieht, sind Ihre Aussichten, die Frau eines Senators zu werden, dahin.

„Das ist mir gleichgültig."

Es schien, als würde Richard sie nicht hören, denn er fuhr fort: „Ich hätte das der Frau, die ich liebe, nicht angetan. Miriam, ich liebe dich zu sehr, um irgendetwas zu tun, das dich verletzen würde."

Miriam starrte Richard an und fragte sich, ob sie richtig gehört hatte. Es klang, als hätte er gesagt, dass er sie liebte, aber niemals – nicht einmal in ihren kühnsten Träumen – hatte sie sich eine Liebeserklärung wie diese vorgestellt. Als er erbleichte und dann wieder errötete, bis seine Wangen tiefrot waren, wusste Miriam, dass sie sich nicht geirrt hatte.

„Liebst du mich, Richard?"

Er zögerte und für einen Moment befürchtete Miriam, dass er es leugnen würde. „Ja, aber …"

Sie liebte ihn. Es war einfach nicht zu leugnen. Sie liebte alles an ihm, von seiner schiefen Nase, die sein Gesicht vor der Vollkommenheit bewahrte, bis zu der Art, wie seine Finger Davids Ball umfassten und das glatte Holz liebevoll streichelten, bevor er den Ball über den Boden rollte. Sie liebte seine Ehrlichkeit, seinen Humor, seine Integrität. Sie liebte die Art, wie seine Augen funkelten, wenn er glücklich war, und wie er versuchte, seine Enttäuschung zu verbergen. Sie liebte seine Freundlichkeit und seine Großzügigkeit. Charlotte liebte Barrett. Sie würde niemals auch nur andeuten, dass sie solche Gefühle für ihn empfand, aber sie konnte nichts dagegen tun, dass sie sich danach sehnte, ihn einen Tag lang – einen einzigen, perfekten Tag lang – lieben zu dürfen und von ihm geliebt zu werden.

Charlotte stieß einen Seufzer aus. Es hatte keinen Sinn, sich das Unmögliche zu wünschen. *Und jetzt schau dir an, was diese dummen Gedanken angerichtet haben*, schalt sie sich. Sie hatte eine schiefe Naht genäht. Mit einem weiteren tiefen Seufzer begann sie, die Stiche wieder aufzutrennen. Das nächste Mal musste sie vorsichtiger sein.

Sie hatte die Naht zur Hälfte gelöst, als die Türglocke klingelte. Als Charlotte sich erhob, um ihre Kundin zu begrüßen, hörte sie den unverwechselbaren Klang von Miriams Lachen.

„Oh, Charlotte!" Miriam breitete ihre Arme aus und drehte sich im Kreis herum. „Ich bin die glücklichste Frau der Welt. Er hat mir gesagt, dass er mich liebt."

„Was hast du dir nur dabei gedacht?", verlangte Warren zu wissen, kaum dass sich die Tür des Arbeitszimmers hinter ihm geschlossen hatte.

Barrett seufzte. Seit seinem Debakel vor dem Parlament war eine Woche vergangen. Obwohl die Gerüchteküche freundlicher gewesen war, als er zu hoffen gewagt hatte, wusste er, dass Warren nicht erfreut sein würde. Er hatte eine nahezu augenblickliche Reaktion erwartet. Der einzige Grund, weshalb ihm das so lange erspart geblieben war, lag vermutlich darin, dass sein Freund wegen irgendeines mysteriösen Geschäftes die Stadt verlassen hatte.

„Du hast mir gesagt, ich müsse sichtbarer sein und die Leute wissen lassen, was meine Ansichten sind", sagte Barrett, während er Warren eine Tasse Kaffee eingoss. „Das habe ich getan."

„Indem du deinesgleichen reglementierst?" Warrens Stimme triefte nur so vor Sarkasmus. „Ich dachte, wir hätten uns darauf geeinigt, dass du das Problem der Wassergesetze angehst."

„Dies war dringender."

„Es war einzig und allein dumm. Und warum um alles in der Welt musstest du deine Dummheit noch vergrößern, indem du über eine Schule für Blinde sprichst? Warum sollte dir das wichtig sein?" Warren streckte seine Beine aus. „Es gibt woanders Schulen für solche Probleme. Die Eltern können sie dorthin schicken."

Barrett versuchte bei der Erinnerung daran, dass er einmal genau der gleichen Meinung gewesen war, nicht zusammenzuzucken. Aber das war, bevor er verstanden hatte, welchen Preis sowohl Charlotte als auch David dafür bezahlt hätten.

„Was ist, wenn Eltern ihre Kinder nicht wegschicken wollen?"

Warren zuckte mit den Achseln. „Das ist ihr Problem, nicht deins."

Und genau da irrte sich sein Freund. „Es ist auch mein Problem. Charlottes Sohn ist blind."

Warrens Augen verengten sich. Er starrte Barrett eine ganze Zeit lang an, bevor er sprach. „Du spielst mit dem Gedanken, sie zu heiraten, nicht wahr?"

„Was, wenn ich das täte?" Barrett wollte nicht direkt antworten, vor allem nicht, wenn sich Warren in dieser Stimmung befand.

„Dann würde ich sagen, dass du genauso blind bist wie ihr Junge. Die Wähler wollen eine perfekte Familie sehen, nicht eine mit einem lädierten Kind."

Als Barrett begann, gegen die Wortwahl zu protestieren, hob Warren die Hand und brachte ihn zum Schweigen. „Es ist mir egal, wie hübsch sie ist; wirf deine Aussicht auf Macht nicht für ein hübsches Gesicht weg."

Charlotte war mehr als nur ein hübsches Gesicht. Sie war eine warmherzige, liebevolle Frau, eine Frau mit einer tiefen Loyalität und unerschütterlichen Integrität. Die Tatsache, dass sie außerdem wunderschön war, machte nur einen kleinen Teil ihrer Attraktivität aus. Aber das würde Barrett seinem Anwalt nicht sagen, denn er bezweifelte, dass dieser das verstehen würde. Als Barrett es zum ersten Mal in Erwägung gezogen hatte, für ein Amt zu kandidieren, war es aus selbstsüchtigen Gründen gewesen. Obwohl er es weder gegenüber Warren noch gegenüber Richard zugegeben hatte, hatte er eigentlich eher seine Brüder beeindrucken wollen, als den Bürgern von Wyoming zu dienen. Das hatte sich geändert. Während die Monate ins Land gegangen waren, hatte er gemerkt, wie falsch er gelegen hatte, und das war allein Charlottes Verdienst.

„Es ist nicht die Macht, die ich will", sagte er mit fester Stimme. „Ich will eine Position innehaben, in der ich etwas verändern und bewirken kann." Das war es, wozu Charlotte ihn herausgefordert hatte. Barrett war inzwischen mehr als jemals zuvor entschlossen, diese Herausforderung anzunehmen

Warren schnaubte. „Du machst dir nur selbst etwas vor, wenn du das glaubst. Jeder Mann will Macht."

„Warum kandidierst du dann nicht für ein Amt?" Obwohl es sich dabei um eine Frage handelte, die Barrett sich schon ein halbes Dutzend Male gestellt hatte, war dies das erste Mal, dass er sie Warren gegenüber aussprach.

„Das würde ich, wenn ich zwanzig Jahre jünger wäre."

Kapitel 17

Sie weigerte sich – sie weigerte sich ganz und gar – ihre Gedanken bei der Tatsache verweilen zu lassen, dass Barrett Miriam endlich seine Liebe erklärt hatte und dass ihre Verlobung nunmehr jederzeit bekannt gegeben werden konnte. Sobald Erinnerungen an Miriams strahlendes Lächeln wieder auftauchten, zwang sich Charlotte daran zu denken, dass es wichtigere Dinge gab, über die sie sich Sorgen machen konnte, allen voran die Schule.

Obwohl Barrett sein Bestes getan hatte, schien es, als würden die Entscheidungsträger des Wyoming-Territoriums Charlottes Meinung nicht teilen, dass eine Schule für Blinde und Gehörlose notwendig sei. Sie konnte sich von ihnen jedoch nicht aufhalten lassen. Es musste etwas geben, das sie tun konnte, um David und Nancy zu helfen. In der Zwischenzeit würde sie das tun, was sie konnte, um den bedauernswerten Frauen zu helfen, die ihre Mahlzeiten in Mrs Kendalls Pension einnahmen.

Charlotte zitterte, während sie auf die 15th Street zueilte. Der Januar sollte eigentlich der kälteste Monat sein, aber dieses Jahr schien der Februar nach dieser zweifelhaften Ehre zu streben. Da das Quecksilber auf minus 20°C gefallen war und eine steife Brise die Schneeflocken in Eiskügelchen verwandelte, war es keine Nacht, die für einen Spaziergang geeignet war. Vielleicht hätte sie noch einen Tag warten sollen, aber als sie das braune Baumwollkleid fertiggestellt hatte, war ein Gefühl von Dringlichkeit entstanden. Und so hatte sie ihren dicksten Mantel angezogen und war dankbar dafür, dass der Schleier, den sie wie immer trug, wenn sie zu Mrs Kendall ging, ihrem Gesicht zumindest ein bisschen Schutz bot.

„Kommen Sie rein, meine Liebe." Wie sie es erwartet hatte, war Mrs Kendall bereits in der Küche beschäftigt, obwohl es noch nicht einmal fünf Uhr war. „Ich habe Kaffee fertig, und wenn Sie ein paar Minuten warten können, gibt es Zimtrollen frisch aus dem Ofen."

Obwohl der Duft verlockend war, schüttelte Charlotte den Kopf. „Ich kann nicht so lange bleiben."

„Unsinn.“ Mrs Kendall zog einen Stuhl hervor und starrte ihn an, so als wollte sie unbedingt, dass Charlotte ihren Mantel auszog und sich dort hinsetzte. „Sie müssen sich aufwärmen. Ich kann nicht erlauben, dass Sie sich in einen Eiszapfen verwandeln.“

Als Charlotte ihre Finger bewegte, merkte sie, dass ihre Kuppen vor Kälte kribbelten. Es wäre dumm, nach Hause zurückzukehren, bevor sie sich ein bisschen aufgewärmt hätte. Also knöpfte sie ihren Mantel auf und hängte ihn an den Haken neben der Tür. Als Mrs Kendall nach dem Mantel griff und ihn, damit er schneller warm wurde, über den Stuhl hängte, der dem Ofen am nächsten war, lächelte Charlotte.

„Und Kaffee brauchen Sie auch“, verkündete ihre Gastgeberin. „Schätze, den können Sie trinken, ohne Ihren Schleier abzumachen, wenn Sie vorsichtig sind.“

Charlotte nahm den leicht verärgerten Unterton in ihrer Stimme wahr und begriff, dass sie Mrs Kendall beleidigt hatte, weil sie ihre Identität nicht preisgeben wollte. Nachdem sie sich anfangs Gedanken um ihre Kundinnen gemacht hatte, war diese Sorge verblasst, als Charlotte erfahren hatte, dass der Baron ein ständiger Besucher bei Sylvia war. Sie konnte das Risiko, ihren Schleier zu lüften, nicht eingehen, denn der Baron durfte niemals erfahren, dass sie und David in Cheyenne lebten.

„Danke“, sagte Charlotte. „Ihr Kaffee riecht köstlich. Aber zuerst will ich Ihnen zeigen, was ich mitgebracht habe. Hier sind zwei weitere Kleider“, erklärte sie, als sie das Paket öffnete, das sie in ein altes Laken gewickelt hatte. „Das braune ist mein Lieblingsstück.“

Mrs Kendall betastete den Baumwollstoff. „Es ist perfekt. Sie sind beide perfekt.“ Sie goss Kaffee in einen Zinnbecher und schob ihn über den Tisch zu Charlotte. „Wenn Sie nur sehen könnten, was vernünftige Sachen für einen Unterschied machen. Die Mädels sehen nicht nur anders aus, sie verhalten sich auch anders. Anständiger.“ Sie nippte an ihrem Kaffee. „Jetzt trinken Sie mal Ihren.“

Charlotte gehorchte, auch wenn es schwierig war, die Tasse zu ihrem Mund zu bugsieren, ohne den Schleier abzunehmen. Frustriert von den Tüllschichten zog sie ihn am Ende dann aber doch so weit hoch, dass sie ihren Mund freibekam. Sie hielt den Schleier mit der linken Hand ein Stück von sich weg und führte die Tasse mit der rechten.

„Ich habe von Sally und Laura gehört“, fuhr Mrs Kendall fort. „Das sind die zwei Mädels von Sylvia, die letzten Monat nach Laramie gegangen sind. Sally hat sich Arbeit als Wäscherin besorgt und Laura arbeitet als Köchin. Das wäre ohne Ihre Kleider nicht passiert.“

Es war ein netter Gedanke, aber Charlotte konnte sich den Verdienst für die Verwandlung der jungen Frauen nicht zuschreiben. „Es braucht mehr als ein Kleid, um das Leben eines Menschen zu verändern. Man muss sich verändern wollen.“

„Vielleicht haben Sie recht, aber anständige Sachen helfen dabei.“ Mrs Kendall erhob sich, öffnete die Ofentür und zog ein Blech mit duftenden Zimtrollen daraus hervor. „Ich würde wirklich gern so nähen können wie Sie.“

„Das ist nicht schwierig“, sagte Charlotte, als sie das leckere Gebäck probierte. „Jeder kann es lernen, wenn er den richtigen Lehrer hat.“

Der richtige Lehrer. Charlotte begann zu lachen, als sie ihre eigenen Worte hörte. Das konnte die Antwort sein.

„Was ist so lustig?“

„Eigentlich nichts. Ich habe versucht, ein Problem zu lösen, und jetzt habe ich begriffen, dass die Antwort die ganze Zeit da war. Danke, Mrs Kendall. Sie haben den entscheidenden Anstoß gegeben.“

Obwohl die andere Frau ihre Zweifel zu haben schien, hatte Charlotte das nicht und ihre eigenen Worte hallten auch noch durch ihren Kopf, als sie zurück nach Hause ging. Wenn die Abgeordneten keine Schule genehmigen würden, musste jemand anderes etwas tun. Wer, wenn nicht Charlotte? Es stimmte, dass das Buch, das Barrett ihr geschenkt hatte, zwar hilfreich, aber auch frustrierend für sie gewesen war. Obwohl es ein Anfang war, reichte es nicht aus. Sie wusste jetzt, dass sie einen richtigen Lehrer brauchte. Es war nicht so, dass Charlotte unerfahren war. Sie hatte lange genug Kinder unterrichtet, um zu wissen, dass sie in der Lage wäre, blinde Kinder zu unterweisen, wenn sie die richtige Ausbildung hätte. Sie musste lediglich von jemandem ausgebildet werden, der bereits blinde Kinder unterrichtet hatte.

Charlotte zog eine Grimasse, als ihr der Wind entgegenpeitschte. Es würde nicht leicht sein. Das wusste sie. Sie würde jemanden finden müssen, der an der Perkins-Schule ausgebildet worden war. Barretts Buch war von einer Frau geschrieben worden, die dort studiert hatte, und sie hatte versichert, dass es sich dabei um eine der besten Schulen handelte, was die Ausbildung blinder Kinder betraf. Das war es, was Charlotte wollte und was David und Nancy verdienten: das Beste.

Vielleicht konnte jemand, der dort unterrichtet hatte, ein paar Monate bei Charlotte in Cheyenne verbringen. Wenn nicht, würde sie nach Massachusetts gehen und an der Schule studieren. Es wäre teuer, denn sie würde den Laden schließen müssen, während sie und David sich im Osten aufhielten. Wenn sie kein Geld verdiente und beträchtliche Ausgaben anfielen, würde ihr Erspartes in wenigen Monaten erschöpft sein. Es sei denn … Charlotte lächelte, als sie an Mrs Cox dachte. Die Frau hatte gesagt, dass sie alles tun würde, um Nancy das Leben zu ermöglichen, das sie verdiente, und sie hatte deutlich gemacht, dass sie alles andere als mittellos war. Sie würde vielleicht dabei helfen, die Kosten für Charlottes Studium zu bestreiten, da die Ausbildung Nancy zugutekommen würde.

Charlotte war es sehr viel leichter ums Herz, als sie die Stufen zu ihrer Wohnung erklomm. Es gab noch viele Dinge zu bedenken, aber sie wusste, dass sie die richtige Richtung eingeschlagen hatte, und das fühlte sich gut an. Sehr gut.

Miriam blickte sich im Raum um. Wenn irgendjemand vergessen hätte, dass heute Valentinstag war, hätte ein Blick in den Salon und das Esszimmer ihn daran erinnert. Die Mutter ihrer Freundin Betty hatte sich selbst übertroffen, indem sie zu Ehren dieses Ereignisses den gesamten ersten Stock ihres Zuhauses in Rot- und Pinktönen dekoriert hatte. Rote Kreppgirlanden waren um das Treppengeländer gewunden, während ein pinkes Tischtuch und rote Leinenservietten das Esszimmer dominierten. Selbst die normalerweise weißen Kerzen im Kronleuchter des Salons waren durch pinkfarbene ersetzt worden.

Miriam strich gerade sorgfältig die Finger ihrer Satinhandschuhe glatt, die Charlotte für sie gemacht hatte, als sich das Streichquartett erhob und verbeugte, wodurch es den Beginn einer kleinen Pause signalisierte.

„Hättest du gerne eine Tasse Punch?"

Miriam fächelte sich Luft zu. Es war albern, so nervös zu sein. Schließlich hatte sie gewusst, dass Richard einer der Gäste sein würde. Aber jetzt, wo er an ihrer Seite war und zum ersten Mal an diesem Abend mit ihr sprach, konnte sie nicht verhindern, dass ihr die Röte ins Gesicht stieg.

„Nein, danke", sagte sie und legte ihre Hand auf seinen Arm, „aber ich würde gern eine stille Ecke finden."

Richard warf ihr ein schiefes Lächeln zu. „Das könnte eine äußerst schwierige Angelegenheit werden", sagte er, als er sich im Raum umsah. Er machte einen Schritt auf den Bogengang zu, der den Salon von der Eingangshalle trennte. Nachdem er um die Ecke gespäht hatte, grinste er. „Erfolg auf der ganzen Linie. Kein Mensch ist im Flur und es gibt sogar einen Platz zum Sitzen."

Als sie zu der gepolsterten Eichenbank gelangt waren und Miriam ihr Kleid gerichtet hatte, verblasste Richards Lächeln. „Ich bin überrascht, dass du nicht Barretts Gesellschaft suchst. Ich habe euch miteinander tanzen sehen." Richards Stimme blieb zwar ruhig, doch ballte er seine Hände zu Fäusten. „Alle sagen, dass ihr das perfekte Paar seid."

Bestimmt glaubte er das nicht. Bestimmt war ihm klar, dass sie ihn genauso liebte wie er sie. Aber vielleicht war es ihm wirklich nicht bewusst. Vielleicht glaubte er, dass sie nicht mehr als einen Freund in ihm sah. Schließlich hatte sie ihm nicht gesagt, dass sie ihn liebte. An dem Tag, an dem er seine Liebe gestanden hatte, hatte Richard es abgelehnt, weiter darüber zu sprechen. Sein versteinerter Gesichtsausdruck hatte Miriam zudem klargemacht, dass noch nicht der richtige Zeitpunkt für eine Offenbarung ihrer eigenen Gefühle gekommen war. Heute Abend war vielleicht auch nicht der richtige Zeitpunkt, aber sie konnte Richard nicht weiterhin glauben lassen, dass ihr Barrett etwas bedeutete. Sie nahm allen ihren Mut zusammen und richtete ihren Blick auf Richard, obwohl ihre Mutter über ihre Kühnheit entsetzt gewesen wäre.

„Barrett und ich könnten nur das perfekte Paar sein, wenn wir einander lieben würden. Das tun wir nicht. Ich liebe Barrett nicht und ich bezweifle, dass er mich jemals geliebt hat. Du kennst die Wahrheit, Richard. Es war eine geschäftliche Vereinbarung. Barrett wollte die Unterstützung meines Vaters und meine Eltern dachten, er wäre ein guter Ehemann für mich. Jetzt, wo sich die Partei von Barrett distanziert hat, hat meine Mutter seinetwegen Zweifel. Sie will, dass ich einen Mann mit Aussichten heirate."

Miriam behielt Richard fest im Blick. Obwohl sie gehofft hatte, er würde etwas antworten, blieb er still, wobei seine Hände so stark geballt waren, dass seine Knöchel weiß hervortraten.

„Ich liebe meine Eltern", fuhr sie fort. „Ich würde fast alles tun, um sie glücklich zu machen, aber ich werde keinen Mann heiraten, den ich nicht liebe." Dies war seine Gelegenheit, ihr zu sagen, dass er sie liebte; sie zu fragen, ob sie seine Liebe erwiderte, aber Richard sagte nichts. Miriam war kurz davor, voller Ärger mit dem Fuß aufzustampfen. Wenn sie sich über Bücher oder Musik unterhielten, war Richard redegewandt, niemals um Worte verlegen. Heute Abend jedoch, bei diesem so viel wichtigeren Thema, blieb er still.

Miriam holte tief Luft. Es war gegen alle Regeln, aber sie konnte in diesem Schwebezustand nicht weitermachen. Zu glauben, dass Richard sie liebte, aber nicht zu wissen, ob sie eine gemeinsame Zukunft hätten, war unerträglich.

„Ich liebe dich, Richard", sagte sie, langsam und deutlich. „Und du hast gesagt, dass du mich auch liebst. Wenn das stimmt, willst du mich dann nicht heiraten?"

Jetzt war es heraus. Sie hatte es getan. Sie hatte tatsächlich einem Mann einen Heiratsantrag gemacht. Jetzt lag es an Richard, ihn anzunehmen.

Aber er tat es nicht. Obwohl sich sein Blick erhellt hatte, als sie ihre Liebe gestanden hatte, verdunkelte er sich wieder. „Du weißt, dass deine Eltern niemals damit einverstanden wären. Ich bin zu alt und werde nie Senator werden."

Miriam schüttelte den Kopf. „Mir ist es egal, dass du älter bist als ich." Sie wollte nicht „zu alt" sagen, denn das war er nicht. „Das Einzige, worauf es mir ankommt, ist es, deine Frau zu sein."

„So einfach ist das nicht." Da war ein Hauch von Resignation in seiner Stimme. Miriam hasste das ebenso wie die Tatsache, dass seine Augen nicht länger strahlten.

„Es ist so einfach. Wir brauchen die Einwilligung meiner Eltern nicht. Ich bin alt genug, um meine eigenen Entscheidungen zu treffen. Wir können heimlich heiraten."

Richards Augen verloren das letzte Strahlen und verdüsterten sich vor Traurigkeit. „Du würdest es bereuen."

„Das würde ich nicht. Abgesehen davon würden Mama und Papa einlenken, ehe du dich versiehst."

„Was, wenn nicht? Könntest du es ertragen, ihnen den Rest deines Lebens entfremdet zu sein?"

Obwohl das eine Aussicht war, die sie nicht in Betracht gezogen hatte, nickte Miriam. „Du bist mir wichtiger als sie." Sie versuchte, ihre Stimme begeistert klingen zu lassen, wusste jedoch, dass Richard ihr Zögern heraushörte.

„Es tut mir leid, meine Liebste, aber ich kann das Risiko nicht eingehen."

„Ich bin froh, dass wir endlich die Gelegenheit haben, unseren Tee im *Rue de Rivoli* zu trinken", sagte Barrett, als er die Eingangstür zu dem beeindruckenden Sandsteingebäude öffnete.

Charlotte hatte versucht, Barretts Einladung abzulehnen. Sie glaubte, dass es unklug war, jetzt, wo er bald seine Verlobung mit Miriam bekannt geben würde, in der Öffentlichkeit mit ihm gesehen zu werden. Doch Barrett hatte darauf bestanden, dass dies ein geschäftliches Treffen sei. Sie hätte vielleicht trotzdem abgelehnt, aber die Enttäuschung auf Barretts Gesicht hatte sie davon überzeugt, dass sie annehmen musste. Und so waren sie hier.

Anders als die Eingänge zu den meisten Eckhäusern war die Tür des *Rue de Rivoli* so ausgerichtet, dass sie direkt auf die Straßenecke hinausging. So wurde keine der beiden Straßen bevorzugt. Anscheinend war der Architekt, der das massive Gebäude entworfen hatte, unschlüssig gewesen, ob die Ferguson oder die 16th Street die renommiertere war, und deshalb auf Nummer sicher gegangen. Charlottes Meinung nach verlieh der über Eck gebaute Eingang dem

Gebäude einen besonderen Reiz. Barrett lächelte, als würde er ihre Meinung teilen, und geleitete sie hinein.

„Ich hoffe, Sie genießen den Nachmittag", sagte er, als der Ober sie zu einem Tisch in der Nähe des vorderen Fensters führte. „Als ich hörte, dass Cheyennes wohlhabende Ladys hierher zum Tee kommen, dachte ich, Sie könnten vielleicht ein paar neue Kunden gewinnen, wenn Sie hier gesehen werden."

Charlotte wartete mit der Antwort, bis Barrett Tee und belegte Brote bestellt hatte.

„Ich möchte vielleicht gar keine weiteren Kunden", sagte sie zu ihm. „Wenn alles so läuft, wie ich es mir erhoffe, werde ich keine Zeit mehr haben, um viele Kleider zu nähen."

Sie hatte Stunden damit zugebracht, eine Schiefertafel zu bekritzeln, hatte eine Zahlenreihe nach der anderen wieder weggewischt und Notizen über all das gemacht, was schiefgehen könnte. Jetzt, wo sie ihre Pläne ausgearbeitet hatte, wollte Charlotte sie unbedingt mit Barrett besprechen. Dies würde tatsächlich ein geschäftliches Treffen werden, nur nicht so, wie er es sich vorgestellt hatte. Sie dachte zwar, ihre Pläne seien sorgfältig durchdacht, doch sie wusste auch, dass Barrett es ihr sagen würde, wenn sie etwas Wichtiges vergessen hätte oder ihre Annahmen zu optimistisch wären.

Als er seine Augenbraue hob und sie dadurch ermutigte fortzufahren, sagte sie: „Mir ist klar geworden, dass es einen Weg gibt, meinen Traum von einer Schule in die Realität umzusetzen."

„Und zwar ..."

Bevor sie antworten konnte, betraten Mr und Mrs Slater den Speisesaal. Es war Mr Slater sofort anzusehen, dass er jemanden wiedererkannt hatte. Dies und der Ausdruck von Überraschung auf seinem Gesicht zeigten Charlotte, dass er Barrett kannte, aber nicht erwartet hatte, ihn hier zu sehen. Oder aber er hatte nicht erwartet, Charlotte mit Barrett anzutreffen.

„Madame Charlotte! Es ist so schön, Sie zu sehen." Mrs Slaters freundliche Begrüßung war echt. Sie wandte sich an ihren Ehemann und verkündete lautstark, dass Charlotte die Frau war, die ihre wunderbaren neuen Kleider gemacht hatte. Was die kostenlose Werbung für Charlottes Geschäft betraf, hatte Barrett sein Ziel bereits erreicht.

Als sich die Slaters auf den Weg zur gegenüberliegenden Seite des sich schnell füllenden Raumes machten, erinnerte Barrett Charlotte daran, dass sie über die Schule gesprochen hatten. „Was haben Sie herausgefunden?"

„Mir ist klar geworden, dass ich die Lehrerin sein könnte." Barrett sagte nichts, sondern nickte nur, während Charlotte erläuterte, wie sie die besondere Ausbildung zu bekommen gedachte, die sie brauchte. „Die Schule wird nicht alles haben, was ich mir einmal ausgemalt hatte. Ich werde nicht in der Lage sein, andere Lehrer anzustellen, zumindest nicht am Anfang, deshalb dachte ich, ich fange nur mit blinden Kindern an."

„Das scheint sinnvoll zu sein." Barrett beugte sich gespannt vor. „Haben Sie sich schon einen Standort ausgesucht?"

Charlotte nickte. „Wenn ich es mir leisten könnte, würde ich Mr Yates' Laden kaufen und nutzen. Aber da ich das nicht kann, dachte ich, ich könnte mein Geschäft in zwei Teile teilen: die eine Seite für die Schule, die andere für *Élan*."

Zum ersten Mal schien Barrett überrascht. „Sie wollen *Élan* weiterführen?"

„Ich habe keine andere Wahl. Ich werde mehr Geld benötigen, als ich für den Unterricht in Rechnung stellen kann, also dachte ich, ich könnte den Laden samstags öffnen, wenn keine Schule ist. Meine Kundinnen könnten dann zu den Anproben kommen, aber tatsächlich nähen würde ich erst abends."

„Das wird eine Menge Arbeit sein."

Als der Ober eine Kanne Tee vor ihnen auf den Tisch gestellt hatte, goss Charlotte sich selbst und Barrett eine Tasse ein.

„Sie haben recht", sagte sie, als sie Zucker in ihren Tee rührte. „Zuerst klang es entmutigend, aber ich denke, ich kann es schaffen. Ich hatte nie Angst vor harter Arbeit. Ich weiß nichts über Ihre Familie, aber meine Eltern haben uns in dem Glauben erzogen, dass Arbeiten eine Art sei, den Herrn anzubeten. Sie haben uns erzählt, dass das der Grund sei, weshalb er uns Talente gegeben hat."

Als Barrett lächelte, nahmen seine Augen die tiefe Farbe eines Augusthimmels an. „Meine Eltern hätten Ihre Eltern gemocht. Sie dachten genauso." Er trank einen Schluck Tee. „Es klingt, als würden Sie nicht planen, die Schule als Internat zu führen."

„Erst einmal nicht“, gab sie zu. „Ich habe nicht genug Platz. Selbst wenn ich den Laden schließen und das gesamte Erdgeschoss nutzen würde, denke ich nicht, dass es groß genug wäre. Ich nehme an, dass ich am Anfang nur zwei Schüler haben werde: David und Nancy Cox.“ Charlotte würde Anzeigen über die Schule in die Zeitung setzen, nur für den Fall, dass es andere blinde Kinder in Cheyenne gab, aber sie konnte keine Werbung außerhalb der Stadt machen, wenn es keinen Ort gab, um Schüler zu beherbergen.

„Werden sie genauso schnell lernen, wie sie es in einem Internat tun würden?“

Es war typisch für Barrett, zum Kern der Sache vorzustoßen. Diese Frage hatte Charlotte ebenso zu schaffen gemacht. „Ich weiß es nicht. Ich dachte, ich frage die Verantwortlichen in der Perkins-Schule, wenn ich mich nach der Ausbildung erkundige. Ich habe diese Schule ausgewählt, weil ich gehört habe, sie sei die beste.“

Barrett nickte. „Dann sollten Sie auch dort anfangen. Das ist eine Lektion, die ich von meinen Eltern gelernt habe. Sie haben mir gesagt, ich solle mich nie mit dem Zweitbesten zufriedengeben.“

Sein Verhalten hatte sich verändert, die Falten zwischen seinen Augen waren verschwunden und von einer ruhigen Entschlossenheit ersetzt worden. Charlotte spürte, dass er keine weiteren Fragen hatte, deshalb stellte sie selbst eine. „Denken Sie, dass die Schule eine gute Idee ist?“

Anstatt mit einem Nicken oder Kopfschütteln zu antworten, lehnte sich Barrett ein wenig vor. „Das kommt darauf an“, sagte er sanft.

„Worauf?“

„Sind Sie sicher, dass es das ist, was Sie mit Ihrem Leben anfangen wollen? Wenn Sie erst einmal angefangen haben, wäre es nicht fair gegenüber den Schülern oder ihren Eltern wieder aufzuhören.“

„Da bin ich Ihrer Meinung.“ Charlotte wartete, bis der Ober ein Tablett auf den Tisch gestellt hatte, bevor sie weitersprach. „Es ist schwer zu erklären“, sagte sie, während sie sich für ein Brot mit Eiersalat entschied. „Je länger ich darüber nachdenke, desto aufgeregter werde ich. Ich kann mich nicht daran erinnern, dass ich mich jemals so gefühlt habe, aber es fühlt sich so an, als wäre es das, was ich tun soll.“

Als Barrett nichts sagte, biss sie von ihrem Brot ab und kaute sorgfältig, während sie den nächsten Satz formulierte. Nachdem sie das Brot mit einem Schluck Tee heruntergespült hatte, sagte sie: „Zuerst hab ich es nicht verstanden. Ich habe Gott gefragt, warum mein Kind nicht perfekt ist und warum er mir diese Last auferlegt hat. Dann haben sich meine Gebete verändert. Ich habe ihn gefragt, was David getan hat, um die Blindheit zu verdienen. Es gab keine Antworten, aber heute habe ich das Gefühl, als sei die Schule der Grund. Es gibt hier Bedarf für eine Blindenschule. Wenn David nicht blind geboren worden wäre, hätte ich das niemals bemerkt und bestimmt hätte ich niemals erwogen, eine zu gründen. Aber wenn es so läuft, wie ich es mir erhoffe, werde ich auch anderen Kindern helfen können, nicht nur meinem."

„Und dadurch die Welt verbessern." Bei diesen Worten verzogen sich Barretts Mundwinkel.

„Daran erinnern Sie sich?"

Er zog eine Augenbraue hoch. „Ich erinnere mich an die meisten Dinge, die Sie mir gesagt haben. Ich weiß nicht, was Sie so Besonderes an sich haben, Charlotte, aber man kann Sie nur schwer wieder vergessen."

Als Charlotte spürte, wie sich eine verräterische Röte in ihr Gesicht schlich, neigte sie den Kopf und rührte einen weiteren Klumpen Zucker in ihren Tee. Sie brauchte die zusätzliche Süße nicht, aber das Rühren gab ihr die Möglichkeit, ihre Gedanken zu ordnen.

„Ich nehme das als Kompliment."

Als sie aufblickte, war Barrett am Grinsen. „Es war auch so gedacht. Und was die Schule anbelangt: Wenn Sie wirklich so empfinden, sollten Sie sie definitiv eröffnen."

Als Charlotte anbot, seine Teetasse neu zu füllen, spürte sie, wie sein Blick auf ihr ruhte. Sie bezweifelte, dass er eine Ahnung hatte, wie sehr sein Lächeln ihr Herz zum Stolpern brachte und das Blut durch ihre Adern strömen ließ. Und doch war da etwas Besonderes in seinen Augen, eine Zärtlichkeit, die sie noch nie zuvor gesehen hatte. Er ergab keinen Sinn, denn er hatte Miriam gesagt, dass er sie liebte. Aber Charlotte konnte nicht leugnen, dass Barretts Gesichtsausdruck beinahe wie der eines Liebenden aussah.

„Danke, Barrett. Sie sind ein guter Freund und ein Geschäftsmann." Sie betonte das Wort *Freund*. „Deshalb bedeutet mir Ihre Meinung so viel."

Zu Charlottes Überraschung bildeten sich ein paar leicht rötliche Flecken auf seinen Wangen. Es war beinahe so, als ginge ihm ihre Nähe genauso zu Herzen wie ihr seine. Barrett räusperte sich. „Ich beabsichtige, ein paar Tage zur Ranch zu fahren. Wir reden noch einmal darüber, wenn ich zurückkomme. Wer weiß? Vielleicht habe ich ein paar neue Ideen für Sie. Aber zweifeln Sie nie daran, Charlotte. Die Schule ist eine gute Idee."

Charlotte atmete tief ein und langsam wieder aus, während sie von einem Gefühl der Erleichterung überflutet wurde. Jetzt war nur noch eine Hürde übrig. Sie musste Abigail und Elizabeth von David und ihren geänderten Plänen erzählen. Das würde sie heute Abend tun und dann, solange sie auf ihre Antwort wartete, würde sie anfangen, ihre Schule zu planen.

Ihre Finger, ihre Zehen, jeder Zentimeter von ihr kribbelte vor Freude. Überglücklich lächelte sie Barrett an. Er hieß ihre Pläne gut. Er wollte ihr helfen. Er fand sie unvergesslich. Irgendwie, so dumm es auch war, war es der letzte Gedanke, der sie am glücklichsten machte.

Die Bussarde kreisten. Barrett versuchte, die Angst unter Kontrolle zu bekommen, die unaufhaltsam in ihm aufstieg. Er hatte Charlotte nichts sagen wollen – sie war wegen der Pläne für ihre Blindenschule so begeistert gewesen –, aber jetzt hatte er schon seit Tagen die Sorgen über das Vieh nicht mehr ausblenden können. Etliche der anderen Viehbarone hatten ihn ausgelacht, als er seine Bedenken geäußert hatte. Rinder seien robuste Tiere, hatten sie zu ihm gesagt. Aber Barrett wusste, dass selbst die robustesten Tiere ihre Grenzen hatten. Es gab nur einen Weg, seine Befürchtungen zu zerstreuen: Er musste selbst nachsehen.

Bis jetzt war der Februar ein seltsamer Monat gewesen. Es war eine Tatsache, nicht nur Barretts Einbildung, dass die führenden Mitglieder der Partei unzufrieden mit ihm waren. Obwohl sie ihn gegrüßt hatten, als sie ihn bei Betty Dawsons Tanzabend am Valentinstag gesehen hatten, war dies bestenfalls oberflächlich gewesen, schlimmstenfalls kühl. Und dann war da noch Miriam. Sie hatte sein Angebot, sie zur Feier zu begleiten, abgelehnt und gesagt, da sie selbst eine Einladung bekommen hätte, wolle sie ohne Begleitung hingehen. Dort angekommen hatte sie zwar gerne mit ihm getanzt, bald darauf war sie jedoch verschwunden. Das sah Miriam überhaupt nicht ähnlich, genauso wenig wie die Tränen, die in ihren Augen gestanden hatten, als sie auf die Tanzfläche zurückgekehrt war. Aber als er seine Sorge zum Ausdruck gebracht hatte, hatte sie geleugnet, dass etwas nicht stimmte.

Frauen! Barrett bezweifelte, dass er sie jemals durchschauen würde. Glücklicherweise hatte er keine Probleme, Charlottes Wunsch nach einer Schule zu verstehen. Während andere Frauen vielleicht ihr Schicksal beklagt und Gott gegrollt hätten, weil er sie mit einem blinden Kind gestraft hatte, hatte Charlotte ihren Schmerz in den Plan verwandelt, um anderen in derselben Lage zu helfen. Barrett zog die Stirn in Falten, als er an die Herausforderungen dachte, denen sie gegenüberstand. Es musste einen Weg geben, wie er ihr helfen konnte, aber zuerst musste er die Ranch erreichen und herausfinden, was mit seinem Vieh passierte.

Die Bussarde waren kein gutes Zeichen. Obwohl sie in Pennsylvania häufig vorkamen, war dies das erste Mal, dass er sie in Wyoming sah. Und wenn er hinten im Osten einen Bussard gesehen hatte, waren es einer oder zwei gewesen, nicht die riesige Schar, die jetzt über ihm kreiste und den wolkenlosen Himmel verdunkelte.

Während er nordwärts ritt, sank seine Stimmung immer mehr. Der Grund für die kreisenden Bussarde war nicht zu übersehen. Dutzende toter Rinder lagen auf dem Boden. Obwohl die Kälte dabei geholfen hatte, ihre Körper zu konservieren, hatte der unvermeidliche Verfall bereits begonnen und die Raubvögel angelockt. Das Vieh war verhungert. Die Bussarde würden das nicht.

„Ist es so schlimm, wie ich denke?“, fragte Barrett Dustin, als er seinen Hut abnahm und sich dem Ofen näherte. Obwohl er gedacht hatte, dass sein Vorarbeiter das Weideland abreiten würde, hatte Barrett ihn im Haus vorgefunden, wo er mit hängenden Schultern und düsterem Gesichtsausdruck am Ofen saß und einen stummen Beweis dafür lieferte, dass er genauso deprimiert war wie Barrett.

Dustin fuhr mit den Fingern durch sein blond gelocktes Haar und runzelte die Stirn, während er auf den Boden starrte. Abgesehen von dem kurzen Blick, den er Barrett zugeworfen hatte, als dieser das Gebäude betreten hatte, blieben Dustins Augen auf den Boden geheftet. „Wahrscheinlich schlimmer", murmelte er. „Scheint, als hätten wir die halbe Herde verloren und wir haben noch nicht mal März."

„Was ist passiert?" Obwohl Barrett glaubte, dass er es wusste, war Dustin derjenige, der täglich mit den Tieren zu tun hatte. Er wollte, dass sein Vorarbeiter seine Befürchtungen bestätigte.

„Sie konnten nicht durch das Eis brechen, um an das Gras zu kommen. Ich hab so viel, wie ich konnte, frei gemacht, aber es war nicht genug." Der Schmerz, den er in Dustins Stimme hörte, verriet Barrett, dass der Mann genauso litt wie er. „Die Teiche waren die ganze Zeit zugefroren, also konnten sie auch nicht trinken. Als ich versucht hab, Wasserlöcher zu hacken, bin ich nur auf Eis gestoßen. Die Teiche waren gefroren bis zum Grund. Arme Viecher."

Verhungern und Verdursten. Barrett schauderte. „Das ist keine schöne Art zu sterben."

Dustin richtete seinen schmerzerfüllten Blick auf Barrett. „Ich hab so was noch nie zu Gesicht gekriegt. Es ist nicht einfach, das zu sagen, aber ..."

Er hielt inne und überließ es Barrett, den Satz zu vollenden. „Ich bin ruiniert und das sind die anderen Viehzüchter auch."

„Ist wohl so." Dustin öffnete den Ofen und stocherte im Holz herum. „Ich packe meine Sachen und geh zurück nach Missouri. Es gibt keinen Grund mehr, hierzubleiben. Ich habe nur gewartet, um Ihnen zu sagen, wo ich hingehe und warum."

Es war so, wie er es befürchtet hatte. Barrett wusste, dass Schmerz und Ärger kommen würden, aber im Moment war er wie betäubt. Der einzige Schmerz, der zu ihm vordrang, war Dustins. Sein Vorarbeiter hatte mehr Zeit gehabt, das Ausmaß der Verwüstung zu sehen und die Konsequenzen zu begreifen. Anders als Barrett hatte Dustin keine Notreserve. Barrett hatte nicht alles verloren. Zumindest nicht ganz, und mit dem, was übrig war, konnte er Dustins Sorgen lindern. „Es sind immer noch ein paar Rinder am Leben.

Wir werden sie im Frühling zusammentreiben müssen. Ich möchte, dass du das tust."

Dustin starrte Barrett an, die Augen weit aufgerissen vor Überraschung. „Sind Sie sicher, Boss?"

„Sicher genug, um dich im Voraus zu bezahlen." Barrett griff in seine Tasche und zog seinen Geldbeutel hervor. „Hier, bitte!" Dustins Lohn für vier Monate war nicht viel Geld für Barrett, aber das Geld würde für seinen Vorarbeiter überlebenswichtig ein.

Dustin betrachtete die Geldmünzen. „Das vertrauen Sie mir an?"

Es war üblich, Cowboys für die Arbeit zu bezahlen, die sie geleistet hatten. Ihnen einen Vorschuss auf den Lohn zu gewähren, war mehr als ungewöhnlich.

Barrett nickte. „Ich habe dir mein Vieh anvertraut und du hast mich nie im Stich gelassen. Geld ist nichts im Vergleich zu diesen Tieren." Er schloss seine Augen und versuchte, das Bild der Kadaver aus seinem Kopf zu bekommen. „Ja, Dustin, ich vertraue darauf, dass du nicht gehen wirst, bevor du dir diese Bezahlung verdient hast. Ich wünschte nur, es wäre nicht so zu Ende gegangen."

Denn egal, was man auch immer zu ihm sagen würde: Barretts Karriere als Viehzüchter war zu Ende. Er würde es nicht noch einmal ertragen können, die Tiere leiden und verhungern zu sehen. Selbst Dustin, der normalerweise unbekümmert und optimistisch war, widersprach nicht, als Barrett sagte, es sei das Beste, das Vieh zu verkaufen, das den Winter überleben würde.

Die beiden Männer saßen am Ofen, teilten sich eine Dose Bohnen und murmelten von Zeit zu Zeit ein oder zwei flüchtige Worte. Die meiste Zeit jedoch waren sie in Gedanken versunken.

Als er sich am nächsten Morgen auf die Rückkehr vorbereitete, klopfte Barrett Dustin auf die Schulter. „Danke", sagte er. „Du hast alles getan, was du konntest. Mehr kann man nicht verlangen."

Aber als er nach Hause ritt, konnte Barrett nicht verhindern, dass Fragen durch seinen Kopf wirbelten. *Was willst du von mir, Herr?*, fragte er, als er einen weiteren Bussard dabei beobachtete, wie er sich auf einem toten Rind niederließ. *Meine Pläne, für ein Amt zu kandidieren, sind dahin. Mein Vieh ist dahin.* Obwohl Barrett zu Harrison gesagt hatte, dass er genug Geld besaß, um seinen Viehbestand zu erneuern, wusste er, dass er es nicht tun würde. Es gab keine Garantie, dass die neue Herde überleben würde. Barrett hatte die Anzeichen für Überweidung gesehen. Obwohl das Gras kräftig und widerstandsfähig war, brauchte es Zeit, um sich zu erholen. Barrett wusste nicht, ob all dieser Schnee und das ganze Wasser dem Weideland helfen oder schaden würden. Doch er wusste eines: Wenn der nächste Sommer erneut trocken wäre, dann wäre vermutlich nicht genug Gras da, um eine Herde am Leben zu erhalten. Er würde das Risiko, dass womöglich noch mehr unschuldige Kreaturen langsam und schmerzhaft starben, nicht eingehen.

Was soll ich tun? Barrett hob seine Augen zum Himmel und hielt nach einem Zeichen Ausschau, hoffte auf eine Antwort. Es gab keine. Alles, was er sah, waren tote Rinder und Bussarde und das brachte ihn beinahe zum Weinen. *Hat Ägypten nach einer der Plagen so ausgesehen? Wie konnte der Pharao sein Herz verhärten, nachdem er solche Verluste an Lebewesen gesehen hatte?* Barrett verstärkte seinen Griff um die Zügel. Nie wieder. Er konnte den Gedanken, erneut mit solchem Leid konfrontiert zu werden, nicht ertragen.

„Das ist es nicht, wozu ich bestimmt bin." Zu Barretts eigener Überraschung sprach er die Worte laut aus. Seine Stimme war dabei so nachdrücklich, dass sich Midnight umdrehte, als wäre das Pferd alarmiert. Barrett war nicht dazu bestimmt, ein Viehbaron zu sein. Hatte Harrison ihm das nicht gesagt? Jetzt hörte er dieselbe Botschaft von Gott. Die Frage war: Was war seine Bestimmung?

Charlotte hatte keine Zweifel. Sie wusste, dass die Schule das war, was Gott mit ihrer Zukunft vorhatte. Sie glaubte sogar, dass das der Grund war, weshalb ihr Sohn blind geboren worden war. Charlotte hatte ihren Weg gefunden. Barrett suchte noch.

Vielleicht war der Tod des Viehs ein Zeichen. Vielleicht war die Tatsache, dass die Partei seine Kandidatur abgelehnt hatte, ein weiteres Zeichen. Das Problem war, dass alle Zeichen negativ waren. Er hatte die Botschaften gehört und begriffen: Er war nicht dazu bestimmt, für ein Amt zu kandidieren. Er war nicht dazu bestimmt, Vieh zu züchten. Doch was war dann seine Bestimmung?

Als Barrett seine Augen schloss, entstanden Bilder vor seinem geistigen Auge. Charlotte an dem ersten Tag, an dem er sie in ihrem Laden gesehen hatte. Charlotte im Opernhaus. Charlotte, die in seinem Esszimmer eine Tasse heiße Schokolade trank. Charlotte, die errötete, während sie ihm im *Rue de Rivoli* eine Tasse Tee einschenkte. Charlotte. Charlotte. Charlotte. War sie seine Zukunft?

Barrett riss die Augen auf und starrte auf den Horizont, als erwartete er, sie würde plötzlich vor ihm erscheinen. Er hatte ihr nicht geschmeichelt, als er ihr gesagt hatte, dass sie unvergesslich sei. Niemals zuvor hatte eine Frau ihn so fasziniert wie Charlotte. Niemals zuvor hatte eine Frau ihn so in seinen Träumen verfolgt wie sie. Niemals zuvor hatte eine Frau ihm so unglaublich viel bedeutet.

Er liebte sie.

Barrett lachte laut auf, als die Worte durch seinen Kopf hallten. Er liebte Charlotte. Er wollte sie heiraten. Es war kein Wunder, dass er Miriam nie gebeten hatte, seine Frau zu werden, denn er hatte nie so für sie empfunden. Egal, wie oft Warren und Richard ihm geraten hatten, Miriam zu heiraten, war Barrett nie in der Lage gewesen, sich ein Leben mit ihr vorzustellen. Wenn er jetzt an die Zukunft dachte, war Charlotte die eine konkrete Konstante, die unbedingt zu seiner Zukunft dazugehören musste. Alles andere war immer noch im Nebel verschleiert, aber Charlottes Gesicht war so klar wie die Laramie Mountains an einem Sommertag.

Er schloss eine Sekunde die Augen und stellte sich vor, wie er und Charlotte Arm in Arm durch sein Haus gingen, David zu einem Ausflug in den Park mitnahmen und über alles und nichts lachten. Das war es, was er wollte: eine Zukunft mit Charlotte.

Barretts Lachen verstummte, als er ein weiteres totes Rind entdeckte. Er wusste, dass er eine Zukunft mit Charlotte wollte. Aber wie konnte er sie bitten, sie zu heiraten, wenn er ihr so wenig bieten konnte?

Kapitel 18

„Es ist aus."

Warren starrte den Mann an, der in der Tür seines Büros stand. Er hatte Barrett glücklich gesehen, er hatte ihn ärgerlich gesehen, er hatte ihn enttäuscht gesehen, aber er hatte ihn niemals zuvor so gesehen wie jetzt. Warrens wichtigster Klient wirkte besiegt. Seine Schultern hingen herab, seine Augen waren getrübt, seine Haut sah beinahe grau aus. Es schien, als habe er sich in einen Schatten verwandelt.

Warren spürte, wie er selbst erbleichte, als sich Barrett auf einen der Stühle vor seinem Schreibtisch setzte, ohne sich die Mühe zu machen, Hut oder Mantel abzulegen. An einem gewöhnlichen Tag hätte Barrett Witze gemacht und so getan, als sei die Entscheidung, auf dem dunkelgrünen Lederstuhl Platz zu nehmen, anstatt den mit tiefrotem Wildleder zu wählen, von großer Tragweite. Heute machte er keine Witze.

Obwohl klar war, dass irgendetwas ganz und gar nicht stimmte, hatte Warren keine Ahnung, was das sein konnte. Barrett war wie der mythische König Midas. Alles, was er anfasste, wurde zu Gold. Das war der Grund, weshalb sich Warren mit ihm verbündet hatte. Es war nicht allein die Tatsache, dass die Arbeit, die mit Barretts Viehzucht verbunden war, lukrativ war oder dass andere Viehbarone wegen seiner Verbindung zu Barrett Warrens Rat gesucht hatten. Das war gut, aber was noch besser war, waren die Möglichkeiten, die sich Warren bieten würden, wenn Barrett ein öffentliches Amt bekleiden würde. Als ihm klar geworden war, dass für ihn die Arbeit als Ratgeber eines aussichtsreichen Kandidaten eine Goldmine sein konnte, hatte Warren innerlich gejubelt. Für den Senator Landry zu arbeiten, wäre sehr viel profitabler und weit weniger anstrengend, als tatsächlich Gold zu schürfen. Warren musste lediglich darauf warten, dass der Mann ihm Arbeit vorbeischickte. Aber jetzt schien es, als wären seine Träume von Reichtum in Gefahr.

„Was meinst du?", verlangte Warren zu wissen, wobei seine Stimme schroffer war, als er beabsichtigt hatte. „Wenn du deine Karten geschickt ausspielst, wird die Partei einlenken."

Zum ersten Mal, seit er Warrens Büro betreten hatte, funkelte in Barretts Augen so etwas wie ein Funken Leben.

„Wenn du das glaubst", sagte er, während sich seine Lippen zu einem kläglichen Lächeln verzogen, „bist du wahrscheinlich der einzige Mensch im Territorium, der das tut. Selbst Richard sagt mir, dass ich keine Aussichten habe. Er rät mir, mindestens ein Jahr zu warten, bis jeder vergessen hat, dass ich die Reglementierung von Vieherzeugern erwähnt habe."

„Das war nicht dein bester Moment."

„Er hätte es aber sein können." Barrett schüttelte den Kopf, als Warren ihm eine Zigarre anbot. Sein Freund und Klient wusste guten Tabak nicht zu schätzen, aber das würde Warren nicht davon abhalten, eine Zigarre zu genießen.

Warren zündete die Zigarre an und nahm einen tiefen Zug. „Ich glaube immer noch, dass du gute Aussichten hast."

Als die Rauchringe in seine Richtung zogen, wandte Barrett den Kopf zur Seite und klopfte mit den Fingern auf die Stuhllehnen. „Hast du von Betty Dawsons Valentinsfeier gehört?"

Warren spürte, wie er innerlich verkrampfte. Stellte Barrett eine einfache Frage oder wollte er Warren daran erinnern, dass er – egal, wie sehr er sich auch bemüht hatte – immer noch nicht von der gesellschaftlichen Crème de la Crème in Cheyenne akzeptiert wurde? Es nagte an ihm, dass man ihn für gut genug hielt, die rechtlichen Angelegenheiten zu regeln, aber dass er nicht zu Abendessen und anderen sozialen Ereignissen eingeladen wurde.

„Nein", sagte er kurz.

„Die halbe Führungsriege der Partei war dort, zumindest sah es so aus. Ich kann dir sagen, dass ihre Herzen trotz des Anlasses nicht von Liebe erfüllt waren, jedenfalls nicht mir gegenüber. Sie haben meine Existenz kaum zur Kenntnis genommen."

„Sie werden darüber hinwegkommen. Es ist allgemein bekannt, dass sie ein kurzes Gedächtnis haben."

Obwohl er erwartet hatte, dass Barrett lächeln würde, schüttelte dieser den Kopf. „Ich bezweifle das. Ich fange an zu glauben, dass du recht hast und dass ich nicht die Stärke besitze, die notwendig ist.“ Bevor Warren protestieren konnte, fuhr Barrett fort: „Abgesehen davon habe ich jetzt ein größeres Problem, als eine Kampagne zu führen. Meine Tage als Viehrancher sind vorbei.“

„Das kann nicht wahr sein.“ Warren wollte die Möglichkeit eines Ruins nicht in Betracht ziehen. Das Geld, das Barrett ihm dafür zahlte, dass er die Angelegenheiten seines Viehgeschäfts regelte, war zu wichtig, als dass er es verlieren konnte, besonders wenn es keine politische Karriere geben würde. „Du hast eine der besten Herden im Territorium.“

„Hattest, Warren. Vergangenheit. Mindestens die Hälfte der Herde ist tot und ich weiß nicht, wie viel mehr ich noch vor dem Frühling verlieren werde.“ Barrett sah Warren direkt ins Gesicht, wobei seine Augen einmal mehr ohne jegliche Hoffnung waren. „Es ist aus.“

Fünf Stunden später starrte Warren mit geballten Fäusten und immer noch kochend vor Wut aus dem Fenster. Dies war nicht die Art, wie es sich entwickeln sollte. Es war schon schlimm genug, dass Barrett entschlossen zu sein schien, nicht mehr für ein Amt zu kandidieren. Obwohl Warren auf das zusätzliche Geld gezählt hatte, wäre er vielleicht in der Lage gewesen, dessen Ausbleiben zu verschmerzen – wären da nicht Barretts weitere Neuigkeiten gewesen. Das war ihm auf den Magen geschlagen. Er hatte Geld – viel zu viel Geld – auf die Viehausbeute dieses Jahres gesetzt. Es hatte doch so sicher ausgesehen. Schon immer waren die Preise zyklisch verlaufen und dies war das Jahr, in dem sie hätten steigen sollen. Warren hatte darauf gesetzt, dass `87 ein genauso gutes Jahr werden würde wie `83. Jetzt schien es, als würde es eine Katastrophe werden. Wenn Barretts Vieh starb, war das überall so.

Der Frühling, der ihm Reichtum, Privilegien und eine Frau hätten bringen sollen, begann, trostlos auszusehen. Es stimmte zwar, dass er die Franklin-Ranch hatte, klein wie sie war. Aber das war nicht genug, um den Cheyenne-Club davon zu überzeugen, ihn aufzunehmen, und es war ganz bestimmt nicht genug, um Gwen zu zeigen, wie sehr er sie schätzte. Er konnte und wollte sich diese Frau nicht durch die Lappen gehen lassen. Nein, ganz bestimmt nicht. Gwen Amos war eine tolle Frau und ein Teil dessen, was er brauchte, um anerkannt zu werden. Er hatte die Absicht, sie in Juwelen und Pelze zu hüllen und sie, noch bevor der Frühling endete, zu Mrs Warren Duncan zu machen. Um das zu tun, brauchte er Geld.

Warren hämmerte frustriert auf das Fensterbrett. Geld. Er war so nah dran gewesen und jetzt … Jetzt gab es nur noch eine Lösung. Er musste das Geld finden, das Jeffrey Crowley gestohlen hatte. Sobald er das hatte, würde es keine weiteren Probleme geben. Er wäre reicher, als es sich Barrett Landry oder F. E. Warren oder Joseph Carey jemals erträumt hätten. Er würde dieses Geld finden. Ganz sicher. Aber in der Zwischenzeit …

Warren griff in die unterste Schublade seines Schreibtisches und zog seine Maske heraus. Es war an der Zeit, Sylvia einen Besuch abzustatten.

Irgendjemand hämmerte gegen die Tür. Obwohl sich sein Schlafzimmer im hinteren Bereich des Hauses befand, war das Geräusch laut genug, um Barrett aus einem tiefen Schlaf zu wecken. Er schlüpfte in seine Hausschuhe, zog seinen Morgenrock an und eilte die Treppe hinunter. Als er die Tür erreichte, war Mr Bradley, ähnlich gekleidet wie Barrett selbst, gerade dabei zu öffnen.

„Wo ist sie?" Cyrus Taggerts Gesicht war von Wut verzerrt und seine Adern traten so sehr hervor, dass Barrett fürchtete, sie würden platzen. „Versuchen Sie gar nicht erst zu lügen. Ich weiß, dass sie hier ist."

Es gab keinen Zweifel daran, wen er meinte. „Miriam ist nicht hier. Ich habe sie schon ein paar Tage nicht mehr gesehen." Barretts Stimme blieb leise und ruhig, während er Miriams Vater in den Salon führte. „Warum haben Sie gedacht, sie sei hier?" Er unterließ es, darauf hinzuweisen, dass Miriams Anwesenheit im Haus eines Mannes um 5:30 Uhr hochgradig skandalös wäre.

„Dies ist der Grund." Cyrus hielt ihm ein zerknittertes Blatt Papier hin. „Mrs Taggert hat gedacht, sie hätte ein seltsames Geräusch gehört. Als ich nach unten ging, um nachzusehen, fand ich das hier auf dem Frühstückstisch."

Barrett glättete das Papier und las die Worte. *Liebste Mama und liebster Papa, bitte vergebt mir, aber ich kann nicht ohne ihn leben. Ich liebe ihn mehr, als ich es jemals für möglich gehalten hätte. Ich liebe euch auch, aber meine Zukunft ist bei ihm. Miriam.*

„Wo ist sie?“, wiederholte Miriams Vater. „Sie muss hier sein. Sie sind …“

Es war vielleicht unhöflich, ihn zu unterbrechen, aber Barrett konnte Cyrus nicht weitersprechen lassen. „Es tut mir leid, Mr Taggert, aber Miriam ist nicht hier. Ich bin nicht der Mann, den sie liebt.“

Der ältere Mann sackte ein bisschen in sich zusammen. „Wer dann?“

Obwohl Barrett einen starken Verdacht hegte, würde er ihn nicht aussprechen, solange er Zweifel hatte. „Warum gehen Sie nicht nach Hause? Ich bin sicher, Ihre Frau braucht Sie jetzt. Ich werde nach Miriam suchen.“

„Werden Sie sie nach Hause bringen?“

Barrett würde nicht lügen. „Ich werde sie nicht zwingen, mit mir zu kommen, aber ich werde ihr sagen, wie viele Sorgen Sie und ihre Mutter sich machen.“

Cyrus Taggert nickte, während er sich zur Tür begab. Dabei ähnelte sein Gang dem eines sehr viel älteren Mannes. „Danke, Barrett. Sie sind ein besserer Mann, als ich dachte.“

Irgendjemand folgte ihr. Zuerst hatte Charlotte gedacht, es sei nur Einbildung. Schließlich hatte sie, wenn sie so früh nach draußen ging, noch nie zuvor jemand auf ihrer Straße gesehen. Zwar war sie auf der 15th Street gelegentlich an einem Landstreicher vorbeigekommen, doch hatten ihr die Obdachlosen keine Aufmerksamkeit entgegengebracht. Das hier war anders. Wer auch immer es war, hatte nicht gewollt, dass sie seine Gegenwart bemerkte, zumindest nicht am Anfang. Die ersten paar Male, als sie so etwas wie Schritte gehört hatte, hatte sie sich umgedreht, aber niemanden gesehen. Doch jetzt gab es keinen Zweifel mehr. Der Mann wurde sorglos. Oder er wollte, dass sie von seiner Anwesenheit wusste. Die letzten zwei Male hatte er sich nur notdürftig in Türeingängen versteckt, sodass sein Arm hervorgeschaut hatte.

Charlotte beschleunigte ihren Schritt. Ein Block noch, dann war sie zu Hause. Dann war sie in Sicherheit. Seine Schritte waren jetzt näher, sodass sie seine Stimme zum ersten Mal hören konnte. Es war nicht mehr als ein leises Lachen, und doch jagte ihr das Geräusch einen Schauer über den Rücken. Wer auch immer es war, er war böse. Als sich das Lachen wiederholte, drehte sie sich um, und als sie das tat, spürte Charlotte, wie ihr Herz einen Schlag aussetzte. Ihr Verfolger machte sich nicht mehr die Mühe, sich zu verstecken. Er stand da, als würde er sie verspotten – eine Gestalt, in Schwarz gekleidet, das Gesicht hinter einer Maske verborgen. Der Baron.

Charlotte begann zu rennen.

Bis Barrett angekleidet war, hatte Mr Bradley bereits die Kutsche fertig. Es wäre schneller gewesen, einfach Midnight zu satteln, aber Barrett brauchte die Kutsche für den Fall, dass er Miriam davon überzeugen konnte, in das Haus ihrer Eltern zurückzukehren. Er bezweifelte, dass er Erfolg haben würde. Wenn sie bei Richard war, wie er glaubte, war es unwahrscheinlich, dass sie ihn verließ.

Sie liebte Richard, und wenn sich Barrett nicht fürchterlich irrte, dann liebte Richard sie ebenfalls. Barrett lächelte, als er in die Kutsche stieg und nach den Zügeln griff. Er war überrascht von der Erkenntnis, obwohl er wusste, dass er das nicht sein sollte. Die Anzeichen waren da gewesen, doch war er zu blind gewesen, um sie zu sehen.

Als er Barrett wegen Miriam zur Rede gestellt hatte, hatte Richard seine zärtlichen Gefühle für sie praktisch bekannt. Und was Miriam anbelangte, hatte sie deutlich gemacht, dass sie einen Mann suchte, der ihre Liebe zur Musik und Literatur teilte. Richard tat das. Wenn sich die Taggerts nicht einmischten und darauf bestanden, dass Miriam einen Mann mit einer Zukunft in der Politik heiratete, wären sie und Richard das ideale Paar.

Wie Barrett erwartet hatte, war die Ferguson Street zu dieser frühen Morgenstunde wie ausgestorben. Es würde noch Stunden dauern, bis die Läden öffneten. Die meisten Häuser waren dunkel, die wenigen beleuchteten Fenster möglicherweise ein Zeichen für ein quengelndes Kind. War David wach? Barrett schob den Gedanken zur Seite. Dies war nicht der Zeitpunkt, um über Charlotte und ihren Sohn nachzudenken. Er musste Miriam finden und dann tun, was er konnte, um die Wogen zwischen ihr und ihren Eltern zu glätten.

Barrett wollte gerade abbiegen, als er sie sah. Obwohl die Straße dunkel und die Person ganz in Schwarz gekleidet war, gab es keinen Zweifel daran, dass es eine Frau war, die rannte.

„Helfen Sie mir!“, schrie sie.

Barrett stockte das Blut in den Adern. Er kannte diese Stimme.

„Charlotte!“ Er ließ die Zügel nach vorn schnellen und zog sie wieder an, als er sie erreichte. „Steigen Sie ein.“ Im gedämpften Sternenlicht sah er, dass die Frau mit Charlottes Stimme ihr Gesicht mit einem schweren Schleier bedeckt hatte. „Charlotte?“ Dieses Mal formulierte er es als Frage.

„Ja. Gott sei Dank sind Sie hier. Er ist hinter mir her.“ Als sie in die Kutschte kletterte, zitterte ihre Stimme so sehr, dass Barrett sie kaum verstehen konnte.

„Wer?“

Sie schauderte. Barrett streckte seinen Arm aus, legte ihn um Charlotte und zog sie näher an sich heran.

„Der ...“ Sie hielt inne und ihre Zähne klapperten vor Kälte oder Angst oder vielleicht beidem. „Ein Mann. Er war direkt hinter mir.“ Sie zeigte nach Süden.

„Ich sehe niemanden.“

„Zuerst hat er sich in Türeingängen versteckt.“ Ihre Stimme wurde jetzt kräftiger. „Dann kam er heraus, als wollte er mich wissen lassen, dass er da ist. Oh, Barrett, ich habe mich noch nie so sehr gefürchtet.“

Barrett drückte beruhigend ihre Schulter. „Wir werden ihn finden“, versicherte er ihr. Aber obwohl er langsam fuhr und anhielt, um jeden Eingang und jeden engen Durchgang zwischen den Gebäude in Augenschein zu nehmen, sah er niemanden.

„Er ist weg.“ Wenn er wirklich existierte. Charlotte war nicht die Art von Frau, die an Hirngespinsten litt, aber es gab keinen Beweis dafür, dass irgendjemand in der Dunkelheit lauerte. Vielleicht hatte sie einen streunenden Hund gehört und die Fantasie war mit ihr durchgegangen. Um diese Zeit, zu der die Straßen leer und die Schatten lang waren, war alles möglich.

„Warum waren Sie draußen?" Obwohl er versuchte, seiner Stimme einen ruhigen Klang zu verleihen, stellte er fest, dass er sich voller Entsetzen ausmalte, was möglicherweise hätte passieren können, wenn sie tatsächlich verfolgt worden war. Charlotte war eine einfallsreiche Frau, aber sie wäre einem kräftigen Mann, der es auf sie abgesehen hatte, nicht gewachsen.

„Ich habe Kleider an eine Pension in der 15th Street geliefert."

Barrett blinzelte vor Überraschung. „Um diese Uhrzeit?"

Er hatte Charlotte nicht für unvorsichtig gehalten, aber das war der Gipfel des Leichtsinns. Die 15th Street war kein Ort für wohlerzogene Damen, vor allem nicht zu dieser Zeit.

„Es war der sicherste Zeitpunkt", beharrte sie. „Niemand ist dann unterwegs."

„Das galt aber nicht für heute. Sie hätten verletzt werden können oder noch schlimmer." Obwohl er es nicht beabsichtigt hatte, schlich sich Ärger in seine Stimme. „Wenn Sie mich gefragt hätten, hätte ich Sie zu einem vernünftigen Zeitpunkt dorthin gebracht."

Charlotte rückte ein wenig von ihm ab. „Ich will nicht verhätschelt werden." Ihre Stimme war wieder brüchig, aber dieses Mal entdeckte Barrett sowohl Ärger als auch Angst darin. „Ich habe Ihnen doch erzählt, wie meine Kindheit war. Daher verstehen Sie sicher, dass ich schon zu viel Zeit meines Lebens damit verbracht habe, beschützt zu werden. Dies war etwas, das ich selbst tun musste. Ich will nicht wie eine Gewächshauspflanze behandelt werden."

„Es ist kein Verhätscheln, wenn ich will, dass Sie in Sicherheit sind, Charlotte. Man nennt das Interesse. Ich interessiere mich für Sie." Was er empfand, war weit tiefer als bloßes Interesse, aber dies war weder der Zeitpunkt noch der Ort, um ihr das zu sagen. „Jetzt bringen wir Sie nach Hause."

Sie nickte. Zu Barretts Erleichterung hörte ihr Zittern allmählich auf und sie atmete wieder ruhiger. Als sie ihr Haus erreichten, stieg er von der Kutsche und half ihr herunter.

„Ich will Sie sicher im Haus wissen", sagte er zu ihr, als er ihren Arm nahm und sie zur Treppe begleitete.

Sie nickte erneut. Erst als sie die Küchenlampe angeschaltet hatte, wandte sie sich erneut an Barrett. „Danke, dass Sie da waren." Ein Ausdruck leichter Verwirrung huschte über ihr Gesicht. „Ich weiß, dass Gott Sie geschickt hat. Es muss seine Hand gewesen sein, die Sie exakt zum richtigen Zeitpunkt hergeführt hat, aber ich verstehe nicht, warum Sie zu dieser Zeit draußen waren."

„Ich habe nach Miriam gesucht."

Eine Viertelstunde später suchte Barrett immer noch nach ihr. Als er Richards Haus erreichte, brannten zwar alle Lichter im ersten Stock, aber als er an die Tür klopfte, antwortete niemand. Er wartete eine Minute lang und klopfte dabei weiter, aber Richard kam nicht. Schließlich öffnete Barrett die Tür und ging von Raum zu Raum. Alles leer. Er bezweifelte nicht, dass Miriam hier gewesen war, denn ein leichter Duft ihres Parfums hing noch im Salon. Offenbar war sie gemeinsam mit Richard weggegangen. Doch wohin? Es konnte überall sein. Obwohl er es verabscheute, schlechte Nachrichten zu überbringen, hatte er keine Wahl. Er musste Cyrus Taggert sagen, dass es ihm nicht gelungen war, seine Tochter zu finden.

Barrett war nicht überrascht, als er die Lichter in der Villa der Taggerts sah. Zweifellos warteten Cyrus und Amelia auf ihn. Er war auch nicht überrascht über den Butler, der ihn begrüßte, als sei es nicht ungewöhnlich, dass Besucher vor dem Morgengrauen kamen. Barrett war jedoch überrascht, als er den Salon betrat und sah, dass Miriam und Richard auf der langen Couch saßen und Richard seinen Arm um Miriams Taille gelegt hatte.

„Wir werden heiraten", verkündete Miriam. Obwohl ihre Wangen voller Tränen waren, war ihr Lächeln strahlend. „Mama und Papa sind damit einverstanden, dass wir heute Nachmittag eine kleine Hochzeit feiern. Werden Sie dabei sein, Barrett?"

„Natürlich."

Kapitel 19

„Hast du die Neuigkeiten gehört?“ Atemlos stand Gwen in der Tür von Charlottes Arbeitszimmer. „Ich war gerade beim Einkaufen und es wurde von nichts anderem gesprochen.“

Charlotte blickte zu Gwen auf und schüttelte den Kopf. Sie war dankbar, dass sie heute Morgen keine Kundinnen gehabt hatte, denn das hatte ihr Zeit zum Nachdenken gegeben. Und wie sie das brauchte! Ihre Gedanken waren so aufgewühlt wie der Gebirgsbach, den sie in Vermont gesehen hatte und dessen Wasser durcheinandergewirbelt und in die Tiefe gestürzt war, während es mit den Felsblöcken, die sich ihm in den Weg gestellt hatten, um die Vorherrschaft gekämpft hatte.

Der Baron hatte sie gefunden. Charlotte schauderte jedes Mal, wenn sie sich an den Anblick der maskierten Gestalt erinnerte. Sie hatte sich seinen Anblick nicht eingebildet. Natürlich könnte es auch jemand anderes als der Baron gewesen sein, aber es war schwer zu glauben, dass es zwei Männer in Cheyenne geben sollte, die Kapuzen über ihrem Gesicht trugen und sich häufiger in der 15th Street aufhielten. Vergeblich versuchte sie sich einzureden, dass er sie vielleicht nicht wiedererkannt hatte, weil sie sorgfältig darauf geachtet hatte, ihre Identität zu verbergen. Doch Charlotte konnte die Überzeugung nicht abschütteln, dass der Mann genau gewusst hatte, wer sie war, und dass er ihr gefolgt war.

„Er ist ein gefährlicher Mann“, hatte die Gefangene in Fort Laramie gesagt. Charlotte bezweifelte das keine Sekunde lang. Der Baron war gefährlich und er war böse.

Obwohl sie bei der Erinnerung an die schleichenden Schritte erzitterte, konnte Charlotte den Trost nicht vergessen, den sie gespürt hatte, als Barrett seinen Arm um sie gelegt hatte. Seine Stärke, seine Wärme, seine Fürsorge hatten dabei geholfen, den Schrecken zu verbannen. In der kurzen Zeit, in der sie ihm so nah gewesen war, hatte sie sich sicher und behütet gefühlt. Aber dann hatte Barrett zugegeben, dass er nach Miriam suchte. Charlotte lag ihm vielleicht am Herzen, aber Miriam war die Frau, die er liebte. Obwohl Charlotte nicht wusste, warum er zu dieser Zeit nach ihr gesucht hatte, spielte das keine Rolle. Er liebte Miriam, und wenn Charlotte nur ein bisschen gesunden Menschenverstand hatte, würde sie das nicht versuchen zu vergessen.

„Was ist passiert?“ Es war schwierig, Interesse für den neuesten Klatsch aufzubringen, wenn sich Charlottes Herz anfühlte, als würde es in Stücke gerissen.

„Es geht um Miriam Taggert.“ Gwen legte ihre Hand auf ihre Brust, während sie versuchte, Atem zu schöpfen. „Sie heiratet heute Nachmittag.“

„Das ist schön.“ Irgendwie gelang es Charlotte, ihrer Stimme einen ruhigen Klang zu verleihen. „Ich hoffe, sie und Barrett werden glücklich miteinander.“

Gwen schüttelte heftig den Kopf und grinste dabei. „Das ist der Grund, weshalb alle so aus dem Häuschen sind. Es ist nicht Barrett. Sie heiratet Richard Eberhardt.“

Obwohl Barrett bezweifelte, dass es die Art von Trauung war, die sich Amelia Taggert für ihre Tochter vorgestellt hatte, würde er sich an die einfache Zeremonie im Salon der Taggerts noch lange erinnern, schon allein wegen der offensichtlichen Freude der Braut und des Bräutigams. Richard sah aus, als hätte man ihm das wertvollste Geschenk überreicht, das er sich vorstellen konnte, während Miriams Lächeln so breit war, dass ihre Wangen schmerzen mussten. Und während Amelia Taggerts Lächeln gezwungen wirkte, schien Cyrus ehrlich erfreut über das Glück seiner Tochter.

„Ich vertraue darauf, dass Sie die Ereignisse der vergangenen Nacht vertraulich behandeln“, sagte Cyrus, als der Gottesdienst geendet hatte und sich die wenigen Gäste für einen kleinen Imbiss ins Esszimmer begaben.

Barrett nickte. Er hatte nicht vor, irgendjemandem zu erzählen, dass Miriam ihren Ruf riskiert hatte, als sie zu Richard gefahren war und ihm damit eigentlich keine andere Alternative mehr gelassen hatte, als sie zu heiraten. „Alles, worauf es ankommt, ist, dass sie verheiratet sind."

Cyrus Taggert sah Barrett lange an. „Ich habe viel nachgedacht und glaube inzwischen, dass die Partei unrecht hat. Sie würden einen guten Senator abgeben. Wenn Sie sich dafür entscheiden, für ein Amt zu kandidieren, haben Sie meine Unterstützung."

Es war mehr, als Barrett erwartet hatte. Vor einer Woche hätte ihn das ermutigt, doch heute nicht mehr. „Danke, Sir. Ich weiß das zu schätzen, aber ein Mann muss seinen Platz im Leben finden. Und meiner ist nicht in Washington."

Die Frage blieb: Wo war sein Platz? Barrett wollte glauben, dass er bei Charlotte war. Die Angst, die er empfunden hatte, als er ihre Schreie gehört hatte, hatte ihm bewiesen, dass sie die einzige Frau war, die er jemals lieben würde. In diesem Moment hatte er nichts mehr gewollt, als sie in Sicherheit zu bringen, sie und David zu beschützen, eine Zukunft für sie drei aufzubauen. Aber welche Art von Leben würde das sein?

Noch vor wenigen Monaten war er sicher gewesen, was die Zukunft bringen würde. Aber jetzt … jetzt sah seine Welt völlig anders aus. Barrett wusste, dass er geduldig sein und zuhören musste, um zu erfahren, was Gott für einen Weg für ihn hatte. Aber bis das geschah, bis er wusste, wie seine Zukunft mit Charlotte und David aussehen würde, würde er nichts sagen. Es wäre falsch, etwas zu versprechen, was er vielleicht nicht würde halten können. Charlotte verdiente das Beste. Und wenn er ihr das nicht geben könnte, würde er einfach fortgehen.

In der Zwischenzeit gab es nur eins, was er für sie tun konnte. Das war ihm klar geworden, als er die Villa der Taggerts betreten hatte, um Zeuge zu werden, wie zwei seiner Freunde in den heiligen Stand der Ehe traten. Als er die riesige Eingangshalle eines Gebäudes betrachtet hatte, das viel zu groß für zwei Leute war, hatte Barrett gewusst, dass er zumindest eine Antwort für Charlotte hatte. Gleich morgen würde er es ihr sagen.

Charlotte hatte gehört, wie andere erzählt hatten, dass ihnen der Unterkiefer heruntergeklappt war, aber sie hatte gedacht, es sei einfach eine Redensart. Sie hatte sich geirrt. Ihr Mund stand sperrangelweit offen. Sie starrte Barrett an.

„Ich verstehe nicht“, sagte sie, als es ihr gelungen war, sich wieder ein wenig zu fangen.

Die dunkelblauen Augen, die sie selbst dann vor sich sah, wenn sie ihre eigenen schloss, funkelten.

„Es ist ganz einfach“, sagte er, während er sich ein kleines bisschen vorbeugte. „Ich will Ihnen mein Haus schenken.“

„Ich habe auch geglaubt, dass Sie das gesagt hätten. Ich habe nur meinen Ohren nicht getraut.“ Charlotte war nicht überrascht gewesen, als Barrett in den Laden gekommen war. Sie hatte erwartet, dass er kommen würde, doch eher aus dem Grund, um sich zu vergewissern, dass der Schreck keine schlimmen Folgen nach sich gezogen hatte. Als er eingetroffen war, hatte sie sich gefragt, ob sie das Thema Miriam zur Sprache bringen oder einfach vorgeben sollte, dass sie nichts von der Trauung wisse. Barrett hatte sich auf den Rand des Stuhles gesetzt, anstatt sich zurückzulehnen und zu entspannen. Dabei war sein Gesichtsausdruck so ernst gewesen, dass sie befürchtet hatte, Miriams Heirat hätte ihn völlig aus der Bahn geworfen. Während Charlotte noch darum gerungen hatte, Worte des Trostes zu finden, hatte er sie damit geschockt, dass er ihr sein Zuhause für die Schule angeboten hatte.

„Sind Sie sicher?“ Zu Charlottes Entsetzen war ihre Stimme brüchiger, als sie es gewesen war, nachdem Barrett sie vor dem Baron gerettet hatte. Damals war sie verängstigt gewesen, aber jetzt … jetzt war sie einfach nur überwältigt.

Barrett blickte kurz aus dem Fenster, als wollte er sich vergewissern, dass keine Kundinnen vor der Tür standen. „Wenn Sie glauben, dass das eine impulsive Geste war, dann kann ich Ihnen versichern, dass dem nicht so ist. Ich habe lange darüber nachgedacht. Es ist einfach eine Tatsache, dass ich kein Haus dieser Größe mehr brauche. Ich werde nicht für ein Amt kandidieren, darum gibt es keine Notwendigkeit, im großen Stil Gäste einzuladen. Mein Haus ist schlicht und ergreifend zu groß für eine Person.“

Charlotte nickte langsam. Obwohl Barrett behauptete, es handele sich nicht um eine unüberlegte Entscheidung, hegte sie den Verdacht, dass sie doch von Miriams Eheschließung ausgelöst worden war. Ohne eine Braut und die Aussicht auf Kinder brauchte Barrett keine Villa.

„Das mit Miriam tut mir leid", sagte sie sanft. „Die Neuigkeiten müssen wehgetan haben."

Barretts Augen weiteten sich für einen Moment. „Ist es das, was die Gerüchteküche behauptet? Dass ich in tiefer Verzweiflung versunken bin, weil Miriam Richard geheiratet hat?" Als Charlotte nickte, lachte er. „Die Wahrheit könnte nicht weiter entfernt sein. Ich freue mich für die beiden. Ich hätte auf ihrer Hochzeit getanzt, doch gab es keinen Tanz, deshalb musste ich mich damit zufriedengeben, auf ihr Glück zu trinken."

Charlotte versuchte, aus seinen Worten schlau zu werden. „Dann sind Sie nicht …" Sie hielt inne, weil sie nicht wagte, eine derart persönliche Frage zu stellen.

„Wenn Sie mich fragen, ob ich in Miriam verliebt war, ist die Antwort nein. Es stimmt, dass ich in Betracht gezogen habe, sie zu heiraten, aber aus falschen Gründen. Die Wahrheit ist, dass sie Richard liebt. Ich vermute, dass sie das schon immer getan hat."

Natürlich. Charlotte lächelte, als die Puzzleteilchen an ihren Platz fielen. Kein Wunder, dass sich Miriam mit der Frage beschäftigt hatte, ob Gwen vielleicht einen älteren Mann heiraten würde. Sie hatte an sich selbst und Richard gedacht. Und als sie ihre Bewunderung für den Mann zum Ausdruck gebracht hatte, der ihre Liebe zur Musik und Literatur teilte, war es nicht Barrett gewesen. Richard war der Mann, den Miriam liebte. Richard war derjenige, dessen Liebeserklärung sie in Begeisterung versetzt hatte. Natürlich.

„Dann bin ich für euch alle froh." Charlotte war mehr als froh. Sie war entzückt, denn Barretts Erklärung entzündete aufs Neue die Flamme der Hoffnung, die sie so verzweifelt auszulöschen versucht hatte.

Barrett öffnete den Mund, als wolle er sprechen, schüttelte dann jedoch den Kopf. Er räusperte sich und deutete auf die Wände. „Es wäre eine Schande, dieses Gebäude zu teilen. Am Ende hätten Sie einen Laden und eine Schule, aber sie wären beide zu klein. Wenn Sie in mein Haus ziehen würden, wären Sie in der Lage, mehr Schüler zu nehmen und ein Internat daraus zu machen." Er hielt einen Moment lang inne, bevor er hinzufügte: „Ich könnte mir vorstellen, dass Sie Mrs Melnor überzeugen könnten zu bleiben, selbst wenn Sie ihr kein volles Gehalt zahlen könnten. Sie würden anfangs nicht viel weiteres Personal brauchen."

Charlotte atmete tief ein und versuchte, ihre Gefühle zu kontrollieren. Es gab keinen Zweifel, dass Barretts Villa ein viel besserer Platz für eine Schule wäre als ihr Laden. Es gab keinen Zweifel, dass sein Angebot unglaublich großzügig war. Es gab außerdem keinen Zweifel daran, dass sie es ablehnen musste.

„Oh, Barrett", sagte Charlotte und suchte nach Worten, damit er verstand. Sie wollte ihn nicht verletzen oder beleidigen, indem sie ein Geschenk dieser Größenordnung ablehnte. „Ich weiß Ihr Angebot zu schätzen. Wirklich, das müssen Sie mir glauben. Ich hätte mir nie erträumt, dass mir jemand so viel anbietet. Aber ich kann es nicht annehmen."

Er blinzelte, so als würde ihre Antwort ihn überraschen. „Warum nicht? Ich glaube nicht, dass es allzu schwierig wäre, das Haus in eine Schule umzubauen."

„Wäre es auch nicht." Charlotte erinnerte sich an den ersten Eindruck, den sie von seinem Zuhause gehabt hatte, und schüttelte den Kopf. „Ich habe es Ihnen nie gesagt, aber Ihr Haus hat mich ein wenig an die Schule erinnert, in der Abigail und ich unterrichtet haben. Es hat dieselben großen Räume und vermittelt das Gefühl, dass ein Kind willkommen wäre, selbst wenn es das Treppengeländer herunterrutschen oder Essen auf den Teppich fallen lassen würde."

„Was ist dann das Problem?" Barrett schien verwirrt und – obwohl sie spürte, dass er es zu verbergen versuchte – ein bisschen verärgert.

„Ich kann es nicht annehmen. Es wäre nicht richtig."

Barrett schüttelte den Kopf und starrte sie an. „Jetzt bin ich derjenige, der nicht versteht."

Wie konnte sie es erklären, ohne es so klingen zu lassen, als wolle sie noch mehr von ihm? Es hätte schon Schwierigkeiten mit sich gebracht, wenn er und Miriam verlobt wären – allerdings würde Barrett in dem Fall Charlotte nicht sein Haus anbieten –, aber jetzt könnte es so wirken, als würde sie versuchen, sich den sitzen gelassenen Fast-Bräutigam zu angeln.

„Es wäre nicht angemessen“, sagte sie in der Hoffnung, er würde verstehen, wie streng einige der gesellschaftlichen Regeln waren.

Seine Augen zeigten, dass es ihm dämmerte. „Weil ich ein Mann bin und Sie eine Frau?“

„Genau. Witwen haben viel mehr Freiheiten als unverheiratete Frauen, aber ein Haus zu verschenken, würde allerhand schiefe Blicke nach sich ziehen. Es würde Spekulationen geben über unsere …“ Obwohl sie beabsichtigt hatte, „Beziehung“ zu sagen, kam ihr das Wort nicht über die Lippen. „Es würde auf jeden Fall als ein bisschen skandalös angesehen werden. Und wenn es etwas gibt, das eine Schule nicht gebrauchen kann, dann ist es jeglicher Hauch von Skandal.“

Obwohl Barrett die Stirn runzelte, schien er nicht entmutigt. „Wenn das Geschenk ein Problem ist, werden wir einen Kauf daraus machen. Ich werde Ihnen das Haus für einen Dollar verkaufen. Warren kann den Papierkram übernehmen, sodass niemand erfahren muss, was Sie bezahlt haben. Ich denke, inzwischen weiß jeder, dass sich mein Vermögen auf dem absteigenden Ast befindet, daher werden sie nicht überrascht sein, wenn ich das Haus verkaufe.“

Als Berichte über die enormen Viehverluste Cheyenne erreicht hatten, waren Vermutungen darüber angestellt worden, welcher der Viehbarone als Erster bankrottgehen und Wyoming verlassen würde. Obwohl Charlotte versucht hatte, sich nicht näher mit dieser Möglichkeit zu befassen, fürchtete sie den Gedanken, dass Barrett nach Pennsylvania zurückkehren könnte.

„Das ist ein weiterer Grund, weshalb ich Ihr Angebot nicht annehmen kann. Sie sollten nicht Ihr wichtigstes Anlagegut verschenken. Ich möchte meine Nase nicht in Ihre Angelegenheiten stecken, aber wo würden Sie dann leben?“ Obwohl Barrett vielleicht nicht in der Lage wäre, bei einem Verkauf das Geld zu bekommen, das er in das Haus hineingesteckt hatte, würde er es bestimmt für weit mehr als einen Dollar verkaufen können.

Er beugte sich vor und nahm ihre Hand in seine. „Sie müssen sich um mich keine Sorgen machen. Anders als einige der anderen Viehzüchter bin ich nicht verschuldet. Ich habe sogar noch Ersparnisse.“

Die Wärme seiner Berührung kroch Charlottes Arm hinauf. Es war dumm, aber ihr wurde beinahe schwindlig. Es musste der Schock wegen Barretts Angebot sein. Bestimmt war es nicht die Tatsache, dass dieser Mann, der ihr so viel bedeutete, der Mann, der zugegeben hatte, dass er sich etwas aus ihr machte, ihre Hand hielt. Sie las zu viel in diese Geste hinein, wenn sie sich geliebt fühlte, einfach weil er ihre Hand in seiner hielt.

Wenn ihre ineinander verschlungenen Finger Barrett ebenfalls berührten, zeigte er es nicht. Sein Gesichtsausdruck war ausgeglichen, seine Stimme ruhig. „Als ich ein Junge war, hat mein Vater uns immer erzählt, wir sollten Notreserven haben. Ich kann nicht für Harrison oder Camden sprechen, aber ich für meinen Teil habe mir diesen Rat zu Herzen genommen. Meine Mutter sagte, es sei unhöflich, über Geld zu sprechen, deshalb werde ich Ihnen nicht sagen, wie viel ich gespart habe. Aber ich kann Ihnen versichern, dass ich mindestens ein Jahr davon leben kann. Zugegebenermaßen werde ich nicht in einer Villa wohnen, aber ich werde ein Dach über dem Kopf haben und auch nicht verhungern."

Barrett sah ihr tief in die Augen. „Sagen Sie mir, dass Sie das Haus nehmen werden. Bitte, Charlotte. Ich möchte es Ihnen und David geben. Ich will dabei helfen, eure Träume wahr werden zu lassen."

Es war ein wundervolles Angebot, ein beinahe unwiderstehliches, von einem beinahe unwiderstehlichen Mann. Barrett war freundlich, mitfühlend, unglaublich großzügig. Er glaubte an Charlottes Träume und wollte ihr helfen, sie zu erreichen. Er war alles, wovon sie geträumt hatte. Das war das Problem.

„Ich kann nicht, Barrett. Ich kann nicht zulassen, dass Sie ein solches Opfer bringen."

Er schüttelte den Kopf, als würde er nicht verstehen. „Warum nicht?"

Charlotte atmete tief ein. Sie hätte es ihm schon vor Monaten sagen sollen. Sie wusste das, genauso wie sie wusste, dass sie jedes Mal, wenn sie die Unterhaltung hinausgeschoben hatte, nicht um Ausreden verlegen gewesen war. Landry lügt nie, aber Charlotte hatte das getan. Sie konnte argumentieren, dass sie gute Gründe für die Täuschungen gehabt hatte, aber es war eine nicht zu leugnende Tatsache, dass sie gelogen hatte. Jetzt war es Zeit für die Wahrheit.

Sie atmete erneut tief ein und dann langsam wieder aus. Ohne den Blick von Barrett zu nehmen, sagte sie: „Ich bin nicht die Frau, die Sie in mir zu sehen glauben."

Kapitel 20

Charlotte sah, wie sich Schock und Unglauben in Barretts Augen widerspiegelten. Als Nächstes, sobald er begriff, was sie getan hatte, würde Abscheu dazukommen. Sie hatte gewusst, dass ein Mann, der Ehrlichkeit so hoch schätzte, nichts mit einer Frau zu tun haben wollte, die ihr Leben auf Lügen aufgebaut hatte. Das war einer der Gründe, weshalb sie so lange damit gewartet hatte, ihm die Wahrheit zu sagen.

„Wie meinen Sie das?"

Zu Charlottes Überraschung hörte sie keine Verurteilung in seiner Stimme, nur eine einfache Frage. Sie erhob sich und zog die Vorhänge vor das Vorderfenster, dann drehte sie das Türschild auf „Geschlossen".

Sie versuchte, das Zittern ihrer Hände zu verbergen, und setzte sich zurück auf den Stuhl gegenüber von Barrett. Obwohl sie sich nach dem Trost sehnte, den seine Berührung ihr geschenkt hatte, wusste Charlotte, dass sie ihn nicht verdiente.

„Ich fange besser von vorne an. Mein Name ist nicht Charlotte Harding." Sie schüttelte den Kopf und widersprach sich damit selbst. „Das ist nicht ganz richtig. Das war mein Name, bis ich Jeffrey geheiratet habe. Dann wurde ich Charlotte Crowley."

Barrett blickte sie unverwandt an. Jemand anderem wäre vielleicht entgangen, dass er einen Moment lang seine Lippen zusammenpresste, als ihm klar wurde, dass sie gelogen hatte, aber Charlotte tat das nicht. Es war, was sie erwartet hatte. Barrett würde nicht so einfach entschuldigen, was sie getan hatte. Als er sprach, war seine Stimme beinahe schroff. „Warum haben Sie seinen Namen nicht behalten? War er ein grausamer Mensch?" Die Art, wie Barrett seine Fäuste ballte und wieder öffnete, zeigte Charlotte, dass der Gedanke ihm zu schaffen machte. Ein zaghafter Hoffnungsschimmer flackerte auf. Vielleicht war das der Grund, weshalb er so ernst aussah. Vielleicht lag es nicht daran, dass sie unehrlich gewesen war.

„Nein", beeilte sie sich zu versichern. „Er war vielleicht dumm, aber nicht grausam. Jeffrey hat mich geliebt, aber manchmal schien es, als hätte er das Geld mehr geliebt. Er hat gespielt und ein paar sehr dumme Dinge getan, weil er glaubte, wir bräuchten mehr als das, was er als Leutnant verdient hat."

Obwohl sich Barrett aufgrund ihrer Beteuerung ein bisschen zu entspannen schien, weiteten sich seine Augen bei ihren letzten Worten vor Überraschung. „Ihr Ehemann war Soldat? Ich dachte, er sei Farmer gewesen."

Eine weitere Lüge. „Jeffrey hasste die Landwirtschaft. Seine Eltern hatten eine Farm und konnten kaum über die Runden kommen. Ich denke, das ist einer der Gründe, weshalb Geld so wichtig für ihn war – er hatte als Kind von so wenig gelebt. Er hat die Farm so schnell wie möglich verlassen und ist nach West Point gegangen."

„Ein ganz anderes Leben."

„Ja, das war es. Er hat sich über die Einschränkungen geärgert und über die Bezahlung beschwert, aber er hat zugegeben, dass es besser war, als Farmer zu sein." Es gelang Charlotte, ein wenig zu lächeln, als sie sich an die Zeiten erinnerte, in denen Jeffrey glücklich gewesen war. „Er war in Fort Laramie stationiert. So bin ich nach Wyoming gekommen."

„Also haben Sie nicht gelogen, als Sie sagten, Ihr Ehemann habe Sie hierher gebracht." Erneut war da keine Kritik, nur eine einfache Feststellung. Charlotte spürte, wie ein Teil ihrer Anspannung abebbte. Dies war mehr, als sie zu hoffen gewagt hatte, denn Barretts Reaktion war nicht so, wie sie befürchtet hatte.

„Ich habe versucht, nicht mehr zu lügen als nötig, aber ich konnte niemanden wissen lassen, dass ich Jeffrey Crowleys Witwe bin."

„Warum nicht? Haben Sie sich dafür geschämt, dass er ein Spieler war?"

Wenn sich Jeffrey doch nur aufs Spielen beschränkt hätte, dann hätte sie nicht lügen müssen, aber er hatte mehr Geld haben wollen, als das Spielen eingebracht hatte. Obwohl sie niemals darum gebeten hatte, hatte Jeffrey geglaubt, dass sich Charlotte nach einem Luxusleben sehnte. Also hatte er alles getan, was in seiner Macht stand, um teures Porzellan und Besteck, ein Steinway-Klavier, eine Köchin und eine Haushälterin zu bezahlen. Er hatte niemals gefragt, ob Charlotte ohne diese Dinge glücklich gewesen wäre. Doch auch sie trug einen Teil der Schuld, denn sie hatte nie nach der Geldquelle gefragt. Erst als es zu spät gewesen war, noch etwas zu ändern, war Charlotte klar geworden, dass Jeffrey vielleicht noch am Leben wäre, wenn sie mehr miteinander gesprochen hätten.

„Es war nicht nur das Spielen“, sagte sie zu Barrett. „Jeffrey war auch ein Dieb. Er war in Postkutschenüberfälle verstrickt.“

Barrett nickte, wobei sein Gesichtsausdruck so entspannt war, dass sich Charlotte fragte, ob überhaupt irgendetwas, das sie sagen könnte, ihn schocken würde. Als er erfahren hatte, dass Jeffrey nicht gewalttätig geworden war, hatte er sich entspannt.

„In ihrer Blütezeit gab es viel Gold in der Bergkette der Black Hills.“

Die Kutschen, die von den Goldminen der Black Hills in Deadwood nach Cheyenne gefahren waren, waren bekannt für die Fracht, die sie transportierten, und zur Beute von Raubzügen geworden. Das hatte sich erst geändert, als das Unternehmen besonders gepanzerte Kutschen einsetzte. Seitdem hatte es, auch wenn Passagiere ihrer Wertsachen beraubt worden waren, keine spektakulären Raubüberfälle mehr gegeben. Und dann war mit dem Ausbau der Eisenbahn eine Ära zu Ende gegangen. Da es keinen weiteren Bedarf für Postkutschen mehr gegeben hatte, hatte die letzte Kutsche Cheyenne vor weniger als zwei Wochen verlassen.

„Jeffrey hat nie irgendwelches Gold geraubt, aber einer seiner ...“ Charlotte suchte nach dem richtigen Wort. „Partner“, sagte sie schließlich. „Einer seiner Partner glaubt, Jeffrey habe Großnase Parrotts Versteck gefunden, und er will wissen, wo es ist. Der Mann hat bei dem Versuch, das Geld zu finden, schon mindestens eine Frau getötet.“ Charlotte sah Barrett an und hoffte so sehr, dass er ihre Beweggründe verstand. „Deshalb habe ich gelogen. Es war nicht aus Scham; es war aus Furcht. Ich habe Angst, dass er mich findet und David etwas antut, um mich dazu zu bringen, ihm das Geld zu geben.“ Sie rang ihre Hände, um das Zittern zu unterbinden. „Ich dachte, wir seien sicher in Cheyenne, aber dann habe ich erfahren, dass er hier ist. Ich glaube, dass er der Mann ist, der mir in jener Nacht gefolgt ist.“

„Kein Wunder, dass Sie solche Angst hatten.“ Barretts Stimme war warm und beruhigend. „Machen Sie sich keine Sorgen, Charlotte. Wir werden ihn finden. Dann sind Sie in Sicherheit."

Sie wollte ihm glauben. Oh, wie sie das wollte! Charlotte schluckte schwer und versuchte, die Ängste zu unterdrücken, die durch die Gedanken an den Baron hervorgerufen wurden. „Ich hoffe, dass das gelingt. Ich habe es gehasst, mit Lügen zu leben, aber ich musste tun, was in meiner Macht stand, um meinen Sohn zu beschützen."

Barrett schwieg einen Moment lang. Charlotte spürte, dass er versuchte, alles zu verarbeiten, was sie ihm erzählt hatte. Als er sprach, war seine Stimme sanft. „Ich verstehe." Er hielt inne, dann fügte er hinzu: „So gut wie jemand, der keine Kinder hat, dazu in der Lage ist."

„Dann hassen Sie mich nicht, weil ich gelogen habe?" Die Frage rutschte einfach heraus. Sie hatte keine Verurteilung in seiner Stimme gehört und keine Abscheu in seinem Gesicht gesehen, und doch musste sie sicher sein.

„Ich könnte Sie niemals hassen. Sicher ist Ihnen das klar. David und Sie, ihr liegt mir am Herzen. Ich will, dass ihr beide sicher und glücklich seid."

Dies war das zweite Mal, dass Barrett gesagt hatte, sie liege ihm am Herzen, und dieses Mal hatte er David in diese Erklärung miteinbezogen. Charlottes Wangen begannen zu glühen.

„Damit Sie in Sicherheit sind", fuhr Barrett fort, „müssen wir herausfinden, wer dieser Mann ist. Wenn er ein Mörder ist, verdient er es, hinter Gitter zu kommen, bis ein Gericht über sein Schicksal entscheiden kann. Wie sieht er aus?"

„Ich weiß es nicht. Ich habe ihn nie gesehen. Die Frau in Fort Laramie, die mich seinetwegen gewarnt hat, hat mir nur seinen Namen gesagt. Sie hat ihn ‚den Baron' genannt." Charlotte zog die Stirn in Falten, als sie sich an jenen Tag erinnerte. Die Worte der Frau hatten sie so verängstigt, dass sie nicht mehr klar denken konnte. Als sie schließlich wieder klar denken konnte, war es zu spät gewesen. „Ich wollte sie noch mehr fragen, aber sie wurde in jener Nacht ermordet. Ich denke, dass der Baron dafür verantwortlich war. Sie sagte, er sei skrupellos und nichts würde ihn davon abhalten, das Gold zu bekommen." Charlotte griff nach den Armlehnen. „Ich habe es nicht, aber das weiß er nicht."

Barrett legte seine Hand auf ihre und wieder verlieh seine Wärme ihr Kraft. „Alles wird gut, Charlotte. Wir werden den Baron finden." Obwohl er es schon einmal gesagt hatte, schien Barrett zu wissen, dass Charlotte die Beteuerung brauchte.

„Glauben Sie, dass er tatsächlich ein Baron ist?" Barrett schien skeptisch. „Wir haben eine ganze Reihe Viehbarone hier, aber niemand führt einen solchen Titel. Wir haben auch ein paar Blaublüter aus Europa. Es gibt einen Vicomte und ein paar Grafen, aber keine Barone."

„Es ist wahrscheinlich kein wirklicher Titel", räumte Charlotte ein, „aber er benutzt ihn noch." Sie schauderte, als sie sich an die Geschichten erinnerte, die sie gehört hatte. „Ich kann nicht glauben, dass zwei derart grausame Männer in Wyoming leben und sich selbst Baron nennen. Es muss derselbe sein." Sie erklärte eilig, woher sie wusste, dass Sylvias Mädchen ihn fürchteten. „Das Schlimmste ist, dass niemand weiß, wie er aussieht, weil er eine Maske trägt."

Barrett war beunruhigt. „Wenn diese Sylvia weiß, dass er grausam ist, warum lässt sie ihn dann in ihr Etablissement? Bestimmt kann es nicht nur ums Geld gehen."

Charlotte hatte dieselbe Frage gestellt. „Es ist auch nicht nur das Geld. Mrs Kendall hat gesagt, er habe gedroht, das Bordell mit allen Bewohnern niederzubrennen. Sylvia glaubt, dass er das tun würde, und das glaube ich auch. Er scheint ein wirklich böser Mensch zu sein."

Barrett erhob sich und begann, im Raum auf und ab zu gehen. „Irgendjemand muss wissen, wer er ist. Ich werde ein paar diskrete Erkundigungen einziehen."

Es war notwendig, um die Sache zu beenden. Das wusste Charlotte, und doch konnte sie nicht verhindern, dass sie schauderte. Was würde passieren, wenn der Baron erfuhr, dass sie Jeffreys Witwe war, bevor Barrett ihn fand?

Barrett schien zu verstehen, denn er blieb vor ihr stehen und schaute ihr fest in die Augen. „Ich werde nichts tun, was Sie in Gefahr bringt. Ich werde nur mit meinen Freunden sprechen."

„Danke." Charlotte nickte, als sich die Erleichterung wie eine weiche Decke über sie legte.

Sie war eine bemerkenswerte Frau. Eine wirklich bemerkenswerte Frau. Barrett beugte sich vor und trieb Midnight in den Galopp. Er musste einen klaren Kopf bekommen und ein Ritt, bei dem ihm der Wind um die Ohren pfiff, war die beste Möglichkeit dafür. Er konnte nur hoffen, dass Midnight den Galopp genauso genoss wie er.

Der Ritt gab ihm die Möglichkeit zum Nachdenken. Obwohl er sich eigentlich darauf konzentrieren sollte, den Baron zu finden, konnte Barrett nicht aufhören, über Charlotte nachzudenken und über all das, was er über sie erfahren hatte. Er hatte mit der Vermutung, sie habe Geheimnisse, recht gehabt. Aber er hätte sich nie träumen lassen, dass diese Geheimnisse so tiefgründig waren und ihr Mut so groß. Das, was in Fort Laramie geschehen war, und die Gefahr, der sie und David ausgesetzt waren, hatte sie verängstigt – *entsetzt* war wahrscheinlich das bessere Wort. Und doch hatte sie diese Angst überwunden und durch die Entschlossenheit ersetzt, ein neues Leben anzufangen.

Sie hätte nach Vermont zurückkehren können. Sie hätte bei einer ihrer Schwestern leben können. Sie hätte erneut heiraten können. Jede dieser Alternativen wäre einfach gewesen, aber Charlotte war nicht den einfachen Weg gegangen. Stattdessen hatte sie sich dafür entschieden, unabhängig zu bleiben und ein Leben für sich und David aufzubauen. Erstaunlich. Charlotte Harding Crowley war eine erstaunliche Frau.

Barrett blickte in den Himmel und runzelte die Stirn. Es kreisten immer noch Bussarde und erinnerten ihn an die Verwüstung, die er das letzte Mal gesehen hatte, als er nach Norden geritten war. Heute war es schlimmer. Obwohl weniger als eine Woche vergangen war, seit er diese Strecke entlanggeritten war, war die Zahl der Kadaver höher. Einige der Körper wiesen deutliche Totenstarre auf, was ihm verriet, dass der Tod erst kürzlich eingetreten war. Barrett wollte nicht hinsehen. Er wollte nicht sehen, wie die Träume so vieler Männer zerstört wurden, und doch konnte er es nicht ignorieren. Das Viehsterben ging weiter. Schon allein der Verlust von Leben machte ihn traurig, aber das Wissen, nichts dagegen tun zu können, war am schlimmsten. Wenn er, wie Charlotte behauptete, auf der Erde lebte, um einen besseren Ort daraus zu machen, dann war die Betätigung als Viehrancher bestimmt nicht der Weg, um das zu erreichen. Vielleicht könnte er es schaffen, wenn es ihm gelang, Charlotte zu helfen.

Midnight wieherte. Barrett fragte sich, ob ihn das tote Vieh beunruhigte oder ob er Barretts eigene Verzweiflung spürte. In beiden Fällen gab es nichts, was Barrett für sein Pferd tun konnte. Charlottes Situation war anders. Er würde alles tun, was möglich war, soweit es sie betraf. Er würde nicht aufgeben, bevor er den Baron gefunden hatte, denn bis das der Fall war, würde Charlotte weiter in Angst leben müssen. Es gab nur eine Lösung: Der Baron musste zur Rechenschaft gezogen werden. Und das war der Grund, weshalb Barrett auf dem Weg nach Fort Laramie war. Er hatte nicht mit Richard und Warren gesprochen, weil er bezweifelte, dass sie ihm helfen konnten. Die Antworten befanden sich im Fort, darin war er sich sicher. Und so hatte er bei Tagesanbruch sein Pferd gesattelt und sich auf den Weg zum Armeestützpunkt gemacht.

Als er am nächsten Tag das Fort erreichte, das sich am Zusammenfluss des Laramie und des Platte Rivers befand, war Barrett müde. Dasselbe galt für Midnight. Sie brauchten beide Ruhe und etwas zu essen.

„Nennen Sie Ihr Anliegen", bellte der Wachposten, als Barrett sich dem Stützpunkt näherte.

Barrett blickte sich um und war überrascht, dass das Fort eher einer kleinen Stadt als einer Militäreinrichtung ähnelte. Ohne Umfassungsmauer, dafür mit einer Mischung aus unterschiedlichen architektonischen Stilrichtungen und elegant gekleideten Damen, die die Promenade entlangschlenderten, passte es nicht zu seiner Vorstellung von einem Fort.

„Ich möchte zu Hauptmann Westland." Charlotte hatte ihm den Namen des Kommandanten der Kompanie genannt und hinzugefügt, dass sie sich nicht sicher war, ob der Mann immer noch dort sein würde. Die Armee, so schien es, versetzte ihre Leute in regelmäßigen Abständen.

„Hier entlang, Sir." Der Wachposten zeigte auf ein großes L-förmiges Gebäude an der südöstlichen Ecke des Paradeplatzes. „Da ist das Verwaltungsgebäude. Dort werden Sie ihn finden."

Eine Hürde war genommen. Der Hauptmann war immer noch dort. Jetzt musste er nur noch die Identität des Barons kennen. Barrett war froh, dass er sich nach dem stundenlangen Ritt die Beine vertreten konnte. Mit großen Schritten ging er in Richtung des Kalksteingebäudes, das der Wachposten ihm gezeigt hatte, und kam an etlichen Kasernen vorbei. Weniger als eine Minute später wurde er dem Kommandanten des Forts vorgestellt.

„Was kann ich für Sie tun?" Hauptmann Westland erwies sich als stämmiger Mann, der eine Brille trug und dessen graues Haar ihn ungefähr so alt wirken ließ wie Warren. Er war außerdem genauso sachlich wie Barretts Anwalt und vermied, nachdem sie einander vorgestellt worden waren, jegliches Geplauder.

Barrett setzte sich auf den Stuhl, auf den der Hauptmann gedeutet hatte, und sah sich im Raum um. Obwohl er nicht mit den Villen von Cheyenne zu vergleichen war, war der Raum weniger schlicht, als er erwartet hatte. Die beiden Flaggen – die der Vereinigten Staaten und der Armee – oben auf dem Kaminsims waren keine Überraschung, aber der hübsch geschnitzte Kirschholzschreibtisch und Bücherschrank waren es, ebenso die Topfpflanze, die spindeldürr in die Höhe gewachsen war und versuchte, das Fensterbrett zu erreichen.

„Ich möchte so viel wie möglich über Jeffrey Crowleys Tod und einen Mann, der Baron genannt wird, erfahren", sagte Barrett und richtete seinen Blick auf den Hauptmann.

Der Kommandant runzelte ein wenig die Stirn. „Sie wissen, dass ich nicht über die Militärakte eines Offiziers mit Ihnen sprechen kann."

„Das erwarte ich auch nicht. Mir ist klar, dass es sich um vertrauliche Informationen handelt."

Barretts Antwort schien den Hauptmann zu überraschen. „Warum sind Sie dann hier?"

„Ich hoffe, dass das, was ich Ihnen sagen werde, genauso vertraulich bleibt wie Leutnant Crowleys Akte." Barrett sah zur Tür, um sich zu vergewissern, dass sie vollständig geschlossen war.

„Sicher."

„Ich habe seine Witwe kennengelernt."

Die Überraschung des Hauptmanns war nicht zu übersehen. „Wie? Wo? Sie sagten, Sie seien aus Cheyenne, aber ich hörte, sie sei zurück nach Vermont gegangen."

Barrett rang mit sich, wie viel er dem Kommandanten sagen sollte, und entschied sich dann für wenige unverfängliche Informationen. „Mrs Crowley" – es fühlte sich seltsam an, Charlotte so zu bezeichnen – „ist nach Cheyenne gezogen. Sie macht sich Sorgen darüber, dass der Baron nach ihr suchen könnte."

Hauptmann Westland nahm seine Brille ab und putzte sie sorgfältig, während er sagte: „Das könnte sein. Der Mann ist so etwas wie eine Legende. Niemand scheint zu wissen, woher er kommt, wo er lebt oder wie er überhaupt zu seinem Namen gekommen ist. Ein Augenzeuge hat gesagt, er sei derjenige, der Leutnant Crowley getötet hat. Aber er achtete darauf, im Schatten stehen zu bleiben, sodass ihn niemand identifizieren konnte. Wer auch immer er ist – der Baron ist ein gerissener Mann."

Nach diesen Erklärungen des Hauptmanns war Barrett mit Charlotte einer Meinung, dass der Mann, der Sylvias Mädchen Angst einjagte, wahrscheinlich derselbe war wie der, der Jeffrey tiefer in Verbrechen hineingezogen hatte. Er hatte den Schatten vielleicht gegen eine Maske eingetauscht, aber er hatte nicht sein Wesen verändert. Charlotte hatte gesagt, dass er böse war. Barrett stimmte ihr zu, vor allem jetzt, wo er wusste, dass der Baron mindestens zwei Menschen getötet hatte.

„Ich habe gehört, dass der Baron möglicherweise in Postkutschenüberfälle verwickelt war", sagte Barrett.

„Das habe ich auch gehört." Der Hauptmann setzte seine Brille wieder auf und schielte über sie hinweg zu Barrett hinüber. „Es gibt jedoch keinen Beweis. Die Überfälle haben aufgehört, als Crowley starb."

„Und jetzt hat die Postkutsche ihren Verkehr eingestellt."

„Genau." Hauptmann Westland runzelte die Stirn. „Ich fürchte, ich bin keine große Hilfe."

Es stimmte zwar, dass der Hauptmann den Baron nicht identifizieren konnte, trotzdem hatte Barrett mindestens einen neuen Aspekt der Vergangenheit des Mannes erfahren. Ob er Charlotte erzählen würde, dass der Baron für den Tod ihres Mannes verantwortlich war, wusste er allerdings nicht.

„Trotzdem danke. Ich weiß es zu schätzen, dass Sie sich die Zeit genommen haben.“ Barrett erhob sich, ging einen Schritt auf die Tür zu und drehte sich dann noch einmal um. „Eins noch. Könnten Sie mir sagen, wo der Leutnant und Mrs Crowley gelebt haben?“ Es würde ihm nicht helfen, den Baron zu finden, aber es könnte ihm dabei helfen, Charlotte zu verstehen.

„Sicher.“ Der Hauptmann führte Barrett nach draußen und deutete in Richtung Westen. „Sehen Sie das weiße Haus da drüben?“, fragte er und zeigte auf ein großes Gebäude an der Biegung der Straße. „Es ist in zwei Wohnungen unterteilt. Die linke Seite gehörte den Crowleys.“

Barrett legte die kurze Strecke zu Fuß zurück und starrte auf den Ort, an dem Charlotte einst gelebt hatte. Es war ein recht ansprechendes Gebäude, zwei Stockwerke hoch mit drei Dachgauben an der Vorderseite und zwei an der Rückseite des zweiten Stocks. Der Lage der Fenster und Schornsteine nach zu urteilen, vermutete Barrett, dass sich im Erdgeschoss Salon und Esszimmer befanden und dass der eingeschossige Anbau im hinteren Bereich die Küche beherbergte. Obwohl das Haus in keinerlei Hinsicht riesig war, war es beträchtlich größer als die Wohnung, die Charlotte jetzt mit drei anderen teilte. Fühlte sie sich beengt in Cheyenne? Vermisste sie die breite rundum verlaufende Veranda? Barrett konnte sich vorstellen, wie sie dort saß und an einem warmen Sommerabend sanft hin und her schaukelte.

Er spähte seitlich um das Gebäude herum und stellte fest, dass der Hof zusätzlich zu den normalen Nebengebäuden etwas enthielt, das ein kleiner Garten zu sein schien. Vielleicht war Charlotte diejenige gewesen, die in diesem Hinterhofgarten den Boden geharkt hatte. Vielleicht hatte sie an diesem Vorderfenster gesessen, ihre Näharbeiten erledigt und die Soldaten dabei beobachtet, wie sie über den Paradeplatz marschierten. Oder vielleicht hatte sie ihre Tage damit verbracht, die Ehefrauen der anderen Offiziere zu besuchen. Es gab so viel, was Barrett wissen wollte, so viel, was er im Hinblick auf ihre Vergangenheit verstehen musste. Wenn sie eine Zukunft miteinander haben würden – und er war fest dazu entschlossen –, dann mussten sie beide voneinander wissen, was sie zu den Menschen gemacht hatte, die sie heute waren. Aber zuerst musste er den Baron finden.

℃ß

„Morgen ist der 1. März und wir haben schon seit zehn Tagen keinen Schnee mehr gehabt." Gwen blickte lächelnd von der Spitze auf, die sie an einem Kragen befestigte. „Der Frühling kann nicht mehr weit weg sein."

„Ich hoffe es. Es scheint, als würden wir alle auf den Frühling warten." Charlotte fügte nicht hinzu, dass sie außerdem auf Barretts Rückkehr aus Fort Laramie wartete. Sie hoffte, er würde etwas herausfinden, war jedoch nicht sehr hoffnungsvoll. Stattdessen machte sie sich Sorgen darüber, dass er nichts als weiteres totes Vieh auf dem Weg dorthin entdecken würde. Einen Faden und eine Nadel durch den Stoff zu ziehen, half ihr immerhin dabei, ihre Nerven zu beruhigen. Das war einer der Gründe, weshalb sie heute Abend nähte. Ein weiterer Grund war, dass sie bis Ende der Woche ein weiteres Kleid zu Mrs Kendall bringen wollte. Dieses Mal würde sie ihre Lieferung jedoch nicht zu Fuß machen. Barrett hatte darauf bestanden, sie in seiner Kutsche hinzubringen. Als sie sich an die Angst erinnert hatte, die sie bei ihrem letzten Ausflug in die 15th Street verspürt hatte, als ihr klar geworden war, dass sie verfolgt wurde, hatte Charlotte nicht weiter mit ihm diskutiert. Es wäre nicht nur sicherer, sondern auch angenehmer, mit Barrett zu fahren. Und da sie nicht länger versuchte, ihr Modegeschäft auszubauen, musste sie sich auch keine Sorgen mehr darüber machen, dass ihre Kundinnen erfuhren, was sie tat.

Gwen verknotete ihren Faden. „Dieser schreckliche Winter muss enden. Er macht alle unglücklich. Selbst Warren war schlecht gelaunt." Sie runzelte die Stirn, dann blickte sie mit fragendem Blick zu Charlotte auf. „Ich hoffe, es hat nichts mit mir zu tun."

„Ich bin sicher, dass das nicht der Fall ist." Es war Charlotte gelungen, ihre anfängliche Reaktion auf Warren zu überwinden, indem sie sich gesagt hatte, dass er – auch wenn er kein Mann war, den sie würde heiraten wollen – dennoch freundlich zu Gwen und

Rose war und ein Strahlen in die Augen von Charlottes Freundin gezaubert hatte. „Wie du schon sagtest, sind alle entmutigt. Der heutigen Zeitung zufolge ist der Viehverlust gigantisch. Das wird sich auf alle auswirken, nicht nur auf die Vieherzeuger. Warren wird weniger Klienten haben, wenn sie aus dem Geschäft aussteigen."

Gwen war nicht überzeugt. „So furchtbar es auch klingt, aber ich hoffe, dass du recht hast und das der einzige Grund ist, warum Warren in so schlechter Stimmung ist", sagte sie mit einem Zittern in der Stimme. „Ich weiß nicht, was ich tue, wenn Warren mich nicht liebt. Er ist alles, wovon ich immer geträumt habe." Ihre Augen füllten sich mit Tränen. „Ich dachte, er würde mich lieben, aber wenn er das täte, hätte er es mittlerweile wohl gesagt." Sie wischte sich die Tränen von den Wangen. „Warum hat er das nicht getan? Ich will wissen, ob wir eine Zukunft miteinander haben. Rose und ich brauchen ihn."

Charlotte versuchte, angesichts des Wortes *brauchen* nicht die Stirn zu runzeln. Ihre Eltern hatten ihren Töchtern beigebracht, dass eine Ehe auf Liebe und Respekt gegründet sein sollte, nicht darauf, dass man jemanden brauchte, aber Gwen wollte das nicht hören. Und vielleicht war es auch gar nicht nötig, dass Charlotte etwas dazu sagte, denn es schien, als würde Gwen wirklich Warren lieben und nicht einfach nur den Gedanken, dass er sich um sie und ihre Tochter kümmern würde.

„Die Fastenzeit hat begonnen", sagte Charlotte und griff nach dem rettenden Strohhalm. „Vielleicht wartet er, bis sie vorbei ist. Du weißt, dass beinahe niemand zwischen Aschermittwoch und Ostern heiratet." In diesen Wochen wurden nur wenige Verlobungen bekannt gegeben und es gab noch weniger Hochzeiten.

Gwens Tränen versiegten, als sie zu lächeln begann. „Du musst recht haben. Warren würde nichts tun, was sich nicht gehört." Sie legte ihre Näharbeit zur Seite, erhob sich und umarmte Charlotte. „Danke. Du hast dafür gesorgt, dass ich mich wesentlich besser fühle." Als sie auf ihren Stuhl zurückkehrte, hob sie eine Augenbraue. „Wäre es nicht perfekt, wenn uns Warren und Barrett zur gleichen Zeit einen Heiratsantrag machen würden? Wir könnten eine Doppelhochzeit feiern."

Charlotte konnte nicht zulassen, dass Gwen sich Fantasien hingab, die nicht wahr werden würden, Fantasien, die Charlotte nur in ihren Träumen zuließ. „Ich gehe nicht davon aus, dass ich wieder heiraten werde", sagte sie mit fester Stimme. „Die Schule wird mein Leben sein."

„Ich dachte, du hättest diese Idee aufgegeben." Gwen stach ihre Nadel in den Stoff und blickte dann stirnrunzelnd auf. „Wirklich, Charlotte, ich denke, du machst einen Fehler. Warum solltest du dein Leben damit verbringen, die Kinder anderer Leute zu unterrichten, wenn du ein Leben mit Barrett haben könntest? Er würde sich um dich und David kümmern. Du könntest sogar noch andere Kinder haben. Erkennst du es nicht? Es wäre perfekt."

Perfekt schien heute Gwens Lieblingswort zu sein. Das Problem war, dass ihre Vorstellung von perfekt nicht mit Charlottes Vorstellung übereinstimmte. „Die Schule ist wichtig."

„Das ist sie", stimmte Gwen ihr zu, „aber du musst nicht die Lehrerin sein. Wenn du Barrett heiraten würdest, könntest du etwas von seinem Geld dafür verwenden, einen Lehrer einzustellen. Du musst nicht alles selbst tun."

Es war nicht das erste Mal, dass Charlotte diesen Ratschlag gehört hatte. „Das haben Abigail und Elizabeth auch gesagt." Ihre Schwestern waren über ihr Vorhaben, eine Schule zu gründen, nicht begeistert gewesen. Charlotte vermutete, dass es damit zusammenhing, dass sie gekränkt waren, weil sie ihnen die Wahrheit über Davids Blindheit nicht früher mitgeteilt hatte. Wahrscheinlich färbte diese Tatsache auf alles andere ab.

„Du solltest auf uns hören", sagte Gwen mit einem selbstgefälligen Lächeln auf den Lippen. „Wir können uns nicht alle täuschen."

Aber das taten sie. Die Schule zu gründen, war das, was Gott von ihr wollte. Charlotte war sich dessen sicher.

Am nächsten Tag war Charlotte gerade mit einer Kundin beschäftigt, als Barrett den Laden betrat. Obwohl er abgesehen von einem kurzen Gruß nichts sagte, verrieten seine hängenden Schultern Charlotte, dass die Reise entmutigend gewesen war.

Sobald die Kundin den Laden verlassen hatte, wandte sie sich an Barrett.

„Willkommen zurück", sagte sie und verlieh ihrer Stimme so viel Begeisterung wie möglich. „Ich bin froh, dass Sie hier sind."

„Das werden Sie nicht mehr sein, wenn Sie hören, was ich zu sagen habe." Barrett lehnte den Stuhl ab, den sie ihm anbot, und so blieb Charlotte auch stehen, anstatt ihren Kopf verdrehen zu müssen, um ihn ansehen zu können.

„Ich habe im Fort erfahren, dass der Baron sogar noch gefährlicher ist, als Sie befürchtet hatten", sagte er in einem besorgten Tonfall. „Ich weiß, dass die Schule wichtig für Sie ist, aber ich rate Ihnen, damit zu warten, bis wir ihn gefunden haben."

Barrett zögerte und Charlotte begriff, dass es viel gab, was er ihr nicht sagte. Obwohl sich ihr Ärger mit Bedauern darüber vermischte, dass er glaubte, unangenehme Neuigkeiten von ihr fernhalten zu müssen, sagte Charlotte nichts. Schließlich versuchte Barrett nur, ihr zu helfen. Er würde wahrscheinlich argumentieren, dass er nur Fürsorge zeigte und sie nicht verhätschelte. Vielleicht hatte er recht und sie war überempfindlich.

„Ich will nicht warten", sagte sie leise.

„Ich weiß das, aber wenn der Baron erfährt, dass Sie Jeffreys Witwe sind, ist nicht abzusehen, was er tun könnte. Wie Sie schon sagten, ist er ein böser Mann. Ich fürchte, Sie würden nicht nur David, sondern auch Nancy und die anderen Kinder einem Risiko aussetzen."

Barrett hatte das eine Argument ins Spiel gebracht, das Charlotte abhalten konnte. Sie nickte langsam. Die Umsetzung ihres Traums musste verschoben werden.

Kapitel 21

Sie fiel zurück. Obwohl ihr abgehackter Atem ihm verriet, dass sie so schnell lief, wie sie nur konnte, gab es keine Möglichkeit, das Rennen zu gewinnen. Selbst wenn sie nicht ein Kind auf dem Arm hätte, selbst wenn sie mit ihrem Fuß nicht in einem der Löcher hängen bliebe, die die Prärie durchzogen, selbst wenn die brennende Sommersonne nicht ihre Energie aufsaugte, waren ihre Beine denen des Mannes nicht gewachsen. Der Mann, der sie verfolgte, hatte alle Vorteile auf seiner Seite: Größe, Stärke und vor allem das Messer. Seine silberne Schneide glänzte im Sonnenlicht, es war ein böses Funkeln, das zu der bösen Grimasse auf seinem Gesicht passte. Während die Frau nur mit einem dünnen Nachthemd bekleidet war, trug der Mann wetterfeste Kleidung und Stiefel, die seine Beine vor den stacheligen Blättern der Yucca und den Dornen des Fuchsschwanzes schützten. Er war vorbereitet. Sie war es nicht.

Die Frau blickte hinter sich und die Angst auf ihrem Gesicht versetzte Barrett einen Stich. Sie fürchtete ihren Verfolger zu Recht, denn seine Absicht war nur allzu offensichtlich. Der Mann würde sie töten und ihren Körper und den ihres Kindes den Bussarden überlassen. Er würde lachen, wie er jetzt lachte, unberührt vom Tod zwei unschuldiger Seelen. Charlottes Verfolger war die Verkörperung des Bösen, das Angst davor hatte, sein Gesicht im Sonnenschein sichtbar werden zu lassen. Dies war der maskierte Mann, den sie fürchtete. Dies war der Baron. Und irgendwie hatte er sie gefunden.

Barrett starrte den Mann an und fragte sich, wer sich hinter dieser hässlichen Maske versteckte. Mehr wie eine Kapuze als wie eine gewöhnliche Maske bedeckte sie seinen Kopf und sein Gesicht und ließ nur seine Lippen und Augen sichtbar. Schwarz wie die Nacht war seine Verkleidung das Unheilvollste, was Barrett jemals gesehen hatte, denn er wusste, was dahintersteckte: ein Mann ohne Gewissen, ein Mann, der die Frau töten wollte, die Barrett liebte.

„Halt!", rief Barrett, während er auf den Mann zustürzte. Er hatte kein Messer, keine Waffe außer seinen Händen, aber irgendwie würde

er ihn aufhalten. Und wenn es das Letzte war, was er tat, würde er den Baron davon abhalten, Charlotte und David zu töten. Aber obwohl er schneller lief als jemals zuvor, konnte er den Mann nicht erreichen. Denn mit jedem Schritt, den er tat, machte der Baron zwei.

„Halt!"

Der Mann drehte sich um und seine Lippen verzerrten sich grässlich, als er lachte. Eine Sekunde später griff er nach Charlottes Arm und riss ihn nach hinten. Sie stolperte und begann zu fallen, und während sie das tat, hob der Mann das Messer und stieß es abwärts.

„NEIN!"

Barrett wachte auf, sein Herz raste und er war schweißgebadet. Er sprang aus dem Bett, hielt aber inne, als die Kälte des Bodens seine Füße packte. Es war ein Traum gewesen. Nichts als ein Traum. Es war Winter in Cheyenne, nicht Sommer in der Prärie. Charlotte und David waren in Sicherheit. Oder doch nicht? Vielleicht war der Traum eine Ahnung, eine Warnung wie jene, von denen die Bibel berichtete. Seine Mutter hatte ihm gesagt, dass der Herr Träume benutzte, um Menschen auf etwas vorzubereiten. Barrett schauderte und fragte sich, ob irgendjemand auf das Böse vorbereitet sein konnte, das er in den Augen des Barons hatte aufflackern sehen. Nur Gott konnte dieses Böse besiegen.

Pass auf sie auf, betete Barrett, während er in seine Hausschuhe schlüpfte und einen Morgenrock anzog. *Pass auf Charlotte und David auf.* Obwohl der Albtraum alle Hoffnungen auf eine friedliche Nachtruhe zunichtegemacht hatte, hatte er gleichzeitig Barretts Entschlossenheit gestärkt. Wenn der Traum eine Warnung war, würde er ihn nicht ignorieren, genauso wenig wie er Charlottes Ängste in jener Nacht ignoriert hatte, als er ihr auf der Flucht vor einem maskierten Mann begegnet war. Irgendwie, auf irgendeine Art würde er sie und David beschützen, denn nichts war wichtiger als das. Charlottes Traum von einer Schule würde vielleicht nicht wahr werden; Barrett wäre vielleicht nicht in der Lage, ihr die finanziell abgesicherte Zukunft zu geben, die sie verdiente, aber er konnte ihr Schutz bieten … und Liebe.

Barrett lächelte, als das Wort durch seinen Kopf hallte. Er überlegte, ob Camden genauso empfunden hatte, als er Susan gebeten hatte, ihn zu heiraten. Das konnte nicht sein. Niemand anderes konnte dieses wundervolle warme Gefühl erlebt haben, die Gewissheit, die eine Frau auf der ganzen Welt gefunden zu haben, die für ihn bestimmt war. Andere konnten vielleicht ähnliche Erfahrungen gemacht haben, aber sie waren nicht dasselbe. Genauso wie Charlotte einzigartig war, war alles, was Barrett für sie empfand, einzigartig.

Selbst als er versucht hatte, sich davon zu überzeugen, dass Miriam die Frau war, die er brauchte, hatte er nichts erlebt, was den Gefühlen nahekam, die jetzt in ihm aufstiegen. Es war, als ob jede Faser seines Körpers sensibilisiert worden wäre und jeden Gedanken an Charlotte verstärkte. Sich ihr Lächeln vorzustellen, sich an ihre weiche Haut zu erinnern, an das zarte Vibrieren ihres Lachens zu denken, füllte Barrett mit einer beinahe überirdischen Freude. Gleichzeitig ließ der Gedanke, dass jemand ihr etwas antun könnte, Ärger und eine wilde Entschlossenheit in ihm aufsteigen, sie zu beschützen.

Es gab keinen Zweifel. Er liebte Charlotte. Er liebte sie und wollte sie und David beschützen.

Barrett wollte – oh, wie sehr er das wollte – Charlotte bitten, ihn noch heute zu heiraten. Aber das wäre ihr gegenüber nicht fair. Er konnte den Tag nicht vergessen, an dem seine Ma ihre drei Söhne in einer Reihe vor sich aufgestellt und ihnen eine Lektion über die Ehe erteilt hatte. Ladys, hatte sie zu ihnen gesagt, verdienten es, umworben zu werden. Ein Mann sollte nicht einfach davon ausgehen, dass eine Frau ihn liebte und dass sie nur deshalb, weil er ihr ein Haus und eine Kutsche kaufen konnte, ihn heiraten würde. Ein Mann sollte eine Frau nicht einfach nur bitten, seine Frau zu werden. Zuerst musste er ihr den Hof machen.

Barrett grinste, als er das Licht anschaltete. Charlotte würde umworben werden. Oh, es würde vielleicht nicht unbedingt das sein, was Ma im Sinn gehabt hatte – schließlich hatten Mas Ratschläge keine Anstandsregeln für das Werben um eine Witwe mit Kind umfasst –, aber wenn er es tat, würde Charlotte wissen, dass er sie liebte. Und wenn er sehr, sehr viel Glück hatte, würde sie zustimmen, seine Frau zu werden. Aber zuerst musste er beginnen, ihr den Hof zu machen.

Als er die Gardinen zurückzog und nach draußen sah, verbreiterte sich Barretts Grinsen. Frischer Schnee. Perfekt.

„Ich sehe mit Freuden, dass Sie heute Morgen keine Kundinnen haben", sagte er, als er ein paar Stunden später *Élan* betrat. Wyomings Schnee war unbeständig. Selbst an einem kalten Tag konnte die Sonne genug Kraft haben, um ihn zu schmelzen. Das war der Grund, weshalb er früher als sonst in den Laden gekommen war.

Charlotte rümpfte die Nase. Hatte er jemals bemerkt, wie attraktiv sie war, wenn sie das tat? Das hatte er bestimmt, aber heute Morgen wirkte sie noch schöner als sonst.

„Sie sind vielleicht froh, aber ich bin es nicht", sagte sie mit einer knappen Geste in Richtung des Ständers mit den teilweise fertig genähten Kleidern. „Ich weiß nicht, wie ich die alle fertigstellen soll. Molly ist krank und Gwen hat eine Blase am Finger. Da ist außer mir keiner mehr übrig." Sie rümpfte erneut die Nase. „Ich muss zurück an die Arbeit."

„Sie müssen außerdem Spaß haben. Und nicht nur Sie, sondern auch David."

„Wir haben doch Spaß", gab sie zurück, während ihre Finger mit einer Geschicklichkeit, die von jahrelanger Praxis herrührte, mit Nadel und Faden hantierten. „Nur weil David nicht ohne Sie bowlen will, heißt das noch lange nicht, dass wir nicht spielen."

„Aber ihr spielt nicht so, wie ich es meine. Wollen Sie nicht den Laden schließen und sich und David warme Sachen anziehen? Wir machen einen Ausflug."

Obwohl er die Neugier in ihren Augen sah, schüttelte sie den Kopf. „Ich kann nicht, Barrett."

„Doch, Sie können. Bitte, Charlotte. Dies könnte der letzte Schnee in diesem Winter sein. Sie wollen doch David der neuen Erfahrung nicht berauben, oder?"

Wie Barrett es geahnt hatte, ließ sie sich ködern. Obwohl Charlotte selbst nie den Laden schließen würde, um sich ein harmloses

Vergnügen zu gönnen, würde sie doch beinahe alles für ihren Sohn tun.

„Beeilen Sie sich. Ich warte auf euch."

Früher als erwartet kam sie mit David auf dem Arm die Treppe herunter. Beide waren so warm angezogen, dass es so schien, als hätten sie erheblich an Gewicht zugelegt. Es war beinahe so, als wüsste sie, was er geplant hatte, denn die zusätzliche Kleidung würde sowohl für Polsterung als auch für Wärme sorgen.

„Guten Tag, David", sagte Barrett und nahm ihn Charlotte aus den Armen, damit sie in den Wagen klettern konnte, den er vor ihrem Laden geparkt hatte.

„Bowlen!" Ein Grinsen zog über das Gesicht des Kindes.

„Heute nicht. Wir werden etwas tun, das sogar noch mehr Spaß macht."

Charlotte setzte David auf die Bank zwischen sich und Barrett und hob eine Augenbraue. „Das ist aber eine gewagte Behauptung. Ich weiß nicht, ob es etwas gibt, das David mehr Spaß macht als bowlen."

„Warten Sie es ab." Obwohl sie normalerweise sehr aufmerksam war, schien es, als hätte Charlotte den mit einer Decke verhüllten Gegenstand im hinteren Teil des Wagens nicht bemerkt. Das war gut. Sogar ausgezeichnet, denn es bedeutete, dass ihr Ziel eine Überraschung bleiben konnte.

Als sie in Richtung Norden über die Ferguson Street fuhren, legte Charlotte eine Hand auf Barretts Arm. „Wohin fahren wir?"

Obwohl er ihre Berührung genoss, konnte er nicht anders, als über die Ungeduld in ihrer Stimme zu lächeln. „Wer ist hier das Kind, Sie oder David?", fragte er sanft. David federte auf seinem Platz auf und ab und summte vor sich hin. „Mir scheint, als wären Sie genauso aufgeregt wie er."

„Das bin ich", räumte Charlotte ein. „Es kommt selten vor, dass ich die Stadt verlasse."

Als sie den Stadtrand erreichten, verwandelte sich die Ferguson Street von einer Straße, gesäumt von Häusern und Läden, in eine offene Straße mit nur wenigen Gebäuden in Sichtweite. Ein paar Minuten später bog Barrett nach Osten ab und steuerte auf den schneebedeckten Berg zu, der ihr Ziel war. Wie erhofft war die Sonne zwar strahlend hell, musste den Schnee aber erst noch schmelzen. Dafür ließ ihr Glanz die kleinen Kristalle noch stärker funkeln als die Diamanten, die er in Mr Mullens Laden gesehen hatte.

„Das tut mir beinahe in den Augen weh“, sagte Charlotte und schirmte diese mit einer Hand ab.

„Ich weiß, aber es ist schön, nicht wahr?“

Sie nickte. „Cheyennes Schnee ist etwas Besonderes. Wir hatten zwar mehr Schnee in Vermont, aber er war anders. Weicher.“

„Außerdem ist er wahrscheinlich senkrecht herabgefallen, nicht seitwärts.“

Charlotte lachte. „Das stimmt. Meine Schwestern haben mir nicht geglaubt, als ich ihnen von dem seitwärts fallenden Schnee erzählt habe.“

„Sie vermissen die beiden, nicht wahr?“

Sie nickte und obwohl ihr Lächeln nicht verblasste, erhaschte Barrett einen flüchtigen Blick von Wehmut in ihren Augen. „Manchmal vermisse ich es, ein Kind zu sein. Die Dinge waren damals scheinbar einfacher. An einem Tag wie diesem sind wir drei rodeln gegangen.“

Barrett kämpfte mit dem Grinsen, das beinahe von einem Ohr zum anderen reichte. Er verlieh seiner Stimme einen möglichst ruhigen Klang, als er fragte: „Haben Sie David schon mal mit zum Rodeln genommen?“

„Nein.“ Etwas in seiner Stimme musste sie aufmerksam gemacht haben, denn Charlotte wandte sich um und blickte auf die Ladefläche des Wagens, wo er den Schlitten verstaut hatte. „Ist es das, was wir tun werden?“

Es gab keinen Grund zu lügen. „Ja. Was halten Sie von der Idee?“

Die Wehmut war verschwunden. Jetzt funkelten Charlottes Augen vor Glück. „Ich finde das wunderbar.“ Sie legte ihre Hand auf Davids Kopf und drehte sein Gesicht zu sich herüber. „David, wir werden heute so viel Spaß haben.“

Und den hatten sie. Barrett setzte sich hinten auf den Schlitten und platzierte Charlotte, die David in den Armen hielt, vor sich. Mit seinen weit ausgestreckten Beinen war er in der Lage, den Schlitten mit seinen Füßen zu steuern, während er seine Arme um Charlotte legte. Es gab nur ein Problem: Er konnte weder ihr Gesicht noch Davids sehen, während sie den Berg hinuntersausten. Aber er konnte Davids begeistertes Gekreische und Charlottes sanftes Lachen hören.

„Ich dachte, dass er vielleicht Angst haben würde“, sage Barrett, als sie das unterste Ende erreicht hatten. Es würde ein langer Aufstieg zurück auf den Hügel werden, aber das war der Preis für die Sekunden der Freude.

Charlottes Lachen verriet ihm, dass sie die Fahrt genauso genossen hatte wie ihr Sohn. „Es gibt keinen Grund sich zu fürchten, wenn wir bei ihm sind. Er weiß, dass wir auf ihn aufpassen.“

Barrett spürte, wie ihm die Brust schwoll. Sie hatte „wir“ gesagt. Zweimal. Es war ein gewöhnliches Wort, nicht mehr als drei Buchstaben, und doch wärmte es sein Herz mehr als der strahlende Sonnenschein. Vielleicht war es nur Wunschdenken, aber es schien, als hätte Charlotte begonnen, von ihnen als einem Paar zu denken. Vielleicht brauchte sie kein langes Werben. Das wäre wundervoll.

„Ich hatte Hintergedanken, als ich euch beide zum Essen eingeladen habe.“

Warren hob eine Augenbraue, als Barrett die Ankündigung machte. Barrett hatte gewartet, bis die Servierplatten auf den Tisch gestellt worden waren und der Butler gegangen war, als wollte er sicherstellen, dass es keine Unterbrechung geben würde. Warren war von dem Zeitpunkt der Einladung überrascht, denn Richard war Barretts anderer Gast. Zwar warteten die Neuvermählten mit ihrer Hochzeitsreise bis zum Sommer, doch sie hatten sich in Richards Stadthaus zurückgezogen, und wenn sie aufgetaucht waren, dann nur zusammen. Bis heute.

Warren sah Barrett an. Wie es auch sonst der Fall war, wenn sie bei ihm zu Abend aßen, war ihr Gastgeber am Kopf des Tisches platziert, mit Richard auf der einen und Warren auf der andern Seite. Es amüsierte Warren, dass er das eine Mal rechts, das nächste Mal links neben ihm saß. Barrett Landry war ein sehr rücksichtsvoller Mann, was sogar so weit ging, dass er es vermied, auch nur anzudeuten, dass er einen seiner Freunde bevorzugte. Was würde er denken, wenn er wüsste, wie rücksichtsvoll – oder genauer gesagt: überhaupt nicht rücksichtsvoll – Warren war? Glücklicherweise würde dieses Thema nie angesprochen werden.

Während sich Richard eine Portion Rinderbraten auftat, tat er so, als wäre er schockiert. „Ich dachte, du hättest uns eingeladen, damit wir eine weitere von Mrs Melnors ausgezeichneten Mahlzeiten genießen können. Du solltest besser vorsichtig sein, Barrett“, sagte er lachend. „Miriam will, dass ich sie abwerbe. Sie sagt, niemand bereite einen Braten so hervorragend zu wie deine Köchin.“

Barrett nickte. „Miriam hat recht. Mrs Melnor ist ein Juwel, aber das Essen ist es nicht, was ich besprechen wollte.“

Als offensichtlich war, dass sich Richard mehr für das Rind und die Kartoffeln oder vielleicht für seine Ehefrau interessierte als für Barretts Beweggründe, sagte Warren: „Also, warum hast du uns herbestellt?“

Die Art und Weise, wie sich Barretts Gesicht verdunkelte, verriet Warren, dass es nicht um eine belanglose Angelegenheit ging. Er hoffte nur, Barrett würde nicht verkünden, dass er Cheyenne verlassen wollte. Er hatte auf Barretts Unterstützung gezählt, wenn seine Bewerbung auf Mitgliedschaft im Cheyenne-Club geprüft werden würde.

Barretts Lippen wurden schmal, als er sagte: „Ich habe ein Gerücht gehört, dass es jemanden in Cheyenne gibt, der sich selbst den ‚Baron‘ nennt. Ich frage mich, ob einer von euch etwas über ihn weiß.“

Glücklicherweise war er am Essen. Warren steckte einen weiteren Bissen Fleisch in den Mund, um sich selbst den Vorwand eines vollen Mundes zu verschaffen, dann machte er sich daran, eine Scheibe Brot mit Butter zu bestreichen. Er wagte es nicht, Barrett anzusehen, weil er fürchtete, dass sein Gesichtsausdruck ihn verraten könnte. Niemand, der in Cheyenne etwas zu sagen hatte, durfte etwas über den Baron wissen. Ja, es stimmte, dass die Mädchen bei Sylvia ihn unter diesem Namen kannten, aber das war Absicht. Sicher war Barrett nicht zu Sylvia gegangen. Nicht der prüde, anständige Barrett. Aber wo sonst hatte er den Namen gehört?

Richard blickte von seinem Teller auf, sein Gesicht zeigte nur wenig Interesse. „Der Baron? Ich habe von niemandem mit diesem Namen gehört. Er könnte ein Neuankömmling sein."

Barrett schüttelte den Kopf. „Nicht nach den Geschichten, die ich gehört habe. Dieser Mann ist schon seit ein paar Jahren hier." Er wandte sich an Warren und zeigte mit seiner Gabel auf ihn. „Was ist mit dir, Warren? Du kennst mehr Leute als ich. Hat ihn irgendjemand dir gegenüber erwähnt?"

Warren hätte beinahe laut gelacht. So, wie die Frage formuliert war, musste er nicht lügen. Unter bestimmten Umständen – und dies war sicherlich einer davon – hatte er mit einer Lüge kein Problem, aber er versuchte, Falschaussagen – und Selbstbezichtigung – wenn möglich zu vermeiden.

„Ich fürchte nicht." Er zwang sich, seiner Stimme einen sorglosen Klang zu verleihen. „Ich behaupte zwar gern, dass meine Kundschaft die exklusivste in der Stadt ist, aber sie enthält keine Barone."

Barretts Blick wurde noch finsterer. „Trotz des Spitznamens klingt es nicht so, als wäre dieser Baron jemand, den wir im Club treffen könnten. Er frequentiert eines der schäbigeren Bordelle an der 15th Street und hat den Ruf, grob mit den Frauen umzugehen."

Wer auch immer Barretts Quellen waren, sie waren gut. Es musste einen Weg geben, um sein Interesse in eine andere Richtung zu lenken. „Sei nicht so prüde, Barrett. Ich vermute, dass eine größere Anzahl der Mitglieder des Cheyenne-Clubs die Dienste Prostituierter in Anspruch nehmen."

„Vielleicht." Barrett lud sich eine Portion grüne Bohnen auf den Teller. „Ob er Freudenhäuser besucht, ist nicht das, was mich beschäftigt. Ich will diesen Mann treffen."

Auf der anderen Seite des Tisches war Richards Neugierde offenbar doch geweckt worden. „Warum um alles in der Welt?"

Ja, warum interessierte sich Barrett für den Baron? Warren heftete seinen Blick auf seinen Freund und versuchte, seine Beweggründe auszuloten.

„Er hat den Schlüssel zu etwas, das ich haben will."

„Einen Schlüssel? Welche Art von Schlüssel?" Die Fragen sprudelten hervor, noch bevor Warren wusste, was geschah.

„Das spielt jetzt keine Rolle." Obwohl er Warren neugierig gemacht hatte, ließ Barrett das Thema fallen. „Ich habe ohnehin daran gezweifelt, dass einer von euch von ihm gehört hat, aber ich musste zumindest fragen. Jetzt lasst uns über etwas Angenehmeres sprechen."

Als Warren eine Stunde später nach Hause ging, ballte er die Fäuste. Es hatte ihn all seine Selbstbeherrschung gekostet, Barrett nicht an die Gurgel zu gehen und eine Antwort auf die Frage zu verlangen, warum er etwas über den Baron in Erfahrung bringen wollte und – genauso wichtig – wer ihm etwas über Warrens Altes Ego erzählt hatte. Aber obwohl er innerlich gekocht hatte, hatte er sich gezwungen, so ruhig dazusitzen, als würden sie sich über nichts Wichtigeres als das Wetter unterhalten.

Was war passiert? Die Frage hallte durch seinen Kopf. Eigentlich hätte es ausgeschlossen sein sollen, dass Barrett jemals etwas über den Baron hörte. Der Baron bewegte sich nicht in denselben Kreisen und ungeachtet dessen, was Warren zu Barrett gesagt hatte, besuchten die Mitglieder des Cheyenne-Clubs keine Etablissements wie *Sylvias*. Es gab andere Häuser, die auf Männer mit Geld und Einfluss ausgerichtet waren. Aber irgendwie war Barrett auf den Baron aufmerksam geworden.

Es war vielleicht kein wirkliches Problem. Barrett könnte in ein oder zwei Tagen alles über den Baron vergessen haben. Warren schlug mit einer Faust in die andere Hand. Wenn er das glaubte, gab er sich einer Illusion hin. Barrett Landry war äußerst hartnäckig. Wenn es ihm gelingen würde, die Wahrheit herauszufinden, wäre alles verloren, was sich Warren mit harter Arbeit aufgebaut hatte. Er hatte alle möglichen Vorsichtsmaßnahmen getroffen, um zu vermeiden, dass sein Name mit dem des Barons in Verbindung gebracht werden konnte. Die Maske, die heimlichen Besuche, die Veränderung seiner Stimme. Und doch gab es immer die Möglichkeit, dass er etwas übersehen hatte. Dafür brauchte es nur einen kleinen Fehltritt.

Das konnte er nicht zulassen. Er konnte nicht zulassen, dass Barrett den Baron und Warren Duncan miteinander in Verbindung brachte. Und er würde es auch nicht. Zuerst musste er herausfinden, warum Barrett plötzlich so viel Interesse an dem Baron hatte. Warren dachte zurück an die Nacht – eigentlich an den frühen Morgen –, an dem er einer Frau nördlich die Ferguson Street entlang gefolgt war. Zuerst war es nicht mehr als ein Spaß gewesen, eine Möglichkeit, seine Macht zu demonstrieren, indem er ihr Angst einjagte. Aber als die Anmut ihres Ganges ihm verraten hatte, dass sie jünger war, als er gedacht hatte, hatte sich das Spiel verändert. Seine Nacht in *Sylvias Bordell* hatte ihn nicht befriedigt. Vielleicht würden ein Kuss oder zwei – vielleicht auch ein bisschen mehr – sein Verlangen stillen. Er hatte sie beinahe erreicht, als er die Kutsche auf sich zusteuern sah. Nichts, nicht einmal der süßeste Kuss, war es wert, entdeckt zu werden, und so war er in der Dunkelheit verschwunden und nach Hause gegangen.

War das Barretts Kutsche gewesen? Natürlich nicht. Barrett hatte keinen Grund, zu einer solchen Uhrzeit draußen zu sein. Barretts Interesse musste von etwas anderem geweckt worden sein.

Das plötzliche Interesse am Baron musste etwas mit Barretts Reise nach Fort Laramie zu tun haben. Als er von seiner Reise dorthin erzählt hatte, hatte Barrett seine Gründe nicht erklären wollen und behauptet, sie seien persönlich. Soweit Warren wusste, hatte Barrett niemals Geheimnisse gehabt, aber er verhielt sich seit seiner Rückkehr anders.

Warren schauderte. Er hatte geschworen, dass er nie wieder einen Fuß in das Fort setzen würde. Die Gefahr war zu groß. Aber die Gefahr, die ihm drohte, wenn er nicht ging, schien genauso bedrohlich. So unangenehm die Aussicht, den Armeestützpunkt zu betreten, auch war, musste er unbedingt erfahren, warum Barrett dorthin gereist war und was er herausgefunden hatte. Warren würde sich morgen nach Fort Laramie begeben. Und dann würde er auf die eine oder andere Weise sicherstellen, dass Barrett Landry nicht die Identität des Barons lüftete.

Kapitel 22

„Er macht dir den Hof."

Gwen lehnte sich gegen den Türrahmen, während Charlotte als Vorbereitung auf ihren nächsten Ausflug mit Barrett Wollsocken anzog. Als er sie und David eingeladen hatte, hatte er sich geweigert, ihr zu sagen, wohin sie gingen oder was sie tun würden. Er hatte Charlotte nur gesagt, dass es etwas Neues war und dass sie sich warm anziehen solle.

„Ich habe dir doch gesagt, dass er sich etwas aus dir macht", fuhr Gwen fort. „Wenn Warren nun endlich mal den Mund aufmachen würde, könnten wir eine Doppelhochzeit feiern."

Hochzeiten waren Gwens Lieblingsthema und um ihretwillen hoffte Charlotte, dass ihr Warren tatsächlich einen Antrag machen würde. Das mit Barrett war eine andere Geschichte.

„Er ist einfach nur nett." Zugegebenermaßen war das Lächeln, das er ihr zugeworfen hatte, wärmer, als es die bloße Höflichkeit erfordert hätte. Und er berührte ihre Hand häufiger als absolut notwendig. Und dann war da der Moment gewesen, in dem seine Hand ihre Wange gestreift hatte. Obwohl es ein Versehen gewesen sein könnte, vermittelte die Art, wie seine Hand dort verweilt war, einen anderen Eindruck. Aber den Hof machen? Das bezweifelte Charlotte.

Gwens Lippen verzogen sich zu einem Lächeln, als sie den Kopf schüttelte. „Ein Mann, der einfach nur nett ist, findet keinen Vorwand, um jeden Tag Zeit mit einer Frau zu verbringen. Denk an meine Worte, Charlotte. Er hat Feuer gefangen und du wärst ein Dummkopf, wenn du keinen Nutzen daraus ziehen würdest. Du wirst keinen besseren Ehemann als Barrett finden."

„In dem Punkt hast du recht." Charlotte hatte beschlossen, nicht wieder zu heiraten, solange sie nicht einen Mann gefunden hätte, der sowohl sie als auch David liebte. Sie hatte nicht erwartet, dass das passieren würde, und doch konnte sie nicht übersehen, dass Barrett etwas an David lag. Sie würde nicht behaupten, dass er David wie jeden anderen Jungen behandelte, denn das tat er nicht. Davids Blindheit war ihm sehr wohl bewusst, denn er suchte Wege, um ihm Erfahrungen zu verschaffen, die sein Leben so normal wie möglich machen sollten. Dies zeigte, dass ihm David etwas bedeutete. Wenn Charlotte Wunschträume zuließe, dann würde sie sagen, dass es sogar mehr war als das – dass Barrett ihren kleinen Sohn liebte.

Barrett war der freundlichste, wundervollste Mann, den sie jemals getroffen hatte. Wenn sie zusammen waren, schlug ihr Herz schneller und jeder ihrer Sinne schien schärfer zu sein. Sie nahm jeden noch so schwachen Duft wahr, jedes noch so leise Geräusch, und selbst eine sanfte Berührung versetzte sie in Aufregung. Wenn sie von Barrett getrennt war, fühlte sie sich beraubt, als hätte sich die Welt plötzlich in ein blasses Grau verwandelt.

Ein zufriedenes Lächeln machte sich auf Gwens Gesicht breit. „Dann gibst du es zu. Du liebst ihn."

Charlotte zog ihren dicksten Flanellunterrock hervor. Obwohl er die Form ihres Kleides ruinierte, würde er sie warmhalten, wenn sie für längere Zeit draußen waren. Und mit ihrem langen Mantel, der das Kleid verdeckte, würde niemand bemerken, dass Madame Charlotte nicht nach der neusten Mode gekleidet war.

„Das tue ich, aber ..."

„Kein Aber. Oh, Charlotte, kannst du nicht erkennen, wie perfekt das ist? Das ist es, was Gott für dich im Sinn hatte, nicht das Unterrichten an einer Schule. Er hat Barrett in dein Leben gebracht, damit du ihn heiraten kannst."

Charlotte wünschte, sie wäre so sicher wie ihre Freundin. Sie hatte so fest geglaubt, dass es Gottes Weg für sie sei, die Schule zu eröffnen. Doch die Tatsache, dass Barrett die Identität des Barons nicht ermitteln konnte, ließ bei ihr die Frage entstehen, ob sie sich vielleicht geirrt hatte. Vielleicht war die Schule nur ein flüchtiger Traum, nicht einer, den sie in die Realität umsetzen sollte. Jeden Morgen, jeden Abend und viele Male dazwischen betete Charlotte um Führung, aber sie hatte keine Antwort gehört. Wenn der Herr zu ihr sprechen wollte, schien es, als würde er ihr zuerst eine Lektion in Geduld erteilen.

„Wir müssen sehen, was die Zukunft bringt." Charlotte schloss den letzten Knopf. „Im Moment ist es für mich an der Zeit, David fertig zu machen."

Zehn Minuten später hörte sie Barretts Klopfen an der Tür.

„Hallo, mein Junge", sagte er, als David über den Boden sauste, um seine Arme um Barretts Beine zu schlingen. „Bist du fertig?"

Während ihr Sohn, auf dessen Gesicht ein breites Lächeln strahlte, kräftig nickte, verspürte Charlotte einen Kloß im Hals. Obwohl er wahrscheinlich nichts Besonderes damit ausdrücken wollte, trieb Barretts Bezeichnung für David, „mein Junge", Tränen in ihre Augen. Gwen hatte recht. Das war es, was sie wollte: einen Mann, der ein Vater für David und ein Ehemann für sie wäre.

„Rodeln?" David gluckste vor Freude, als Barrett ihn hochhob und umherwirbelte. Die kurze Drehung gehörte inzwischen fest zu ihrem Begrüßungsritual, was David sichtlich genoss.

„Er hat ein neues Wort gelernt", sagte Charlotte zu Barrett, während sie die Treppe hinunterstiegen. Heute hatte er seine Kutsche anstelle des Wagens mitgebracht, was darauf hinwies, dass sie nicht rodeln gehen würden. Obwohl es möglich gewesen wäre, den Schlitten hinten in der Kutsche unterzubringen, wo oft Gepäck transportiert wurde, war es einfacher, ihn auf der Ladefläche eines Wagens zu verstauen.

„Ich fürchte, heute gibt es kein Rodeln." Barrett setzte David auf die Mitte des Sitzes, dann half er Charlotte auf den Platz neben ihm. „Aber ihr beide mögt das hier vielleicht sogar noch mehr. Ihr könnt noch ein neues Wort lernen."

„Und welches Wort wäre das?", fragte Charlotte, als sie es sich auf ihrem Platz bequem machte.

Er lachte in sich hinein. „In Ihrem Fall: *Geduld*."

Als Barrett das Pferd mit den Zügeln antrieb und es zu traben begann, lachte Charlotte. „Sie haben eine meiner Schwächen entdeckt. Ich bin nicht sehr geduldig."

„Was der Grund dafür ist, dass Sie warten müssen, bis wir unser Ziel erreicht haben, bevor ich Ihnen sage, was wir tun werden."

Als sie sich der 17th Street näherten, bog Barrett nach Osten ab, überquerte die Central Street und fuhr dann weiter geradeaus. Charlotte lächelte glücklich. Da sie kein Pferd besaß, kam sie nur wenig in die weiter entfernten Stadtteile. Es war schön, mit Barrett zu fahren, die teuren Häuser in diesem Teil der Stadt zu sehen und das Glitzern der Sonne auf dem Schnee zu genießen. Obwohl der Schnee der letzten Woche, wie von Barrett vorausgesagt, bereits geschmolzen war, waren gestern ein paar weitere Zentimeter gefallen und hatten die Häuser erneut mit einer noch unberührten, weißen Schicht überzogen.

Als sie eine Gegend erreichten, die nur ein Park sein konnte, verlangsamte Barrett das Pferd. Es wuchsen nur wenige Bäume und die Straße führte auf eine Reihe von Lagunen und einen kleinen See zu, die allesamt gefroren zu sein schienen. Ein paar Kinder rannten über das Eis und schlitterten über die rutschige Oberfläche, während ihre Mütter sie vom sanft abfallenden Ufer aus beobachteten.

„Oh, ist das schön!" Charlotte legte ihre Arme um David und zog ihn näher zu sich heran. „Hier gibt es Eis, David." Sie sah zu Barrett auf. „Hat der Park einen Namen?"

„Natürlich. Minnehaha. Es ist der neueste Park der Stadt." Während die Kutsche immer langsamer fuhr, erklärte Barrett, dass die Stadtväter ein paar Jahre zuvor beschlossen hatten, die Stadt brauche einen Park an ihrem östlichen Rand. „Sie haben Gräben ausgehoben, um Wasser vom Sloan's Lake hierherzuleiten und einen See entstehen zu lassen."

Charlotte nickte. „Ich habe natürlich von dem Park gehört. Miriam hat mir erzählt, dass es ihr Lieblingspark ist und dass sie so gerne in den Lagunen Boot fährt."

„Das wäre im Moment ein wenig schwierig", sagte Barrett lachend. „Aber ich habe das Eis heute Morgen überprüft und es ist sicher. Würden Sie gern Schlittschuh laufen? Und erzählen Sie mir bitte nicht, dass Sie keine Schlittschuhe haben. Mr Yates hat mir nur allzu gern drei Paar verkauft."

Charlotte errötete. Ihr müsste doch klar sein, dass Barrett für alles sorgen würde, was sie brauchten. Schließlich hatte er einen Schlitten gekauft, sodass David den Nervenkitzel einer Schussfahrt den Berg hinunter genießen konnte. Das Rodeln war wunderbar gewesen, aber Schlittschuhlaufen brachte neue Herausforderungen.

„Drei Paare? David kann kaum auf festem Untergrund laufen."

Barrett machte sich daran, das Pferd an einem der Pfähle festzubinden, dann kehrte er zur Kutsche zurück, um Charlotte beim

Aussteigen zu helfen. „Ich will nicht, dass David die Gelegenheit verpasst. Wenn wir beide einen seiner Arme nehmen, sollte er in der Lage sein, Schlittschuh zu laufen. Oder", sagte er, wobei sich seine Lippen zu einem schiefen Grinsen verzogen, „das zu tun, was bei einem Einjährigen so als Schlittschuhlaufen durchgeht. Wenn er mit den Füßen schlurft, können wir es Schlittschuhlaufen nennen."

Dies war es, was sie wollte, wovon sie geträumt hatte: die Möglichkeit, dass David ein Leben lebte, das der Normalität so nah wie möglich kam. Dank Barrett wurde ihr Traum gerade Wirklichkeit. Während sie noch mit Freudentränen kämpfte, wandte sich Charlotte an ihren Sohn. „Oh, David, es wird dir so viel Spaß machen."

„Ich hoffe, Ihnen auch", sagte Barrett, als er die Tasche mit den Schlittschuhen hinten aus der Kutsche zog und sie zu einer Bank führte, die neben der Lagune stand, vielleicht als ein Ort zum Ausruhen für Schlittschuhläufer.

„Ich weiß, dass es mir Spaß machen wird, jedenfalls solange mich meine Knöchel nicht im Stich lassen. Es ist lange her, seit ich zuletzt Schlittschuh gelaufen bin."

Als Barrett ihr zwei Paar Schlittschuhe reichte, schüttelte Charlotte den Kopf. „Zuerst muss ich David mit dem Eis bekannt machen." Sie nahm ihn auf den Arm und trug ihn zum Rand der Lagune, dann zog sie ihm einen seiner Handschuhe aus. „Eis, David", sagte sie, als sie seine Hand auf die gefrorene Oberfläche legte. „Es ist kalt und hart. Wir werden Schlittschuh darauf laufen."

Als sie zur Bank zurückgekehrt war, reichte sie ihm einen der kleinen Schlittschuhe und ließ ihn die Form und Beschaffenheit entdecken. „Diese kommen an deine Füße", erklärte sie. Ein verwirrter Ausdruck huschte über Davids Gesicht. „Es macht mehr Spaß als Laufen", versprach sie.

Nachdem sie die Kufen an Davids Stiefeln befestigt hatte, zog Charlotte ihre eigenen an, dann versuchte sie aufzustehen. Wie sie befürchtet hatte, zitterten ihre Knöchel, aber nach wenigen Minuten glitten sie alle drei langsam über das Eis. David weigerte sich, seine Beine zu bewegen, und klammerte sich fest an ihre und Barretts Hand. Aber als sie in Schwung kamen, begann er zaghaft zu lächeln.

„Es macht Spaß, David, oder?", fragte Charlotte, die über seine

Fortschritte begeistert war. Er war vielleicht noch zu jung, um sich später an seine ersten Rodel- und Schlittschuhausflüge zu erinnern, aber sie wusste, dass sich die Erinnerungen bei ihr fest eingeprägt hatten. Vor einem Jahr war sie fast an der Frage verzweifelt, ob ihr Sohn jemals ein normales Leben würde führen können. Und jetzt entwickelte sich David – größtenteils dank des Mannes, der so nah bei ihr stand – besser, als sie es je für möglich gehalten hätte.

Charlotte sah Barrett an. „Danke, dass Sie das hier möglich machen."

Als sein Lächeln verblasste, verschwanden auch die kleinen Falten um seine Augen herum und er sagte mit ernster Stimme: „Ich helfe immer gern. Sie müssen mich nur fragen. Ich würde alles für Sie und David tun."

Charlotte spürte, wie sie errötete. Wenn Gwen hier wäre, würde sie behaupten, Barretts Worte seien der Beweis dafür, dass er ihr den Hof machte. Charlotte hatte sich Sorgen darüber gemacht, dass Barrett sie und David als Last ansehen würde, besonders wenn ihm klar würde, dass das Leben mit einem blinden Kind niemals vollkommen normal war. Es schien jedoch, als würde ihm die zusätzliche Arbeit, die David mit sich brachte, nichts ausmachen. Wie David selbst schien Barrett Spaß zu haben.

„Sie genießen das alles hier, oder?", fragte sie.

Barrett nickte. „Sehr. Ich kann mir nichts vorstellen, was ich lieber täte, als den Tag mit Ihnen und David zu verbringen."

„Und das, obwohl keiner von uns gut Schlittschuh laufen kann?"

„Vielleicht *weil* ihr nicht die besten Schlittschuhläufer auf der Lagune seid. Das gibt mir das Gefühl, nützlich zu sein."

Barretts Worte hallten noch lange durch Charlottes Kopf. Als sie am Abend ihr Haar wie üblich Hundert Mal durchbürstete, ließ sie die Zeit, die sie in dem Park miteinander verbracht hatten, noch einmal Revue passieren. *„Das gibt mir das Gefühl, nützlich zu sein*", hatte er gesagt und sein Blick hatte gefragt, ob sie ihn verstand. Das tat sie. Oh, wie sie es verstand.

Charlotte zog die Bürste erneut durch ihr Haar und lächelte, als die langen Locken knisterten. Anderen zu helfen gab ihr das Gefühl, nützlich zu sein. Sie war ihr Leben lang davon überzeugt gewesen, dass der Grund, weshalb sie auf dieser Erde war, darin bestand, anderen zu helfen. Das war eine der Ursachen, weshalb der Aufbau einer Schule sie so reizte. Es war auch ein Grund, weshalb sie gerne Kleidung für andere nähte. Auch wenn ihre Kundinnen sie bezahlten, wurde sie mit mehr als Geld entlohnt. Das Wissen, dass die anderen Frauen sich wohler in ihrer Haut fühlten, wenn sie in Farben und Schnitte gehüllt waren, die ihnen schmeichelten, war ebenfalls wie eine Belohnung für Charlotte. Und dann waren da die Kleidungsstücke, die sie für Mrs Kendall machte. Obwohl sie kein Geld dafür bekam, war das Wissen, dass diese Kleider Mrs Kendalls Bewohnerinnen und Sylvias Mädchen dabei halfen, ein neues Leben aufzubauen, mehr wert als ein Dutzend Goldmünzen.

Gebraucht zu werden, anderen zu helfen und sich nützlich zu fühlen waren grundsätzliche menschliche Bedürfnisse. Charlotte legte die Bürste auf den Toilettentisch und begann, ihr Haar zu flechten. Warum hatte sie das nicht begriffen? Sie war nicht die Einzige, die sich nützlich fühlen wollte, und David war nicht der Einzige, der blind war. Obwohl Charlottes Finger ruhig weiterflochten, überschlugen sich die Gedanken in ihrem Kopf. Wie unrecht sie gehabt hatte! Sie hatte geglaubt, alles selbst tun zu müssen. Um Hilfe zu bitten war ein Zeichen von Schwäche, zumindest hatte sie das gedacht. Es bedeutete, dass die anderen sie verhätschelten und bewiesen, dass sie nicht in der Lage war, sich selbst zu helfen.

Sie hatte unrecht gehabt. So furchtbar unrecht. Sie war selber blind gewesen und hatte nicht bemerkt, dass sie durch den verzweifelten Versuch, alles allein zu tun, andere der Möglichkeit beraubte, gebraucht zu werden. Es war reiner Stolz gewesen, sich selbst der Illusion hinzugeben, dass sie unabhängig sein konnte – und sollte. Das war der Grund, weshalb sie ihren Schwestern nichts über Davids Blindheit gesagt hatte, auch wenn sie ihr den dringend benötigten Trost gespendet hätten. Das war der Grund, weshalb sie Gwen nicht erlaubt hatte, ihr bei den Kleidern für Mrs Kendalls Gäste zu helfen, obwohl Gwen sich über die Gelegenheit, ein bisschen Schönheit in das Leben der Frauen zu bringen, gefreut hätte. Das war der Grund, weshalb sie Barretts Hilfe nicht hatte annehmen wollen, nicht einmal das unglaublich großzügige Angebot seines Hauses. Sie hatte vergessen, dass die einfache Tat des Gebens so viel Freude machte, und das hatte sie Barrett versagt.

Dank Charlottes dummem Stolz war ihr Leben schwieriger und anstrengender gewesen, als es hätte sein müssen. Es war an der Zeit, das zu ändern.

Kapitel 23

Als die Uhr am Kirchturm zur vollen Stunde schlug und Barrett klar wurde, dass er wieder einmal zu früh zu einer Verabredung mit Charlotte gekommen war, schüttelte er den Kopf.

Seit er aus Fort Laramie zurückgekehrt war, hatte er jeden Tag einen Grund dafür gefunden, Zeit mit ihr zu verbringen. An einigen Tagen bezog er David mit ein; an anderen verbrachten er und Charlotte einfach nur eine halbe Stunde miteinander. Es kam nicht darauf an, was sie taten oder worüber sie sprachen. Wichtig war nur, dass sie zusammen waren. Ma hatte recht gehabt. Das Werben um eine Frau war etwas Schönes. Seine Ma hatte erklärt, dass der Mann seiner Angebeteten dadurch, dass er ihr den Hof machte, zeigen würde, dass er sich etwas aus ihr machte, dass er sich für mehr als Freundschaft interessierte. Ma hatte ihren Söhnen gesagt, dass das Werben um eine Frau auch dem Mann zugutekam. Zumindest bei Barrett war das auch der Fall. Die Zeit, die er mit Charlotte verbrachte, vertiefte seine Liebe zu ihr und bestärkte ihn in seiner Überzeugung, dass sie die eine Frau war, die er für den Rest seines Lebens lieben würde.

Einer Frau den Hof zu machen war gut. Obwohl er Worte wie *Liebe* und *Heirat* erst noch aussprechen musste, glaubte Barrett nicht, dass er sich irrte, wenn er glaubte, dass Charlotte zärtliche Gefühle für ihn hegte. Diese wundervollen braunen Augen strahlten Wärme aus, wenn sie ihn begrüßte, und das Lächeln, das sie ihm zuwarf, war anders als das, was sie anderen schenkte. Es stimmte zwar, dass sie enttäuscht war, weil er es nicht geschafft hatte, die Identität des Barons herauszufinden. Aber sie wirkte weit weniger ängstlich als noch vor ein paar Wochen. „Wir werden ihn finden", sagte sie zuversichtlich.

Barrett wünschte, er würde diese Zuversicht teilen. Er hatte seine Erkundigungen fortgesetzt und war sogar zu Sylvia gegangen, um mit ein paar der Mädchen zu sprechen. Er hatte jedoch nicht viel mehr erfahren, als dass sein Traum unheimlich präzise gewesen war. Die Mädchen konnten nicht mehr als seine Augen beschreiben. Hellblau, hatten sie gesagt, und er roch nach Zigarren. Unglücklicherweise gab es Dutzende von Männern in Cheyenne, die hellblaue Augen hatten und Zigarren rauchten.

Als das Glockengeläut verstummte, schüttelte Barrett erneut den Kopf. Er würde nicht länger an den Baron denken. Nicht heute, wo der Opalring, den er für Charlotte gekauft hatte, in seiner Tasche steckte. Es hatte weniger Zeit als erwartet in Anspruch genommen, um Miriams Diamantring gegen den Ring auszutauschen, der schon bei seinem ersten Besuch bei Mr Mullen sein Interesse geweckt hatte. Das war der Grund, weshalb er so früh dran war. Eine volle halbe Stunde zu früh.

Barrett wollte Charlotte nicht stören, wenn sie Kundinnen hatte, aber er wollte auch nicht nach Hause zurückkehren. Er lächelte, denn er wusste, dass es noch einen anderen Ort gab, an dem er willkommen sein würde. Wenige Sekunden später schob er die Tür von *Yates' Textilwaren* auf.

„Nein, es tut mir leid, aber das ist nicht ganz das Richtige.“ Die nörgelnde Stimme der Frau war bis zur Tür zu hören. Wenn Barrett aus dem Haufen von Kleidungsstücken auf dem Tresen seine Rückschlüsse zog, dann hatte die kleine, korpulente Frau mit dem marineblauen Hut diesen Satz schon viele Male zuvor gesagt.

Obwohl er aufblickte, als die Türglocke Barretts Ankunft ankündigte, zeigte Mr Yates keine Reaktion außer einem kurzen Nicken. Die wählerische Kundin musste den älteren Mann mehr als sonst aus dem Konzept gebracht haben, denn normalerweise hatte er ein warmes Lächeln für jeden übrig, der seinen Laden betrat.

Barrett blickte sich interessiert um. Kein Wunder, dass Mr Yates so gestresst aussah. Es warteten noch zwei andere Kundinnen. Eine von ihnen klopfte mit der Fußspitze auf den Boden und drückte dadurch ihre Ungeduld aus. Beide waren gut gekleidet; die große, die mit dem Fuß klopfte, trug einen weinroten Mantel und Hut, die kleinere war in einen Braunton gehüllt, der Barrett an Charlottes Augen erinnerte. Die jahrelange Erfahrung im Laden seiner Familie verriet Barrett, dass es sich um zielstrebige Kundinnen handelte, nicht um Frauen wie diese wählerische Dame, die eine Stunde damit verbrachte, sich Dutzende Sachen anzusehen, aber gehen würde, ohne auch nur eine einzige gekauft zu haben.

Barrett drehte sich um und wollte gehen, aber dann hörte er, wie sich die größere der Frauen an ihre Begleiterin wandte.

„Komm, Mildred. Es ist offensichtlich, dass Mr Yates unseren Einkauf nicht nötig hat. Lass uns nachsehen, ob Mr Myers uns bedienen kann."

Als sie sich zum Gehen wandte, legte die Frau namens Mildred eine Hand auf den Arm der großen Kundin und hielt sie zurück. „Aber Gertrude, mein Horace mag Mr Yates' Hemden."

Barrett blickte zu Mr Yates hinüber. Der Schmerz, der in seinen Augen aufflackerte, zeigte seine Angst, diesen Umsatz zu verlieren. Als Barrett eines Morgens im Laden gewesen war, hatte der ältere Mann ihm anvertraut, dass die Umsätze während des Winters zurückgegangen seien und dass er befürchte, weitere Einbußen könnten einen eventuellen Käufer abschrecken. Damals hatte Barrett zwar Mitgefühl, aber keine Idee gehabt, wie er Mr Yates helfen konnte. Heute war das anders. Bestimmt hatte Mr Yates nichts gegen das einzuwenden, was er tun wollte.

Barrett trat einen Schritt vor und verbeugte sich vor den beiden Frauen. „Guten Tag, meine Damen. Vielleicht kann ich Ihnen helfen." Er blickte zur Seite und sah, dass Mr Yates ein kleines bisschen die Schulter straffte. Er hatte nichts dagegen.

Die Frauen wandten sich Barrett zu und die Augen der kleineren starrten ihn erstaunt an. „Ich kenne Sie. Sie sind Barrett Landry. Sie arbeiten hier nicht."

„Da haben Sie recht, Madam, aber ich bin in einem Handelsunternehmen aufgewachsen und ich weiß, welch gute Ware Mr Yates führt." Er heftete seinen Blick auf sie und fügte hinzu: „Es stimmt, dass es andere Textilwarenläden in Cheyenne gibt, aber ich möchte vermeiden, dass Sie sich mit einer geringeren Qualität zufriedengeben."

Die Frau namens Gertrude zog die Stirn in Falten. „Ich weiß nicht, Mildred. Es erscheint mir nicht richtig, wenn Mr Landry uns bedient."

Mildred zögerte. Barrett konnte das sehen. Wenn er nicht schnell etwas unternahm, würden die beiden Frauen den Laden verlassen und möglicherweise nie mehr zurückkehren. Die Herausforderung, diesen Umsatz zu retten, strömte durch seine Adern und verblüffte ihn. Es war schon Jahre her, dass er in einem Geschäft gearbeitet hatte, und es schien, als hätte er vergessen, wie aufregend die Herausforderung sein konnte, Kunden zu überzeugen.

Barrett warf den beiden Frauen ein warmes Lächeln zu, richtete seine Aufmerksamkeit jedoch auf Gertrude, die die dominante zu sein schien.

„Wollen Sie mich etwa der Freude berauben, zwei reizende Damen zu bedienen?“ Gertrude hob eine Augenbraue. Es würde mehr als ein bisschen Schmeichelei bedürfen, um sie zu überzeugen. „Wir hatten nur selten solch anspruchsvolle Kunden im Laden meiner Familie.“

Mildred beäugte einen Stapel Hemden, während sie sagte: „Wir sind nun einmal hier, Gertrude. Lass uns bleiben.“

„Na, von mir aus.“ Die Worte waren nicht sehr liebenswürdig, aber das machte Barrett nichts aus. Es kam nur darauf an, dass die Frauen nicht gegangen waren. Darauf und auf dieses überraschende Gefühl, dass er sich genau dort befand, wo er sein sollte. Es war kein Zufall gewesen, dass er zu früh bei *Élan* angekommen war und es ihn in Mr Yates' Laden gezogen hatte.

„Ich weiß Ihr Vertrauen in mich zu schätzen, meine Damen. Also, was kann ich Ihnen zeigen?“

„Ich brauche ein paar Hemden“, sagte Mildred und zeigte auf die, die sie bereits in Augenschein genommen hatte. „Mein Horace trägt immer diese.“

Barrett nickte. Er nahm eines aus dem Regal und dazu noch ein Hemd von einem anderen Stapel. Er legte beide ans Ende des Tresens und wandte sich an Mildred.

„Dies ist ein sehr schönes Hemd“, sagte er und deutete auf das, von dem sie gesagt hatte, dass ihr Mann es bevorzuge, „aber Sie sollten vielleicht auch das hier in Betracht ziehen.“ Er legte eine Hand auf das andere Hemd, das er ausgesucht hatte. „Wenn Sie die Baumwolle anfassen, werden Sie merken, dass es sich um ein geschmeidigeres Gewebe handelt. Einige Gentlemen bevorzugen diese, weil sie glauben, dass sie die zusätzlichen Kosten wert sind.“

Mildred zögerte. „Ich weiß nicht recht …“

„Lassen Sie mal sehen.“ Gertrude drängelte ihre Begleiterin ein wenig zur Seite, sodass sie das Hemd befingern konnte, das Barrett empfohlen hatte. „Sie haben recht, Mr Landry. Diese sind besser. Sie sind genau das, was mein Benjamin braucht. Ich nehme ein halbes Dutzend.“

Das war die Ermutigung, die Mildred brauchte. „Und ich auch.“

Barrett warf Mr Yates einen Blick zu. Obwohl er immer noch versuchte, die wählerische Kundin zufriedenzustellen, waren die Furchen zwischen seinen Augen ein bisschen weniger geworden.

„Sie haben eine gute Wahl getroffen, meine Damen. Ich wusste, dass Ladys wie Sie die höhere Qualität zu schätzen wissen“, sagte Barrett und lächelte seine Kundinnen an. „Haben Sie die neuen Krawatten gesehen? Die Seidenkrawatten sind besonders ansprechend.“ Er verbreiterte sein Lächeln, das er Gertrude zuwarf. „Ich weiß das, weil ich letzte Woche eine gekauft habe.“

Sie ließ sich ködern. „Zeigen Sie mir, welche Sie sich ausgesucht haben.“

Als die Frauen fertig waren, hatte Barrett ihnen nicht nur Hemden und Krawatten für ihre Ehemänner, sondern auch Strümpfe und Korsetthemden für sie selbst verkauft. Anfangs war er ein wenig misstrauisch beäugt worden, als er die Korsetthemden erwähnt hatte. Dann jedoch hatte er ihnen versichert, dass seine Mutter ihm beigebracht hatte, wonach Damen bei ihrer Unterwäsche Ausschau hielten.

„Sie hätte nichts verkauft, was nicht hübsch ist“, erläuterte er. „Sie hat meinen Brüdern und mir erzählt, dass eine Dame vom Scheitel bis zur Sohle elegant sein sollte, aber es gibt keinen Grund, Ihnen das zu erzählen. Ihre Kleidung zeigt, dass Sie die Mode weit besser kennen, als meine Mutter das je getan hat.“

Als die Frauen ihren Einkauf für beendet erklärten, sah Gertrude auf den Haufen von Kleidungsstücken, den sie erworben hatte, und runzelte die Stirn. „Oh, oh. Wie soll ich das nur nach Hause tragen? Vielleicht sollte ich nur ein oder zwei Hemden nehmen.“

Als Mildred nickte, warf Barrett ihnen ein weiteres Lächeln zu. „Sicher hatten Sie nicht vor, überhaupt etwas zu tragen. Die Schwestern James haben ein paar neue Frühlingshüte“, sagte er und verwies damit auf den Hutladen, der weniger als einen Block entfernt war. „Die wollen Sie sich bestimmt nicht entgehen lassen. Ich bin mir sicher, dass Sie sich keine Sorgen über Ihre Pakete machen wollen, wenn Sie die neuen Modelle aufprobieren.“ Die beiden Frauen nickten. „Wenn Sie mir Ihre Adressen geben, werde ich Ihre Einkäufe später zu Ihnen nach Hause liefern lassen.“

Gertrude presste die Lippen aufeinander und warf Barrett einen misstrauischen Blick zu. „Mr Yates hat das nie gemacht.“

„Vielleicht hat er nicht erwähnt, dass er über diesen neuen Service nachdenkt.“

Die wählerische Kundin hatte offenbar mit angehört, was Barrett gesagt hatte, denn sie starrte Mr Yates durchdringend an. „Stimmt das?“ Als er ein wenig widerwillig nickte, zeigte sie auf zwei Paar Schuhe, von denen sie bereits Abstand genommen hatte. „In dem Fall nehme ich diese beiden auch.“

Ein paar Minuten später, als die drei Frauen den Laden verlassen hatten, ließ sich Mr Yates auf einen Stuhl fallen. Obwohl er erschöpft wirkte, lachte er ein wenig frustriert. „Lieferservice?“, wollte er wissen. „Wann hab ich darüber nachgedacht? Und, noch wichtiger: Wie werde ich das bezahlen?“

„Es tut mir leid, Sir.“ Barrett hoffte, dass er Mr Yates nicht beunruhigt hatte, auch wenn er die Entscheidung selbst nicht bedauern konnte. „Es scheint, dass alte Gewohnheiten nur schwer zu brechen sind. Meine Eltern haben uns allen beigebracht, einen Umsatz nicht verloren zu geben, aber ich fürchte, meine Zunge ist mit mir durchgegangen.“ Er griff nach dem Blatt Papier mit den Adressen der Frauen. „Mr Bradley wird ihre Einkäufe ausliefern.“

Mr Yates war noch nicht besänftigt. „Das mag für heute gut sein, aber was werde ich künftig tun? Sie wissen, dass diese drei Frauen jedem von meinem kostenlosen Lieferservice erzählen werden.“

Barrett verkniff sich ein Lächeln und sagte: „Darüber möchte ich mit Ihnen reden. Ich habe einen Plan.“

Der Ort war noch genauso unansehnlich wie früher. Als er ihn zum letzten Mal gesehen hatte, war es zwar dunkel gewesen, doch obwohl das Tageslicht manche Dinge reizvoller erscheinen ließ, war das bei Fort Laramie nicht der Fall. Eine Ansammlung nicht zueinanderpassender Gebäude; Soldaten, die ohne vernünftigen Grund auf dem Paradeplatz umhermarschierten. Anders als Cheyennes Fort D. A. Russell war dies nicht Warrens Vorstellung von einer idealen Militäranlage.

„Ich muss Ihren Kommandanten sprechen", erklärte er gegenüber der Wache, die ihn nach seinem Anliegen fragte. Die einfachen Soldaten wussten vielleicht auch etwas, aber Warren wettete darauf, dass der Mann, der das Sagen hatte, eine bessere Informationsquelle abgeben würde.

Der Soldat nickte. „Hauptmann Westlands Büro befindet sich im Verwaltungsgebäude." Er zeigte auf ein L-förmiges Gebäude an der gegenüberliegenden Ecke des Paradeplatzes.

„Danke. Ich finde den Weg."

Als er den Fußweg überquerte, der diese Seite des Paradeplatzes umgab, betrachtete Warren den rechtwinkligen Steinbau auf der gegenüberliegenden Seite. Aus irgendeinem Grund war er seltsam schief platziert, anstatt sich in die Kasernen daneben einzureihen. Und das nannte man Armee. Konnte nichts richtig machen, nicht mal ein anständiges Wachhaus bauen. Warrens Lippen verzerrten sich. Er hatte nie gedacht, dass er eine Frau töten würde. Tatsächlich hatte er früher behauptet, dass es sich dabei um das Einzige handelte, was er niemals tun würde. Und doch hatte er es getan. Genau hier in dem schiefen Wachhaus hatte er einer Frau die Kehle durchgeschnitten. Es war einfacher gewesen, als er gedacht hatte. Und als er die Tat einmal begangen hatte, hatte er gewusst, dass er es wieder tun würde. Wenn es die einzige Möglichkeit war, um an das Geld zu kommen, das Jeffrey Crowley gestohlen hatte, würde er Frauen töten, ebenso Kinder und jeden, der sich ihm in den Weg stellte.

„Wie kann ich Ihnen helfen?"

Als er das Büro des Kommandanten betrat, unterzog er den Mann einer schnellen Begutachtung. Obwohl er schätzte, dass Hauptmann Westland ungefähr so alt war wie er selbst, wurde deutlich, dass das Armeeleben seinen Tribut von ihm gefordert hatte. Westland trug eine Brille und sein umfangreicher Bauch verriet Warren, dass er nicht mehr sehr viel Zeit damit verbrachte, mit seinen Männern zu marschieren.

„Ich versuche, einen alten Freund von mir zu finden“, sagte Warren, als er sich auf den Stuhl setzte, auf den der Hauptmann gedeutet hatte. „Als ich das letzte Mal von ihm gehört habe, war er hier stationiert. Ich hoffe, das ist er immer noch.“ Warren beendete die Geschichte, die er fabriziert hatte, mit einem Stück Wahrheit. „Sein Name wa… äh, ist Jeffrey Crowley. Leutnant Crowley.“ Beinahe hätte er sich verraten. Glücklicherweise schien der Hauptmann nichts bemerkt zu haben.

Der Mann schüttelte den Kopf. „Es tut mir leid, derjenige sein zu müssen, der Ihnen schlechte Nachrichten überbringt, aber Leutnant Crowley wurde vor mehr als einem Jahr getötet.“

„Getötet?“ Warren hoffte, dass sein Entsetzen aufrichtig wirkte. „Wie ist das passiert?“

„Ich darf Ihnen nur sagen, dass die Umstände unglücklich waren. Sehr unglücklich.“

Das waren sie tatsächlich, denn obwohl Jeffrey und die Frau, die im Wachhaus gelandet war, das Zeitliche gesegnet hatten, kannte Warren nicht Großnases Versteck.

„Und seine Frau? Ist sie immer noch hier?“ Bestimmt war es nachvollziehbar, wenn sich ein alter Freund der Familie nach der trauernden Witwe erkundigte.

Zu Warrens Überraschung starrte Hauptmann Westland ihn einen Moment lang an, wobei sein Gesichtsausdruck undurchdringlich blieb. „Nein, Sir“, sagte er schließlich. „Sie ist nicht hier.“

„Wissen Sie, wohin sie gegangen ist? Ich möchte ihr gern mein Beileid aussprechen. Es kommt vielleicht verspätet, aber …“

Der Gesichtsausdruck des Hauptmanns veränderte sich. Dieses Mal gab es keinen Zweifel daran. Er war auf der Hut. Wenn Warren es nicht besser gewusst hätte, hätte er gesagt, dass der Mann ihn argwöhnisch musterte. Das konnte nicht sein. Westland wusste nichts über den Baron und noch weniger über Warren Duncan.

„Ich glaube, sie ist zurück nach Osten gegangen“, sagte Westland. „New Hampshire, Vermont, irgendwo dahin.“

Er log. Oh doch, Warren würde ihm zugestehen, dass er ein recht passabler Lügner war, aber ein Pokerspieler wie Warren wusste, wenn jemand bluffte. Er wusste auch, dass er alles von diesem Mann erfahren hatte, was er konnte.

„Danke, Hauptmann. Ich weiß Ihre Hilfe zu schätzen."

Er würde sich nicht geschlagen gegeben. Es musste eine Menschenseele in diesem armseligen Armeefort geben, die wusste, wohin Mrs Crowley gegangen war. Während er über den Paradeplatz schlenderte, dieses Mal ein wenig langsamer, betrachtete Warren die Männer, die marschierten. Offenbar handelte es sich um neue Rekruten, die noch nicht lange hier waren. Es würde nichts bringen, sie zu fragen. Er würde es im Laden probieren. Möglicherweise waren die Männer, die dort arbeiteten, schon eine Weile hier.

„Auf der Durchreise?", erkundigte sich der Angestellte, als Warren fragte, welche Art von Tabak er führte.

„Könnte man sagen. Ich dachte, ich würde länger hierbleiben, aber ich habe erfahren, dass der Freund, den ich besuchen wollte, gestorben ist. Es kommt mir so falsch vor, dass Jeffrey nicht mehr hier ist." Er sah den Angestellten an, als wäre ihm gerade ein Gedanke gekommen. „Ich nehme nicht an, dass Sie ihn kannten. Leutnant Crowley?"

Der Mann nickte. „Klar kannte ich den. Netter Mann. Hatte auch eine hübsche Frau."

Warren jubelte innerlich. Er hatte gewusst, dass die Antworten hier zu finden waren. Jetzt musste er sie nur noch zutage fördern. Das sollte nicht allzu schwierig werden, denn der Angestellte schien ziemlich redselig zu sein.

„Ich nehme nicht an, dass Sie wissen, wohin sie gegangen ist, oder? Ich würde sie gern treffen und ihr sagen, wie sehr ich ihren Ehemann geschätzt habe." Das hatte er. Bis zum letzten Tag war Jeffrey Crowley für ihn wertvoll gewesen.

Der Angestellte kniff sich in die Nase, möglicherweise versuchte er, seinem Gedächtnis auf die Sprünge zu helfen. „Ich weiß nicht, wo sie hingegangen ist", sagte er. „Es kam mir ganz schön komisch vor, dass sie sich davongemacht hat, bevor ihre Schwester unter die Haube gekommen ist."

„Ihre Schwester?" Warren hatte vergessen, dass Jeffreys Schwägerin ins Fort gekommen war.

„Ja." Der Angestellte grinste. „Miss Harding war sogar noch hübscher als Mrs Crowley."

Harding. Warren versuchte, nicht die Stirn in Falten zu ziehen.

Er wusste, dass er diesen Namen vor Kurzem schon einmal gehört hatte, aber er konnte sich nicht genau erinnern. Er bezahlte den Tabak, den er nicht haben wollte, und verließ den Laden. Aber erst, als er auf sein Pferd stieg, kehrte die Erinnerung zu ihm zurück. Obwohl man sie immer als Madame Charlotte ansprach, hatte Barrett erwähnt, dass ihr Name Charlotte Harding war. Natürlich! Das war kein Zufall. Jeffreys Frau hatte Charlotte geheißen. Wenn ihre Schwester Miss Harding hieß, bedeutete das, dass Jeffreys Frau einmal Charlotte Harding gewesen war. Und offensichtlich hatte sie diesen Namen wieder angenommen.

Diese Idiotin! Sie hätte nach London oder Paris gehen können, aber Jeffreys Witwe hielt sich für besonders schlau, indem sie sich für alle sichtbar versteckte. Sie würde bald merken, dass Warren schlauer war. Schlauer und entschlossener. Er umklammerte die Zügel, während es in ihm brodelte. Es lag ein langer, anstrengender Ritt vor ihm, aber zumindest würde er sein Ziel erreichen. Er wusste, wo er die Witwe Crowley finden konnte.

Kapitel 24

Charlottes Finger zitterten, als sie den letzten der vierzehn tiefschwarzen Knöpfe vorne an ihrem Mieder schloss. Es war wirklich albern. Sie sollte nicht so nervös sein. Es würde nicht das erste Mal sein, dass sie und Barrett eine Mahlzeit miteinander einnahmen. Allerdings würde es das erste Mal sein, dass sie der einzige Gast eines Abendessens bei ihm zu Hause war. Gwen war überzeugt, dass Barrett vorhatte, um ihre Hand anzuhalten, und dass das der Grund sei, weshalb er Gwen gebeten hatte, sich um David zu kümmern. Charlotte wusste nicht, was sie glauben sollte. Es stimmte, dass Barrett in den letzten paar Tagen anders gewirkt hatte. Beinahe nervös hatte er gewirkt, als er sie eingeladen hatte, mit ihm zu Abend zu essen.

„Es gibt etwas, worüber ich mit Ihnen sprechen möchte", hatte er gesagt, wobei sein Gesicht ungewöhnlich bleich gewesen war. Sie hatten im vergangenen Monat so viel Zeit miteinander verbracht, dass Charlotte gelernt hatte, seine Stimmungen zu deuten. Seine jetzige Stimmung legte nahe, dass sie nicht fragen sollte, dass er noch nicht bereit war, seine Gründe zu erläutern.

Charlotte strich den Rock des blauen Seidenkleides glatt, das sie extra für heute Abend genäht hatte, und versuchte vergeblich, das Zittern ihrer Finger zu beruhigen. Mit seinem eckigen Ausschnitt, der mit Falten versehen und mit der schwarzen venezianischen Spitze besetzt war, die sie aus New York bestellt hatte, war das Kleid wunderschön. Sie wusste das. Sie sah gut aus. Das wusste sie auch. Aber sie konnte trotzdem nichts gegen ihre Nervosität tun. Es stimmte, dass sie Barrett liebte, dass er Gefühle in ihr geweckt hatte, die alles, was sie mit Jeffrey geteilt hatte, überstiegen. Aber wenn er sie tatsächlich fragen würde, ob sie ihn heiraten wolle, war sie sich nicht sicher, was sie antworten sollte. Sie musste sicher sein, dass er sie so liebte wie sie ihn und dass sein Antrag – wenn es denn einen geben würde – nicht aus Mitleid kam.

Charlotte atmete tief durch und griff nach der Bibel, die auf ihrem Nachttisch lag. Die Psalmen schafften es immer, sie zu beruhigen. Aber als sie das Buch in den Händen hielt, schüttelte sie den Kopf. Sie brauchte den Trost ihrer alten Bibel, jenes Buches, das so lange Teil ihres Lebens gewesen war. Charlotte öffnete die Schublade, zog sie heraus und stellte fest, dass ihre Finger ruhiger wurden, als sie über das vertraute Leder strichen.

„Er ist da!“, rief Gwen ein paar Minuten später.

Charlotte blickte auf die Uhr und war dankbar, dass ihre Nervosität verschwunden war, vertrieben von den Verheißungen, die sie in Gottes Wort gefunden hatte. Barrett war zehn Minuten zu früh. Mama hatte immer gesagt, dass eine Dame den Herrn warten lassen sollte, aber Charlotte konnte das nicht tun. Sie legte die Bibel zur Seite, griff nach ihrem Umhang und eilte in die Küche.

„Sie sehen schöner aus als jemals zuvor.“ Barrett nahm ihren Umhang und legte ihn ihr über die Schultern. Dabei lächelte er die ganze Zeit.

„Danke.“ Charlotte wünschte, sie wäre nicht errötet. Sie war kein Schulmädchen. Die Bewunderung eines Mannes sollte ihr nicht die Röte ins Gesicht treiben. Als sie ihrem Sohn einen Gute-Nacht-Kuss gab, warf sie Barrett einen verstohlenen Blick zu. Er war atemberaubend gut aussehend mit seinem sorgfältig gebürsteten Anzug, seinem frisch geschnittenen Haar und dem Gesicht, das auch nicht den kleinsten Hinweis auf einen Bart lieferte. Aber obwohl sein Anblick Charlottes Herz zum Rasen brachte, bezweifelte sie, dass er hören wollte, wie gut aussehend er war. Stattdessen konzentrierte sie sich auf seine Kleidung.

„Ist das eine neue Krawatte? Sie sieht fast genauso aus wie der Stoff, den ich letzte Woche bekommen habe.“

Barrett nickte, als er sie die Stufen hinunter bis zu seiner Kutsche geleitete. „Sie ist neu. Ich habe sie gestern bei Mr Yates gekauft.“ Obwohl er nur beiläufig plauderte, funkelten Barretts Augen und seine Lippen verzogen sich zu einem beinahe geheimnisvollen Lächeln.

Charlotte machte es sich für die kurze Fahrt zu *Barretts Haus* in der Kutsche bequem. Obwohl die Tage im März länger wurden, war die Sonne bereits untergegangen. Es waren weit weniger Leute unterwegs als tagsüber. Erinnerungen an das letzte Mal, als sie nach

Einbruch der Dunkelheit mit Barrett gefahren war, huschten durch Charlottes Kopf. Die Umstände hätten nicht unterschiedlicher gewesen sein können. Damals hatte sie Angst gehabt. Heute war sie mit Anspannung und Vorfreude erfüllt. Damals hatte sie sich als Witwe verkleidet. Heute trug sie schillernde Dupionseide und saß neben einem Mann, der der Meinung war, dass die Gelegenheit einen neuen Haarschnitt und eine neue Krawatte wert war. Und was noch wichtiger war: Damals hatte sie geglaubt, dass Barrett Miriam liebte. Heute wusste sie es besser.

Ihre Nervosität kehrte zurück, als sie an die Liebe dachte. Charlotte versuchte, ihre Stimme ruhig klingen zu lassen, als sie sagte: „Ich bin sicher, dass Mr Yates den Umsatz zu schätzen wusste. Er hat sich Sorgen darüber gemacht, dass das schrumpfende Geschäft es erschweren wird, einen Käufer für den Laden zu finden."

„Ich weiß." Barrett klang beinahe, als würde er lachen, aber das war nicht möglich. Barrett war kein Mann, der sich an der Not eines anderen erfreuen würde. „Er ist ein netter Mann."

„Das ist er. Selbst David scheint dieser Meinung zu sein." Charlotte drehte sich ein wenig, sodass sie Barretts Gesichtsausdruck beobachten konnte. „Ich hoffe, Sie sind nicht beleidigt, aber David bowlt mit Mr Yates."

Wie sie es erwartet hatte, hob Barrett überrascht die Augenbrauen. „Wirklich?"

„Ich konnte es selbst nicht glauben. Gwen und ich laden Mr Yates gelegentlich zum Mittagessen ein. Eines Tages hat er die aufgebauten Bauklötze gesehen und gefragt, wozu sie gut sind. Als wir es erklärten, benutzte er das Wort *Bowlen*. Das war alles, was David brauchte. Er ist auf seinen Ball losgeeilt und hat ihn zu Mr Yates gerollt, auch wenn sich die Bauklötze auf der anderen Seite des Raumes befanden. Ich weiß nicht, wer überraschter war, Mr Yates oder ich."

Barrett zuckte mit den Achseln. „Vielleicht denkt er, dass Bowlen etwas ist, was nur Männer tun."

„Ich weiß es nicht, aber wir haben es noch einmal probiert. Als Gwen nach ihm gerufen hat, hat er sich geweigert zu spielen, aber als Mr Yates das tat, war es so, als wären Sie da."

„Ich bin mir nicht sicher, ob ich mich geschmeichelt fühlen soll, wenn ich mit einem Mann verglichen werde, der schon an die siebzig ist." Barrett lachte in sich hinein und verriet Charlotte auf diese Weise, dass er die Vorstellung amüsant fand.

„Nun", sagte sie und täuschte einen langsamen Südstaatenakzent vor, „ich sehe schon, weshalb David verwirrt sein könnte. Schließlich tragt ihr beide Hosen und habt tiefe Stimmen."

„Und da hört die Ähnlichkeit auch schon auf." Nachdem er einem seiner Bediensteten die Zügel gereicht hatte, half Barrett Charlotte aus der Kutsche und öffnete dann die Haupteingangstür seines Hauses. „Sollen wir nachsehen, was Mrs Melnor für uns auf Lager hat?"

Es war ein köstliches Essen. Einer delikaten Fischsuppe folgte ein leckerer Rinderbraten mit allen sorgfältig ausgewählten Beilagen. Und obwohl Charlotte nicht glaubte, dass sie auch nur einen weiteren Bissen würde essen können, konnte sie nicht widerstehen, als Mr Bradley ihr ein Stück saftigen Butterkuchen vorsetzte. Es wäre das wundervollste Essen ihres Lebens gewesen, wenn da nicht ihre Nervosität und die Tatsache gewesen wäre, dass Barrett ebenso unruhig wirkte. Seine Hände zitterten zwar nicht wie ihre und seine Stimme bebte nie, aber sie spürte eine Unsicherheit bei ihm. Vielleicht hielt er deshalb die Unterhaltung während des Essens leicht und oberflächlich, obwohl er doch gesagt hatte, dass er etwas mit ihr besprechen wollte. Er sprach vom Frühling, von Miriams und Richards Hochzeit, von Davids Fortschritten. Aber nicht einmal wagte er sich an ernstere Themen heran.

Als sie ihren Nachtisch gegessen hatten, lächelte Barrett Charlotte an. „Wollen wir in den Salon gehen?"

Er zog ihren Stuhl zurück und legte ihre Hand auf seinen Arm, während sie durch den Flur ins vordere Wohnzimmer gingen. Als seine Wärme ihre Hand erreichte, lächelte Charlotte. Egal, worüber er mit ihr sprechen wollte – sie würde sich immer daran erinnern, wie gut es sich anfühlte, auf diese Weise neben ihm zu gehen.

Barrett deutete auf einen der beiden Lehnsessel, die neben dem Ofen standen, und wartete, bis sie sich hingesetzt hatte, bevor er es sich in dem anderen Sessel bequem machte. Obwohl sein Gesichtsausdruck ruhig blieb, sah Charlotte, dass eine Ader an seinem Hals verräterisch pulsierte. Es war so, wie sie gedacht hatte. Barrett war genauso nervös wie sie.

„Als ich Sie das erste Mal getroffen habe, habe ich Sie um Ihre ehrliche Meinung gebeten“, sagte er. „Darum bitte ich Sie auch heute.“

Ihre Meinung. Gwen hatte sich getäuscht. Barrett hatte nicht vor, um ihre Hand anzuhalten. Er wollte etwas viel Alltäglicheres mit ihr besprechen. Charlotte versuchte, ihre Enttäuschung zu unterdrücken, und zwang sich zu einem Lächeln. „Natürlich.“

„Danke. Ich wusste, dass ich mich auf Sie verlassen kann.“ Barrett räusperte sich und sah einen Moment lang zur Seite, bevor er seinen Blick zurück zu Charlotte lenkte.

„Ich bin in meinem Leben an einem Scheideweg angelangt“, sagte er mit ernster Stimme. „Meine Pläne, für ein Amt zu kandidieren, sind dahin. Mein Leben als Viehbaron ist vorbei. Ich musste eine neue Richtung finden und ich glaube, das habe ich getan.“

Charlotte atmete tief ein und versuchte, das Lächeln in ihrem Gesicht aufrechtzuerhalten. Er würde ihr doch hoffentlich nicht sagen, dass er nach Pennsylvania zurückkehren wollte. Selbst wenn Barrett sie nicht liebte und nicht vorhatte, sie zu heiraten, wollte sie seine Freundschaft nicht verlieren.

„Ich könnte sagen, dass es ein Zufall war“, fuhr Barrett fort, „aber wir beide wissen, dass es keine Zufälle gibt. Dies war Teil des Planes.“

Als Barrett davon berichtete, wie er Mr Yates’ Kundinnen geholfen hatte, beobachtete Charlotte sein Gesicht. Die Unsicherheit, die sie zuvor gesehen hatte, war verschwunden, verdrängt von mehr Begeisterung, als sie je gesehen hatte. Seine Augen leuchteten, seine Lippen verzogen sich zu einem unbeschwerten Lächeln, seine Stimme klang aufrichtig. Als er geendet hatte, musste Charlotte lachen, weil sie sich Mr Yates’ Reaktion auf die Ankündigung vorstellte. „Sie haben ihnen gesagt, dass die Lieferung ein neuer Service sei, über den Mr Yates nachdenkt? Was hat er gesagt?“

Barretts Lächeln verbreiterte sich. „Er hat sich Sorgen gemacht, bis ich ihm gesagt habe, dass ich sein Geschäft kaufen möchte.“

„Sein Geschäft kaufen?“ Obwohl Charlotte nicht gedacht hatte, dass Barrett sie noch überraschen könnte, hatte er das getan. Wann immer er über das Handelsunternehmen seiner Eltern gesprochen hatte, war bei ihr der Eindruck entstanden, dass er nicht gern dort gearbeitet hatte. Und als sie Mr Yates' Dilemma erwähnt hatte, hatte Barrett behauptet, kein Interesse daran zu haben, erneut einen Laden zu führen. Irgendetwas hatte sich offensichtlich verändert, denn es gab keinen Zweifel an seinem Enthusiasmus. „Sie wollen in Cheyenne bleiben und Mr Yates' Geschäft übernehmen?"

Barrett nickte. „Ich habe festgestellt, dass es mir mehr Spaß gemacht hat, diese zwei Damen zu bedienen, als beinahe alles andere, was ich in den letzten Jahren getan habe." Er beugte sich vor und legte seine Hände auf seine Knie. „Als Harrison hier war, hat er zu mir gesagt, ich würde zu Menschen gehören, nicht zu Vieh. Zuerst war ich anderer Meinung. Ich dachte, so ist er einfach, mein rechthaberischer, ältester Bruder. Aber je länger ich darüber nachdachte, desto mehr wurde mir klar, dass er recht hatte. Das Züchten und Verkaufen von Vieh, egal wie viel Geld ich damit auch verdient habe, war für mich nicht übermäßig erfüllend. Die Politik schien die Antwort zu sein. Sie hatte mit Menschen zu tun, also hab ich mir eingeredet, das sei es, was ich tun sollte. Aber das war es nicht."

Barrett hob den Blick. „Ladeninhaber zu sein, ist vielleicht nicht so glanzvoll wie Senator zu sein, aber ich habe das Gefühl, dass es das ist, was ich tun soll." Er hielt inne. „Wie denken Sie darüber?"

Dies war die Meinung, die er haben wollte. Dies war der Grund, weshalb er dieses wundervolle Abendessen ausgerichtet hatte. Gwen hatte sich geirrt. Es gelang Charlotte, ein bisschen zu lächeln, obwohl ihr angesichts der Erkenntnis, dass sie genauso danebengelegen hatte wie Gwen, das Herz blutete.

„Ihr Gesicht verrät mir alles", sagte sie mit fester Stimme. „Als Sie über die Kunden gesprochen haben, sahen Sie glücklich und begeistert aus. Selbst als Sie über Wasserrechte geredet haben, war da nicht derselbe Enthusiasmus. Ich weiß, dass Sie auch dort viel Herzblut investiert haben, aber dies ist noch etwas anderes. Dies scheint ein Teil von Ihnen zu sein." Charlotte atmete tief ein, während sie darüber nachdachte, dass Barrett in dem Laden neben *Élan* arbeiten würde. Er wäre so nah, dass sie ihn jeden Tag sehen konnte, vielleicht mehr als einmal. Es war nicht die Zukunft, von der sie geträumt hatte, aber es war trotzdem gut.

Plötzlich kam ihr ein Gedanke. „Sie haben gesagt, der Laden könne nur dann profitabel sein, wenn er größer wäre."

„Das stimmt." Jetzt lehnte sich Barrett auf seinem Stuhl zurück. „Das ist der wahre Grund, weshalb ich heute Abend mit Ihnen reden wollte."

Natürlich. Das war der Grund, weshalb Barrett so besorgt gewirkt hatte. Er war nicht sicher gewesen, ob sie damit einverstanden sein würde, ihm ihren Laden zu verkaufen. Schließlich waren sie sich beide darüber einig gewesen, dass es, solange sie den Baron nicht gefunden hatten, ein zu großes Risiko sei, wenn Charlotte ihre Schule eröffnete. In der Zwischenzeit brauchte sie das Einkommen von *Élan*, um ihren Lebensunterhalt zu verdienen. Am klügsten wäre es, Barrett zu sagen, dass er warten müsse, bis sie die Schule gegründet hätte. Aber Charlotte wollte sich nicht vernünftig verhalten. Sie wollte nichts tun, was Barretts Freude zerstörte. Wenn es sein musste, konnte sie ihr Geschäft auch so führen, wie es manche Schneider taten. Wie sie gehört hatte, hielten diese ihre Besprechungen und Anproben in den Häusern ihrer Kunden ab. Es wäre nicht so bequem für sie und sie würde wahrscheinlich einige Umsätze verlieren, aber das war ein geringer Preis für Barretts Glück.

„Sie wollen meinen Laden." Sie formulierte es als Feststellung, nicht als Frage, und versuchte gleichzeitig, ihre Enttäuschung zu unterdrücken. Es war nicht Barretts Schuld, dass sie auf einen anderen Ausgang dieses Abends gehofft hatte.

„Ja, aber …"

Sie würde nicht zulassen, dass er sich entschuldigte. Sie würde ihm nicht erlauben, die ganze Sache vernünftig zu begründen. Freunde hatten das nicht nötig. Bevor er fortfahren konnte, sagte Charlotte: „Sie können ihn haben."

Obwohl sie erwartet hatte, Erleichterung auf seinem Gesicht zu sehen, wirkte Barrett beinahe verärgert. Das bildete sie sich zweifellos nur ein. Sie hatte ihm gerade gegeben, was er haben wollte. Natürlich war er nicht verärgert.

„Sie haben noch nicht alles gehört", sagte er.

„Ich habe genug gehört. Es ist eine gute Idee, Barrett. Eine sehr gute." Als er so aussah, als würde er widersprechen, sprach sie hastig weiter. „Mr Yates wird in der Lage sein, nach Arizona zu ziehen; Sie werden eine aussichtsreiche Zukunft haben und die Einwohner von

Cheyenne werden einen konkurrenzfähigen Laden haben, in dem sie ihre Textilwaren kaufen können." Wenn sie sich innerlich nicht so fürchterlich leer fühlen würde, wäre alles perfekt.

Barrett sagte nichts. Nervös fragte sich Charlotte, warum er nicht reagierte. Hatte sie nicht gesagt, was er hören wollte? Was konnte er denn sonst noch von ihr wollen?

Schließlich räusperte er sich. „Darf ich dir jetzt sagen, warum ich dich zum Abendessen eingeladen habe?"

Charlotte blinzelte verwirrt, sowohl wegen seiner Worte als auch wegen der Anrede, und starrte ihn an. „Das haben Sie doch schon."

Er schüttelte den Kopf. „Das war die Einleitung. Ja, es stimmt, dass ich gern Mr Yates' Laden kaufen würde. Es stimmt auch, dass ich ihn gerne erweitern würde, indem ich das mit einbeziehe, was jetzt *Élan* ist. Aber nichts davon spielt eine Rolle, solange ich nicht das habe, was ich mir am meisten für mein Leben wünsche."

Barrett hielt einen Moment lang inne, streckte seine Hände aus und nahm ihre Hände in seine. „Man sagt von mir, ich sei ein redegewandter Mann", sagte er und seine Lippen verzogen sich zu einem ironischen Lächeln. „Die Leute sagen, ich kann jeden von allem überzeugen. Aber jetzt, wo es mehr als jemals zuvor darauf ankommt, fühle ich mich wie ein Schuljunge, der keinen Ton herausbringt." Er räusperte sich erneut. „Du weißt, was für ein schwieriger Winter dies ist. Wie alle anderen in Cheyenne warte ich auf den Frühling. Ich hab mir eingeredet, dass dann alles besser sein würde, und das wird es, wenn du …" Er hielt abrupt inne. „Da haben wir es wieder. Ich handle vorschnell." Obwohl er ärgerlich über sich selbst den Kopf schüttelte, funkelten seine Augen.

Charlotte starrte Barrett an und ihr stockte der Atem angesichts dessen, was sie in seinen Augen sah. Als er darüber gesprochen hatte, dass er den Textilwarenladen kaufen wollte, hatte sie Begeisterung gesehen. Als er berichtet hatte, wie er den Kundinnen zu Hilfe gekommen war, hatte sie Zufriedenheit gesehen. Aber jetzt spiegelten seine Augen etwas Sanfteres und doch Stärkeres als Begeisterung oder Zufriedenheit wider. Liebe.

Barrett hob ihre Hände zu seinen Lippen und küsste sie. „Ich liebe dich, Charlotte. Ich liebe dich von ganzem Herzen und mit jedem Atemzug."

Sie spürte, wie ein Lächeln auf ihr Gesicht trat. Das war es, was sie sich erhofft hatte. Das war es, wovon sie geträumt hatte. Sie hob Barretts Hände langsam zu ihren Lippen, sodass sie den Kuss erwidern konnte, den er ihr gegeben hatte, aber er schüttelte den Kopf. „Lass mich bitte zu Ende reden."

Als sie nickte, lächelte Barrett sie zärtlich an. „Der Laden ist wichtig, aber wenn ich allein dort wäre, hätte es keine Bedeutung. Ich brauche mehr. Ich will mehr. Ich will dich heiraten und den Rest meines Lebens mit dir und David verbringen. Das ist es, was wichtig für mich ist. Willst du es tun, Charlotte? Willst du mein Leben vervollständigen? Willst du meine Frau werden?"

Charlottes Herz klopfte jetzt so wild, dass sie fürchtete, es würde ihr aus dem Brustkorb hüpfen. Sie nickte. „Ja, Barrett, das will ich."

Träume wurden tatsächlich wahr.

Kapitel 25

Seine Träume waren dabei, wahr zu werden. Er konnte es in seinen Knochen spüren. Als Warren die ersten Häuser von Cheyenne erreichte, verlangsamte er sein Pferd und grinste. Er war schneller geritten als sonst, aber er hatte keine Wahl gehabt, es sei denn, er wollte einen weiteren Tag verschwenden. Und das wollte er keinesfalls. Obwohl er nicht gerne ein gutes Pferd quälte, wollte er nicht bis zum Morgen warten. Das war der Grund, weshalb er immer noch ritt, obwohl die Sonne schon lange untergegangen war. Er war müde, das Pferd war völlig erschöpft, aber er war hier.

Er hatte alles geplant. Die glühende Wut, die er verspürt hatte, als ihm klar geworden war, dass die Witwe Crowley ihn überlistet hatte, war verblasst. Stattdessen hatte er eine neue Entschlossenheit gefunden. Sie würde für die Zeit, in der er auf das Geld gewartet hatte, bezahlen. Sie würde dafür bezahlen und ihr Balg auch.

Vor zwei Tagen war alles, nach dem er sich verzehrt hatte, das Geld gewesen. Jetzt wollte er mehr. Er verdiente mehr. Es reichte nicht mehr, ihr das Geld abzunehmen oder seine Maske zu tragen, wenn er sie zur Rede stellte. Jetzt wollte er ihr Gesicht sehen, wenn ihr klar wurde, wer er war und was er vorhatte. Das war der Grund, weshalb er beschlossen hatte, Charlotte heute Abend zu besuchen.

Ihr Laden würde geschlossen sein, also bestand keine Gefahr, Kundinnen von ihr zu treffen. Er wollte nicht, dass jemand – vor allem Gwen nicht – ihre Unterhaltung mit anhörte. Deshalb würde er Charlotte sagen, dass er etwas Geschäftliches mit ihr zu besprechen hätte und dass es am besten wäre, wenn er in den Laden käme. Sie würde einverstanden sein. Genauso wie sie einverstanden sein würde, niemandem von seinen Forderungen zu erzählen. Natürlich würde sie das sein, denn Warren war ein sehr überzeugender Mann. Er würde ihr unmissverständlich klarmachen, dass das Leben ihres Sohnes auf dem Spiel stand. Die dumme Charlotte würde nicht begreifen, dass er die Absicht hatte, sowohl sie als auch den Jungen zu töten. Das war die einzige Möglichkeit, um ihr Schweigen zu gewährleisten. Abgesehen davon hätte Gwen, wenn Charlotte tot wäre – das Opfer eines bedauerlichen Unfalls – niemand mehr außer ihm, an den sie sich wenden konnte.

Warrens Grinsen verbreiterte sich. Bereits morgen würde er das Geld haben – sein Geld. Und am darauffolgenden Tag würde er Gwen bitten, ihn zu heiraten. Sein Grinsen verwandelte sich in ein selbstgefälliges Lachen. In weniger als 48 Stunden würde seine Zukunft gesichert sein.

Als er das Pferd angebunden hatte, stieg er die Stufen hinauf, die zu der Wohnung im zweiten Stock führten, und klopfte an Charlottes Tür. Die Zeit der Abrechnung war gekommen.

„Warren?“ Gwens Augen weiteten sich vor Überraschung, als sie die Tür öffnete. „Ich habe Sie nicht erwartet“, sagte sie, als sie ihn in die saubere, ordentlich aufgeräumte Küche führte. „Hat Barrett Sie geschickt? Ist irgendetwas mit Charlotte passiert?“

Warren unterdrückte einen Fluch. Dass Jeffreys Witwe nicht zu Hause sein könnte, hatte er nicht bedacht.

„Wo ist Charlotte?“ Seine Worte klangen schroffer als beabsichtigte und ließen Gwen erschrocken zurückweichen. *Vorsichtig, Warren*, ermahnte er sich selbst. *Du willst doch jetzt nicht die Kontrolle verlieren. Gwen darf niemals wissen, was du getan hast und was du vorhast.* Die süße, unschuldige Gwen würde keinen Mörder und Dieb heiraten.

„Sie isst mit Barrett zu Abend.“ Gwen neigte ihren Kopf zur Seite, eine Geste, die er so reizend fand. „Bei ihm zu Hause. Ich weiß nicht, was über mich gekommen ist. Natürlich ist nichts passiert. Es war dumm von mir, etwas anderes zu denken. Ich war nur so überrascht, Sie zu sehen.“

In Warrens Kopf begann es zu rotieren. Obwohl es eine bedauernswerte Verzögerung geben würde, konnte er sie vielleicht in einen Vorteil verwandeln. Er konnte vielleicht etwas von Gwen erfahren. Und selbst wenn er das nicht tat, hätte er das Vergnügen ihrer Gesellschaft.

„Kann ich vielleicht ein paar Minuten bleiben?“

Gwen nickte kurz, zögerte jedoch und schüttelte dann den Kopf, wobei ihre Unentschlossenheit deutlich wurde. „Ich bin nicht sicher, ob sich das gehört, wo wir doch keine Anstandsdame haben.“

„Haben Sie nicht gesagt, dass Charlotte mit Barrett bei ihm zu Hause ist?“

„Ja“, gab sie zu, „aber es sind auch Dienstboten da. Hier ist niemand außer Rose und David und die würden sich wohl kaum als Anstandsdamen eignen, nicht mal, wenn sie wach wären.“

Ihre Einwände steigerten nur seine Entschlossenheit. Alles, was sie tat und sagte, unterstrich, was für eine vollkommene Ehefrau sie sein würde. Sobald sie verheiratet wären, würde niemand mehr, nicht einmal das pingeligste Mitglied des Ausschusses, Warrens Eignung für den Cheyenne-Club infrage stellen.

„Bitte, Gwen. Ich habe Sie vermisst, während ich weg war. Niemand wird erfahren, dass ich hier bin.“ Warrens Gedanken flogen zu dem Pferd, das vor dem Laden angebunden war. Es hatte graues Fell, und Graue waren in Cheyenne nicht weit verbreitet. Das hatte zum Teil den Reiz des Wallachs ausgemacht – etwas zu haben, was sonst fast niemand besaß. Es war auch der Grund, weshalb er nie zu Sylvia ritt. Das war ein Ort, an dem er es sich nicht leisten konnte, wiedererkannt zu werden. Dies hier war auch einer. Er hatte nicht damit gerechnet, so lange hier zu sein, dass irgendjemand sein Pferd bemerken könnte. Deshalb hatte er auf die üblichen Vorsichtsmaßnahmen verzichtet, aber jetzt … Warren warf jegliche Vorsicht über den Haufen.

„Ich würde gern ein bisschen Zeit mit Ihnen verbringen“, sagte er zu Gwen.

Sie zögerte erneut, nickte dann jedoch. „Also gut. Kommen Sie rein.“

Als sie ihn in einen Raum führte, der der Wohnbereich zu sein schien, sah Warren, dass sie Hausschuhe trug. Vielleicht war das ein weiterer Grund, weshalb es ihr so widerstrebte, ihn hereinzubitten. Eine Dame wie Gwen würde sich unwohl fühlen, wenn sie einen Mann in ihren Hausschuhen zu Gast hatte. Aber bald, wenn alles so lief, wie Warren es plante, würde er sie jeden Tag in Hausschuhen sehen. Bei der Aussicht darauf, ein Haus und sein Leben mit dieser Frau zu teilen, grinste er.

Während Warren wartete, bis Gwen sich hingesetzt hatte, sah er sich im Raum um. Da er in Mr Yates’ Laden gewesen war, war er mit der Raumaufteilung vertraut. Er hatte gewusst, dass die Wohnung nicht groß sein würde, aber zu Warrens Überraschung gab es keine Anzeichen für Reichtum. Im Gegenteil, das Mobiliar war schon recht abgenutzt, und obwohl ein Tisch darübergestellt worden war, entdeckte er ein Loch im Teppich. Offensichtlich hatte Charlotte nichts von Großnases Gold ausgegeben. Das ergab keinen Sinn. Wenn er all das Geld hatte, würde er nicht in einer kleinen Wohnung mit gebrauchten Möbeln wohnen. Andererseits hatte er auch noch nie behauptet, die Gedankengänge einer Frau verstehen zu können. Vielleicht hatte Charlotte ein Gewissen und wusste, dass ihr das Geld nicht gehörte.

Als er es sich auf dem Stuhl bequem machte, auf den Gwen gezeigt hatte, nickte Warren. Das musste der Fall sein. Hatte Jeffrey nicht erwähnt, dass der Vater seiner Frau Pastor war? Typisch, dass die Tochter eines Pfaffen Skrupel hatte. Beinahe hätte Warren laut gelacht. Charlottes Skrupel bedeuteten für ihn mehr Geld.

Zwischen Gwens Augen bildeten sich kleine Falten. „Sind Sie sicher, dass alles in Ordnung ist?"

„Warum glauben Sie, dass irgendetwas nicht stimmt?" Sehr viel stimmte ganz und gar nicht, aber Warren wollte Gwen nicht beunruhigen.

„Ihr Gesichtsausdruck, als Sie sich den Raum angesehen haben. Ich habe noch nie einen solchen Blick bei Ihnen gesehen."

Warren zuckte die Achseln, während er Lässigkeit vortäuschte. Ihm war nicht klar gewesen, dass Gwen so gut beobachtete. Er würde vorsichtig sein müssen, wenn sie erst einmal verheiratet wären, besonders an den Tagen, an denen er vorhatte, Sylvias Mädchen zu besuchen. Er konnte nicht zulassen, dass Gwen etwas von diesem Teil seines Lebens erfuhr.

„Wenn ich seltsam aussehe, muss das daher kommen, dass ich so müde bin." Entschlossen, das Thema zu wechseln, blickte er sich ausgiebig im Raum um und behielt einen neutralen Gesichtsausdruck bei. „Dies ist das erste Mal, dass ich sehe, wo Sie leben. Es ist nicht das, was ich erwartet hatte."

Gwen wirkte überrascht, aber immerhin musterte sie sein Gesicht nicht mehr. „Warum nicht?"

„Ich dachte, es wäre größer." Er würde nicht sagen, dass er gedacht hatte, es würde hübscher sein, denn die Möbel waren nicht

Gwens Schuld. Er wusste, dass sie nur wenig Geld hatte. Das war der Grund, weshalb sie hier lebte und als Angestellte für Charlotte Crowley arbeitete, eine Frau, die sich eine Villa leisten konnte. Es war Charlotte, die man für diese bescheidene Umgebung verantwortlich machen musste. Während Warren seinen Ärger unterdrückte, suchte er nach einem Beweis dafür, dass Charlotte Harding, Eigentümerin von *Élan*, tatsächlich Jeffrey Crowleys Witwe war. Das Wohnzimmer enthielt, abgesehen von ein paar Kinderspielsachen und einem Nähkorb, keine persönliche Note.

„Ich bin überrascht, dass ihr hier keine Erinnerungen an eure Familien habt." Er deutete auf den Kaminsims und die Wand. „Die meisten Häuser, in denen ich war, haben das."

Gwen betrachtete die leeren Wände, als würde sie sie zum ersten Mal sehen. „Es gibt ein Porträt von Mike in meinem Schlafzimmer." Eine leichte Röte überzog ihre Wangen. Warren fragte sich, ob sie gegen irgendeine Benimmregel verstoßen hatte, indem sie ihre Schlafräume erwähnt hatte. „Ich lasse es dort, weil ich nicht will, dass Rose ihren Vater vergisst."

Dies war die Einleitung, die Warren brauchte. So beiläufig wie möglich fragte er: „Und Charlotte? Hat sie ein Bild ihres Ehemannes? Wie hieß er doch gleich …?" Er hielt einen Moment lang inne, so als würde er sich das Hirn zermartern. „Jeffrey?"

Obwohl er es nicht beabsichtigt hatte, spiegelten Gwens Augen ihre Verwirrung wider. Er musste so geklungen haben, als würde er einen Zeugen der Gegenseite ins Kreuzverhör nehmen. Er würde vorsichtiger sein müssen.

Gwen schüttelte langsam den Kopf. „Es gibt keine Fotos von ihm, aber das spielt keine Rolle. Ich bin sicher, dass Charlotte so ist wie ich und dass sie niemals das Gesicht ihres Ehemannes vergessen wird. Was David betrifft, würde ein Porträt seines Vaters dem armen Kind nicht einmal dann etwas nützen, wenn es ein Dutzend davon gäbe."

Das konnte stimmen, aber die Abwesenheit von Fotos kam Warren verdächtig vor. Nur eine Frau, die etwas zu verbergen hatte, hätte ihren Namen geändert und jeden Hinweis auf ihre Vergangenheit versteckt. Warren sah in die Ferne und verhielt sich so lässig wie möglich. „Sie muss Jeffrey sehr geliebt haben, wenn sie es nicht ertragen kann, Erinnerungen an ihre Ehe zu sehen."

Es war falsch, das zu sagen, denn Gwen begann sich zu sträuben. Vielleicht glaubte sie, dass er ihre Liebe für Mike infrage stellte, da sie weiterhin sein Porträt an der Wand hatte. „Warum reden Sie die ganze Zeit von Jeffrey?", wollte sie wissen. „Ich glaube nicht, dass das sein Name war."

Aber das musste er sein. Es konnte nicht zwei Charlotte Hardings im Wyoming-Territorium geben. „Wie war dann sein Name?"

Gwen verzog die Lippen. „Ich weiß es nicht. Charlotte spricht nicht sehr oft von ihm. Wenn sie ihn erwähnt, nennt sie ihn ‚meinen Ehemann'."

„Dann hat sie niemals Jeffrey Crowley erwähnt?"

„Nein."

„Und sie hat Ihnen nie erzählt, dass sie in Fort Laramie gelebt hat?"

„Nein." Gwen lief rot an. „Warren, ich weiß nicht, woher Sie diese Ideen haben. Sie müssen sich irren." Sie sah ihn an und ihre Augen waren dunkel vor Ärger. „Ich kenne Charlotte. Sie ist meine liebste Freundin. Wenn das wahr wäre, was Sie sagen, hätte sie es mir erzählt."

„Es sei denn, sie ist eine Lügnerin."

Charlotte seufzte, während sie ihre Arme um Barretts Nacken legte. Niemals hatte sie sich erträumt, dass seine Küsse so verführerisch sein würden. Zuerst waren sie federleicht gewesen und hatten sanft ihre Lippen gestreift. Und dann hatte er sie vertieft, seine Lippen auf ihre gelegt und sie mit einer Intensität geküsst, die sie atemlos gemacht und eine Sehnsucht nach mehr hervorgerufen hatte.

„Oh, Barrett, ich liebe dich", flüsterte sie, als sie sich voneinander lösten.

„Ich werde niemals genug davon bekommen, dich das sagen zu hören." Seine Worte waren kaum mehr als ein Murmeln, bevor seine Lippen erneut die ihren gefangen nahmen. Als er den Kuss schließlich beendete, blieben seine Arme um ihre Taille geschlungen und er lächelte sie an. „Ich habe so viele Fragen an dich, aber wenn du so nah bist, ist es schwierig, mich zu erinnern."

Mit offensichtlichem Widerwillen ließ er die Arme sinken und trat einen Schritt zurück, wodurch sich Charlotte seltsam beraubt fühlte. Ihr Blick fiel auf die Uhr aus Goldbronze. War es möglich, dass weniger als eine halbe Stunde vergangen war, seit sie den Salon betreten hatten? So viel hatte sich in so kurzer Zeit verändert. Vor einer halben Stunde hatte sie nicht gewusst, was in Barretts Herz vorging. Nun trug sie seinen Ring – den schönsten Ring, den sie jemals gesehen hatte – und sie schmiedeten Hochzeitspläne.

Barretts Lippen verzogen sich zu einem schiefen Lächeln, als er auf die Stühle deutete, die sie schon vorher benutzt hatten. „Ich halte lieber Abstand. Sonst kann ich an nichts anderes mehr denken, als daran, dich erneut zu küssen.“ Er wartete, bis sie sich hingesetzt hatte, bevor er den anderen Stuhl nahm. „So, das ist besser. Jetzt kann ich meine Fragen stellen. Lass uns mit der wichtigsten anfangen. Wann würdest du gerne heiraten?“ Er streckte die Hände aus und umfasste ihre rechte Hand, während ihre linke mit dem exquisiten Opal weiter auf der Armlehne des Stuhles ruhte. „Wenn es nach mir ginge, würde ich morgen sagen, aber ich weiß, dass Bräute mehr Zeit brauchen, um sich vorzubereiten.“

Seine Ungeduld vermittelte Charlotte dasselbe Gefühl von Wärme, das schon seine Küsse hervorgerufen hatten. „Morgen klingt wundervoll, aber es wäre nicht richtig.“ Sie hoffte, Barrett würde ihre Gründe verstehen. „Wir sollten bis nach Ostern warten. Ich weiß, dass nicht jeder den Konventionen folgt, aber mein Vater war der festen Überzeugung, dass die Fastenzeit eine Zeit für ernstes Nachdenken ist. Deshalb wollte er kein Paar während der Fastenzeit trauen. Auch wenn er nicht länger hier ist, möchte ich seinen Wünschen treu bleiben.“

„Natürlich.“ Barrett drückte ihre Hand sanft. Obwohl seine Worte sachlich waren, war sein Gesichtsausdruck alles andere als das. Seine Augen strahlten und seine Lippen verzogen sich zum allersüßesten Lächeln, was keinen Zweifel daran ließ, dass dieser Mann sie liebte – der Mann, der so oft in ihren Träumen und noch mehr in ihren wachen Momenten vorkam. „Wird das deinen Schwestern genug Zeit geben, um hierherzukommen? Ich kann mir vorstellen, dass du sie bei dir haben möchtest.“

„Das tue ich“, gab sie zu, „aber nicht, wenn es bedeutet, dass wir unsere Hochzeit verschieben müssen." So sehr sie ihre Schwestern auch liebte, sie liebte Barrett mehr. Vielleicht war sie egoistisch, aber sie wollte, dass ihr gemeinsames Leben so schnell wie möglich begann. Charlotte hob ihre linke Hand und lächelte dem Ring zu, der seine Farben veränderte, während sie ihn bewegte, und dabei neue Tiefen und neue Schönheit offenbarte. Immer noch lächelnd fand sie Barretts Blick. „Lass uns nicht auf meine Schwestern warten. Elizabeth könnte nicht kommen, bevor die Schule zu Ende ist, und das dauert noch Monate. Ich weiß nicht, ob Abigail überhaupt in der Lage ist zu reisen. Sie könnte in anderen Umständen sein." Barretts Nicken verriet Charlotte, dass er ihre Argumente verstand. „Was ist mit deinen Brüdern?", fragte sie und berücksichtigte auf diese Weise, dass ihre Familie nicht die einzige war, die miteinbezogen werden musste. „Werden sie kommen?"

„Nicht beide. Sie können den Laden nicht so lange allein lassen. Außerdem könnte auch Camdens Frau mittlerweise ebenfalls in anderen Umständen sein. Lass uns einen Termin festlegen und sehen, wie viele von unserer Familie kommen können. Diejenigen, die nicht kommen können, besuchen wir auf unserer Hochzeitsreise." Barrett beugte sich vor. „Ostern ist am 10. April. Wäre der 11. April zu früh?"

Charlotte lachte in sich hinein, amüsiert und doch erfreut, dass er genauso ungeduldig auf ihre Hochzeit wartete wie sie. „Das sind weniger als vier Wochen, aber ich kann bis dahin so weit sein. Wenn Abigail nicht kommen kann, werde ich Gwen bitten, meine Trauzeugin zu sein." Plötzlich fiel ihr etwas ein. Es war nicht nur ihr Leben, das dabei war, sich zu verändern. „Ich bin zu egoistisch gewesen. Ich habe nicht daran gedacht, wie sich das auf sie und Rose auswirken wird." Obwohl es möglich war, dass Warren Gwen heiratete, konnte Charlotte das nicht voraussetzen.

„Man kann dich wohl kaum egoistisch nennen." Barrett wartete, bis die Uhr aufgehört hatte, die Stunde zu schlagen, und fuhr dann fort: „Gwen kann in der Wohnung bleiben, wenn es das ist, was dir Sorgen macht. Ich werde den Platz für den Laden nicht brauchen und ich nehme an, dass wir beide hier leben werden." Seine Augen erhellten sich. „Möchtest du gerne das Obergeschoss sehen? Ich bin nicht sicher, was du für die Schule ändern willst."

Wie konnte sie die Schule vergessen? Die Aussicht darauf, Barretts Frau zu werden, musste ihr Gehirn in Brei verwandelt haben. „Was ist mit dem Baron?"

Barrett hatte eine Antwort parat. „Ich werde einen Detektiv engagieren, um nach ihm zu suchen. Der Baron ist vielleicht clever, aber gegen einen professionellen Ermittler kommt er nicht an. Also, Charlotte Harding Crowley, die du bald Charlotte Landry werden wirst, lass uns über deine Schule sprechen."

„Bist du sicher, dass du nichts dagegen hast, hier eine Schule zu haben? Du hast gesehen, wie viel Lärm David machen kann. Es wird viel schlimmer sein, wenn wir ein Dutzend Schüler oder mehr haben." Als Barrett nicht gleich antwortete, fügte Charlotte hinzu: „Vielleicht sollte ich das noch einmal überdenken. Es wäre vielleicht besser, wenn wir kein Internat daraus machen würden."

„Besser für wen?" Barrett erhob sich und legte ihre Hand auf seinen Arm. „Um mich musst du dir keine Sorgen machen. Dieses Haus ist viel zu lange still gewesen." Er öffnete die Tür und führte sie zu der elegant geschnitzten Treppe.

„Es wird nicht still sein, wenn Kinder bei uns leben."

„Und das ist gut. Es wird lebendig sein." Barrett wartete, bis sie das Obergeschoss erreicht hatten, bevor er weitersprach. „Also sind wir uns einig: Wir heiraten am 11. April und fangen dann an, deine Schule und meinen neuen Laden zu planen."

Er führte sie den Flur entlang und öffnete die Türen zu jedem der sechs Schlafräume. Obwohl weniger aufwendig möbliert als die Räume im Erdgeschoss, war es offensichtlich, dass er auch diese selten genutzten Räume sorgfältig gestaltet und ausgestattet hatte. Die ersten beiden Räume auf jeder Seite waren jeweils durch eine Durchgangstür verbunden, und obwohl die Tapete in jedem Raum eine unterschiedliche Farbe aufwies, waren die Muster sehr ähnlich. Die zwei Räume links, die Charlotte sofort für die Mädchen vorsah, waren vorwiegend pink und lavendelfarben gestaltet, während die Zimmer auf der rechten Seite in Blau- und Grüntönen gehalten waren. Die beiden Räume, die eine Flucht im hinteren Bereich des Hauses bildeten, waren eindeutig Barretts persönlicher Bereich. Charlotte verspürte ein gewisses Unbehagen, als sie eintrat. Der Hauptraum hatte rötlich braune Gardinen mit goldenen

Quasten und eine dazu passende Tagesdecke. Obwohl die Gestaltung offensichtlich für einen Mann ausgewählt war, konnte sich Charlotte vorstellen, hier zu leben. Und der kleinere Raum, der die Farbgebung umkehrte, wirkte beinahe, als sei er für eine Frau entworfen worden.

„Was denkst du?", fragte Barrett, als sie in den Flur zurückkehrten. „Es gibt weitere zehn Räume im zweiten Stock. Sie sind natürlich kleiner, weil sie für Dienstboten vorgesehen sind."

„Oder Lehrer." Charlotte sah sich im ersten Stock um. „Das hier ist perfekt." Es würde problemlos die Dutzend Schüler beherbergen, auf die sie hoffte. Und wenn die Notwendigkeit entstand, konnte sie die Schule auf zwanzig ausweiten. „Wir werden die Mädchen hier haben", sagte sie und deutete auf die pinken und lavendelfarbenen Räume. „Die älteren Mädchen im vorderen Raum, die jüngeren neben ihnen. Und die Jungen werden in den blauen und grünen Räumen schlafen."

Barretts Lippen verzogen sich, so als versuche er, ein Lächeln zu unterdrücken. „Und die letzten beiden Räume?"

Charlotte spürte, wie sie errötete. Wie dumm. Sie war schon einmal verheiratet gewesen und doch benahm sie sich wie ein Schulmädchen. „Die sind für uns", sagte sie so ruhig wie möglich. „Wir können den goldenen Raum in einen Sitzbereich verwandeln. Das verschafft uns einen stillen Rückzugsort."

„Eine Zufluchtsstätte." Barretts Lippen verzogen sich zu dem schiefen Grinsen, das sie so liebte, als er hinzufügte: „Oder ein Kinderzimmer."

„Wie können Sie das nur behaupten?" Warren sah, wie Gwen vor Wut und Ärger erbleichte. „Charlotte würde mich niemals anlügen."

Obwohl er wünschte, es gäbe eine Möglichkeit, ihr das zu ersparen, gab es diese nicht. Gwen würde die Wahrheit über ihre sogenannte Freundin erfahren müssen. „Sie hat es getan. Ich bin mir dessen sicher. Die Frau, die Sie als Charlotte Harding kennen, ist in Wirklichkeit Charlotte Crowley, Leutnant Jeffrey Crowleys

Witwe. Er war bis zu seinem Tod in Fort Laramie stationiert." Gwen musste das wissen, aber sie musste definitiv nicht wissen, dass es Warren gewesen war, der den unglückseligen Leutnant umgebracht hatte.

Gwens hellblaue Augen blitzten vor Ärger. Ihr gefiel die Wahrheit nicht, die in der Erkenntnis bestand, dass die liebe Charlotte, ihre beste Freundin, eine Lügnerin war. „Ich werde das nicht glauben. Ich …"

Bevor sie ihren Satz beenden konnte, begann ein Kind zu weinen. Gwen sprang auf. „Das ist David. Er hat wahrscheinlich gemerkt, dass Charlotte nicht hier ist." Sie warf Warren einen strengen Blick zu. „Auf Wiedersehen, Warren. Ich muss David trösten und Sie müssen gehen. Ich will Ihre Lügen über Charlotte nicht länger hören."

Obwohl sie auf die Tür deutete, bewegte sich Warren nicht. Er würde nicht gehen. Nicht so, im Streit. Gwen gab ein missbilligendes Knurren von sich, betrat den Raum, der an die Küche angrenzte, und schaltete das Licht an.

„Ist schon gut, David", hörte er sie sagen. Jetzt, wo sie nicht mehr mit ihm sprach, war ihre Stimme beruhigend und sanft. „Alles wird gut."

Genauso wie alles zwischen ihm und Gwen gut werden würde. Er würde warten, bis das Kind wieder schlief, und dann würde er dafür sorgen, dass sie verstand.

Warren lehnte sich in dem Stuhl zurück und hörte zu, wie Gwen Charlottes Sohn etwas vorsummte. „Na, na. Mama wird bald kommen. Es ist Zeit zum Schlafen." Ihre Stimme wurde abwechselnd höher und tiefer, als würde sie singen. Es war ein beruhigendes Geräusch, doch das Kind jammerte weiter. „Also gut", sagte sie, als es schien, dass David auf ihre tröstenden Worte nicht reagierte. „Ich werde dir eine Geschichte vorlesen. Mama hat immer ein Buch auf ihrem Nachttisch. Wir werden eine gute Geschichte finden." Das Wort *Geschichte* hatte den Jungen wohl erreicht, denn sein Gejammer ließ nach und mündete in ein leises Wimmern.

Warren hörte Gwens feste Schritte und vermutete, dass sie ein Buch suchte. Er schloss seine Augen und fragte sich, wie lange sie wohl würde lesen müssen, bis Charlottes Balg wieder einschlief.

Aber es gab kein anderes Geräusch als ein kurzes Aufkeuchen. Warren öffnete seine Augen, neugierig, was Gwen überrascht hatte.

Sekunden später erschien sie im Türrahmen, ihr Gesichtsausdruck war bestürzt. „Sie hatten recht, Warren“, sagte sie und streckte ihm eine Bibel entgegen. „Charlotte hat gelogen. Hier ist der Beweis.“

Kapitel 26

„Irgendetwas stimmt nicht." Charlotte spürte, wie ihr Herz zu rasen begann, als sie sich dem Haus näherten. Sie wandte sich Barrett zu und legte ihre Hand auf seinen Arm. Sie wollte – nein, sie brauchte die Sicherheit, dass er neben ihr war. Vielleicht war es nur Einbildung, aber seit sie sein Haus verlassen hatten, war sie angespannt und sehr nervös. Es gab keinen vernünftigen Grund dafür. Die Nacht war kalt und klar und der Wind heulte ausnahmsweise einmal nicht. Die Ferguson Street sah so friedlich aus wie immer; keine maskierten Fremden lauerten im Schatten. Und doch wurde Charlotte das Gefühl nicht los, dass irgendetwas ganz und gar nicht in Ordnung war. Je näher sie ihrem Zuhause kamen, desto stärker wurde das Gefühl. Jetzt, wo Barrett die Kutsche anhielt, wusste Charlotte, dass sie sich nicht geirrt hatte.

„Was meinst du? Was stimmt nicht?"

Charlotte versuchte, ihre Hand ruhig zu halten, als sie auf die Treppe zeigte, die im Dunkeln lag. „Da ist kein Licht auf den Stufen. Gwen schaltet es ein, wenn einer von uns nach Sonnenuntergang noch unterwegs ist."

Barrett legte seine Hand über ihre und seine Wärme sandte Wellen von Trost durch ihre Adern. „Sie muss es vergessen haben."

Seine Stimme war genauso tröstend wie seine Berührung, aber die Furcht blieb dennoch. Irgendetwas stimmte nicht. Es war nicht nur so, dass das Licht auf der Treppe ausgeschaltet war, auch in der Wohnung brannte kein Licht. Bestimmt wollte Gwen unbedingt etwas über Charlottes Abend mit Barrett erfahren. Sie war sich so sicher gewesen, dass es ein besonderer Abend sein würde. Und das war er ja auch gewesen.

„Ich hätte das Licht vergessen haben können, aber nicht Gwen." Gwens Gewohnheiten hatten Ähnlichkeit mit Ritualen. „Irgendetwas stimmt nicht", wiederholte Charlotte, als Barrett ihr aus der Kutsche half und sie die dunklen Stufen hinaufstiegen. Als sie den Treppenabsatz erreichten, verstärkte sich ihre Besorgnis. „Sieh mal,

Barrett. Die Tür ist nur angelehnt. Gwen hätte sie niemals so gelassen." Selbst im Sommer, wenn eine kühle Brise ihnen gutgetan hätte, hatte Gwen darauf bestanden, dass Viecher, wie sie sie nannte, in die Wohnung kommen könnten, wenn die Tür nicht vollständig geschlossen war. Und jetzt, wo der Winter Cheyenne noch immer fest im Griff hatte – entgegen der Behauptung des Kalenders, dass der Frühling nur noch wenige Tage auf sich warten lassen würde –, war sie zu sparsam, um kalte Luft in die Wohnung hineinzulassen.

Barrett legte seinen Arm um Charlottes Schultern und drückte sie kurz an sich. „Lass mich zuerst gehen." Er schob die Tür auf, dann tastete er nach Licht. „Wo ist der Schalter?" Sekunden später war der Raum hell. „Alles sieht normal aus", berichtete er.

Charlotte zitterte, als sie ihre Wohnung betrat. Barrett hatte recht. Es gab keine Hinweise auf einen Einbrecher. Das war nicht das Problem.

„Die Wohnung kommt mir nicht normal vor", sagte sie, als sie den bescheidenen Raum betrachtete, der seit beinahe anderthalb Jahren ihr Zuhause war. „Sie kommt mir leer vor. Sieh mal, Barrett", sagte sie und deutete auf die Tür zu dem Raum, den sie und David miteinander teilten. Sie war nur angelehnt. „Wir halten die Tür nachts immer geschlossen", sagte sie zu Barrett, während sie durch die Küche eilte. „David ist so sensibel für Geräusche, dass sogar Schritte ihn aufwecken können."

Obwohl sie beide flüsterten, behauptete die Angst, die sich in ihrem Magen niedergelassen hatte, dass es keine Notwendigkeit für Geflüster gab. *Bitte, Herr*, betete sie, als sie das Licht in ihrem Schlafzimmer anschaltete. *Lass David in Sicherheit sein.* Aber das war er nicht. Das Gitterbett war leer, die Decke zur Seite geschleudert, das Kissen auf den Boden geworfen. Selbst der hölzerne Ball, den David jede Nacht unbedingt bei sich haben wollte, fehlte.

Als die Dunkelheit sie zu verschlingen drohte und ihre Beine unter ihr nachzugeben drohten, griff Charlotte nach der Randleiste des Gitterbettes. „Barrett", schrie sie. „David ist weg!"

Er war in einer Sekunde bei ihr und zog sie an sich. „Vielleicht ist er in Gwens Zimmer."

Wenn dem nur so wäre. Aber Charlotte wusste, dass es nicht so war. Gwen war nicht hier. Als sie die Tür zum Schlafzimmer ihrer

Freundin öffnete, bestätigte das Charlottes Ahnung, dass irgendetwas ganz und gar nicht in Ordnung war. Die Wohnung war leer. David war weg und Gwen und Rose waren ebenfalls verschwunden.

„Vielleicht gibt es eine harmlose Erklärung." Barretts Umarmung war tröstend, reichte jedoch nicht aus. Es würde keinen Trost geben, solange Charlotte David nicht wieder auf dem Arm hatte.

„Es ist nichts Harmloses dabei. Gwen würde die Kinder niemals so spät mit nach draußen nehmen." Charlotte schaltete das Licht im vorderen Schlafzimmer aus und kehrte ins Zentrum der Wohnung zurück. Barrett blieb dicht bei ihr, aber er hatte seine Arme sinken lassen, so als wüsste er, dass sie sich frei bewegen musste. Wohin war Gwen gegangen und warum? Die Fragen hallten durch Charlottes Kopf und mit jeder Wiederholung wuchs ihre Angst noch mehr. Die einzige Antwort ergab keinen Sinn: Der Baron hatte sie gefunden. Aber selbst wenn er ihre Identität entdeckt hatte, gab es trotzdem keinen Grund, Gwen mit hineinzuziehen.

Charlotte sah sich in der Wohnung um und suchte nach einem Hinweis. Nichts schien am falschen Platz zu sein. Und doch … Sie ging zum Sofa, angezogen von dem Anblick eines gefalteten Blatt Papiers auf dem Tisch daneben. Normalerweise ließ keine von ihnen dort Papier liegen, aber irgendwie hatte sie es übersehen, als sie in Gwens Zimmer geeilt war.

„Was ist das?" Barretts Stimme klang vor Aufregung heiser. Obwohl David ihr Sohn war, wusste Charlotte, dass er den Jungen beinahe genauso liebte wie sie selbst.

Sie faltete das Stück Papier mit zitternden Fingern auseinander und schauderte, als sie die gekritzelten Worte las. „Er hat mich gefunden. Der Baron hat mich gefunden." Obwohl es keine Unterschrift gab, konnte nur eine Person auf der Erde diese Notiz geschrieben haben.

Barrett berührte sanft Charlottes Schultern und führte sie zum Sofa hinüber. „Du setzt dich besser hin. Ich möchte nicht, dass du zusammenbrichst." Als sie beide saßen, zog er sie nah an sich heran. „Was schreibt er?"

Charlotte begann zu lesen. „‚Mrs Crowley'. Es muss der Baron sein; er kennt jetzt meinen richtigen Namen. ‚Wenn Sie Ihren Sohn wiedersehen wollen, bringen Sie mir das Geld, das Ihr Mann gestohlen hat.‘ Er glaubt immer noch, dass Jeffrey Großnases Versteck gefunden hat, aber das hat er nicht.“

Barrett strich ihr über das Haar und versuchte, sie auf diese Weise zu trösten. Es war dieselbe Geste, die Charlotte schon so oft benutzt hatte, um David zu beruhigen, besonders, wenn er einen Albtraum gehabt hatte. Allerdings war das hier kein Albtraum. Es war schreckliche Wirklichkeit.

„Was schreibt er sonst noch?“

„Er schreibt, was er will. ‚Wenn ich nicht bis morgen Mittag hunderttausend Dollar ...‘“, Charlotte schluchzte, als sie die Summe las, „‚... bekomme, wird Ihr Sohn sterben.‘“

„Sonst noch etwas?“

Charlotte reichte Barrett das Blatt Papier. „Eine Wegbeschreibung zu dem Ort, an den er David gebracht hat.“ Charlotte griff nach Barretts Arm und flüsterte die Schlussworte der Notiz: „Er schreibt, dass er David töten wird, wenn ich jemanden mitbringe.“ Ihr süßer, unschuldiger, kleiner Junge befand sich in der Gewalt eines Verrückten. „Ich kann David nicht verlieren. Ich kann nicht.“

Barrett schüttelte den Kopf, um ihr Mut zu machen. „Der Baron wird David nicht töten. Er hat keinen Grund dazu. Du wirst ihm das Geld geben und er wird deinen Sohn freilassen.“

„Ich habe das Geld nicht. Das weißt du, Barrett. Selbst durch das Spielen und die Diebstähle hatte Jeffrey niemals so viel Geld.“ Charlotte biss sich auf die Lippe und versuchte, die Tränen zurückzuhalten. „Ich fühle mich so schrecklich, wenn ich versuche, mir vorzustellen, wie es für David sein muss, an einem fremden Ort mit einem fremden Mann zu sein.“

Barrett fuhr fort, beruhigend über Charlottes Haar zu streicheln. „David ist nicht allein. Gwen und Rose sind bei ihm. Das ist das Einzige, was einen Sinn ergibt. Gwen wird David beschützen, bis du das Geld übergibst.“

„Welches Geld? Ich habe keine hunderttausend Dollar und die Banken werden mir wohl kaum so viel leihen.“

„Mach dir keine Sorgen über das Geld. Wir müssen nicht einmal darauf warten, dass die Banken öffnen. Wir gehen zurück zu meinem Haus.“ Barrett erhob sich und zog Charlotte auf ihre Füße. „Ich kann das Lösegeld für David bezahlen.“

Er hatte ihr gesagt, dass er Geld gespart hatte, aber Charlotte hatte nicht in Erwägung gezogen, dass es sich um ein Vermögen handeln könnte.

„Deine Ersparnisse? Dein Notgroschen?"

„Genau." Barrett steuerte auf die Tür zu. „Meine Eltern haben seit der Panik von '57 den Banken nicht mehr vertraut, deshalb habe ich einen Safe zu Hause. Ich habe ein bisschen mehr als hunderttausend Dollar darin. Komm schon, Charlotte", sagte er und zog an ihrer Hand. „David wartet."

Charlottes Beine verweigerten ihr den Dienst. Sie bezweifelte, dass sie einen Schritt gehen könnte, denn sie fühlte sich schwächer als in dem Sommer, in dem sie David erwartet hatte und über einen so langen Zeitraum so krank gewesen war.

„Du würdest mir all dein Geld geben?", fragte sie, weil sie immer noch nicht glauben konnte, was sie gehört hatte. Vielleicht hätte sie nicht überrascht sein sollen, denn Barrett hatte ihr sein Haus angeboten, das allein schon ein Vermögen wert war. Dennoch war dies ein unglaublich großzügiges Angebot, da das Geld seine letzte Sicherheit darstellte.

Als ihre Beine angesichts dieses Liebesbeweises endgültig unter ihr nachgaben, legte Barrett seinen Arm um ihre Taille. „Ich liebe dich, Charlotte. Sowohl dich als auch David. Ich werde alles tun, was in meiner Macht steht, um euch zu beschützen."

Charlotte schluckte schwer und versuchte, ihre Gefühle unter Kontrolle zu behalten. Die Angst um David vermischte sich mit Erleichterung darüber, dass eine Hürde genommen war. Dank dieses wundervollen, wundervollen Mannes würde sie schon bald in der Lage sein, das Lösegeld für ihren Sohn zu bezahlen.

„Ich weiß nicht, was ich sagen soll, Barrett. ‚Danke' scheint mir unangemessen zu sein."

Die Anspannung auf seinem Gesicht ließ nach und er lächelte. „Ich werde die Bezahlung einfordern, wenn David in Sicherheit ist."

„Bezahlung? Wie werde ich …?"

Sein Lächeln verwandelte sich in ein Grinsen. „Vertrau mir. Du kannst dir leisten, was ich im Sinn habe. Aber eins nach dem anderen. Wir sollten keine Zeit verschwenden. Dein Sohn wartet."

Wenig später erreichten sie *Barretts Haus*. Wenn Mr Bradley überrascht war, Charlotte wiederzusehen, war er zu gut geschult, um es sich anmerken zu lassen. Er nickte nur, als Barrett ihn bat, zwei Pferde zu satteln.

„Ich fürchte, wir haben keine Damensättel", sagte Barrett, als Mr Bradley mit einer Haltung, die so steif und ungerührt war wie immer, auf die Hintertür zumarschierte.

„Ich kann im Herrensattel reiten." Es wäre nicht bequem, vor allem nicht in einem Seidenkleid, aber das war unwichtig. Wichtig war nur, David zu finden. Charlotte zitterte in ihrem warmen Mantel. „Warum hast du um zwei Pferde gebeten?"

Barrett hob eine Augenbraue. „Du glaubst doch nicht, dass ich dich allein gehen lassen würde, oder? Es ist mitten in der Nacht. Du kennst den Weg nicht und ich weiß nicht, wer noch da draußen ist."

„Aber der Baron hat gesagt ..."

„Ich weiß, was er gesagt hat, aber er wird mich nicht sehen. Das verspreche ich dir. Jetzt lass mich das Geld holen."

Barrett nahm immer zwei Stufen auf einmal, als er ins Obergeschoss hastete. Als er zurückkehrte, trug er eine Ledertasche bei sich. Während er darauf wartete, dass Mr Bradley die Pferde aus dem Stall holte, faltete Barrett das Blatt Papier auseinander und starrte mit nachdenklichem Gesichtsausdruck auf die schriftlichen Forderungen des Barons.

„Die Handschrift kommt mir bekannt vor", sagte er zu Charlotte, „aber es ist so gekritzelt, dass ich sie nicht identifizieren kann. Ich kenne jedoch den Ort. Es ist die Ranch der Franklins. Ich habe gehört, dass die Familie die Landwirtschaft im letzten Sommer aufgegeben hat und zurück in den Osten gezogen ist. Richard hat erwähnt, dass jemand die Ranch gekauft hat, aber er wusste nicht wer. Ich schätze, dass die neuen Eigentümer noch nicht eingezogen sind und der Baron irgendwie erfahren hat, dass der Ort verlassen ist.

Als die Pferde fertig waren, half Barrett Charlotte, aufzusteigen, dann sprang er auf seines. Er wandte sich an Mr Bradley. „Wenn wir in drei Stunden nicht zurück sind, sagen Sie dem Sheriff, dass wir zur Franklin-Ranch geritten sind."

Charlotte schauderte. „Wir können es niemandem erzählen. Der Baron hat gesagt –"

„Ich weiß, was er gesagt hat. Das ist der Grund, weshalb Mr Bradley warten wird, bevor er den Sheriff informiert, aber ich will sicher sein, dass wir Unterstützung haben. Nur für den Fall der Fälle."

Das Reiten war schwieriger, als Charlotte angenommen hatte. Es stimmte zwar, dass sie bereits im Herrensattel geritten war, aber das war als Kind gewesen, als die Jungen von nebenan sie und Abigail dazu herausgefordert hatten, so zu reiten wie sie. Heute Nacht war es ganz anders. Anders als das robuste, wollene Reitkleid, das sie in Fort Laramie getragen hatte, war ihr Seidenkleid mit dem Wasserfallrock und der kurzen Schleppe für den dauerhaften Kontakt mit einem Sattel nicht ausgelegt. Unglücklicherweise hätte nicht einmal die richtige Ausrüstung das Reiten im Herrensattel leicht gemacht. Mit einem auf eine skandalöse Höhe gerutschten Rock klammerte sich Charlotte an die Zügel und hoffte, es würde ihr gelingen, im Sattel zu bleiben. Was ihr als Kind wie ein Abenteuer vorgekommen war, war jetzt eine Tortur. Und doch würde sich Charlotte nicht beklagen, denn sie wusste, dass das, was David durchmachte, schlimmer war. Viel schlimmer.

Während sie zur Franklin-Ranch ritten, erklärte Barrett, dass sie geradewegs auf das Gebiet westlich der Stadt zusteuerten. Obwohl der Himmel mit Sternen übersät war, war es fast Neumond und die schmale Mondsichel verbreitete nur wenig Licht. Zum Reiten waren die Bedingungen nicht ideal, aber die Dunkelheit würde Barrett bei ihrer Ankunft verbergen. Obwohl er versprochen hatte, dass er versteckt bleiben würde, vermutete Charlotte, dass er irgendetwas im Sinn hatte. Was es war, wusste sie nicht. Sie hatte keine anderen Pläne, als David zu retten. Alles, was sie wollte, war, ihren Sohn aus dem Zugriff des Barons zu befreien und in ihre Arme zu schließen.

Beschütze ihn, Herr, betete sie. *Hilf Gwen, David zu beruhigen und abzulenken.* Als sie Barrett einen Blick zuwarf, sah Charlotte, dass sich seine Lippen ein kleines bisschen bewegten, und sie fragte sich, ob er ebenfalls betete.

„Wie weit ist es deiner Meinung nach noch?", fragte sie, nachdem etwa eine Stunde vergangen war.

„Nicht viel mehr als eine weitere Meile. Wir werden bald dort sein." Barrett klopfte leicht auf die Ledertasche, die er hinten an seinem Sattel befestigt hatte. „Ich werde dir das hier geben, wenn wir uns trennen." Während sie geritten waren, hatte er Charlotte die Lage der Gebäude auf der Franklin-Ranch erklärt. Obwohl er verwundert darüber war, dass der Baron das Treffen in einem Arbeitsschuppen anstatt im Haus selbst wollte, hatte er ihr erklärt, dass er vorhatte, den Schuppen zu umrunden und sich ihm von hinten zu nähern, sodass er nicht gesehen werden würde.

„In weniger als einer Stunde werden wir alle auf dem Rückweg sein." Zuerst hatte Barrett überlegt, ob es sinnvoll sei, ein drittes Pferd als Reittier für Gwen und Rose mitzunehmen. Doch weil er befürchtete, dass drei Pferde zu viel Lärm machen würden, hatte er die Idee wieder verworfen. Zu Charlotte hatte er gesagt, dass sie sich, sobald David frei wäre, überlegen würden, wie sie zu fünft am besten nach Cheyenne zurückkehren konnten. Aber zuerst mussten sie den Baron finden und ihm das Lösegeld geben.

Und davor mussten sie die Ranch erreichen. Sie waren von der Hauptroute auf einen engen Weg abgebogen, der eigentlich nur ein Trampelpfad war. Es war der bisher gefährlichste Weg, da er von Erdmännchen- und Fuchsbauten untergraben war. Charlotte wollte in die Ferne starren, doch war das zu riskant. Sie war gezwungen, auf den Boden zu blicken. Obwohl sie nicht sicher war, dass sie besser als das Pferd sehen konnte, wollte sie es um Hindernisse herumführen. Als sie einen breiteren Wegabschnitt erreichten, blickte sie auf. Eine Sekunde lang traute Charlotte ihren Augen nicht, aber als sie blinzelte, war es immer noch da. Ihr Herz galoppierte schneller als jedes Pferd.

„Sieh mal, Barrett." Sie zeigte auf eine Gestalt. „Da ist jemand auf dem Weg."

„Ich sehe niemanden."

„Es ist aber jemand da. Ich weiß es." Charlotte hatte schon immer gut in der Dunkelheit sehen können. Sie blinzelte und versuchte, die Gestalt zu erkennen. „Es ist eine Frau mit einem Kind auf dem Arm." Angst und Hoffnung schlangen sich um ihr Herz und nahmen ihr die Luft zum Atmen. So nah an ihrem Ziel konnte es sich nur um eine Frau handeln. „Es ist Gwen! Ich weiß, dass sie es ist." Irgendwie hatte sie sich befreien können. Das war gut. Was nicht gut war, war die Tatsache, dass Charlotte nur ein Kind sehen konnte. Bestimmt würde Gwen weder David noch Rose zurücklassen. Vielleicht war es David, den sie bei sich trug, und Rose lief hinter ihr, verborgen durch ihren Rock.

Ohne auf Barretts Antwort zu warten, trieb Charlotte ihr Pferd mit den Zügeln an und galoppierte auf die Frau zu. Es war Gwen, das bestätigte sich, noch bevor Charlotte ihre Freundin erreichte. Sie erkannte sie am Gang. Hoffnung rang mit Angst, während Charlotte versuchte, das Kind zu erkennen, das Gwen trug. Es war Rose. Es gab keinen Zweifel, genauso wie es keinen Hinweis auf David gab. Charlotte kämpfte gegen die Verzweiflung, die sie zu überwältigen drohte, und lehnte sich über den Hals des Pferdes. Ihrem langsamen Schritt und ihren hängenden Schultern nach zu urteilen, war ihre Freundin entkräftet und erschöpft.

„Was ist passiert? Wo ist David?", rief Charlotte und ihre Worten wurden fast von verzweifeltem Schluchzen erstickt.

„Ja, wo ist David?" Barrett war wieder an Charlottes Seite. Seine normalerweise freundliche Stimme war schroff, vielleicht weil er genauso verzweifelt war wie Charlotte.

Im gedämpften Licht sah sie, wie Gwen zusammenfuhr. „Er hat ihn noch." Gwen stellte Rose auf ihre Füße und ermahnte sie, sich nicht vom Fleck zu rühren. „Er hat uns auf einem Pferd hierher gebracht. Oh, Charlotte, es war so furchtbar. Er hat diesen irren Blick gehabt und die ganze Zeit gelacht und mir gesagt, er würde ein wohlhabender Mann sein. Ich habe ihm gesagt, dass mir Geld nichts bedeutet, aber er hat nur noch mehr gelacht. Er hat gesagt, jeder mache sich etwas aus Geld."

Charlottes Gedanken wirbelten durcheinander. Es klang so, als würde Gwen den Baron kennen. Bestimmt war das nicht möglich und doch …?

„Warum gehen Sie zu Fuß?" Barrett war es gelungen, seinen Tonfall etwas zu mäßigen, um Gwen und Rose nicht zu verängstigen.

„Er hat Rose und mich ins Haus gebracht und mir das Versprechen abgenommen, dass wir es nicht verlassen. Er hat gesagt, es würde bald uns gehören, deshalb könnten wir es uns schon mal bequem machen, während er auf das Geld wartet." Sie sah mit schmerzverzerrtem Gesicht zu Charlotte auf. In diesem Moment wusste Charlotte, wer der Baron war. Gwen litt, nicht nur wegen dem, was passiert war, sondern auch wegen dem, der dafür verantwortlich war.

„Ich wollte David nicht bei ihm lassen, aber ich konnte mich nicht gegen ihn wehren." Als Gwen ihr Gesicht mit ihren Händen bedeckte und zu weinen begann, griff Rose nach ihrem Rock und vergrub ihr Gesicht darin. „Ich konnte nur versuchen, Hilfe zu holen."

„Der Baron hat vor, David umzubringen." Charlotte wollte seinen richtigen Namen nicht aussprechen, denn das würde ihm einen Hauch von Menschlichkeit verleihen. Und das verdiente er nicht, nicht jetzt, wo sich ihre schlimmste Angst bestätigt hatte.

Barrett beugte sich vor und legte eine Hand auf ihre Schulter. „Nicht unbedingt. Er wird nichts tun, bevor er nicht das Geld hat. Er weiß, dass du es ihm nur dann geben wirst, wenn du David in Sicherheit weißt."

Das klang vernünftig und doch konnte Charlotte ihre Besorgnis nicht ablegen. Ihr Sohn, ihr kostbarer kleiner Junge, wurde von einem Verrückten als Geisel gehalten.

Gwen wischte sich die Augen und sah zu Charlotte auf. „Es tut mir so leid. Es ist alles meine Schuld. Er hat mir gesagt, du würdest lügen, weil du dich Charlotte Harding genannt hast. Er sagte, du wärst in Wirklichkeit die Frau irgendeines Armeeleutnants. Ich habe ihm nicht geglaubt, aber dann habe ich die Bibel gesehen."

Es gab nur eine Bibel, die Gwen dazu gebracht haben konnte, ihre Meinung zu ändern, aber die hatte Charlotte versteckt. Oder doch nicht? Sie schloss die Augen und versuchte, sich ihr Zimmer vorzustellen, versuchte sich zu erinnern, ob sie die Bibel zurück in die Schublade gelegt hatte, bevor sie zu ihrer Verabredung mit Barrett aufgebrochen war. Sie konnte sich nicht daran erinnern, die Schublade noch einmal geöffnet zu haben. Sie hatte die Bibel draußen gelassen. Das bedeutete, dass ihre aufgeflogene Identität und Davids Entführung ihr Fehler und nicht Gwens war.

Charlotte schüttelte langsam den Kopf. Gwen musste das missverstanden haben, denn sie sah aus, als würde sie erneut anfangen zu weinen. „Es tut mir leid, Charlotte. Ich hätte es nicht tun sollen, aber ich habe die Seiten mit dem Familienstammbaum gelesen. Als ich sah, dass er recht hat, habe ich es ihm gesagt." Ihre Schultern bebten, als Tränen ihre Wangen hinunterströmten. „Ich wusste nicht, dass er so böse ist."

„Wer?" Die Frage kam von Barrett.

„Warren."

„Warren?"

Charlotte hörte das Entsetzen in Barretts Stimme und spürte, wie sich seine Hand auf ihrer Schulter verkrampfte, als Gwen bestätigte, was sie bereits vermutet hatte. Warren war der Baron. Sie hätte es schon vorher erkennen müssen. Schließlich hatten ihre Instinkte sie vom ersten Moment an gewarnt, dass irgendetwas nicht stimmte. Wenn sie nur darauf vertraut hätte, dann wäre die heutige Nacht vielleicht nie passiert. Wie die Dinge jetzt lagen, waren sowohl Barrett als auch Gwen getäuscht worden und Charlottes Sohn befand sich in Lebensgefahr.

Beschütze ihn, betete sie erneut. *Erweiche Warrens Herz.*

„Ich dachte, er liebt mich." Gwens Gejammer zerriss Charlotte das Herz.

„Das tut er." Sie beugte sich herab und streckte ihrer Freundin die Hand entgegen. „Er liebt dich auf seine Weise." Genauso wie Jeffrey sie so geliebt hatte, wie er eben konnte. Es war nicht so, wie Charlotte hatte geliebt werden wollen. Es war nicht so, wie Barrett sie liebte. Aber es war alles, was Jeffrey ihr hatte geben können.

Barrett stieg vom Pferd und ging zu Gwen. Obwohl Charlotte ahnte, dass die Enthüllung von Warrens Niedertracht ihm sehr zu schaffen machte, gab es keine Gefühlsregung in seiner Stimme.

„Können Sie im Herrensattel reiten?" Als Gwen nickte, deutete er auf Charlotte. „Nehmen Sie Charlottes Pferd und reiten Sie nach Hause. Es gibt nichts, was Sie hier noch tun könnten, und Sie und Rose, ihr müsst aus der Kälte raus."

Es war ein vernünftiger Rat. Als Charlotte absteigen wollte, streckte Barrett ihr seine Arme entgegen, hob sie vom Pferd und zog sie einen ganz kurzen Moment lang an sich.

„Ich liebe dich", flüsterte er. „Vergiss das nicht."

Das würde sie nicht. Egal, was passierte, sie würde nie vergessen, dass dieser wundervolle Mann sie liebte … und ihren Sohn.

„Kannst du mir verzeihen?", fragte Gwen verzweifelt. „Ich wollte David nicht schaden."

„Ich weiß. Es war nicht deine Schuld." Charlotte umarmte sie kurz. „Pass auf Rose auf."

Barrett half Gwen aufs Pferd, dann reichte er ihr Rose. Als die beiden in Richtung Stadt losritten, legte er seinen Arm um Charlottes Schulter und drückte sie sanft, während er sagte: „Wir werden zu zweit auf meinem Pferd reiten, bis wir zur Ranch kommen. Dann werde ich mich entfernen." Er hob Charlotte auf sein Pferd, stieg hinter ihr auf und schlang seine Arme um sie, sodass er die Zügel kontrollieren konnte. „Ich habe die Ranch ein paar Mal besucht. Kurz bevor wir sie erreichen, macht der Weg eine Biegung. Wenn wir uns links halten, kommen wir hinter dem Schuppen raus, in dem Warren David festhält. Die einzige Öffnung ist eine Tür im vorderen Teil. Er wird dich erst sehen, wenn du genau dort bist."

Charlotte war sich nicht sicher, ob ihre Ankunft eine Überraschung sein musste, aber sie wusste, dass Warren keine Ahnung von Barretts Anwesenheit haben durfte. Es war nicht vorherzusehen, was er tun würde, wenn er begriff, dass sie seinen Anweisungen nicht gefolgt war.

Sie waren ungefähr hundert Meter vom Schuppen entfernt, als Barrett vom Pferd stieg. „Halte ihn hin, wenn du kannst", sagte er, als er ihr die Zügel in die Hand gedrückt hatte. „Das gibt mir die Zeit, dorthin zu gelangen. Mein Instinkt sagt mir, dass wir in dem Moment, in dem du ihm das Geld gibst, verschwinden müssen."

Charlotte wusste, dass er seinem Freund das Schlimmste zutraute. Seinem früheren Freund. Sie tat es auch. Verrückte waren unberechenbar und das machte sie so gefährlich.

Charlotte nickte, obwohl ihr Herz so laut klopfte, dass sie kaum etwas anderes hören konnte. „Ich weiß nicht, was ich tun werde, wenn ich ihn sehe. Ich bin gleichzeitig wütend und verstört. Ich habe solche Angst, dass er David verletzen könnte."

Barrett legte seine Hand auf ihre. „Du bist nicht allein. Du weißt das. Du bist niemals allein."

Als sie die Vorderseite des Schuppens erreichte, sah sie, dass Barrett recht gehabt hatte. Es gab keine Fenster, nur eine einzige Tür, an deren Rändern Licht nach draußen schien. Seltsamerweise gab es keine Geräusche. Sie hatte erwartet, David jammern und Warren herumbrüllen zu hören. Stattdessen herrschte eine gespenstische Stille. Es gab nur eine Erklärung, die Charlotte sich vorstellen konnte: David schlief. Während sie vom Pferd stieg und auf die Tür zuging, murmelte sie ein stilles Dankgebet. Sie klopfte an die Tür, dann öffnete sie sie und schrie auf. David schlief nicht. Er lag mit gefesselten Händen und Füßen in einer Kiste. Schlimmer noch, er war geknebelt worden. Dieses Monster hatte ihren Sohn so behandelt, als wäre er ein Sack Kartoffeln. Charlotte sah die Tränenspuren auf Davids Gesicht und beobachtete, wie er sich zu winden begann, als er das Geräusch ihrer Schritte vernahm.

„David!“ Verzweifelt stürzte sie vorwärts, doch der Baron stellte sich ihr in den Weg und richtete eine Waffe auf ihr Herz.

„Gib mir das Geld! Oder ich werde sowohl dich als auch dein Balg töten.“

Kapitel 27

Charlotte starrte auf den Mann, der einst seine Bosheit hinter einer Maske versteckt hatte, den Mann mit den Augen, die so kalt waren wie das Januareis. Sie hatte schon lange vermutet, dass der Baron Jeffrey erschossen hatte. Jetzt, wo sie ihm von Angesicht zu Angesicht gegenüberstand, wurden all ihre Ängste bestätigt. Dieser Mann war ein Mörder. Er hatte bereits getötet und würde es wieder tun. Aller Wahrscheinlichkeit nach hatte er vor, sie und David umzubringen, sobald sie ihm das Geld gegeben hatte. Charlotte murmelte ein stilles Gebet, dass es ihr irgendwie gelingen würde, ihn zu überlisten. Trotzig weigerte sie sich, vor ihm zurückzuzucken, als sie seinem Blick begegnete.

„Sie werden nichts von mir bekommen, solange ich nicht sicher bin, dass mein Sohn unversehrt ist." Irgendwie würde sie David hier herausholen, selbst wenn sie sterben musste, um das zu tun. Obwohl sie den Gedanken hasste, ihren Sohn zurückzulassen, wusste Charlotte, dass David im Falle ihres Todes nicht allein sein würde. Barrett würde ihn großziehen, als wäre er sein eigenes Kind. Aber zuerst musste sie ihn befreien.

Als würde er ihre Entschlossenheit spüren, senkte Warren seine Waffe und erlaubte Charlotte, an ihm vorbeizugehen. In ihrer Eile stolperte sie und ihre Augen weiteten sich vor Überraschung, als sie den Gegenstand erkannte, der sie beinahe zu Fall gebracht hätte: Davids Ball. Er musste sich geweigert haben, ihn loszulassen, und hatte ihn den ganzen Weg hierher getragen. Oder vielleicht hatte Gwen, die wusste, wie er an dem Spielzeug hing, den Ball in ihrem Mantel versteckt. Wie auch immer – Davids Ball befand sich hier.

Charlotte riss ihren Sohn in ihre Arme, sie musste ihn einfach nah bei sich spüren und sich vergewissern, dass er am Leben war, bevor sie ihn losband. Widerwillig legte sie ihn zurück in die Kiste.

„Alles wird gut", summte sie, während sie den Knebel und die Seile entfernte. Wie eine Feder, die man gelöst hatte, begann David mit seinen Armen und Beinen wild um sich zu schlagen. „Du bist in Sicherheit, David. Du bist sicher." Während Charlotte sich herabbeugte, um seine Stirn zu streicheln, betete sie, dass das der Wahrheit entsprach.

Als sich Davids Gewimmer in laute Schreie verwandelte, runzelte Warren die Stirn. „Bring ihn zum Schweigen! Er jault unaufhörlich. Das kann einen Mann wahnsinnig machen."

Charlotte nahm das immer noch kämpfende Kind in den Arm und drehte ihn, sodass seine Schreie von ihrem Körper gedämpft wurden.

„Er ist ein Kind, Warren", sagte sie und heftete ihre Augen auf den Mann, der für die Not ihres Sohnes verantwortlich war. „Ein Kind, das nicht sehen kann. Sie haben ihn aus seinem Zuhause gerissen und an einen seltsamen Ort gebracht. Wie, dachten Sie, würde er reagieren? Er ist müde, er ist wahrscheinlich hungrig und er hat Angst. Natürlich weint er."

Warrens Stirnrunzeln verstärkte sich, als er mit der Waffe vor ihr herumfuchtelte. „Ich brauche keine Lektion von dir, *Mrs Crowley*." Als er den Namen aussprach, verlieh er ihm einen höhnischen Klang. „Du hast gedacht, du wärst schlau genug, um dich vor mir zu verstecken, aber du hast dich geirrt." Er machte einen Schritt auf sie zu. „Also, wo ist das Geld?"

„Ich habe es nicht." Wenn sie es irgendwie vermeiden könnte, würde sie diesem schrecklichen Mann Barretts Ersparnisse nicht geben, denn wenn ihre Angst sich bewahrheiten würde, würde das Davids Leben nicht retten. Sie musste ihren Sohn hier herausbekommen, aber zuerst musste sie sicher sein, dass Barrett draußen wartete.

Warrens Gesicht rötete sich und ließ seine Nase mehr als jemals zuvor wie den Schnabel eines Raubvogels aussehen. „Wie meinst du das? Natürlich hast du das Geld. Jeffrey hat es dir gegeben."

Während sich Davids Gejammer in ein Wimmern verwandelte, schüttelte Charlotte den Kopf. „Jeffrey hatte kein Geld. Er hätte nicht bei den Postkutschenüberfällen mitgemacht, wenn er es gehabt hätte."

Obwohl sie es nicht für möglich gehalten hätte, wurde Warrens Gesicht noch eine Spur dunkler. „Du lügst. Jeffrey hat Großnases Versteck gefunden."

„Nein, das hat er nicht. Mit Davids Entführung haben Sie nichts erreicht, Warren. Ich habe kein Geld, das ich Ihnen geben kann."

Warren atmete tief ein und langsam wieder aus. „Du bist keine sehr gute Lügnerin, *Mrs Crowley*. Ich denke, du hast durchaus Geld. Es ist vielleicht nicht Großnases Gold, aber du hast Geld. Wir werden auf Barrett warten."

„Barrett?"

„Du musst nicht das Unschuldslamm spielen, *Mrs Crowley*." Warren brach in erneutes Hohngelächter aus, als bereite es ihm Vergnügen, den Namen auszusprechen. „Ich weiß, dass du mit ihm zu Abend gegessen hast, und ich bin sicher, dass er dich – Gentleman, der er ist …" – weiteres Hohngelächter begleitete Warrens Worte – „… nach Hause begleitet hat. Das bedeutet, dass er meine Forderungen kennt." Warrens Augen verengten sich, während er Charlotte anstarrte. „Wenn ich es hätte, würde ich Großnases Gold darauf verwetten, dass Barrett dich nicht allein hat hierherkommen lassen. Ich erwarte, dass er jeden Moment durch diese Tür stürmt, also sollten wir uns bereit machen." Er deutete auf den einzigen Sitzplatz des Schuppens, einen Stuhl, an dem bereits der Großteil der Farbe fehlte und dessen Rückenlehne nur noch aus einem einzigen Holzstab bestand. „Setz dich."

„Und wenn ich das nicht tue?"

„Dann erschieße ich dein Balg." Er spannte die Waffe.

Charlotte setzte sich hin.

„Setz den Jungen auf den Boden."

Charlotte gehorchte.

„Jetzt nimm deine Hände hinter den Stuhl." Er griff nach zwei Seilen, die auf dem Tisch lagen.

„Warum?" Es war eine rhetorische Frage. Charlotte versuchte, Warren abzulenken, und hoffte, Barrett würde kommen, bevor er sie festbinden konnte.

Warrens Lippen verzogen sich. „Bestimmt bist du nicht derart dumm. Dir muss klar sein, dass ich dich an den Stuhl binden werde. Ohne das Geld hast du allenfalls einen Wert als Druckmittel. Wenn Barrett sich etwas aus dir macht, wird er mir geben, was ich haben will."

Charlotte atmete einmal tief durch. Es hatte keinen Sinn, mit einem Mann zu streiten, der eine Waffe hatte. Selbst wenn man die Waffe außer Acht ließ, war Warren immer noch größer und stärker. Ihre einzige Hoffnung war es, ihren Verstand zu benutzen. Mit einem stillen Gebet um Weisheit lehnte sie sich auf ihrem Stuhl zurück. Immerhin drohte Warren nicht damit, David erneut zu knebeln und zu fesseln. Ihr Sohn hatte die Möglichkeit zu entkommen, sobald Barrett eintrat.

Nachdem sie ein weiteres Mal über Davids Kopf gestreichelt und ihn ermahnt hatte, ruhig dazusitzen, erlaubte Charlotte Warren, ihre Handgelenke festzubinden. Dabei hoffte sie, er würde nicht bemerken, wie weit sie ihre Hände von dem Holzstab des Stuhles weghielt. Wenn das Seil locker genug war, würde sie vielleicht in der Lage sein, ihre Hände herauszuwinden, sobald er auf seinen Posten an der Tür zurückkehrte. Aber er zog so stark an dem Seil, dass sie wusste, dass ihr Plan gescheitert war. Wenn er ihre Beine auf die gleiche Weise festband, würde sie genauso hilflos sein wie David vorhin. Charlotte konnte das nicht zulassen. Als sich Warren vor sie stellte, um ihre Beine festzubinden, atmete sie einmal tief ein. Es war an der Zeit. Sie bot die gesamte Kraft auf, die ihr zur Verfügung stand, und trat zu. Doch ihre Füße verfehlten ihr Ziel, und obwohl sie so hart zugetreten hatte, wie sie nur konnte, blieb Warren stehen.

Sein Gesicht verzerrte sich vor Wut, als er sie einen Moment lang anstarrte. Dann ballte er langsam und bedächtig, damit sie genau wusste, was passieren würde, seine Faust, holte mit seinem Arm aus und schwang ihn vorwärts. Als seine Fingerknöchel mit ihrem Gesicht kollidierten, raubte die Wucht Charlotte die Luft. Sie spürte, wie ihr Kopf nach hinten katapultiert wurde, dann sah sie nur noch Sterne. Als sie wieder einigermaßen klar sehen konnte, waren ihre Fußknöchel bereits zusammengebunden. Neben ihr wimmerte David leise, aber obwohl sie sich danach sehnte, ihn mit einer Berührung zu trösten, konnte sie es nicht. Zum ersten Mal in Davids kurzem Leben konnte sie, seine Mutter, ihn nicht in die Arme nehmen, obwohl sie doch dicht neben ihm war.

„Es tut mir leid, David“, flüsterte sie.

„Es wird dir noch mehr als leidtun, wenn du so etwas wie eben ein weiteres Mal versuchst.“ Warrens Stimme klang drohend. „Beim nächsten Mal werde ich mich nicht mehr zurückhalten.“ Er presste seine Knöchel gegen ihre Wange und grinste, als Charlotte vor Schmerzen zusammenzuckte. „Es wäre eine Schande, dein Gesicht blutig zu schlagen, nicht wahr?“

Er sah auf David herab, zielte mit dem Fuß in seine Richtung und hielt erst kurz, bevor er ihn tatsächlich traf, inne.

„Nein!“, schrie Charlotte. „Verletzen Sie meinen Sohn nicht. Er ist keine Bedrohung für Sie.“ Der Schmerz in ihrem Gesicht war nichts im Vergleich zu der Angst, dass Warren ihrem Kind Schaden zufügen würde.

„Du hast recht“, stimmte Warren ihr zu. „Dein Balg ist keine Bedrohung und Barrett ist es auch nicht. Wenn er dich sieht, wird er genau das tun, was ich will. Ich muss nur noch warten.“ Er durchquerte den Raum und stellte sich mit gespannter Waffe und zum Schuss bereit neben die Tür.

Bitte, Herr, nein. Lass nicht zu, dass er Barrett und David tötet. Charlotte sah sich um und suchte nach einer Möglichkeit, um Warren abzulenken. Obwohl Barrett bewaffnet war, lief er in einen Hinterhalt. Wenn er in den Schuppen gelangen konnte, ohne erschossen zu werden, wäre er vielleicht in der Lage, Warren zu entwaffnen. Ohne Waffe wäre Warren weit weniger gefährlich. Charlotte vermutete, dass er gerne die anderen einschüchterte, die er für schwächer hielt. Barrett war kein Schwächling, aber er war einem Verrückten mit einer Waffe nicht gewachsen. Es musste einen Weg geben, um Warren irgendwie abzulenken.

Charlotte sah auf ihren Sohn hinab, der zu ihren Füßen kauerte, als hätte er Angst, sich zu bewegen. Während sie das tat, entdeckte sie einen Gegenstand. Das konnte vielleicht die Antwort sein.

„David, lass uns deinen Ball finden“, sagte sie leise. „Er ist nicht weit weg.“

„Was machst du da?“

Charlotte zwang sich, Warrens Blick standzuhalten, wobei sie hoffte, dass ihr Gesichtsausdruck den Hoffnungsschimmer nicht verraten würde, der sich tief in ihrem Inneren entzündet hatte.

„Ich halte meinen Sohn vom Weinen ab“, gab sie zurück. „Sie haben gesagt, dass Sie das nicht mögen.“

„Das tue ich auch nicht.“ Anscheinend besänftigt lehnte sich Warren gegen die Wand, seine Waffe hatte er neben sich.

„Ein bisschen weiter“, instruierte Charlotte ihren Sohn. „Du bist ein kluger Junge. Das ist die richtige Richtung.“ Als er sein geliebtes Spielzeug entdeckte, begann David vor Freude zu glucksen. „Das ist gut. Jetzt komm zurück zu Mama.“

Warrens verächtlich verzogene Lippen ließen keinen Zweifel daran, dass er David als eine Nervensäge betrachtete, ein notwendiges Übel innerhalb seines Planes, das Vermögen zu bekommen, das ihm seiner Meinung nach zustand. Das einzig Gute, was Charlotte über Warrens offensichtliche Verachtung für ihren Sohn sagen konnte, war die Tatsache, dass er nicht länger auf die Tür starrte. Obwohl sie ihren Kopf zur Seite gewandt hatte, damit die Richtung ihres Blickes nicht erkennbar war, beobachtete Charlotte sorgfältig die Tür. Es gab kein Geräusch, nichts, was Barretts Ankunft verriet. Allein die zunehmende Dunkelheit um den Türrahmen herum verriet Charlotte, dass er hier war. Sie wandte sich David zu. Die Zeit war gekommen.

„Lass uns bowlen, David“, sagte sie und hob ein wenig ihre Stimme. Es war ein Signal sowohl für Barrett als auch für David. Wie sie es erwartet hatte, machte ihr Sohn ein fragendes Gesicht, verweigerte jedoch jede Bewegung.

„Wovon redest du?“, wollte Warren wissen. „Vom Bowlen?“

Das war alles, was David brauchte. Der Klang einer Männerstimme, die das magische Wort aussprach, löste seine Reaktion aus. Er rollte den Ball über den Boden auf Warren zu. Vielleicht verlieh er ihm mehr Schwung als sonst. Vielleicht war es auch nur, weil der Boden ein wenig abfiel. Charlotte wusste nur, dass ihr Entführer in dem Moment, in dem der Ball gegen seinen Fuß stieß, einen lauten Schrei von sich gab. Das war die Ablenkung, die Barrett brauchte. Einen Moment später hatte er mit vorgehaltener Waffe den Schuppen betreten.

„Leg deine Waffe weg“, befahl Barrett mit stahlharter Stimme, während er den Mann anstarrte, der einst sein Freund und Ratgeber gewesen war.

Sein Befehl wurde von einem höhnischen Lachen quittiert. „Ich wusste, dass du kommen würdest.“ Warren wirbelte herum und richtete seine Waffe auf Charlotte. „Aber du wirst mir nichts tun. Du hattest nicht genug Stärke, um Politiker zu werden, und du bist zu feige, um mich zu erschießen. Du wirst das Risiko nicht eingehen, dass ich deine *Mrs Crowley* zuerst erschieße." Obwohl er seinen Blick und seine Waffe auf Charlotte richtete, waren seine Worte an Barrett adressiert. „Du weißt, dass ich ein erstklassiger Schütze bin und – im Gegensatz zu dir – nicht mit feigen Skrupeln belastet. Ich habe schon einmal eine Frau getötet. Es würde mich nicht stören, es noch einmal zu tun."

„Was willst du?" Während Barrett weiter in den Schuppen trat, traf sein Blick auf den von Charlotte und sie sah seine Besorgnis. Vielleicht wunderte er sich darüber, dass sie Warren die Tasche mit dem Geld nicht gegeben hatte. Sicher musste ihm klar sein, dass ihn das Geld nicht zufriedenstellen würde, dass er niemanden am Leben lassen würde, der davon berichten konnte, was er getan hatte.

„Du weißt, was ich will. Geld."

„Was werden Sie damit machen?", fragte Charlotte. Es würde vielleicht nicht funktionieren, aber wenn sie Warren weiter in ein Gespräch verwickelte, würde er vielleicht seine Waffe senken, und Barrett wäre in der Lage, ihn zu entwaffnen.

„Was geht es dich an?"

„Wenn ich sterben muss, darf ich auch wissen, warum."

Charlotte hörte, wie Barrett scharf einatmete, und sie sah, wie sich seine Finger enger um den Abzug legten.

„Es ist für Gwen", sagte Warren und plötzlich wurde seine Stimme tief und gefühlvoll. „Sie verdient es, wie eine Dame behandelt zu werden. Ich werde ihr ein schickes Haus bauen, sodass sie wie eine Königin leben kann. Und wenn ich das tue, wird es niemand im Cheyenne-Club mehr wagen, mir die Mitgliedschaft zu verweigern."

Gwen bedeutete ihm also etwas. Charlotte konnte das in seiner Stimme hören und es an seinen Augen ablesen. Was Gwen anbelangte, wusste Charlotte, dass sie den Mann liebte, der er ihrer Meinung nach war. Aber jetzt, wo Warren sein wahres Gesicht gezeigt hatte, hatte sich alles verändert.

„Glauben Sie, dass Gwen Sie immer noch heiraten will?" Obwohl Charlotte ihren Blick auf Warren heftete, sah sie aus dem Augenwinkel, dass Barrett näher kam.

„Warum denn nicht?", fragte Warren, der anscheinend nicht bemerkte, dass Barrett inzwischen in Reichweite war. Er starrte mit weit aufgerissenen Augen auf Charlotte. Ob es Wut oder Entsetzen war, das darin zu lesen war, spielte keine Rolle. Es kam einzig und allein darauf an, dass Warren von Barrett abgelenkt wurde.

„Gwen wird Sie nicht heiraten, weil sie Ihr wahres Gesicht gesehen hat", sagte Charlotte so ruhig, als würden sie über das Wetter sprechen. „Sie würde keinen Mann heiraten, der ihre Freunde getötet hat."

Als er Charlottes Worte begriff, verzerrte sich Warrens Gesicht vor Ärger. „Du weißt gar nichts! Du bist nichts als eine Lügnerin und weißt du, was Lügner verdienen?" Er hob seine Waffe und richtete sie auf Charlotte. „Sie verdienen es zu sterben." Er drückte den Abzug. Der Knall war ohrenbetäubend und übertönte beinahe Warrens wütenden Aufschrei, als Barrett ihm die Waffe aus der Hand schlug und die Kugel die Decke traf.

„Du!", knurrte Warren, als er sich auf Barrett stürzte. „Du verdienst es ebenfalls zu sterben."

Eine Sekunde später lagen die beiden Männer auf dem Fußboden, ächzten vor Schmerzen, wenn Fausthiebe ihr Ziel trafen, und rollten sich hin und her, während jeder von ihnen versuchte, die Oberhand zu gewinnen. Charlotte zuckte jedes Mal zusammen, wenn Barrett aufstöhnte, aber sie konnte nichts tun, außer dafür zu beten, dass er nicht ernsthaft verletzt werden würde. Obwohl Barrett jünger und kräftiger war, verlieh die Wut Warren unerwartete Kraft. Keiner von den beiden Männern sagte etwas, sie ließen nur die Fäuste sprechen und stöhnten und schrien, während sie mit den Fäusten aufeinander einschlugen.

Der Kampf war brutaler alles irgendetwas, was Charlotte jemals mit angesehen hatte. Doch sie wusste, dass es noch viel schlimmer hätte kommen können. Wenn Warren noch seine Waffe in der Hand gehabt hätte, wäre Blut vergossen worden. Er hätte versucht, Barrett zu töten, und Barrett hätte keine andere Wahl gehabt, als zuerst zu schießen. Wie die Dinge jetzt lagen, hatten beide Männer die Möglichkeit zu überleben.

Charlotte schloss für einen Moment die Augen und versuchte, den schrecklichen Anblick auszublenden, aber das war noch schlimmer. Der Sicht beraubt, beschwor ihre Fantasie eine Szene herauf, die schlimmer war als die Realität. Armer David. Er hatte keine Möglichkeit herauszufinden, was passierte. Es war kein Wunder, dass er sich aufgerappelt hatte und jetzt neben ihr stand und sich an sie schmiegte. Aber obwohl er eindeutig verängstigt war, konnte Charlotte nichts anderes tun, als ihm etwas vorzusummen. Wieder und wieder versicherte sie ihm, dass die seltsamen Geräusche, die er hörte und die für ihn noch beängstigender sein mussten als für sie, wieder aufhören würden.

Und das taten sie. Obwohl es so schien, als wären Stunden vergangen, wusste Charlotte, dass nur wenige Minuten vergangen waren, bis Warren zu ermüden begann. Barrett drehte ihn um und drückte Warren mit seinem Körpergewicht auf den Boden, dann holte er mit dem Arm aus und versetzte seinem Angreifer einen Fausthieb gegen den Unterkiefer. Selbst ein trainierter Boxer wäre stolz auf einen solchen K.-o.-Schlag gewesen.

Irgendwie fand Barrett die Kraft, sich auf seine Füße zu stellen. Mit wenigen Schritten war er bei Charlotte. „Bist du in Ordnung?" Seine Augen verengten sich, als er ihre blutige Wange berührte. „Hat er das getan?" Als Charlotte nickte, verfinsterte sich Barretts Blick. „Ich hätte ihn härter schlagen sollen."

„Ich werde es überleben." Ein einfacher Satz – und doch die Antwort auf ihr Gebet. Trotz allem, was Warren zu tun versucht hatte, waren sie alle noch am Leben.

Innerhalb von Sekunden hatte Barrett sie losgebunden. Charlotte rieb sich ihre Handgelenke und streckte ihre Zehen, um die Blutzirkulation wieder in Gang zu bringen. Als sie das Gefühl hatte, dass ihre Arme stark genug waren, nahm sie David auf den Arm. „Du bist in Sicherheit, David. Mama ist hier und Mr Landry auch. Er hat dich beschützt."

Offenbar schien David seine Tortur bereits vergessen zu haben. „Bowlen?", fragte er und wandte sich zu Barrett um.

Charlotte schüttelte den Kopf. „Nicht jetzt, junger Mann. Wir gehen nach Hause und du kommst ins Bett." Charlotte tätschelte David den Rücken und wollte gerade aufstehen, da erstarrte sie. Es konnte nicht sein! Doch ihre Augen täuschten sie nicht: Warren hatte das Bewusstsein wiedererlangt und krabbelte auf seine Waffe zu.

„Barrett! Vorsicht!“

Es war zu spät. Warren hatte die Waffe bereits in der Hand.

„Du kannst mich nicht aufhalten!“ Ein irres Lachen begleitete seine Worte. Obwohl Barrett auf ihn zusprang, konnte er nichts mehr tun. In Sekundenbruchteilen hatte Warren die Waffe an seine Stirn gepresst und drückte den Abzug.

Kapitel 28

„Ich war so ein Dummkopf." Gwens rote Augen bezeugten ihre schlaflose Nacht und die Tränen, die sie vergossen hatte. Erschöpft von der nächtlichen Aufregung waren sowohl David als auch Rose noch im Bett, sodass Gwen und Charlotte allein am Frühstückstisch saßen. Keine der beiden Frauen hatte großen Appetit, allerdings hatten beide etliche Tassen Kaffee getrunken. „Wie konnte ich nur auf die Idee kommen, dass ein Mann wie Warren eine unattraktive, dicke Frau wie mich lieben könnte? Mir hätte klar sein müssen, dass irgendetwas nicht stimmt."

Charlotte litt mit ihrer Freundin, aber sie war dankbar, dass Gwen nicht im Schuppen gewesen war, um Warrens letzte Augenblicke mitzuerleben. Sobald das Entsetzen der letzten Nacht verblasst war, blieben Gwen vielleicht noch ein paar gute Erinnerungen.

„Mit dir ist alles in Ordnung. Aber mit Warren stimmte etwas nicht", sagte Charlotte mit fester Stimme. Instinktiv berührte sie ihre geprellte Wange, bedauerte die Bewegung jedoch, als sie sah, wie ein Ausdruck von Schmerz in Gwens Augen aufflackerte. Es war immer noch schwer zu glauben, dass der Baron tot war und Charlotte nicht länger fürchten musste, er könne David etwas tun. Obwohl sie gebetet hatte, dass er gefunden werden würde und hinter Schloss und Riegel käme, hatte sie nie seinen Tod herbeigesehnt. Warren war ein Verrückter gewesen, aber solange er gelebt hatte, hatte die Möglichkeit bestanden, dass er sich veränderte. Jetzt war diese Möglichkeit vertan und Gwen litt.

„Vor gestern Abend hat er mich nie verletzt", sagte Gwen, „und selbst gestern war es nur mit Worten, nicht mit seinen Fäusten." Sie rührte einen Teelöffel Zucker in ihren Kaffee und probierte ihn, bevor sie einen weiteren hinzufügte. „Was werde ich jetzt nur tun? Ich kann gar nicht mehr in den Spiegel schauen."

„Oh, Gwen, das stimmt nicht. Jetzt fühlst du dich vielleicht so, aber du musst eines wissen: Was Warren getan hat, war seine Schuld. Es hat nichts mit dir zu tun."

Gwen schüttelte den Kopf. „Ich weiß, dass du mir helfen willst, aber du weißt nicht, wie ich mich fühle."

„Doch, das weiß ich." Charlotte trank einen Schluck Kaffee, während sie begann, Teile ihrer Vergangenheit zu offenbaren, die sie verzweifelt zu verbergen versucht hatte. Obwohl sie es hasste, schmerzhafte Erinnerungen ans Licht zu zerren, konnte sie nicht zulassen, dass ihre Freundin sich für Warrens Sünden die Schuld gab. „Ich weiß, wie du dich fühlst, weil mein Mann auch ein paar schreckliche Dinge getan hat."

Langsam und bedächtig erzählte sie, was in Fort Laramie geschehen war und weshalb sie sich selbst Charlotte Harding genannt hatte. „Zuerst habe ich mich für das, was Jeffrey getan hatte, geschämt. Es hat lange gedauert, bis ich begriff, dass ich nicht dafür verantwortlich war. Ich habe versucht, Jeffrey zu verändern, aber die Wahrheit ist, dass niemand von uns andere Menschen verändern kann. Wir können ihnen Ratschläge erteilen, wir können ihnen die richtige Richtung weisen, aber die Entscheidung müssen sie allein treffen. Jeffrey war nicht bereit, sich zu verändern. Und Warren war genauso. Es gab nichts, was du hättest tun können. Du bist nicht verantwortlich."

Gwen nippte an ihrem Kaffee. Ihr Gesichtsausdruck war nachdenklich, als sie die Tasse zurück auf die Untertasse stellte. „Ich wünschte, ich könnte das glauben."

Die Morgensonne ergoss sich ins Wohnzimmer und sandte einen Lichtstrahl über den Teppich. Obwohl sich Charlotte so fühlte, als wäre sie um Jahre gealtert, waren weniger als zwölf Stunden vergangen, seit Warren hier gewesen war, seine Notiz geschrieben und Gwen und die Kinder dazu gezwungen hatte, mit ihm zu gehen. Aber die Schreckensnacht war vorbei. Auch Gwens Schmerz würde mit der Zeit vorübergehen.

„Glaub es", sagte Charlotte. „Und glaub, dass Gott Gutes für dich bereithält, vielleicht sogar einen neuen Ehemann."

„Ich bezweifle das." Tränen traten in Gwens Augen. „Niemand wird mich mehr haben wollen, wenn er davon erfährt, was Warren getan hat und wie bereitwillig ich ihm geglaubt habe. Sie werden sagen, dass ich ein Dummkopf war, und das war ich ja auch. Ich wollte so unbedingt einen Vater für Rose, dass ich nicht mehr klar denken konnte." Eine einzige Träne rollte Gwens Wange hinunter. „Ich habe meine Gelegenheit verspielt. Jetzt muss ich mich mit der Tatsache abfinden, dass ich für den Rest meines Lebens Witwe sein werde."

„Ich habe mich auch so gefühlt", vertraute Charlotte ihr an. „Ich war sicher, dass ich nie wieder heiraten würde. Zuerst habe ich mir Sorgen darüber gemacht, dass die Leute denken würden, ich sei wie Jeffrey, und mich aus diesem Grund meiden würden. Als ich dann entdeckte, dass David blind ist, glaubte ich, jeder Mann, der sich für mich interessierte, würde David für eine zu große Bürde halten. Ich habe mich geirrt." Charlotte betrachtete den Ring, der ihre linke Hand zierte. „Gott hat mir einen Mann geschickt, der meinen Sohn genauso liebt, wie ich das tue."

„Du wurdest gesegnet." Gwen wischte ihre Tränen weg und warf Charlotte ein trauriges Lächeln zu. „Du musst dir keine Sorgen um mich machen. Ich komme schon zurecht. Rose und ich haben schon früher allein überlebt."

Gerade so. Charlotte erinnerte sich an den Tag, an dem sie Gwen kennengelernt hatte, und dachte daran, wie verzweifelt die Frau gewirkt hatte. „Machst du dir Sorgen darum, wo du leben wirst, wenn Barrett und ich geheiratet haben?" Vielleicht hatte diese Tatsache ein wenig zu Gwens Verzweiflung beigetragen.

Als Gwen nickte, streckte Charlotte ihre Hand aus und griff über den Tisch hinweg nach der Hand ihrer Freundin. „Barrett und ich haben schon darüber gesprochen. Wenn du möchtest, kannst du genau hier bleiben. Wenn David und ich weg sind, hast du mehr Platz. Rose kann sogar ein eigenes Zimmer haben." Gwen nickte langsam. Obwohl Charlotte den nächsten Gedanken nicht mit Barrett besprochen hatte, wagte sie es trotzdem. „Wenn du in der Schule mithelfen möchtest, ist dort ebenfalls Platz für dich. Ich werde jemanden brauchen, der die Kinder beaufsichtigt, wenn sie nicht im Unterricht sind, und ich kann mir niemanden vorstellen, der dafür besser geeignet wäre als du. Das würde bedeuten, dass du in *Barretts Haus* ziehen müsstest, aber die Zimmer im zweiten Stock sind genauso schön wie unsere Wohnung hier."

Gwens Augen weiteten sich und sie griff nach Charlottes Hand.

„Das würdest du tun?", fragte sie, wobei ihre Stimme überrascht und erstaunt klang. „Du würdest mir nach allem, was ich getan habe, deine Schüler anvertrauen?"

Das war es also, was Gwen zu schaffen machte. Sie fürchtete, dass Charlotte sie verurteilen würde, weil sie Warren die Bibel gezeigt hatte.

„Aber natürlich. Wir machen alle Fehler." Charlotte hatte mehr Fehler gemacht, als sie zählen konnte, inklusive der Tatsache, dass sie die Bibel nicht versteckt hatte.

Gwen lächelte, während sie eilig ein paar frisch vergossene Tränen von ihren Wangen wischte. „Danke, Charlotte. Du bist die beste Freundin, die ich jemals hatte."

„Bist du fertig?", fragte Barrett, als er die Wohnung betrat.

Es war früher Nachmittag. Obwohl er ihr einige Botschaften geschickt hatte, sah Charlotte Barrett zum ersten Mal, seit er sie und David gestern Nacht nach Hause gebracht hatte. Die erste Botschaft hatte sie darüber informiert, dass die Behörden von den Ereignissen auf der Franklin-Ranch benachrichtigt worden waren. Die zweite schilderte die einfache Beerdigung, die er für Warren organisiert hatte. Die dritte besagte, dass es eine eilige Angelegenheit gab, die ihre Hochzeit betraf, und dass er sie heute Nachmittag abholen würde. Obwohl sie sich über diese Nachricht gewundert hatte, hatte sie keine Zeit gehabt, um nach einer Erklärung zu fragen. Und jetzt spielte es auch keine Rolle mehr, denn Barrett war da und sah genauso gut aus wie immer, einmal abgesehen von den Spuren seines Kampfes mit Warren.

„Der Pastor hat sich dafür entschuldigt", sagte er zu Charlotte, „aber er muss sich heute mit uns treffen." Barrett lachte in sich hinein. „In Wirklichkeit muss sich seine Frau mit uns treffen. Sie ist die Organistin. Anscheinend bricht sie morgen zu einer Reise nach Omaha auf und möchte, dass wir vor ihrer Abreise noch Lieder für unsere Hochzeit aussuchen."

Das war also der Grund. „Ich bin fertig." Charlotte schloss die Bänder ihrer Haube und sah auf ihren Sohn hinab, der sich an ihrem Rock festhielt. „Ich bin bald wieder zurück, David", sagte sie. „Du kannst mit Rose spielen, während ich weg bin."

Beim Klang ihres Namens flitzte das kleine Mädchen durch den Raum und griff nach Davids Hand. „Ich spiele mit dir. Ich und du haben Spaß."

„Wie geht es David?", fragte Barrett, als er und Charlotte die Treppe hinuntergingen.

Sie nickte. „Das wird schon. Er war heute anhänglicher als sonst, aber das überrascht mich nicht. Die letzte Nacht muss furchterregend für ihn gewesen sein." Sie konnte nichts anderes tun, als ihn mit ihrer Liebe zu überschütten und zu hoffen, dass die Erinnerungen schnell verblassen würden.

Charlotte sah zu Barrett, als sie die Straße erreichten. Obwohl er gelächelt hatte, als er gekommen war, war sein Blick jetzt getrübt. Sie wusste, dass seine Erinnerungen nicht so schnell verblassen würden. „Wie geht es dir? Du wirkst sorgenvoll."

Er beugte seinen Arm und legte ihre Hand darauf. Das Pfarrhaus war zwar nur einen Block entfernt – eine Distanz, die sie schon viele Male ohne fremde Hilfe zurückgelegt hatte –, doch Barrett war ein äußerst zuvorkommender Mensch. Charlotte hatte nichts dagegen. Tatsächlich genoss sie die Gelegenheit, ihm nahe zu sein, besonders an diesem Nachmittag, an dem sie spürte, dass er Trost brauchte. Er brauchte nicht nur die Salben, die sie auf seinem Gesicht und an seinen Händen aufgetragen hatte, um seine Platzwunden und Prellungen zu lindern. Sondern er sehnte sich nach liebenden Berührungen, um die seelischen Wunden zu heilen, die ihm die letzte Nacht zugefügt hatte. Diese Wunden würden noch lange bleiben, auch nachdem die Prellungen schon verheilt waren.

„Ich bin wütend über mich selbst, weil ich nicht hinter die Maske gesehen habe." Barrett sprach so leise, dass Charlotte ihn kaum verstehen konnte. Die Tatsache, dass er niemanden mithören lassen wollte, zeigte seinen Kummer und vielleicht auch seine Scham. „Ich dachte, Warren wäre mein Freund. Jetzt weiß ich, dass er mich nur benutzt hat."

„Du solltest dir keine Schuld dafür geben." Charlotte drückte Barretts Arm, während sie feststellte, dass sie dieselben Worte benutzte wie nur ein paar Stunden zuvor bei Gwen. Im Gegensatz zu Gwen, die in der Lage gewesen war, ein bisschen Trauer durch Tränen zu verarbeiten, hatte sich Barrett, davon war Charlotte überzeugt, nicht gestattet zu weinen.

„Warren hat wirklich eine Maske getragen“, sagte sie mit fester Stimme. „Er trug eine echte, als er Sylvias Mädchen besucht hat. Aber ich glaube, dass die Maske, die er aufgesetzt hat, als er mit dir zusammen war, sogar noch dicker war. Er wollte nicht, dass irgendjemand hindurchsieht, und das ist ihm auch gelungen. Er hat uns alle zum Narren gehalten.“ Selbst sie, die es hätte besser wissen müssen, hatte ihre Bedenken fallen gelassen und sich eingeredet, sie würde sich irren.

Sie hatten die Vorderseite von Mr Yates' Laden erreicht. Als eine Frau aus dem Geschäft kam, hob Barrett seinen Hut und grüßte sie. In einem Monat würde sie eine von seinen Kundinnen sein. In einem Monat würden er und Charlotte heiraten. Aber zuerst musste er gesund werden.

„Ich hätte merken müssen, was vor sich geht. Ich hätte ihn aufhalten müssen.“

Charlotte hörte den Schmerz in Barretts Stimme und wusste, dass er sich wegen des Verlustes eines Mannes, den er einst als seinen Freund betrachtet hatte, Vorwürfe machte. Sie verlangsamte ihre Schritte, dann blieb sie stehen und zwang Barrett, dasselbe zu tun. Was sie sagen wollte, konnte sie am besten sagen, wenn sie seine volle Aufmerksamkeit hatte. Sie sah ihm fest in die Augen und hoffte, er würde verstehen.

„Wir können die Vergangenheit nicht verändern. Ich habe lange gebraucht, um das zu akzeptieren und um zu begreifen, dass ich nicht mehr tun kann, als die Gegenwart so gut wie möglich zu gestalten.“

Barrett nickte langsam und seine Mundwinkel begannen sich zu verziehen. Obwohl sie nicht glaubte, dass sie irgendetwas Lustiges gesagt hatte, freute sich Charlotte über den Anflug eines Lachens. Alles, was sie tun konnte, um Barretts Stimmung zu heben, war gut.

„Du hast so etwas in der Art zu mir gesagt, als wir uns zum ersten Mal getroffen haben.“ Es gab keinen Zweifel daran. Er lächelte jetzt, wodurch die Furchen, die der Schmerz in sein Gesicht gegraben hatte, verschwanden. Seine Augen strahlten. „Zu der Zeit habe ich geglaubt, du wärst ein theoretischer Idealist."

An einem anderen Tag hätte sie angesichts dieser Beschreibung vielleicht die Entrüstete gespielt, aber nicht heute. „Und jetzt? Hast du deine Meinung geändert?"

„Jetzt weiß ich, dass du die Frau bist, die ich liebe, diejenige, die mich in meinen schlimmsten Augenblicken gesehen hat und die mich immer noch heiraten will." Sein Gesichtsausdruck wurde ruhiger. „Ich denke, ich sollte dir dieselbe Frage stellen wie du mir. Hast du deine Meinung geändert? Jetzt, wo du gesehen hast, was für ein armseliger Menschenkenner ich bin, bist du da noch sicher, dass du mich heiraten willst?"

Charlotte drückte seinen Arm ein weiteres Mal und lächelte den Mann an, den sie liebte. „Mehr als jemals zuvor." Barretts Gesicht war vielleicht lädiert; seine Hände waren vielleicht aufgeschürft; aber in Charlottes Augen hatte er noch nie besser ausgesehen. Die Wunden, die er hatte, zeichneten ihn aus, denn er hatte sie davongetragen, als er sie und David verteidigt hatte. Sie waren ein sichtbarer Beweis für Barretts Liebe. Obwohl Charlotte sich wünschte, er hätte sie sich nicht zugezogen, konnte sie nicht anders, als ihretwegen tief bewegt zu sein.

Der Zweifel in seinen Augen verschwand, ersetzt durch das Strahlen des Glücks. „Ich liebe dich, Charlotte."

„Und ich liebe dich."

Seine Lippen schienen sich zu einem weiteren Lächeln zu verziehen, das jedoch schnell wieder verschwand. Für einen Moment sah es für Charlotte so aus, als würde er die Stirn runzeln. Sie konnte sich nicht vorstellen, was seine Stimmung so plötzlich verändert hatte.

„Stimmt irgendetwas nicht?", fragte sie.

Barrett wirkte erschrocken. „Nein. Ja. Vielleicht." Er weigerte sich, ihrem Blick zu begegnen. Stattdessen starrte er in die Ferne und sagte langsam: „Ich schätze, ich sollte dir dafür danken, dass du Warren das Lösegeld nicht gegeben hast, aber dadurch hast du ein Problem geschaffen."

„Ein Problem?" Seine Worte ergaben keinen Sinn. Charlotte hatte gehört, dass Leute, die sich Kopfverletzungen zuzogen, einige Tage lang verwirrt sein konnten. Vielleicht hatte Warren Barrett ernster verletzt, als ihr klar gewesen war. Vielleicht sollten sie zum Arzt gehen, nicht zum Pastor. „Wie kann es ein Problem geben?"

Barretts Lippen bebten erneut. Wieder hatte Charlotte den Eindruck, dass er versuchte, ein Lächeln zu unterdrücken. „Jetzt kann ich die Bezahlung nicht einfordern", verkündete er.

„Ich verstehe nicht."

Barrett zog – anscheinend verwundert – die Augenbrauen hoch. „Wie konntest du das vergessen? Als du darauf bestanden hast, dass ich meine Ersparnisse nicht opfern soll, habe ich dir gesagt, dass ich meine Bezahlung einfordern würde, sobald David in Sicherheit ist. Erinnerst du dich nicht?" Als die Erinnerung wieder auftauchte, nickte Charlotte. „Das ist die Bezahlung, die ich einfordern will. Das Problem ist, dass sich dein Sohn zwar in Sicherheit befindet, es mir aber ungerecht erscheint, eine Bezahlung einzufordern, wenn ich immer noch das ganze Geld habe."

Obwohl Barretts Stimme ernst war, funkelten seine Augen vor kaum verhohlener Erheiterung. Charlotte begriff, dass er es nicht ernst meinte und dass er auch nicht verwirrt war. Er war nicht verwirrt oder durcheinander, sondern versuchte nur, ein wenig Ungezwungenheit in einen Tag zu bringen, der so dramatisch angefangen hatte.

„Und welche Art von Bezahlung hattest du im Sinn?" Charlotte versuchte, ebenso ernst zu bleiben wie Barrett, obwohl ihr das Funkeln in seinen Augen verriet, dass die Bezahlung, die er haben wollte, nicht allzu teuer sein konnte.

„Eine riesige."

„Wie riesig?"

„Gigantisch."

Sie verzog die Lippen und tat so, als wäre sie genervt. „Aber du hast gesagt, ich könnte sie mir leisten."

Barrett nickte. „Das kannst du. Die Frage ist, ob du sie bezahlen *willst*."

Dies war eine Seite von Barrett, die Charlotte heute noch gar nicht gesehen hatte, spielerisch und scherzhaft, und – oh! – wie sehr sie das liebte. Mit einem Mann wie diesem zu leben würde niemals langweilig sein.

„Wenn du mir nicht sagst, was du im Sinn hast, habe ich keine andere Wahl als abzulehnen. Meine Mutter hat mir beigebracht, niemals die Katze im Sack zu kaufen."

„Die was?"

„Die Katze im Sack." Offenbar kannte Barrett diesen Ausdruck nicht, also erklärte Charlotte: „Nicht die Katze im Sack zu kaufen, bedeutet, dass man niemals etwas erwerben sollte, ohne es sich vorher angesehen zu haben. Wenn sie sich immer noch im Sack befindet, weiß man nicht, ob es sich um eine gesunde Katze handelt oder ob es überhaupt eine Katze ist."

„Ich versichere dir, dass die Bezahlung, die ich im Sinn habe, keine Katze ist." Seltsamerweise klang das gedämpfte Geräusch, das Barretts Worte begleitete, wie das Miauen einer Katze.

„Was ist es dann?"

„Es ist einfach und doch schwierig."

„Klingt wie eine Katze im Sack." Charlotte schüttelte mit gespielter Entrüstung den Kopf. „Jetzt sag es mir, Barrett."

„Also gut." Während die Sonne hinter einer Wolke verschwand, verzogen sich Barretts Lippen zu dem schönsten Lächeln, das Charlotte jemals gesehen hatte. „Die Bezahlung, die ich haben will, ist ein Kuss."

Ihr Lächeln konnte mit seinem konkurrieren, als sie sich an die Küsse erinnerte, die sie gestern Abend getauscht hatten. Die Aussicht auf lebenslange Küsse dieser Art ließen ihr Lächeln noch viel mehr strahlen. Wie herrlich es sein würde, mit diesem Mann verheiratet zu sein!

„Das ist alles?", fragte sie gespielt ungläubig. „Du warst bereit, dein gesamtes Vermögen aufzugeben, und alles, was du willst, ist ein Kuss?"

„Nicht nur irgendeinen Kuss. Ich wollte einen Kuss von dir."

„Nur *einen* Kuss?" Er hatte ihr gestern Abend viel mehr Küsse gegeben.

Er nickte. „Das ist alles."

„Dann sollst du ihn haben." Obwohl ihr klar war, dass Barrett seine Bezahlung später erwartete, hatte Charlotte etwas anderes im Sinn. Barrett war der Mann ihrer Träume, derjenige, auf den sie ihr ganzes Leben gewartet hatte. Er war der Mann, der ihr Herz mit

Liebe und Glück erfüllte. Er war ihr Held. Und so schlang Charlotte, vollkommen sichtbar für alle, die vorbeigingen, ihre Arme um seinen Nacken und presste ihre Lippen auf seine.

„Ich liebe dich, Barrett Landry“, murmelte sie.

Nachwort

Liebe Leserinnen, liebe Leser,

die Recherche ist immer einer meiner Lieblingsbereiche beim Schreiben eines Buches und dieses Mal war sie besonders erfreulich, weil ich etwas über meine Wahlheimatstadt gelernt habe. Wenn Sie das heutige Cheyenne besuchen, finden Sie es gegenüber 1886 enorm verändert vor. Die meisten Gebäude aus dieser Epoche sind verschwunden, und um es noch verwirrender zu machen, haben einige der Hauptstraßen andere Namen. Was sich nicht verändert hat, ist der Empfang, den die Einwohner Besuchern und Neuankömmlingen bereiten. Das ist ein Teil dessen, was mich anfangs für Cheyenne begeistert hat. Klinge ich wie die Marketing-Abteilung des Touristenbüros? Das tut mir leid!

Eine der Fragen, die mir häufig gestellt werden, lautet, wie viel in meinen Geschichten den Tatsachen entspricht und wie viel erfunden ist. Der Hintergrund für *Ein verheißungsvoller Frühling* beruht auf Tatsachen. Cheyennes Reichtum in den 1880er-Jahren gründete auf der Viehzucht, aber die Überweidung und der verheerende Winter von 1886/87 vernichtete das Vermögen vieler Viehbarone. Viele der Orte, die Charlotte und Barrett besucht haben, gab es tatsächlich. Was die Charaktere anbelangt, sind alle, die eine Sprechrolle haben, erfunden. Ich habe auf reale Personen hingewiesen, insbesondere auf F. E. Warren und Joseph Carey, die Wyomings erste US-Senatoren wurden und nach denen jetzt Straßen benannt sind, sowie auf die Territorialgouverneure dieser Epoche. Sie werden aber feststellen, dass ich diesen Personen keine Worte in den Mund gelegt habe.

Da das Wetter eine wichtige Rolle in der Geschichte spielt, wollte ich diesbezüglich so präzise wie nur möglich sein. Glücklicherweise hatte ich Zugang zu einem Tagebuch, das das Wetter an bestimmten Terminen erwähnt, sodass ich mir nicht ausdenken musste, wann es geschneit oder geregnet hat. Andere Bücher stellten Fotos sowohl des Inneren als auch des Äußeren vieler Häuser und wichtiger Gebäude zur Verfügung, sodass ich mich auch insoweit nicht auf meine Fantasie verlassen musste und davor bewahrt blieb, Einzelheiten falsch darzustellen. Aber die Handlung der Geschichte selbst ist reine Erfindung.

Für den Fall, dass Sie den Vorgängerband zu diesem Buch – *Der Sommer, der so viel versprach* – noch nicht gelesen haben, hoffe ich, dass Sie sich von der Geschichte über Abigails Sommer in Fort Laramie faszinieren lassen. Ich muss zugeben, dass es sich bei Pfütze, dem Welpen, um einen meiner liebsten Charaktere in diesem Roman handelt, auch wenn er kein Mensch ist.

Mit den besten Wünschen
Amanda Cabot

Wie alles begann ...

Amanda Cabot
Der Sommer, der so viel versprach
ISBN 978-3-86827-429-5
368 Seiten, Paperback

In der Wildnis von Wyoming, 1885

Eigentlich hat Abigail Harding ihr Leben gut im Griff. Sie unterrichtet an einer renommierten Mädchenschule und ist so gut wie verlobt. Doch eine spontane Reise zu ihrer Schwester, die als Offiziersgattin in einem Fort in Wyoming lebt und zutiefst unglücklich zu sein scheint, verändert alles. Abigail gerät in einen Strudel von Ereignissen, der nicht nur ihr gesamtes Lebenskonzept und ihre Zukunftspläne infrage stellt, sondern sie auch in Lebensgefahr bringt ...

Weitere Buchtipps

Cathy Marie Hake
Mehr Charme als Etikette
ISBN 978-3-86827-428-8
368 Seiten, Paperback

Kalifornien 1859

Wenn sie nicht über ihre eigenen Füße stolpert, bringt sie garantiert ihr schnelles Mundwerk in Schwierigkeiten. Dabei hat Ruth Caldwell die besten Absichten. Seit Jahren versucht sie, eine echte Lady zu werden. Doch es will ihr einfach nicht gelingen.

Als Josh McCain Ruth das erste Mal sieht, verschlägt es ihm die Sprache. Nicht nur, weil sie so aussieht, als hätte sie wochenlang in ihrer Kleidung geschlafen, sondern auch, weil ihre wilden Locken und die hinreißenden grünen Augen ihn auf Anhieb faszinieren.

Doch dann erhebt Ruth Anspruch auf Joshs Erbe – und schon bald fliegen zwischen ihnen eher die Fetzen als die Funken. Noch nie in seinem Leben hat Josh eine so halsstarrige, unbeholfene und ungeschickte Person wie Ruth kennengelernt. Als ihre »Unfälle« gefährliche Ausmaße annehmen, muss er eine Entscheidung treffen ...

Cathy Marie Hake
Eine bittersüße Liebe
ISBN 978-3-86827-485-1
384 Seiten, Paperback

Kalifornien 1860

Insgeheim schwärmt Laney schon lange für den gutaussehenden Galen von der Nachbarranch. Doch wird er in ihr jemals mehr sehen als nur die kleine Schwester seines besten Freundes? Als Galen sich Laney endlich zu öffnen beginnt, scheint ihr Glück perfekt. Doch durch die Ankunft zweier verwahrloster Jugendlicher, die Galen aus den Fängen ihres durchtriebenen Vaters retten will, werden die Karten neu gemischt. Er gibt den beiden Arbeit auf seiner Farm und kümmert sich darum, dass sie ein Dach über dem Kopf haben. Doch was als gutgemeinter Akt christlicher Nächstenliebe beginnt, endet in einem Fiasko.

Wie bittersüß kann die Liebe sein?

Tamera Alexander
Geerbtes Glück
ISBN 978-3-86827-424-0
368 Seiten, Paperback

Kenny Ashford sucht die Abgeschiedenheit bei ihrer Cousine, um für sich und ihren Bruder ein neues Leben aufzubauen – fern vom wachsamen Auge des Gesetzes, mit dem Robert schon öfter in Konflikt geraten ist. Doch Kenny kommt vom Regen in die Traufe: Ihre Cousine stirbt und hinterlässt ihr nicht nur eine verschuldete Ranch, sondern auch ihre fünfjährige Tochter Emma. Und Robert gerät wieder in Schwierigkeiten. Als der attraktive Marshal Wyatt Caradon auf der Bildfläche erscheint und helfen will, stößt Kenny ihn zurück. Einziger Lichtblick ist ihre Freundschaft zu einer jungen chinesischen Frau. Doch was soll aus Robert werden? Wird Kenny die Farm behalten und Emma versorgen können? Und wird Wyatt Caradon für Kenny eines Tages mehr als nur ein Feindbild sein?

„Geerbtes Glück" besticht durch liebenswerte Charaktere, grandiose Landschaftsbeschreibungen und eine spannende, anrührende Familiengeschichte.

Tamera Alexander
Land der Sehnsucht
ISBN 978-3-86827-334-2
432 Seiten, Paperback

Die elegante Véronique muss ihrem geliebten Paris den Rücken kehren, hat sie doch ihrer Mutter auf dem Sterbebett versprochen, ihren lang verschollenen Vater zu finden. Für die verwöhnte junge Frau wird es die Reise ihres Lebens. Sie führt sie ins wilde, ungezähmte Colorado, wo ungeahnte Herausforderungen auf sie warten. Zusammen mit dem ehemaligen Treckführer Jack Brennan sucht Véronique in den Bergarbeiterdörfern der Rocky Mountains nach ihrem Vater, einem Goldsucher und Pelzjäger. Véronique und Jack könnten unterschiedlicher kaum sein. Eigentlich verbindet sie nur eins: Die Sehnsucht nach einer hoffnungsvollen Zukunft ...

Jody Hedlund
Die Assistentin des Fotografen
ISBN 978-3-86827-395-3
336 Seiten, Paperback

Michigan 1883

Lily Young ist die Assistentin eines Fotografen. Ihre Arbeit führt sie in unzählige Holzfällerdörfer und damit mitten hinein in das bunte Treiben ihrer Zeit. Doch eigentlich hat Lily eine ganz andere Mission: Sie will ihre Schwester finden. Um jeden Preis.
In Harrison begegnet sie Connell McCormick. Der ist fasziniert von der waghalsigen Lily, doch ihren Kampf gegen die Ausschweifungen in Harrison kann er nicht verstehen. Dabei hätte gerade er die Macht, etwas an den Umständen zu ändern. Aber reicht es nicht, wenn jeder auf sein eigenes Handeln achtet?
Unweigerlich verstrickt Connell sich immer tiefer in Lilys Suche. Doch will er wirklich seine Zukunft für sie aufs Spiel setzen? Und kann es ihnen gemeinsam tatsächlich gelingen, Lilys Schwester zu retten?

Jody Hedlund
Ein Bräutigam aus gutem Haus
ISBN 978-3-86827-458-5
336 Seiten, Paperback

Michigan 1881, in einer Gemeinde von deutschen Auswanderern

Annalisas Mann kommt auf mysteriöse Weise ums Leben. Da die junge Mutter die Farm allein nicht halten kann, lässt ihr Vater in der alten Heimat nach einem neuen Ehemann für sie suchen. Eines Tages erscheint der galante Carl Richards auf ihrer Farm. Er hat zwei linke Hände, zieht Annalisa aber mit seiner charmanten und fürsorglichen Art in den Bann. Durch ihn begegnet Annalisa etwas von der Liebe Gottes, auf die sie schon nicht mehr zu hoffen wagte. In dieser Situation kommt die Ankunft von Annalisas Zukünftigem äußerst ungelegen. Und leider ist Carl nicht der, für den alle ihn halten …

Karen Witemeyer
Wie angle ich mir einen Prediger?
ISBN 978-3-86827-454-7
304 Seiten, Paperback

Auf dem Weg zum Vorstellungsgespräch bei seiner ersten Gemeinde wird der junge Prediger Crockett Archer aus dem Zug entführt. Er kann es nicht glauben, als er den Grund dafür erfährt: Die Tochter seines Entführers wünscht sich nichts sehnlicher als einen Prediger zum Geburtstag – und er soll ihr Geschenk werden! Gut, dass Crockett kein Prediger wie jeder andere ist. Allein mit drei Brüdern auf einer Farm aufgewachsen, hat er gelernt zu überleben. Er wird sich auch aus dieser misslichen Lage befreien können. Doch ist das auch Gottes Plan für sein Leben? Oder haben Joannas Wunsch und ihre Gebete ihn genau dahin gebracht, wo er sein soll?